D1720265

Thomas Finn

Der eisige Schatten

Die Chroniken der Nebelkriege

Dieser Titel ist auch als E-Book erhältlich:
ISBN 978-3-86762-326-1

Autor: Thomas Finn
Korrektorat: Aimée M. Ziegler-Kraska
Layout und Satz: Oliver Graute
Karte: Matthias Rothenaicher

Copyright © 2013 by Thomas Finn
Copyright dieser Ausgabe © 2019 by Feder & Schwert
GmbH, Köln
Dieses Werk wurde vermittelt durch die Michael Meller
Literary Agency GmbH, München.

1. Auflage 2019
Gedruckt in der EU
ISBN 978-3-86762-325-4

www.feder-und-schwert.com

Für Lars K.
und manch zauberhaften Einfall

Inhalt

Geheimnisvolle Botschaft 7

Verweht! 29

Frostgeister 39

Wettermagier 53

Die Zaubernuss 73

Sperberlingen 91

Drachenbein 113

Albions Schatten 123

Hexennacht 139

Bewährungsprobe 161

Himmelsfeuer 171

Hallen aus Stein 183

Traum & Blut 193

Verräterische Spuren 207

Das Feentor 217

Berchtis' Schloss 237

Das Erbe des Hexenmeisters 255

Der Weg der Bäume 267

Der Nachtschattenturm 279

Spiel mit der Angst 291

Dunkles Omen 305

Schatten über Fryburg 323

Greifenfänge 347

Der Schattenkelch 361

Der Hort des Drachenkönigs 381

Die Schattenklüfte 405

Nebeldämmerung 429

»Aus Eins mach Zehn,
Und Zwei lass gehen,
Und Drei mach gleich,
So bist du reich.
Verlier die Vier!
Aus Fünf und Sechs,
So sagt die Hex',
Mach Sieben und Acht,
So ist's vollbracht:
Und Neun ist Eins,
Und Zehn ist keins.
Das ist das Hexen-Einmaleins«

Faust

Geheimnisvolle Botschaft

Das Klirren von Glas erfüllte die Küche, als Kai den schweren Weidenkorb auf den Arbeitstisch wuchtete. Der Zauberlehrling wischte sich den Schweiß von der Stirn und betrachtete zufrieden all die Mörser, Tiegel, Kolben und Flaschen, die sich vor ihm auftürmten. Jedes der alchemistischen Geräte starrte vor Schmutz. Mit dieser letzten Ladung hatte Kai fast die gesamte Laborausstattung Magister Eulertins in die Küche geschafft, die bereits mit verstopften Glasröhren und dickbäuchigen Destillierkolben voll gestellt war. Es würde Stunden dauern, das alles sauber zu bekommen.

»So, Quiiiitsss, ich denke, damit soll es erst einmal gut sein.« Kai rümpfte angesichts des durchdringenden Geruchs nach ranzigen Zauberölen die Nase. »Ich schlage vor, du kochst einen großen Kessel Wasser auf und rührst einen ordentlichen Löffel Koboldsvitriol darunter. Das löst selbst den hartnäckigsten Schmutz. Oh, fast hätte ich es vergessen: In Magister Eulertins Studierstube habe ich noch eine alte Flaschenbürste gefunden. Vielleicht kannst du damit etwas anfangen?« Kai zückte grinsend einen alten Draht, an dessen Ende wirr die Reste schwefelgelber Schweineborsten abstanden.

»Ihr seid wie immer zu gütig, mein junger Herr«, raunte es säuerlich von der Decke. Quiiiitsss schwebte hinab und starrte missmutig die Flaschenbürste an. Mit seinen überlangen Nebelarmen, dem aufgedunsenen Schädel und den weit aufgerissenen schwarzen Augen sah Magister Eulertins gespenstischer Hausdiener grauenvoll aus – wie immer.

»Allerdings sei mir die kleine Anmerkung gestattet …«, maulte der Poltergeist, »mich nicht dran zu erinnern, dass es jemals einer der Hauseigentümer in den letzten zweihundertsiebenundsiebzig Jahren für nötig befunden hätte, in diesem stattlichen Heim einen Frühjahrsputz abzuhalten. Wir haben ja noch nicht einmal Frühling!«

Tatsächlich war es draußen viel zu kalt für die Jahreszeit. Der Winter hielt Hammaburg noch immer im eisigen Griff. Schnee lag schwer auf Hausgiebeln und Dachfirsten, und wen es auf der Suche nach Elixieren und Wundermitteln zu den Zauberern in die Windmachergasse verschlug, der musste sich durch tiefe Schneemassen kämpfen.

»Herrje, Quiiiitsss. Warum musst du eigentlich immer alles so negativ sehen?«

»Das könnte daran liegen, dass ich bereits tot bin, mein junger Herr.«

Kai rollte mit den Augen und warf einen unauffälligen Blick auf das eisverkrustete Küchenfenster, durch das sich blass und trübe das Licht der Morgensonne quälte. In Gedanken überschlug er bereits die Zeit, die der Poltergeist für die Reinigung der Gläser benötigen würde. Vier Stunden mindestens. Vielleicht sogar fünf. Für das, was Kai vorhatte, sollte die Zeit allemal reichen.

»Du wirst schon sehen. Magister Eulertin wird begeistert sein, wenn er erfährt, was wir heute geleistet haben.«

» Wir?«, fragte Quiiiitsss gedehnt.

»Na gut, also du.« Kai räusperte sich. »Ehrlich, ich würde dir wirklich gern helfen, aber leider …«

»Leider was?«

»Leider muss ich jetzt wieder nach oben auf mein Zimmer. Dort wartet Band zwei des *Vademecums transnormaler Abnormitäten* auf mich. Du weißt ja, wie Magister Eulertin ist. Wenn er zurückkommt, wird er mich ganz sicher abfragen. Du weißt, was du zu tun hast?«

»Jaaa«, rasselte der Poltergeist mürrisch. »Einmal alles spülen und reinigen. Bin ja immerhin schon etwas länger verblichen, als Ihr überhaupt am Leben seid.«

»Auch wieder richtig.« Kai stemmte die Arme in die Hüften. »Also, wenn ich wieder runterkomme, will ich, dass alles blitzt!«

Bevor Quiiiitsss widersprechen konnte, hatte Kai die Küchentür hinter sich zugemacht.

Das hatte besser geklappt, als er gedacht hatte. Am liebsten wäre er sofort die wenigen Schritte hinüber in Magister Eulertins Studierstube gestürmt, um sich dort ans Werk zu machen, doch damit hätte er bloß die Aufmerksamkeit des Poltergeists auf sich gezogen.

Laut stampfte Kai die Treppe zum Obergeschoss hinauf und eilte in seine Kammer. Dort sah es aus wie immer. Auf dem Hocker neben seinem Bett stapelten sich fünf ungelesene Zauberschwarten. Überall lagen nachlässig abgelegte Kleidungsstücke verstreut, aus dem offenen Kleiderschrank ragte sein alter Rucksack und in einer Ecke stand eine seiner alten Irrlichtslaternen. Sie war leer.

Kai nahm sich vor, aufzuräumen, bevor Magister Eulertin wieder nach Hammaburg zurückkam. Der Däumlingszauberer war vor zehn Tagen mit Dystariel in die Gelehrtenstadt Halla im Süden der freien Königreiche aufgebrochen, um dort andere Magier in einer wichtigen Angelegenheit zu konsultieren. Anlass für seine Reise war der Panzerarm aus Mondeisen, den sie im letzten Jahr dem untoten Piratenkapitän Mort Eisenhand abgenommen hatten.

Kai wandte sich soeben seinem Kleiderschrank zu, als ihn eine quäkende Stimme innehalten ließ.

»Na, drückst du dich wieder vor der Arbeit, Junge? Oder hast du es dir überlegt und probierst jetzt endlich die herrliche Samtweste des seligen Magister Gismo? Denk doch nur, wie hervorragend dieses dunkle Abendrot mit deinem schwarzen Haar harmoniert.«

Seufzend drehte sich Kai zu dem vorlauten Zauberspiegel neben der Zimmertür um. Inmitten der Blattornamente am oberen Ende des Rahmens hatten sich zwei Augen geöffnet, die ihn eindringlich musterten.

»Lass mich in Ruhe, ich habe heute keine Zeit für solchen Unsinn.«

Doch Kai konnte nicht anders, als seinem Spiegelbild einen kurzen Blick zuzuwerfen. Ihm war, als sei er in den letzten Monaten in die Höhe geschossen. In einer lange geübten Bewegung schüttelte er sich eine schwarze Haarsträhne aus der Stirn.

»Gratulation, Junge. Inzwischen hast du den rechten Schwung raus«, schepperte der Spiegel unbeeindruckt. »Das sieht sehr verwegen aus. Wirklich.«

Kai fühlte sich ertappt und wurde rot.

»Na na, kein Grund verlegen zu werden. Du wächst dich langsam zu einem ganz ansehnlichen Burschen aus. Das ist mehr, als andere von sich behaupten können.«

»Ach, Unsinn.«

»Aber nicht doch«, ereiferte sich der Spiegel. »Haare wie Ebenholz, ein Profil, so kühn, dass dir jeder Bildhauer zu Füßen liegen würde, und dann diese Augen. Strahlend blau wie ein Bergsee bei Sonnenaufgang. Du wirst schon noch sehen, Junge, wenn du nur etwas mehr auf mich hörst, werden sich die jungen Damen bald scharenweise nach dir umdrehen.«

»Wirklich?« Kai fühlte sich geschmeichelt.

»Allerdings ...«, hob sein verzaubertes Gegenüber an und schwieg dann bedeutungsschwanger.

»Allerdings was?«

»Na ja, wären da nur nicht diese beiden grässlichen Pusteln am Kinn, die dein Antlitz aufs Unmöglichste entstellen. Zwei dampfende Misthaufen inmitten eines gepflegten Parks sind nichts dagegen. Nichts!«

Dann hatte der Spiegel die beiden verdammten Dinger also doch bemerkt? Kais Euphorie verflog. Leider hatte er bislang noch kein Rezept gegen sie gefunden, obwohl er Magister Eulertins gesamte Bibliothek magischer Werke durchforstet hatte.

»Weißt du was«, platzte es verärgert aus Kai heraus, »halte einfach deinen Mund! Und jetzt: ›Augen zu‹!«

Der Spiegel gehorchte dem Befehl und verstummte. Kai konnte es nicht fassen, dass er dem Spiegel immer wieder auf den Leim ging. Leider hatte er in einem Punkt Recht: Diese Pusteln entstellten eindeutig sein Gesicht. Unmöglich würde er Fi so gegenübertreten können.

Fi war das wunderbarste Wesen, das er jemals kennengelernt hatte. Und nur Kai wusste, dass die Elfe aus Albion ein Mädchen war. Sie hatten viel miteinander durchgemacht und waren gute Freunde geworden.

Wenn man es recht betrachtete, sogar sehr gute Freunde.

Noch vor wenigen Monaten war Kai ein einfacher Irrlichtjäger gewesen. Dann hatte er den berühmten Däumlingsmagier Magister Thadäus Eulertin kennengelernt, und dieser hatte ihn als seinen Lehrling aufgenommen. Eulertin hatte herausgefunden, dass Kai der letzte lebende Feuermagier war, die sogenannte ›Letzte Flamme‹. Die böse Nebelkönigin Morgoya hatte aufgrund einer Prophezeiung alle anderen Feuermagier auf der Welt zur Strecke gebracht. Deshalb würde Kai vermutlich auch immer nur ein Zauberlehrling bleiben, denn er konnte nur von einem richtigen Feuermagier die letzte Weihe zum Zauberer empfangen.

Und noch etwas bereitete ihm schlaflose Nächte – die letzte Passage eben jener Prophezeiung, in der es hieß:

Die Flamme wird brennen, die Flamme wird flackern,
im Ringen mit der Dunkelheit.
Doch am Ende wird sie unterliegen.

Kai wagte es nicht, sich die Bedeutung dieser Worte auszumalen, denn sie konnten wohl nur eines bedeuten: Er, die Letzte Flamme, würde den Kampf gegen Morgoya verlieren.

Kai verscheuchte all die Gespenster in seinem Kopf.

Zauberlehrling hin oder her, heute würde Fi Augen machen. So viel war sicher. Wenn er all sein bisheriges Können einsetzte, dann konnte er heute etwas schaffen, was ihm nicht einmal Magister Eulertin zutraute.

Kai öffnete endlich seinen Kleiderschrank und griff nach dem Beutel mit den Zauberingredienzien, der unter einem Haufen Wäsche versteckt lag. Anschließend schlich er sich aus dem Zimmer und überprüfte die Härchen auf seinen Armen. Wenn sie sich aufstellten, war dies ein untrügliches Anzeichen dafür, dass Quiiiitsss in der Nähe war. Doch nichts. Kein Quiiiitsss weit und breit.

Ein grimmiges Lächeln stahl sich auf Kais Lippen. Er ging ein paar Schritte und stand vor einer mit Zauberrunen verzierten Tür, die in die Wandelnde Kammer führte. Kai lauschte. Wie immer war hinter der Tür ein leises Trippeln und Trappeln zu vernehmen. Doch kaum, dass Kai sie öffnete, verstummten die Geräusche und ihm schlug der vertraute Geruch von Wachs und altem Leder entgegen. Alte, neue, große, kleine, schwarze, braune und bunte Stiefel, Sandalen,

Wanderschuhe und Gamaschen – es gab kaum eine Art von Fußbekleidung, die in dem Zimmer nicht vertreten war. Allesamt ruhten sie auf Sockeln, die die Wände ringsum säumten.

Kai zog die Tür leise hinter sich zu und ging vorsichtig zu einem Paar ausgetretener Stiefel nahe dem einzigen Fenster und berührte sie. Sogleich schlugen die Fensterläden zu und Dunkelheit erfüllte das Zimmer. Ein feiner Windzug strich Kai über das Gesicht und er hörte um sich herum ein geisterhaftes Getrappel. In den Wänden quietschte und ächzte es und die Sockel mit den Schuhen wackelten und zitterten. Schlagartig wurde es still. Wie von Geisterhand öffneten sich die Fensterläden wieder und graues Licht sickerte bis zur Zimmertür. Auf wundersame Weise führte sie jetzt nach oben auf den Speicher.

Kai betrat den Dachboden und die Tür hinter ihm verschwand einfach in der Wand.

Die Luft war trocken und staubig und ein unheimliches rotes Licht glühte im Dunkeln auf. Es ging von den Augen einer alten Wolfsmaske aus, die unweit von ihm entfernt von einer der Dachschrägen hing. Kai drückte sich an allerlei seltsamem Gerümpel vorbei, das die Vorbesitzer des Hauses hinterlassen hatten und von dem man besser die Finger ließ, denn das Haus war auch vor Magister Eulertin ausschließlich von Magiern bewohnt gewesen.

Er schlich zu einer Wendeltreppe am anderen Ende des Dachbodens, tastete sich vorsichtig die Stufen hinunter ins Erdgeschoss und öffnete mit einem Schlüssel die Tür am unteren Ende der Treppe. Vor ihm lag Eulertins Studierstube, die mit all den Regalen, Büchern und Pergamenten ganz so wirkte, als habe der Zauberer sie gerade erst verlassen.

Kai schlüpfte lautlos hinein und überprüfte noch einmal die Härchen auf seinem Arm.

Kein Quiiiitsss. Gut so!

Er trat an Eulertins Labortisch heran, über dem eine ausgestopfte Fledermaus in einem aufgemalten Hexagramm von der Decke baumelte. Rasch räumte er seinen Beutel aus: eine erbsengroße Menge Bernsteinstaub, die zerstoßene, getrocknete Haut eines Feuersalamanders, ein Stück Zauberkreide, die pulverisierten Körper dreier Funkenschmetterlinge, einen Schwefelkristall, das Harz einer siebenhundertjährigen Eiche sowie ein Fläschchen mit purpurfarbenem Koboldsvitriol.

Das wichtigste Objekt war eine schmale Phiole aus magischem Feenkristall. Kai fasste das eigentümliche Behältnis am spitz zulaufenden Ende, hielt es gegen das Fenster und drehte es vorsichtig hin und her. Dabei brach sich das Licht im Kristall und warf bunte Lichtpunkte an die Wände des düsteren Raumes. Sogar das Skelett einer Seeschlange, das von der Decke hing, wirkte im Schein des Kristalls weniger Furcht einflößend.

Kai atmete noch einmal tief durch und griff nach dem Zauberfolianten, den er bereits am Vorabend wie zufällig auf dem gusseisernen Buchständer abgelegt hatte. Auf dem ledernen Einband prangte die verheißungsvolle Inschrift *Von der Kunst ein Windelementar in ein Zaubergefäß zu bannen.*

Er würde die darin stehenden Angaben einfach etwas abändern und heute ein Feuerelementar in die Phiole bannen. Wie oft schon hatte sich Fi über die schneidende Kälte auf dem Schiff des Klabauterkapitäns Koggs Windjammer beklagt, für den Fi arbeitete. Mit der magisch veränderten Phiole hätte sie einen Taschenofen, der so handlich war, dass Fi ihn immer bei sich tragen konnte.

Kai stellte den Feenkristall auf einen schmalen Dreifuß und zeichnete mit der Zauberkreide einen achteckigen Stern darum. Anschließend versah er die Spitzen des Sterns kunstvoll mit den im Buch abgebildeten Symbolen für Sonne und Mond und den sechs Planeten. Es waren Bannzeichen. Im Buch hieß es, dass sie notwendig waren, um die Phiole mit elementarer Kraft aufzuladen und das beschworene Elementar daran zu hindern, sich dem Willen seines Beschwörers zu widersetzen. Er tröpfelte etwas Koboldsvitriol in die Ecken des Sterns und beschrieb mit dem Schwefelkristall einige verschlungene Gesten über dem achteckigen Stern. In der Anleitung war eigentlich von einem himmelblauen Mondstein die Rede, aber hier ging es schließlich um ein Feuerelementar.

Kai wollte den Schwefelkristall gerade zur Seite legen, als dieser dunkelrot aufglühte und sich ein stechender Geruch im Zimmer ausbreitete. Ein Zischen ertönte und violetter Rauch kräuselte empor.

Im Buch stand zwar etwas von grünem Rauch, aber er hatte schließlich die Rezeptur verändert. Hauptsache, das Ergebnis stimmte. Eigentlich sollte sich nun der Dampf in der Phiole absetzen und das Gefäß empfänglich für die Aufnahme des gewünschten Elementars machen. Doch der Rauch stieg kerzengerade empor. Kai befürchtete schon, doch etwas falsch gemacht zu haben, als sich die schmale Rauchsäule endlich in die Phiole ringelte. Nach und nach verblasste der violette Nebel und das Feenkristall wurde wieder durchscheinend.

Keine Frage, er war genial!

In Windeseile griff er beherzt nach der getrockneten Feuersalamanderhaut, die er als Ersatz für die im Buch beschriebenen Adlerfedern vorgesehen hatte – als sich seine Nackenhärchen aufstellten: Quiiiitsss!

»Darf ich fragen, was der junge Herr da in Abwesenheit des hoch geschätzten Magisters treibt?«, sagte eine näselnde Stimme hinter ihm.

Kai wirbelte herum und starrte den Eindringling betroffen an. Geschlossene Zimmertüren nützten bei Quiiiitsss nichts.

Quiiiitsss schenkte Kai ein süffisantes Spinnweblächeln und schwebte neugierig näher. Hastig stellte sich Kai vor den Labortisch, um Quiiiitsss die Sicht zu versperren.

»Was suchst du hier?«, herrschte Kai ihn wütend an. »Bist du mit dem Abwasch etwa schon fertig?«

Er hatte wirklich geglaubt, Quiiiitsss außer Gefecht gesetzt zu haben. Er hätte es besser wissen müssen.

»Wenn Ihr mich so fragt, junger Herr«, wand sich der Poltergeist und streckte seinen Geisterleib neugierig in die Länge, »nicht direkt. Ich bin durch den merkwürdigen Geruch hier aus meiner Tätigkeit geschreckt worden. Eine Aufgabe, die ich getreu Eurer Weisung und wie immer mit außerordentlicher Gewissenhaftigkeit erfüllen werde, wie ich hinzufügen möchte.« Bei dem Versuch, einen Blick auf den Labortisch zu erhaschen, schlängelte Quiiiitsss sich wie ein Riesenwurm fast bis zur Decke hinauf.

»Du kannst doch überhaupt nicht riechen! Du bist ein Geist. Also hör auf, dich vor der Arbeit zu drücken«, blaffte Kai. Er griff schnell nach dem Folianten und hielt ihn so, dass es Quiiiitsss unmöglich war, etwas zu erkennen. Beleidigt schrumpfte Quiiiitsss auf seine normale Größe zusammen.

»Ihr solltet Euch schämen, junger Herr, mir diese meine Behinderung auf derart niederträchtige Weise vorzuhalten. Auch ich habe Gefühle. Nur weil ich ein Geist bin, heißt das nicht …« Da stahl sich ein triumphierender Ausdruck in Quiiiitsss' Schlieraugen und er lächelte boshaft. Zu spät erkannte Kai, dass er dem Poltergeist versehentlich einen Blick auf den Einband des Buches ermöglicht hatte. »Aha. Das ist es also, was der junge Herr hier treibt. *Von der Kunst ein Windelementar in ein Zaubergefäß zu bannen.* So so. Hohe Alchemie. Seid Ihr sicher, dass Ihr dafür schon reif genug seid? Ihr arbeitet doch im Auftrag des Magisters, oder?«

Kai schluckte. Wenn Magister Eulertin Wind davon bekam, was er in seiner Abwesenheit trieb, durfte er sich auf großen Ärger gefasst machen. Ganz sicher konnte Quiiiitsss es kaum abwarten, ihn zu verpetzen.

»Äh, ja. Ich muss was für ihn vorbereiten. Aber das geht dich nichts an.« Kai ärgerte sich über den unsicheren Klang seiner Stimme und fügte barsch hinzu: »Und jetzt verzieh dich, oder ich mach dir im wahrsten Sinne des Wortes Feuer unter deinem Geisterhintern!«

»Aber natürlich, junger Herr. Der gute Quiiiitsss hat schon verstanden. Freundlichkeit gehörte ja noch nie zu Euren Tugenden …« Mit einem gehässigen Kichern wandte sich der Hausgeist zur Zimmertür um und glitt laut rumpelnd durch sie hindurch, sodass die Möbel der Studierstube wackelten.

Hinter Kai brodelte es laut auf.

Alarmiert drehte er sich zu der Phiole um und gewahrte entsetzt, dass auch der Tisch in Mitleidenschaft gezogen war. Das Koboldsvitriol hatte sich durch die Erschütterung an zwei Stellen mit dem Kreidestern vermengt. Kai wusste nicht, was für Auswirkungen das haben konnte, doch es rauchte viel stärker, als in der Anleitung beschrieben war. Schnell, die Salamanderhaut! Hastig bestreute Kai das Koboldsvitriol mit der zerstoßenen Salamanderhaut – woraufhin diese wie unter großer Hitze verkohlte. Hätte das jetzt nicht aufschäumen sollen? Kai beruhigte sich erst, als die Qualmerei endlich aufhörte.

Vorsichtig füllte er Bernsteinstaub mittels eines Trichters in die Phiole und befolgte auch die anderen Angaben im Buch. Anschließend drückte er die pulverisierten Körper der Funkenschmetterlinge in das weiche Eichenharz, das er passend zu einem Pfropfen für die Phiole Zuschnitt. Zufrieden sprach Kai eine Zauberformel. Mithilfe des Harzpfropfens würde er die Zauberphiole versiegeln, sobald er das Feuerelementar in das Fläschchen gelockt hatte. Allerdings war er sich noch nicht ganz sicher, was für ein Elementar er beschwören sollte. Manches sprach für ein Irrlicht. Doch war ein Irrlicht intelligent genug, seinen Befehlen zu gehorchen? Vielleicht doch lieber einen Feuerwusel? Er gehörte zu den geringeren Feuerelementaren, war daher leicht zu beherrschen, stand aber in der Hierarchie weit über dem Irrlicht. Damit war die Entscheidung gefallen.

Kai schloss die Augen, breitete seine Arme aus und formulierte im Geiste den Zauberruf. Ein sphärisches Knistern ertönte – als er abermals durch ein Kribbeln aus der Konzentration gerissen wurde.

»Quiiiitsss, du elender Quälgeist. Ich befahl dir, mich in Ruhe zu lassen!«

»Äh, aber da draußen geht etwas äußerst Seltsames vor sich, junger Herr«, erscholl in seinem Rücken die unsichere Stimme des Poltergeists. »Ihr solltet einmal einen Blick hinauswerfen. Alle Fenster des Hauses …«

Kai spürte, wie ihm der Feuerwusel entglitt.

»Zurück in die Küche mit dir!«, schrie der Zauberlehrling außer sich vor Wut. Noch einmal rezitierte er die Zauberformel. Diesmal laut.

»Aber …«, rasselte Quiiiitsss' Geisterstimme, doch sie ging in einem lauten Prasseln unter. Hitze schlug Kai ins Gesicht. Entsetzt riss er die Augen auf und sah, dass das Zauberbuch lichterloh in Flammen stand. Oh nein!

»Oje … also, ich gehe dann wohl besser mal!«, murmelte Quiiiitsss.

Das Kribbeln in Kais Nacken verebbte, doch er hatte keine Zeit, sich weiter über den Poltergeist Gedanken zu machen. Er musste das Buch löschen!

Hastig klappte er es zu, doch noch immer schlugen grelle Flammen aus dem Einband. Kai griff nach seiner Zauberflöte und wie immer wurde er klar im Kopf, als er das Eichenholz berührte. Hastig intonierte er alle Schutzformeln, die er kannte. Erfolglos. Was auch immer er da angerichtet hatte, es rückgängig zu machen, überstieg seine Kräfte.

Schließlich griff er zu der einzigen Flüssigkeit in seiner Nähe: einem Fläschchen mit kostbarem Tränenwasser. Er kippte den Inhalt über das brennende Buch und versuchte nicht darüber nachzudenken, dass es ganzer zwei Wochen und drei Säcken voller Zwiebeln bedurft hatte, um die kostbare Essenz zu gewinnen. Laut zischend erstarben die Flammen und wichen tiefblauem Qualm, der nun durch die Studierstube wölkte. Bei allen Moorgeistern, das war gerade noch einmal gut gegangen.

Kai hustete und stolperte zum Fenster, um frische Luft in den Raum zu lassen. Soeben griff er nach dem Riegel, als er mitten in der Bewegung verharrte. Was war das? Aberdutzende kunstvoller Eisblumen zierten die Außenseiten der Scheiben. Ganz so, als bestünde jedes der filigranen Gewächse aus Feenkristall, glitzerten sie in den herrlichsten Farben. Doch das allein war es nicht, was Kai staunen ließ. Immer mehr der wundersamen Gebilde breiteten sich auf dem Fenster aus. Kai sah ihnen entzückt dabei zu, wie sie wuchsen, gediehen und förmlich darin wetteiferten, einander in Form und Gestalt zu übertreffen. Was geschah hier?

War es das, was Quiiiitsss gemeint hatte?

Ein heller Blitz schreckte Kai aus seinen Gedanken. Der Zauberlehrling wirbelte herum und bemerkte entsetzt, dass der blaue Qualm im Zimmer ein seltsames Eigenleben entwickelt hatte. Der Rauch hatte sich über der Zauberphiole zusammengeballt und die Gestalt einer tiefschwarzen Gewitterwolke angenommen, in der es immerzu hell aufleuchtete. Bei allen Moorgeistern! Das sah gar nicht gut aus. Bevor er etwas unternehmen konnte, zerstob das wallende Gebilde in einem Funkenregen, der wirbelnd in die Phiole strömte und den Bernsteinstaub entzündete. Rote Flammen prasselten an der Innenseite des Kristallgefäßes empor.

Kai trat vorsichtig näher und schluckte. Im Inneren hockte eine Flammengestalt, die ihn mit bohrendem Blick anstarrte. Der winzige Leib der Feuerkreatur, der sich wie eine Schlange ringelte, glühte weiß und hin und wieder huschten Flammen darüber hinweg.

Ihr habt mich gerufen, Meister?, schmeichelte plötzlich eine Stimme in seinem Kopf.

Kai riss überrascht die Augen auf. Das seltsame Elementar nahm von einem Augenblick zum anderen die Gestalt eines nackten Elfenmädchens an – sah man davon ab, dass über ihren Leib Flammen leckten.

Herrje, Kai erkannte das Abbild. Das war Fi! Schweiß perlte auf seiner Stirn. Er kam sich irgendwie ertappt vor.

Ich hoffe, mein Aussehen ist Euch genehm, Meister?

»Schwefel und Salpeter!«, entfuhr es dem Zauberlehrling. Was für ein Geschöpf war das?

Ihr wollt mir doch nicht weismachen, dass Ihr nicht wisst, wen Ihr beschworen habt?, antwortete das Wesen lauernd. Es ringelte und wand sich. *Etwas eng hier drinnen, findet Ihr nicht auch …?*

»Äh, natürlich weiß ich, wer du bist«, stammelte Kai verwirrt und hielt seine Zauberflöte wie ein Schwert vor sich. »Wo, äh, wo du auch immer herkommst, ich befehle dir, mir zu gehorchen!«

Soso, das befiehlst du mir also?, prasselte das Wesen hämisch und besah sich interessiert die Symbole rund um den Stern aus Zauberkreide. *Hältst du mich für ein dummes Irrlicht, Kleiner? Ein Sulphur lässt sich von einem Anfänger wie dir gar nichts befehlen. Du bist ja noch nicht einmal in der Lage, deine Gedanken abzuschirmen.*

Kais Mund wurde trocken. Ein Sulphur? Sie gehörten zur Gruppe der höheren Feuergeister, die sogar die Kraft besaßen, einen Flächenbrand zu entfachen.

Kluges Kerlchen!

Zornig dachte Kai an Quiiiitsss und dessen elende Neugier. Dem Poltergeist allein war es zu verdanken, dass ihm ein solcher Patzer unterlaufen war. Sollte Quiiiitsss ihm noch einmal über den Weg schweben, dann …

Wer auch immer dieser Quiiiitsss ist, züngelte der Sulphur gefährlich und fixierte voller Genugtuung ein Zauber-Zeichen, das wie eine Spirale aussah, *sicher wird es ihm gefallen, wenn ich dich für deine Anmaßung bestrafe.* Sehen wir doch einmal, was wir hier haben, zischte der Sulphur und begutachtete Kais Kreidestern auf der Tischplatte. *Aha, ohne Zweifel das Werk eines Dilettanten. Ich entdecke zwar die »Glyphe des Feuers«, aber wie passt das mit dem »Auge des Sturms« zusammen, he? Entstamme ich etwa den trügerischen Gefilden der Lüfte, du Narr?*

Zu Kais Entsetzen loderte das spiralförmige Kreidesymbol grell auf. Zurück blieb ein dunkler Brandfleck.

Oh, wie dumm für dich. Jetzt ist es fort, höhnte das Elementar und zischelte mit seiner spitzen Flammenzunge. *Mir scheint, das wird heute nicht dein Glückstag, Menschlein. Und dieses stümperhaft verzauberte Feenkristall wird mich ebenso wenig aufhalten wie dein armseliger Bannkreis. Ja, mir scheint, es wird Zeit herauszukommen und dir zu zeigen, wie heiß Feuer wirklich sein kann.*

Kai schrie entsetzt auf und schleuderte dem Elementar einen Bannzauber entgegen. Er verpuffte ohne Wirkung

Verschone mich mit deinen Kindereien, Menschlein! Der Sulphur lachte prasselnd und streckte seinen Schlangenleib provozierend langsam dem offenen Hals der Phiole entgegen.

Verdammt, Kai musste etwas einfallen! Schnell! Ihm kam eine irrwitzige Idee. Er setzte seine Zauberflöte an die Lippen und spielte jene Melodie, mit der er Irrlichter heraufbeschwören konnte. Es dauerte nur wenige Augenblicke und eines der Lohenmännchen flackerte neben dem verkohlten Folianten auf. Heißhungrig suchte es nach etwas Essbarem.

»In die Phiole zu dem Bernstein mit dir!«, schrie Kai und setzte seine ganze Willenskraft ein, um dem Flammenmännchen den Weg zu weisen. Das Irrlicht sauste im Zickzack auf die offene Phiole zu, aus der bereits der brennende Kopf des Sulphurs ragte. Noch bevor sich der hinterlistige Feuergeist zu seiner wahren Größe aufblähen konnte, war das Irrlicht heran, veränderte seine Gestalt und drängte sich gierig jaulend an dem gefangenen Sulphur vorbei durch den Flaschenhals. Der überraschte Sulphur wurde wieder in die Phiole zurückgedrängt und schnappte zornig nach dem Eindringling. Das Gefäß erzitterte. Kai griff schnell zu dem verzauberten Pfropfen und drückte ihn auf den glühend heißen Hals der Phiole.

Autsch! Kai hatte sich die Finger verbrannt. Mit einem lauten Schmerzensschrei stolperte er zurück, fiel über einen Stapel Bücher und krachte neben den Sessel mit dem puppenhaften Haus Magister Eulertins. Bang sah er zu dem Tisch auf. Die Phiole zitterte auf dem Dreifuß, doch sie blieb verschlossen. Kai lachte hysterisch.

Der Sulphur war gefangen. Er war gefangen!

Das denkst auch nur du!, prasselte eine wütende Stimme in seinem Kopf.

Oh nein. Kais Herz setzte einen Moment lang aus, als er mit ansah, wie die Phiole hell aufglühte und sich jäh zu einer grellweißen Kugel aufblähte, auf deren Außenseite sich die boshaften Gesichtszüge des Sulphurs abzeichneten. *Ich bin noch lange nicht mit dir fertig, du Hilfszauberer. Warte nur, bis ich hier rauskomme!*

Der glühende Kristallball sprang vom Dreifuß, sauste mit Wucht gegen den Kamin und von dort quer durchs Zimmer und landete direkt auf einem Sitzkissen mit arkanen Stickmustern. Ein hässliches Reißen ertönte. Das Kissen zerplatzte und Hunderte weißer Daunenfedern rieselten wie Schnee auf Bücher und Möbel herab.

»Hör auf!«, schrie Kai.

Aufhören?! Von wegen, gleich bin ich frei! Schreiend jagte der Sulphur in der Kristallkugel gegen eine Regalwand mit Büchern und rammte dann den knöchernen Leib der Seeschlange, die von der Decke hing, und deren Skelettteile klappernd herabregneten – als es plötzlich still wurde.

Längst hatte Kai unter dem Tisch Deckung gesucht und in Erwartung des Schlimmsten die Arme über den Kopf geworfen. Doch es schien, als habe die Welt von einem Augenblick zum nächsten den Atem angehalten. Was für eine Schurkerei hatte der verdammte Feuergeist denn jetzt vor?

Kai sah auf. Überall um ihn herum hingen mitten in der Bewegung erstarrte Federn, Knochen und Pergamentfetzen im Raum. Selbst der zornige Sulphur schwebte reglos in seiner Kugel in der Luft. Da erfüllte ein sanftes Klingen das Studierzimmer.

Verunsichert schob Kai zwei über ihm in der Luft hängende Knochen beiseite und wurde erst jetzt auf das regenbogenfarbene Licht aufmerksam. Es drang durch das Fenster, das nun zur Gänze mit den wundersamen Eisblumen überzogen war. Dort, wo die Strahlen auf die Eiskristalle trafen, funkelte es verheißungsvoll. Kai spürte, dass keinesfalls er für das seltsame Geschehen verantwortlich war.

Er trat näher an das bunt leuchtende Fenster heran, auf dem sich zu seiner Überraschung dutzendfach die weichen Gesichtszüge einer wunderschönen Frau abzeichneten. Das silberhelle Licht, das von ihr ausging, erfasste alle blanken Flächen im Zimmer. Gläser, Flaschen, Spiegel, Schnallen, Schlösser. Das Antlitz der Schönen spiegelte sich sogar auf Eulertins Tintenfass, aus dem schlank der Gänsekiel aufragte, den der Däumling so gern als Transportmittel nutzte.

Endlich erkannte er, wen er vor sich hatte.

Nie im Leben würde er sie vergessen können. Die Feenkönigin sah genauso aus, wie er sie in Erinnerung hatte. Ihr schmales Gesicht wurde von honigfarbenem Haar eingerahmt, in dem es blitzte und funkelte, als seien kleine Sterne darin eingeflochten. Ihre Schönheit war alterslos, doch in ihren Augen las er die Weisheit von Jahrtausenden.

»Sei mir gegrüßt, Kind des Unendlichen Lichts«, hauchte Berchtis mit samtweicher Stimme.

»Ihr ... hier?!«, stammelte Kai. Verlegen klopfte er sich einige Federn von der Kleidung und wusste noch immer nicht so recht, welchem der vielen Abbilder der Feenkönigin er sich zuwenden sollte. »Ich meine, wenn ich gewusst hätte, dass Ihr heute ...«

Berchtis' ernster Blick hieß Kai mitten im Wort innehalten.

»Die Zeit drängt, Kind des Unendlichen Lichts«, wisperte es um ihn herum. »Ich spüre, dass unser Feind seinen nächsten Zug bereits ausgeführt hat. Wir alle müssen uns hüten.«

»Ihr meint Morgoya, habe ich Recht?«

Berchtis nickte und sah Kai ernst an. »Richte Thadäus aus, dass ich ein magisches Konzil einberufen habe, zu dem alle rechtschaffenen Magier geladen sind, die mir ihren Eid geleistet haben, die Finsternis zu bekämpfen.«

»Und wo soll das stattfinden?«

»Auch wenn mir das Schicksal Eurer Königreiche sehr am Herzen liegt«, antwortete die Fee mit klingender Stimme, »so vermag ich mein Zauberreich doch nicht zu verlassen. Was du hier siehst, ist nur eine Illusion, die ich als Botschaft zu all unseren Freunden ausgesandt habe. Ich bitte euch dringend, zu mir zu kommen.«

»In Euer Feenreich? Wirklich?«, platzte Kai aufgeregt heraus. »Dürfen an dieser Versammlung auch ... Schüler teilnehmen?«

Die Feenkönigin schenkte Kai ein majestätisches Lächeln. »Ein ganz bestimmter Schüler mit Sicherheit. Vergiss nicht, dass unser aller Hoffnungen auf dir ruhen.«

»Ich glaub's nicht!«, entfuhr es dem Zauberlehrling, der sich für die unbedachte Äußerung am liebsten auf die Zunge gebissen hätte. Unwillkürlich fiel ihm ein, dass er allein war. »Leider weiß ich nicht, wo sich Magister Eulertin derzeit aufhält. Er ist vor einigen Tagen abgereist.«

»Dann musst du ihn finden.« Berchtis' Antwort ließ keinen Widerspruch zu. »Ich weiß, es liegt in deiner Macht.«

»Ja?« Kai schluckte. »Gut ... ich werde ihn suchen ... Und wie kommen wir dann zu Euch. Es heißt, Euer Zauberreich sei gut verborgen.«

»Öffne deine Hand.«

Kai tat, wie ihm geheißen wurde. In das magische Regenbogenlicht um ihn herum stahl sich ein goldener Schein. Ergriffen sah der Zauberlehrling dabei zu, wie sich Hunderte Funken über seiner Handfläche sammelten, die sich zu einem strahlend hellen Lichtpunkt vereinigten. Kai blinzelte und spürte auf einmal einen runden Gegenstand zwischen seinen Fingern.

»Eine goldene Haselnuss?« Fragend sah er zu einem von Berchtis' Antlitzen auf.

»Eine Zaubernuss, Kind des Unendlichen Lichts. Benutze sie in jenem Moment, wenn der Tag die Nacht bezwingt, dann wird sich dir ein Gefährt enthüllen, das dich zu jedem Ort trägt, den du dir wünschst.«

»Kann mich dieses Gefährt denn auch zu Magister Eulertin führen?«

Berchtis neigte ihr Haupt. »Wenn du bis dahin erfahren hast, wo er sich befindet, ja. Doch suchen musst du ihn allein.« Berchtis wirkte seltsam ernst. »Merke dir, dass das Konzil mit dem Mondfest beginnt. Die Tore meines Reiches stehen dann für sieben Tage offen.«

Verwirrt nickte der Zauberlehrling. Von einem Mondfest hatte er bislang noch nie etwas gehört. »Und ... und was ist mit mir? Ich meine, werde ich je zu einem Feuermagier werden oder bleibe ich auf immer ein Zauberlehrling?«

Die Fee sah Kai tief in die Augen, und er fühlte, dass es keine Wahrheit gab, die Berchtis verborgen blieb. »Das, Kind des Unendlichen Lichts, ist einer der Gründe, warum ich euch in meinem Reich zusammenrufe. Sei dir sicher, dein Schicksal wird sich erfüllen …«

Mit diesen Worten verblasste Berchtis' Antlitz in all den spiegelnden Flächen um ihn herum, und durch die schwebenden Gegenstände in der Luft lief wieder ein leichtes Zittern. Schlagartig wurde dem Zauberlehrling bewusst, in welch unangenehmer Situation er sich noch immer befand.

»Feenkönigin«, rief Kai Berchtis panisch hinterher, »hier treibt ein Sulphur sein Unwesen. Was soll ich denn jetzt bloß machen?«

»Heißt es nicht, dass es Glück bringt, einer Fee zu begegnen …?«, säuselte ihre Flüsterstimme zum Abschied. Dann war die Erscheinung verschwunden.

»Glück?«, schrie Kai aufgeregt. »Ich brauche kein Glück. Ich brauche Hilfe. Jetzt!«

Kai schaffte es gerade noch, zur Seite zu springen, denn in diesem Moment krachte auch der Rest des Seeschlangenskeletts zu Boden. Schon schepperte der zornige Sulphur mit Gebrüll gegen Eulertins Schreibpult, prallte ab und schlug inmitten eines Regals mit kostbaren Zauberelixieren ein.

»Oh nein, nicht das auch noch!«

Die Flaschen explodierten unter dem Aufprall des gefangenen Feuergeists und die kostbaren Zaubertoniken spritzten nach allen Seiten. Auch der Feenkristall mit dem Sulphur wurde von den Flüssigkeiten getroffen. Statt weiter unkontrolliert durch den Raum zu sausen, wechselte die aufgeblähte Phiole noch in der Luft ihre Farbe. Rot, grün, braun, violett, gelb, schwarz. Es gab einen lauten Knall und die Kugel krachte zu Boden. Ein paarmal noch drehte sie sich quietschend um sich selbst, schließlich schrumpelte sie zu einem taubeneigroßen, grauschwarzen Klumpen zusammen.

Kai wankte erschöpft zu einem Hocker und ließ sich schwer darauf fallen. Erst jetzt wagte er es, sich umzusehen. In Magister Eulertins Studierzimmer herrschte vollkommenes Chaos. Noch immer schwebten Daunenfedern zu Boden und überall lagen Skelettteile, Scherben und zerrissene Bücher verstreut.

Tolles Glück. Wie sollte er das alles Magister Eulertin erklären? Immerhin, er besaß jetzt eine Zaubernuss. Vielleicht sollte er sie gleich morgen früh dazu benutzen, irgendwohin ans Ende der Welt zu flüchten? Möglichst an einen Ort, wo ihn Magister Eulertin unmöglich finden würde. Er seufzte schwer.

Hinter ihm öffnete sich die Tür.

Quiiiitsss. Kai ballte die Faust und in ihm stieg der brennende Wunsch auf, es dem Poltergeist heimzuzahlen. Heute hatte dieser Quälgeist den Bogen eindeutig überspannt.

»Aha, du hältst es vor lauter Neugier nicht aus, wie? Musst dich an meinem Unglück weiden, ja? Jetzt wirst du eine andere Seite von mir kennenlernen. Eine dunkle Seite, eine böse Seite. Denn jetzt werde ich dir beibringen, dass …« Kai fuhr zornig herum und ihm blieben die restlichen Worte im Halse stecken.

Im Türrahmen stand Fi. Sie trug eine Pelzjacke und hielt ihr langes Haar unter einer dicken Fellmütze verborgen.

Entgeistert starrte die Elfe Kai an. »Was ist denn hier passiert? Geht's dir gut, Kai?«

»Ja, äh, alles in … Ordnung«, stammelte er und wäre vor Scham am liebsten im Boden versunken. Hastig bückte er sich und steckte den hässlichen Feenglasklumpen ein, der von seinem geplanten Geschenk übrig geblieben war. Der Brocken war noch immer warm und fühlte sich glatt wie Vulkanglas an.

»Bist du dir sicher? Du machst einem ja richtig Angst«, meinte die hübsche Elfe besorgt und ließ ihren Blick bestürzt durch den Raum schweifen. Glücklicherweise verlor sie über das, was sie sah, kein weiteres Wort. »Bitte zieh dich an und komm mit mir mit. Koggs hat etwas Besorgniserregendes in der Elbmündung entdeckt. Er hält es für ratsam, dass du dir das mit uns zusammen ansiehst.«

»Und was soll das sein?«

»Ich weiß es selbst nicht«, antwortete Fi. »Aber Koggs bat darum, dass wir uns beeilen.«

Kai atmete tief ein und schleppte sich hinter Fi in die Eingangshalle des Hauses, ohne das Chaos im Studierzimmer eines weiteren Blickes zu würdigen. Was auch immer Koggs entdeckt hatte, der Tag hatte bereits mies begonnen. Sehr viel schlimmer konnte es ja kaum noch werden.

Verweht!

Eine kalte Böe strich über die Takelage des Schmugglerschiffes hinweg und ließ das große Segel im Wind knattern, während die Elbe am Kiel des stolzen Seglers vorbeirauschte. Kai fröstelte. Die Sonne war am Himmel nur als blasser Schemen auszumachen und die Luft roch nach Tang und vereistem Brackwasser.

»Bei den Knochen des legendären Seeschlangenfriedhofs«, bellte die erzürnte Stimme von Koggs Windjammer über das Deck, »muss ich euch erst Beine machen oder wird das heute noch was mit dem Focksegel?« Der Klabauterkapitän mit seinem unvermeidlichen Dreispitz und der unverkennbaren roten Knollennase stand auf dem flachen Heckkastell, umklammerte die Ruderpinne und stampfte wütend mit seinem Holzbein auf. Umgehend kam Bewegung in die Mannschaft.

»Und wo, zum Krakenkönig, ist der zweite Mann am Bugspriet? Luwen!« Einer der Seeleute sah betreten auf. »Nimm gefälligst eine lange Stange mit, oder wollt ihr, dass sich unsere schmucke Deern von so einem elenden Eisbrocken den hölzernen Wanst aufreißen lässt? Hopp, hopp, hopp!«

Der Angesprochene schnappte sich eine lange Hakenstange, um damit die in Massen auf der Elbe treibenden Eisschollen vom Schiffsrumpf fernzuhalten, und eilte zum Bug des Seglers. Seine Kameraden, die in den Tauen herumturnten, warfen ihm mitleidige Blicke zu.

Inzwischen war fast eine Stunde verstrichen, seit Fi und Kai mit Koggs den Hammaburger Hafen verlassen und die Elbmündung angesteuert hatten. Dennoch hatte ihnen der Klabauter immer noch nicht verraten, um was es ging. Dies und die Erinnerung an den in jeder Hinsicht verpatzten Tagesbeginn trugen nicht gerade dazu bei, Kais Laune zu verbessern. Hinzu kam, dass die Kälte an Bord schlimmer war, als er es sich aus Fis Berichten zusammengereimt hatte. Missmutig trat er von einem Fuß auf den anderen und starrte zu der Elfe hinüber, die gemeinsam mit einem Matrosen die Ankerwinde von Schnee und Eiszapfen befreite.

Sie blickte kurz auf und winkte ihm zu. Kai lächelte zurück und zog sich seinen Schal über das Gesicht. Unwillkürlich kam ihm der Gedanke, dass es Fi sicher nicht gerade männlich fand, wenn er sich so dick einmummelte, während alle anderen so tapfer Eis und Kälte trotzten. Egal. Wenigstens konnte er so seine Pusteln verbergen.

Verstimmt wandte sich Kai wieder in Fahrtrichtung und presste den Bernsteinbeutel enger gegen den Bauch, in dem sich der hässliche Klumpen aus Feenkristall befand. Zu seiner Überraschung strahlte er noch immer eine angenehme Wärme aus. Offenbar war sein unglückliches Experiment doch nicht vollständig fehlgeschlagen.

Warum verriet Koggs ihnen nicht endlich, welches Ziel sie ansteuerten? Die Warterei bei dieser Kälte machte ihn noch wahnsinnig. Wenn sie noch etwas weiter fuhren, würden sie bald Berchtis' Leuchtturm erreichen, der Hammaburg mit seinem magischen Licht in der Nacht vor Morgoyas Schattenkreaturen schützte. Kai tastete bei dem Gedanken besorgt nach der Zaubernuss in seiner Jackentasche. Es war doch nicht wieder etwas mit dem Feenlicht des Turms geschehen? Morgoyas Schattenarmee hatte erst vor einigen Monaten versucht, es gegen trügerisches Irrlichtfeuer auszutauschen, um Hammaburg zu stürmen.

Nein, unmöglich. Wenn dem so wäre, hätte ihm die Feenkönigin davon berichtet.

Er konnte immer noch nicht glauben, dass es erst wenige Stunden her war, seit ihm Königin Berchtis im Haus des Magisters erschienen war. Leider hatte er bisher keine Gelegenheit gehabt, Fi von dem wundersamen Besuch zu erzählen. Dabei musste er unbedingt in Erfahrung bringen, wann dieses Mondfest begann.

»Großsegel bergen, Männer! Auf, auf, auf! Worauf wartet ihr, ihr lahmen Flusskrebse!« Der Klabauter übergab die Ruderpinne einem Rothaarigen, während die Männer in den Tauen mit routinierten Griffen das gebrasste Segel einholten. Koggs sprang kurzerhand vom Heckkastell auf das Hauptdeck, wobei sein Holzbein laut klapperte, und klopfte zu Kais Verwunderung dreimal gegen die Tür zum Niedergang. »Fi, Rob. Anker zu Wasser lassen!«

Die Elfe nickte, und gemeinsam mit ihrem Kameraden betätigte sie die Winde. Augenblicke später ratterte die Ankerkette durch die Öffnung im Schiffsbug und ein lautes Platschen war zu hören, als das schwere Eisen die Wasseroberfläche durchschlug. Es dauerte nicht lange und der wendige Segler verlor an Fahrt.

Koggs trat neben Kai an die Reling und verschränkte die Arme auf dem Rücken.

»Verratet Ihr mir endlich, was der Grund unserer Reise ist?« Vor Kais Lippen tanzte eine eisige Atemwolke.

»Ich dachte, Thadäus hätte dich Geduld gelehrt, du ruhelose Feuerqualle«, brummte der Klabauter und schniefte. »Du wirst es gleich erfahren. Außerdem sind wir noch nicht vollzählig.«

Kai blickte sich um und freute sich, als auch Fi zu ihnen trat. Ihr schmales Gesicht wurde weich vom Fell ihrer Mütze umrahmt und in ihrem sonnenhellen Haar blitzten einige Eiskristalle. Sie schenkte Kai einen Blick, der sein Herz schneller schlagen ließ.

»Nun, Koggs«, erhob sie ihre melodiöse Stimme, »wirst du uns jetzt endlich verraten …«

»Ah, da seid Ihr ja, Stadtkämmerer«, unterbrach der Klabauter die Elfe und wandte seinen Blick an ihnen vorbei dem Kajüthäuschen zu. Kai, der sich regelrecht dazu zwingen musste, seinen Blick von Fis Katzenaugen zu lösen, bemerkte erst jetzt, dass sich die Tür zum Niedergang geöffnet hatte. Heraus trat zu seiner Überraschung ein Mann mit Nickelbrille in einer schwarzen Pelzrobe, der ihm nur allzu gut bekannt war. Ratsherr Hansen. Der Stadtkämmerer gehörte zu den engsten Vertrauten Eulertins und hütete einen jener magischen Schlüssel, mit denen Berchtis' Leuchtturm verschlossen war. Er nahm seine Brille ab, rieb den Beschlag von den Gläsern und trat zögernd zu ihnen.

»Kapitän Windjammer, ich hoffe, wir können uns auf die Verschwiegenheit Ihrer Männer verlassen. Wenn Schinnerkroog erfährt, dass ich in irgendeiner Weise mit dem Fund in Verbindung stehe, dann …«

»Mal keine Bange, Meister Hansen«, krähte der Klabauter. »Die Männer auf meinem Schiff sind handverlesen. Für einen Kanten Schiffszwieback und die Aussicht, Morgoya kräftig in ihren vernebelten Hintern zu treten, würden die sich freiwillig in den Rachen eines Kraken werfen. Ein ganz anderer Schlag, als diese lauszerfressenen Söldner aus Friesingen, mit denen ich damals gemeinsam mit Bilger Seestrand vor der Küste von …«

»Koggs«, ermahnte ihn Fi sanft.

»Äh, na ja.« Der Klabauter rückte seinen Dreispitz zurecht. »Ihr wisst schon, was ich meine.«

»Jaja, hab schon verstanden«, murmelte Hansen. »Und, wo ist sie?«

Koggs deutete zur Steuerbordseite. »Dort!«

Hansen, Kai und Fi folgten seinem Fingerzeig und starrten in die angegebene Richtung. Auf dem Fluss trieben mehrere kleine Eisschollen, die immerzu von Wellen überspült wurden. Was meinte Koggs nur?

»Bei den Träumen meiner Vorfahren!«, stieß Fi schockiert aus und fasste sich an die Brust, wo, wie Kai wusste, ihr magisches Mondsilberamulett verborgen lag.

Und nun erkannte auch Kai endlich, was Koggs gemeint hatte. Direkt am Rande der Uferböschung lag ein über und über mit Eis überzogenes Schiffswrack. Der Wind hatte die Takelage und die Aufbauten derart mit Pulverschnee bedeckt, dass das hölzerne Ungetüm mit dem weißen Hintergrund der Uferböschung förmlich verschmolz. Kai musste sich schon anstrengen, um Details ausmachen zu können. Bei dem gestrandeten Schiff handelte es sich um eine Galeere mit drachenköpfiger Bugspitze, unter der ein spitzer Rammdorn angebracht war. Der Mast war gebrochen und hing auf halber Höhe wie ein gebrochener Flügel ins Wasser. Die Takelage des Schiffes hatte sich wie weiße Spinnweben über die Aufbauten gelegt, während aus der Reling ein halbes Dutzend schneebedeckter Ruder stachen, die dem Wrack das Aussehen eines toten weißen Hummers verliehen. So gespenstisch der Anblick auch war, irgendwie kam Kai das Schiff bekannt vor.

»Ich habe sie erst heute Morgen entdeckt. Sieht alles andere als gut aus.« Koggs warf einen bitteren Blick auf das Wrack.

»Dann ist es also wahr. Kapitän Asmus ist gescheitert?«, stellte Ratsherr Hansen bestürzt fest.

Kapitän Asmus? Bei allen Moorgeistern, natürlich. Kai erinnerte sich noch gut an den tapferen Seeschlangenjäger, der Koggs und seinen Leuten vor sieben Monaten während der Schlacht an der Elbmündung beigestanden hatte.

»Was soll das heißen?«, kam Fi dem Zauberlehrling mit ihrer Frage zuvor.

Ratsherr Hansen drehte sich argwöhnisch zu Koggs' Leuten um, die mit starren Mienen hinüber zum Elbufer blickten. Ihnen war anzusehen, dass sie an ihre Kameraden dachten, denen an Bord der Galeere sicher ein schreckliches Schicksal zuteil geworden war.

»Wir haben Kapitän Asmus vor zwei Monaten auf eine geheime Mission entsandt«, presste der schmächtige Stadtkämmerer hervor. »Von der Unternehmung wussten nur Magister Eulertin, drei vertrauenswürdige Windmacher, Magistra Wogendamm, Doktorius Gischterweh und Magister Chrysopras, außerdem Koggs Windjammer und ich selbst natürlich.«

Kai kannte die drei Zauberer. Sie waren regelmäßig bei Magister Eulertin zu Gast.

»Tut mir leid«, wehrte Koggs den vorwurfsvollen Blick Fis ab. »Ich durfte niemandem etwas davon erzählen. Auch dir nicht. Ich meine, fast hätte ich ja selbst den Auftrag angenommen. Nur war Thadäus dagegen.«

»Warum diese Geheimniskrämerei?«, fragte Kai. »Sind Fi und ich etwa nicht vertrauenswürdig genug?«

»Natürlich seid ihr das«, wiegelte Hansen ab. »Nur wollten wir den Kreis der Eingeweihten so klein wie möglich halten. Je weniger davon wussten, desto geringer war die Wahrscheinlichkeit, dass einem von uns ein unbedachtes Wort herausrutscht. Unser Oberster Ratsherr Schinnerkroog hat überall in der Stadt seine Spitzel und Zuträger. Wenn er wirklich in den Diensten der Nebelkönigin steht, müssen wir überaus vorsichtig sein. Auf gar keinen Fall wollten wir riskieren, dass die Mission von Kapitän Asmus scheitert.«

Kai wurde langsam wütend. »Selbst die Feenkönigin vertraut mir mehr, Ratsherr Hansen. Berchtis hat mich heute im Zunfthaus aufgesucht. Und sie hat mich bereits davor gewarnt, dass Morgoya neue Ränke spinnt.«

»Die Feenkönigin?«, stieß Hansen ungläubig hervor. Auch Fi und Koggs sahen ihn überrascht an. »Du machst Scherze!«

»Wirke ich so?«, antwortete Kai spitz. »Die Feenkönigin hat ein Konzil einberufen. Es beginnt zum nächsten Mondfest – allerdings weiß ich ehrlich gesagt gar nicht, wann dieses Fest beginnt.«

»Das Mondfest?« Fi sah ihn ernst an. »Man feiert es in der Nacht der Tagundnachtgleiche, also morgen. Es markiert den Wechsel der Jahreszeiten von Winter auf Frühling.«

»Schon morgen?«, entfuhr es Kai und er seufzte. »Ich müsste mich schon sehr wundern, wenn all das hier nicht irgendwie in einem Zusammenhang steht. Wollt Ihr uns nicht endlich sagen, was das für eine Mission war, auf die Ihr Asmus entsandt habt?«

Hansen atmete tief durch und rieb seine klammen Finger. »Kapitän Asmus hatte sich bereit erklärt, in unserem Auftrag das Reich der Nordmänner anzusteuern. Er war als Gesandter unterwegs, natürlich ohne Wissen von Ratsherr Schinnerkroog.«

»Ihr habt ihn zu König Hraudung geschickt?« Vor dem geistigen Auge des Zauberlehrlings fuhren wieder all die Drachenschiffe auf, mit denen sie es während der Schlacht um Berchtis' Leuchtfeuer zu tun bekommen hatten. »Fi, hast du mir damals nicht erzählt, dass König Hraudung längst auf Morgoyas Seite steht?«

»Nein«, erwiderte Fi. »Dass Morgoya Hraudungs Reich inzwischen ebenfalls unterworfen haben könnte, war nur eine Vermutung. Dystariel war da anderer Ansicht.«

»Nicht nur sie, auch wir bezweifeln das«, wandte Koggs ein und spuckte über die Reling. »König Hraudung ist so herrschsüchtig wie der grimme Nordwind. Und zugleich so kalt wie ein Stück Gletschereis! Der lässt sich so leicht von niemandem vor den Karren spannen. Ich verwette zwei Flaschen besten Nebelgewölk darauf, dass Hraudung nichts mit dem damaligen Angriff zu tun hatte. Außerdem dienten auf den Drachenschiffen Untote. Morgoya hatte sie direkt vom Meeresgrund herauf beschworen.«

Hansen nickte zustimmend. »König Hraudung ist sehr mächtig. Es heißt, dass er sogar einen Pakt mit einigen Frostriesen geschlossen habe. Durchaus möglich, dass Hraudung glaubt, sein Reich sei unantastbar. Vielleicht will er aber auch nur abwarten, ob er aus dem drohenden Konflikt zwischen uns und Morgoya nicht als lachender Dritter hervorgeht.«

»Das wäre Selbstmord«, brauste Fi auf. »Allein gegen Morgoya wäre sogar er verloren.«

»Das ist anzunehmen«, antwortete Hansen. »Zumindest wäre das ein überaus gewagtes Spiel. Leider wissen wir zu wenig über ihn und sein Reich, um Hraudungs Motive beurteilen zu können. Für uns ist wichtig, was die Nebelkönigin plant. Aus irgendeinem Grund scheint sie vor allem an der Unterwerfung der südlichen Königreiche interessiert zu sein und einem Zweifrontenkrieg aus dem Weg zu gehen. Die wenigen Spitzel in unseren Diensten haben herausgefunden, dass Morgoya ihre Schattenkreaturen vornehmlich entlang der Südküste Albions zusammengezogen hat. Und von Tag zu Tag werden es mehr.«

»Heißt das, dass Morgoya Angst vor König Hraudung hat?«, überlegte Kai.

»Angst? Morgoya kennt keine Angst.« Koggs schnaubte und legte die Hand auf den Säbel an seinem Gürtel. »Aber bei einem Krieg mit König Hraudung würde ihre Schattenstreitmacht geschwächt. Egal, ob sie siegreich ist oder nicht. Sie braucht ihre Kreaturen aber, wenn sie schnell nach Süden vorstoßen will.«

»Um aufs Festland zu kommen, muss sie jedoch erst die magischen Leuchtfeuer überwinden«, gab Fi zu bedenken.

Hansen und der Klabauter nickten.

»Aber das würde ja bedeuten, dass sie längst einen neuen Plan ausgeheckt hat.«

»Natürlich, hast du daran gezweifelt?«

Die Elfe schwieg.

»Hraudung ist ein Narr, wenn er sich mit Morgoya verbündet hat. Ihre Gier ist grenzenlos. Das muss dem König doch klar sein«, meinte Kai.

»Wir hoffen es«, antwortete der Stadtkämmerer gedehnt. »Aber König Hraudung ist alt und wir wissen nicht, wie seine beiden Söhne Raugrimm und Lefgar das sehen. Zu unserem Glück gilt Lefgar als recht besonnen. Er ist der Ältere der beiden und damit sein Thronfolger.«

»Das heißt«, schlussfolgerte Fi, »Ihr habt Asmus entsandt, um Verhandlungen mit den Nordmännern aufzunehmen?«

»Ja.« Der Stadtkämmerer nickte. »Kapitän Asmus sollte die Bedingungen für ein Waffenbündnis aushandeln. Oder zumindest ein Bündnis zwischen Hraudung und der Nebelkönigin verhindern.«

»Für mich stellt sich vielmehr die Frage, ob Kapitän Asmus überhaupt in Hraudungs Reich angekommen ist. Seht euch doch das Schiff an.« Fi deutete zu dem vereisten Wrack hinüber.

Kai nickte. »Koggs, was habt Ihr auf dem Schiff gefunden?«

Der Klabauter grunzte unwillig und kramte unter seiner Uniform ein Fernrohr hervor und reichte es Kai. »Wirf mal einen Blick hier durch, und dann sag mir, was du siehst.«

Es dauerte etwas, bis Kai die Linsen scharf gestellt hatte. Er ließ seinen Blick langsam über das Deck schweifen. Zwischen den vereisten Aufbauten erkannte er unregelmäßig geformte Schneehügel, die ihn fatal an menschliche Körper erinnerten. Da bewegte sich etwas – aber es war nur Schnee, der vom Wind aufgewirbelt und über das Deck getragen wurde. Doch seltsam … irgendwie wirkte diese Schneewolke auf besorgniserregende Weise lebendig.

»Frostgeister«, knirschte Koggs Windjammer und nahm Kai das Fernrohr wieder ab. »Ich habe mit diesen elenden Kreaturen schon öfter zu tun gehabt.«

Koggs wies mit dem Fernrohr zum Ladebaum am Mast, der schräg über dem abgespannten Beiboot des Seglers hing, und blaffte zwei in der Nähe stehende Männer an. »Worauf wartet ihr? Lasst die Jolle zu Wasser. Wir werden dem verfluchten Kahn jetzt einen Besuch abstatten!«

Rufe halten über das Deck und in die Mannschaft kam Bewegung. Koggs wirkte außerordentlich knurrig, als er sich wieder Kai zuwandte und seine Stimme senkte. »Ich gehe davon aus, du bist mit von der Partie? Du kannst dir ja sicher denken, was diese Biester am allerwenigsten mögen?«

Kai nickte. »Feuer!«

Frostgeister

Ich hoffe, ihr seid bereit?«, flüsterte Fi, während sie die Spitze ihres letzten Pfeils mit einem Lappen umwickelte. Nachdem sie ihn wie die anderen in Lampenöl getränkt hatte, steckte sie ihn zurück in den Köcher und gürtete diesen um ihre Hüfte. Koggs antwortete mit einem unwirschen Schnauben und verhinderte mit dem Ruder, dass sie mit ihrer Jolle gegen das vereiste Wrack stießen, das sich vor ihnen auftürmte.

Kai blickte an der froststarren Schiffsverkleidung empor und lauschte, bereit, jederzeit einen Feuerwusel zu beschwören – doch nichts geschah. Das Einzige, was er vernahm, war das leise Säuseln des Windes und das beständige Glucksen und Plätschern der Wellen, die gegen die Bordwand schlugen.

»Lasst euch nicht täuschen«, brummte der Klabauter misstrauisch. »Diese eisigen Biester wissen längst, dass wir hier sind.« Er nahm ein Seil und visierte eines der Galeerenruder an. Es befand sich schräg über ihnen und war mit langen, spitzen Eiszapfen übersät, die Kai an die Zähne einer Seeschlange erinnerten. Mit Schwung warf Koggs das Seilende über den hölzernen Riemen, vertäute ihr schwankendes Boot und zog es anschließend näher an den abgeknickten Mast des Wracks heran, der nur wenige Ruderschläge von ihnen entfernt ins Flusswasser ragte. Kai starrte beklommen auf das Gewirr aus zersplittertem Holz, verwickeltem Segeltuch und abgerissener Takelage und versuchte, sich nichts von seinen Gefühlen anmerken zu lassen.

»Lasst uns erst einmal die Lage auskundschaften«, sagte Koggs und sprang auf den einstigen Ausguck der Galeere. »Und seid ja vorsichtig. Da oben wird es gleich verdammt unangenehm werden.«

Fi zwinkerte Kai zu, warf sich ihren Bogen über die Schulter und griff zu der Lederschlaufe ihres Gluttopfs, den sie mit Kais Hilfe entfacht hatte. Kurz darauf sprang die Elfe mit einem eleganten Satz auf den Mast der Galeere und schwang sich anmutig an den reifüberzogenen Tauen empor. Koggs klemmte sich seinen Säbel zwischen die Zähne und folgte ihr.

Entschlossen machte sich auch Kai an den Aufstieg und hielt sich an der gefrorenen Takelage fest. Doch die Seile waren klamm und rissig und immer wieder drohte er abzurutschen. Als er endlich über das vereiste Schanzkleid an Bord der Galeere plumpste, zog ihn Fi schnell hinter ein verschneites Fass in Deckung.

Fi spannte einen ihrer umwickelten Pfeile und hielt ihn knapp über den Gluttopf, um ihn jederzeit in ein Brandgeschoss verwandeln zu können.

Kai nahm seine Flöte zur Hand und erstarrte. Auf der Ruderbank neben ihnen, keine zwei Schritte entfernt, saß ein Toter. Der tote Seemann hielt noch immer den langen Riemen umklammert und war über und über mit Eis bedeckt. Sein Mund war zu einem stummen Schrei geöffnet. Panisch sah sich Kai um. Dieser Seemann war nicht der einzige Tote an Bord. Die Ruderbänke waren voll besetzt. Eingesunken und mit dicken Lagen Reif und Schnee bedeckt, hockten dort steif und starr etwa zwei Dutzend Männer.

»Ein Grab«, wisperte Kai erschüttert. »Das ganze Schiff ist ein eisiges Grab!« Er hatte bereits die wandelnden Skelette im Dienst Mort Eisenhands erlebt, doch der Anblick dieser Toten war schlimmer. Die bittere Kälte hatte nicht nur die Körper der Seeleute erhalten, viel grausiger war der Ausdruck ihrer vereisten Gesichter. Sie waren verzerrt in blankem Entsetzen.

»Bei den Frostriesen Hraudungs, dafür wird jemand büßen!«, sagte Koggs und goss Lampenöl über die Schneide seines Säbels. Mit der anderen Hand zückte er eine Fackel, entzündete diese an Fis Gluttopf und erhob sich kämpferisch. »Los, zum Laufsteg«, schnarrte er, während er nun auch die Klinge in Brand steckte. »Wir müssen herausfinden, was Asmus zugestoßen ist. Wenn sich uns irgendetwas in den Weg stellt, dann brutzel es weg, Junge!«

Die Worte des Klabauters waren kaum verhallt, als ein klagendes Heulen ertönte. Wispernd und klirrend erhoben sich überall um sie herum wirbelnde Schneewehen, die menschenähnliche Gestalt annahmen. Ihre Fratzen waren blass und hohlwangig und ihre Mäuler offenbarten lange Zahnreihen aus spitzen Eisnadeln. In ihren leuchtenden, eisblauen Augen schimmerte die blanke Mordlust.

Kai beschwor einen Feuerwusel herauf.

Keinen Augenblick zu spät, denn kreischend und wie ein Schwarm Haie wirbelten die Frostgeister von allen Seiten auf sie zu.

Fis erster Pfeil war bereits unterwegs, als Kai sich noch überlegte, welchen ihrer Gegner er zuerst attackieren sollte.

Eine dunkle Schmauchspur hinter sich herziehend, durchschlug das Brandgeschoss der Elfe den wehenden Körper des ersten Frostgeists und traf gleich noch einen zweiten. Jaulend stoben die Schemen auseinander. Doch die Löcher, die der Brandpfeil in ihre Leiber geschlagen hatte, verwehten bereits wieder. Koggs, der ganz vorn stand, schlug wild mit Fackel und brennender Säbelklinge um sich und erwischte ein drittes Eisgespenst. Rasend vor Wut ließ das Frostwesen von dem Klabauter ab, doch die Flammen auf Koggs' Klinge erloschen bereits. Zwei weitere Frostgeister rasten mit aufgerissenen Mäulern heran.

»Mach sie fertig!«, brüllte Kai. Sein Feuerwusel verwandelte sich in einen Funken sprühenden Kugelblitz, der ungestüm auf einen der beiden Angreifer zujagte. Er schleuderte zwei weitere Kugelblitze über das Deck, während Fi Pfeil um Pfeil auf die unheimliche Geisterschar abfeuerte. Die Frostgeister brüllten voller Zorn und huschten hinter Bänke und Nischen, dann waren sie verschwunden.

»Elende Schattenmacht, wo sind sie hin?«, flüsterte Kai.

»Vermutlich brüten sie eine neue Teufelei aus«, antwortete Koggs und wischte sich etwas Pulverschnee vom Bart. »Aufgegeben haben die bestimmt noch nicht.«

»Seht euch das an!« Fi deutete mit ihrem Bogen hinauf zum Bugkastell der Galeere, auf dem eine schwere Seeschlangenharpune auszumachen war. Wie seltsam verrenkte Statuen standen weitere Tote um das Geschütz herum. Einer von ihnen hielt noch eine gewaltige Harpune umklammert, zwei andere schienen vereist zu sein, noch bevor ihre Leiber auf das Deck schlagen konnten.

Mit wenigen Sätzen war Koggs auf dem Bugkastell und beäugte die erstarrten Körper um sich herum.

»Arme Hunde. Ich frage mich, ob die noch einen Schuss abgeben konnten, bevor das Unheil über sie hereinbrach.« Koggs knirschte mit den Zähnen und trat an das sperrige Geschütz heran. Es war auf den Himmel gerichtet und mit einem dicken Panzer aus Eis bedeckt.

Dem eisigen Schrecken musste ein Kampf vorausgegangen sein. Natürlich. Alles hier oben deutete daraufhin.

»Dieses Unheil, es war zweifelsfrei magischen Ursprungs«, sagte Fi mit belegter Stimme. »Nur das erklärt die vielen Frostgeister hier auf dem Schiff.«

»Ich weiß«, schnaubte Koggs. »Keiner der Toten weist eine Bisswunde auf. Diese Biester stürzen sich aber auf alle lebenden Wesen, um sich von ihrer Wärme zu nähren. Die Mannschaft muss also bereits tot gewesen sein, als die Frostgeister aufgetaucht sind. Etwas anderes muss sie angezogen haben.«

Die Elfe nickte. »Es heißt, Frostgeister werden von Orten angelockt, an denen urwüchsige magische Kräfte walten.«

»Mir persönlich ist es ehrlich gesagt egal, was für Vorlieben diese mordlüsternen Monster haben«, brummte Koggs. »Hauptsache, sie kommen uns nicht zu nahe! Wir sollten uns besser darauf konzentrieren herauszufinden, was zum Seeteufel noch mal hier passiert ist. Seht euch nur die Harpune an. Ich tippe auf einen Angriff aus der Luft.«

»Vielleicht hat sich Asmus im Norden mit einer Frosthexe angelegt«, grübelte die Elfe. »Oder mit einem von Hraudungs Runenmeistern … Es heißt, sie können das Wetter kontrollieren und Eisstürme heraufbeschwören.«

»Vielleicht sollten wir uns zunächst einmal fragen, wie die Galeere überhaupt vom Nordmeer zurück zur Elbe gefunden hat«, meinte Kai. »Die muss doch schließlich von jemandem gesteuert worden sein?«

»Du meinst, hier ist noch jemand an Bord?« Fi verengte ihre grünen Augen und hob den Bogen.

»Nein, ihr beiden Landratten. Dafür gibt es eine viel einfachere Erklärung.« Koggs deutete auf den gebrochenen Mast. »Und die lautet: Windgeister! Lässt du eines dieser Luftelementare einmal aus der Flasche, dann befolgt es deinen Befehl so lange, bis du ihm neue Weisungen erteilst. Ich schätze, Asmus hat eine Windsbraut freigelassen. Die sind für ihren langen Atem bekannt.«

»Fragen können wir ihn leider nicht mehr.« Die Elfe deutete mit versteinertem Gesichtsausdruck auf eine Gestalt an der Bugschanze, die ihnen den Rücken zukehrte. »Ich schätze, dort ist er!«

Kai und Koggs fuhren herum und der Klabauter stieß einen leisen Fluch aus. »Kraken und Polypen! Du hast Recht.«

Der Tote trug eine blaue Kapitänsuniform, die unter all dem Frost silbrig schimmerte. Vorsichtig näherten sie sich ihm. Asmus' Blick war kühn dem Himmel zugewandt. Seine linke Hand hatte er wie zum Schwur aufs Herz gelegt, die Rechte hingegen zeigte mit ausgestrecktem Zeigefinger zur Bugspitze.

»Seltsam«, murmelte Kai.

»Hier ist alles seltsam«, zischte Koggs und sah sich misstrauisch um, so als erwartete er jeden Moment einen neuen Angriff der Frostgeister.

»Nein, das meine ich nicht«, erklärte Kai. »Das ist nicht gerade die Pose, die ich von einem Kapitän erwarte, der Kampfbefehle erteilt.«

»Aber die Männer hier haben gekämpft«, schnaubte Koggs. »Da verwette ich ein Fass Lebertran drauf. Die sind vor irgendetwas geflüchtet. Schau dir die Ruderbänke an. Da fehlt kein einziger Mann. Die haben sich ordentlich in die Riemen gelegt. Hat ihnen aber nichts genutzt.«

»Aber wieso deutet Kapitän Asmus auf die Bugspitze und blickt gleichzeitig gen Himmel? Vielleicht wollte er uns im Augenblick seines Todes eine Botschaft hinterlassen«, sagte Fi nachdenklich.

»Eine Botschaft?« Koggs folgte dem Fingerzeig des erfrorenen Kapitäns. »Hagel und Blitze, Asmus deutet nicht zum Wasser, sondern auf den Bugspriet. Zur Galionsfigur. Sieh hin!«

Kai reckte sich über die Verschanzung und starrte nach unten. Der Klabauter hatte Recht.

Ehrfürchtig musterte Kai den gebieterischen, rot und gold bemalten Drachenkopf, der unter ihm aufragte. Wie alles an Bord lag auch dieser Teil des Schiffes unter einer dicken Eisschicht begraben.

»Ob er dort unten etwas versteckt hat?«

Bevor Kai es sich versah, klemmte sich Koggs wieder den Säbel zwischen die Zähne und kraxelte über das Schanzkleid. Wagemutig rutschte der dickbäuchige Klabauter an dem Bugspriet entlang und hangelte sich von dort zum hölzernen Drachenkopf hinab.

»Sei vorsichtig!«, rief ihm Kai zu.

Doch Koggs ließ sich nicht beirren. Immer wieder drosch er mit der Klinge auf die Galionsfigur ein und befreite sie so vom Eis.

»Tut mir leid, da war nichts«, brach es enttäuscht aus ihm heraus. »Hab alles abgesucht. Hat der junge Herr Zauberer vielleicht noch einen weiteren Vorschlag? Diesmal vielleicht einen, der etwas weniger Mühe erfordert?«

Kai betrachtete Asmus erneut. Sein Gefühl sagte ihm, dass dieser ihnen tatsächlich etwas über den Tod hinaus mitteilen wollte. Einen Hinweis? Eine Warnung?

»Koggs, was ist das hier?« Kai überwand sich und befreite die bleiche Hand des Toten von Schnee. Die klammen Finger umfassten etwas Goldenes. Einen Schlüssel.

»Na, wer sagt es denn, du Wattwurm. Du machst dem alten Eulertin noch alle Ehre! Sehr bedauerlich, dass der kleine Magister nicht hier ist. Sicherlich könnte er uns sagen, was hier geschehen ist.«

Koggs befreite den Schlüssel aus Asmus' eisiger Umklammerung und betrachtete ihn genauer. »Sieh einmal an, Zwergengold!«, murmelte er und hob interessiert eine Augenbraue. »Ich schätze, der Schlüssel gehört zu einer Seekiste. Lasst uns mal im Heckkastell nachsehen, ob wir nicht die Kapitänskajüte finden.« Er bedeutete seinen beiden Begleitern, ihm zum anderen Ende der Galeere zu folgen.

Kai beschwor vorsichtshalber einen neuen Feuerwusel herauf. Fi entzündete derweil einen weiteren ihrer Pfeile und gemeinsam folgten sie dem Seekobold über das Hauptdeck. Sie hatten gerade den zersplitterten Maststumpen erreicht, hinter dem das Staugatter hinunter zum Laderaum lag, als Kai bemerkte, dass Fis Bogen leicht zitterte. Erstaunt blickte er die Elfe an.

Konnte das sein? Fi schien ihm stets so mutig, doch diesmal entdeckte er in ihrem Blick einen Anflug von Furcht.

»Keine Angst«, flüsterte er so, dass Koggs ihn nicht hören konnte, und hob ermutigend die Hand mit dem grimmig vor sich hin prasselnden Feuerwusel, »diesmal pass ich auf dich auf.«

Die Elfe schenkte ihm ein dankbares Lächeln. »Ich bin froh, dass du bei mir bist. Die Angst all der Männer hier«, fuhr sie verzagt fort. »Sie ist so greifbar. Und ich fühle, nein, ich weiß, dass das noch nicht alles war. Hier ist noch irgendetwas an Bord, was wir finden müssen.«

»Kraken und Polypen. Könnt ihr da hinten mal Ruhe geben«, fauchte Koggs. Der Klabauter hatte inzwischen den Zugang zum Heckkastell erreicht, über dem eine Schiffsglocke baumelte. Kai und Fi postierten sich kampfbereit neben dem Eingang und Koggs trat mit Wucht gegen die Tür. Unter lautem Knarren schwang sie auf. Ranziger Trangeruch schlug ihnen entgegen, doch nirgends war ein Frostgeist auszumachen.

Vorsichtig betraten sie das Innere. An eisernen Haken hingen sorgsam aufgereiht scharfe Schneidwerkzeuge aller Art. Beile, Äxte, Schlachterhaken und lange Sichelmesser. Alles, was man zum Ausnehmen einer Seeschlange benötigte. Linker Hand türmten sich große Fässer auf, die mit Stricken fest an der Wand verzurrt waren. Aus einem von ihnen rieselte Pökelsalz. Koggs stapfte zu einer weiteren Tür am hinteren Ende des Raums. Energisch rüttelte er an der Klinke. Die Tür war abgesperrt.

»Na, dann wollen wir mal«, erklärte der Klabauter grimmig, steckte die Fackel in eine Halterung an der Wand und nahm stattdessen ein schweres Beil vom Haken. Mit kräftigen Hieben schlug er so lange auf das schwere Schloss ein, bis auch diese Tür aufflog.

Dahinter befand sich eine Kajüte, an deren Wänden die Trophäen und Zeugnisse langer Seereisen prangten. Getrocknete Fische, regenbogenfarbene Muscheln, eine Kupferlampe in Gestalt eines springenden Delfins, Buddelschiffe aus fernen Ländern sowie der ausgestopfte Kopf eines riesigen Seepferdchens. Herrje, das Tier war so groß wie ein richtiges Pferd! Kais Blick streifte eine enge Schlafkoje, deren Pfosten aus gedrechselten Seeschlangenzähnen bestanden, einen schmalen Sekretär, auf dem eine ausgebreitete Seekarte lag sowie eine schwere Truhe in der Kajütecke, die mit kostbaren Perlmutteinlagen verziert war.

Koggs musterte die Karte.

»Mir scheint, der alte Seeschlangentöter hat Hraudungs Herrschaftsgebiet sehr wohl erreicht. Hätte mich auch gewundert, wenn nicht.«

Koggs rollte die Karten zusammen und stopfte sie kurzerhand in seinen Hosenbund. Er wandte sich der Seekiste zu, prüfte den Schlüssel aus Zwergengold und steckte ihn ins Schloss. Er ließ sich problemlos drehen.

»Ich ahne, was uns Asmus hinterlassen wollte.« Der Seekobold wühlte so lange in der Kiste, bis er gefunden hatte, was er suchte. Triumphierend präsentierte er ein schweres Buch, dessen Ecken mit silbernen Beschlägen verziert waren. »Das Logbuch!« Koggs richtete sich wieder auf und begann darin zu blättern. Schlagartig verfinsterte sich sein Blick. »Beim fauligen Atem einer Seeschlange, die verdammten Seiten sind leer!«

Kai trat misstrauisch näher. Die Seiten waren strahlend weiß. Einer plötzlichen Eingebung folgend murmelte er einen Zauberspruch und spürte die Magie, die auf dem Buch lag.

»Irrtum, Koggs. Die Seiten sind nicht leer. Entweder liegt auf dem Buch ein Verhüllungszauber oder Asmus hat seine Eintragungen mit Zaubertinte geschrieben.«

»Und, kannst du die Schrift lesbar machen?«

»Leider nein.«

»Was soll's.« Koggs zuckte mit den Schultern. »Ich denke, hiermit haben wir das Wichtigste gefunden. Ich schlage vor, wir kehren jetzt zum Stadtkämmerer zurück und überlegen uns dann, wie wir all den Kameraden hier an Bord am besten helfen …«

»Warte, Koggs!«, platzte es aus Fi heraus. Kai war längst aufgefallen, dass die Elfe schon eine Weile unruhig auf und ab ging und nun ihren Bogen hob. »Hier an Bord geschieht etwas. Ich kann es fühlen. Wir sollten …«

Fi kam nicht mehr dazu, ihren Satz zu vollenden, denn im nächsten Moment flutete eine machtvolle Kältewelle den Raum und die Wände erzitterten. Von einer titanischen Kraft angehoben wölbten sich die Planken von einem Moment zum anderen nach oben. Kai stolperte rücklings gegen die Schlafkoje und konnte sich gerade noch festhalten, als der Kajütenboden mit lautem Krachen explodierte. Holzsplitter schossen durch den Raum und der Zauberlehrling sah aus den Augenwinkeln mit an, wie Koggs und Fi schreiend durch das gewaltige Loch zu ihren Füßen in den Laderaum stürzten. Mit ihnen rutschten Sekretär, Buddelschiffe und andere Gegenstände in die Tiefe.

»Fi! Koggs!«, schrie Kai nach unten, der sich krampfhaft an einer Bodendiele festhielt. Schemenhaft waren unter ihm die Stützbalken des Lagerraums zu erkennen, an denen Hängematten befestigt waren, die ebenso wie die Fässer, Kisten und Taurollen an den Wänden mit einer weißen Reifschicht überzogen waren. Ein boshaftes Wispern drang zu ihm herauf und unvermittelt entdeckte er ein glühend blaues Augenpaar in der Finsternis. Und dann noch eines und noch eines. Es waren über ein Dutzend.

Kai schleuderte von oben einen Kugelblitz zwischen ihre Gegner und eine leise Explosion hallte durch den Schiffsbauch, dem wütendes Geheul folgte.

»Kämpft!«, war das Gebrüll von Koggs zu hören.

Kai sprang nun kurzerhand ebenfalls in die Tiefe. Unsanft landete er auf einer der Hängematten, die mit einem hässlichem Laut entzweiriss, und er stieß mit dem Kopf unsanft gegen die Überreste des Sekretärs.

Wo war Fi? Entsetzt sah er mit an, wie sich die vielen blau glühenden Punkte wieder sammelten und zu einem einzigen, großen Augenpaar verschmolzen.

Im nächsten Moment brauste eine gewaltige Frostkreatur auf ihn zu, aus deren weit aufgerissenem Maul lange Reihen großer Eiszapfen stachen. Kai feuerte einen Kugelblitz auf die Kreatur ab, hechtete zur Seite und spürte, wie eine gewaltige Schneelawine auf ihn niederprasselte. Er würgte. Mund und Augen waren mit Schnee bedeckt und er bekam keine Luft mehr. Verzweifelt versuchte er sich wieder an die Oberfläche zu graben, als ihn eine Hand packte und unter der Schneewehe hervorzog. Sie gehörte Koggs, der mit den Zähnen eines seiner Zauberfläschchen entkorkte und in hohem Bogen gegen ein Fass warf.

Die gefährliche Schneekreatur, zu der sich die Frostgeister vereinigt hatten, hing derweil wie eine gewaltige Schlange unter der Decke und wurde von heftigen Winden durchgeschüttelt.

Da entdeckte Kai über einem der Fässer einen flirrenden Luftikus, der nach Kräften seine Backen blähte. Das also war es, was Koggs in der Flasche verwahrt hatte.

Doch seine Freude währte nur kurz. Mit einem gewaltigen Satz raste die Schneebestie heran und zermalmte das Luftelementar zwischen ihren eisigen Kiefern.

»Kämpfe, Junge!«, schrie der Klabauter und stürzte hinter einen Stapel von Kisten. Der Zauberlehrling rappelte sich auf und schüttelte den Schnee aus den Haaren.

In diesem Moment hätte er alles dafür gegeben, wie ein richtiger Feuermagier hohe Magie zu wirken. Zornig jagte er der unheimlichen Kreatur einen weiteren seiner Kugelblitze entgegen. Das sprühende Geschoss schlug ein kopfgroßes Loch in den Schneeleib. Brüllend vor Schmerz fuhr das Monster zu ihm herum und starrte ihn aus tückischen, eisblauen Augen an. Die Bestie stieß ein lang gezogenes Fauchen aus.

In diesem Augenblick entdeckte Kai hinter ihr einen Schatten. Es war Fi! Die Elfe hatte sich auf eines der Tranfässer gestürzt und hackte mit einem Beil wild darauf ein. Glucksend sprudelte eine gelbliche Brühe auf die Planken.

»Weg da, Fi!«, brüllte Kai und zwang das Frostmonster mit zwei weiteren Kugelblitzen dazu, seitwärts auszuweichen. Endlich war der Weg hinauf zum Staugatter frei. Er jagte ein drittes seiner Funken sprühenden Geschosse der Öllache entgegen. Mit einem dumpfen Laut entzündete sich die Flüssigkeit und der Stauraum stand von einem Moment zum anderen in Flammen. Der gigantische Frostgeist stieß ein ohrenbetäubendes Brüllen aus, das Kai durch Mark und Bein fuhr. Es zischte und brodelte, wo die Flammen gegen seinen eisigen Leib schlugen.

Kai jagte wie besessen einen Kugelblitz nach dem anderen durch den Laderaum. Längst schwängerte ein Gemisch aus öligem Ruß und heißem Wasserdampf die Luft und machte das Atmen unerträglich.

Abermals explodierte ein Kugelblitz inmitten der Schwaden, als Kai, der sich vor Anstrengung kaum mehr auf den Beinen halten konnte, eine krächzende Stimme hörte.

»Hör auf, Junge. Es reicht!«

Kai schnappte nach Luft und zog sich mit letzter Kraft den Schal vor den Mund. Die Frostkreatur war verschwunden. Dafür leckten vor ihm helle Flammen an einem Stützpfeiler empor. Klackernde Schritte waren zu hören. Jemand packte Kai am Kragen seiner Felljacke und schleppte ihn Richtung Leiter.

»Gib jetzt nicht auf, Junge!«, herrschte ihn Koggs an. Kai gab sich noch einmal einen Ruck und mithilfe des Klabauters gelang es ihm, sich die Sprossen nach oben zu ziehen. Kraftlos stürzte er auf das Deck, hustete und atmete keuchend die kalte, klare Seeluft ein. Aus dem Gatter neben ihm stieg dichter, grauer Qualm auf, der wie ein Trauerflor langsam auf den Fluss hinaustrieb.

Wo war Fi?

Besorgt suchte er das Deck ab. Doch der Einzige, den er entdecken konnte, war Koggs. Der Klabauterkapitän lag schnaufend und mit aschgrauem Gesicht zu Füßen eines erfrorenen Seemanns. Er war kaum wiederzuerkennen. Der Dreispitz lag angesengt neben ihm, die Kapitänsuniform wies Schwelspuren auf und seine Haut wirkte brüchig wie altes Pergament.

Bei allen Moorgeistern, was hatte er nur angerichtet?

»Koggs. Alles in Ordnung?«

Der funkelte ihn an und hustete. »Natürlich, du Fackelgarnele. Denkst du, so ein lächerliches Frostgespenst haut den alten Koggs um? Das war gar nichts. Immerhin habe ich damals sogar die Begegnung mit dem *Fliegenden Albioner* überstanden. Das war ein Geisterschiff, sage ich dir. Stell dir vor, wie ... «

»Wo ist Fi?«, unterbrach ihn Kai und zog sich schwankend an dem Mast der Galeere empor.

»Noch da unten«, antwortete der Seekobold zerknirscht und richtete sich ebenfalls auf. »Mach dir keine Sorgen, unser Elfchen weiß auf sich aufzupassen.«

Kai starrte Koggs fassungslos an. Woher nahm der alte Schmuggler verdammt noch einmal diese Sicherheit? Panisch stürzte er zurück zu der Luke, aus der es noch immer rauchte.

»Fi!«, brüllte er verzweifelt. »Verdammt, Koggs, wir brauchen Wasser. Wir müssen das Feuer da unten löschen. Hast du nicht noch ein Fläschchen mit einem Wasserelemen ...«

In diesem Augenblick knarrte es auf der Leiter. Einen bangen Augenblick später schälte sich eine schlanke Gestalt aus dem Dunst.

Fi trug einen schlaffen Körper, den sie sich über die Schulter geworfen hatte, nach oben. Einer der Seeleute.

Hastig nahm Kai ihr die Last ab und legte den Unbekannten aufs Deck. Fi keuchte, riss sich ein Tuch vom Gesicht und füllte ihre Lungen mit frischer Luft. Erschöpft sah sie erst ihn, dann den Fremden an.

»Sein Körper ist eiskalt, aber er lebt. Ich habe ihn im Lagerraum gefunden. Offenbar hatte er sich dort versteckt.«

Zu Kais Überraschung lächelte Fi und aus ihren Katzenaugen rann stockend eine Träne. »Ich weiß nicht, warum er hier ist und wie er das geschafft hat. Aber dieser dreimal gesegnete Wipfeljäger ist Morgoya tatsächlich entkommen. Entkommen, versteht ihr?«

Kai und Koggs sahen sich verständnislos an. Der Zauberlehrling schlug die Pelzkapuze des Bewusstlosen zurück und sah, dass es sich bei dem Fremden um einen jungen Mann handelte, dessen edle Gesichtszüge von gelocktem, weißblondem Haar umrahmt wurden. Wenn Fi Recht hatte und er nicht tot war, dann musste er sehr tief schlafen. Seine Augen waren geschlossen und die Haut war so blass wie die Flügel eines Schneefalters. Und doch, trotz seines Zustandes hatte der Unbekannte etwas Vornehmes, fast Überirdisches an sich. Endlich erkannte Kai warum. Der Bewusstlose besaß spitz zulaufende Ohrmuscheln. Er war ein Elf.

»Darf ich fragen, wer das ist?« Kai fühlte, dass ihm die Antwort nicht behagen würde.

»Das ist Gilraen«, sagte Fi und streichelte besorgt über die Wange des Elfen. »Er stammt wie ich aus Albion und wir kennen uns seit frühester Kindheit. Wir müssen ihm helfen, Kai. Gilraen und ich, wir sind einander lichtverschworen.«

Wettermagier

G leich sind wir da«, flüsterte Ratsherr Hansen angespannt. Er deutete auf einen runden Turm am Ende der menschenleeren Gasse, der die Dächer rundum überragte. Im Gegensatz zu den Häusern, die krumm und schief die Straße säumten, war der rote Backsteinbau gänzlich vom Schnee befreit. Er mündete in einem spitz zulaufenden Schieferdach, aus dessen Schindeln trompetenförmige Röhren und bizarre Luftschrauben ragten.

Der Zauberlehrling war froh, dass sie ihr Ziel endlich erreicht hatten. Das ganze Viertel stank nach Erbsensuppe und kaltem Rauch und erinnerte ihn daran, dass er schon seit Stunden nichts mehr gegessen hatte. Außerdem war ihm kalt, obwohl von dem Beutel mit dem Feenkristall, der mittlerweile um seinen Hals hing, noch immer eine angenehme Wärme ausging.

Kai atmete tief ein, schulterte seinen Rucksack, der mit jedem Schritt schwerer wurde, und bemühte sich, gemeinsam mit Koggs und Fi möglichst geräuschlos zu Stadtkämmerer Hansen aufzuschließen. Leider war das kaum möglich, denn der Schlitten, den sie hinter sich herzogen, verursachte auf dem vereisten Straßenpflaster beständig kratzende Laute. Auf ihm lag in dicke Decken gewickelt der bewusstlose Gilraen.

Hansen legte einen Finger auf die Lippen, sah sich verstohlen um und pochte mit dem Türklopfer dreimal vorsichtig gegen die eichene Pforte. Kurz darauf ließ sich hinter einem der oberen Turmfenster eine Gestalt blicken, die eine Laterne in der Hand hielt. Dann war das gedämpfte Knarzen einer Holztreppe zu hören.

Kai wandte sich zu Fi um, die sich besorgt über den Schlitten beugte und in melodischem Elfisch auf ihren bewusstlosen Freund einredete. Gilraen stöhnte leise, erwachte aber nicht.

Kai konnte verstehen, dass sie sich große Sorgen um ihn machte. Gilraen schien mehr tot als lebendig und brauchte dringend die Hilfe eines Heilkundigen. Gern hätte Kai ihm geholfen, doch er wusste nicht wie. Außerdem hatte ihm Fi deutlich gemacht, dass sie lieber allein mit ihm sein wollte. Sie hatte es zwar nicht direkt gesagt, aber er fühlte es. Wie so oft in den letzten Stunden ertappte sich Kai bei dem Gedanken, dass es ihm lieber gewesen wäre, wenn sie dem Elfen nicht begegnet wären.

Zurück in Koggs' Schmugglerviertel war es zu erbitterten Debatten zwischen dem Klabauter, Fi und Hansen gekommen, was angesichts von Magister Eulertins Abwesenheit zu tun sei. Kai hatten die Gefährten bei alledem mehr oder minder vergessen. Kapitän Asmus' Logbuch blieb unlesbar, und was auch immer Fi anstellte, um Gilraen zu helfen, sie scheiterte.

Schließlich hatte der Stadtkämmerer angeregt, Magistra Wogendamm, Doktorius Gischterweh und Magister Chrysopras um magischen Beistand zu bitten. Ein Vorschlag, der auch bei Koggs und Fi Zustimmung fand. Immerhin vertraute Magister Eulertin den Windmachern. Hinzu kam, dass die drei Zauberer nicht etwa in der Windmachergasse wirkten, von der Hansen argwöhnte, dass Schinnerkroog dort längst einige Spitzel untergebracht hatte, sondern hier im Hafenviertel. In dem seltsamen Turm, der nun vor ihnen aufragte, betrieben sie eine magische Wetterwarte, die bei den Kapitänen der Stadt in hohem Ansehen stand.

Zuvor hatten sie noch einen Abstecher in Magister Eulertins Haus gemacht, weil Kai von dort noch einen ganz bestimmten Gegenstand holen wollte. Ihm war nämlich eine Idee gekommen. Unglücklicherweise nahm das Gewicht des Objekts mit jedem Schritt, den er sich aus der Windmachergasse fortbewegte, immer mehr zu. Die Nähte seines Rucksacks waren inzwischen bis zum Zerreißen gespannt und Kais Rücken schmerzte unter der ungewohnten Belastung. Immerhin wusste er jetzt, dass das verdammte Ding wohl durch irgendeinen Zauber an Eulertins Haus gebunden war.

»Kommt rein!« Magistra Wogendamm reckte ihren Kopf ins Freie und starrte mit misstrauischem Blick die dunkle Gasse zum Hafenbecken hinunter. Um ihren hageren Körper schlotterte eine viel zu lange Robe und um den Hals der Magistra hing ein ganzes Bündel Bannamulette.

»Ich will nur hoffen, dass ihr nicht von Schinnerkroogs Spitzeln verfolgt worden seid«, sagte sie forsch. »Seid ihr unterwegs Magister Chrysopras begegnet? Spitzer Hut, schlanke Gestalt und fühlt sich ständig verfolgt.«

»Nein«, knurrte Koggs, der den bewusstlosen Gilraen in die Arme nahm und ihn vorsichtig in den Turm trug. Der Klabauter war inzwischen wieder ganz der Alte, sah man von den tiefen Augenringen ab, die davon zeugten, dass die zurückliegenden Ereignisse auch an ihm nicht spurlos vorübergegangen waren. Kai, Fi und Hansen folgten dem kleinen Kapitän und die Magierin schloss die Tür.

Sie stellten gerade den Schlitten im Windfang ab, als es klopfte.

Dreimal laut. Zweimal leise. Dann war ein gedämpftes Niesen zu hören.

Magistra Wogendamm verdrehte die Augen und öffnete. »Komm rein, Horatio Chrysopras, und lass diesen Unsinn.«

Vor der Tür stand ein dunkel gekleideter Mann mit dickem Schal und roter Schniefnase. An seinem spitz zulaufenden Hut und dem Zauberstab war er eindeutig als Magier zu erkennen.

»Bist du verrückt, Alruna?«, wisperte er und nieste laut. Hastig schlüpfte er nach drinnen und zog die Tür wieder zu.

»Wir hatten doch ein Klopfzeichen ausgemacht«, fuhr er seine Kollegin mit heiserer Stimme an. »Dreimal lang, einmal kurz. Ich aber habe am Ende zweimal kurz geklopft. Du hättest mir gar nicht aufmachen dürfen. Ich hätte der Feind sein können.«

Kai und Koggs warfen sich fragende Blicke zu.

»Du hast dich durch dein Niesen verraten«, antwortete Magistra Wogendamm gelangweilt. »Außerdem beginnst du zu übertreiben.«

»Ich und übertreiben?«, brauste Magister Chrysopras auf. »Ich glaube, du verkennst den Ernst der Lage. Hammaburg ist umzingelt. Und der Feind hat sich bereits im Rathaus eingenistet. Wir müssen ...«

Der spitzhütige Zauberer erlitt einen weiteren Niesanfall.

»Einige Sicherheitsvorkehrungen könnten tatsächlich nicht schaden«, lenkte der Stadtkämmerer ein, während er Horatio ein Taschentuch reichte.

»Keine Sorge!« Magister Chrysopras schnäuzte sich und kicherte hämisch. »Sollte sich jemand Ungebetenes dem Turm auch nur auf Lauschweite nähern, wird er einige unliebsame Wetteranomalien erleben.«

Die Magistra schüttelte ihr Haupt und seufzte. »Am besten, ihr geht jetzt nach oben. Erasmus erwartet euch bereits. Ich komme gleich nach.«

Ächzend quetschte sich die Gruppe die ausgetretene Wendeltreppe hinauf. Oben angekommen wurden sie von einem leisen Brausen,

Zwitschern und Brodeln empfangen. Die weiträumige Dachkammer der Wetterwarte war über und über mit gewundenen Kupferröhren, verschlungenen Destillierkolben und anderen alchemistischen Gerätschaften vollgestopft. In einer Ecke drehte sich ein von Mäusen angetriebenes Laufrad und aus mehreren großen Gläsern glotzten sie grüne Wetterfrösche an.

»Herein mit euch!«, ertönte eine Bassstimme. Doktorius Gischterweh war ein beleibter Mann mit glatt zurückgekämmtem, braunem Haar, dessen blaue Windmachertracht sich straff über seinen Bauch spannte. Eine Schwalbe flog von seiner Schulter und sauste hinauf zu einem Nest, das an einem der Dachbalken klebte. Der Doktorius legte eine große Lupe beiseite und wandte sich von einem großen Spinnennetz an der Wand ab, in dem eine fast fingerlange Rempelspinne hockte. Er zwinkerte ihnen zu, als er ihre irritierten Blicke bemerkte. »›Ist die Spinne zu träge zum Fangen, Gewitter bald am Himmel hangen.‹ Ist was Wahres dran.«

Erst jetzt wandte er sich seinem Kollegen zu. »Und, Horatio? Wieder Gespenster gesehen?«

»Jaja, treibt ruhig euren Spott mit mir«, murrte dieser und nieste laut. Misstrauisch trat er an eines der Turmfenster und sah auf die Straße. »Ihr werdet mir eines Tages noch dankbar sein, dass ich mich nicht so leichtfertig verhalte wie ihr.«

»Du könntest wenigstens deinen Hut abnehmen«, schlug Doktorius Gischterweh vor. Magister Chrysopras kam seinem Wunsch unwillig nach und enthüllte eine Halbglatze.

Der Dicke griff zu einem knorrigen Weidenstab an der Wand, dessen Ende mit einem taubeneigroßen Bergkristall besetzt war. »Euren kranken Freund legt am besten gleich dort hinten aufs Bett.«

Er geleitete Koggs in eine kleine Schlafkammer, die nur durch einen Vorhang vom Arbeitsraum getrennt war. Der Klabauter legte den Elfen kommentarlos nieder und Fi und der Magier beugten sich über ihn. Die beiden flüsterten leise miteinander, und Kai sah, wie Fi unglücklich den Kopf schüttelte. In diesem Moment trat Magistra Wogendamm ins Zimmer. Sie trug ein Tablett in den Händen, auf dem zwei Teller mit Schmalzbroten und ein halbes Dutzend Arzneiflaschen standen.

»Ich schlage vor«, sprach sie, »ihr esst erst einmal etwas, während wir uns um euren Patienten kümmern.«

Sie stellte das Tablett auf einem Hocker ab und murmelte eine Formel. In diesem Moment fing es in einer Wasserschale, die neben dem Hocker auf dem Boden stand, zu gluckern und zu plätschern an und vor ihren Augen erhob sich ein durchscheinendes Wasserwesen aus der Schale. Es war eine Nereide. Erwartungsvoll blickte das zierliche Elementar zu der Zauberin auf.

»Meine Liebe, wir haben Gäste«, sagte die Zauberin. »Mach doch bitte den Tisch da sauber und stell den Regenkocher solange auf das Fass da hinten! Und dann hol ein paar Stühle, damit wir uns setzen können.«

»Wie Ihr wünscht, Herrin«, gluckste das Wasserelementar, brauste zu einem Abstelltisch, auf dem ein schwerer Kupferkessel mit verschlungenen Röhren stand, und schwemmte die eigentümliche Apparatur zu einem großen Eichenfass unter einer Schiefertafel mit Wetteraufzeichnungen.

Anschließend schwappte es so lange über die Tischfläche hinweg, bis die dunklen Flecken darauf verschwunden waren, und spülte den Tisch zusammen mit fünf Hockern in die Zimmermitte. Magistra Wogendamm verschwand derweil im Nebenzimmer. Hansen sah dem Treiben kopfschüttelnd zu.

»Bisschen hoch, findet ihr nicht?« Koggs starrte missmutig die langbeinigen Hocker an und schob sich eine schwere Kiste von der Wand heran. Dann setzte er sich und langte nach einem der Brote. Kai und der Stadtkämmerer folgten seinem Beispiel.

Einzig Magister Chrysopras ließ sich von alledem nicht beirren. Hin und wieder in Hansens Taschentuch schnäuzend, beäugte er weiter die Umgebung vor dem Turm.

»Sag mal, Koggs«, meinte Kai leise. »Was meinte Fi vorhin damit? Ich meine mit diesem ›lichtverschworen‹?« Der Klabauter kratzte sich nachdenklich unter seinem Dreispitz und suchte das Zimmer erfolglos nach etwas Hochprozentigem ab. Hansen reichte ihm stumm einen silbernen Flachmann. »Weiß nicht genau. Diese Elfen drücken sich immer etwas schwülstig aus. Klingt für mich wie Gesäusel von Verliebten.« Der Klabauter lachte rau und nahm einen kräftigen Zug aus der Flasche. »Aber das wäre bei zwei Jungs ja wohl eher ungewöhnlich.«

»Jaja, …« Kai versuchte sich an einem Lächeln, doch es gelang ihm nicht so recht.

In diesem Moment öffnete sich der Vorhang, und Fi und die beiden Magier kehrten niedergeschlagen zurück.

»Ihr sitzt auf der Kiste mit unserem Siebenschläfer«, brummte der dicke Magier den Seekobold an. »Ich hoffe, Ihr habt ihn nicht geweckt?«

»Oh.« Koggs starrte überrascht seine Sitzgelegenheit an, doch da Magistra Wogendamm ihm beschwichtigend zuzwinkerte, blieb er auf seinem Platz. Kai indes stand auf, um dem dicken Zauberer seinen Hocker anzubieten.

»Also, was ist jetzt mit dem Elfen?«, wollte Hansen wissen.

»Wir haben getan, was wir konnten«, erklärte die Zauberin seufzend. »Aber es ist, als läge ein Fluch auf ihm. Sein Zustand ähnelt ein wenig dem Hexenfieber, scheint aber andere Ursachen zu haben.«

»Was ist das, dieses ›Hexenfieber‹?«, fragte Kai. Er war inzwischen neben Magister Chrysopras ans Fenster getreten und warf einen Blick auf das Dächermeer Hammaburgs. Der Ausblick war atemberaubend. Weit im Norden, jenseits der Stadtmauern, meinte er sogar den schwachen Pastellton von Berchtis' Leuchtfeuer auszumachen. Es hatte etwas Tröstliches.

»Das Hexenfieber zehrt Körper und Geist des Erkrankten aus«, antwortete Doktorius Gischterweh. »Das kann passieren, wenn sich ein Zauberer zu viel zumutet, beispielsweise, wenn er zu viel Magie auf einmal beschwört.«

»Richtig«, pflichtete Magister Chrysopras ihm nach einem kurzen Nieser bei und betrachtete Kai zum ersten Mal aufmerksam. »Manch einer dieser Unglücklichen fällt in eine Art Koma. Und manche wachen nie wieder auf.«

Der Zauberlehrling hob interessiert eine Augenbraue.

»Keine Angst, junger Adeptus.« Die Magistra lächelte Kai mütterlich zu. »So etwas kann nur richtigen Zauberern passieren, die ihre Große Weihe bereits hinter sich haben.«

»Sehr beruhigend«, erwiderte Kai trocken, der nur ungern daran erinnert wurde, dass aus ihm wohl nie ein richtiger Magier werden würde. Doch das konnten die Windmacher natürlich nicht ahnen.

»Aber wie hat sich Gilraen das zugezogen?«, ereiferte sich plötzlich Fi. »Ob er versucht hat, den Seeleuten zu helfen? In diesem Fall muss er sich dabei übernommen haben.«

»Ja, vielleicht. Vielleicht aber auch nicht«, zweifelte die Zauberin. »Wir wissen leider zu wenig über die Art und Weise, wie ihr Elfen eure Magie webt. Meiner bescheidenen Meinung nach hat der eigentümliche Zustand eures Gefährten andere Ursachen. Trotzdem, gut möglich, dass bei ihm eine Behandlung gegen das Hexenfieber anschlägt.«

»Es gibt also ein Heilmittel?« Fi atmete hörbar auf.

»Es gibt gegen alles ein Mittel«, schnaubte Magister Chrysopras. »Vorausgesetzt, dass man die Gefahren ernst nimmt. Seien sie nun magischer oder weltlicher Natur …«

»Danke für die Belehrung, Horatio«, kommentierte die Magistra den Einwand ihres Kollegen säuerlich und wandte sich dann wieder der Elfe zu.

»Ja, es gibt ein Heilmittel. Nur kennen wir dessen Rezeptur nicht. Ich weiß aber von Magister Eulertin, dass er mit einer begnadeten Heilmagierin bekannt ist. Ich glaube, ihr Name ist Amabilia.«

Amabilia? Irgendwie kam Kai der Name vertraut vor.

»Das heißt, wir müssen unbedingt Magister Eulertin finden!«, ereiferte sich Fi und sprang auf. »Was warten wir dann noch?«

»Gemach, mein Elfenfreund«, mischte sich der Stadtkämmerer in das Gespräch ein. »Ich verstehe, dass Ihr besorgt seid, doch eines nach dem anderen. Es gibt vielerlei Gründe, warum wir Magister Eulertin finden müssen. So gilt es zum Beispiel, das Schicksal des seligen Kapitän Asmus und seiner Mannschaft aufzuklären. Wenn ich Kapitän Windjammer daher zunächst einmal bitten dürfte, kurz zu berichten, was dort draußen auf der Elbe eigentlich geschehen ist?«

Koggs erzählte ausschweifend, was ihnen an Bord der Galeere zugestoßen war.

Die drei Zauberer pressten die Lippen aufeinander, schließlich ballte der dicke Doktorius die Fäuste. »Das Ganze stinkt gewaltig nach der zerstörerischen Eismagie, die die Runenmeister Hraudungs beherrschen.«

»Eismagie?« Kai starrte die Windmacher verwirrt an. Erst in diesem Augenblick wurde ihm bewusst, dass solch eine Magie nur schwer in das elementare Gefüge einzuordnen war. »Ist das Wasser- oder Luftzauberei?«

»Wir wissen es nicht genau, Junge«, erwiderte die Windmagierin sorgenvoll. »Wir wissen überhaupt nur wenig über die Nordmänner und ihr lebensfeindliches Frostreich.«

»Nun, dann ist jetzt die Gelegenheit gekommen zusammenzutragen, was genau über sie bekannt ist.« Hansen setzte seine Nickelbrille ab und blickte auffordernd in die Runde.

»Tu du das, Erasmus«, meinte die Magistra zu ihrem beleibten Kollegen und streckte die Hand nach dem Logbuch aus, das inzwischen auf dem Tisch lag. »Ich kümmere mich derweil um dieses Buch. Sollte nicht allzu schwer sein, Asmus' Worte wieder lesbar zu machen.«

Doktorius Gischterweh lehnte sich gegen ein Regal mit Amuletten und zog die Stirn in Falten. »Nun, wo beginnen?« Die Schwalbe segelte im Zickzack von der Decke und ließ sich auf seinem Bauch nieder. Der Wettermagier streichelte liebevoll ihr Gefieder. »Die uns bekannte Geschichte des Eisreichs beginnt streng genommen zur Zeit der Drachenkriege.«

»Ihr meint die Schattenkriege?«, unterbrach ihn Kai irritiert.

»Nein, nein, Junge«, mischte sich Magister Chrysopras ein. »Erasmus meint tatsächlich die Drachenkriege. Die fanden lange vorher statt, und zwar vor einigen Tausend Jahren.«

»Wir wissen von ihnen nur aus Erzählungen der Alten Völker«, fuhr der dicke Magier fort. »Aber vielleicht erklärst du unserem neugierigen Zauberlehrling, was es damit auf sich hat?« Gischterweh blickte auffordernd Fi an, die sich endlich wieder setzte.

»Das ist selbst nach elfischen Maßstäben lange her«, erhob sie leise ihre Stimme. »In unseren alten Liedern heißt es, dass die Drachen gemeinsam mit den unsterblichen Feen und den Riesen als erste vernunftbegabte Wesen aus dem Unendlichen Licht traten. Die Elemente waren zu dieser Zeit angeblich noch in Unordnung, und die Schöpfung war mit lebensfeindlichem Welteneis bedeckt. Doch im Gegensatz zu den Feen und den Riesen begannen die Drachen sogleich damit, sich die Welt untertan zu machen. Am Ende herrschten drei von ihnen. Pelagor, der Herr des Feuers, Glaciakor, der Herr des Eises, und Ondar, der über das Meer und das Wasser gebot.«

»Ist Pelagor nicht jener Drachenkönig, den Sigur Drachenherz einst mit dem Schwert *Sonnenfeuer* aus Albion vertrieb?«, wollte Kai wissen und dachte an die magische Klinge aus Mondeisen, die Dystariel im Kampf gegen Mort Eisenhand, den Anführer von Morgoyas Geisterpiraten, erbeutet hatte.

Fi nickte. »Damals war er aber noch nicht der König der Drachen, er war bloß einer der ältesten. In den Liedern meiner Vorfahren heißt es, dass Pelagor, Glaciakor und Ondar eifersüchtig über ihre Reiche wachten und die jüngeren Völker, also die Schrate, die Zwerge und die Elfen grausam von ihren Drachen verfolgen ließen. Die Zwerge suchten Schutz unter der Erde, die Schrate versteckten sich in den Bergen, wir Elfen hingegen vertrauten uns den Feen an, die uns Lieder lehrten, das Mondlicht so zu weben, dass es den Drachen schwerfiel, uns aufzuspüren. Doch die Machtgier dieser drei Drachen war so groß, dass sie eines Tages übereinander herfielen. Es heißt, Pelagor schlug zunächst den alten Drachen des Wassers, nahm seinen Dienern die Fähigkeit zu fliegen und bannte sie auf ewig ans Meer.«

»Heißt das, die Seeschlangen sind in Wahrheit … Wasserdrachen?«, platzte Kai ungläubig heraus.

»Ich sehe schon, unsere kleine Feuerqualle begreift schnell«, spottete Koggs und zwinkerte ihm zu. »Sei nur froh, dass du noch nicht das Vergnügen mit einer dreiköpfigen Hydra hattest. Das verdammte Urvieh kann immer noch heißen Wasserdampf speien. Erwischt sie dich damit, erleidest du das gleiche Schicksal wie eine Garnele, die man in den Kochtopf wirft. Nur schmeckst du sicher nicht so gut. Als ich mich damals in den Dschinnenreichen befand und Sultan …«

»Anschließend«, unterbrach Fi den Klabauter unsanft, »griff die alte Feuerechse den Eisdrachen Glaciakor an. Es heißt, der Kampf dauerte über vierhundert Jahre, bis es Pelagor schließlich gelang, auch seinen Rivalen im ewigen Eis zu bezwingen. Pelagor schwang sich anschließend zum König aller Drachen auf. Doch Pelagor hatte einen hohen Blutzoll gezahlt. Die Drachen waren nach den Kämpfen so gering an der Zahl, dass es die jüngeren Völker wagen konnten, ihre Verstecke zu verlassen und die Welt zu bevölkern.«

»Welche Ironie des Schicksals«, meinte Hansen. »Am Ende hat Pelagor also tatsächlich ein neues Zeitalter eingeläutet. Nur gehörte es nicht mehr den Drachen allein.«

»Richtig. Außerdem hatte der Drachenkrieg noch etwas Gutes«, ereiferte sich Magister Gischterweh und kraulte weiter seine Schwalbe. »Nach dem Sieg über diesen Glaciakor wurde es überall auf dem Kontinent wärmer. Sogar Albion war während Glaciakors Herrschaft von Schnee bedeckt.«

»Wir wissen das aus alten zwergischen Aufzeichnungen«, merkte Magister Chrysopras eifrig an und schnäuzte sich.

»Wie dem auch sei«, brummte der Doktorius, »Kaiser Kirion jedenfalls beschloss damals, fünf Schiffe mit Siedlern gen Norden zu entsenden, um dort eine Handelsstation zu gründen. Das Ganze geschah vor über tausend Jahren. Was wir ebenfalls wissen, ist, dass sich diese Siedler noch während der Schattenkriege vom alten Kaiserreich lossagten und im Norden ihr eigenes Königreich gründeten.«

»Das heutige Reich der Nordmänner!«, ergänzte Kai, dem sich nun endlich die Zusammenhänge erschlossen. »Ich schätze, das hat Kaiser Kirion gar nicht gefallen.«

»Oh ja, das ist anzunehmen«, brummte Gischterweh. »Aber was sollte er tun. Er hatte wegen des Krieges mit den Drachen und Trollen ganz andere Probleme. Allerdings heißt es, dass anschließend während der Schattenkriege dieser verdammte Hexenmeister Murgurak der Rabe versucht haben soll, seine Hand nach dem Nordreich auszustrecken. Das war kurz bevor er die sagenhaften neun Albtraumkreaturen aus den Schattenklüften heraufbeschwor.«

Kai bezweifelte, dass Eulertin den dicken Magier darüber aufgeklärt hatte, dass eines dieser fürchterlichen Monstren noch immer unter Hammaburg lauerte.

»Damals jedenfalls haben die Nordmänner mit großem Erfolg eine neue Macht gegen die Schergen des Hexenmeisters eingesetzt«, nahm Magister Chrysopras den Faden seines Kollegen auf. Mit mahnend erhobenem Zeigefinger blickte er sich um. »Eismagie! Das war das erste Mal, dass die magische Zunft von dieser Spielart der Zauberei erfuhr.«

»Und was hat es mit dieser Eismagie auf sich?«, wollte Kai wissen.

Der Doktorius seufzte. »Das, mein wissbegieriger Zauberlehrling, ist bis heute ein Mysterium geblieben. Es heißt, dass die Zauberer unter den alten Nordmännern den eisigen Hort Glaciakors gefunden hätten. Andere Quellen sprechen von Glaciakors Grab. Genaues weiß man nicht. Händler, die das Eisreich bereist haben, berichten aber, dass die Zauberer Hraudungs ihre Magie mittels gemalter und geschnitzter Runen wirken. Ganz ähnlich wie die Zwerge. Daher auch ihr Name: ›Runenmeister‹.«

»Und was ist eurer geschätzten Auffassung nach Kapitän Asmus zugestoßen?«, bohrte Ratsherr Hansen nach.

»Ich glaube, das kann ich beantworten«, ließ Magistra Wogendamm von der Treppe zum Turmzimmer her vernehmen. Die Stirn der Wettermagierin war sorgenumwölkt, als sie mit dem Logbuch in der Hand an den Tisch herantrat.

»Asmus hat einfache Zaubertinte benutzt.«

»Wir benutzen untereinander für unsere Geheimbotschaften die gleiche Methode«, unterbrach sie Magister Chrysopras eifrig. »Allerdings haben wir unsere Mittel inzwischen verfeinert. Wir ha … ha … ha …« Er nieste laut.

Die Magistra zog pikiert eine Augenbraue hoch, schlug das Logbuch auf und strich die Seiten glatt. »Ich war so frei, mir die Einträge auf dem Weg nach oben durchzulesen. Die gute Nachricht vorweg: Asmus ist im Nordreich angekommen und ihm wurde eine Audienz bei König Hraudung gewährt.«

»Und die schlechte Nachricht?«, fragte Hansen angespannt.

»Die schlechte Nachricht lautet, dass dort bereits eine Gesandtschaft Morgoyas vorstellig war.«

»Verflucht, habe ich es doch gewusst.« Der Stadtkämmerer schlug wütend mit der Faust auf den Tisch und Magister Chrysopras rannte wieder zum Fenster.

»Und?«, fragte Koggs Windjammer.

»Interessanterweise schreibt Asmus, dass sich unter den Botschaftern der Nebelhexe auch ein Elf befand.« Die Magistra blickte Fi fragend an.

»Was wollt Ihr damit sagen?«, brauste diese wütend auf. »Niemals war Gilraen als Morgoyas Botschafter unterwegs. Ihr habt keine Ahnung, wie Morgoya mit uns Elfen verfährt. Gilraen hat mir unter Einsatz seines Lebens zur Flucht aus Albion verholfen. Wie könnt Ihr es wagen, seine Loyalität in Zweifel zu ziehen? Anstatt hier herumzusitzen, sollten wir ihm lieber helfen, damit er sich gegen diese gemeinen Vorwürfe zur Wehr setzen kann.« Verzweifelt blickte Fi zu Kai, der betreten die Augen senkte.

»Niemand beschuldigt Euren Elfenfreund«, stellte der Stadtkämmerer ruhig fest. »Wenn er der Elf ist, den Asmus gemeint hat, mag es dafür auch eine andere Erklärung geben. Und nun fahrt bitte fort, werte Magistra.«

»Viele Einträge gibt es anschließend nicht mehr. Offenbar hat die Gesandtschaft Albions bei Hraudung wenig Gehör gefunden, ebenso wenig übrigens wie Asmus selbst. Doch er schreibt, dass Morgoyas Speichellecker auch bei Hraudungs Söhnen vorstellig wurden. Tja ... womit wir zum letzten Eintrag kommen. Ehrlich gesagt besteht dieser nur aus wenigen, eilig hingekritzelten Worten.« Die Magistra drehte das Logbuch so, dass jeder von ihnen auf die Seiten blicken konnte:

Hraudung tot. Lefgar gefangen. Raugrimm herrscht!

Schweigen breitete sich am Tisch aus, das nur vom gelegentlichen Quaken der Frösche unterbrochen wurde.

»Ein Umsturz! Dann müssen wir mit dem Schlimmsten rechnen«, presste der Stadtkämmerer hervor und putzte hektisch seine Brille.

»Würde mich nicht wundern, wenn dieser Raugrimm selbst seinen Vater umgebracht hat«, zischte Magister Chrysopras vom Fenster her. »Verrat. Überall lauert Verrat.«

»Ihr meint, Morgoya und die Nordmänner sind jetzt wirklich verbündet?«, fragte Fi atemlos.

»Davon müssen wir ausgehen«, zürnte Doktorius Gischterweh und erhob sich ächzend von seinem Hocker. »Vielleicht erklärt das auch diese Wetteranomalie?« Als er die fragenden Blicke der anderen bemerkte, deutete er zum Fenster, an dem der schniefende Horatio stand. »Na, das verflixte Frostwetter da draußen. Es ist viel zu kalt für die Jahreszeit. Bereits zwei Tagesreisen südlich von Hammaburg ist es längst Frühling.«

Kai starrte den Magier verblüfft an.

»Die Witterungsgrenze wirkt seltsam unnatürlich, als habe der Nordwind einen Landvermesser dabeigehabt. Da draußen soll es Felder geben, die auf der einen Hälfte noch mit dickem Harsch bedeckt sind, während auf der anderen Hälfte bereits die Schneeglöckchen blühen. Das hat mir ein Flussschiffer vor zwei Wochen berichtet, und inzwischen habe ich Ähnliches auch von anderen Orten gehört.«

»Und das heißt?« Hansen wirkte sehr beherrscht.

»Keine Ahnung.« Gischterweh zuckte mit den Schultern.

Koggs schüttelte den Kopf. »Hagel und Granaten. Ich bin kein Zauberer, aber ein bisschen was verstehe ich schon von diesen Dingen. Ist den hochweisen Herrschaften eigentlich klar, wovon sie da sprechen? Selbst wenn alle Runenmeister des Nordreichs zusammenarbeiten, wie kann es sein, dass diese plötzlich solch eine Macht über den Winter haben? Zum Krakengelege damit, wir reden hier schließlich nicht bloß von einer kleinen Schlechtwetterfront. Solltet Ihr

Gelehrten Recht haben, dann sprechen wir von einem Phänomen, das weit über das Nordmeer bis zu uns nach Hammaburg reicht.«

»Ihr vergesst, dass die Runenmeister vielleicht von Morgoya unterstützt werden, mein lieber Käpt'n«, antwortete der Dicke. »Denkt nur an Albion. Es liegt seit Jahren unter einer dichten Wolkendecke begraben.«

»Andererseits, es hat auch schon früher strenge Winter gegeben«, wiegelte Magistra Wogendamm ab. »Vielleicht gibt es für all das auch eine natürliche Erklärung.«

»Nein«, widersprach Kai energisch. Er rang kurz mit sich, weil er nicht genau wusste, wie viel er verraten durfte. »Die Feenkönigin hat heute Morgen Magister Eulertins Haus besucht.«

»Wie bitte?«

Sofort bestürmten ihn Wogendamm, Gischterweh und Chrysopras mit Fragen. Doch Kai ging nicht weiter darauf ein.

»Sie sagte«, fuhr er stockend fort, »dass Morgoya ihren nächsten Zug vermutlich bereits gemacht habe. Wir sollten auf der Hut sein.«

Magister Chrysopras starrte ihn mit weit aufgerissenen Augen an und wandte sich sogleich an seine Kollegen. »Und ihr beide tut immer so, als wäre ich verrückt. Wir müssen unsere Sicherheitsvorkehrungen noch einmal überprüfen. Alle. Angefangen bei dem magischen Hagelspeier unter dem Dach bis runter zu der Grube mit den Bohrwürmern.«

»Ist ja gut, Horatio«, winkte Magistra Wogendamm ab und legte Kai die Hand auf den Arm und musterte ihn eindringlich. »Und wieso kommt sie damit ausgerechnet zu dir? Das ist doch noch nicht alles, oder?«

Kai sah sich unglücklich zu Koggs um, doch dieser schüttelte sanft den Kopf. »Diese Entscheidung können wir dir nicht abnehmen. Du musst selbst wissen, wie viel du preisgeben willst!«

Neugierig sahen ihn die Umstehenden an. Kai las in Fis Augen, dass sie Koggs Ansicht teilte. Er presste die Lippen aufeinander, wuchtete ohne ein weiteres Wort seinen Rucksack auf den Tisch und öffnete ihn. Er wünschte sich, Magister Eulertin wäre bei ihm. Immer wieder hatte der Däumling ihm eingeschärft, niemandem von seinem Geheimnis zu erzählen. Doch Eulertin war nicht da.

»Die Feenkönigin hat mir aufgetragen, Magister Eulertin zu suchen. In Kürze beginnt in ihrem Feenreich ein Magierkonzil.« Mit diesen Worten wuchtete er vorsichtig den in Tücher eingeschlagenen Gegenstand auf den Tisch, den er aus Magister Eulertins Haus mitgebracht hatte. Vorsichtig enthüllte Kai eine Kristallkugel. Schlieren waberten in ihrem Innern und von unsichtbaren Kräften gezogen rollte sie sofort wieder in die Richtung, in der Eulertins Heim lag.

»Du meine Güte«, sagte die Magistra fasziniert. »Ein arkanes Bergauge! Woher hast du das, Junge?«

Sie wollte bereits danach greifen, doch Kai hielt sie zurück. »Nicht! Fasst es an und es wird Euch verbrennen!«

»Hol mich doch der Schatten!«, flüsterte Doktorius Gischterweh und umklammerte seinen Zauberstab. »Ich kenne das vermaledeite Ding. Das ist doch diese dreimal verfluchte Zauberkugel aus dem ehemaligen Besitz von Morbus Finsterkrähe. Eulertin und ich haben nach seinem Tod versucht, den Fluch von ihr zu nehmen, aber wir sind gescheitert.«

»Ohne uns?«, fragten Magistra Wogendamm und Magister Chrysopras beleidigt.

»Es tut mir leid, ich durfte selbst euch nichts sagen«, brummte der Windmacher und wandte sich schnell Kai zu. »Was willst du mit der Kugel?«

»Sie benutzen.«

»Bist du verrückt geworden?«, schnaubte der Windmacher herablassend. »Dieses Bergauge wird dich umbringen.«

Kai schüttelte langsam den Kopf. »Das geschieht nur, wenn die Kugel von einem Zauberer berührt wird, der nicht wie Finsterkrähe dem Element des Feuers verschrieben ist.« Kai sah Gischterweh direkt in die Augen.

»Dann kann uns das Bergauge nicht helfen. Es gibt keine Feuermagier mehr«, raunzte der dicke Magier, als jähes Erkennen in seinen Blick trat. »Es sei denn ... Bei allen Winden des Nordmeeres, das kann doch wohl nicht sein. Du bist ...«

»... die Letzte Flamme. Ja!«, beendete Hansen den Satz und fixierte die drei Wettermagier ernst. »Ich hoffe, wir können uns auf Eure Verschwiegenheit verlassen?«

Der Doktorius plumpste ungläubig zurück auf seinen Hocker. Auch seine beiden Kollegen starrten Kai ehrfürchtig an.

»Die Letzte Flamme ist gefunden?«, keuchte die Wettermagierin. »Ich kann es noch nicht glauben ...«

»Ist dir klar, wie lange wir nach dir gesucht haben?«, schniefte ihr erkälteter Kollege.

»Ich wusste es selbst lange Zeit nicht«, seufzte der Zauberlehrling. »Und jetzt lasst uns Magister Eulertin finden.«

Entschlossen legte er die Fingerspitzen auf die glatte Kristalloberfläche. Wie erwartet schlugen Flammen aus seinem Handrücken. Um den Tisch herum war erregtes Raunen zu hören. Die Flammen fielen von einem Augenblick zum anderen zusammen, und die Kugel erstrahlte in einem goldenen Licht. Kai konzentrierte sich und endlich riss der Nebel hinter dem Kristall auf.

Der Magister. Wo war er.

In der Zauberkugel zeichnete sich schwach ein Bild ab. Es zeigte Magister Eulertin in einem gemütlich eingerichteten Wohnraum. Er sprach angeregt mit einer älteren Frau, die ihre weißen Haare zu einem Knoten hochgesteckt hatte.

»Schön, dass es dem Magister so gut geht«, presste Kai hervor und fühlte, wie ihm eine Schweißperle von der Stirn rann. »Aber wie kriegen wir jetzt heraus, wo genau er sich aufhält?«

Fi lachte. »Aber Kai, schau doch hin! Die Frau ist von gleicher Größe und Statur wie der Magister. Wenn du mich fragst, dann kann das nur eines bedeuten: Magister Eulertin weilt zurzeit unter anderen Däumlingen.«

Die Zaubernuss

Kai gähnte und spähte ungeduldig zwischen den knorrigen Stämmen der Schwarzpappeln hindurch auf das Stadttor. Es schneite heftig und es war noch immer zu dunkel, als dass man von der Stadt mehr als nur die wuchtige Silhouette des Walls mit den Palisaden und Wehrtürmen erkennen konnte.

Wo blieben die anderen nur?

Im Gegensatz zu Hansen und ihm hatten es Koggs und Fi nach der nächtlichen Unterredung vorgezogen, bei Gilraen in der Wetterwarte zu bleiben.

Die bittere Erkenntnis, dass Fi und Gilraen zusammengehörten, hatte ihn kaum schlafen lassen. Und das, obwohl die Nacht sowieso schon zu kurz gewesen war. Dabei sollte er sich eigentlich um andere Dinge Gedanken machen. Etwa darüber, dass er am Stadttor von einem erschreckend pflichtbewussten Gardisten aufgehalten worden war, der ihm das Stadttor erst öffnete, als er sich als Lehrling von Magister Eulertin auswies. Dabei hatten sie die kleine Lichtung hier draußen vor der Stadt als Treffpunkt gewählt, um so wenig Aufmerksamkeit wie möglich zu erregen.

Inzwischen hatte er bereits vier Karren gezählt, die auf ihrem frühmorgendlichen Weg in die Stadt an der Lichtung vorübergerumpelt waren. Ihnen lief die Zeit davon. Der Himmel über Hammaburg schimmerte bereits in fahlen Rottönen. Es konnte also nicht mehr lange dauern, bis sich die ersten Strahlen der Sonne über dem Horizont zeigten – danach würde es zu spät für ihr Vorhaben sein.

Kai kreuzte wütend die Arme vor der Brust und musste wieder an die vergangenen Monate zurückdenken. Ob Fi gemerkt hatte, was er für sie empfand? Hoffentlich nicht. Am besten, er tat von jetzt an ganz normal. Andererseits, hatte er sich denn ihr gegenüber in der letzten Zeit nicht normal verhalten? Kai wusste es nicht. Nur gut, dass er zu feige gewesen war, ihr etwas von seinen Gefühlen einzugestehen.

Das Schicksal hatte ihm gestern wirklich einige böse Streiche gespielt. Immerhin, wenigstens dieser verschmorte Feenglasklumpen mit dem Sulphur erwies sich nun doch als recht nützlich. Noch immer ging von ihm eine angenehme Wärme aus.

Kai griff trotzig danach – und hielt verwundert inne. Konnte das sein? Einen Augenblick lang glaubte er, dass die Wärme, die von seinem Bernsteinbeutel ausging, sogar ein klein wenig intensiver geworden war. Er wollte der Sache gerade auf den Grund gehen, als heftige Windböen durch die Äste der Pappeln fegten und ihn über und über mit feinem Pulverschnee bedeckten.

»Verflucht noch mal, mir reicht's langsam!« Zornig trat der Zauberlehrling gegen einen herumliegenden Stein, doch das Mistding war festgefroren. Kai presste schmerzerfüllt die Zähne zusammen, ignorierte das Eiswasser in seinem Nacken und hüpfte wimmernd auf und ab, während er versuchte, sich die Zehen durch das feste Schuhleder hindurch zu reiben.

»Was machst du da, Junge? Ich dachte, ausgerechnet du hättest andere Mittel und Möglichkeiten, um dich aufzuwärmen.«

Kai fuhr herum und entdeckte auf der schneebedeckten Lichtung hinter sich Doktorius Gischterweh, Magistra Wogendamm, Koggs, Fi sowie den Elfen Gilraen. Letzterer lag in Decken eingewickelt auf einer hölzernen Trage, sodass nur sein blasses Gesicht zu sehen war. Er wirkte elend.

»Ich hab mich lediglich gestoßen«, sagte Kai schlecht gelaunt und versuchte wieder Haltung anzunehmen. »Ich dachte schon, Ihr kommt nicht mehr!«

»Mitnichten, mein Lieber«, entgegnete die Magistra. »Wir werden doch nicht in den Betten liegen, wenn wir einer Vorführung dieser außergewöhnlichen Feenmagie beiwohnen können.«

»Feenmagie.« Koggs schnaubte schlecht gelaunt und richtete seinen Dreispitz. »Ihr hättet damals auf dem Hoffest von Undinenkönig Niccuseie dabei sein sollen. Das war außergewöhnlich. Die Feenkönigin muss erst noch zeigen, ob sie da mithalten kann.«

»Wo ist Magister Chrysopras?« Kai bemerkte erst jetzt, dass er fehlte.

»Horatio überprüft seit Mitternacht unsere magischen Sicherungsvorrichtungen«, brummte der Doktorius müde. »Unser Gespräch letzte Nacht hat ihm keine Ruhe gelassen. Und wer weiß, vielleicht waren wir tatsächlich zu arglos.«

»Alles in Ordnung mit dir?«, wollte Fi wissen.

»Ja«, knirschte Kai und warf ihr einen mürrischen Blick zu. »Und, geht es Gilraen besser?«

»Nein. Im Gegenteil.« Bekümmert hockte sich die Elfe neben ihren Gefährten. »Er ist in den letzten Stunden noch blasser geworden. Wenn wir beide nicht bald aufbrechen und ihn zu Magister Eulertin bringen, dann befürchte ich das Schlimmste …«

Kai, der bereits nach der Zaubernuss in seiner Jacke nestelte, blickte verständnislos auf. »Nur wir beide? Kommst du denn etwa nicht mit, Koggs?«

»Nein, du Glühwürmchen.« Der Klabauter räusperte sich. »Ich, äh, na ja. Ich bevorzuge solide Planken und ein ordentlich Maß Wasser unter meinen Tretern. Außerdem muss hier ja jemand die Stellung halten, während ihr beide euch in der Weltgeschichte herumtreibt.«

Kai vernahm plötzlich ein leises Säuseln an seinem Ohr, das sich zu Gischterwehs Flüsterstimme mauserte. »Käpt'n Windjammer ist ein Klabauter, Junge. Eure Reise aber geht gen Süden. Ohne Wasser in seiner Nähe kommt Koggs um.«

»Seht doch!« Die Magistra deutete aufgeregt durch die schwarzgrauen Zweige der Pappeln hindurch. Die anderen folgten dem Fingerzeig und gewahrten jetzt jenes feuerfarbene Schauspiel am Horizont, mit dem die ersten Sonnenstrahlen den neuen Tag begrüßten.

»Schnell, Kai«, eiferte sich Fi. »Die Zaubernuss.«

»Ja, sofort.« Kai kramte Berchtis' Geschenk hervor und seine Gefährten reckten neugierig die Hälse. In Kais Hand schimmerte die goldene Nuss im orangefarbenen Licht der aufgehenden Sonne.

»Feenkönigin, bitte schickt mir Euer Gefährt!«

Es geschah … nichts.

»Nun, vielleicht musst du etwas an deiner Wortwahl arbeiten«, versuchte ihm die Magistra zu helfen. »Du hast es immerhin mit einer Königin zu tun. Probiere es mal mit ›Majestät‹!«

»Majestät«, erhob Kai erneut die Stimme. »Gewährt uns die Gunst, äh …« Magistra Wogendamm nickte ihm aufmunternd zu und so fuhr Kai fort. »Gewährt uns die Gunst, uns ein Gefährt zu schicken.«

Abermals passierte nichts.

»Mist. Probiere es mit ›allerköniglichste Magnifizenz‹!«

»Nein, lobpreise ihr Feenreich! Königinnen mögen das.«

»Ich würde es singend probieren, Kai!«

Die beiden Wettermagier und Fi überschlugen sich mit Ratschlägen, während Kai hilflos mit ansah, wie die Sonne sich immer deutlicher hinter dem Horizont abzeichnete. Bald würde der magische Moment ungenutzt verstrichen sein.

»Beim Rachen des Leviathans!« Koggs trat mit wenigen Schritten an Kai heran und nahm ihm die Zaubernuss ab. »Dieses neunmalkluge Gelehrtengeschwätz bringt mich noch um den Verstand. Was macht man für gewöhnlich mit einer Nuss? Richtig. Drauftreten!«

Bevor ihn irgendjemand daran hindern konnte, warf Koggs die goldene Nuss in den Schnee und zermalmte sie knirschend unter seinen Stiefeln.

»Koggs, bist du wahnsinnig? Du kannst doch nicht …« Kais Worte gingen in einem verblüfften Japsen unter, denn plötzlich war überall um sie herum das Zwitschern von Vögeln zu hören. Die Wolken brachen auf, das Morgenlicht explodierte förmlich und gleißender Sonnenschein erfüllte die Lichtung. Geblendet schützte er seine Augen. Im selben Moment vibrierte der Boden, es quietschte und ächzte und Kai, der einige Schritte zurückwich, beobachtete aus den Augenwinkeln, wie sich vor ihm auf der Lichtung etwas Gewaltiges aus dem Boden schraubte. Oder vielmehr aus der Nuss herauswuchs. Er vernahm ein Wiehern und der blendende Lichtschein erlosch.

»Donnerwetter!« Doktorius Gischterweh stolperte staunend gegen Magistra Wogendamm und gemeinsam fielen die beiden in den Schnee. Auch Koggs und Fi strauchelten. Direkt vor ihnen stand eine prachtvolle, vierspännige Kutsche. Sie war strahlend weiß und über und über mit goldenen Blütenornamenten verziert. Die mächtigen Räder und Speichen des Gefährts sahen aus, als seien die Teile aus Hunderten weißer Schwanenfedern zusammengeleimt. Der Kutschbock war leer. Dafür waren vor der magischen Kutsche vier prachtvolle Tiere angeschirrt, die Kai bislang nur aus den Erzählungen Eulertins kannte: geflügelte Rösser!

Auf den ersten Blick wirkten die Pferde der Feenkönigin wie normale Schimmel, doch auf ihren Rücken lagen unverkennbar gewaltige, zusammengefaltete Schwingen. Die Tiere schnaubten und scharrten erwartungsvoll mit den Hufen.

»Wahnsinn!«, entfuhr es dem Zauberlehrling. »Ich weiß nicht, was ich erwartet hatte. Aber das hier übertrifft meine kühnsten Vorstellungen.«

»Darf ich das als Kompliment auffassen, Adeptus?«, näselte eine blecherne Stimme. »Ihr tut recht daran. Die *Albatros* gehört zweifellos zu den prachtvollsten Kutschen im ganzen Feenkönigreich.«

Doktorius Gischterweh und Magistra Wogendamm, die sich gerade wieder aufgerappelt hatten, gaben erstickte Laute des Erstaunens von sich. Mit aufgerissenen Augen deutete die Magistra auf eine kürbisgroße Mondsilberscheibe, die knapp über der Rückenlehne des Bocksitzes ins Holz eingelassen war. Leicht gewölbt traten darauf die Gesichtszüge einer vornehmen Gestalt hervor, die munter weiterplapperte.

»Die *Albatros*, wie ich nicht ohne berechtigten Stolz bemerken möchte, hat bereits drei fürstlich organisierte Wettfahrten gewonnen.«

Kai sah irritiert zu Fi, die beim Anblick von Kutsche und Mondsilbergesicht still lächelte. Vorsichtshalber trat er einen Schritt vom Kutschbock zurück und starrte das Gesicht an. »Wer, bei allen Moorgeistern, bist du?«

»Oh, entschuldigt, hochverehrter Adeptus. Mein Name ist Nivel. Feenkönigin Berchtis beliebte es, mich als Postillion dieses magischen Gefährts zu erwählen.«

»Postillion?«

Nivel rollte mit seinen Mondsilberaugen. »Gespannführer, Adeptus. Gespannführer. Aber die Bezeichnung Postillion ist mir lieber.«

»Ich fasse es nicht«, brummte Doktorius Gischterweh und trat aufgeregt neben eines der Flügelrösser. »Ein magischer Droschkenlenker. Von denen soll es zur Zeit Kaiser Kirions einige Dutzend gegeben haben.«

»Pah!«, schepperte Nivel beleidigt. »Unsereins ist natürlich einzigartig!«

»Wie wäre es, wenn ihr Landratten euch etwas beeilt?« Koggs starrte die geflügelten Pferde misstrauisch an.

»Sehr gern«, näselte der magische Droschkenlenker. »Ihr werdet begeistert sein. Die *Albatros* verfügt selbstverständlich über höchsten Komfort. Gepolsterte Hirschledersitze, Gepäckstangen aus Colonaer Flussgold, Radowinger Blattfederung, Bergbremsen aus der berühmten Zwergenschmiede von Meister Gulbrand – nicht, dass wir sie brauchen würden, haha – ein Fahrgestell, das ...«

»Ruhe da oben, du Aufschneider!«, krähte der Klabauter. »Wir haben im Moment andere Sorgen.«

Das Mondsilbergesicht verstummte und setzte einen beleidigten Gesichtsausdruck auf.

Ganz klar, Koggs hatte in Nivel einen ernst zu nehmenden Rivalen für seine eigenen Prahlereien ausgemacht.

»Käpt'n Windjammer hat Recht«, erklärte Doktorius Gischterweh mit fester Stimme und kratzte sich am Bauch. »Wenn Ihr noch länger wartet, dann steht die Sonne so hoch am Himmel, dass das Geheimnis Eurer Abreise schon bald keines mehr sein wird.«

Kai und Koggs halfen Fi nun dabei, Gilraen zur Kutsche zu tragen. Die Seitentür öffnete sich selbsttätig und sie legten den Kranken vorsichtig auf die hintere Sitzbank. Beeindruckt sah sich Kai um.

Auch das Innere der Kutsche war von ausgesuchter Eleganz. Die Wände waren mit edlem Rosenholz getäfelt, vor den Kristallscheiben der Türfenster hingen blütenweiße Schleier herab und im Fußraum stand ein abgedeckter Korb, in dem sich dem Geruch nach zu urteilen einige Köstlichkeiten befanden. Über der Sitzlehne zum Kutschbock hin war sogar ein kostbarer, runder Silberspiegel eingelassen.

»Ich hoffe, Ihr habt inzwischen den Namen dieses Däumlingsdorfes herausgefunden«, wandte sich Kai wieder dem Doktorius zu. Der kramte eine aufgerollte Landkarte unter seinem Mantel hervor. »Natürlich, Junge. Magistra Wogendamm und ich waren es ja, die damals Magister Eulertin nach Hammaburg gebeten haben, um uns gegen Morbus Finsterkrähe beizustehen, der drauf und dran war, in Hammaburg die Macht an sich zu reißen.« Er trat zu Kai und Fi, faltete die Karte auseinander und deutete auf ein Gebirge am unteren Ende der Karte, über dem in sauberer Schrift *Harzene Berge* stand. Rechts neben der eingezeichneten Bergwelt war dick die Gelehrtenstadt Halla markiert.

»Magister Eulertin lebte damals in einem Däumlingsdorf namens Sperberlingen«, erklärte Gischterweh. »Es liegt irgendwo versteckt in den Harzenen Bergen. Wo genau, wissen wir leider nicht. Wir hatten unser Bittgesuch damals einem vertrauenswürdigen Zwergenhändler aus der Region mitgegeben, der dafür gesorgt hat, dass es Eulertin erreichte.«

Kai zog die Stirn in Falten und trat mit der Karte an den Kutschbock heran. »Nivel, weißt du, wo dieses Sperberlingen liegt?«

»Ach«, hub das Mondsilbergesicht verschnupft an, »ist es mir jetzt etwa wieder erlaubt zu sprechen?«

»Jetzt sagt schon.«

»Natürlich weiß ich, wo Sperberlingen liegt, hochverehrter Adeptus«, näselte sein Gegenüber hochmütig. »Sperberlingen liegt ganz in der Nähe des Bergkönigtums Mondralosch. Die Siedlung wurde von den dort ansässigen Däumlingen vor etwa dreihundertfünfzig Jahren gegründet.«

»Gut, dann wünsche ich, dass Ihr uns dorthin bringt.«

»Stets zu Diensten, Adeptus. Wenn ich die Herrschaften nun bitten dürfte einzusteigen …«

Kai und Fi verabschiedeten sich und umarmten Koggs, ehe sie in die Kutsche stiegen.

»Nun wollen wir mal nicht sentimental werden, ihr Prielkrabben«, brummte der Klabauter. »Ist ja kein Abschied auf ewig.«

Magistra Wogendamm kramte ein Fläschchen aus ihrer Tasche hervor und drückte es Kai in die Hand. »Ein Wasserelementar. Ich schenke es dir. Du kannst es sicher irgendwann gebrauchen.«

Ihre Gefährten zogen sich an den Rand der Lichtung zurück.

»Während des Aufstiegs bitte anschnallen und Essen und Trinken einstellen!«, ertönte das blecherne Kommando von Nivel. Kai und Fi entdeckten erst jetzt die Gurte, die an den Sitzen befestigt waren.

»Hü!«, dröhnte Nivels Stimme und das Schlagen von Flügeln war zu hören. Ein kräftiger Ruck ging durch die *Albatros*. Kai und Fi hörten lautes Hufgetrappel und sie wurden in die Sitze gepresst. Vor den Fenstern rasten die Stämme der Pappeln vorbei und die Kutsche hob vom Boden ab.

Nivel ließ es sich nicht nehmen, eine Ehrenrunde über der Lichtung zu drehen, und so konnten Kai und Fi einen kurzen Blick auf Berchtis' geflügelte Pferde erhaschen, die kräftig mit den Flügeln schlugen und sich mit Macht in das Geschirr legten. Schließlich drehte die Kutsche ab und die *Albatros* brauste in südliche Richtung davon. Sie stiegen höher und höher und die schneebedeckte Landschaft unter ihnen wurde immer kleiner, bis der fantastische Ausblick schließlich vom Höhennebel verschluckt wurde.

In Kais Rücken war ein leises Klingen zu hören. Er drehte sich um und entdeckte, dass der Silberspiegel über seinem Sitz Nivels Gesichtszüge annahm. Natürlich, es handelte sich dabei um keinen Spiegel, sondern um die Rückseite der Mondsilberscheibe auf dem Kutschbock.

»Ich heiße die Anwesenden in der *Albatros* willkommen«, näselte er. »Die Herrschaften können sich jetzt abgurten. Für den Fall, dass die gnädige Frau Elfe oder der Herr Adeptus Hunger verspüren, war ich so frei, den Korb zu Euren Füßen mit einigen Köstlichkeiten füllen zu lassen.« Die Mondsilbermiene lächelte vornehm.

»Danke, Nivel«, antwortete Kai überrumpelt und warf Fi einen verblüfften Blick zu. Doch sie schien nicht mitbekommen zu haben, dass ihr Flugbegleiter sie als Frau erkannt hatte. Dieser lächelte maliziös. »Mit Verlaub, der Herr, aber Ihr befindet Euch im Irrtum. Mein Name lautet Levin, im Gegensatz zu meinem Bruder Nivel bin ich für Euer leibliches Wohl verantwortlich. Nivel ist eher fürs Grobe zuständig.«

»Ich hab das gehört, du Laffe!«, war von der Rückseite der Scheibe her eine gedämpfte Stimme zu hören.

»Wie dem auch sei«, fuhr Levin unbeeindruckt fort, »falls es den Herrschaften an irgendetwas mangelt, lasst es mich einfach wissen. Danke.« Das Mondsilbergesicht schloss die Augen und die spiegelnde Fläche glättete sich wieder.

»Unglaublich!« Kai löste den Gurt und wandte sich Fi zu. »Kein Vergleich zu damals, als wir auf dem Rücken von Kriwa geflogen sind, findest du nicht auch?«

»Ja«, antwortete Fi geistesabwesend. Sie beugte sich zu Gilraen hinüber und rückte dem Bewusstlosen den Fellkragen zurecht. Die Augenlider des Elfen flatterten leicht, doch ansonsten war keine Reaktion zu erkennen. Der Zauberlehrling atmete tief ein und spürte, wie sich bei ihm wieder eine gewisse Befangenheit breit machte. Herrje, damit musste es endlich mal ein Ende haben.

»Verrätst du mir, woher ihr beiden euch kennt?«, fragte er vorsichtig. »Du sagtest gestern zu Magistra Wogendamm, Gilraen hätte dir das Leben gerettet?«

»Ja, hat er.« Endlich ließ auch Fi sich in den bequemen Hirschledersitz zurücksinken. »Gilraen und ich kennen uns schon seit unserer Kindheit. Seine Eltern waren berühmte Falkner auf Albion. Und so wie meine eigenen Eltern gehörten sie bis zuletzt dem Sonnenrat Albions an. Gilraens Familie hat sich damit nicht nur am Hofe von König Drachenherz, sondern auch an jenem meiner Eltern verdient gemacht.«

»Moment mal, am Hof ... deiner Eltern?«, fragte Kai verwundert. »Willst du damit etwa sagen, dass deine Eltern ebenfalls Könige sind?«

Fi lächelte wehmütig. »Es gibt nur einen wahren König der Elfen, und das ist Avalaion. Doch unsere Brüder und Schwestern auf dem Festland haben sich von uns abgewandt, als wir Sigur Drachenherz nach Albion gefolgt sind. Es heißt, eines Tages würden wir Elfen wieder vereint werden, doch diese Zeit ist noch nicht gekommen. Kurz nach dem Sieg über den Drachen Pelagor wählten die Elfen Albions einen aus ihrer Mitte, um die Geschicke unseres Volkes zu lenken. Er war mein Urgroßvater. Doch unser wahrer König ist und bleibt Avalaion. Er ist unsterblich und er war der Erste von uns, der einst aus dem Unendlichen Licht trat, und er wird auch der Letzte von uns sein, der wieder ins Licht zurückkehrt, wenn die Zeit für uns Elfen gekommen ist.«

Kai sah Fi zweifelnd an. Wenn das stimmte, dann musste dieser Avalaion ähnlich wie die Feenkönigin Berchtis uralt sein und über eine schier unglaubliche Macht verfügen. »Fi, meinst du nicht, dass es langsam Zeit wird, mir die ganze Geschichte zu erzählen? Wie du eigentlich nach Hammaburg gekommen bist? Ich meine, bis eben wusste ich ja noch nicht einmal, dass du so eine Art Elfenprinzessin bist.«

Fi presste nachdenklich ihre Lippen aufeinander und entspannte sich dann wieder. »Du hast Recht. Aber all diese Heimlichkeiten ... sie sind mir längst zur zweiten Natur geworden.« Sie lehnte sich zurück und schloss die Augen. »Wenn du so willst, beginnt die

Geschichte vor zwanzig Jahren. Der Sonnenrat Albions trat damals wie jedes Jahr zu einer Zeremonie zusammen, um die Ewige Flamme des Rates zu erneuern. Wie immer wählte man dafür die erste Neumondnacht des neuen Jahres. Es handelt sich dabei um eine alte Tradition, die Sigur Drachenherz selbst begründet hatte.«

»Was ist das, diese Ewige Flamme?«

»Sie war ein Symbol für den alten Bund zwischen den Sonnenmagiern und den Elfen Albions. Sie brannte in den Hallen des Sonnenrates. Zugleich sollte sie an den Sieg über den Drachen Pelagor erinnern, in dessen Flammenhauch Drachenherz einst zu Tode kam. In ihrer Glut konnte man Zauberschwerter aus Mondeisen und manch andere wundersame Dinge schmieden. Außerdem hieß es, dass die Ewige Flamme die Finsternis von Albion fernhalten würde. Doch schon seit einigen Jahrhunderten wurde die Ewige Flamme schwächer. Die Magier hielten es daher für ratsam, sie einmal im Jahr mit ihrer eigenen Kraft zu speisen. Nun, in jener Nacht, von der ich spreche, entschloss sich Morgoya zu ihrem Angriff. Sie beschwor eine große Finsternis herauf, um die Ewige Flamme zu ersticken, und hetzte ein Heer von Dämonen auf die durch die Zeremonie geschwächten Magier und Elfen.« Fis Stimme zitterte. »Morgoya … ihr gelang es, fast den kompletten Rat auszulöschen. Das einzige Mitglied des Sonnenrates, das damals entkommen konnte, war meine Mutter. Sie versuchte so schnell wie möglich zu uns zu gelangen und uns zu warnen. Doch sie kam zu spät. Morgoya hatte bereits zu einem weiteren Schlag ausgeholt und dieser galt unserem geliebten Lunamon.«

»Lunamon?«

»Die Stadt, in der wir Elfen lebten. Sie lag am Ufer des gleichnamigen Sees inmitten des Einhornwaldes, den wir einst als unsere neue Heimat auserkoren hatten. Oh Kai, hättest du den Lunamon doch nur einmal mit eigenen Augen sehen können! Er war so klar wie das strahlendste Himmelsblau, doch bei Nacht funkelte er so, als würden die Sterne in seinen Wassern baden. Ich habe so gern an seinem Ufer gesessen, um dieses Schauspiel zu genießen. Er ist durch und durch von Magie durchdrungen und es ist uns nie gelungen, hinter sein Geheimnis zu kommen. Bei Vollmond spiegelten sich unbekannte Städte und Landschaften in seinen Fluten und manchmal, wenn über dem See der Nebel aufzog, dann zeigten sich in ihm wundersame Szenen aus Albions Vergangenheit.« Fi seufzte. »Doch das alles ist vorbei. Während die Sonnenmagier um ihr Leben kämpften, entsandte Morgoya ihre zweite Waffe: ihre Gargylen. Niemand von uns hatte diese Geschöpfe jemals vorher gesehen, geschweige denn, dass wir wussten, wie wir uns gegen sie zur Wehr setzen sollten. Da Neumond war, vermochten uns auch die Kräfte des Sees nicht beizustehen. Viele von uns starben, nur wenige entkamen den schrecklichen Kreaturen. Die meisten von uns aber wurden gefangen genommen und in die Sklaverei geführt. Ein Schicksal, das auch meine Mutter, Gilraen und mich traf.«

Kai schwieg betroffen.

»Seit fast zwanzig Jahren«, fuhr Fi bitter fort, »muss mein Volk bereits Dienst in Morgoyas Mondsilberminen tun. Auch ich selbst habe lange Jahre kein Sonnenlicht gesehen. Du kannst dir nicht vorstellen, wie schrecklich die Zustände dort unten im Berg sind.«

»Bitte, erzähl mir davon«, bat der Zauberlehrling behutsam.

Fi schluckte. »Morgoya braucht uns, um das Mondsilber aufzuspüren. Sie benötigt es für ihre Wolkenfestung, so das Gerücht. Wir Elfen sind im Aufspüren von Mondsilberadern zwar nicht so gut wie die Zwerge, aber auf Albion leben keine Vertreter des kleinen Volkes mehr. Der Drachenkönig Pelagor hatte sie einst von der Insel vertrieben.«

»Ich dachte, nur Sonnenmagier und Zwerge vermögen es, ein Feuer heiß wie der Atem der Drachen zu entfachen, um das Mondsilber darin zu schmieden?«

»Dem ist auch so«, flüsterte die Elfe. »Hin und wieder bringt mein Volk zwar Sänger hervor, die das magische Metall mit ihren Träumen formen können, doch das geschieht nur sehr selten. Und meine versklavten Brüder und Schwestern haben schon lange keine Träume mehr … Morgoya fürchtet sie. Sie lässt sie daher nicht schlafen. Bergschrate, Albe und noch schlimmere Wesen halten sie davon ab.«

»Aber man stirbt, wenn man nicht schläft«, rief Kai voller Entsetzen.

»Wir sind Elfen, Kai.« Fi lief eine Träne über die Wange. »Wir schlafen nicht, um uns auszuruhen, sondern um eins zu werden mit dem Unendlichen Licht. In unseren Träumen sind wir ihm näher als im wachen Zustand. Verlieren wir die Fähigkeit zu träumen, verlieren wir unser Selbst. Unseren Willen. Unsere Fähigkeit, die Kräfte der Natur anzurufen. Und schließlich … unsere Körper.«

Sprachlos starrte Kai sie an.

»Sehr viele meines Volkes sind nach all den Jahren bereits wahnsinnig geworden«, fuhr Fi fort. »Aus ihnen werden gesichtslose Schattenwesen, und Morgoya hat sie in ihre Armee eingegliedert. Diese Kreaturen scheuen das Licht. Ihre Haut ist schwarz. Sie vermögen es, mit der Dunkelheit zu verschmelzen und ihr Gesang treibt einen Menschen in den Wahnsinn. Sie … sie fressen Menschenfleisch!«

Der Zauberlehrling stieß einen erstickten Laut aus.

»Nur noch wenige Jahre und die Elfen Albions existieren nicht mehr. Wären damals nicht meine Mutter und Gilraen gewesen, ich weiß nicht, ob ich all die Qualen überstanden hätte.« Die Elfe blickte aus dem Fenster und ihre Stimme bebte, als sie weitersprach. »Vor einigen Jahren bekam Morgoya durch Verrat in unseren eigenen Reihen heraus, wer meine Mutter in Wahrheit ist. Bis dahin hatte sie geglaubt, den Sonnenrat komplett vernichtet zu haben. Mit meiner Mutter war ihr nicht nur eines der wichtigsten Ratsmitglieder entgangen, sondern auch ein Gegenstand, der für den Sonnenrat stets von besonderer Bedeutung war. Morgoya ließ meine Mutter daher an die Oberfläche schaffen, um sie zu verhören. Damit hatte die elende Nebelhexe es beinahe geschafft, ihn in ihren Besitz zu bringen.«

»In ihren Besitz zu bringen? Was denn?«

Fi zog ihr wundersames Mondsilberamulett hervor. So nah hatte Kai es noch nie betrachtet. Das Amulett lief am Rand gleich den Strahlen der Sonne in kunstvollen Zacken aus. Die Strahlen auf dem Amulett umschlossen drei Mondphasen, die in die Mitte des Amuletts eingebettet waren. Links ein aufgehender Mond, in der Mitte der Vollmond und rechts ein abnehmender Mond.

Kai erinnerte sich daran, wie das Amulett einmal eine ganze magische Welt gewoben hatte und wie Fi ihm mithilfe des Amuletts im Kampf gegen einen Alb beigestanden und ihm das Leben gerettet hatte.

»Und was hat es mit diesem Ding auf sich?«, fragte Kai.

Fi schüttelte unschlüssig ihren Kopf. »Mein Volk hütete dieses Amulett bereits zur Zeit der Schattenkriege, als es gemeinsam mit Sigur Drachenherz auszog, um Murgurak den Raben zu stellen. Später dann brachten sie es mit nach Albion. Zu welchem Zweck das Amulett einst geschaffen wurde, weiß ich nicht. Doch es heißt, in ihm wirke das Unendliche Licht. Bei den Sonnenmagiern Albions war es als Schwur- oder Sonnenstein bekannt, sein wahrer, elfischer Name aber lautet *Glyndlamir*. In eurer Sprache heißt das so viel wie *Stern-der-die-Macht-des-Traumlichts-trägt*. Jeder angehende Sonnenmagier musste auf ihn einen Eid auf König und Reich ablegen. Gehütet haben es aber stets wir Elfen.«

»Und warum will Morgoya das Amulett in die Finger kriegen?«

Ein finsteres Lächeln umspielte Fis Mundwinkel. »Es heißt, der Glyndlamir habe sie verbrannt, als Morgoya in jungen Jahren selbst um Aufnahme in den Sonnenrat ersuchte. Aber ich schätze, der

eigentliche Grund ist die Prophezeiung, die besagt, dass der Glyndla-
mir über das Schicksal Albions entscheiden wird, wenn die Insel in
Not gerät. Angeblich kann man mit seiner Hilfe das Land und seine
Bewohner heilen und dem Licht zum Sieg verhelfen.«

Kai starrte Fi an. »Und was muss man dafür tun?«

»Ich weiß es nicht, Kai.« Fi kamen die Tränen, und Kai unter-
drückte den Drang, sie tröstend in den Arm zu nehmen. »Bevor
Morgoyas Folterknechte meine Mutter fortschafften, bestimmte sie
Gilraen und mich zu den neuen Traumhütern des Amuletts und
schärfte mir ein, es zum Sonnenrat zu bringen, wenn die Zeit dafür
gekommen ist. All die Jahre der Gefangenschaft über hatte sie den
Glyndlamir dort versteckt gehalten, wo Morgoya ihn am wenigsten
erwartete: in ihren eigenen Mondsilberminen. Doch meine Mutter
wusste, dass Morgoya Mittel und Wege finden würde, ihr dieses
Geheimnis zu entlocken. Sie lehrte uns daher ein altes Zauberlied,
um die Traummacht des Glyndlamir anzurufen. Allerdings heißt es,
dass sich seine wahre Macht nur in der Ewigen Flamme des Rates
entfalten werde. Daher musste Gilraen und mir um jeden Preis die
Flucht gelingen, um den Glyndlamir in Sicherheit zu bringen.«

»Und dann?«

Fi schluckte. »Gilraen zettelte einen Sklavenaufstand an. Zwölf
von uns gaben ihr Leben, um uns beiden die Flucht aus den Minen
zu ermöglichen. Wir waren Tag und Nacht unterwegs und mussten
all unsere Kräfte aufbieten, um an der Oberfläche bestehen zu können. Kannst du dir vorstellen, wie es ist, wenn man fast fünfzehn
Jahre unter der Erde gefangen gehalten wird? Albion war nicht wiederzuerkennen. Überall dieser schreckliche Nebel. Nirgends Sonne,
doch dafür an allen Ecken und Enden Gefahren, die darauf lauerten,
unserem Leben ein Ende zu setzen. Trotzdem schlugen Gilraen und
ich uns bis zum einstigen Sonnenrat durch. Die Kräfte des Glyndlamir halfen uns dabei.« Die Elfe seufzte. »Wir waren solche Narren.

Morgoya hat an jenem Ort keinen Stein auf dem anderen gelassen. Natürlich war die Ewige Flamme des Sonnenrates längst erloschen. Das Schlimmste aber war, dass die Nebelhexe geahnt hatte, was wir vorhatten. Unsere Feinde erwarteten uns bereits. Ich … ich konnte nur entkommen, weil sich Gilraen für mich geopfert hat.« Sie beugte sich vor und streichelte dem Bewusstlosen über die Wange.

Was hätte Kai für so eine Berührung gegeben.

»Was danach aus ihm wurde«, fuhr sie fort, »vermag ich nicht zu sagen. Das kann nur Gilraen selbst beantworten. Bis gestern dachte ich, er hätte seine Tapferkeit mit dem Leben bezahlt. Mir selbst gelang es, mich bis zur Küste durchzuschlagen, wo mich Koggs und seine Leute fanden. Den Rest der Geschichte kennst du.«

»Und was wurde aus deiner Mutter?«

Fi zuckte hilflos die Achseln. Tränen liefen über ihr Gesicht.

»Magister Eulertin wird Gilraen ganz bestimmt helfen können«, versuchte Kai sie aufzumuntern. »Er gilt nicht umsonst als der größte Zauberer des Kontinents. Denk nur an mich. Mir hat er auch geholfen, als meine magische Kraft mich fast umgebracht hat, und du hast ja selbst gehört: Eigentlich war das so gut wie unmöglich.« Gespielt lässig fischte er nach dem Korb. »Und jetzt lass uns etwas essen. Deinem Freund nützt es nichts, wenn du vor Hunger umfällst.«

Die Elfe lächelte schwach und zögernd bediente sie sich aus dem Weidenkorb, der mit Früchten, Pasteten und Kuchen gefüllt war. Kai hingegen musterte verstohlen Gilraen, während draußen vor den Fenstern der Kutsche graue Wolkenfetzen vorüberglitten. Die Kleidung, die der Elf trug, sah nicht gerade aus wie die eines Sklaven oder Dieners. Im Gegenteil, Gilraen war in einen vornehmen Mantel mit einem Besatz aus weißem Fuchspelz gehüllt, außerdem trug er kostbare Stulpenstiefel und Beinkleider sowie ein elegantes Wams aus feinem Wildleder. Er wollte die Tapferkeit des Elfen nicht infrage stellen, doch je mehr er über ihn nachdachte, für umso unglaubwürdiger hielt er es, dass Gilraens unerwartetes Auftauchen in Hammaburg reiner Zufall war. Und was war in der Zeit zwischen seiner Gefangennahme und der Katastrophe auf der Galeere geschehen? Er dachte an diese Schattenelben. Was, wenn Gilraen inzwischen die Seiten gewechselt hatte? Kai beschloss, ihn im Auge zu behalten.

Sperberlingen

Herrschaften, wir überfliegen jetzt die Harzenen Berge«, schepperte es blechern vom Kutschbock. Kai schreckte hoch und wusste im ersten Moment nicht, wo er sich befand, dann fiel ihm ein, dass sie in Berchtis' magischer Kutsche unterwegs waren. Es musste inzwischen Mittag sein. Wenigstens hatte das ewige Grau der Wolken einem herrlichen blauen Frühlingshimmel Platz gemacht. Helle Sonnenstrahlen tanzten über die Polsterung der Hirschledersitze und im Innern der Kutsche war es wärmer geworden. Gilraen dämmerte noch immer vor sich hin und knirschte von Zeit zu Zeit mit den Zähnen.

Fi zwinkerte Kai zu. »Na, gut geschlafen?«

»Na ja, die Nacht war ja auch verdammt kurz.« Kai rieb sich die Augen und spähte neugierig nach draußen. Die *Albatros* sauste über eine Bergkette hinweg, über die sich weit bis zum Horizont ein Meer aus Buchen und immergrünen Fichten spannte. Kai, der bislang nur das Flachland der nördlichen Elbregion kannte, blickte begeistert auf das Panorama aus Bergen, Schluchten und Tälern, in denen mancherorts ein See glitzerte. An einigen Stellen war die Landschaft noch verschneit, insbesondere in den höheren Lagen, doch ganz im Gegensatz zu Hammaburg hatte hier längst der Frühling Einzug gehalten.

»Kai, schau mal hier drüben«, sagte Fi. Kai presste sich neben sie gegen das Fenster. Ihre Schultern berührten sich und ein warmer Schauer rieselte durch Kais Körper. »Sieh doch, da unten!«

Kai folgte ihrem Finger und entdeckte nahe einer der schroffen Bergflanken, die unter ihnen hinwegglitten, ein Häusermeer aus roten Ziegeldächern. Es lag in einem Talkessel, durch den sich ein rauschender Gebirgsbach schlängelte. Überall ragten hohe Schlote empor, aus denen dunkler Rauch qualmte. Kais Blick verharrte auf einer gewaltigen Festung, die stolz und erhaben das Tal überragte. Die dunklen Türme und Wehre der gewaltigen Anlage schmiegten sich eng an einen Berghang und die Granitmauern fielen an manchen Stellen steil in die Tiefe ab. Am Fuß des Berges mündeten die Schanzanlagen der Festung in einen massiven Mauerring, der sich breit auffächerte und über Hügel und Bergflanken hinweg den ganzen Talkessel einschloss. Kai runzelte die Stirn. War das möglich? Auf drei der Turmzinnen entdeckte er mächtige Speerschleudern, die Ähnlichkeit mit der Seeschlangenharpune des seligen Kapitäns Asmus hatten. Gegen welch einen Gegner waren derartige Waffen gerichtet?

»Ich bin mir sicher, das ist diese Zwergenstadt, von der Nivel gesprochen hat«, meinte Fi.

»Oh ja, hochverehrte Dame.« Nivels Zwilling Levin klappte die Augen auf und seine vornehmen Gesichtszüge wölbten sich aus der mondsilbernen Spiegelfläche. »Euch ist es vergönnt, einen Blick auf das Herz des Bergkönigtums Mondralosch zu werfen. Ich war so frei, meinen Bruder um einen kleinen Umweg zu bitten, damit Euch diese Sehenswürdigkeit der Harzenen Berge nicht entgeht. Festung und

Stadt werden bereits seit vierhundert Jahren von Erzkönig Thalgrim beherrscht, dessen Vorfahren einst an der Seite von Kaiser Kirion gegen die Trolle zu Felde zogen und die sich während der Schattenkriege als kunstvolle Meisterschmiede und tapfere Drachentöter einen Namen machten. Berühmte Mondsilberartefakte wurden hier gefertigt. Etwa die verschollene *Löwenkrone* Kaiser Kirions, Ambrax' *Astrolabium*, das heute die Stadtmagister von Halla hüten, oder das legendäre Schwert *Sonnenfeuer*, mit dessen Hilfe es Sigur Drachenherz gelang, den Drachenkönig Pelagor aus Albion zu vertreiben.«

Immer mehr der Bewohner des Ortes blieben stehen und deuteten aufgeregt zu der Feenkutsche empor. Auch auf den Wehrgängen brach hektische Betriebsamkeit aus.

»Das reicht jetzt«, tönte gedämpft Nivels Stimme auf der Rückseite der Mondsilberscheibe. »Wir wollen doch nicht riskieren, dass die Zwerge am Ende noch auf uns schießen.«

Levin verzog sein Gesicht und schloss pikiert die Augen, während die Kutsche abdrehte, Mondralosch hinter sich ließ und weiter nach Süden jagte.

Kai lehnte sich zurück und beobachtete Fi, wie sie besorgt eine Strähne aus Gilraens Stirn strich. Irgendwie war ihm, als sei das Gesicht des Elfen in den vergangenen Stunden noch hohlwangiger geworden.

Fi stimmte eine elfische Melodie an, und Kai konnte sich des Eindrucks nicht erwehren, dass darin Zauberei mitschwang. Auch dies war eine Sache, die ihm Rätsel aufgab. Die Elfenzauberei schien keine Formeln, Gesten oder Rituale zu benötigen. Er hatte bereits erlebt, wie ihn Fi in den Schlaf gewiegt, wilde Ratten besänftigt und Katzen dazu gebracht hatte, sich für sie in den Kampf zu werfen. Doch wann immer er sie darauf ansprach, lächelte sie geheimnisvoll und meinte, dass ihre und seine Kräfte sich voneinander so unterschieden wie Mond- und Sonnenlicht.

»Mir scheint, wir bekommen Besuch«, dröhnte Nivels Stimme von draußen.

Kai und Fi sahen aus dem Fenster, doch außer den ewig grünen Baumwipfeln war nichts Besonderes zu erkennen. Da entdeckte Kai schräg vor ihnen drei Vögel, die mit raschem Flügelschlag über die Baumwipfel hinwegjagten und sich der Kutsche näherten. Es handelte sich um etwa taubengroße Greifvögel mit grauschwarzem Gefieder.

»Das sind Sperber. Es sieht so aus, als ob wir unser Ziel erreicht hätten!«, sagte Fi.

Auch Kai erblickte jetzt die kleinen Gestalten, die auf den Rücken der Vögel hockten. Einer der Sperber scherte aus der Dreiecksformation aus und flog dicht an das Fenster der Kutsche heran. Auf einem Sattel saß ein kaum daumengroßer Winzling mit Lederhelm, der sie argwöhnisch anstarrte. Kurz darauf jagte er nach vorn zum Kutschbock und entschwand ihren Blicken.

Die Feenkutsche verlor an Geschwindigkeit und steuerte eine wilde Bergwiese an, die sich unweit des Bachlaufs erstreckte, dem sie bis eben gefolgt waren. Der Flügelschlag der Pferde wurde lauter, und auch Levin öffnete wieder seine Augen. »Wenn ich die Herrschaften bitten dürfte, die Gurte anzulegen. Saubere Landungen sind leider nicht meines Bruders Stärke.«

Kai und Fi konnten der Anweisung gerade noch Folge leisten, als es derart unter ihnen rumpelte, dass sich Fi nach vorn beugen musste, um zu verhindern, dass Gilraen vom Sitz rutschte. Die Kutsche rollte aus und blieb schließlich stehen. Vorn war das Wiehern und Schnauben der Flugrösser zu hören.

»Herzlich willkommen in Sperberlingen!«, scheppert Nivel stolz vom Kutschbock.

Kai schnappte sich seinen Rucksack, öffnete die Tür und blickte sich um. Sein Blick streifte dichtes Nadelgehölz und von irgendwoher war das Murmeln eines Baches zu hören. Fi folgte ihm und atmete befreit auf. Tatsächlich roch die kühle Bergluft köstlich nach Harz, Erde und … Blumen. Kai lächelte, als er am Rande der Lichtung die Vorboten des Frühlings entdeckte. Schlüsselblumen. Es war wunderbar, dem Frost auf diese Weise entkommen zu sein. Fi deutete hinauf zum Himmel. Dort kreisten noch immer zwei der Sperber, und die Däumlinge machten keinen Hehl daraus, dass sie sie weiterhin im Auge behielten. Der dritte Greifvogelreiter indes näherte sich ihnen zusammen mit einem anderen Vogel, den Kai sofort erkannte.

»Kriwa!«, rief er begeistert und hielt seine ausgestreckte Rechte empor. Seine heimliche Befürchtung, Magister Eulertin könnte doch an einem anderen Ort sein, verflüchtigte sich. Die prachtvolle Königsmöwe stieß einen lang gezogenen Schrei aus und nahm auf der Schulter des Zauberlehrlings Platz.

»Na, wen haben wir denn da?«, krächzte sie. »Welch unerwarteter Besuch!«

Kai strahlte, als er sah, dass Kriwa nicht allein gekommen war. Von ihrem Rücken stieg Magister Eulertin, der sich von einer leichten Böe auf Kais ausgestreckte Hand tragen ließ.

Würdevoll glättete der Däumlingsmagister seine nachtblaue Magierrobe und maß Kutsche, Kai und Fi mit ernstem Blick. »Ich muss schon sagen, ihr beide habt ein Gespür für dramatische Auftritte«, erhob er seine, durch einen Zauberring magisch verstärkte Stimme. »Mit euch beiden hätte ich am wenigsten gerechnet. Das hier ist doch die *Albatros*, richtig?« Er deutete mit seinem Zauberstab auf die Kutsche. »Dann muss euch die Feenkönigin gesandt haben.«

Kai nickte und aus ihm sprudelte alles heraus, was sich am Vortag ereignet hatte. Vorsichtshalber übersprang er die unangenehmen Vorkommnisse im Labor und begann mit der Botschaft der Feenkönigin. Gerade hatte er den Bericht ihrer Expedition auf Asmus' Schiff zum Besten gegeben, als ihn der Däumlingsmagister unterbrach.

»Gemach, gemach, Junge. Ich gebe zu, das alles ist sehr beunruhigend, aber zunächst einmal müssen wir uns um diesen Elfen kümmern.« Er blickte zu Fi auf. »Ihr habt ihn mit hierher gebracht?«

»Ja«, sagte Fi unglücklich. »Gilraen geht es von Stunde zu Stunde schlechter. Bitte, Ihr seid seine einzige Hoffnung.«

Fi nahm den kleinen Zauberer in ihre Hände und trug ihn zur Kutsche.

»Und?«, meinte Kai leise zu Kriwa, »habt ihr mehr über Eisenhands Panzerarm herausgefunden?«

»Das wird sich noch zeigen«, krächzte die Möwe. »In der Universitätsbibliothek zu Halla war kein Eintrag darüber zu finden. Die Gelehrten waren allerdings auch mit etwas anderem beschäftigt. Aus der Bibliothek wurde vor einer Woche ein gefürchtetes Zauberbuch entwendet. Das *Liber nocturnus*, besser bekannt als *Das Buch der Nacht*.«

»Was hat es damit auf sich?«

»Das fragst du am besten Magister Eulertin«, antwortete Kriwa. »Ich weiß nur, dass es sich dabei um eine persönliche Hinterlassenschaft des Hexenmeisters Murgurak des Raben handelt, der vor tausend Jahren die Schattenkriege entfesselte.«

Kai schwante nichts Gutes bei dieser Nachricht.

Kriwa fuhr fort. »Wir haben den Panzerarm deshalb nach Mondralosch zu den Zwergenschmieden König Thalgrims gebracht. Magister Eulertin wartet jetzt auf das Ergebnis ihrer Untersuchung.«

Kai blickte wieder zur Kutsche und sah, dass Fi Gilraens Mund öffnete. Magister Eulertin, der dicht neben den beiden in der Luft schwebte, verharrte über dem Gesicht des Elfen. Kurz darauf ging ein Zucken durch den Körper des Bewusstlosen und er schrumpfte auf Fingergröße zusammen. Eulertin musste ihm einen seiner berühmten Verkleinerungstränke eingeflößt haben.

Fi setzte sich vorsichtig auf die Sitzbank, hob etwas an ihre Lippen und von einem Moment zum anderen sank auch ihre Gestalt auf Däumlingsgröße zusammen.

Magister Eulertin schwebte hinab auf den Boden der Kutsche und schritt zur Tür.

»Kriwa, bitte sei so gut und bring die beiden zu Amabilia. Sag ihr, dass es ernst ist.«

Die Möwe nickte, hob von Kais Arm ab und segelte elegant in die Kutsche. Mit Gilraen im Schnabel und der winzigen Fi auf dem Rücken flog sie davon.

»Nivel, ich gehe davon aus, dass du dich alleine um die Kutsche kümmern kannst?«

»Ihr erinnert Euch noch an meinen Namen, hochverehrter Zunftmeister?«, dröhnte es begeistert vom Kutschbock. »Das ehrt mich zutiefst. Aber natürlich. Macht Euch keine Gedanken. Ich werde hier bis zum Abflug auf Euch warten.«

»Wer könnte Nivel und Levin schon vergessen«, murmelte der Däumling leise. »Die Feenkönigin hat ganz ohne Zweifel einen ausgeprägten Sinn für Humor.«

»Ist Dystariel auch hier?«, fragte Kai.

»Dystariel?« Ein Lächeln umspielte Eulertins Mundwinkel. »Nein. Dystariel ist nicht mit mir mitgekommen. Sie war die ganze Zeit über in Hammaburg und hat auf dich aufgepasst. Du hast doch wohl nicht wirklich geglaubt, dass ich die letzte Hoffnung der freien Reiche während meiner Abreise unbewacht lasse? Ich schätze, es wird sie nicht sonderlich erfreut haben, dass du ohne sie abgereist bist. Bei Sonnenlicht kann sie dir natürlich nicht folgen. Ich denke, wir werden ihr heute Nacht wieder begegnen.«

»Was passiert eigentlich mit den Gargylen, wenn sie dem Licht der Sonne ausgesetzt sind?«, wollte Kai wissen.

»Sie erstarren«, antwortete der Magister. »Nur dauert es länger als eine Nacht, bis sie sich wieder bewegen können. Unter freiem Himmel kann das unter Umständen bedeuten, dass sie für immer bewegungslos bleiben, da das Sonnenlicht ihrer Rückverwandlung stets zuvorkommt. So, und nun zu uns beiden.« Magister Eulertin gab den Sperberfliegern am Himmel ein Zeichen herunterzukommen. »Allzu viele Verkleinerungstränke haben wir hier leider nicht vorrätig. Sperberlingen bekommt nicht so oft Besuch vom großen Volk. Es ist sehr aufwendig und kompliziert, das Zauberelixier auf einen Tropfen zu konzentrieren. Eine Kunst, die nicht einmal ich beherrsche.« Eulertin reichte Kai einen ausgehöhlten Kürbiskern, der am oberen Ende mit Bienenwachs versiegelt war und wie eine Feld-flasche über einen zierlichen Trageriemen aus geflochtenen Gräsern verfügte. »Hebe seine Wirkung also nicht leichtfertig auf, solange du dich in Sperberlingen aufhältst.«

Kai nickte, betrachtete das winzige Gefäß und zerbiss es kurzer-hand. Es war wie immer. Obwohl die Kürbiskernflasche nur eine ge-ringe Menge des Elixiers enthielt, machte sich in seinem Mund wie-der ein unangenehmer Geschmack breit. Im nächsten Augenblick jagte ein schmerzhaftes Ziehen und Reißen durch seinen Körper und kurz darauf wuchs die Kutsche vor ihm zu einem gewaltigen Berg empor, während die Gräser zu seinen Füßen mehr und mehr die Ausmaße von Baumstämmen annahmen. Viel Zeit zum Wundern blieb Kai nicht, denn im nächsten Moment fiel auf ihn der Schatten eines Sperbers, und er fühlte sich von scharfen Krallen gepackt und emporgehoben. Magister Eulertin hingegen nahm weitaus eleganter hinter einem der beiden anderen Sperberreiter Platz. Die Raubvögel schraubten sich unter spitzen Schreien in die Höhe und sausten in Windeseile den Bach in Richtung Wald entlang. Der unbequeme Flug dauerte glücklicherweise nicht lange. Ihr Ziel waren fünf Nester inmitten des dunkelgrünen Fichtendickichts, die in sicherer Höhe über dem Waldboden lagen. Kai erkannte, dass zwischen den Nestern hölzerne Stege und Hängebrücken angebracht waren, die zu einer gut getarnten Plattform im Schatten eines Nadelzweigs führten. Bevor er sich weitere Gedanken darüber machen konnte, setzte ihn der Sperber im Nest ab und gab ihm sogleich einen unsanften Stoß. Kai rappelte sich auf und kletterte so schnell es ging am Rand des Nests nach oben, bis er einen der Stege erreichte. Verflucht, hier oben im Wipfel des Baumes war es verdammt windig. Er sah sich um. Der Steg war aus Holzrinde gefertigt, hatte ein Geländer aus geflochtenem Reisig und führte zu einer der Hängebrücken, die hinüber zur Plattform reichten. Kai wollte gerade weitergehen, als ihn ein heftiges Zittern und Beben des Astes zum Taumeln brachte. Panisch umklammerte er das Reisiggeländer und konnte gerade noch seinen Rucksack festhalten. Der Greifvögel hinter ihm hatte sich soeben in einem gewaltigen Horst niedergelassen.

Schnell machte Kai, dass er die Hängebrücke erreichte und eilte auf dem schwankenden Untergrund hinüber zur Plattform. Doch das mulmige Gefühl wollte angesichts des schier endlosen Abgrundes unter ihm nicht weichen. Auf der anderen Seite angelangt, wurde er bereits von einer kurzhaarigen Däumlingsfrau in mausgrauem Fliegerrock erwartet, die ihren Helm unter dem Arm geklemmt hielt. Knapp salutierte die junge Frau vor ihm.

»Ich begrüße Euch auf dem Fliegerhorst von Sperberlingen«, brüllte sie gegen die Vogelschreie und das Rauschen des Windes an. »Wenn man mich richtig informiert hat, dann seid Ihr der Lehrling von Magister Eulertin, richtig? Folgt mir.«

Kai nickte beeindruckt und stiefelte hinter ihr her.

Die Plattform erstreckte sich im Halbrund um den gewaltigen Stamm einer Fichte und wies in ihrem Zentrum ein rustikales, mit Tannenzapfenschindeln gedecktes Rindenhaus auf. Es wurde rechter und linker Hand von ehemaligen Wespennestern eingefasst, sodass das Gebäude Ähnlichkeiten mit einem Burgtor aufwies, das von stolzen Türmen flankiert wurde. Drei Halbwüchsige in Kais Alter, die gerade einen Karren beluden, starrten neugierig zu ihm herüber.

»Habt ihr nichts anderes zu tun, als Maulaffen feilzuhalten?«, fuhr seine Begleiterin die Jugendlichen an. »Wenn die Federn nicht bis Sonnenuntergang unten im Lager sind, dann sorge ich dafür, dass euch Feldwebel Haberich persönlich den Hosenboden stramm zieht!«

Erschrocken machten sich die drei wieder an die Arbeit. Da entdeckte Kai Magister Eulertin.

»Ah, ich sehe schon, wir müssen den Magister nicht lange suchen«, rief die Däumlingsfrau. Eulertin nickte der Kurzhaarigen freundlich zu. »Vielen Dank, dass Ihr Euch meines Lehrlings angenommen habt, Greifvogelreiterin Wieselind. Ich denke, ich kümmere mich jetzt um ihn.«

Die junge Däumlingsfrau verabschiedete sich zackig und entfernte sich in Richtung der Stallungen.

»Ich hab mir das immer ganz anders vorgestellt«, rief Kai begeistert. »Ich meine, so wie ihr Däumlinge lebt.«

»Na, dann warte mal ab, bis du Sperberlingen selbst kennenlernst«, sagte der Magier. »Hier arbeiten lediglich unsere Kundschafter. Sperber nisten bevorzugt in Fichten, und so haben wir den Horst hierher verlegt. Die Männer und Frauen hier sind Tag und Nacht damit beschäftigt, die Gegend im Auge zu behalten. Es gehört viel Mut und Talent dazu, einen Sperber zu dressieren. Die Aufgabe unserer Greifvogelreiter ist es, Mäusebussarde, Marder und Wildkatzen von Sperberlingen fernzuhalten. Wir Zauberer können ja schließlich nicht überall zugleich sein.«

»Und wo liegt Sperberlingen? Auf einem der unteren Äste?« Eulertin schüttelte den Kopf. »Das Dorf liegt unten auf dem Waldboden. Allerdings ist es so geschützt, dass es dem großen Volk möglichst verborgen bleibt.« Der Magister schmunzelte und führte Kai zu einer offenen, mit Tannenzapfenschuppen gedeckten Hütte am Rand der Plattform, in der er die halbe Schale eines Vogeleis erblickte. Sie war wie ein Ruderboot mit Sitzbänken ausgestattet, mit einem straff gespannten, aus Gräsern geflochtenem Seil unter dem Dach der Hütte verankert, und schaukelte leicht hin und her. Erst jetzt erkannte Kai, dass dieses Seil über eine große Umlenkrolle lief und von dort aus zweifach hinunter in die unauslotbare Tiefe des Waldes reichte und irgendwo zwischen den Zweigen der Fichte verschwand.

»Bei allen Moorgeistern, was ist das denn?«

»Eine Baumbahn, mein Junge.« Eulertin deutete hinüber zu einem Windrad. Es mündete in einer Ansammmlung großer Zahnräder, die über Stangen mit der Umlenkrolle verbunden waren. »Wie ich weiß, ist dir das Prinzip einer Windmühle bereits bekannt. Wir nutzen die Kraft des Windes, um damit das lange Seil in Bewegung zu setzen. Bei schlechten Windverhältnissen lassen wir ein Luftelementar am Rad Dienst tun. Je nachdem, wie wir die Zahnradkonstruktion des Windrades einstellen, wird die an den Seilen hängende Gondel nach oben oder nach unten gezogen. Wir wollen jetzt nach unten, nach Sperberlingen. Dort wartet Amabilia auf uns.«

Ein schlanker Däumling mit langem, blondem Haar und grauer Lederschürze, an dessen Gürtel Zangen und Hämmer baumelten, kam auf sie zu.

»Ah, Magister Eulertin!«, rief der Fremde mit heller Stimme. »Einmal abwärts, nehme ich an?«

»Darf ich dir Floh, unseren Mechanikus, vorstellen?« Magister Eulertin wartete, bis sich Kai und der Däumling die Hand geschüttelt hatten.

»Einen Menschen bildet Ihr also neuerdings aus? Na, das nenne ich eine Herausforderung. Und, mein Junge, kannst du auch schon Lesen, Schreiben und Rechnen?« Ohne Argwohn zwinkerte ihm der

Mechanikus zu. Kai nickte empört und sah, dass Eulertin mit kaum wahrnehmbarem Lächeln den blauen Kristall auf seinem Zauberstab musterte.

Begeistert strahlte der Däumling jetzt Magister Eulertin an. »Fantastisch. Üblicherweise muss man beim Großen Volk ja ganz von vorn beginnen. Da habt Ihr wirklich einen guten Fang gemacht, Magister. Also, dann bitte ich mal Platz zu nehmen.«

Kai starrte dem Mechanikus kopfschüttelnd hinterher, musste sich jedoch eingestehen, dass er in seinem Heimatdorf Lychtermoor einer der Wenigen gewesen war, der Lesen und Schreiben gelernt hatte. Die anderen Kinder im Dorf hatten ihn deshalb ausgelacht, doch seine Großmutter hatte darauf bestanden, es ihm beizubringen. Nachdenklich folgte er dem Magister und stieg in die schwankende Eierschalengondel. Kai wurde blass, denn in diesem Moment ging ein Ruck durch die Kalkschale und es waren ein lautes Schwirren sowie das Ächzen und Knirschen der Zahnräder zu hören. Die Gondel setzte sich in Bewegung. Es ging steil abwärts in die Tiefe – geradewegs auf eine gigantische, weit ausladende Weide zu.

Kai schluckte und musterte das straff gespannte Grasseil. Ständig quietschte und ächzte es über ihnen, außerdem schaukelte die Eierschale heftig hin und her.

»So, ich denke, es ist an der Zeit, dass du mir den Rest deiner Geschichte erzählst«, forderte ihn Eulertin auf. Also berichtete Kai von den Vermutungen der drei Windmacher und dem Inhalt des Logbuchs, führte aus, wie er Sperberlingen aufgespürt hatte und entschloss sich nach kurzer Pause dazu, Eulertin auch grob über die Vergangenheit Gilraens aufzuklären. Fis Geheimnis behielt er jedoch für sich. »Wenn Ihr mich fragt«, beendete er seinen Bericht, »ich bin mir nicht sicher, ob man diesem Gilraen trauen können wird, sollte es Euch gelingen, ihn vom Hexenfieber zu erlösen.«

»Ich kann ihn auch nicht heilen«, murmelte Eulertin und strich sich nachdenklich über den Bart. »Wenn dazu jemand in der Lage ist, dann ist das Amabilia. Sie war es, die mich im letzten Jahr darin bestärkte, für dich nach dem *Herzen der nachtblauen Stille* Ausschau zu halten.«

Das *Herz der nachtblauen Stille* war ein Gegenstand mit gewaltigen magischen Kräften, mit dessen Hilfe Eulertin Kai vor dem sicheren Tod – oder einem noch schrecklicheren Schicksal – bewahrt hatte. Kai schauderte bei dem Gedanken daran, dass er sich damals fast in ein Wesen der Finsternis verwandelt hatte.

Eulertin schien nichts von Kais Reaktion zu bemerken und fuhr ungewohnt redselig fort. »Amabilia ist eine Erdzauberin und zugleich die fähigste Heilkundige, der ich in meinem ganzen langen Leben begegnet bin.«

»Seid Ihr zusammen in Sperberlingen aufgewachsen?«

»Nein.« Der Däumlingszauberer räusperte sich. »Ich, äh, habe sie erst auf ihrer Hochzeit mit meinem Bruder Melber kennengelernt. Mein Lehrmeister, der selige Balisarius Falkwart, hatte mich damals zum Studium nach Halla geschickt.«

»Ihr habt einen Bruder?«, wollte Kai verblüfft wissen. »Ist der auch Magier?«

»Ich hatte sogar zwei Brüder, Junge«, sagte der Magister mit spröder Stimme. »Melber und Florin. Beide sind schon lange tot. Sie sind einer schrecklichen Seuche zum Opfer gefallen.« Eulertin atmete tief ein und umklammerte seinen Zauberstab. »Naja, ist schon lange her. Ungefähr einhundertundsiebzig Jahre.«

Kai hob erstaunt eine Augenbraue. Ihm war, als wollte der Magister noch etwas hinzufügen, doch Eulertin wechselte rasch das Thema. »Wir sind gezwungen, heute einige wichtige Entscheidungen zu treffen. Dummerweise beginnt bereits heute Abend das Mondfest, von dem die Feenkönigin gesprochen hat. Allerdings bezweifle ich, dass wir es heute noch schaffen werden aufzubrechen. Doch da das Tor zu ihrem Feenreich noch eine Woche offen steht, bleibt uns etwas Zeit. Mit ein bisschen Glück kann ich dem Konzil dann auch berichten, was es mit Eisenhands Panzerarm auf sich hat. Die Zwerge in Mondralosch waren jedenfalls sehr aufgeregt, als ich ihnen das vermaledeite Ding gebracht habe.«

»Kriwa berichtete mir, dass Ihr auch in Halla wart. Dort sei ein finsteres Zauberbuch entwendet worden.«

Eulertin verzog sorgenvoll das Gesicht. »Ja, richtig. Das *Liber nocturnus*. Eines der übelsten Machwerke, das die Zaubererzunft je geschaffen hat. Geschrieben wurde es von Murgurak dem Raben, und es gelangte aus dem Nachtschattenturm des Hexenmeisters über zahlreiche Irrwege nach Halla. Niemand hat seitdem gewagt, seinen Inhalt zu studieren. Für das *Buch der Nacht* wurde eigens ein Turm ohne Fenster und Türen gebaut, der mit zahlreichen magischen Fallen gesichert war. Dennoch ist es den Unbekannten gelungen, das Werk an sich zu reißen.«

»Morgoya!«, sagte Kai.

»Oder einer ihrer Schergen«, ergänzte Eulertin. »Wir müssen uns wohl mit dem Gedanken vertraut machen, dass unsere Feinde ihre Schlinge enger ziehen.«

In diesem Moment durchstießen sie mit ihrer Gondel das weit überhängende Geäst der angrenzenden Trauerweide.

Kai lehnte sich neugierig über den Rand der Eierschalengondel und diesmal war es ihm egal, ob sie bei der heftigen Bewegung hin und her schwankte. Die Trauerweide stand direkt am Ufer jenes Baches, dem sie von Mondralosch aus gefolgt waren. Und in ihrem Schutz lag Sperberlingen verborgen. Kai starrte auf die mit Tannenzapfenschuppen und Fichtennadeln gedeckten Häuser hinab. Das braun-grüne Dächermeer bedeckte fast die gesamte Fläche zwischen dem Stamm und den ausladenden Baumzweigen, deren Spitzen sogar bis ins Wasser des Baches ragten. Sperberlingen verfügte über steinerne Kaianlagen, neben denen Nussschalenboote auf dem Wasser dümpelten. Auf der anderen Seite war das Dorf durch einen hohen Palisadenwall geschützt.

Überall waren Däumlinge zu sehen, die ihrem Tagwerk nachgingen. Da Sperberlingen im Dämmerlicht der Trauerweide lag, standen an den Straßenkreuzungen hohe Talglaternen aus schlankem Schilfrohr, an deren Enden winzig kleine Flammen brannten. Der Anblick war beeindruckend.

Endlich erreichten sie die untere Station der Baumbahn. Ein mürrisch dreinschauender Däumling mit dickem Bauch und verstrubbeltem Haar half ihnen beim Ausstieg, dann machten sie sich auf den Weg ins Dorfinnere. Die Männer, die ihnen entgegenkamen, trugen zumeist Jacken aus Fell und Schuhe aus Birkenrinde, die Tracht der Frauen hingegen bestand aus dunkelbraunen Röcken und grünen Wollwesten. Vor allem gefielen Kai die adretten Häuser der Ortschaft. Sie waren aus bunten Flusskieseln erbaut und jedes von ihnen besaß eine reich mit Käfern, Vögeln oder Blumen beschnitzte Eingangstür. Kai fiel auf, dass viele der Einwohner damit beschäftigt waren, ihre Häuser und Gärten mit Lampions und bunten Blütengirlanden aus Primeln, Veilchen und Gänseblümchen zu schmücken.

»Hier laufen doch die Vorbereitungen für eine Feier, oder?«, wollte er von Eulertin wissen.

»Das fällt dir erst jetzt auf?« Magister Eulertin schüttelte den Kopf. »Sperberlingen feiert heute Abend das Mondfest, Junge. Den Frühlingsbeginn.«

Soeben kamen sie an einer Distelweberei vorbei, in der einige Däumlingsfrauen an klappernden Webstühlen saßen, als Kai vor einem der Häuser, nur wenige Schritte von ihnen entfernt, einen Schrei vernahm. Mit seiner Zauberflöte in der Hand fuhr er herum und entdeckte auf einer Leiter ein rothaariges Mädchen, das wild mit den Armen ruderte und von der obersten Sprosse kippte. Ohne nachzudenken, handelte Kai. Mit ausgestrecktem Arm wirbelte er einen vor der Weberei liegenden Haufen Distelwolle über die Straße. Keinen Augenblick zu spät, das Mädchen landete weich und sicher. Das Mädchen rappelte sich auf. »Danke, Magister Eulertin.«

Der deutete lächelnd auf seinen Lehrling.

»Bedanke dich bei diesem jungen Mann hier. Ich war leider zu langsam.«

»Dann hast du mir das Leben gerettet?« Das Mädchen strahlte Kai aus aquamarinblauen Augen an und küsste ihn kurzerhand auf den Mund. »Wie heißt mein edler Retter?«

»Kai«, krächzte dieser überrumpelt.

»Ein hübscher Name. Ich heiße Eibe. Wir sehen uns auf dem Mondfest. Der erste Tanz gehört dir.«

Der rote Wirbelwind drehte sich kokett um und ließ den völlig verdatterten Kai stehen.

»Donnerwetter.« Der Magister schmunzelte. »Wenn du so weitermachst, laufen dir bald alle Mädchen im Dorf hinterher.«

Magister Eulertin klopfte ihm beim Weitergehen väterlich auf die Schulter.

Kai betastete ungläubig seine Lippen und wünschte sich, Fi hätte sich ihm gegenüber nur einmal so dankbar gezeigt.

Sein Blick fiel nun auf ein großes, rundes Gebäude mit ausladendem Pilzdach. Die eckigen Fenster besaßen Flügel aus schwarzen Insektenpanzern und über dem hohen, zweiflügeligen Eingangsportal hingen prachtvolle Geweihe, die im Schein einer Schilfrohrlaterne matt schimmerten.

»Sind das etwa Hirschgeweihe?«, wollte der Zauberlehrling wissen. »Muss doch extrem aufwendig gewesen sein, die so klein zu kriegen?«

Eulertin schüttelte den Kopf. »Das sind die Geweihe von Hirschkäfern. Das ist das Larvenhaus. Und bei den Männern dort handelt es sich um Käferzüchter. Im Sommer spannen wir die imposanten Tiere als Zugtiere vor unsere Karren und Wagen.«

Schließlich erreichten sie den Dorfplatz, der von einem zweistöckigen Wirtshaus mit bunten Fenstern aus Rosenquarz dominiert wurde, über dessen Eingang eine Honigwabe baumelte. Gelächter drang aus seinem Innern.

»Das ist der *Honigkrug*«, meinte Eulertin schmunzelnd. »Unbestritten das Zentrum Sperberlingens. Hier wird es heute Abend ganz schön wild zugehen.«

»Was ist das dort?«, fragte Kai und deutete auf eine Hütte, über deren Eingang ein Zunftzeichen mit einer Flamme und zwei gekreuzten Hämmern zu sehen war.

»Tja«, antwortete Eulertin. »Das ist das alte Schmiedehaus Sperberlingens. Dort arbeiteten früher Magister Fackelbart und seine Gesellen. Sie waren Feuermagier, so wie du.«

»Feuermagier? Was wurde aus ihnen?«

»Fackelbart und seine Lehrlinge wurden von Morgoyas Schergen umgebracht. Das ist jetzt vier Jahre her. Seitdem ist es uns Däumlingen nicht mehr möglich, Werkzeuge aus Metall herzustellen. Um Eisen zu verhütten, braucht man Temperaturen, die man ohne Zauberei nur in gewaltigen Schmelzöfen erzeugen kann. Doch die kann kein Däumling bauen. Wir beziehen unsere Werkzeuge jetzt von den Zwergenschmieden aus Mondralosch, doch deren Arbeit ist überaus teuer.«

Kai folgte dem Windmagier nachdenklich weiter in Richtung Weidenstamm. Sie kamen nun in ein Viertel, in dem es streng nach schwelendem Harz roch. Eulertin, der sah, wie Kai die Nase rümpfte, blieb kurz stehen. »Der Geruch stammt von der Firniskocherei Sperberlingens. Die beiden Erdmagier, die dort arbeiten, unterstehen Amabilia.«

»Was ist das, eine Firniskocherei?«

»Ach Junge, das musst du doch wissen«, antwortete der Däumlingsmagier unwirsch. »Das ist jene Flüssigkeit, mit der auch ihr Menschen Holz und Bilder behandelt, damit sie nicht irgendwann Glanz und Haltbarkeit verlieren. Unser Firnis hingegen dient noch einem anderen Zweck. Er härtet jene Materialien aus, die normalerweise zu leicht oder zu zerbrechlich wären, als dass selbst wir Däumlinge sie verwenden könnten.«

»Wohnt hier diese Amabilia?«

»Nein, sie lebt dort oben.« Eulertin deutete den Stamm der Weide empor. Hoch oben, etwas unterhalb der Blätterkrone, entdeckte Kai eine alte Spechthöhle, die von einem großen Zunderschwamm überdacht wurde. Vor dem Baumhaus erstreckte sich eine breite Balustrade, die von einem verschlungenen Geländer aus grünen Weidenzweigen eingefasst wurde. An langen Seilen baumelten Weidenkörbe hinab in die Tiefe.

»Herrje!«, entfuhr es Kai. »Von dort oben hat man sicher eine tolle Aussicht auf Sperberlingen.«

»Allerdings. Und nun komm. Amabilia wundert sich sicher schon, wo wir bleiben.«

Kai, der erwartet hatte, dass sie sich jetzt den herabhängenden Tragekörben zuwenden würden, fühlte sich plötzlich von einem Windelementar gepackt, das ihn brausend anhob und an der Seite von Magister Eulertin zur Wohnstatt der Erdzauberin trug.

Oben angelangt lösten sich die Elementare unter säuselnden Geräuschen auf. Beeindruckt sah sich Kai um. Nicht nur das Geländer, die gesamte Balustrade wurde von lebendem Astwerk gebildet. Nur hatte er keine Vorstellung, wie Amabilia den Baum dazu gebracht hatte, auf diese kunstvolle Weise zu wachsen. Eulertin ging an einem großen Laufrad vorbei, in dem ein Wesen hockte, das zur Gänze aus Eichenlaub und Wurzelsträngen bestand. Es blinzelte ihnen träge aus Moosaugen zu. Ein Eichling. Oder ein Wurzelbold. So genau konnte

Kai das nicht sagen, aber er hatte Erdelementare wie dieses schon einmal in einem von Eulertins Büchern gesehen. Offenbar diente es Amabilia dazu, die Lastkörbe nach unten und oben zu ziehen.

Eulertin klopfte höflich gegen die kunstvoll beschnitzte Tür, dann betraten sie einen hohen Raum mit Tischen und Bänken aus Weidenrinde, die in Blickrichtung eines Pultes aufgestellt waren. An der Wand hinter dem Pult hing eine große Schiefertafel, direkt daneben stand ein Ständer mit großer Karte, auf der ein Sperber abgebildet war.

»Was ist das hier?«, fragte Kai flüsternd.

»Ein Schulzimmer«, erklärte der Däumlingsmagier feierlich. Er war kurz stehen geblieben, um, wie Kai belustigt feststellte, schnell noch einmal mit einem Kamm durch seinen Bart zu fahren. »Amabilia ist die Dorflehrerin. Bei uns Däumlingen wird Bildung großgeschrieben, musst du wissen.«

Schnell führte er ihn in einen Nachbarraum, der mit seinen gemütlichen Korbsesseln, einer großen Birkenholzkommode, der glitzernden Kristallvitrine und den Farnen am Fenster wie ein Wohnzimmer wirkte. Kai betrachtete soeben einige Porträts an den Wänden, als sich eine zweite Tür öffnete und Fi in Begleitung einer rundlichen, älteren Däumlingsfrau das Zimmer betrat. Sie trug ein erdbraunes, bodenlanges Gewand und auf ihrer Nase klemmte ein Kristallzwicker. Ohne Zweifel handelte es sich bei ihr um Amabilia. Sie hatte ihre grauen Haare zu einem praktischen Dutt hochgesteckt und hinter ihren Brillengläsern blitzte ein freundliches Augenpaar. In ihrer Jugend musste sie auffallend hübsch gewesen sein. Noch immer besaß sie einen federnden Gang, ihre Züge wirkten überaus vornehm und die Lachfalten um ihre Augen herum verrieten, dass sie Humor besaß. Im Moment aber machte sie einen sehr besorgten Eindruck.

»Du hast dir Zeit gelassen, Thadäus«, tadelte sie Eulertin.

»Na ja.« Eulertin räusperte sich. »Bei der Untersuchung deines Patienten hätte ich dir sowieso nicht helfen können. Getrödelt haben wir aber nicht.« Er blickte Kai aufmunternd an und der Zauberlehrling nickte eifrig.

»Wir sind mit der Baumbahn gekommen«, erklärte er, weil er nicht wusste, was er sonst hätte sagen sollen. Fi starrte ungeduldig zu Amabilia. Sie wirkte äußerst angespannt.

»Du, mein Lieber, bist also Kai«, rief die Erdmagierin freundlich und strich dem Zauberlehrling übers Haar. »Ich habe schon viel von dir gehört. Sehr viel. Thadäus meint, du machst dich ganz vortrefflich.«

»Ich gebe mir Mühe«, antwortete Kai mit einem Kloß im Hals, denn irgendwie erinnerte ihn Amabilia an seine verstorbene Großmutter.

»Na, du machst mir Späße. Du hast immerhin Morbus Finsterkrähe gestellt und ihn mit List und Einfallsreichtum besiegt. Das hat vor dir nur Thadäus geschafft. Du solltest stolz auf dich sein.« Dann blickte sie ernst in die Runde.

»Thadäus, um den Patienten, den du mir geschickt hast, steht es leider schlimmer, als ich anfänglich gedacht habe«, führte Amabilia mit fester Stimme aus. »Ob es sich dabei tatsächlich um dieses ...«, sie ließ einen kurzen Moment verstreichen, bevor sie fortfuhr, »... *Hexenfieber* handelt, vermag ich nicht auszuschließen. Gilraens Symptome weisen ohne Zweifel daraufhin. Und doch ...« Sie versuchte die rechten Worte zu finden. »Seine Haut ist dünn wie Pergament, seine Muskeln sind hart und angespannt und öffnet man seine Augenlider, ziehen sich die Pupillen zusammen, so als würde er direkt in die Sonne starren. Ja, fast habe ich den Eindruck, dass er das Tageslicht nicht allzu gut verträgt.«

Irritiert sahen sich Kai und Eulertin an.

»Und das heißt?«, bohrte der Däumlingsmagier nach.

»Tja, das mag eine Folge der schrecklichen Bedingungen sein, unter denen die Elfen Albions schon seit gut zwei Jahrzehnten leben. Gut möglich, dass zu alledem eine Mondsilbervergiftung hinzukommt.« Amabilia seufzte schwer. »Wie dem auch sei. Unser Patient stirbt uns noch diese oder nächste Nacht unter den Fingern weg, wenn wir ihm nicht sehr schnell helfen. Da uns das *Herz der nachtblauen Stille* nicht zur Verfügung steht, müssen wir mit einem anderen Mittel versuchen, seine Lebensgeister zu wecken.«

»Und was schlagt Ihr vor?«, fragte Kai.

»Drachenessenz!«, platzte es ungeduldig aus Fi heraus. »Amabilia meint, das sei das einzige Mittel gegen das Hexenfieber. Aber dafür müssen wir erst die entsprechenden Zutaten finden. Uns läuft die Zeit davon.«

»Ganz richtig«, bestätigte Amabilia und legte sanft die Hand auf Fis Arm. »Drachenessenz besteht aus zwölf Ingredienzien und wird unter Anwendung von Magie gebraut. Die meisten der Zutaten habe ich glücklicherweise in meiner Kräuterstube vorrätig, doch vier fehlen mir. Eines davon, Mondraute, will Fi auf dem Herflug ausgemacht haben. Es handelt sich dabei um eine Art Mistel, die in der Krone von Buchen gedeiht. Fi wird daher gleich mit einem der Sperberreiter aufbrechen und es besorgen. Am besten, du bringst gleich einen ganzen Zweig mit.«

Die Elfe nickte tatendurstig.

Amabilia wandte sich Magister Eulertin zu. »Treibe du Windskraut und Albenstößel auf.«

»Albenstößel ist kein Problem. Aber ausgerechnet Windskraut!« Der Magister stöhnte. Kai fühlte mit seinem Meister. Er hatte im letzten Jahr selbst seine Erfahrungen mit dieser Zauberpflanze sammeln dürfen, die sich bei der geringsten Berührung buchstäblich in Luft auflöste.

»Wir beide hingegen …« Amabilia sprach nun mit Kai. »Wir beide kümmern uns um die am schwierigsten zu beschaffende Zutat. Wir müssen Drachenbeinstaub besorgen!«

»Drachenbeinstaub?«, fragte Kai. »Sind das die Pollen von irgend-einer Blume?«

»Nein«, sagte Amabilia und machte eine theatralische Pause. »Das darfst du in diesem Fall ruhig wörtlich nehmen. Es handelt sich dabei um Pulver, das man aus Drachenknochen gewinnt!«

Drachenbein

Kai klammerte sich mit zusammengebissenen Zähnen an Amabilia fest und flehte innerlich darum, dass sich der Gurt um seine Hüfte nicht löste, während das Eichhörnchen unter ihnen mit gewaltigen Sätzen von Ast zu Ast und von Baumstamm zu Baumstamm sprang. Kai hatte sogar dabei geholfen, das Tier zu satteln. Er konnte zu diesem Zeitpunkt ja noch nicht ahnen, wie schnell seine Begeisterung für den Ausritt erlahmen würde.

»So, gleich sind wir da!«, rief Amabilia beschwingt, nachdem sie schon über eine Stunde über Stock und Stein gerast waren.

Kai stöhnte. Nur mit Mühe konnte er sich noch im Sattel halten und leicht verschwommen sah er, dass sie eine Anhöhe erreicht hatten, die mit knorrigen Wurzeln und grünen Farnen bewachsen war.

»Ich muss runter«, würgte er. Hastig nestelte er an dem Sattelgurt und rutschte auf den Felsen. Er taumelte zu einem Zweig, beugte sich über ihn und übergab sich.

»Du Ärmster. Warum hast du denn nichts gesagt?« Amabilia glitt ebenfalls aus dem Sattel und trat besorgt neben ihn.

»Ich wollte Euch ... keine Probleme bereiten ... Magistra«, antwortete Kai gequält.

»Ich hätte daran denken müssen, dass dir der Ritt nicht bekommt. Dafür braucht man Übung.« Amabilia nestelte in ihrer Umhängetasche und zog eine Kürbiskernflasche hervor. »Trink das. Ich gebe zu, es schmeckt etwas streng, aber danach wird es dir besser gehen.« Kai, dem inzwischen alles egal war, tat wie ihm geheißen. Kaum benetzte die Flüssigkeit seine Zunge, hatte er das Gefühl, sein Mund stünde in Flammen. Hustend und spuckend setzte er die Flasche ab.

»Zur Finsternis«, lallte er mit tränenden Augen. »Was ist denn das für ein Dämonenzeug?«

»Runter damit!«

Es kostete Kai große Überwindung, noch einen weiteren Schluck aus der Flasche zu nehmen. Doch immerhin verschwand das flaue Gefühl in seiner Magengegend.

»Besser?« Die Däumlingszauberin zwinkerte ihm zu.

»Das ist das schlimmste Gesöff, das mir je untergekommen ist, Magistra«, keuchte er.

»Ich weiß. Und das mit der ›Magistra‹ vergessen wir beide besser«, erwiderte die Zauberin. »Im Gegensatz zu Thadäus habe ich die Universität von Halla nie besucht. Und da du sein Schüler bist und ganz nebenbei unsere letzte Hoffnung, möchte ich keine Geheimnisse vor dir haben: Ich bin das, was man eine Hexe nennt. Ich hoffe, das stört dich nicht.«

Kai blinzelte verwirrt. »Warum sollte mich das stören?«

»Warum dich das stören sollte? Du bist gut, mein Junge.« Amabilia lachte und zog eine Grimasse. »Na, weil wir Hexen einen ausnehmend schlechten Ruf haben. Ist dir das noch nie aufgefallen?«

Kai zuckte mit den Schultern und dachte darüber nach, was er über Hexen wusste. »Na ja«, sagte er gedehnt, »bei uns in Lychtermoor sollen sie mal eine Hexe ins Moor getrieben haben ...«

Amabilia nickte. »Wie gut der Ruf von uns Hexen ist, kannst du daran ermessen, dass man ein Übel wie jenes, das auf Gilraen lastet, als Hexenfieber bezeichnet. Oder daran, dass man solche Finsterlinge wie Murgurak den Raben oder Morbus Finsterkrähe als ›Hexenmeister‹ tituliert. Dabei waren beide studierte Magier.«

»Warum?«, fragte Kai. »Ich meine, bis eben wusste ich nicht einmal, dass es einen Unterschied zwischen Zauberern und Hexen gibt. Magister Eulertin hat mir nie davon erzählt.«

»Oh, das ist nicht schwer zu verstehen. Denn eigentlich darf Thadäus mit uns Hexen keinen Umgang pflegen. Er liefe sonst Gefahr, Ämter und Würden zu verlieren.«

Kai sah sie fragend an und Amabilia fuhr fort. »Als die Schattenkriege vorüber waren, hatten die Nichtmagier Angst, dass sich eine so schreckliche Auseinandersetzung noch einmal wiederholen könnte. Wo auch immer sie Zauberkundige aufspürten, machten sie Jagd auf sie. Doch die neuen und alten Landesherrscher jener Tage wollten natürlich nicht auf ihre Hofzauberer verzichten. Und so schloss sich ein Teil der Magierschaft unter ihrem Schutz zu einer Zunft zusammen, die garantieren sollte, dass sich ihre Mitglieder nie wieder mit den Kräften der Finsternis befassten. Damals wurde die Zauberuniversität zu Halla gegründet. Diejenigen, die sich der neuen Zunft nicht unterordnen wollten, aber auch jene, die von der Universität abgewiesen wurden, wurden zu Vogelfreien erklärt. Seit damals dürfen nur noch jene ihr Handwerk als Zauberer ausüben, die von einem studierten Magier oder an der Universität selbst ausgebildet werden.«

»Ich dachte, die Begabung zu einem Zauberer sei so selten, dass die Magier froh wären, überhaupt neue Zauberlehrlinge zu finden«, sagte Kai.

Amabilia lachte freudlos. »Das ist leider nur ein Teil der Wahrheit. Es gibt mehr magisch Begabte, als du denkst. Denke nur an euch

Irrlichtjäger. Glaubst du ernsthaft, es genügt, ein Instrument zu bauen und ein Klagelied anzustimmen, um ein Irrlicht anzulocken?«

Kai sah Amabilia nachdenklich an. Er hatte sich diese Frage in den letzten Monaten selbst oft gestellt.

»Darf ich?« Amabilia streckte ihre Hand nach seiner Flöte aus und betrachtete sie nachdenklich. »Eiche, natürlich. Höchst erstaunlich. Thadäus berichtete mir, dass du sie vor ihrer Anfertigung im Traum gesehen hast.«

Kai nickte.

»Du musst wissen, dass bei vielen die Kraft so schwach ausgeprägt ist, dass sie ihre Gabe nicht einmal erkennen, geschweige denn, dass sie je Gefahr liefen, davon verzehrt zu werden. Kaum ein Magier würde sich die Mühe machen, einen Minderbegabten auszubilden. Nein, die sind nur an den hoffnungsvollen Talenten interessiert, um sich durch sie einen Namen zu machen.« Ein bitterer Zug stahl sich auf Amabilias Lippen. »Und dann gibt es außergewöhnlich Begabte wie dich, Kai, bei denen das Tier eines Tages mit ungezügelter Macht ausbricht, wenn sie nicht lernen, mit ihrer Gabe umzugehen. Thadäus hat dir erklärt, was mit ihnen geschieht?«

»Ja, hat er«, antwortete Kai ruhig. »Die Macht bricht sich auf andere Weise Bahn. Man wird zu einem Werwolf oder einem anderen schrecklichen Ungeheuer. Das wäre beinahe mit mir passiert, aber Magister Eulertin hat mich mithilfe eines Zaubertranks geheilt.«

»Ja, das kann geschehen. Doch hin und wieder findet einer von ihnen den Weg zu anderen Ausgestoßenen, die sie bei sich aufnehmen, sie unterrichten und ihnen Schutz und Obdach gewähren.«

»Und das sind die Hexen?«

Amabilia nickte.

»Gibt es denn nur weibliche Hexen?«

»Nein, unter uns gibt es natürlich auch einige Männer. Aber Männer sind oft rechthaberisch und können Geheimnisse nur schlecht für sich behalten. So kommt es, dass wir Frauen für gewöhnlich lieber unter uns bleiben.«

Kai musterte Amabilia prüfend. »Leidet Ihr denn ebenfalls an so einem Fluch? Seid Ihr gar ... eine Werwölfin?«

Amabilia lachte schallend. »Nein, da mach dir mal keine Sorgen.« Noch immer drehte sie die Flöte interessiert hin und her. »Ich bin eine Hexe, weil sich mein Talent erst als erwachsene Frau gezeigt hat. Zu spät, als dass mich noch ein Magier aufgenommen hätte. Ich wurde von einer alten Kräuterfrau unterrichtet. Thadäus meint, inzwischen sei ich stärker als viele seiner studierten Kollegen. Na ja, er ist daran ja auch nicht ganz unschuldig. Leider ist er der einzige Magier, den ich kenne, der uns gegenüber keine Vorbehalte hegt. Er hat sogar für mich gelogen.«

»Wirklich?«

»Ja. In Sperberlingen glauben sie, ich hätte nach dem Tod meines Mannes die Universität besucht. Aber das ist nicht wahr.«

»Magister Eulertin hält große Stücke auf Euch. So viel ist sicher.«

»Tut er das?« Amabilia neigte interessiert ihr Haupt. »Ich halte auch große Stücke auf ihn. Spricht er denn manchmal von mir?«

»Na ja«, antwortete Kai. »Ehrlich gesagt spricht Magister Eulertin nur sehr selten über private Dinge.«

»Hm. Ist ja auch nicht so wichtig.« Amabilia räusperte sich und doch kam es Kai so vor, als habe sie eine andere Antwort erhofft. Sie gab ihm nun die Flöte zurück. »Pass gut auf sie auf, Kai. Sie ist unersetzlich. Dabei hat sich ihr Potenzial noch lange nicht entfaltet. Ja, ich glaube, ohne Hilfe wird es das auch nicht tun. Doch darum werden wir uns später kümmern. Ich hoffe, du bist inzwischen wieder so weit bei Sinnen, dass wir uns dem Drachenbeinstaub widmen können?«

Kai nickte. »Wollt Ihr mir nicht endlich verraten, wie wir an diese Drachenknochen kommen? Hält sich hier etwa irgendwo so ein

Schuppentier versteckt? Ich meine, es wird sich doch nicht ohne Kampf von einem Körperteil trennen.«

Amabilia gluckste vergnügt. »Hältst du mich für wahnsinnig? Sehe ich etwa wie eine Drachentöterin aus? Nein. Die Drachen haben die Harzenen Berge schon vor langer Zeit verlassen. Aber wenn man genau hinsieht, stößt man hin und wieder auf ihre Hinterlassenschaften. Folge mir!«

Vor einem umgestürzten, halb verrotteten Baum, der festungsgleich vor ihnen aufragte, blieb Amabilia plötzlich stehen. Kai entdeckte ein großes dunkles Loch, das zwischen dem Stamm und dem Boden klaffte.

»Ein Dachsbau!«, rief er.

»Ja, fast«, erklärte Amabilia.

Mit zweifelndem Blick trat Kai an den Rand des Loches heran. Er konnte sich an seine Däumlingsgröße immer noch nicht so recht gewöhnen. »Und da müssen wir rein? Ich hoffe, die Dachsfamilie ist gerade unterwegs.«

»Keine Bange, der Bau ist unbewohnt. Jedenfalls war er das letzten Sommer noch.«

Kai, dem sich der Sinn dieser Unternehmung noch immer nicht erschloss, beschwor einen Feuerwusel herauf und befahl dem prasselnden Elementar, fünf Schritte voranzuschweben und ihnen zu leuchten.

»Hübsch.« Sie zwinkerte ihm über ihre Brille hinweg zu. »Schon lange her, dass ich einem Feuermagier bei der Arbeit zusehen durfte.«

Kai merkte, wie seine Wangen bei dem Lob glühten.

Vorsichtig folgten sie dem Elementar in das dunkle Erdloch. Der Gang roch nach feuchter Erde und verfaultem Laub. Und hin und wieder glaubte er, im Zwielicht um sie herum Bewegungen ausmachen zu können, die vor dem Feuerwusel Reißaus nahmen. Kai schauderte.

Nach einer Weile öffnete sich der Tunnel zu einer großen dunklen Höhle. Es roch muffig nach Wild und altem Laub. Sie mussten den Wohnkessel der alten Dachsfamilie erreicht haben. Leider war er so groß, dass Kais Licht nicht ausreichte, ihn zur Gänze auszuleuchten. Er befahl dem Feuerwusel daher, sich aufzuplustern. Knisternd kam das Elementar seinem Befehl nach und was sich jetzt um ihn herum aus den Schatten schälte, ließ Kai fassungslos zurückweichen. »Bei allen Moorgeistern, das ist doch nicht möglich!«

Die Höhle, die sich ihnen offenbarte, war nicht einfach nur groß, sie war gewaltig. Gigantische Rippenbögen spannten sich über die Wände des Dachsbaus. Sie waren dick wie Baumstämme, ragten weit über ihm in die Höhe und mündeten in einer titanischen Wirbelsäule, neben der ein Gewirr aus Wurzelsträngen und vermoderten Rindenstücken in die Tiefe baumelte. Der Dachs hatte seine Heimstatt im Brustkorb eines toten Drachen errichtet!

»Ich habe dieses Skelett vor vielen Jahren entdeckt«, erklärte Amabilia stolz und knuffte ihn in die Seite. »Weiter hinten sind die Rippen gebrochen. Ich denke mir daher, dass dieser Drache bei einem Kampf ums Leben kam. Entweder gegen einen Artgenossen oder bei einer Auseinandersetzung mit den Zwergen Mondraloschs, damals in den Schattenkriegen. Leider fehlt uns für einen Rundgang die Zeit«, meinte Amabilia, die Kais erstaunten Blick bemerkt hatte. »Um Staub aus Drachenknochen zu gewinnen, bedarf es enormer Kraft – oder Feuermagie«, sagte sie. »Wir müssen etwas davon heraussprengen. Meinst du, das bekommst du hin?«

»Versuchen kann ich es.«

Gemeinsam kämpften sie sich vorbei an altem Blattwerk, Dachsfellbüscheln und den Knochen und Schalen von Mäusen und Schnecken. Plötzlich war neben ihnen lautes Geraschel zu hören. Mit einem Schrei auf den Lippen deutete Kai auf einen wagengroßen Tausendfüßler, der sich unter Knacken und Knistern einen Weg durch das Gewölle bahnte und direkt auf sie zustürmte. Amabilia zog Kai hinter sich, murmelte eine Zauberformel und schon floh das Riesenvieh in die entgegengesetzte Richtung.

»Ganz schön aufregend, habe ich Recht?«, meinte Amabilia mit leuchtenden Augen. »Also, ich liebe solche Expeditionen.«

»Es tut mir leid, Amabilia«, keuchte Kai. »Aber ich werde mich nie an Eure Größe gewöhnen. Ich würde jeden Tag tausend Tode sterben.«

»Und das von einem Riesen, der mit jedem seiner Schritte unzählige solcher Tiere zertrampelt.« Sie schüttelte den Kopf. »Alles eine Sache der Gewöhnung.«

Sie hatten inzwischen den Bereich unter den beiden vordersten Rippenbögen erreicht, über denen sich schemenhaft gewaltige Schulterblätter im Erdreich abzeichneten, und brachten sich hinter einigen Zweigen in Sicherheit. Kai befahl dem Feuerwusel, dicht an einen der titanischen Rippenknochen heranzuschweben. »Jetzt!«, sagte er und ging gemeinsam mit der Zauberin in Deckung.

Die Explosion des Kugelblitzes ließ den gesamten Dachsbau erbeben. Durch den aufgewirbelten Staub hindurch konnte Kai erkennen, dass es dem Feuerwusel gelungen war, eine tiefe Kerbe in den Rippenknochen zu schlagen. Am Boden lagen mehrere fingergroße Splitter sowie ein Häufchen weißgelben Knochenstaubs.

»Hervorragend!« Amabilia klatschte freudig in die Hände. Sie richtete sich wieder auf und pustete ihre Brille sauber. Anschließend nahm sie einen Beutel zur Hand, der griffbereit an ihrem Gürtel hing, um den Drachenstaub hineinzuschaufeln.

Kai wollte ihr gerade seine Hilfe anbieten, als ihn ein merkwürdiges Geräusch innehalten ließ. Es war leise, schwoll auf und ab und erinnerte ihn unwillkürlich an das Gebrüll eines Raubtieres. Seltsam. Er blickte sich um und sah, dass durch die Explosion auch das Erdreich unter den monströsen Halswirbeln in Bewegung geraten war. Dort zeichnete sich dunkel der Zugang zu einem weiteren Dachstunnel ab. Kai trat näher an die Öffnung heran und war sich sicher, dass das unheimliche Geräusch nun deutlicher zu hören war.

»Du hörst es auch, richtig?«, sagte Amabilia. Eilig verknotete sie den prall gefüllten Beutel am Gürtel und ein abenteuerlustiges Funkeln stahl sich in ihre Augen. »Komm, wir gehen der Sache auf den Grund!«

Kai folgte ihr und gemeinsam halfen sie einander, über den Schuttberg zu klettern. Tatsächlich wurde das Geräusch immer lauter. Es klang irgendwie verzerrt, so als hätten sie es mit einem Echo zu tun. Im Flammenschein des Feuerwusels war bereits der gewaltige Unterkiefer der Echse auszumachen. Hinter dem Gebein schimmerte es dunkel, doch die Geräusche fanden zweifelsohne im Schädel des Drachen ihren Ursprung.

»Bei allen Moorgeistern, was ist das?«, flüsterte Kai.

Amabilia rückte ihre Brille zurecht und hielt sich zauberbereit. Sie schlichen so weit an die Öffnung heran, bis sie einen Blick in die Mundhöhle des Drachenskeletts werfen konnten. Auch hier hatte sich ein Hohlraum erhalten, dessen Wände von langen Reihen scharfer Reißzähne gesäumt wurden. Bei dem Gedanken daran, dass der Drache mit diesen Beißwerkzeugen einst Tiere und Menschen zermalmt hatte, wurde Kai flau zumute. Das geisterhafte Gebrüll aber hallte noch immer von den Knochenwänden, wurde mal lauter, mal leiser und schien von oben zu kommen.

»Ich ahne, woher die Geräusche stammen. Von dort!«, wisperte Amabilia und deutete zu einem schimmernden, schwarzen Kristall, der schräg über ihnen aus der knöchernen Höhlendecke ragte und matt im Licht funkelte. »Das ist eine Drachenperle!«

»Eine was?«

»Es heißt, dass sich Drachen nicht auf normale Weise verständigen können«, erklärte die Hexe. »Es heißt auch, dass die geheimnisvollen

Drachenperlen magische Organe sind, mit denen sie sich verständigen. Diese Objekte sind bei den Magiern sehr begehrt als Zauberutensilien. Doch eine Erklärung für die Geräusche hier habe ich auch nicht. Dieser Drache ist schon lange tot.«

Der Zauberlehrling trat nun direkt unter den seltsamen schwarzen Kristall. Er war fest mit dem umgebenden Knochen verwachsen. »Was ist, wenn man durch ihn noch immer die Rufe anderer Drachen hört?«

Die Däumlingshexe runzelte die Stirn und trat neben ihn. »Ein interessanter Gedanke. Auszuschließen ist das nicht. Aber jetzt müssen wir uns um Gilraen kümmern.«

»Sehr merkwürdig«, murmelte Kai. »Sagtet Ihr nicht, dass es in den Harzenen Bergen keine Drachen mehr gibt?«

Albions Schatten

In Amabilias großem Kupferkessel blubberte es und grüner Dampf stieg von ihm auf, der sich unter der Decke der Küche sammelte.

»Jetzt kann ich nur hoffen, dass die Drachenessenz auch wirkt«, sagte Amabilia, die das Gebräu soeben noch einmal vorsichtig umgerührt hatte. »Ich habe erst einmal in meinem Leben mit dem Hexenfieber zu tun gehabt und bin mir noch immer nicht ganz sicher, ob Gilraen wirklich daran leidet.«

Magister Eulertin, der dicht neben ihr stand, reichte ihr einen Hirschhornkrug und ließ eine Schöpfkelle von der Wand heranschweben. »Du bist die Beste, Amabilia. Wenn es dir nicht gelingt, ihm zu helfen, dann gelingt es niemandem.«

Drei Stunden war es bereits her, seit sie wieder in Sperberlingen eingetroffen waren. Eulertin und Fi hatten bei ihrer Rückkehr bereits ungeduldig auf sie gewartet. Auch ihnen war bei ihrer Suche Erfolg beschieden gewesen, und so hatte sich Amabilia mit des Magisters Hilfe sogleich ans Werk gemacht.

»Ist es jetzt so weit? Können wir endlich anfangen?«, fragte Fi ungeduldig.

»Mein Junge, ein klein wenig Geduld noch«, antwortete Eulertin der Elfe. »Amabilia wird uns schon sagen, wenn es so weit ist.«

Amabilia blickte von Eulertin zu Fi und ein rätselhaftes Lächeln huschte über ihre Lippen. Sie füllte einen weiteren Löffel Schaum in den Krug und drückte ihn dem Däumlingsmagier in die Hand, der das Gefäß wie einen kostbaren Schatz hielt. Die Hexe wischte Hände und Brille an ihrer Schürze ab und nickte dann. »Ich bin fertig. Lasst es uns angehen.«

Fi sprang auf und eilte zur Küchentür. Kai folgte ihr und den beiden Magiern durch einen Gang hinüber zu Amabilias Schlafkammer, in der sie Gilraen untergebracht hatten. Gilraen lag ausgestreckt auf Amabilias Baldachinbett und rührte sich nicht. Seine Kleider lagen zusammengefaltet auf einem Stuhl neben dem Bett, er selbst trug ein langes weißes Hemd. Kai musste zugeben, dass der Elf inzwischen noch elender aussah, als vor ein paar Stunden in der Kutsche. Die geheimnisvolle Krankheit wütete von Stunde zu Stunde schlimmer in ihm.

Ohne ein weiteres Wort zu verlieren, setzte sich Amabilia gemeinsam mit Fi auf die Bettkante. Die Elfe hob Gilraens Kopf, und die Hexe führte den Krug mit dem Zauberheilmittel an die Lippen des Bewusstlosen.

Kai betrachtete das Geschehen gespannt vom Eingang des Zimmers aus und sah, dass Magister Eulertin unmerklich seinen Zauberstab anhob. Er hielt sich offenbar bereit einzugreifen, sollte etwas Unvorhergesehenes geschehen. Kai griff instinktiv nach seiner Flöte.

»Wundert euch jetzt bitte nicht«, murmelte Amabilia, »aber ich muss dem Ganzen etwas nachhelfen.« Sie flüsterte eine Zauberformel und jäh schäumte die Flüssigkeit im Krug wieder auf. Fi, die den Kopf ihres Gefährten erschrocken auf das Kissen fallen ließ, hob diesen auf ein Kommando der Hexe hin wieder an. Der Inhalt des Krugs ballte sich von einem Moment zum anderen zu einer gallertartigen Substanz zusammen, die ein befremdliches Eigenleben entfaltete. Wie eine grüne Nacktschnecke kroch sie aus dem Krug und wühlte sich zwischen die Lippen des Elfen. Gilraens Augen traten hervor, er würgte, und Kai konnte beobachten, wie das Heilmittel durch die Kehle in seinen Magen kroch.

»Verflucht, was macht Ihr da mit ihm?« Fi sah dem Geschehen fassungslos zu.

»Keine Bange, die Formel habe ich persönlich entwickelt und im Selbstversuch getestet«, antwortete Amabilia gelassen.

»Du hast was?« Eulertin starrte die Hexe ungläubig an. Der Elf sank wieder ruhig auf das Laken.

»Seht ihr«, meinte die Hexe. »Was regt ihr euch auf?«

In diesem Moment flatterten Gilraens Lider und sein Körper verkrampfte sich. Schreiend warf er den Kopf hin und her.

»Was geschieht mit ihm?« Fi drückte ihn zurück in die Kissen und sah Amabilia panisch an.

»Das Heilmittel. Es entfaltet seine Wirkung«, antwortete die Zauberin und stand auf. »Wir können im Moment nichts anderes tun als abwarten.«

Noch immer warf sich der Elf hin und her, als plötzlich ein wölfisches Knurren aus seiner Kehle drang. Sein Körper bäumte sich auf und die edlen Gesichtszüge verzogen sich zu einer grauenvollen Fratze, doch schon im nächsten Moment lag er wieder regungslos und entspannt zwischen den Kissen.

Plötzlich schlug Gilraen die Augen auf, blinzelte und sah sich verwirrt um. Als er Fi neben sich entdeckte, schreckte er hoch und krächzte ungläubig etwas auf Elfisch. Fi lachte und antwortete ihm in ihrer melodiösen Sprache. Sie umfasste erleichtert Gilraens Hände und drückte ihre Lippen auf seine Stirn. Kai fühlte sich bei dem

Anblick, als habe er soeben wieder einen Schluck von Amabilias bitterem Wurzelsaft zu sich genommen.

»Wo sind wir hier?«, sagte Gilraen leise in ihrer Sprache.

»In Sperberlingen«, antwortete Fi und strahlte dabei über das ganze Gesicht.

»Sperberlingen.«

»Ein Däumlingsdorf, Gilraen«, fuhr die Elfe aufgeregt fort. »Es liegt ganz in der Nähe von Mondralosch in den Harzenen Bergen.«

»Das heißt, ich bin auf dem Kontinent?«

»Ja, das heißt es«, antwortete Magister Eulertin ruhig.

Gilraen richtete sich mühsam auf und strich sich das schweißnasse lange Haar hinter die spitzen Ohrmuscheln. Kai musste zugeben, dass der Elf selbst in diesem Zustand beneidenswert gut aussah. Ein triumphierendes Lächeln stahl sich auf die Lippen des Geheilten.

»Das heißt, ich bin in Sicherheit? Ich bin dieser lichtverdammten Nebelhexe entkommen?«

Fi nickte und lächelte.

»Wie geht es Euch?«, fragte Amabilia mit sanfter Stimme.

Der Elf betastete vorsichtig seinen Bauch und fuhr sich dann über die Arme. Als er merkte, wie aufmerksam ihn alle anstarrten, zog er die Decke wieder hoch.

»Besser«, murmelte er.

»Nur besser oder gut?«, bohrte Amabilia weiter.

»Gut«, erklärte Gilraen fast wütend. »Warum fragt Ihr?«

»Ihr müsst wissen, dass ich nicht genau wusste, welchem Übel Ihr ausgesetzt wart. Einiges deutete auf dieses … Hexenfieber hin, aber ich bin noch nicht ganz davon überzeugt. Seid Ihr in eine Situation geraten, in der Eure Zauberkräfte über die Maßen gefordert waren?«

»Nein«, erklärte Gilraen unwirsch, sah sich zu Fi um und meinte dann sanfter: »Doch, vielleicht … Ich erinnere mich nicht mehr genau. Darf ich fragen, wer Ihr seid?«

»Oh, natürlich. Entschuldigt«, antwortete Amabilia. Ruhig stellte sie Magister Eulertin, Kai und sich selbst vor.

»Ich gebe zu, dass ich mir um Euch noch immer Sorgen mache«, fuhr die Hexe geschäftig fort. »Vielleicht sollten wir bei den Zwergen Fürbitte für Euch halten. Unter ihnen gibt es einige der besten Erdzauberinnen des Landes. Darunter Heilerinnen, so wie ich. Ich habe ihnen vor Längerem einen Dienst erwiesen, vielleicht nehmen sie sich Eurer an? Sie hüten ein kostbares Bergauge, das nicht in die Ferne blickt, sondern jede Art von Krankheit zu erkennen vermag.«

Gilraen blickte sie interessiert an, doch schließlich schüttelte er den Kopf. »Ihr macht Euch zu viele Umstände. Dennoch danke ich Euch. Aber es geht mir schon viel besser. Ich bin lediglich müde.«

Fürsorglich drückte Fi seine Hände. »Du solltest etwas schlafen. Kommt, lasst uns …«

Magister Eulertin legte der Elfe sanft die Hand auf die Schulter und unterbrach sie. Er wandte sich Gilraen zu. »Ihr werdet sicher verstehen, dass wir zunächst einige Fragen an Euch haben.«

Fi und Amabilia blickten den Magister empört an, doch der ließ sich nicht beirren. »Euren gesundheitlichen Zustand einmal außer Acht lassend: Ihr seid Euch doch im Klaren darüber, Gilraen, dass wir Euch als Kronzeuge von Morgoyas Schreckensregiment ansehen müssen? Euer Auftauchen provoziert Fragen. Etwa die, was Ihr im Reich der Nordmänner zu suchen hattet. Oder die, wie Ihr auf Asmus' Schiff gelangt seid. Erklärt mir, wie es zu alledem kam und …« Der Däumlingszauberer beugte sich leicht vor, bevor er mit eindringlicher Stimme fortfuhr. » … überzeugt mich, dass Ihr auf der richtigen Seite steht.«

»Magister Eulertin!«, fuhr Fi den Magier wütend an. »Gilraen ist eben erst zu sich gekommen. Euer Misstrauen ist einfach nicht …«

Doch der Magister schnitt ihr mit einer Handbewegung das Wort ab. »Fi, es ehrt dich, dass du deinem Freund vertraust. Aber wir wollen nicht vergessen, auf welche Weise er hergelangt ist. Gilraen kann für sich selbst sprechen. Tut er das nicht, werde ich dafür sorgen, dass er weiterschläft.«

»Thadäus!«, sagte Amabilia entrüstet. »Jetzt lass unseren Patienten doch erst einmal zu Kräften kommen.«

»Nein, Amabilia, es tut mir leid. Aber ich habe nicht vor, unseren Gast zu Kräften kommen zu lassen, bis ich nicht weiß, wie er zu Morgoya steht. Ich werde kein Risiko eingehen, solange er sich in deiner Nähe befindet. Ich meine, solange er sich hier in Sperberlingen aufhält ...«

»Lasst gut sein!«, mischte sich Gilraen in die Auseinandersetzung ein. »Ich verstehe den Magister. Was wollt Ihr wissen?«

»Alles«, erwiderte Eulertin knapp.

Der Elf atmete tief ein und kurz streifte sein Blick Kai, der etwas verloren im Hintergrund stand. Schließlich wandte er sich wieder an Fi. »Hast du ihnen erzählt, woher wir uns kennen?«

Die Elfe blickte sich hilflos zu Amabilia und Kai um und nickte zaghaft. Gilraen drückte ihre Hand.

»Gut.« Die lichten Züge des Elfen verfinsterten sich und er sank zurück auf die Kissen. »Während Fi entkam, bin ich in Morgoyas Gefangenschaft geraten. Ich dachte, die Nebelhexe würde mich umbringen, schließlich konnte ich ihr ja nichts mehr nützen. Doch sie hatte andere Pläne mit mir. Sie beschloss, sich auf grausame Weise an mir zu rächen. Zunächst ließ sie mich foltern. Einen Mond lang. Am ... am Ende war ich mehr tot als lebendig. Ja, und dann ... dann kam sie persönlich zu mir. Sie fragte mich über dich aus, Fi, und ... Sie wusste, dass ihr mit dir das Wichtigste entronnen war. Sie wollte alles über dich wissen. Schließlich verlangte sie von mir, ihr zu dienen.«

Gilraen schluckte schwer und so griff Amabilia zu einem Wasserkrug auf dem Nachttisch und reichte ihm eine gefüllte Trinkschale. Er trank gierig.

»Was hast du getan?«, flüsterte Fi ungläubig.

Eine Träne rann über Gilraens Wange. »Sie hat mich zu deiner Mutter geführt, Fi.«

»Lebt sie noch?« Fi krallte ihre Hände in Gilraens Hemd. »Bitte, Gilraen, du musst es mir sagen.«

»Damals … ja. Sie versprach mir, das Leben deiner Mutter zu verschonen, wenn ich ihr zu Willen sei.«

»Oh nein«, ächzte Fi und wankte. Kai tat einen Satz nach vorn, um sie zu halten, doch sie stieß ihn zurück.

»Was musstest du dafür tun?«, fragte sie mit gepresster Stimme.

»Kämpfen, Verräter aufspüren und Spitzeldienste erledigen«, antwortete er mit gesenktem Blick. »Morgoya hat noch immer Feinde in Albion. Doch von Tag zu Tag werden es weniger. Es ist schrecklich, aber ich habe das Meine dazu beigetragen.«

Eulertin und Amabilia warfen sich einen kurzen Blick zu.

»Und meine Mutter?«, fragte Fi leise.

»Vor zwei Monaten beschloss Morgoya, eine Gesandtschaft auszurüsten und mich mit ihr ins Reich der Nordmänner zu entsenden«, fuhr Gilraen mit stockender Stimme fort. »Darunter befanden sich drei dem Schatten verschworene Zauberer. Doch das Kommando über sie führte Kruul.«

»Der Gargylenfürst!«, stieß Eulertin zähneknirschend hervor. »Niemals war das eine rein diplomatische Mission.«

»Ich weiß nicht, warum er mit an Bord war.«

»Erzählt uns mehr über Kruul und diese Schattenmagier«, forderte der Däumling. »Und erklärt uns endlich, was Ihr an Bord von Asmus' Schiff zu suchen hattet.«

Gilraen fixierte Eulertin, so als versuchte er, ihn abzuschätzen.

»Von der Anwesenheit Kruuls wusste ich zunächst nichts. Er hielt sich tagsüber unter Deck auf. Ich erfuhr erst während der Reise, dass er an Bord war. «

War da ein kurzes Zögern in der Stimme des Elfen? Irgendwie war Kai, als erzähle er nicht die ganze Wahrheit.

»Das wundert mich nicht.«, sagte der Däumlingszauberer. »Wie alle Gargylen fürchtet auch Kruul das Tageslicht. Weiter.«

»Die drei Schattenzauberer hatten große Angst vor ihm«, fuhr Gilraen fort. »Einmal gelang es mir, eines ihrer Gespräche mit anzuhören. Kruul bewachte unter Deck ein Geschenk, das für König Hraudung bestimmt war.«

»Ein Geschenk?«, fragte Kai dazwischen, und Gilraen musterte ihn erstmals.

»Ja. Aber auch darüber weiß ich nicht viel. Es handelte sich um einen Armreif. Er muss sehr alt sein und stammt angeblich aus der Zeit der Schattenkriege. Der Hexenmeister Murgurak soll ihn erschaffen haben.«

»Bei allen Schicksalsmächten!«, zischte Eulertin. »Ich hoffe, es handelt sich dabei nicht um Murguraks *Rabenkralle*. Dieser Reif wurde angeblich bis zuletzt von den Sonnenmagiern gehütet. Er soll seinem Besitzer überirdische Kräfte verleihen. Nicht auszudenken, wenn er nach dem Fall Albions in den Besitz Morgoyas gelangt ist.«

»Bitte Gilraen, was ist mit meiner Mutter?« Fi sah ihren Elfenfreund eindringlich an.

»Sie ist tot, Fi.« Mitfühlend nahm Gilraen ihre Hand. »Ich habe es erfahren, nachdem wir abfuhren. Einer der Zauberer brüstete sich damit, dass er dabei war, als Morgoya sie …«

Fi schluchzte trocken, und Kai zerriss es fast das Herz.

»Dann ist es jetzt Gewissheit«, schluchzte sie und ließ ihren Tränen freien Lauf. »Ich wusste es die ganze Zeit.«

»Das war der Tag, an dem ich mich dazu entschloss, Morgoya meinerseits zu verraten. Die ganze Zeit über hatte sie ihre Freude daran, mich auf die schrecklichsten Missionen auszusenden. Und stets dachte ich an das Leben deiner Mutter, Fi. Aber endlich besaß sie kein Druckmittel mehr gegen mich.« Gilraens Züge versteinerten. »Ich … ich beschloss, die nächste Gelegenheit zur Flucht zu nutzen. Im Reich der Nordmänner. Weit weg von Albion. Die Verhandlungen am Hofe Hraudungs liefen nicht so wie geplant. Und dann kam auch noch dieser Kapitän Asmus. Da waren die Schattenzauberer aber schon längst damit beschäftigt, heimlich mit Hraudungs Sohn Raugrimm und einigen seiner Runenmeister zu verhandeln. Sie schlugen ihm einen Umsturz vor. Ich wollte Kapitän Asmus noch warnen und bot ihm meine Hilfe an, doch er traute mir nicht.« Gilraen presste die Lippen aufeinander. »Da war der Umsturz bereits im Gange. Hraudung wurde von Raugrimm selbst erschlagen. Seinen Bruder Lefgar nahm er gefangen. Ich weiß nicht, was aus ihm wurde. Asmus und seinen Männern gelang es, die Kampfhandlungen auszunutzen, und das offene Meer anzusteuern. Sie wussten nicht, dass ich mich zuvor als blinder Passagier an Bord geschlichen hatte. Die Galeere wurde von Raugrimms Leuten verfolgt. Aber die Männer konnten die Drachenboote abschütteln. Es vergingen drei Tage, in denen ich mich im Lagerraum versteckt hielt. Und dann …« Gilraen schwieg.

»Was dann?«, forderte ihn der Däumlingszauberer auf, weiter zu berichten.

»Ich weiß es nicht. Oben an Deck war Geschrei zu hören. Und plötzlich wurde es kalt. Sehr kalt. Und alle Geräusche verstummten. Irgendwann habe ich mich nach oben geschlichen, um nachzusehen, was passiert war. Sie waren alle tot. Zu eisigen Statuen gefroren. Aber noch immer trieb das Schiff gen Süden. Ich habe mich daher wieder unter Deck geflüchtet und versucht, der eisigen Kälte mit meinen

Kräften zu trotzen. Dann bin ich bewusstlos geworden. An mehr erinnere ich mich nicht.«

»Hm«, brummte Magister Eulertin. Und dann abermals. »Hm.«

Kai starrte den Elf an und schüttelte unmerklich den Kopf. Diese Geschichte klang in seinen Augen irgendwie zu glatt. Er wollte etwas sagen, doch Eulertin bedeutete ihm mit einer Handbewegung zu schweigen.

»Wirst du mir jemals verzeihen können?«, wollte Gilraen von Fi wissen.

»Du warst ihr Opfer. Sie hat dich benutzt, Gilraen«, antwortete die Elfe gefasst. »Vergiss das nicht. Ich für meinen Teil werde dir immer dankbar dafür sein, dass du versucht hast, meine Mutter zu retten.«

»Ich hasse die verdammte Nebelhexe!«, flüsterte Gilraen. »Ich hasse sie mehr als alles andere auf der Welt!«

»Ich hasse sie ebenfalls«, antwortete Fi. »Nun sind wir wieder zusammen und wir werden es ihr eines Tages gemeinsam heimzahlen.«

Längst war die Nacht hereingebrochen und am Himmel stand hell und klar der Vollmond. Kai lehnte still gegen das lebende Geländer aus Ästen von Amabilias Baumhaus und blickte hinab auf das in allen Farben schimmernde Dächermeer von Sperberlingen. Hunderte von Lampions beleuchteten die Straßenzüge und Häuser in wundervollen Gelb-, Blau- und Grüntönen, ganz so, als ob unzählige Glühwürmchen den vielen Däumlingen zum Mondfest leuchteten. Leises Lachen und Singen drang aus der Tiefe empor. Vor allem auf dem bunt erleuchteten Dorfplatz war festliches Treiben auszumachen, insbesondere seit Fi und Gilraen dort erschienen waren. Irgendjemand hatte Gilraen ein Musikinstrument in die Hand gedrückt, dem der blonde Elf zum Entzücken der Dorfbewohner wunderbare Klänge entlockte.

Kai schien es noch immer einem Wunder gleichzukommen, wie schnell sich Gilraen wieder erholt hatte. Es war kaum drei Stunden her, seit Amabilia ihm die Drachenessenz eingeflößt hatte. Fi wirkte seitdem wie ausgewechselt. So fröhlich und unbeschwert wie mit Gilraen hatte er sie in all den Monaten noch nicht erlebt. Auch dies, nein, vor allem dies war etwas, was Kai besonders schmerzte.

Hinter ihm erklangen Schritte und Kai räusperte sich, um den Kloß in seiner Kehle loszuwerden. Magister Eulertin trat neben ihn, um ebenfalls einen Blick auf das bunt erleuchtete Dorf zu werfen. Er schmauchte eine geschwungene Pfeife, die leise knisterte und kleine Wölkchen in den Abendhimmel entließ. Kai hatte sich schon gefragt, wann seine lange Unterredung mit Amabilia beendet sein würde.

»Und, traust *du* ihm?«, wollte er wissen.

»Wem?«, antwortete Kai, obwohl ihm sehr bewusst war, wen sein Lehrmeister meinte.

»Gilraen.«

Kai zögerte und wählte seine Worte mit Bedacht. »Ich weiß es nicht. Er hat ohne Zweifel eine harte Zeit hinter sich und ich glaube Fi, dass er sehr tapfer ist. Aber …«

»Aber?«

»Na ja … also wenn er heimlich an Bord war und gar nicht versucht hat, Asmus und seinen Leuten mit seinen Kräften beizustehen« – Kai blickte Eulertin direkt an »dann frage ich mich, wie es kam, dass bei ihm dieses Hexenfieber ausbrach. Ich meine, Eure drei verbündeten Windmagier in Hammaburg haben mir berichtet, dass so etwas nur nach großen Zauberanstrengungen passiert.«

»Gut beobachtet, mein Junge.« Eulertin paffte einen Rauchkringel über die Brüstung.

»Und wir sollten auch nicht die Sache mit den Frostgeistern vergessen«, eiferte sich Kai. »Koggs meinte, die seien erst nach dem Unglück aufgetaucht. Gilraen war zu dem Zeitpunkt das einzige lebendige Wesen an Bord. Eigentlich hätten sie sich sofort auf ihn stürzen müssen.«

»Ich sehe, meine Ausbildung war nicht ganz umsonst«, erklärte der Magier zufrieden. »Wenngleich es für das zweite Rätsel auch eine Lösung geben mag, die mit der Natur unseres geheimnisvollen Freundes zu tun hat.«

»Seine Elfenmagie?«, wandte Kai ein.

»Ja, vielleicht«, antwortete Eulertin und eine Weile schwiegen sie und lauschten der fröhlichen Elfenweise unter ihnen. Kai musste zugeben, dass Gilraen beneidenswert gut spielen konnte.

»Kommst du mit mir runter?«, wollte Eulertin wissen. »Wenn ich mich nicht irre, wartet auf dem Festplatz ein junges Däumlingsmädchen auf dich.«

»Ach, lieber nicht.« Kai schüttelte hastig den Kopf und täuschte Müdigkeit vor. »Der Tag war ziemlich anstrengend. Amabilia hat Euch doch sicher berichtet, dass mir der Ritt auf dem Eichhörnchen nicht besonders gut bekommen ist.«

»Ja, das hat sie.« Eulertin klopfte ihm väterlich auf die Schulter.

»Aber wie verhalten wir uns jetzt Gilraen gegenüber?«, fragte Kai.

»Mit Vorsicht«, erwiderte sein Lehrmeister und stopfte nachdenklich seine Pfeife. »Jedenfalls so lange, bis wir wissen, ob er die Schatten seiner Vergangenheit wirklich hinter sich gelassen hat. Für ihn spricht, dass Fi ihm vertraut. Das sollten wir nicht unterschätzen. Elfen besitzen ein feines Gespür für Stimmungen und sie durchschauen Täuschungsmanöver. Aber auch sie sind nicht unfehlbar.«

Kai seufzte unwillkürlich.

Der Däumlingsmagier steckte seine Pfeife in den Tabaksbeutel und packte seinen Zauberstab. »So, dann will ich dich mal in Ruhe lassen. Amabilia hat mal wieder Recht gehabt. Sie meinte schon zu mir, dass du wohl darauf verzichten würdest, dem Fest da unten einen Besuch abzustatten.«

»Das hat sie gesagt?« Kai blickte irritiert zu den Fenstern in seinem Rücken und sah die Hexe, wie sie fröhlich summend Blumen auf die Tische des Schulzimmers stellte.

»Ja, das hat sie. Wie dem auch sei, da unten gibt es eine Menge alter Bekannte, die traurig wären, wenn ich nicht auf ein Schwätzchen zu ihnen runterkäme. Ich lasse euch beide dann mal alleine.« Eulertin zwinkerte seinem Lehrjungen verschwörerisch zu und ging zu einem der Weidenkörbe. Er stieg ein und drehte sich noch einmal zu ihm um. »Ach ja, nur für den Fall, dass du heute Abend doch noch etwas unternehmen solltest, denke daran, dass wir bereits morgen Mittag abreisen werden. Die Feenkönigin wartet auf uns.«

»Wieso? Was sollte ich denn noch unternehmen?« Kai schüttelte den Kopf und lauschte dem Ächzen und Quietschen von Seilwinde und Laufrad. Er starrte hinab und suchte nach Fi. Ob sie mit Gilraen tanzte? Sicher nicht, sonst hätte man ihn ja nicht spielen hören. Kais zufriedenes Lächeln erlosch, als er die beiden inmitten der Menge entdeckte. Der blonde Elf tanzte und spielte zum Vergnügen der Umstehenden zugleich, und es war ziemlich deutlich zu sehen, dass er und Fi von einer Gruppe von Däumlingsmädchen umringt wurden, die begeistert in die Hände klatschten.

Hinter ihm knarrte die Haustür und Amabilia betrat den Balkon. »Ein herrlicher Abend«, sprach sie und trat näher. »Ich liebe das Mondfest.«

»Lasst Euch von mir nur nicht aufhalten«, entgegnete Kai trübsinnig.

»Oh, da haben wir uns missverstanden.« Sie rückte verschmitzt ihre Brille zurecht und warf einen kurzen Blick über die Brüstung. »Das da unten ist ja ganz nett, aber dieses Fest meinte ich eigentlich nicht.«

»Ihr wollt noch auf ein anderes Fest?«

Amabilia ging nicht weiter auf die Frage ein, sondern deutete mit dem Kinn zum Dorfplatz. »Ein wirklich hübsches Mädchen. Und ganz schön temperamentvoll, wenn man das so sagen darf. Muss für dich sehr schwer sein, wie?«

Kai fühlte, wie ihm das Blut in die Wangen schoss. Hatte Amabilia tatsächlich bemerkt, dass Fi ein Mädchen war?

»Wen, äh, meint Ihr?«

»Ach Kai«, Amabilia legte freundlich ihre Hand auf seinen Arm und sah ihm in die Augen.

»Ach so, das mit Fi«, stammelte er kleinlaut. »Na ja, ich musste ihr versprechen, es niemandem zu erzählen. Keiner weiß davon, nicht einmal Magister Eulertin. Und was das andere betrifft.« Er räusperte sich verlegen, »ja, sie ist ganz nett für eine Elfe.«

»Ganz nett, soso«, sagte Amabilia amüsiert. Sie fuhr ihm durchs Haar und deutete hinab auf den Festplatz. »Bloß nicht aufgeben, mein Junge. Wenn du jemanden liebst, wirklich liebst, dann lohnt es auch, um deine Liebe zu kämpfen. In dir steckt viel mehr, als du ahnst. Wenn Fi das noch nicht begriffen haben sollte, was ich eigentlich bezweifle, wird sie eines Tages schon dahinterkommen.«

Kai schenkte ihr ein dankbares Lächeln.

»Ihr wart mit Magister Eulertins Bruder Melber verheiratet?«, fragte er neugierig.

»Ja«, antwortete Amabilia. »Die Eulertins hatten alle sehr viel Charme. Wir haben eine gute Ehe geführt, auch wenn ihm meine Kräfte am Ende doch etwas unheimlich waren. Ganz zu schweigen davon, dass ich im Gegensatz zu ihm einfach nicht altern wollte.« Ein wehmütiges Lächeln kräuselte ihre Lippen. »Ich war froh, dass mir damals Thadäus zur Seite stand. Melber starb mit einundfünfzig Jahren an einer schrecklichen Krankheit. Ebenso wie sein Bruder Florin. Der plötzliche Tod der beiden ist bis heute ein Rätsel.« Amabilia atmete tief ein und ihre Stimmung hellte sich wieder auf. »Wie dem auch sei, damals sah ich immer noch aus wie ein Mädchen Mitte zwanzig. So alt zu werden wie wir Zauberer kann auch ein Fluch sein. Deine Familie und all deine Freunde, sie sterben um dich herum, während du immer älter und älter wirst. Der Einzige, der mir aus den alten Tagen geblieben ist, ist Thadäus. Wirklich schade, dass ich ihn nicht früher kennengelernt habe.«

»War Magister Eulertin je verheiratet?«

»Nein«, antwortete Amabilia und kicherte leise. »Na ja, da gab es mal eine Magistra aus Halla, die versucht hat, ihm den Kopf zu verdrehen. Aber die hat nicht mit mir gerechnet.«

»Einen Moment.« Kai sah die Hexe erstaunt an. »Heißt das etwa, dass Ihr ...?«

»Ja, das heißt es! Denkst du, im Alter hört das mit der Liebe auf? Oh nein. Aber wehe, du petzt das Thadäus.« Mit gespielter Strenge hob sie einen Finger. »Wie heißt es so schön, im Krieg und in der Liebe sind alle Waffen erlaubt. Würde mich wundern, wenn diese eitle Zicke je herausbekommen hat, warum sie plötzlich so viele Warzen bekam.«

»Ihr seid ganz schön durchtrieben. Das muss ich ja mal sagen«, meinte Kai belustigt. »Weiß Magister Eulertin, wie Ihr zu ihm steht?«

Amabilia seufzte. »Ach Thadäus. Der hat leider nur seine Studien im Kopf. Glaubt stets, dass das Schicksal der ganzen Welt allein auf seinen Schultern ruht. Aber wir Zauberer werden ja bekanntlich alt. Es wird schon noch der Zeitpunkt kommen, da bei ihm endlich der Tannenzapfen fällt.« Sie spähte hinab auf den Festplatz.

»Ich würde mich übrigens freuen, wenn du mich heute Abend noch einmal begleiten würdest.«

»Und wo wollt Ihr mit mir hin?«, fragte Kai gespannt.

»Auf den Schwarzen Berg. Denn heute ist Hexennacht. Die Schatten im Norden werden länger, und ich denke, es wird Zeit für uns alle, zu bekennen, auf welcher Seite wir stehen. Du bist die Letzte Flamme. Wir Hexen sollten dir daher ein Geschenk machen, wie kein Magier es kann.«

Hexennacht

Wild galoppierten Kai und Amabilia durch die Nacht. Das Eichhörnchen sprang flink von Baum zu Baum, hoppelte mit großen Sätzen über ausladende Fichtenzweige, die stumpf im Silberlicht des Mondes glänzten, und setzte beherzt über tiefe Klüfte und große Baumstümpfe hinweg. Mit jedem Höhenzug, den sie überwanden, wurde es ein klein wenig kälter und auf den Tannennadeln und Zweigen glitzerte stellenweise sogar wieder der Reif.

Ein kalter Wind rauschte durch die Bäume und Kai fröstelte. Ärgerlicherweise hatte er den Beutel mit dem Sulphurstein in Amabilias Baumhaus bei seinen anderen Sachen gelassen. Er hatte ja nicht ahnen können, dass es schon bald wieder so kalt werden würde.

Es war schon eigenartig, aber seit sie Hammaburg verlassen hatten, war der verpatzte Feenglasklumpen zunehmend wärmer geworden. Hoffentlich musste er sich deswegen keine Sorgen machen. Andererseits, zur Not konnte er ihn ja immer noch wegwerfen.

Amabilia trieb das Eichhörnchen tiefer und tiefer in den Wald. Schließlich erreichten sie eine kreisrunde Lichtung. Sie war über und über mit dichtem, samtigem Moos bewachsen, das silbrig im Mondlicht schimmerte. Wirklich unheimlich jedoch wirkte ein großer Ring riesiger Pilze in der Mitte der Lichtung, von dem ein gespenstisches Leuchten ausging.

»Bei allen Moorgeistern«, flüsterte Kai. »Ein Hexenring!«

»Kluges Kerlchen«, entgegnete Amabilia belustigt. »Wir Hexen nennen diese wundervollen Orte allerdings lieber Albenkreise. Der Zauber, der ihnen innewohnt, ermöglicht dem Kundigen das schnelle Reisen.«

Auf ein Zeichen Amabilias hin sprang das Eichhörnchen mit einem Satz in den Ring. Kaum waren sie dort gelandet, fühlte Kai ein eigentümliches Prickeln auf seiner Haut. Ohne Zweifel, an diesem Ort wirkte Magie!

Amabilia erhob sich von ihrem Reitsattel, deutete mit ihrem Zauberstab einmal in die Runde und murmelte eine Zauberformel. Sofort erstrahlten die gesprenkelten Hüte der Schwefelschirmlinge in orangefarbenem Licht. Ein mächtiger Wind brauste durch die Bäume und die Umgebung am Rande der Lichtung wurde von einer tiefen Dunkelheit verschluckt. Kai sah sich gespannt um und bemerkte, dass der Duft nach Tannennadeln und Harz noch intensiver wurde. Ein leises Kichern war zu hören. Unter Kais ungläubigen Blicken bewegten sich die Pilze plötzlich auf sie zu und verwuchsen dann wieder mit dem Boden. Der Ring um sie herum war nun wesentlich enger geworden.

Der Wind ließ nach und die tiefe Dunkelheit, die sich über den Wald gelegt hatte, wich wieder dem hellen Mondlicht. Vielstimmiges Kreischen und lautes Kichern hallte durch das Dickicht. Keinesfalls war das jedoch die Waldlichtung, auf der sie sich eben noch befunden hatten. Die Fichten um sie herum hatten sich nicht nur in Form und Gestalt verändert, sie waren überdies mit dicken Lagen Schnee bedeckt. Dieser Hexenkreis verfügte offenbar über die Fähigkeiten der Wandelnden Kammer daheim in Hammaburg.

»So, wir sind da!«, meinte Amabilia vergnügt und lenkte das Eichhörnchen aus dem Pilzkreis heraus einen steilen Abhang hinauf. Von dort oben kamen die ausgelassenen Geräusche.

Ein lautes Kreischen riss den Zauberlehrling aus seinen Gedanken, und eine dunkle Gestalt mit spitzem Hut und langem Gewand rauschte über ihre Köpfe hinweg. Bei allen Moorgeistern, die Hexe flog tatsächlich auf einem Besen durch die Nacht! Kai musste grinsen. Eine ungewöhnliche Fortbewegungsmethode, aber irgendwie gar nicht so viel anders als die Schreibfeder, die Magister Eulertin so gern gebrauchte.

Sie befanden sich direkt unterhalb des Gipfels des Schwarzen Berges. In der Mitte des Hexenplatzes ragte ein mächtiger Felsen auf, um den herum ein gutes Dutzend runder Steine lagen. Überall sprangen, tanzten und flogen Hexen durch die Nacht, von denen jede eine ganz eigene Art der Anreise gewählt hatte. Er sah Frauen aus dem Volk der Wichtel, die auf den Rücken von Katzen und Eulen zum Mondfest gekommen waren, Hexen mit grotesken Kopfbedeckungen, die auf Besen, Fässern und Waschzubern wild durch die Luft stoben, eine Gnomin, die auf einer Kröte saß, welche sich mit langsamen Drehbewegungen aus der Erde schraubte und drei tierhafte Gestalten, die kaum noch etwas Menschliches an sich hatten. Zwei von ihnen begrüßten sich mit lautem Knurren.

»Herrje!«, entfuhr es dem entgeisterten Zauberlehrling angesichts des wilden Treibens um sich herum.

»Wohl nicht ganz das, was du erwartet hast, wie?« Amabilia kicherte und galoppierte auf eine rothaarige Däumlingshexe mit wildem Strubbelhaar zu, die soeben von einem Fischreiher abstieg.

Amabilia saß elegant ab und die beiden Däumlingsfrauen umarmten sich. Offenbar waren sie beide die einzigen Vertreterinnen ihres winzigen Volkes, die zum Hexenfest gekommen waren. Bei den meisten der Zauberinnen handelte es sich zweifelsohne um Menschen, auch wenn sich Kai bei einigen nicht ganz sicher war.

»Kai«, rief Amabilia freudig, »darf ich dir Ginster Murmelgrund vorstellen? Sie ist meine älteste Freundin.«

»Angenehm.« Kai stieg ab und reichte der Rothaarigen zögernd die Hand.

»Ein Menschenjunge«, summte Ginster nachdenklich. »Roxana wird nicht erfreut sein, Amabilia. Ich hoffe, du hast einen guten Grund, ihn mit hierherzubringen?«

»Oh ja, den habe ich«, antwortete Amabilia. »Ihr alle werdet den Anlass erfahren, sobald wir vollzählig sind. Hast du die große Mutter denn schon gesehen?«

»Nein, sie ist noch nicht eingetroffen«, antwortete die Däumlingshexe. »Seltsam, dabei hat sie sich bisher noch nie verspätet.«

»Wer ist diese Roxana?«, fragte Kai.

»Oh, das ist die oberste aller Hexen. Es heißt, sie sei viele Hundert Jahre alt. Sie ist die Weiseste und Erfahrenste unter uns«, sagte Amabilia.

»Aha«, meinte Kai, den das Kichern, Kreischen und Knurren um ihn herum nervös machte. »Gibt es eigentlich einen bestimmten Anlass, aus dem ihr Euch heute trefft? Ich meine, Ihr reist doch sicher nicht alle von nah und fern an, um zu feiern oder Kochrezepte auszutauschen.«

Amabilia lachte schallend »Och, zuweilen machen wir genau das. Der eigentliche Grund aber ist, dass wir heute, zum Mondfest, etwas tun können, zu dem wir Hexen nur einmal im Jahr und auch nur gemeinsam fähig sind: Wir werden den Wildegrimm, den Berggeist des Schwarzen Berges anrufen.«

»Einen Berggeist?«

»Oh ja«, antwortete Amabilia. »Früher, bevor wir Hexen diesen Ort entdeckten, war er wild und gefährlich. Die Finsternis hatte seinen Verstand umnebelt und er brachte viel Unglück über die Harzenen Berge. Sogar die Drachen mieden diesen Ort. Doch seit wir einen Weg fanden, ihm die Finsternis auszutreiben, weissagt er uns und lehrt uns Dinge, von denen wir ohne ihn keine Kenntnisse besäßen. Und du bist hier, weil ich hoffe, dass er deine Flöte in einen richtigen Zauberstab verwandeln kann.«

»Was?« Kai griff zu dem Instrument an seinem Gürtel und blickte Amabilia skeptisch an. »Meint Ihr denn wirklich, das ist notwendig?«

»Es liegt an dir«, sprach die Däumlingshexe und rückte ihre Brille zurecht. »Du bist ein Zauberer, Kai. Heute ist der Zeitpunkt gekommen, da du den Irrlichtjäger in dir zurücklassen musst. Wenn du gegen Morgoya bestehen willst, brauchst du alle Hilfe, die du bekommen kannst!«

Kai nickte zögernd und bemerkte, dass immer mehr der Hexen auf ihn aufmerksam wurden. Sie beäugten ihn argwöhnisch und tuschelten.

In diesem Moment erhob sich ein »Ah« und »Oh« unter den Zauberinnen. Eine dunkle Wolke nahte heran und zog einen dichten Regenschleier hinter sich her. Sie hatte bereits den Mond zur Hälfte verdeckt, als es laut grollte und blitzte. Kai und die Hexen mussten ihre Augen gegen das grelle Licht des Blitzes abschirmen. Als sie wieder sehen konnten, hockte eine schwarze Katze auf dem großen Felsen und machte einen Buckel. Das Tier miaute sanft und verwandelte sich von einem Augenblick zum anderen in eine junge Frau mit langen schwarzen Haaren, während sich die dunkle Wolke am Nachthimmel auflöste.

»Roxana!«, flüsterte Amabilia beeindruckt. »Das muss man ihr lassen, ihre Auftritte inszeniert sie einfach meisterhaft.«

Atemlos starrte Kai Roxana an. Noch nie hatte er eine so verführerische Frau gesehen. Sie bewegte sich mit der Anmut einer Wildkatze, und während sie ihr langes, schimmerndes Haar zurückstrich, lächelte sie den Hexen huldvoll zu. Eine erwartungsvolle Stille senkte sich über den Hexenplatz.

»Ich freue mich, dass ihr alle wieder zusammengekommen seid, Schwestern«, sagte Roxana und lächelte.

»Ich dachte, die ist ein paar Hundert Jahre alt«, flüsterte Kai und ärgerte sich darüber, dass er nur Däumlingsgröße besaß. Ständig versperrten ihm irgendwelche Hexen den Blick.

»Dieses Jahr«, fuhr Roxana mit ihrer rauchigen Stimme fort, »steht unser Fest unter keinem guten Omen. Wir wissen alle, dass von Norden her ein Sturm heraufzieht. Schon seit Jahren können diejenigen unter uns, die mit dem dritten Auge gesegnet sind, die Zeichen erkennen. Und wieder wissen wir nicht, ob wir heute für lange Zeit zum letzten Mal den Geist dieser Berge anrufen werden. Wir sollten uns daher gut überlegen, um welche Gabe wir Wildegrimm heute Nacht ...«

»Roxana, ich muss zu Euch und den anderen Schwestern sprechen«, zerschnitt die magisch verstärkte Stimme Amabilias barsch die Nacht. Roxana runzelte die Stirn. Offenbar war sie es nicht gewohnt, dass jemand sie unterbrach. Als sie sah, wer gesprochen hatte, glätteten sich ihre Züge wieder.

»Amabilia? Was gibt es?«

»Einen Moment«, antwortete die Däumlingsfrau. »Lupura, wenn du uns bitte hochheben könntest.«

Eine alte runzelige Kräuterhexe, deren Kleidern ein strenger Geruch nach Holzkohle und Schweiß entströmte, bückte sich mit knackenden Gliedern und nahm Kai und Amabilia hoch.

»Entschuldigt, große Mutter, dass ich Euch so rüde unterbrach«, wandte sich Amabilia mit leichter Verneigung an Roxana. »Aber ich bin mir sicher, wenn Ihr mich angehört habt, versteht Ihr, dass meine Bitte keinen Aufschub duldet.«

Amabilia wandte sich zu den vielen anderen Hexen um.

»Roxana hat mit ihrer Warnung Recht«, rief die Däumlingshexe der Menge zu. »Ein Sturm zieht aus dem Norden herauf. Ein Sturm, der unser aller Leben von Grund auf verändern wird. Drei Schwestern haben in den vergangenen Jahren ihr Leben gelassen und wir alle kennen den Grund dafür. Ihr Element war das Feuer!«

Ein Raunen und Wispern geisterte über den Platz.

»Jede von euch weiß, wer für den Tod unserer Schwestern die Verantwortung trägt«, fuhr Amabilia fort. »Morgoya von Albion hat sie auf dem Gewissen! Die Elende ist auf der Suche nach der Letzten Flamme! Erlischt sie, sind wir alle verloren. Aus diesem Grund, Schwestern, flehe ich euch an. Lasst uns den Geist des Berges diese Nacht bitten zu helfen, dass die Letzte Flamme für alle Zeiten heiß und hell brennt!«

»Wie sollen wir das machen?«, nuschelte eine der Hexen durch ihre Zahnlücke hindurch. »Wir haben nach der Letzten Flamme gesucht, sie aber nicht gefunden.«

»Ja, du sprichst in Rätseln, Amabilia.« Roxana trat interessiert heran. »Seit Illume Feuerblatt ermordet wurde, habe ich euch aufgetragen, Augen und Ohren offen zu halten. Wenn du glaubst, Wildegrimm könnte uns dabei helfen, den letzten Feuerzauberer zu finden, irrst du dich. Er ist mächtig. Aber nicht allmächtig.«

Amabilia blickte Roxana forsch in die Augen. »Was, wenn ich die Letzte Flamme gefunden habe?«

Erregtes Gemurmel setzte ein und die Hexen drängten neugierig heran. Roxana bemerkte erst jetzt, dass Amabilia nicht allein gekommen war.

»Du hast … die Letzte Flamme ausfindig gemacht?«, flüsterte die Oberhexe ungläubig. »Einen Däumlingsjungen?«

»Nein, ich bin kein Däumling!«, rief Kai und wusste sogleich, dass sein Ruf kaum zu hören sein würde. »Ich bin ein Mensch!«

»Er ischt kein Däumling, er ischt ein Mensch!«, übersetzte die zahnlose Alte, auf deren Handfläche sie standen.

»Er soll es beweisen!«, schrie von irgendwoher eine Hexe.

Auf ein Kopfnicken von Amabilia hin beschwor Kai einen Feuerwusel herauf und jagte ihn als Kugelblitz in den Nachthimmel.

Der Hexenplatz verwandelte sich in ein Tollhaus. Jeder wollte jetzt einen Blick auf Kai werfen und die alte Hexe hinter ihm schwankte bereits bedrohlich.

»Genug!« Roxana trieb ihre Mitschwestern ungestüm auseinander und bedachte Kai mit einem verführerischen Lächeln. »Dass es ausgerechnet uns glücken würde, dich zu finden, Feuerzauberer, hätte ich niemals für möglich gehalten. Natürlich wird es uns eine Ehre sein, dir zu helfen.«

Roxana duftete so betörend, dass Kai einen Moment lang glaubte, den Verstand zu verlieren.

»Das ist sehr nett von Euch«, krächzte er.

»Und was glaubst du, können wir für ihn tun?« Roxana wandte sich wieder Amabilia zu.

»Er ist ein Wilder, so wie wir«, erklärte diese mit stillem Ernst. »Er wuchs im Norden als Irrlichtjäger auf, bis ich sein Talent entdeckte.«

Kai beäugte Amabilia aus den Augenwinkeln heraus. Sicher bekam sie Schwierigkeiten, wenn ihre Hexenschwestern herausfanden, wie eng ihre Beziehung zu Magister Eulertin war.

»Gut gemacht, Amabilia. Sehr gut sogar.« Roxana nickte der Däumlingshexe anerkennend zu. »Und?«

»Lasst uns den Geist des Berges bitten, ihm einen Zauberstab zu schenken. Er besitzt schon einen, doch dieser verfügt über die falsche Form und Gestalt.«

Auf einen Wink Amabilias hin hob Kai seine Zauberflöte hoch.

»Allerdings gibt es da noch ein Problem«, verschaffte sich Amabilia wieder Gehör. Das Getuschel und Geflüster um sie herum erstarb ein weiteres Mal.

»Wir dürfen uns nichts vormachen. Auch wir Hexen können nicht ausschließen, dass unter uns eine ist, die von Morgoya verführt wurde. Keinesfalls darf herauskommen, dass wir die Letzte Flamme gefunden haben. Wir müssen sicherstellen, dass unser Geheimnis gewahrt bleibt!«

»Dann sollten wir den Geist des Berges um einen weiteren Gefallen bitten!« Es war Ginster, Amabilias Freundin. »Wildegrimm muss jede Einzelne von uns prüfen. Wenn sich eine Schwester unter uns befindet, die sich den Schatten verschrieben hat, müssen wir sie noch diese Nacht zur Strecke bringen.«

»Ginster.« Roxana seufzte gereizt. »Du vergisst, dass die Finsternis auf dem Schwarzen Berg keine Macht mehr hat, seit wir Wildegrimm geheilt haben. Sollte sich also wirklich eine von uns den Schatten verschrieben haben, dann befindet sich diese Schwester heute sicher nicht hier. Ich wünsche daher, dass ihr euch umschaut. Solltet ihr eine unserer Schwestern heute vermissen, verlange ich, dass ihr Meldung erstattet. Und jetzt« – sie klatschte in die Hände – »lasst uns ans Werk gehen.«

Die Hexen wirkten wie ausgewechselt. Unter lautem Kreischen und Krakeelen stoben sie auseinander.

»Es ist wie jedes Jahr«, stöhnte die Däumlingszauberin. »Jetzt dauert es wieder eine Weile, bis sie sich darauf geeinigt haben, wer neben wem Aufstellung nimmt. Du musst wissen, dass sich viele meiner Hexenschwestern untereinander nicht ausstehen können.«

»Isch wäre schon froh drum, wenn isch überhaupt mitmachen könnte«, nuschelte die zahnlose Lupura, auf deren Hand sie standen. »Aber esch ischt scheit dem letschten Jahr nischt bescher geworden. Mein schlimmer Rücken macht die Tanscherei nicht mehr mit.«

Kai sah zu, wie die Hexen nach und nach einen Kreis um Felsen und Steine bildeten und sich an den Händen fassten. Lupura setzte Amabilia schließlich auf der Schulter einer tierhaften Gestalt ab, die mehr einem Hund als einer Frau ähnelte. Die Unbekannte fletschte lächelnd die Zähne.

»Viel Glück, Kai!«, rief Amabilia ihm zu.

»Und du, junger Feuerschauberer«, nuschelte die Alte und bückte sich ächzend, »gescht bescher in die Mitte desch Tanschkreischesch. Dann kannscht du dem Berggeischt deinen Wunsch schelbscht vortragen.«

Kai sprang herunter und war froh, den säuerlichen Ausdünstungen der Hexe entkommen zu sein. Bevor noch jemand auf die Idee kommen konnte, absichtlich oder unabsichtlich auf ihn zu treten, schlüpfte er zwischen den Beinen zweier Hexen hindurch und eilte in die Mitte des Platzes.

Ob er seiner Däumlingsgröße endlich ein Ende setzen sollte? Leider hatte Amabilia am Nachmittag festgestellt, dass sie nur noch einen einzigen Verkleinerungstrunk besaß.

Egal. Kai konzentrierte sich und spürte, wie die Macht des Zaubertranks von ihm abfiel. Unter Schmerzen streckten sich seine Glieder und er hatte gerade wieder Menschengröße erreicht, als aus dem Reigen Amabilias Stimme zu hören war. »Und nun tanzt, Schwestern! Heute ist die Nacht der Nächte, ruft Wildegrimm. Ruft ihn herbei!«

Unter lautem Gestampfe, Gesinge und Gejohle begannen die Hexen im Kreis zu tanzen.

Von dem wilden Treiben angesteckt drehte auch Kai sich im Kreis – als er eine Veränderung auf dem Berggipfel wahrnahm. Ein leichtes Prickeln kroch sein Rückgrat entlang. Die Hexen tanzten und sangen nur noch wilder und wogten hin und her. Viele von ihnen trugen bereits einen entrückten Gesichtsausdruck zur Schau, andere waren derart außer Rand und Band, dass sie ihre Augen so weit nach oben verdreht hatten, dass nur noch das Weiße ihrer Augäpfel zu erkennen war.

Diese Hexen waren doch alle verrückt. Kai fragte sich inzwischen, ob es wirklich so eine gute Idee gewesen war, sich diesen Zauberinnen anzuvertrauen.

Plötzlich vibrierte der Boden zu seinen Füßen. Oder war es der Berg selbst?

Kai bemerkte, dass mit dem großen Felsen eine seltsame Veränderung vor sich ging. Moose und Kletterranken brachen knackend und knisternd aus dem Boden und überzogen das Gestein. Zweige rankten empor, schwollen zu dicken Ästen an, die ihrerseits Blätter und Knospen ausbildeten, aufplatzten und neue Triebe hervorbrachten. Fassungslos wich Kai einige Schritte zurück. Das Gewirr aus Ästen, Blättern und Strängen ähnelte inzwischen einem dichten Busch und noch immer rankte es rasant in die Höhe. Bei allen Moorgeistern, vor ihm wuchs ein baumhoher Riese aus dem Boden. Arme und Beine wurden von verdrehten Ästen gebildet und auf dem unförmigen Haupt des Wesens thronte eine gewaltige Blätterkrone.

Regungslos starrte der Berggeist auf das Treiben zu seinen Füßen herab.

»Wildegrimm! Wildegrimm! Wildegrimm!«

Die wilde Tanzerei um Kai herum fand ein Ende, und der Hexenplatz war von lautem Keuchen erfüllt. Kais Blick suchte Roxana, doch die rührte sich nicht, sondern lächelte verklärt. Wie die meisten Hexen im Reigen schien sie sich noch immer in einer Art Rausch zu befinden.

»Ah«, knarrte der Berggeist mit tiefer Stimme. Ein kühler Windzug brachte seine Zweige und Blätter zum Rascheln. »Meine Töchter tanzen wieder für mich. Fein. Sehr fein. Ist es denn schon wieder so weit?« Er streckte seinen Blätterkopf raschelnd dem Nachthimmel entgegen und seine rissigen Borkenlippen verzogen sich zu einem Lächeln, als er den Vollmond sah.

Roxana rührte sich noch immer nicht. Auch die anderen Hexen erholten sich augenscheinlich nur sehr langsam von dem Rausch, in den sie sich hineingesteigert hatten.

Kai zückte seine Zauberflöte und dachte wieder an die Dienste zurück, die sie ihm geleistet hatte. Er trennte sich nur ungern von ihr. »Kannst du mir helfen, Berggeist?«, erhob Kai kurzerhand die Stimme.

Unter dumpfem Knarren richtete der Baumriese den Blick auf ihn. »Ein Menschlein«, dröhnte er gut gelaunt und die Berge warfen ein grollendes Echo zurück. »Bist du ein Freund?«

»Ja, ich denke schon.« Kai lächelte und streckte ihm seine Zauberflöte entgegen. »Die Hexen sagten mir, dass du aus meiner Flöte einen richtigen Zauberstab machen kannst.«

Unter Knistern und Knacken griff der Berggeist nach dem Musikinstrument und hob es interessiert vor seine Astlochaugen. Brummend betrachtete er erst die Flöte und dann den Zauberlehrling.

»Eiche«, knarzte er gedehnt und verzog missmutig sein Holzgesicht. »Nur eine Sorte Zauberer besitzt Zauberstäbe aus Eiche. Dein Element ist das Feuer?«

Kai nickte zaghaft.

»Dann musst du derjenige sein, den meine Töchter gesucht haben. Du bist der Letzte, richtig?«

»Ja, sieht so aus«, antwortete Kai gequält. »Hab's mir nicht ausgesucht. Ehrlich.«

»Kann ich mir vorstellen«, dröhnte es über ihm aus dem Zweiggewirr, durch das jetzt ein heftiger Wind fuhr. »Versprichst du mir, meine Bäume und Pflanzen in Ruhe zu lassen?«

»Ich verspreche es«, erklärte Kai ernsthaft.

»Guuuut«, brummte der Berggeist und sah noch einmal prüfend auf ihn herab. Seine langen Astfinger mit der Flöte senkten sich zur Erde und Wildegrimm bohrte das Musikinstrument vor Kai in den Boden. Noch immer rauschte der Wind durch sein Blätterhaupt, doch Wildegrimm scherte sich nicht darum und legte fast zärtlich eine seiner Blattfingerkuppen auf die Spitze des Instruments. Fasziniert sah der Zauberlehrling dabei zu, wie ein Zittern durch die Flöte ging. Das dunkle Holz wurde heller und aus zweien der Flötenlöcher wuchsen schlanke Wurzeln, die sich tief in die steinige Erde gruben. Im Nu erwachte auch der Rest der Flöte zum Leben. Hinter Kai waren erschrockene Laute zu vernehmen. Kai hingegen fand das Schauspiel überaus faszinierend. Es bildeten sich frische Triebe, die sich dem Mondlicht entgegenstreckten. Blätter trieben aus und Kai war, als tanzten grüne Flammenlohen über das Holz.

Hoffentlich konnte Amabilia dieses unglaubliche Schauspiel gut sehen! Er warf einen Blick über die Schulter, um die Hundefrau zu finden, auf deren Schultern die Däumlingsfrau stand. Da entdeckte Kai am mondhellen Nachthimmel eine finstere Wolke, die sich von Süden her rasch dem Schwarzen Berg näherte. Beständig gloste in ihrem Innern grünes Licht.

Alarmiert bemerkte er, dass die Wolke nicht das einzig Seltsame war, was sich auf den Schwarzen Berg zubewegte. Hinter den Hexen wirbelten Pulverschnee, welkes Laub und Tannennadeln auf und fegten in Gestalt dunkler Lufthosen über die Bergkuppe hinweg. Ihm kam es vor, als suchten die Wirbel den Hexenkreis nach einem Durchschlupf ab.

»Öffnet nicht den Kreis!«, war Amabilias schneidender Ruf zu hören. »Solange wir zusammenstehen, kann uns nichts passieren! Besinnt euch auf die Bannformeln, die ich euch beigebracht habe! Und weckt endlich Roxana!«

Die kalten Böen wurden heftiger und jäh schob sich die dunkle Wolkenbank vor den Mond. Die Bergkuppe lag jetzt im Schatten. Endlich bemerkte auch der Berggeist, was um ihn herum vor sich ging. Ohne die immer weiter in die Höhe wachsende Flöte loszulassen, hob er sein Blätterhaupt. Sein Antlitz verdunkelte sich vor Zorn.

»Was geschieht hier?«, brüllte er und seine Stimme rollte als Echo über die Berge.

»Die Finsternis!«, schrie eine der Hexen und umschloss die Hände ihrer beiden Tanzpartnerinnen nur noch fester. »Sie hält auf dem Schwarzen Berg Einzug!«

»Richtig, Schwestern!«, hallte Roxanas laute Stimme nahe des Waldrandes. »Doch euer Schutzkreis wird euch nichts helfen!«

Verwirrt blickte sich Kai zu Roxana im Kreis um. Noch immer stand sie lächelnd zwischen zwei anderen Hexen, doch ihre ganze Gestalt schimmerte feucht und wirkte irgendwie … unwirklich. Die beiden Hexen links und rechts von ihr stießen entsetzte Schreie aus, doch sie wagten es nicht, Roxanas Hände loszulassen.

»AQUATA IMAGO FINITE!«, tönte es laut vom Waldrand. Die noch immer verzückt vor sich hinlächelnde Roxana inmitten des Hexenreigens verlor mit einem Schlag ihre Form und zerplatzte zu einem Schwall schwarzen Wassers.

Eine verdammte Truggestalt!

»Den Kreis schließen!«, brüllte Amabilia verzweifelt, doch in der Wolke über ihnen rumorte es bereits. Giftgrünes Licht flackerte über den Hexenplatz. Bevor die beiden Hexen, zwischen denen jetzt eine Lücke klaffte, reagieren konnten, sausten unzählige schwarze Schemen mit langen Beinen vom Himmel herab. Dort, wo die Gestalten auf die Erde trafen, platschte es laut auf und von überallher war lautes Quaken zu hören.

Frösche. Kröten. Unken. Ihre Leiber waren pechschwarz und mit dicken Warzen übersät. Und es fielen immer mehr von Himmel. Ein wahrer Froschregen prasselte jetzt auf die Versammlung nieder.

Roxanas hässliches Lachen hallte durch die Nacht, während Amabilia verzweifelt versuchte, die Hexen dazu zu bringen, den Kreis zu schließen. Vergeblich.

Kai hatte sich an Wildegrimm gepresst, der ihn mit seinem Blätterhaupt gegen die vom Himmel regnenden Frösche abschirmte. Ein tiefes Knurren war aus dem Geäst zu hören. Kai reagierte und feuerte Kugelblitz um Kugelblitz auf die quakenden kleinen Kreaturen ab. Wann immer er eine traf, zerplatzten die Biester zu schwarzen Schleimwolken, doch vielen gelang es immer wieder auszuweichen und vor den glühenden Kugeln Reißaus zu nehmen.

»Wildegrimm, hilf doch!« Panisch sah sich Kai zu dem Berggeist um und begriff, dass dieser noch immer auf seine Flöte konzentriert war. Längst hatte sie sich in einen schlanken, glatten Stab verwandelt.

»Versprichst du mir, dass du meinen Töchtern hilfst?«, dröhnte es gepresst aus dem knarrenden Geäst.

»Ja!«, schrie Kai. Der Berggeist riss den Eichenstab aus dem Boden und drückte ihn dem Zauberlehrling in die Hand. Wütend schüttelte sich Wildegrimm die vielen Kröten aus der Blattkrone.

Kaum berührten Kais Finger das Holz, war ihm, als ob sich sein Geist wie ein Muskel spannte.

»Kämpfe, Menschlein! Kämpfe!«, brüllte der Baumriese.

Ohne weiter darüber nachzudenken, beschwor Kai einen neuen Feuerwusel herauf und jagte auch ihn in Gestalt eines sprühenden Kugelblitzes zwischen die hüpfenden Frösche. Die mit Warzen übersäten Biester sprangen beiseite, doch diesmal schlug der Kugelblitz einen kleinen Haken, setzte ihnen nach und vernichtete sie. Kai lachte zornig. Einer plötzlichen Eingebung folgend schwenkte er seinen verwandelten Stab über die Tanzfläche und stimmte leisen Zaubergesang an. Überall um ihn herum brachen urplötzlich Irrlichter aus dem Boden. Sie waren zwar unbeweglich und züngelten lustlos mit ihren Flammenarmen, doch inmitten des Krötengewusels wirkten sie wie tödliche Fallen. Immer wieder zischte es oder es war ein dumpfes Platzen zu hören, wenn eine der Schattenkröten im Irrlichtsfeuer ihr Leben aushauchte.

Endlich handelte Wildegrimm. Laut rollte sein Wutgebrüll über den Berg. Er griff mit seinen Zweigen zum Himmel und ballte die knorrigen Hände zu Fäusten. Jäh riss es die giftgrüne Wolke über dem Berg auseinander und der Froschregen fand ein Ende. Dann setzte sich der Pflanzenriese in Bewegung. Jeder seiner wuchtigen Schritte zermalmte gleich mehrere der Schwarzkröten, während er seine langen Astarme wie gewaltige Reisigbesen schwang und mit ihnen fürchterliche Ernte unter den ekligen Lurchen hielt.

»Auf ihn, meine Kinder!«, war Roxanas Gebrüll zu hören. Zu Kais Entsetzen standen nur noch drei Hexen aufrecht. Schon lange war Amabilia verstummt. Hoffentlich war ihr nichts passiert.

Wütend hielt er nach der verfluchten Oberhexe Ausschau. Sie war die Abtrünnige unter ihnen! Wie hatten sie sich alle nur so von ihr täuschen lassen können.

»Wo seid Ihr, Roxana?«, brüllte er zornig.

Währenddessen räumte Wildegrimm weiter unter den Kröten auf, die sich nun ganz auf ihn konzentrierten. Auf die Entfernung wirkte es, als wäre er von einem lebenden Schattenteppich umgeben. Kai stand ihm mit zwei weiteren Kugelblitzen bei und rannte zwischen die Hexen, die still und zusammengekrümmt um ihn herumlagen. Ob sie tot waren oder nur in tiefen Schlaf gefallen waren, vermochte er nicht festzustellen. Wenn er nur wenigstens Amabilia finden könnte.

In diesem Moment löste sich ein Schatten zwischen den Bäumen und kam drohend auf ihn zu.

»Junge, man sollte einsehen, wenn man verloren hat.« Siegessicher dröhnte Roxanas Gelächter durch die Nacht. »Ein ganzes Jahr lang habe ich diesen Schlag gegen die Schwesternschaft vorbereitet und dann reichen mir die zänkischen Weiber die Letzte Flamme quasi als Dreingabe auf dem Silbertablett dar. Und da sage man noch, das Glück sei nicht mit den Tüchtigen.«

»Mich bekommt Ihr nicht.« Drohend hob Kai seinen Zauberstab und blickte schnell um sich. Immerhin war keine weitere Kröte mehr zu erblicken. Wildegrimm schien sie allesamt zermalmt zu haben. Doch ganz offensichtlich war der Kampf auch an ihm nicht spurlos vorübergegangen. Der Berggeist stand schwankend da und beobachtete sie.

»Soso, ich bekomme dich also nicht?« Roxana blieb stehen, legte die Hand auf ihre Hüfte und musterte ihn neckisch. »Ich bin schon mit weit gefährlicheren Feuerzauberern als dir fertig geworden. Allein ich habe sieben von ihnen zur Strecke gebracht. Meine werte Schwester Illume Feuerblatt und diese beiden Angeber Magnus und Igis Flammenhöh aus Halla waren lediglich die Bekanntesten. Hat man dich vor Morgoyas Jägern nicht gewarnt?«

Kai schluckte und wich einen Schritt zurück. Ja, Eulertin hatte ihn vor den Schergen Morgoyas gewarnt. Doch er hatte dabei stets an finstere Kreaturen gedacht.

»Warum tut Ihr das?«, wollte er wissen. »Ist Euch nicht klar, was Morgoya plant?«

»Ach Flämmchen«, Roxana winkte leichthin ab. »Es ist doch völlig zwecklos, sich der Nebelkönigin entgegenstellen zu wollen. Ich möchte am Ende lieber auf der Seite der Sieger stehen. Und diese Siegerin steht nun einmal bereits fest.« Sie lächelte. »Und wenn ich die Prophezeiung richtig deute, wirst du der Nebelkönigin ebenfalls eines Tages erliegen, richtig? Wie wäre es, wenn du dich uns heute schon ergibst? Das erspart uns allen viel Zeit und Mühe.«

»Niemals!« Kai jagte einen Kugelblitz in Roxanas Richtung, doch die Hexe schnippte lediglich mit den Fingern, und das Funken sprühende Geschoss zerstob in einer Wolke heißen Wasserdampfs. Erschrocken trat Kai einen Schritt zurück.

»Wasser, kleiner Zauberlehrling. Wasser.« Roxana leckte sich sinnlich über die vollen Lippen und strich sich ihre langen Haare aus der Stirn. »Es gibt einfach kein besseres Mittel gegen euch Feuermagier. Dabei bist du ja noch nicht einmal einer. Nur ein dummer Zauberlehrling.« Sie lachte spöttisch. »Und nun, genug der Spielereien …«

»Wildegrimm!«, brüllte Kai und gab Fersengeld. So schnell er konnte, rannte er an den reglos daliegenden Hexen vorbei auf den Berggeist zu. Der setzte sich unter lautem Ächzen und Knarren langsam in Bewegung. Kai blieb stehen und starrte Wildegrimm an. Die Blätter des Waldgeistes waren jetzt schwarz wie die Nacht und sein Borkengesicht war zu einer Fratze verzerrt, auf der sich ungezügelter Hass abzeichnete.

Roxana klatschte in die Hände. »Schwarzkrötengift, mein kleiner Zauberlehrling. Mit jedem meiner Kinder, das Wildegrimm zertrampelt hat, hat er etwas mehr davon in sich aufgenommen. Du musst wissen, das Gift war vor allem für ihn bestimmt. Schade, dass es meinen Schwestern nur dunkle Träume beschert. Auch wenn ich befürchte, dass sie nicht mehr daraus erwachen werden. Dieser Hexenplatz gehört von heute an wieder den Mächten der Finsternis.«

»Du sagst es, Hexe!«, rasselte es vom Waldrand her. »Nichts mehr, was unsereins abhalten könnte, hierherzugelangen.«

Kai fuhr herum und hätte schreien können vor Erleichterung. Er kannte diese Stimme!

Zwischen den Bäumen leuchteten zwei gelbe Raubtieraugen auf, und im nächsten Moment war das machtvolle Schlagen von Schwingen zu hören. Ein gewaltiger Schemen mit riesigen Fledermausflügeln jagte heran und baute sich schützend vor Kai auf.

Es war Dystariel!

Erst jetzt sah Kai, dass sie ein Waffengehänge auf dem Rücken trug, aus dem der Griff einer Klinge ragte. Parierstange und Knauf liefen in Echsenköpfen mit kleinen Smaragdaugen aus. Kai kannte das Langschwert. Es handelte sich um *Sonnenfeuer*, jene Zauberklinge, mit der Sigur Drachenherz einst gegen den Drachenkönig Pelagor angetreten war.

»Bei allen Schwarzsehern, eine Gargyle! Herrin, seid Ihr etwa hier?« Roxana starrte entgeistert Richtung Wald, doch schon kurz darauf lag ungläubiges Erkennen in ihrem Blick. »Du bist die *eine*! Diese Abtrünnige, richtig?«

Dystariel fletschte ihre Reißzähne und wandte sich grollend an Kai. »Kann man dich nicht einmal alleine lassen?«

»Diesmal kann ich nichts dafür. Ehrlich!«

»Wildegrimm, töte sie!«, kreischte die Oberhexe.

Blitzartig fuhr Dystariel ihre Krallen aus und schnellte nach vorn. Doch Roxana schien den Angriff erwartet zu haben. Flink verwandelte sie sich in eine Katze, wich dem Hieb der Gargyle im letzten Moment aus und flüchtete in die Dunkelheit. Kai hörte bereits, wie der Berggeist mit großen Sätzen heranstampfte. Er warf sich auf den Boden und rollte sich ab. Keinen Augenblick zu spät, denn schon holte der von Schatten besessene Berggeist zu einem gewaltigen Schlag aus. Dystariel wurde von den Beinen gefegt und es klang, als würde Holz über Fels schrammen. Die Gargyle überschlug sich in der Luft, kam auf allen vieren wieder auf dem Boden auf und riss Sonnenfeuer aus der Schwertscheide.

Flügelschlagend ging Dystariel nun zum Gegenangriff über. Rasend schnell wich sie einem weiteren Schlag des Baumriesen aus, nur um brüllend die Mondsilberklinge in das Astwerk ihres Gegners zu treiben.

Links, rechts. Links, rechts. Große Holzsplitter und Äste regneten auf den Hexenplatz nieder. Dystariels Ziel waren die Augen des Berggeists, doch der wusste sich mit harten Schlägen zu schützen. Und zu Kais Bestürzung schlossen sich die harzenden Wunden des Berggeists immer wieder.

Einen Moment lang dachte Kai daran, der Gargyle mit einem seiner Kugelblitze zu Hilfe zu eilen. Feuer war sicher genau das richtige Mittel gegen diesen Baumkoloss. Doch er zögerte. Er hatte nicht vergessen, dass Wildegrimm nicht Herr seiner selbst war. Und deshalb fühlte er sich trotz allem an seinen Schwur, Wildegrimm und seinen Kreaturen kein Leid zuzufügen, gebunden. Was sollte er nur tun?

Wo verdammt noch einmal war Roxana?

»Hier bin ich!«

Kai wirbelte erschrocken herum und wurde von einem harten Fausthieb ins Gesicht getroffen. Er stürzte über eine der Hexen und ging zu Boden. Seine Lippe blutete und verzweifelt hob er den Zauberstab. Roxana beschrieb mit dem ihren eine Spiralbewegung und sein kostbarer neuer Eichenstab wurde ihm von unsichtbaren Kräften aus der Hand gerissen. Klackernd knallte er gegen einen der Felsen.

»Und nun vergeh, Letzte Flamme!« Roxana holte zu einem tödlichen Zauber aus, als ein feiner grüner Lichtstrahl durch die Dunkelheit schnitt und sie in den Rücken traf. Schreiend bäumte sich die Oberhexe auf und ging in die Knie.

»Na, noch einen Hekschenschusch gefällig, Verräterin?«, nuschelte eine Stimme. Kai blickte ungläubig zu der zahnlosen alten Hexe auf, die Amabilia und ihn vorhin getragen hatte. Lupura hatte sich im Schutz des großen Steins an sie herangeschlichen. »Hascht du schon vergeschen, dasch isch nischt mitgetanscht habe? Da, nimm gleich noch einen!«

Abermals jagte ein grüner Lichtstrahl auf Roxana zu, doch diesmal wehrte die Oberhexe den Fluchzauber ab und verwandelte den Boden unter ihrer Angreiferin in feuchten Morast.

»Fahr zur Hölle, Lupura!«

Überrascht zog die Alte an ihren eingesunkenen Stiefeln, verlor das Gleichgewicht und kippte wild kreischend hintenüber.

»Helft mir!«, schrie sie und sank in dem feuchten Untergrund nur noch tiefer ein.

Roxana kam wieder auf die Beine und hielt sich mit schmerzverzerrtem Gesicht das Kreuz. Fassungslos blickte sie in die Runde.

Auch Kai entdeckte, dass zwei der Hexen wieder zu sich gekommen waren und bereits nach ihren Zauberstäben griffen. Von anderen Stellen auf dem Hexenplatz erklang ebenfalls leises Stöhnen. Die Hexen erwachten! Wie auch immer die zahnlose Alte das angestellt hatte, es gefiel Kai. Aber jetzt musste er Lupura helfen.

Hastig rollte er sich zu seinem Zauberstab und hielt ihn der Alten hin, die inzwischen bis zur Brust eingesunken war. Doch dafür ging Roxana bereits wieder zum Angriff über.

»Stirb!«, schrie sie.

In diesem Moment prasselte ein Hagel aus Steinen und Tannenzapfen vom Himmel herab, der Roxana durchschüttelte und blutige Schrammen auf ihrem Gesicht hinterließ. Zornig taumelte sie zurück.

»Wir sehen uns wieder, Letzte Flamme. Morgoyas Angriff hat längst begonnen!« Von einem Augenblick zum anderen verwandelte sich die Verräterin wieder in eine Katze und jagte mit großen Sätzen davon.

Kai zerrte an seinem Zauberstab, und mithilfe zweier Hexen gelang es ihm, Lupura aus dem tückischen Schlammloch zu ziehen.

Schon lange waren keine Kampfgeräusche mehr zu hören. Dort, wo Dystariel und der Berggeist aufeinander eingedroschen hatten, lag nur noch ein großer Haufen zerfetzter Zweige und Blätter. Kai blickte sich aufmerksam um und entdeckte über den Baumwipfeln am Waldesrand den wehenden Schatten einer großen Gestalt mit Schwingen. Kurz darauf verschwand Dystariel wieder in der Dunkelheit.

»Alles in Ordnung, Kai?« Endlich war auch Amabilia wieder zur Stelle. Sie kam auf ihrem Eichhörnchen angeritten und wirkte sichtlich mitgenommen.

»Ja«, keuchte der und umklammerte fest seinen neuen Zauberstab. »Wie kommt es, dass ihr alle wieder erwacht seid?«

»Dasch war nischt schwer«, nuschelte Lupura, die dem Sumpfloch einen vernichtenden Blick zuwarf. Ächzend richtete sie sich auf.

»Isch hab schie mit einem alten Hausmittel geweckt. Ein Abschud aus Feuerwurtschelschaft, Brennnescheln, Rindenexschtrakten und einer Prische Magie.« Sie stieß ein keckerndes Lachen aus. »Ein eschtesch Rundumheilmittel! Amabilia, hatte isch dir vor ein paar Jahren nischt mal das Reschept gegeben?«

Kai rollte mit den Augen. »Weiß jemand, was mit Wildegrimm geschehen ist?«, wollte er wissen.

»Ich dachte, du wüsstest das«, antwortete Amabilia. »Er und diese Schwingenkreatur haben gegeneinander gekämpft. Doch Wildegrimm zog es offenbar vor, wieder mit dem Berg zu verschmelzen. Ich befürchte, er wird noch großes Unheil über uns bringen, wenn es uns Hexen nicht gelingt, ihn zu finden und wieder zu heilen. Um was für ein Monster es sich bei dem geflügelten Wesen gehandelt hat, weiß ich nicht. Du etwa?«

Kai entnahm Amabilias Antwort, dass ihr Eulertin noch nichts von Dystariel erzählt hatte. Besser, er überließ es dem Magister, sie über die Gargyle aufzuklären.

Es war schon sonderbar. Sie waren Geschöpfe der Finsternis, doch Dystariel war anders. Stets war sie da, wenn er sie brauchte. Kai fragte sich nicht zum ersten Mal, welches Geheimnis sie umgab.

»Sie ist eine Freundin«, antwortete er und lächelte. »Sie passt auf mich auf.«

Bewährungsprobe

Leider ist uns Roxana entkommen«, beendete Kai seinen Bericht und griff müde nach seinem Becher mit Kräutertee. Er hatte wieder einmal viel zu wenig Schlaf bekommen. »Und was den Berggeist betrifft, werden wir wohl sicher ebenfalls noch von ihm hören.«

Fi und Gilraen lauschten aufmerksam und beachteten das Essen auf ihren Tellern kaum. Kai hatte sich mit den beiden Elfen zum Frühstück im *Honigkrug* eingefunden, der zu dieser frühen Stunde fast leer war.

»Kai, das ist ja schrecklich. Das heißt, wir können froh sein, dass du überhaupt noch lebst!« Fis Blick glitt hinüber zu seinem neuen Zauberstab, der an der Wand der Wirtsstube lehnte. Es war ihr anzusehen, dass sie noch unzählige Fragen hatte, doch sie hielt sich zurück.

Auch Gilraen musterte Kai mit seinen mandelförmigen, grünen Augen. Zusammen mit den spitzen Ohren und den hohen Wangenknochen hatte das etwas Raubtierhaftes, und es schien Kai, als lauerte der Elf auf etwas.

Doch der Zauberlehrling schwieg und griff lustlos nach einem der gerösteten Brote.

»Und das war alles, Zauberlehrling?«, hakte Gilraen nach.

»Ja«, log Kai. »Zumindest alles, was wichtig war.«

Streng genommen fasste er die nächtlichen Geschehnisse auf dem Schwarzen Berg jetzt bereits zum zweiten Mal zusammen. Denn natürlich hatten Amabilia und er bereits kurz nach ihrer Rückkehr Magister Eulertin aus dem Bett geholt und über die Ereignisse unterrichtet. Die beiden Zauberer hatten dann noch lange darüber diskutiert, was nun zu tun sei, waren sich in einer Sache aber schnell einig geworden: Die Abreise zur Feenkönigin duldete keinerlei Aufschub.

Das Problem war Gilraen. Solange sie nicht wussten, ob sie ihm trauen konnten, schien es angeraten zu sein, auch Fi nur in das Notwendigste einzuweihen. Und so hatte er den beiden nur eine verkürzte Version der zurückliegenden Geschehnisse erzählt.

Wohl war Kai bei alledem natürlich nicht. Überhaupt ging ihm die allgemeine Geheimniskrämerei gehörig gegen den Strich. Noch immer hatte Eulertin Amabilia nicht verraten, was es mit Dystariel auf sich hatte. Und so hatte Kai seinerseits die Gargyle Gilraen und Fi gegenüber ebenfalls nicht erwähnt. Die Däumlingshexe hingegen vermied es geflissentlich, das Wort »Hexentreffen« in Eulertins Anwesenheit auch nur auszusprechen. Dabei war Kai längst klar, dass die nächtliche Reise zum Schwarzen Berg niemals ohne dessen Einwilligung zustande gekommen wäre. Und er selbst? Er stand Fi gegenüber im Wort, niemandem etwas über ihr Mondsilberamulett zu verraten, geschweige denn über ihr wahres Geschlecht. Hinzu kam, dass ihm Eulertin noch einmal eingeschärft hatte, unbedingt für sich zu behalten, dass er die Letzte Flamme war. Zwar wussten jetzt die Hexen um sein Geheimnis, und sicher würde Roxana Mittel und Möglichkeiten finden, Morgoya persönlich darüber in Kenntnis zu setzen, doch zumindest Gilraen gegenüber wollten sie dieses Geheimnis noch so lange wie möglich aufrecht erhalten. Hoffentlich hatte Fi ihnen da noch keinen Strich durch die Rechnung gemacht. Kurz, dieses ganze Katz-und-Maus-Spiel nahm zunehmend absurde Züge an.

»Die geplante Vernichtung dieses Hexenzirkels muss einen Grund haben.« Gilraen schnaubte wütend. »Ich spreche es nur ungern aus, aber ich denke, Morgoyas nächster großer Schlag steht kurz bevor. Im Norden ist es ihr gelungen, ihre Invasionsstreitmacht mit den Nordmännern zu vereinen, ihre Gehilfin Roxana ist nur knapp daran gescheitert, auf einen Schlag ein ganze Schar getreuer Zauberinnen auf einmal auszuschalten, und wir wissen nicht einmal, welche Ränke sie in diesem Moment hinter unserem Rücken schmieden. Zumindest sind ihre Schergen längst unter uns.«

Kai gab es nur ungern zu, aber Gilraen hatte mit seiner kurzen Analyse der gegenwärtigen Situation Recht. Er und Fi konnten ja nicht wissen, dass überdies in Halla dieses finstere *Liber nocturnus* entwendet worden war. Zu welchem Zweck, wussten sie bislang nicht, aber ganz sicher steckte Morgoya auch hinter diesem Schurkenstreich.

»Ich befürchte, es ist noch schlimmer«, flüsterte Kai, da der Wirt des *Honigkrugs* bereits neugierig die Ohren spitzte. »Roxana sprach davon, dass Morgoyas Angriff bereits begonnen habe.«

Dass die Oberhexe ihn auch mit der düsteren Prophezeiung verhöhnt hatte, verschwieg der Zauberlehrling. Dabei war es das, was ihm noch immer am meisten Angst einflößte.

»Kai, ich verspreche dir, dass ich dich von nun an nicht mehr aus den Augen lassen werde!« Fi nahm Kais Hand und drückte sie fest. Der sah überrascht zu ihr auf und blickte zu Gilraen, der seine Hand wie zum Schwur darüberlegte. »Ebenso werde ich es halten. Ich weiß, Zauberlehrling, du und dein Lehrmeister, ihr beide hegt Vorbehalte gegen mich. Ich verstehe euch. Aber Fi setzt große Hoffnungen auf euch. Ich verspreche, ich werde alles tun, um euer Vertrauen zu gewinnen und mich seiner würdig zu erweisen.«

Kai nickte knapp. Gilraen sollte bloß nicht glauben, er fiele auf sein Geschwätz herein.

In diesem Augenblick ging die Wirtshaustür auf und Magister Eulertin und Amabilia betraten die Schankstube.

»Guten Morgen«, grüßte Amabilia munter und warf einen Blick auf ihre Teller. »Da fällt mir ein, dass ich bei all der Aufregung glatt vergessen habe, selbst etwas zu frühstücken.«

»Ich hoffe, ihr seid fertig zum Aufbruch«, sagte Eulertin. Fi nickte, erhob sich gemeinsam mit Gilraen und schulterte Bogen, Köcher und Umhängetasche. Kai griff derweilen nach seinem neuen Zauberstab und wog ihn prüfend in der Hand. Auch jetzt war ihm wieder, als würde er empfänglicher für die magischen Strömungen um ihn herum werden, kaum dass er ihn berührte. Endlich warf er sich seinen Rucksack auf den Rücken und gemeinsam verließen sie das Wirtshaus.

Auf dem Dorfplatz herrschte bereits munteres Treiben. Einige Däumlinge waren damit beschäftigt, Tische und Bänke hinter das Wirtshaus zu tragen, andere montierten die Blütengirlanden ab, die dem Platz noch immer ein festliches Aussehen verliehen. Kai warf einen Blick hinüber zur Dorfschmiede mit den beiden Fackellaternen vor dem Eingang. Ihm ging das Schicksal von Meister Fackelbart und seinen Gesellen nicht aus dem Kopf. Ob Roxana auch für ihr Ende verantwortlich war?

»Dann folgt mir mal nach unten zum Hafen«, sagte Eulertin. »Kriwa wartet bereits auf der Lichtung mit der Kutsche auf uns. Einer der Fischer wird uns hinfahren.«

Kai versuchte mit den anderen Schritt zu halten, bis er bemerkte, dass sich Gilraen zu ihm zurückfallen ließ.

»Ich möchte dir ebenfalls danken«, sagte der Elf. Gerade so laut, dass nur er ihn verstehen konnte.

»Wofür?« Kai sah überrascht zu ihm auf.

Gilraen lächelte, und Kai musste wieder einmal zugeben, dass der Kerl mit seinen langen Haaren und seinem scharfen Profil verteufelt gut aussah.

»Dafür, dass du Fiadora das Leben gerettet hast. Sie hat mir erzählt, dass du sie in Hammaburg davor bewahrt hast, in die Hände von Häschern zu fallen. Und ich danke dir auch dafür, dass du niemandem verraten hast, wer sie in Wirklichkeit ist.«

»Ehrensache«, antwortete der Zauberlehrling wortkarg. Er verspürte nur wenig Lust, ausgerechnet mit Gilraen einen Plausch zu halten.

»Nein, das ist weit mehr. Du kannst nicht wissen, wie viel davon abhängt, dass Fiadora so lange wie möglich unentdeckt bleibt.«

»Doch, ich kenne ihr Geheimnis«, begehrte Kai wütend auf und blieb stehen. »Ich weiß nicht, wie das früher auf Albion war, Gilraen. Aber ich glaube, du und Fi, ihr habt keine Vorstellungen davon, wie selten sich die Elfen hier bei uns in den Städten blicken lassen. Wenn ich Morgoya wäre, würde ich einfach nur ganz allgemein nach Elfen Ausschau halten. Uns … ich meine, die Feuermagier, hat sie ja ebenfalls allesamt gefunden und zur Strecke gebracht. Sie ist in größter Gefahr. Zumindest Magister Eulertin und Amabilia gegenüber sollte Fi so ehrlich sein und eingestehen, wer sie ist.«

»Das habe nicht ich zu entscheiden.«

»Nein«, platzte es verärgert aus Kai heraus. »Mit dir über Ehrlichkeit zu sprechen, ist sicher auch zwecklos.«

Gilraens Züge verdunkelten sich. »Woher dieser Hass, Zauberlehrling? Jeder von uns hat Geheimnisse. Ich. Fiadora. Magister Eulertin. Amabilia. Und du, Mensch, ganz sicher ebenfalls. Denk nicht, dass ich um deine Freundschaft buhle, nur weil Fiadora so große Stücke auf dich hält.«

»Darauf pfeife ich auch!«, zischte Kai. »Fi magst du vielleicht eingewickelt haben, aber du und ich, wir beide wissen, dass du gelogen hast. Aber ich werde schon noch dahinterkommen, was dich wirklich umtreibt.«

Kai und Gilraen standen sich inzwischen mit geballten Fäusten gegenüber.

»Du bist so hochmütig, Mensch!«, zischte der Elf. »Ist dir etwa dein lächerlicher Sieg im letzten Jahr zu Kopf gestiegen? Wie auch immer du diesen Morbus Finsterkrähe besiegt haben magst, es war Glück. Reines Glück. Du hast keine Ahnung, welche Möglichkeiten Morgoya und ihren Verbündeten noch offenstehen. Und glaube mir, ich weiß, wovon ich spreche. Besser du schlägst die Hand nicht aus, die sich dir zum Bund anbietet. Vor allem« – Gilraen tippte ihm unsanft gegen die Brust – »beweise du mir erst einmal, ob du Fiadoras Freundschaft überhaupt würdig bist. Gewinn du erst einmal mein Vertrauen!«

Ohne ein weiteres Wort ließ ihn der Elf stehen und Kai starrte ihm fassungslos nach. Dieses überhebliche Spitzohr. Alles in Kai schrie danach, dass er ein Verräter war. Wie konnte ausgerechnet Gilraen es wagen, seine Loyalität in Zweifel zu ziehen?

»Alles in Ordnung mit euch?«, rief ihnen Fi besorgt zu, die stehen geblieben war.

»Frag ihn«, erwiderte Gilraen im Vorübergehen. Kai antwortete nicht und stürmte blass vor Zorn an ihr vorbei. Magister Eulertin und Amabilia wechselten kurze Blicke, und auch Fi sah immer wieder von einem zum anderen.

Schweigend eilten sie die gepflasterte Uferböschung entlang und erreichten den Hafen des Dorfes.

»So, da ist unsere Fähre!« Eulertin deutete mit seinem Zauberstab zu einem großen Boot, in dem bereits ein bärtiger Däumling auf sie wartete und ihnen zuwinkte.

»Zeit, Abschied zu nehmen«, fügte er räuspernd hinzu.

Kai fühlte sich von Amabilia an ihren Busen gedrückt, und sie strubbelte ihm das dunkle Haar.

»Mach's gut, mein Junge.« Aufmunternd zwinkerte sie ihm zu und beugte sich dann noch einmal an sein Ohr. »Denk immer daran, du bist bei deinem Kampf nicht alleine!«

Kai fühlte, wie sie ihm eine Kürbiskernflasche in die Hand drückte.

»Ein kleines Abschiedsgeschenk«, flüsterte sie und zwinkerte ihm zu. »Wer weiß, ob du Lupuras Feuerwurzelsaft nicht noch einmal benötigst.«

Die Hexe verabschiedete sich nun auch von Fi und Gilraen und trat schließlich vor Eulertin. »Pass auch du auf dich auf, du alter Knochen!«

Etwas steif ließ sich auch der Magister von ihr umarmen und Amabilia zog sanft an seinem Backenbart. »Du weißt, ich würde dich nur ungern verlieren.«

»Ähem. Denk lieber daran, was du mir versprochen hast«, brummte er verlegen.

»Keine Bange.« Amabilia gab sich zuversichtlich. »Bis zum nächsten Vollmond wird jede meiner Schwestern informiert sein.«

In diesem Augenblick jagte jenseits der herabhängenden Weidenzweige ein großer, weißer Schatten heran, der wild mit den Flügeln schlug. Es war Kriwa.

»Thadäus«, krächzte die Möwe laut. »Passt auf. Wanderratten. Es müssen Hunderte sein. Sie kommen den Bach herauf direkt auf Sperberlingen zu!«

»Was?!« Eulertin starrte ungläubig zu Kriwa empor und wirbelte herum. »Gebt Alarm!«

Das war längst geschehen. Das laute Krächzen Kriwas war im ganzen Ort zu hören gewesen. Endlich jagten auch zwei der Sperberreiter über das Astgewirr der Weide hinweg und man konnte von oben das lang gezogene Tuten von Signalhörnern vernehmen.

»Was steht ihr hier noch rum, weg!« Ihr unbekannter Fährmann sprang ängstlich aus dem Boot und rannte an ihnen vorbei.

Überall im Dorf brach jetzt hektische Betriebsamkeit aus. Däumlingsfamilien stürmten aus den Häusern, auf den Tannenzapfenwehren bliesen die Türmer in große Schneckenhörner, Männer und Frauen bewaffneten sich mit Speeren, Äxten und Forken und Mütter hetzten mit ihren Kindern auf den Stamm der Weide zu.

Kai hörte ein durchdringendes Fiepen und starrte entsetzt durch die Weidenzweige hindurch auf den Bach. Der Wasserlauf war übersät mit Rattenköpfen. Die riesigen Vierbeiner kämpften sich durch die trägen Fluten, sprangen über Felsen und wälzten sich übereinander hinweg beständig Sperberlingen entgegen. Da draußen rollte eine beißwütige, tödliche Lawine auf das Dorf zu.

»Thadäus, bring mich in mein Haus, schnell!«, rief Amabilia.

Immer mehr Schreie mengten sich in das Lärmen der Signalhörner. Eulertin deutete mit seinem Zauberstab schwungvoll auf ein Blatt, das im Hafenbecken trieb und zwang es mit seinen Kräften aufzusteigen und zu ihnen heranzufliegen. Nicht weit von ihnen entfernt begann sich die Wassermühle in Gang zu setzen.

»Lauft nach oben!«, brüllte der Däumlingsmagier Kai, Fi und Gilraen an. »Und schützt die Kinder!«

Kai wusste, dass es längst zu spät war, sich wieder in Menschengestalt zu verwandeln. Er hätte das Dorf unter seinen Füßen zertrampelt. Außerdem hatte er bei einem ähnlichen Angriff damals in Lychtermoor den Ratten selbst in Menschengröße kaum etwas entgegenzusetzen gehabt. Längst hielt Fi ihren Bogen gespannt.

Verzweifelt überlegte Kai, was er tun konnte. Ihm fiel nichts ein. Es war, wie Kriwa gesagt hatte: Da draußen quiekten, ruderten und schäumten Hunderte haushoher Monsterratten auf sie zu. Nur mit hoher Magie hätte er etwas gegen sie ausrichten können. Sie waren verloren!

In diesem Augenblick geschah etwas völlig Unerwartetes: Die Ratten, die mittlerweile die Höhe des Dorfes erreicht hatten, folgten einfach dem Flusslauf und ließen Sperberlingen links liegen. Nach wenigen Augenblicken war der Spuk vorbei.

Die Gefährten sahen sich erst verblüfft, dann erleichtert an. Nach einigen Augenblicken machte sich ohrenbetäubender Jubel im Dorf breit.

Der Bachlauf lag jetzt wieder ruhig vor ihnen und auch jenseits der Wälle war das schrille Fiepen der Nager verstummt.

»Seltsam«, murmelte Kai. »Wir wären eine leichte Beute für die Biester gewesen.«

»Ja, Junge«, antwortete Magister Eulertin. »Doch ganz offensichtlich war Sperberlingen nicht ihr Ziel.«

Kai stöhnte. »Erst die Ereignisse letzte Nacht oben auf dem Schwarzen Berg und jetzt das hier. Ehrlich gesagt reicht es mir langsam.«

»Magister«, rief plötzlich einer der Dorfbewohner und stürmte auf Eulertin zu. Er reichte ihm aufgeregt ein zusammengerolltes Blatt. »Nachricht für Euch vom Fliegerhorst.«

Der Däumlingsmagier entrollte das Schreiben und seine Augen verengten sich zu schmalen Schlitzen. »Ich befürchte, die Angelegenheit ist doch noch nicht ganz ausgestanden.«

»Was ist denn?«, fragte Kai ungeduldig.

»Unsere Kundschafter berichten, dass nicht weit im Osten, über Mondralosch, seltsame Dinge geschehen. Sieht ganz so aus, als ob unsere zwergischen Nachbarn in Mondralosch gerade angegriffen würden.« Eulertins Blick verfinsterte sich. »Ich fürchte, unsere Ankunft bei Königin Berchtis wird sich noch etwas verzögern. Wir müssen ihnen helfen!«

Himmelsfeuer

D er Anblick, der sich Kai bot, war Furcht einflößend. Berchtis' fliegende Kutsche jagte über einen bewaldeten Bergkamm hinweg und der Zauberlehrling konnte durch das Seitenfenster einen hohen Wolkenberg ausmachen, der sich direkt über dem Tal von Mondralosch auftürmte. Das seltsame schwarze Wolkengebilde ragte wie ein gewaltiger Kegel lotrecht zum Himmel auf und hüllte die Zwergenstadt in tiefe Schatten. Deutlich war zu sehen, dass ein kräftiger Niederschlag auf Mondralosch herabregnete, und doch flackerte es unter der Wolke hin und wieder rot auf, so als ob im Talkessel Feuer aufflammen würden. Kai suchte den Himmel rechter und linker Hand des Talkessels ab, doch nirgends sonst war auch nur das kleinste Wölkchen zu entdecken.

»Auf gar keinen Fall kann diese Wolke natürlichen Ursprungs sein«, meinte Gilraen unheilvoll. »Trotzdem müssen wir da rein.«

»Wenn ich die Herrschaften Passagiere nun bitten dürfte, die Gurte anzulegen. Es wird gleich sehr ungemütlich werden«, tönte die blecherne Stimme des magischen Droschkenlenkers Nivel.

Kai, der bereits wieder zu seinem Platz zurückgekehrt war, hielt nach Magister Eulertin Ausschau, der es vorgezogen hatte, auf Kriwa zu reiten. Doch der Däumlingsmagier war nicht zu sehen.

Kurz darauf schwand das Sonnenlicht und es wurde fortwährend dunkler um sie herum. Ein kalter Wind rüttelte an der Kutsche, und gegen die Fensterscheiben schlugen erste große Schneeflocken, die schnell tauten und auf dem Kristall lange Schlieren hinterließen. Von Augenblick zu Augenblick wurden es mehr. Schließlich prasselte ein schwerer Schneeregen auf die Kutsche nieder.

Sie passierten nun endlich die gewaltige Ringmauer Mondraloschs. Erste Häuser zeichneten sich unter ihnen ab, doch im dichten Schneegestöber waren sie nur undeutlich zu erkennen. In diesem Moment war von irgendwoher ein infernalisches Gebrüll zu hören und vor ihnen flammte etwas hell auf.

»Beim Unendlichen Licht«, wisperte Fi, »was war das?«

»Nivel«, brüllte Kai gegen den lärmenden Fahrtwind an, »geh tiefer. Wir wollen sehen, was da unten vor sich geht!«

Nivel kam seiner Aufforderung nach und nur wenig später raste die Kutsche über das im Zwielicht liegende Dächermeer Mondraloschs hinweg, über das mächtige Graupelschauer peitschten. Die roten Schindeln lagen unter wirbelnden Schneewehen begraben und in den Straßenzügen herrschte hektische Betriebsamkeit. Überall waren Zwerge, die sich verzweifelt gegen den Sturm stemmten, umgekippte Karren aufrichteten, Schutz in Hauseingängen suchten oder versuchten, ihre Habe in Sicherheit zu bringen.

Doch was war das? Nahe dem Kanal, durch den sich der Wildbach schlängelte, wogte ein dunkles Rattenheer. Die elenden Nager wimmelten über Straßen und Plätze und stürzten sich auf alles, was sich bewegte. Also war Mondralosch tatsächlich das Ziel der Ratten gewesen.

Viel Zeit zum Nachdenken blieb Kai nicht. Sie überflogen jetzt einen Markt, auf dem der Sturm besonders schlimm gewütet hatte.

Der schneebedeckte Platz war mit zerborstenen und umgefallenen Ständen übersät, von deren Überresten zerrissene Stoffbahnen im Wind flatterten. Ein Fass rollte durch den Schnee und nicht weit davon entfernt galoppierte ein einsames Pony. Sie beobachteten ein halbes Dutzend Zwergenkrieger, die sich damit abmühten, eine gewaltige Armbrust in Position zu bringen. Schon überflogen sie ein großes Lagerhaus, das in Flammen stand. Abermals war jenes infernalische Brüllen zu hören, das sie bereits beim Überfliegen der Wehrmauer empfangen hatten.

»Pass auf, Nivel!«, brüllte Gilraen plötzlich. »Er kommt von links oben!«

»Arghhhhhh«, dröhnte es angsterfüllt vom Kutschbock. Steil raste ihr Gefährt nach unten, bis fast auf Höhe des Straßenpflasters, um sogleich scharf links in eine breite Säulenallee einzuschwenken, die direkt auf einen kolossalen Triumphbogen zuführte. Laut hallte das Flügelschlagen der Pferde durch die Straßenschlucht. Kai, der nicht wusste, wovor Gilraen sie eigentlich gewarnt hatte, wurde von dem plötzlichen Ruck zurück in den Sitz geschleudert und glaubte einen Moment lang, sein Magen würde von innen nach außen gestülpt. Irgendwo hinter ihnen flammte greller Feuerschein auf.

»Gilraen, was war das?«, schrie Fi.

»Ein Drache!«, schrie der Elf, zerrte Kai auf den Boden der Kutsche und klappte mit einem Fußtritt die Sitzbänke hoch.

»Levin«, brüllte er. »Habt Ihr Waffen an Bord?«

»Ich bedaure«, war Levins ängstliche Metallstimme zu vernehmen.

Kai richtete sich schockiert auf und stürzte wieder zurück ans Fenster. »Drachen?« Seine Stimme bebte. »Ich dachte, die gibt es in den Harzenen Bergen nicht mehr!«

»Offenbar doch«, fluchte Fi und spannte die Sehne ihres Bogens.

In rasantem Tiefflug jagten sie an gedrungenen Häuserfronten und erzenen Säulenbauten vorbei und hin und wieder zeichneten sich im

Schneegestöber die Umrisse von Zwergen ab, die panisch vor ihnen davonliefen.

Abermals war Gebrüll zu hören. Diesmal war es direkt hinter ihnen.

»Beim Traumlicht, diese Feuerechse wird uns einholen und vernichten, wenn nicht ein Wunder geschieht!«, sagte Gilraen.

»Dann müssen wir sie eben austricksen«, keuchte Kai. »Nivel«, schrie er. »Flieg durch diesen Bogen hindurch.«

»Aber Adept«, vernahmen sie sein Jammern. »Das ist ein sehr riskantes ...«

»Tu es!«, befahl der Zauberlehrling.

Nivel lenkte die Kutsche in einem waghalsigen Manöver an einer Statue vorbei, raste nun direkt durch den großen Triumphbogen hindurch und beschrieb dahinter einen scharfen Haken nach rechts. Ein lautes Bersten und Krachen ertönte hinter ihnen, gefolgt von dem rumpelnden Donnerhall herabstürzender Steine. Ein markerschütterndes Wutgebrüll rollte über die Stadt. Was auch immer sie verfolgt hatte, es musste geradewegs gegen das riesige Bauwerk gekracht sein.

»Ja, friss Steine, schuppiges Mistvieh!«, heulte Nivel triumphierend.

Abermals schwenkten sie in eine zugeschneite Gasse ein, jagten im Schutz der Häuser an einer Schmiede mit hohem Schlot vorbei, passierten einen lichterloh brennenden Turm und stiegen im Schutz der Rauchschwaden wieder zum dunkelgrauen Himmel auf.

»Haha!«, schepperte es siegesgewiss vom Kutschbock. »Ich denke, den habe ich abgehängt!«

»Flieg zur Festung des Zwergenkönigs«, kommandierte Fi. »Hier können wir nichts ausrichten.«

Nivel zwang die Flugpferde zu einer nochmaligen Kurskorrektur, als Kai inmitten des Schneeregens einen kolossalen, blauschwarzen

Schatten entdeckte, der sich ihnen mit machtvollen Schwingen-schlägen von der Seite her näherte. »Nivel, pass auf! Da kommt noch einer.«

»Festhalten!«, kam es von vorn vom Kutschbock. Nivel trieb die Flugpferde zu Höchstleistungen an, doch die Feuerechse glitt in rasender Geschwindigkeit auf sie zu.

Gilraen knirschte laut mit den Zähnen. »Bei Morgoyas Schat-tenmacht, wusste ich es doch. Sturmdrachen jagen nie alleine! In Wahrheit sind sie hinterlistig und feige.«

»Sturmdrachen?«, fragte Kai noch, doch die Antwort des Elfen ging im lauten Rasseln des Drachen unter. Ein gewaltiger Glutball jagte aus dem Schlund des Reptils, und Nivel ließ ihr Gefährt mit lautem Aufschrei zur Seite kippen. Kai und Gilraen stürzten auf Fi, die es unter der Wucht ihres Aufpralls ebenfalls umgerissen hatte. Der heiße Drachenodem jagte knapp an der Kutsche vorbei, doch dort, wo sie eben noch gestanden hatten, zersprang die Kristallschei-be unter der gewaltigen Hitze. Unzählige Scherben regneten auf sie nieder und heißer Wasserdampf drang ins Innere der Kutsche.

Unter lautem Wiehern der Flugrösser flog die Kutsche hoch zum Himmel hinauf. Nivel versuchte es mit Ausweichmanövern und jähen Richtungswechseln, doch sie wurden ihren Verfolger nicht los. Abermals spie der Drache Feuer, und diesmal streifte der Feuer-hauch die Kutsche. Fi schrie auf, während schräg unter ihnen eines der Räder verglühte. Auch die andere Scheibe zerbarst. Flammen leckten in den Innenraum und trotz des tosenden Luftzugs roch und schmeckte die Luft nach Schwefel und schwelendem Holz.

»Wir schaffen es nicht!«, dröhnte Nivels Gewimmer zu ihnen. Sein mondsilberner Zwilling war schon lange verstummt.

Der gewaltige Drachenleib rauschte direkt an der Kutsche vorbei und brachte sie durch den heftigen Luftzug seiner Schwingen zum Schlingern. Kai konnte sogar einen Blick auf den riesigen Reptilienkopf erhaschen. Er war über und über mit kobaltblauen Schuppen bedeckt. Über den Nüstern ragten zwei lange Hörner auf, die ebenso weiß schimmerten wie die gewaltigen Reißzähne des Drachen. Doch am schlimmsten war der Blick der Feuerechse. In den tiefschwarzen Pupillen flackerten Spott und ... Mordlust.

»Köpfe runter!«, brüllte der Zauberlehrling panisch, als er sah, wie der pfeilförmige Schwanz des Monsters auf sie zuwirbelte. Ein heftiger Knall brachte ihre Ohren zum Klingen. Die Kutschentür wurde aus den Angeln gerissen, Holzsplitter flogen ihnen um die Ohren. Der heftige Luftzug steigerte sich zu einem Orkan und Hunderte von Eiskristallen schnitten schmerzhaft in ihre Haut.

»Neeeiiiiiinnnnn!«, war Nivels Gebrüll gegen den Sturm zu hören, dem ein furchterfülltes Wiehern folgte. Im nächsten Moment ging ein Ruck durch die Kutsche und sie sahen, wie der Drache mit einem der geflügelten Pferde zwischen den scharfen Krallen abdrehte und dem wild flatternden Geschöpf kurzerhand den Hals durchbiss. Einem zweiten Flügelpferd gelang es, sich vom Zaumzeug zu befreien. Die Riesenechse bemerkte es und spie dem Ross seinen Drachenatem hinterher. Wie eine lebende Fackel stürzte es vom Himmel.

Kai hatte längst die Orientierung verloren. Er bemerkte nur, wie die Kutsche jetzt seitlich abkippte und Nivel schreiend versuchte, die verbliebenen zwei Flugpferde unter Kontrolle zu bekommen. Vergeblich. Der Drache raste bereits wieder mit kräftigen Schwingenschlägen auf sie zu, als plötzlich ein spiralförmiger Luftwirbel von unten kommend das Schneegestöber zerriss. Drei flirrende Luftgestalten stürzten sich auf den Drachen und schleuderten ihn hin und her.

Magister Eulertin! Er und Kriwa mussten irgendwo dort unten sein.

Wütend schnappte der Drache nach seinen Angreifern, als ein schlanker, schwarzer Schatten inmitten des Spiralwirbels emporjagte und eine der Schwingen der Feuerechse durchschlug. Ein Katapultspeer!

Schmerzerfüllt brüllte der Drache auf und spie einen gewaltigen Feuerstrahl in die Tiefe. Mehr konnte Kai nicht erkennen, denn die Feenkutsche kippte zur Seite und raste in die Tiefe.

Kai hörte Fi noch schreien, dann schlugen sie auf. Er prallte mit der Schulter gegen seinen Rucksack, vernahm ein lautes Splittern und Bersten und fühlte, wie er emporgehoben und durch die Luft geschleudert wurde. Dann prallte er gegen eine Steinwand.

Kai ächzte und schlug benommen die Augen auf. Eine verdammte Schneewehe hatte sein Leben gerettet. Er richtete sich unter lautem Stöhnen auf, wischte sich den kalten Schneeregen aus dem Gesicht und sah, dass sie mit der Kutsche auf eine mit Zinnen bewehrte Plattform geprallt waren, die in einiger Höhe über der Stadt liegen musste. Sie hatten es also immerhin bis zur Bergfestung Mondraloschs geschafft. Doch die Feenkutsche war völlig zerstört. Entsetzt starrte er auf die verkohlten Trümmerteile. Eines der geflügelten Pferde lag schwer verwundet neben der Deichsel. Ein Holzsplitter hatte sich tief in seine Flanke gebohrt und hilflos schlug es mit den Flügeln. Das andere Pferd war unverletzt und versuchte, sich aufzurichten, doch es wurde von dem schweren Zuggeschirr daran gehindert.

Bei allen Moorgeistern, wo war Fi? Hoffentlich war ihr nichts passiert!

Benommen vor Angst zog sich der Zauberlehrling hoch und wankte durch den Schneeregen auf die Überreste der Feenkutsche zu. Schwere Schläge waren aus dem Wrack zu hören, und die Reste der verbliebenen Tür flogen aus den Angeln. Zu Kais Erleichterung kletterte Gilraen aus den Trümmern. In seinen Armen lag Fi. Sie hatte ihre Mütze verloren und so hing ihr das schulterlange Haar in feuchten Strähnen vom Kopf. Entsetzt starrte Kai auf die Platzwunde über ihrem rechten Auge. Ihr hübsches Gesicht war bis zu den spitzen Wangen mit Blut beschmiert.

»Oh nein, was ist mit ihr?« Kai stürmte heran und half Gilraen dabei, Fi zu bergen.

»Sie ist nur bewusstlos«, keuchte der Elf und sah argwöhnisch zum Himmel auf.

»Viel schlimmer ist, dass dieser verdammte Sturmdrache zurückkommen wird, wenn die Zwerge ihn nicht erwischt haben. Er wird uns jagen, bis er sicher ist, dass er uns erledigt hat.«

In einiger Entfernung entdeckte Kai eine schwelende Speerschleuder, um die herum die verkohlten Überreste von fünf Zwergenkämpfern lagen. Kai packte das nackte Entsetzen.

Waren sie es gewesen, die auf den Drachen geschossen hatten? Nein, die verkohlte Lafette des Geschützes war noch immer aufmunitioniert. Gilraen flüsterte leise mit Fi, tupfte ihr das Blut mit einem Tuch ab und tätschelte ihre Wange, als inmitten des Schneegestöbers erneut Drachengebrüll zu hören war. Ein dunkler Schatten strich über die Festung hinweg und wirbelte den Schnee um sie herum auf. Gilraen und Kai trugen Fi geduckt an den Leichen vorbei zu einem Felsvorsprung.

»Los, Zauberlehrling. Bring sie in Sicherheit. Ich lenke den verdammten Sturmdrachen ab.«

Bevor Kai widersprechen konnte, nahm der Elf Fi den Pfeilköcher ab und hetzte zurück zu den Trümmern der Kutsche. Noch im Laufen hob er das Schwert eines der getöteten Zwerge auf und wühlte in den Trümmern der Kutsche nach Fis Bogen. Kai entdeckte indes seinen Zauberstab.

Der Zauberlehrling griff nach ihm und sah Gilraen mit leiser Bewunderung dabei zu, wie dieser das Geschirr des unverletzten Flügelpferdes durchtrennte und beruhigend auf das Tier einredete. Im nächsten Moment schwang er sich auf den Rücken des Rosses.

Wiehernd erhob es sich und entfaltete seine weißen Schwingen. Keinen Augenblick zu spät, denn schon raste die dunkelblaue Silhouette des Drachen auf sie zu. Gilraen gab dem Flügelpferd die Sporen und mit einem gewaltigen Satz sprangen Ross und Reiter über die Brüstung. Der Drache setzte den beiden röhrend nach.

Kai starrte Gilraen beeindruckt hinterher. Gab es eigentlich irgendetwas, was dieser Elf nicht konnte?

Er legte Fi vorsichtig auf den Boden und rannte an dem verletzten Flugpferd vorbei zurück zur Kutsche. Es dauerte nicht lange und er hatte die Mondsilberscheibe gefunden. Sie war aus dem hölzernen Rahmen der Kutschwand herausgebrochen.

»Nivel? Levin?« Kai klopfte gegen die Scheibe, doch die beiden Silberflächen blieben trüb. Kurzerhand wühlte er seinen Rucksack aus den Trümmern hervor und steckte die angeschlagene Scheibe hinein.

Am Himmel über der Zwergenstadt spielte sich indes ein spektakulärer Luftkampf ab. Gilraen lenkte das Flügelpferd mal hierhin und mal dorthin und immer wieder gelang es ihm, dem zuschnappenden Kiefer des Drachen auszuweichen. Mehr noch, unablässig schoss er Pfeil um Pfeil auf den Kopf des Ungetüms ab. Er zielte auf die Augen, doch ob er traf, war nicht zu erkennen. Schließlich verschluckte das Schneegestöber die beiden ungleichen Gegner und sie gerieten außer Sicht. Schnell schulterte Kai seinen Rucksack, rannte zu Fi zurück und nahm sie auf die Arme.

Mit zusammengepressten Zähnen stolperte er an den Toten vorbei und ignorierte den allgegenwärtigen Geruch verbrannten Fleisches. Der Wehrgang, den er entlanglief, erlaubte einen Blick nach unten. Die Festung wurde von zwei großen Ringwällen eingefasst, die weit hinunter in die Tiefe führten. Auf den Türmen und Schanzen unter ihnen wimmelte es von Zwergenkriegern, die beständig große Schleuderspeere heranschleppten, lange Piken und Hellebarden verteilten und die Mauern mit Armbrustschützen bemannten. Irgendwo unter ihm dröhnte ein Katapult.

Die Stadt selbst, die der Festung zu Füßen lag, war in unheimliches Zwielicht gehüllt und beständig fegten schwarze Graupelschleier über Dächer und Straßen hinweg. Kai konnte erkennen, dass es an einigen Stellen brannte.

In was, bei allen Moorgeistern, waren sie da nur hineingeraten.

Kai hastete weiter, als der Klang von schweren Stiefeln zu hören war. Aus dem Schneetreiben schälten sich die Schatten zweier gedrungener Zwerge mit Armbrüsten und langen Piken. Sie trugen Rundhelme mit eisernem Nasenschutz und waren mit langen Kettenhemden bekleidet, die bei jedem ihrer Schritte klirrten.

Die beiden blieben stehen, zielten mit ihren Waffen auf ihn und brüllten ihn in einer kehligen Sprache an. »Dangrasch, brogod dschedegar!«

Kai blieb erschrocken stehen und wankte unter dem Gewicht Fis.

»Ich bin ein Freund!«, brüllte er gegen den Wind an. »Ich gehöre zu Magister Eulertin.«

»Eulertin?!«, fragte sein Gegenüber mit der Armbrust überrascht und senkte langsam die Waffe. Er war breitschultrig und hatte weißes Haar und dunkle Augen. Sein wettergegerbtes Gesicht wurde von einem geflochtenen Bart geziert. Misstrauisch trat auch der andere vor. Er war von ebenso kräftiger Statur, hatte jedoch schwarzes Haar und einen feuerrot gefärbten Vollbart. Quer über sein Gesicht zog sich eine wulstige Narbe. Noch immer hielt er seine Pike auf Kai gerichtet und schnauzte seinen Kameraden an. Doch der Weißhaarige schüttelte den Kopf und deutete brüsk auf Fi. Endlich senkte der Narbengesichtige die Waffe.

»Wie kommst du hier herauf?«, herrschte ihn der Zwerg an. Kai berichtete in aller Kürze, was passiert war. Argwöhnisch schweiften die Blicke der beiden Krieger hinüber zu der Unglücksstelle und ihr Blick verfinsterte sich.

»Folge uns!«, kommandierte der Weißhaarige.

Sie führten ihn den Wehrgang entlang auf ein Tor zu.

Der Narbengesichtige brüllte etwas zum Torhaus empor und kurz darauf öffneten sich die Torflügel. Von überall her war Kampfeslärm zu hören. Irgendwo auf dem Mauerring weit unter ihnen stob wieder einer jener elementaren Luftwirbel auf und räumte das Schneegestöber am Himmel beiseite. Dort musste Magister Eulertin sein.

Sie eilten weiter. Endlich erreichten sie eine gewaltige Plattform, deren Wehr aus himmelhohen Säulen bestand, die nach oben hin in steinernen Flammen ausliefen. Zwei von ihnen waren zertrümmert. Jäh blieben die beiden Zwerge stehen und gaben erschrockene Laute von sich. Schockiert sah Kai, dass zwischen den Trümmerteilen der Säulen ein halbes Dutzend bizarr verrenkter Körper lag. Offenbar waren die Kämpfer von einer gewaltigen Kraft gegen Mauern und Säulen geschleudert worden. Niederschmetternd war auch der Anblick des hoch aufragenden Doppelportals, das direkt in den Berg führte. Seine eisenverstärkten Torflügel hingen zertrümmert in den Angeln.

Einer der Drachen war in den Berg eingedrungen!

Fi stöhnte plötzlich und bewegte sich schwach. Noch während die beiden Zwergenkrieger erregt miteinander diskutierten, legte Kai die Elfe im Schutz eines Wachhäuschens ab.

»Wo sind wir hier?« Fi schlug die Augen auf und presste schmerzerfüllt die Zähne zusammen. Vorsichtig betastete sie ihren Kopf. »Was ist mit der Kutsche?«

»Bleib liegen, Fi. Wir befinden uns auf der Bergfestung. Wir sind abgestürzt und du bist verletzt!«

»Nicht so verletzt, als dass ich Lust hätte, hier liegen zu bleiben.« Unwirsch funkelte sie ihn an, während sie sich aufrichtete. »Wo ist Gilraen?«, fragte sie und sah sich suchend um.

»Dein Freund nimmt es gerade im Alleingang mit einem der Drachen auf«, antwortete Kai.

»Er könnte auch *dein* Freund sein«, schnaubte Fi. »Du tust ihm unrecht.«

»Müssen wir ausgerechnet jetzt über Gilraen diskutieren?«, erwiderte Kai schroff. »Wir haben wirklich Besseres zu tun. Ich kann mir einfach nicht vorstellen, dass Roxana bereits mächtig genug ist, um sogar über die Drachen zu gebieten. Und auch das Rattenheer spricht dafür, dass …«

»Du kannst zaubern wie der Däumlingsmagier?«, blaffte ihn einer der Zwerge an. Unbemerkt von ihnen war der Narbengesichtige an sie herangetreten und deutete mit dem Kinn auf Kais Zauberstab.

Der Zauberlehrling blickte auf und nickte.

»Dann lass die Elfe hier und komm mit. In unseren Hallen wütet die Schlangenbrut. Hilf uns, König Thalgrim in Sicherheit zu bringen.«

»Was habt ihr gegen Fi?«

»Keine Elfen in unseren Hallen und Stollen!«, antwortete der Zwerg bestimmt.

»Und wenn ich mich weigere, ohne sie mitzukommen?«, entgegnete Kai.

Der Weißhaarige trat vor und richtete die Armbrust auf seinen Kopf. »Dann werden wir so mit dir verfahren, wie es für einen Feind Mondraloschs angemessen ist.«

Hallen aus Stein

Zornig stolperte Kai hinter den beiden Zwergen her, die mit gezückten Armbrüsten einen weit ausladenden Gang entlangeilten, der tiefer ins Innere der gewaltigen Zwergenfestung führte. Auch wenn er sich noch immer darüber ärgerte, dass die beiden Kämpfer ihn gezwungen hatten, Fi am Tor zurückzulassen, kam er doch nicht umhin, der vortrefflichen Baukunst der Zwerge seinen Respekt zu zollen. Der Gang war ebenso wie das zerstörte Doppelportal fast sechs Schritte hoch und fast vier Schritte breit. Seine Wände waren mit kunstvollen Steinreliefs geschmückt, die Zwerge beim Grubenbau und im Kampf gegen Drachen und Trolle zeigten. An den Wänden unterhalb der tonnenförmigen Deckenkonstruktion waren lange Reihen keilförmiger Zwergenrunen auszumachen, die vielleicht die Geschichte dieses Ortes erzählen mochten. Er würde es wohl nie erfahren.

Sie gelangten in eine Halle von beeindruckenden Ausmaßen, die von einem kränklichen Licht beleuchtet wurde. Es rührte von großen, steinernen Ölschalen in den Ecken her, über die nur schwach zuckende Flämmchen strichen. Der verdammte Sturm da draußen schien bis in die Halle vorgedrungen zu sein, denn Wände und Boden glitzerten weiß unter einer hauchdünnen Frostschicht.

»Bei den Knochen der Bergschrate!«, zischte der Narbengesichtige, »ohne Zweifel ist dieses geschuppte Biest hier eingedrungen. Doch wo ist es hin? Die Tunnel, die hier von der Spiegelhalle aus abzweigen, sind zu niedrig für einen solchen Koloss.«

Nur schemenhaft waren vier weitere Gänge zu erahnen, die von der Halle wegführten. Kai betrachtete indes die schwach brennenden Flammen, die über das Öl in den Schalen huschten, trat an eine der Steinwannen heran und streckte seine Hand aus. Jäh loderten die Flammen wieder auf und leckten gierig über die Wände.

Die beiden Zwerge fuhren angesichts des plötzlichen Feuerscheins herum und beobachteten den Zauberlehrling argwöhnisch. Kai deutete mit seinem Zauberstab von Feuerschale zu Feuerschale und sofort flackerten auch dort helle Flammen auf.

Jetzt erkannte Kai auch, warum die Zwerge diesen Ort »Spiegelhalle« genannt hatten. Die Wände waren derart glatt geschliffen, dass sich alles im Raum hundertfach in ihnen spiegelte.

»Seid ihr sicher, dass wir es überhaupt mit einem Drachen zu tun haben?«, flüsterte der Zauberlehrling. Sorgenvoll starrten sich die Zwerge an und zuckten schließlich mit den Schultern.

»Finden wir es doch heraus«, grunzte der mit dem Narbengesicht.

»Dorthin!«, meinte der andere und deutete auf einen Gang mit verbogenen Fackelhaltern. Die Fackeln selbst lagen erloschen am Boden.

Kai blickte noch einmal zum Eingang zurück und dachte an Fi. Wie er sie kannte, würde sie sich nicht davon abhalten lassen, ihnen zu folgen, sobald sie wieder etwas bei Kräften war. Allerdings bestand diese Bergfestung vermutlich aus einem endlosen Labyrinth von Tunneln und Kammern. Sie würde Schwierigkeiten haben, sie zu finden, wenn Kai ihr nicht unauffällig einige Zeichen hinterließ.

Leise folgte er den Zwergen, die vor ihm herschlichen und sich immer wieder misstrauisch zu ihm umdrehten. Kai konzentrierte sich auf eine der erloschenen Fackeln und brachte sie dazu, in einiger Entfernung hinter ihm herzuschweben. Unauffällig und ohne sich dabei umzuwenden, ließ er sie ab und zu eine Markierung auf dem Boden anbringen.

In der Bergfestung herrschte erschreckende Stille. Offenbar war jeder Zwerg, der eine Waffe in den Händen halten konnte, nach draußen auf die Wehren kommandiert worden. Die Frauen und Kinder hatten die Zwerge ganz sicher in die Tiefe des Berges geschafft. Hin und wieder jedoch kamen sie an toten Wächtern mit gebrochenen Gliedmaßen und verbeulten Rüstungen vorbei, die aussahen, als hätten sie sich einer lebenden Ramme in den Weg gestellt. Schließlich gelangten sie zu einer düsteren Wegkreuzung, wo gewaltige Felsquader von der Decke herabgestürzt waren. Der hohe Zugang, den seine beiden Begleiter offenbar zum Ziel gehabt hatten, lag komplett verschüttet vor ihnen.

Der Weißhaarige stieß einen Fluch aus.

In diesem Moment waren aus einem Tunnel zu ihrer Rechten laute Stiefelschritte zu hören. Zwei junge Zwergenkrieger mit Lederrüstungen, Äxten und schwankenden Laternen in den Händen stürmten ihnen entgegen. Erschrocken hielten sie inne und salutierten. Sie meldeten etwas auf Zwergisch und wiesen misstrauisch auf Kai.

»Er ist ein Zauberer«, erklärte der Weißhaarige in menschlicher Sprache. »Er und sein Meister helfen uns. Redet also so, dass er euch verstehen kann. Wer hat euch geschickt?«

»Das war Kubarg, Sohn des Doroman, Herr. Er wundert sich, dass die Befehle ausbleiben«, meinte einer der beiden Neuankömmlinge mit heiserer Stimme. Unter seinem Helm ragten zwei geflochtene Zöpfe hervor.

»Die Silbergalerie ist ebenfalls verschüttet«, knirschte der andere junge Zwergenkrieger. Der Nasenschutz seines Helms war leicht verbogen. »Wir dachten, wir würden hier weiterkommen.«

»Du hast eben falsch gedacht«, sagte der mit dem Narbengesicht. »Was Neues von oben?«

»Jawohl«, erklärte der bezopfte Zwerg mit grimmigem Lächeln. »Eine der beiden Echsen haben wir vom Himmel geholt. Athax ist bereits mit einer Schwadron unterwegs, um dem Mistvieh den Garaus zu machen. Nur verstehe ich nicht, was hier unten eigentlich passiert ist.«

»Ein dritter Drache wütet in unseren Stollen«, grollte der Weißhaarige und die beiden Neuankömmlinge wurden bleich. »Wir werden es daher von hinten über die Wohnhöhlen versuchen. Los, kommt mit!«

Kai, der aufmerksam zugehört hatte, rannte dem kleinen Zwergentrupp hinterher. An zwei Wegkreuzungen rüttelten die Zwerge vergeblich an großen Eisenportalen. Doch auch auf ihr Klopfzeichen hin wurde ihnen nicht geöffnet. Sie kreuzten daher lange Tunnel und Säulengänge, gelangten über gewundene Steintreppen zu Rüst- und Vorratskammern und hielten nur einmal in einer verlassenen Bildhauerstätte inne, um eine steinerne Geheimtür zu öffnen, die sich knirschend in der Wand auftat. Dann ging es weiter.

»Wo wollt ihr eigentlich hin?«, wollte der Zauberlehrling keuchend wissen. Er fragte sich, ob Fi seiner Spur würde folgen können.

»Zum Thronsaal!«, schnaubte der Narbengesichtige ungehalten. »Die verdammte Echse hat die Hauptzugänge versperrt. Ohne Zweifel will sie sich den König vornehmen!«

Gemeinsam mit den Zwergen schlüpfte Kai durch den Geheimgang, und sie kamen in eine Art Küchentrakt. Von hier aus führten

Tunnel und Treppen in die Tiefe, bis sie eine gewaltige Säulengalerie erreichten, deren baumstammdicke Pfeiler sicher zehn Schritte zur Decke emporragten.

Die Nischen zwischen den Säulen waren mit unzähligen Gegenständen vollgestellt: Rüstungen, Waffen, Schilde und Kriegsstandarten. Kais Blick streifte eine halb verkohlte Speerschleuder, die erhaben auf einem Granitsockel ruhte, nur um gleich daneben einen gewaltigen Drachenkopf auszumachen, der ausgestopft und an langen Ketten von der Decke hing.

»Was ist das hier?«, fragte er ehrfürchtig.

»Die Ruhmeshalle!«, brummte einer der Zwerge. »Du blickst auf die stolzen Zeugnisse unserer über 3500 Jahre langen Geschichte. Die da«, er wies auf eine mannsgroße Keule, die am oberen Ende mit den spitzen Reißzähnen eines unbekannten Tieres besetzt war, »haben wir einst Trollkönig Roschdar abgenommen. Und das da«, er zeigte auf einen mit Schwingen geschmückten Ritterhelm aus pechschwarzem Eisen, »stammt von einem der dunklen Schwertknechte, die damals unter dem Hexenmeister Murgurak gedient haben.«

Beeindruckt ließ Kai seinen Blick schweifen, als sie am hinteren Ende der Säulenhalle ein Steinportal erreichten, in das mit Runen verzierte Bänder aus kostbarem Mondeisen eingelassen waren.

»Unbeschädigt!«, stöhnte der Weißhaarige erleichtert.

Sein Kamerad schlug mit seiner Waffe viermal gegen das Portal und ging dann zu einer komplizierten Klopffolge über, während Kai und seine drei Begleiter nach hinten sicherten.

Einen endlosen Augenblick später war das laute Rumpeln schwerer Riegel zu hören und die Pforte öffnete sich einen Spaltbreit. Ein bärtiges Zwergengesicht lugte hervor.

»Garfax?!«, dröhnte eine überraschte Stimme.

Das schwere Portal wurde weiter aufgezogen und Kai erblickte eine gewaltige, ovale Halle, die rundum von Marmorstatuen gesäumt wurde. Offenbar eine Art Königsgalerie, wie aus den Kronen auf den Häuptern der erhabenen Standbilder zu schließen war.

Unmittelbar hinter dem Portal erhoben sich vier grimmig dreinblickende Zwergenkrieger mit Kettenhemden und Lanzen, die sich hinter gewaltigen Schilden aus Drachenschuppen verschanzt hatten. Jeder der Schilde wurde von einem Rahmen aus Mondeisen zusammengehalten. Kai sah, dass auch die Klingen der Zwergenwaffen aus dem magischen Metall bestanden.

Ohne Zweifel schützten diese Zwergenritter den prachtvollen Thron. Er stand an der Stirnseite der ovalen Halle, leicht erhoben auf einem Granitblock, zu dem mehrere Stufen hinaufführten. Auf dem mit Gold und Mondsilber verzierten Thron saß ein alter Zwerg mit langem weißen Bart, der in eine goldbestickte Tunika gehüllt war. Seine schlohweißen Haare zierte eine mit Rubinen geschmückte Krone, die ebenfalls aus schimmerndem Mondsilber bestand.

Die Zwerge öffneten die Formation und gemeinsam mit seinen Begleitern betrat Kai den Thronsaal.

»Los, verneig dich, Menschenjunge!«, zischte ihm Garfax, das Narbengesicht, zu. Er gab ihm einen unsanften Stoß. Kai tat hastig, wie ihm befohlen wurde, und bemerkte, dass auch seine Begleiter die Häupter gesenkt hatten.

Hinter ihnen wurde das Portal wieder verriegelt.

Der König sprach sie auf Zwergisch an. Garfax erhob sich, setzte seinen Helm ab und antwortete. Es klang, als würde er einen knappen Bericht abliefern. Mit dem Kopf deutete er zu Kai und der Zauberlehrling meinte wieder das Wort »Euleortin« heraushören zu können.

»Du gehörst also zu Magister Eulertin?«, erhob der alte Zwergenkönig seine Stimme und winkte ihn heran.

Kai richtete sich auf. Da ihn die Zwerge nicht daran hinderten, ging er gemessenen Schrittes auf den Thron zu, bis der Alte ihm mit sanftem Fingerzeig bedeutete innezuhalten.

»Ja, ich bin sein Lehrling, Majestät«, antwortete Kai. Neugierig musterte ihn der Zwerg. Tiefe Furchen durchzogen das Gesicht des Königs, doch Kai bemerkte, dass Thalgrims wacher Blick sein Alter Lügen strafe.

»Thadäus ist ein alter Freund«, erklärte der König ruhig. »Wie ich höre, ist er gerade rechtzeitig eingetroffen, um uns gegen die Drachen beizustehen. Es ist das erste Mal seit über sechshundertfünfzig Jahren, dass unser Tal wieder von Drachen angegriffen wird.« Dröhnend schlug er mit der Faust auf die Lehne des Throns und seine Stimme gewann an Schärfe. »Doch es ist das erste Mal überhaupt, dass es dieser Schlangenbrut gelungen ist, in unsere Festung einzudringen! Es herrscht Frieden zwischen den Völkern. Sag mir, Zauberlehrling, wer die Drachen geschickt hat!«

»Ich weiß es nicht«, antwortete Kai, erschrocken über die Heftigkeit des Ausbruchs. »Ich habe mir darüber auch schon den Kopf zerbrochen. Es ist aber möglich, dass Morgoya von Albion hinter diesem Angriff steckt!«

»Morgoya?!« Der Bergkönig richtete seinen Blick nachdenklich auf Kais Zauberstab und nickte grimmig. »Wo, verdammt noch einmal, bleibt die Verstärkung?«, wutete er in Richtung der Zwergenmitte. »Ich habe bereits vor einer halben Stunde Melder nach oben geschickt.«

»Ich befürchte, die Männer wurden ermordet, mein König«, erklärte Ford Garfax respektvoll. »Die beiden Hauptstollen hinunter zu den Ratshallen sind verschüttet und wir haben unterwegs zahlreiche Tote entdeckt.«

Der weißhaarige Zwerg mit dem geflochtenen Bart trat vor.

»Ford Cendrasch?«, murmelte der Bergkönig fragend.

»Wir dachten, der Drache hätte es auf Euch abgesehen, Euer Majestät. Deswegen sind wir hier.« Er legte nachdenklich die Stirn in Falten. »Ehrlich gesagt, begreife ich nicht, dass er nicht hier ist.«

»Er *war* da draußen! In der Ruhmeshalle«, sagte der Zwerg ungehalten, der ihnen das Portal geöffnet hatte. »Denkst du, wir haben
hier umsonst hinter verschlossener Tür ausgeharrt? Eigentlich hättet
ihr ihm direkt in die Fänge laufen müssen.«

»Aber er kann sich unmöglich vor uns versteckt haben!«, wandte
Kai ungefragt ein.

König Thalgrim erhob sich nachdenklich von seinem Thron und
strich sich über den Bart. »Aber weißt du das nicht, Zauberlehrling?
Die Mächtigeren unter den alten Feuerechsen können zaubern.
Ebenso wie du. In den alten Legenden ist davon die Rede, dass sie
ihre Gestalt verändern können.«

Kai schluckte.

»Dennoch ist das Ganze sehr seltsam«, sagte Thalgrim mit kehliger
Stimme. »Wenn er es nicht auf mich abgesehen hat – wohin wollte er
dann?« Plötzlich lag Erkennen im Blick des Königs und seine Augen
funkelten vor Zorn. »Aber natürlich. Wir hüten etwas, was ihn inte-
ressieren könnte … Unten in der alten Mondsilberschmiede mit den
Schatzkammern. Wenn er nicht zu mir wollte, dann ist er jetzt ganz
sicher dort! Von der Ruhmeshalle aus führt ein Zugang hinunter.«

Wütend winkte er einen der beiden jüngeren Zwerge heran. »Him-
rog, lauf zurück nach oben und erstatte Meldung, was hier im Berg
vor sich geht. Du kommst mit einem Trupp der besten Krieger
zurück, verstanden?«

»Ja, Majestät«, rief der Zwerg eifrig und stürmte hinaus.

»Bleiben uns sieben Lords, ein Axtschwinger, du, Zaubergeselle,
und natürlich ich selbst«, sagte Thalgrim. »Das muss reichen. Folgt
mir!«

Ungestüm bahnte sich der alte König einen Weg an Kai vorbei,
während die Zwergenkrieger Thalgrim ungläubig anstarrten.

»Majestät, mein König!«, rief einer seiner Gefolgsleute. »Ihr könnt
doch nicht …«

»Unsinn«, bellte ihn Thalgrim an. »Niemand dringt ungestraft in meine Hallen ein. Ich habe bereits viel zu viel Zeit mit Herumsitzen verschwendet. Es wird Zeit, dass ich selbst wieder zur Streitaxt greife.« Er lachte rau und deutete mit seiner knorrigen Hand auf eine der Statuen. Der steinerne Zwerg hielt kämpferisch Kriegshammer und Schild erhoben. »Andorag war der letzte meiner Ahnen, der eine dieser heimtückischen Feuerechsen mit eigenen Händen bezwungen hat. Und das ist jetzt schon siebenhundert Jahre her. Ich werde diese Tradition erneuern. Lasst unsere Waffen in Drachenblut baden!«

Traum & Blut

Kai stand neben Bergkönig Thalgrim und verfolgte aus den Augenwinkeln heraus, wie Garfax und Cendrasch auf Geheiß des alten Zwerges einen gewaltigen Spieß von einer der Säulen abhängten. Er bestand aus massiver Eiche und war mit Mondsilber beschlagen. Die Spitze war ebenfalls mondsilbern und mit scharfen Widerhaken bestückt.

»Andorags *Drachenspieß*!«, kommentierte der Bergkönig das Geschehen grimmig, während er mit Kais Hilfe in ein prachtvolles Kettenhemd aus Mondsilber schlüpfte.

Immerzu hallte im Hintergrund der Ruhmeshalle ein mächtiges Dröhnen von den Wänden und Säulen. Leider hatte sich herausgestellt, dass das Portal hinunter zum Tunnel der alten Mondsilberschmiede versperrt war. Vier der Krieger waren daher damit beschäftigt, die große Trollkeule, die Kai vorhin noch bewundert hatte, als Ramme zu benutzen und das Tor aufzubrechen.

»Wie weit seid ihr?«, brüllte Thalgrim ungehalten und griff nach einer schweren Streitaxt.

»Es geht nur langsam voran«, rief einer der Zwergenritter. »Aber mit etwas Geduld schaffen wir es. Sieht so aus, als ob die Echse ganz einfach den Riegel vorgelegt hat.«

Lord Garfax kratzte sich missmutig an seiner langen Narbe. »Majestät«, murmelte er. »Wir verlieren unnötig Zeit. Darf ich Euch einen Vorschlag unterbreiten?«

»Ich höre.«

»Soweit ich weiß, gibt es noch einen weiteren Weg zur Schmiede. Von unten durch das Bergwerk. Allerdings sind die Tunnel zu eng, als dass wir Andorags Drachenspieß mitnehmen könnten. Lasst es wenigstens Cendrasch und mich über diesen Weg versuchen, solange Ihr mit den anderen den Zugang hier oben freiräumt. So können wir den Drachen in die Zange nehmen.«

König Thalgrim sann über den Vorschlag nach und deutete auf Kai. »Gut, aber nehmt Eulertins Gesellen mit. Wird sich schon irgendwie nützlich machen, der Menschenjunge. Wir haben Drachenspieß und Hammer und werden dann von oben nachkommen. Beeilt euch.«

Die Zwerge nickten und wiesen Kai und den verbliebenen jungen Torwächter an, ihnen zu folgen. Sie warfen sich jeweils einen der mit Drachenschuppen bewehrten Schilde auf den Rücken, nahmen ihre Waffen auf und eilten mit Kai und dem jungen Krieger im Gefolge zum Ausgang der Ruhmeshalle zurück. Dort schlugen sie einen Weg ein, der in einer steinernen Halle mündete, von deren Decke ein eiserner Käfig baumelte. Unter der Konstruktion gähnte ein dunkler Schacht, der senkrecht in die Tiefe führte. An der Stirnseite des Raums hingegen waren Treibscheiben, Zahnräder und Ketten verankert, an denen Gewichte befestigt waren, mittels derer sich der Aufzug hochziehen und absenken ließ.

»Los, rein da!«, raunzte Cendrasch und öffnete die Tür des großen Käfigs.

»Was ist das hier?«, wollte Kai wissen, der der Aufforderung nur zögernd nachkam.

»Einer unserer Grubenaufzüge!«, brummte der Zwerg unwirsch und drängte sich gemeinsam mit Garfax neben ihn. Aufgrund der beiden Drachenschilde wurde es unangenehm eng. Ungeduldig schickte Garfax den Jüngeren zu einem Hebel an der Wand mit der Mechanik.

»Los, runter mit uns!«

Mit einem Rumpeln begannen sich die Ketten und Zahnräder zu drehen und das große Steingewicht verschwand nach oben. Gleichzeitig senkte sich der Eisenkäfig ab und es wurde schlagartig dunkel um sie herum.

»Verflucht!«, zischte Garfax. Der Käfig ruckelte und knirschte, wann immer er die Schachtwände streifte. »Wir haben in der Eile vergessen, Lampen mitzunehmen.«

Kai entfachte eine Flamme auf seiner Handfläche. »Reicht das?«

Verblüfft blickten ihn die beiden Zwerge an und Cendrasch nickte zufrieden.

»Unter uns befinden sich die Minen«, grunzte er nun etwas freundlicher. »Wir bauen dort Eisenerz ab. Früher auch Mondsilber, aber die Vorkommen sind erschöpft.«

Endlich erreichten sie das untere Ende des Schachts, und der Käfig setzte mit lautem Rumpeln auf. Hier unten war es viel wärmer und stickiger als oben und es roch nach rostigem Eisen, Steinstaub und Schmierfetten. Vor der Gittertür war ein behauener Felsgang auszumachen, der nach nur wenigen Schritten in einer Höhle mündete, aus der flackerndes Lampenlicht zu ihnen drang.

»Mach dein Feuerchen aus«, knurrte Cendrasch. »Zu gefährlich hier unten. Hier dürfen nur Berglampen benutzt werden. Grubengas, verstehst du? Der Berg lebt. Sein Atem verschont weder Zwerg noch Mensch noch Tier. Nur ein Funke und alles kann explodieren.«

Erschrocken ließ Kai die Flamme verschwinden. Die Zwerge öffneten die Käfigtür und betraten die Höhle. Sie war in etwa so groß wie die Spiegelhalle und wies Nischen auf, in denen große Geröllhalden mit Eisenerzbrocken lagen. An den Wänden hingen Laternen, in denen orangefarbenes Licht flackerte. Das Erstaunlichste aber waren die Eisenschienen auf dem Boden. Die Gleise fächerten sich auf und führten zu drei dunklen Stollen, die schräg gegenüber von ihnen abzweigten. Auf einer von ihnen stand eine Lore mit dicken Balken, vor der ein Pony angeschirrt war. Es schnaubte leise.

Hinter der Lore regte sich eine Gestalt und ein schmutziger Zwerg mit Rundhelm trat vor, vor dessen Lederkittel Schlägel und Eisen, die Werkzeuge der Bergleute, baumelten.

»Lords!«, rief der Zwerg erstaunt und verbeugte sich ehrfürchtig vor ihnen.

»Wie viele Hauer und Schlepper arbeiten hier unten noch?«, raunzte ihn Cendrasch an.

»Vielleicht dreißig oder vierzig. Vor allem in den Stollen weiter hinten. Der Rest ist nach oben, als der Alarm ertönte. Ich bin nur hier, weil mich Grubenmeister Garrog angewiesen hat, auf Nachzügler zu warten.«

»Habt ihr hier unten Waffen?«

»Nur das Übliche zur Abwehr von Grubenwürmern und Bergkobolden.«

»Gut, dann zeig uns, wie wir von hier aus zur alten Mondsilberschmiede kommen.«

»Zur Mondsilberschmiede?« Der Bergmann wies eifrig zu einem Tunnel ganz links. »Von dort aus führt ein Belüftungsschacht nach oben. Dann folgt ihr einfach dem Geräusch des Wassers. Ihr wisst doch, die Schmiedehöhle liegt direkt am unterirdischen Fluss. Darf ich fragen, was geschehen ist, dass Ihr Euch hier herunter bemüht?«

»Einer der Drachen ist in unsere Hallen eingedrungen«, knirschte Garfax und griff sich eine der Grubenlampen an der Wand.

»Ein Drache?« Der Grubenwächter riss erschrocken die Augen auf.

»Ja. Warte bis der Rest deiner Kameraden eingetroffen ist«, befahl Garfax. »Bewaffnet euch und folgt uns dann.«

»Wie Ihr wünscht, Herr!«

Ohne ein weiteres Wort rannten sie an der Lore vorbei auf den Stollen zu, den ihnen der Zwerg gewiesen hatte. Es wurde dunkel und nur die Grubenlampe spendete noch etwas Licht. Bei dem Gedanken, dass auf den Stollen die Last eines ganzes Berges drückte, wurde Kai die Brust auf einmal eng.

Endlich erreichten sie die Höhle, von der der Wächter gesprochen hatte. Sie hatten schnell den Luftschacht entdeckt. Cendrasch schob eine Leiter darunter und kletterte nach oben. Nach Garfax folgte ihm auch Kai. Zu seiner Erleichterung sah er, dass in der Schachtwand Steigeisen angebracht waren. Kühle Luft schlug ihnen entgegen und Kai sog sie gierig ein. Doch nach und nach wich die kurze Euphorie zunehmender Beklemmung. Der Schacht war eng und dunkel, da die beiden Zwerge über ihm mit ihren Rüstungen und Schilden den Schein der Grubenlampe verdeckten. Kai glaubte schon, es nicht mehr länger in der Felsröhre aushalten zu können, ohne laut zu schreien, als er ein leises Rauschen vernahm. War das der unterirdische Fluss?

Ein kratzendes Geräusch ertönte über ihm und Kai konnte erkennen, dass Cendrasch mit erhobener Leuchte in einen Querschacht einstieg. Garfax und der Zauberlehrling folgten ihm und das Rauschen wurde bald lauter. Der Schacht mündete in einen gemauerten Tunnel, von dessen Ende her rötliches Licht schimmerte. Die Luft war wärmer geworden und sie schmeckte nach Rauch und glühendem Metall.

Cendrasch blendete hastig die Grubenleuchte ab und spannte seine Armbrust. Garfax zückte seine Streitaxt und duckte sich hinter seinen Drachenschild. Gemeinsam rückten sie vor.

Kai atmete tief ein. Die Zwerge wollten es allen Ernstes mit einem Drachen aufnehmen. Sie mussten wahnsinnig sein. Schließlich packte er seinen Zauberstab und folgte den beiden.

Der Anblick des Felsendoms, in den sie jetzt vordrangen, war ebenso imposant wie schrecklich. Von der hohen Decke hingen bizarr geformte Tropfsteine, die im Licht eines gewaltigen Schmelzofens geisterhaft leuchteten. Der Ofen brodelte und erfüllte die große Halle mit lähmender Hitze. Zwischen Werkbänken und Schlackerinne lagen ein halbes Dutzend Zwerge mit verrenkten Gliedern. Ihre Finger umkrallten wuchtige Schmiedehämmer und unfertige Waffen, mit denen sie offenbar versucht hatten, sich zu verteidigen. Eine steinerne Bogenbrücke überspannte einen wild gurgelnden Bergfluss, dessen Fluten aus einer der Felswände hervorsprudelten. In der Wand jenseits der Brücke war ein zertrümmertes Steinportal mit dicken Bändern aus Eisen in die Wand eingelassen, das nur noch an einer Angel im Fels hing. Lag dort die Schatzkammer, von der König Thalgrim gesprochen hatte?

Ein Brüllen drang aus dem Durchlass, das Kai durch Mark und Bein fuhr. Er blieb wie angewurzelt stehen, nicht fähig, seinen Blick von der zerstörten Tür zu wenden, aus der gesenkten Hauptes ein dampfender Koloss stampfte. Die hünenhafte Gestalt war in einen schweren Plattenpanzer gehüllt, der durch und durch aus glänzendem Mondsilber bestand. Die Metallschienen an Armen, Schultern und Beinen waren mit spitzen Dornen übersät und auch an den Gelenken schimmerte silbernes Kettengeflecht. Immerzu quoll Dampf zwischen den Rüstteilen hervor und hüllte das Wesen in dichte Nebelschwaden.

Kai stockte der Atem. So also sah ein Drache in Menschengestalt aus. Das heruntergeklappte Visier des Helms hatte die Form eines Drachenmauls mit scharfen Reißzähnen.

Der Drache beäugte sie lauernd und Kai stellten sich die Nackenhaare auf, als sich ihre Blicke trafen. Hinter dem Visier glommen giftgrüne Augen auf. Kai war, als träfen ihn eisige Speere. Der Koloss fauchte und noch mehr Dampf quoll aus Löchern und Ösen der Mondsilberrüstung.

Die Mondsilbergestalt stieß ein Rasseln aus, das wie Gelächter klang, und ohne Kai aus den Augen zu lassen, hob sie ihren linken Arm. Kai sah, dass dieser bloß lag. Er hätte beinahe menschlich gewirkt, wären da nicht die weiß glitzernden Schuppen gewesen, die ihm ein reptilienhaftes Aussehen verliehen. Der Drache hob aus dem Dunst einen schweren Gegenstand empor, der wie ein dritter Arm aussah. Nein, es war kein Arm, es handelte sich um ein Rüstungsteil und es bestand ebenfalls aus Mondsilber.

Kai erkannte, was es war.

Es handelte sich um Mort Eisenhands Panzerarm!

Bei allen Moorgeistern, die mondsilberne Armwehr des untoten Piraten gehörte in Wahrheit zu einer kompletten Rüstung! Dieser Drache war nur deswegen in die Zwergenfestung eingedrungen, um diese zu vervollständigen.

Kai erinnerte sich noch gut an die Macht, die dem Panzerarm Mort Eisenhands innegewohnt hatte. Der untote Piratenkapitän hatte mit seiner Hilfe Unwetter erzeugen und Blitze rufen können. Was, beim Unendlichen Licht, vermochte die Rüstung als Ganzes zu bewirken? Er musste verhindern, dass sich der Drache das fehlende Teil überstreifte.

Mit einem Aufschrei beschwor er zwei Kugelblitze zugleich und richtete sie gegen den Arm. Die sprühenden Geschosse sausten im Zickzack über die schäumenden Fluten hinweg.

Der Drache hob kurz den anderen Arm und mit einem Knall zerplatzten die Geschosse zu harmlosem Funkenregen. Er stieß ein röhrendes Gelächter aus. Mit einem Ruck streifte er sich den erbeuteten Panzerarm über und ließ die Mondsilberschnallen einrasten. Ein Zittern lief durch die restlichen Rüstungsteile und sie schmiegten sich nun umso fester um den Drachenleib. Fast spielerisch bewegte der Riese die mondsilbernen Finger des Panzerarms.

»Haltet ihn auf!«, brüllte Kai und jagte dem Gepanzerten zwei weitere Kugelblitze entgegen. Er richtete sie diesmal auf das Visier. Doch der Drache fing die Kugeln auf, so wie es einst schon Eisenhand getan hatte, und warf sie zurück. Kai riss erschrocken seinen Zauberstab hoch und versuchte, die Kontrolle über die Kugelblitze wiederzuerlangen. Nur um Haaresbreite rasten die sprühenden Geschosse an ihm vorbei und explodierten an der Felswand.

Unter Gebrüll stampfte ihr Gegner über die Brücke.

Da stellte sich ihm überraschend Cendrasch in den Weg. Der Abzug seiner Armbrust schnappte, doch der Bolzen prallte am Helm der Echse ab. Nun sprang Garfax hinter einem Amboss hervor und schnitt ihrem Gegner mit lautem Kriegsgeschrei den Weg ab. Seine Axt beschrieb einen blitzenden Bogen und schepperte gegen die Rüstung. Mit einer beiläufigen Bewegung schlug der Drache zu, und sein Gegner konnte gerade noch seinen Drachenschild hochreißen. Der Schild splitterte und Garfax wurde im hohen Bogen gegen die Höhlenwand geschleudert. Regungslos blieb er liegen.

Cendrasch ließ die Armbrust fallen und griff nach Kriegshammer und Schild. Mit einem Aufschrei stürzte er sich dem Drachen entgegen, wich überraschend gewandt einem Schlag der Echse aus und führte seine Waffe mit Schwung gegen eines der Kniegelenke. Ein lautes Dröhnen hallte von den Höhlenwänden und dem Zwerg wurde die Waffe aus den Händen geprellt.

Die Tapferkeit seiner Gefährten vor Augen beschwor Kai zwei weitere Kugelblitze und jagte sie dem Koloss um die Ohren. Ohne Erfolg.

Verzweifelt rannte Kai zu dem Tunnel zurück, aus dem sie gekommen waren, als etwas vor ihm auf dem Boden aufschlug und ihm den Weg blockierte. Es waren die leblosen Körper von Cendrasch und Garfax. Kai stolperte, stürzte und blieb liegen. Er wusste nicht mehr, was er tun sollte. Das bisschen Magie, das er beherrschte, war gegen diesen übermächtigen Gegner wirkungslos.

Voller Entsetzen drehte er sich auf den Rücken und sah mit an, wie der Riese in seiner mondsilbernen Rüstung auf ihn zustampfte.

Da ertönte aus einem Tunnel schräg gegenüber lautes Gebrüll. Zwei von Thalgrims Kämpfern stürmten im Schutz ihrer Drachenschuppenschilde auf den Drachen zu und schwangen schwere Äxte. Hinter ihnen war bereits das Kriegsgeschrei ihrer Kameraden zu hören, die den gewaltigen Drachenspieß wie eine Ramme führten. Der Drache wirbelte herum, ergriff ohne große Kraftanstrengung einen Amboss und schleuderte ihn in hohem Bogen auf die Angreifer. Die beiden vordersten Zwerge wurden von dem schweren Eisen zermalmt, bevor die Anstürmenden ihren Gegner erreicht hatten. Ohne sich davon beirren zu lassen, stürmten ihre Kameraden an ihnen vorbei und Mondsilber traf auf Mondsilber. Funken regneten zu Boden, und der Drache taumelte unter zornigem Gebrüll zurück. In seiner Brustpanzerung prangte eine Delle.

Endlich war jenseits des eigentümlichen Nebels, der um den Drachen waberte, König Thalgrim zu sehen. Mit schimmernder Rüstung baute er sich vor dem Hünen auf und hob den Drachenschild.

»Niemand, Schlangengezücht, dringt ungestraft in meine Hallen ein!«, dröhnte seine Stimme von den Wänden. Er hob seinen mondsilbernen Kriegshammer. »Das hier ist *Zornbringer*, die todbringende Waffe meiner Ahnen. Zwei deiner Art wurden von ihr in den Schattenkriegen erschlagen. Du, Elender, wirst der Dritte sein!«

Stolze Worte, kleiner König, vernahm Kai plötzlich eine zischelnde Stimme in seinem Kopf, die an Kälte und Boshaftigkeit kaum zu übertreffen war. *Ich erinnere mich noch gut an jene Zeiten, da deine*

Art nicht mehr als lästiges Gewürm in den Eingeweiden der Erde war. Ich habe Wichtigeres zu tun, als meine Kräfte an dir zu verschwenden. Und nun beuge dein Haupt vor mir – und zwar tot!

Der Koloss hob den Panzerarm, über den bereits Funken blitzten, und Kai stieß einen Warnschrei aus.

Wie aus dem Nichts wirbelte ein zweiter Amboss durch die Luft und prellte den Panzerarm des Riesen zur Seite. Ein greller Blitz flammte auf, doch der Lichtbogen schlug statt im Körper Thalgrims in eine der Höhlenwände ein.

Magister Eulertin! Wo war er?

Unter lautem Gebrüll drangen der König und einer seiner verbliebenen Streiter auf den Drachen ein, doch Kai konnte inmitten des Nebels nur das Hämmern schwerer Schläge und das Wutgebrüll des Drachen vernehmen.

Da tauchten plötzlich zwei flirrende Windgestalten aus dem Wildwasser auf und stürzten sich auf den Drachen. Ein Blitz flammte auf und eines der Luftelementare verging unter lautem Brausen. Das andere versuchte den Drachen an der Rüstung zu packen, doch Kai erkannte, dass er in dem eigenartigen Dampf, der den Drachen umgab, an Schnelligkeit verlor. Kurz war König Thalgrim zu erkennen, der den Drachen zur Brücke zurückdrängte.

Kai, der noch immer wie gelähmt vor dem rettenden Tunnelzugang lag, rappelte sich endlich wieder auf und sah zu seiner Erleichterung, dass sich auch Garfax wieder regte. Der Zwerg schnaubte und versuchte sich zu orientieren.

»Was ist mit Cendrasch?«, formten seine Lippen, als er den Zauberlehrling entdeckte.

Kai blickte sich zu dem seltsam verkrümmt Daliegenden um und schüttelte dann stumm den Kopf.

In diesem Augenblick wankte der König aus dem Nebel. Unter seinem Helm rann Blut hervor und er war so benommen, dass er kaum noch in der Lage war, den Kriegshammer zu heben. Stöhnend ging er in die Knie.

Da war schräg über ihnen ein Quietschen und Rumpeln zu hören. Aus den Augenwinkeln heraus erkannte Kai, dass sich eine Lore oben auf der Galerie in Bewegung gesetzt hatte. Und für einen Moment meinte er auch, Li dort oben stehen zu sehen. In rasender Fahrt donnerte das schwere Vehikel die Gleise nach unten. Der Drache fuhr herum, doch es war zu spät. Die schwere Eisenkarre krachte gegen ihn und brachte ihn ins Straucheln. Zwei weitere Windgestalten peitschten auf den dampfenden Koloss zu und unter lautem Brüllen kippte ihr Gegner in den Fluss. Doch noch immer hielt er den Panzerarm auf Kai gerichtet.

Gleißend hell flammte es vor den Augen des Zauberlehrlings auf und er fühlte, wie ein brennender Schmerz seine Brust erfasste.

Es war, als würde die Zeit stehen bleiben.

Die Geräusche um ihn herum verstummten.

Warum versank die Welt plötzlich in rotem Nebel?

Ein Wirbel erfasste Kais Bewusstsein und eine rasende Abfolge von Bildern stürmte auf ihn ein. Der Kampf auf dem Schwarzen Berg. Die erfrorenen Ruderer auf dem Geisterschiff. Der lichterloh brennende Morbus Finsterkrähe. Eine nackte Fi, die ihr silbernes Haar auskämmte. Der Tod seiner Großmutter. Seine erste erfolgreiche Irrlichtjagd. Jener große Aal, den er damals mit seinem alten Freund Rufus gefangen hatte. Ein Rauschen wie von Schwingen, das ihn durch die Nacht trug. Und plötzlich war da ein Meer, dessen Brandung weich gegen den Strand rollte. Ein helles Licht strahlte am Horizont. Es schimmerte sanft wie Berchtis' Leuchtfeuer, doch es war unendlich majestätischer. Kai vernahm einen hellen Gesang. Eine junge Frau mit Haaren, die ihr wie flüssiges Kupfer um die Schultern flossen, hob ihn von einem Lager aus Felldecken und küsste ihn. Sie war es, die gesungen hatte. Trotz aller Liebe, die in ihren Blicken lag, umspielte ein bitterer Zug ihren Mund, als hätte sie schweres Leid erfahren. Eine Waldlichtung war zu erkennen, auf der ein Kriegsross stand. Kämpfer in zerschlissenen Rüstungen gingen vorbei. Einer von ihnen rief der Frau etwas zu, und Kai sah, wie sich ihre Augen vor Schreck weiteten. Er fühlte, wie er vor Angst zu weinen begann. Die Frau mit den roten Haaren drückte ihn fest an sich und flüsterte: »Nicht aufgeben, mein Liebling! Bloß nicht aufgeben!«

Abermals war das herrliche Licht zu sehen. Doch es entfernte sich von ihm. Oder war er es, der sich von dem Licht löste. Er spürte, wie seine Schmerzen nachließen.

Keuchend sog Kai die Luft in seine Lungen, hustete und vernahm um sich herum aufgeregte Stimmen.

Das wunderbare Licht erlosch in weiter Ferne, und endlich schlug er die Augen auf. Er lag in der Schmiedehalle, die plötzlich mit unzähligen Zwergenkriegern gefüllt war.

Neben ihm kniete Fi. Sanft strich sie ihm eine Strähne aus der Stirn. Mit der anderen Hand hielt sie den Glyndlamir umschlossen, ihr geheimnisvolles Mondsilberamulett. Es leuchtete und hüllte sie beide in silbernen Schein.

Hinter ihr sah er auch Magister Eulertin, Lord Garfax und einen Zwergenkrieger in Lederrüstung stehen.

»Wo ist der Drache hin?«, krächzte Kai. Er blinzelte benommen und verscheuchte die seltsamen Traumgespinste, die auf ihn eingestürmt waren.

»Das lobe ich mir. Kaum dem Tode entronnen und schon fragt er nach der verdammten Echse«, schnaubte Lord Garfax. »In den Fluten verschwunden. Das Drecksvieh ist entkommen.«

»Wie geht es dir?« Fi zitterte und lächelte schwach. Mühsam ließ sie ihr Amulett im Ausschnitt ihres Hemds verschwinden. Magister Eulertin beobachtete die Elfe und ihn aufmerksam.

»Gut«, antwortete Kai. Mühsam setzte er sich auf und starrte fassungslos auf seine Jacke. Sie war vorne vollständig verbrannt, doch auf seinem nackten Bauch zeigte sich nicht einmal der winzigste Kratzer.

»Bei allen Moorgeistern!«, flüsterte er erschrocken. »Was ist mit mir geschehen?«

»Du warst so gut wie tot«, murmelte Magister Eulertin, der jetzt neben ihm schwebte, ernst. »Fi hat dich gerettet, aber frage mich nicht wie. Meiner Meinung nach, hast du mit dem heutigen Tag all dein Glück für die nächsten sieben Jahre aufgezehrt.«

»Wie hast du das gemacht?«, flüsterte der Zauberlehrling und sah zu Fi auf.

»Ich hab es dir doch schon einmal gesagt, Kai«, wisperte sie. »Du bist Teil meiner Träume.«

Fis Lider flatterten und sie sackte bewusstlos über ihm zusammen.

Verräterische Spuren

Neununddreißig Tote!«, brüllte König Thalgrim und trat mit dem Fuß gegen den abgeschlagenen Sturmdrachenschädel, den ihm seine Krieger als Trophäe zu Füßen gelegt hatten. »Das sind mehr Opfer, als der Krieg gegen die Kobolde vor sechsundsiebzig Jahren gekostet hat. Und wir haben nur eine dieser Feuerechsen erledigen können. Noch nie hat es ein Feind vermocht, in unsere Festung vorzudringen. Ihr habt den Tod in diese Hallen getragen, Magister Eulertin!«

Thalgrim nahm wieder auf seinem Thron Platz, betastete mit zusammengepressten Lippen den Kopfverband unter seiner Krone und bedeutete, den Drachenkopf wieder aus dem Thronsaal zu tragen.

Kai ließ seinen Blick an der langen Reihe der Krieger vorüberschweifen, die Thalgrim gemeinsam mit ihm und Eulertin in den Thronsaal befohlen hatte.

Es war eine düstere Runde, die hier zusammengekommen war. Inzwischen stand fest, dass ihr fürchterlicher Gegner und der zweite Sturmdrache entkommen waren. Es gab Zeugen, die am Zulauf des

Wildbaches unten in der Stadt zwei monströse Schatten gesehen hatten, die zum Himmel aufgestiegen waren. Mit ihnen hatte sich auch das eigentümliche Unwetter über dem Talkessel aufgelöst.

Der Schnee auf den Dächern Mondraloschs schmolz bereits wieder und immer deutlicher wurde das Ausmaß der grausamen Zerstörungen, die der Drachenangriff in der Stadt hinterlassen hatte.

Kai wünschte, Fi wäre bei ihm. Doch die Elfe war auf Weisung des Königs den Heilerinnen seines Volkes übergeben worden. Körperliche Wunden hatte sie keine, sie schien vor allem erschöpft zu sein. Magister Eulertin vermutete, dass sie einen Teil ihrer eigenen Lebenskraft auf Kai übertragen hatte, um ihn zu retten. So recht vorstellen konnte sich das Kai immer noch nicht, doch was wusste er schon über Fis Magie und die Geheimnisse des Glyndlamir.

Kaum hatte sich das Portal hinter den Drachenkopfträgern geschlossen, schwebte der Windzauberer vor den Thron und verbeugte sich. Kai konnte sehen, wie die Zwerge ihre Hälse verrenkten, um den Winzling überhaupt erkennen zu können. Auch er selbst beugte sich vor und entdeckte Lord Garfax. Ihre Blicke kreuzten sich kurz, und Kai konnte hinter der steinernen Miene des Zwerges die Trauer erkennen. Auch ihn selbst schmerzte es, wenn er an den tapferen Cendrasch dachte.

»Ich konnte nicht wissen, dass dieses Mondsilberartefakt Mondralosch gefährden würde, Majestät«, erhob der Magister seine magisch verstärkte Stimme. »Nicht umsonst habe ich Euch zuvor darüber in Kenntnis gesetzt, bei wem wir diesen Panzerarm gefunden haben.«

Thalgrim ballte die Fäuste und starrte Eulertin durchdringend an. Schließlich nickte er. »Was war das für ein Drache, Magister?«

Der Däumlingsmagier breitete hilflos die Arme aus. »Ich weiß es nicht, Majestät. Kein gewöhnlicher Sturmdrache, so viel steht fest. Doch ohne es zu wollen, hat unser Gegner eine Menge über sich verraten.«

»Wie meint Ihr das?«

»Nun«, fuhr der Magier fort, »dieses Exemplar war mächtig genug, einen Sturm heraufzubeschwören, andere Drachen zu befehligen und seine Gestalt zu verändern. Erinnert Ihr Euch an seine Schmähungen, Euch und Euer Volk betreffend?«

»Ihr meint die Sache mit dem Gewürm und den Bergen? Oh ja …«, grollte der alte Zwerg.

»Er sprach davon, er *erinnere* sich«, erklärte der Däumling. »Das kann nur bedeuten, dass dieser Drache sehr alt sein muss. Mehrere Tausend Jahre. So alt werden meines Wissens nach nur Königsdrachen und Basilisken. Da diese Drachen hier in den Harzenen Bergen nicht mehr leben, könnte er also aus dem Riesengebirge stammen.«

»Oder aus dem Albtraumgebirge im Süden«, ergänzte der Bergkönig mit düsterer Stimme.

»Richtig. Nur die Sache mit der Rüstung gibt mir Rätsel auf.« Eulertin hielt nachdenklich inne. »Außerdem all dieser Dampf, der ihr entströmte …«

»Erzmeister Boram, tretet vor und berichtet dem Magister, was Ihr mir heute Morgen über diesen Panzerarm erzählt habt«, befahl der König und wandte sich wieder Eulertin zu. »Boram ist unser Schmiedemeister.«

Ein glatzköpfiger Zwerg mit graurotem Barthaar, Kettenhemd und goldenen Werkzeugen am Gürtel trat aus der Reihe und verneigte sich tief. »Wir haben den Mondeisenarm untersucht, Magister. Ganz so, wie Ihr es gewünscht habt. Ich habe schon lange kein derart kunstvolles Mondeisenartefakt mehr in Händen gehalten. Doch zu meiner Schande muss ich gestehen, dass wir nicht viel herausgefunden haben. Vieles an dem Panzerarm deutet zwar auf eine Kunstfertigkeit hin, wie sie nur unser Volk besitzt, doch gibt es Eigentümlichkeiten, die ausschließen, dass wir an seiner Erschaffung beteiligt waren. Und wer würde schon einem Drachen zu einer derart mächtigen Waffe verhelfen? Außerdem habe ich noch nie von einer ganzen Rüstung aus Mondeisen gehört. Einzelne Kettenhemden, Brustpanzer, Schilde und Waffen, ja. Aber unseres Wissens nach ist noch nie ein kompletter Plattenpanzer aus diesem kostbaren Metall geschmiedet worden.«

Zustimmendes Gemurmel machte unter den Lords die Runde.

»Es wird Euch vielleicht überraschen, Meister Boram«, erklärte Magister Eulertin mit fester Stimme und schlagartig breitete sich Stille im Thronsaal aus. »In der Tat habe ich schon einmal von einer solchen Rüstung gelesen. Es handelte sich dabei um ein altes Buch mit Überlieferungen aus der Zeit vor den Schattenkriegen. Doch wer vermag schon zu sagen, was davon erfunden ist und was auf Tatsachen beruht? Die Erzählung, von der ich spreche, handelte von der Irrfahrt eines Schiffes aus der einstigen Flotte von Kaiser Kirion. Es war in den fernen Dschinnenreichen unterwegs. Seine Seeleute sollen eine mondsilberne Zauberrüstung erbeutet haben, die von einäugigen Riesen geschmiedet wurde. Den Zyklopen. Diese Rüstung, so hieß es in der Geschichte, konnte sich der Gestalt ihres Trägers anpassen und verfügte über manche Zaubermacht. Sie wurde angeblich Kaiser Kirion geschenkt, doch schon wenige Monate später gestohlen. Von wem, darüber schweigt sich die Erzählung aus. Warum also nicht von einem Drachen?«

»Wofür braucht ein Drache eine solche Rüstung?«, zürnte der Bergkönig. »Drachenschuppen sind hart genug.«

»Das ist richtig«, antwortete Eulertin. »Doch in Menschengestalt sind sie verletzlich. Und nur in verwandelter Form können sie an Orte gelangen, die sie aufgrund ihrer Größe sonst nicht erreichen könnten. Außerdem heißt es, dass sie nur so jenen Jungfrauen beiwohnen können, die sie bekanntlich so sehr begehren. Und das gibt uns gleich einen weiteren Hinweis.«

»Welchen?«, wollte der Bergkönig wissen.

»Diesem Drachen war so sehr an der Vervollständigung dieser Rüstung gelegen«, führte Eulertin weiter aus, »dass er das Wagnis einging, sich quasi in den Bau des Maulwurfs zu begeben, wie wir Däumlinge so schön sagen. Schließlich kann sich kaum ein Volk rühmen, derartig viele Drachen getötet zu haben, wie das Eure, Majestät. Der Angriff auf Eure Stadt, er diente meiner Ansicht nach nur als Ablenkung für Eure Krieger, um ungehindert in Eure Stollen vorzudringen.«

»Das heißt, wir sind diesem Drachen auf ganzer Breite in die Falle getappt?«, knurrte der König. »Wüssten unsere Ahnen von der Schwäche, die wir uns heute geleistet haben, sie würden sich in ihren Sarkophagen umdrehen.«

»Seid nicht zu streng mit Euch, Majestät«, versuchte Eulertin den König zu besänftigen. »Ein solcher Angriff war nicht vorauszusehen. Immerhin können wir jetzt mutmaßen, dass diese Rüstung zwar schützt, unseren Feind aber auf gewisse Weise auch in seinen Fähigkeiten einschränkt.«

»Was wollt Ihr damit sagen?«, fragte Thalgrim erstaunt.

»Hat er gegen Euch und Eure Krieger etwa seinen Drachenatem eingesetzt?«, stellte Eulertin eine Gegenfrage und beantwortete sie sogleich selbst. »Nein, hat er nicht. Er hat sich auch nicht in seine normale Erscheinungsform verwandelt, mittels der er Euch und Eure Krieger problemlos hätte zermalmen können. Die Frage ist also: Wollte oder konnte er es nicht?«

»Er hat diese verdammten Blitze geschleudert!«, fauchte der alte Zwerg.

»Gefährlich, aber ein kläglicher Ersatz für echtes Drachenfeuer«, entgegnete der Däumling unbeeindruckt. »Ich bleibe dabei: Dieser Drache war an der Rüstung so sehr interessiert, dass er nicht das Risiko eingehen wollte, sie nach einer Rückverwandlung gegebenenfalls doch noch zu verlieren. Zu den Fragen, die wir uns also ebenfalls stellen sollten, gehört auch diese: Wofür benötigt er die Rüstung?«

Der Bergkönig blickte den Däumlingsmagister stumm an und deutete schließlich hinüber zu Kai. »Euer Zaubergeselle hat den Verdacht geäußert, dass hinter alledem die Nebelkönigin Morgoya steckt.«

Der kleine Windzauberer drehte sich kurz zu den Reihen der Lords um und nickte. »Ja, davon bin ich ebenfalls überzeugt. Seit mehreren Dekaden schon versucht Morgoya von Albion, den Widerstand auf dem Kontinent zu brechen. Das Einzige, was zwischen ihr und uns steht, ist die Leuchtfeuerkette der Feenkönigin. Erst letztes Jahr hat mein Zauberlehrling einen Angriff auf einen der Leuchttürme erfolgreich abgewehrt.«

Dutzende von Augenpaaren drehten sich zu Kai um, der bei so viel Aufmerksamkeit unbehaglich von einem Fuß auf den anderen trat.

»Doch mir scheint«, fuhr der Magier fort, »dass Morgoya neue Wege gefunden hat, um ihre Hand nach dem Kontinent auszustrecken. Ich weiß noch nicht wie, aber ich spüre, dass der Krieg nicht mehr fern ist.«

»Wie gedenkt die Feenkönigin darauf zu reagieren?«, wollte der Bergkönig wissen.

Eulertin wandte sich zu Kai um. »Vielleicht lasst Ihr meinen Lehrling sprechen. Denn er war es, dem Feenkönigin Berchtis während meiner Abwesenheit in Hammaburg erschienen ist.«

Ein ungläubiges Raunen ging durch die Schar der Zwerge, und Kai erstarrte. Warum tat ihm der Magister das an? Er hasste es, vor so vielen Leuten zu sprechen.

»Feenkönigin Berchtis hat zu einem Zauberkonzil geladen, Majestät«, begann Kai. »Sie ist ebenfalls davon überzeugt, dass Morgoya neue Ränke schmiedet. Wir waren auf dem Weg zu ihr, als wir von dem Angriff auf Mondralosch erfuhren. Ich kann nur hoffen, dass sie Rat weiß.«

»Das heißt, dieses Konzil beginnt schon bald?« Thalgrim sah den Däumling hoffnungsvoll an.

»Es findet bereits seit Mitternacht statt«, korrigierte Eulertin. »Wir sollten uns also beeilen.«

»Dann richtet Feenkönigin Berchtis aus, dass ich die anderen Königtümer informieren werde. Seit den Schattenkriegen steht mein Volk tief in ihrer Schuld. Wenn sie uns braucht, werden wir getreu an ihrer Seite stehen.«

»Ich danke Euch, Majestät. Nur gibt es da ein Problem ...« Der kleine Windmagier wandte sich abermals um und nickte Kai auffordernd zu.

»Wir, äh ...« Der Zauberlehrling kramte in seinem Rucksack. »Im Moment sind wir nicht mehr in der Lage, ihr Zauberreich zu finden. Wie Ihr vielleicht wisst, Majestät, sind die Zugänge zu Berchtis' Königreich verborgen. Der magische Droschkenlenker, den uns die Feenkönigin gesandt hat, er ist seit dem Absturz der Feenkutsche, na ja, er ist verstummt.«

Unglücklich präsentierte Kai den Zwergen die verbeulte Mondsilberscheibe, die er zwischen den Trümmern aufgeklaubt hatte. Noch immer waren ihre Seiten getrübt.

»Meister Boram!«, forderte der Bergkönig den glatzköpfigen Zwerg auf, sich der Scheibe anzunehmen. Der Zwergenschmied nahm Kai die Mondsilberscheibe ab und hielt sie prüfend gegen das Fackellicht.

»Sehr alt«, murmelte er. Er nahm einen seiner goldenen Hämmer zur Hand und schlug leicht gegen die eine, dann gegen die andere Seite. Aufmerksam lauschte er dem hellen Klang. Zufrieden nickte er.

»Ich denke, ich kann den Droschkenlenker wieder zum Sprechen bringen«, erklärte der Zwerg. »Das wird allerdings ein oder zwei Tage dauern, und ich bräuchte dabei die Unterstützung von Euch

Zauberern. Leider ist Meister Gorodin, der die magische Flamme in der alten Mondsilberschmiede entzünden konnte, vor drei Jahren bei einem Unfall ums Leben gekommen.«

Überrascht blickte Kai zum Magister auf. War es möglich, dass die Zwerge nichts von Morgoyas Jagd auf die Feuermagier wussten? Andererseits, woher sollten sie es auch wissen? Es handelte sich dabei um ein Geheimnis der Magierschaft. Auch die Prophezeiung der Schicksalsweberinnen war sicher nicht allen Völkern bekannt.

»Natürlich werden wir Euch helfen«, sagte Eulertin. »Mein Lehrling wird Euch begleiten.«

»Gut, Zaubergeselle«, schnaufte der Schmiedemeister. »Dann folgt mir.«

Kai eilte dem glatzköpfigen Zwerg bereits nach, als sie die raue Stimme König Thalgrims noch einmal innehalten ließ.

»Einen Moment. Wir haben zuvor noch ein anderes Problem zu klären. Führt ihn herein!«

Das Portal zum Thronsaal wurde abermals aufgezogen und zwei stämmige Zwerge führten einen in Ketten liegenden Gefangenen herein. Es war Gilraen.

Kai hatte ihn fast schon vergessen gehabt.

Der Blick des Elfen schweifte durch den Saal und blieb ausdruckslos an ihm kleben. Seine beiden Begleiter trieben ihn mit harten Stößen an den Reihen der Zwergenlords vorbei und allgemeine Unmutsbeteuerungen wurden laut. Schließlich wurde Gilraen gezwungen, vor dem Thron in die Knie zu gehen.

»Diesen Elfen haben meine Leute tief in der Festung gefunden«, zürnte der alte Zwergenkönig. »Er behauptet, zu Euch zu gehören.«

»Ja, das stimmt«, antwortete Eulertin verwundert. »Er hat uns begleitet. Was werft Ihr ihm vor?«

»Wir haben ihn in der Nähe der Wohnkammern entdeckt, dort, wo sich unsere Frauen und Kinder versteckt hielten.«

»Beim Traumlicht«, stieß der Elf aufgebracht hervor. »Ich habe für Euch gekämpft!«

Der Zwergenwächter verpasste ihm einen Schlag gegen den Kopf. »Rede nur, wenn du gefragt wirst.«

»Du willst also an unserer Seite gekämpft haben?«, sagte Thalgrim.

»Gibt es dafür einen Zeugen?«

Kai räusperte sich. »Majestät, Gilraen ist einer meiner Gefährten und zusammen mit mir in Mondralosch angekommen. Als ich ihn zuletzt sah, kämpfte er auf dem Rücken eines geflügelten Pferdes gegen die Sturmdrachen.«

»Das erklärt nicht, warum er sich in den Wohnhöhlen herumgetrieben hat.«

»Ich habe mich in Euren Tunneln und Gängen verlaufen«, sagte Gilraen zwischen zusammengebissenen Zähnen. »Als ich sah, wie Magister Eulertin und mein Elfenfreund durch das große Portal in den Berg liefen, beschloss ich, ihnen nachzugehen. Ich wollte helfen.«

»Die alte Mondsilberschmiede liegt fast eine Meile von den Wohnhöhlen entfernt!«, stieß der Bergkönig aufgebracht hervor. »Als dich die Wachen fanden, hast du versucht, vor ihnen zu flüchten!«

»Um keine Zeit zu verlieren«, erwiderte Gilraen trotzig.

Kai runzelte die Stirn. Gilraen sollte es nicht gelungen sein, den Spuren zu folgen, die er Fi hinterlassen hatte?

Der Bergkönig starrte Gilraen unschlüssig an und wandte sich wieder seinen Lords zu. »Gibt es hier noch jemanden, der für den Elfen sprechen will?«

Zögernd trat einer der Zwerge vor. »Majestät, zwei meiner Leute haben während des Angriffs tatsächlich eine berittene Gestalt am Himmel gesehen, die es mit einem der Drachen aufnahm. Die beiden Flügelpferde haben wir ebenfalls gefunden. Eines ist verletzt und wird jetzt in den Stallungen gepflegt, das andere befand sich angebunden nahe dem oberen Hauptportal.«

»Auch ich möchte mich für Euren Gefangenen verwenden, Majestät«, hallte Eulertins Stimme durch den Saal, und Gilraen blickte hoffnungsvoll zu dem Zauberer auf. »Jener Sturmdrache, dessen Schädel Euch Eure Krieger präsentiert haben ... Euren Männern gelang es nur mithilfe des Gefangenen, ihn vom Himmel zu holen. Gilraen hat ihn unter Einsatz seines Lebens abgelenkt, sodass schließlich ein Katapulttreffer in seine Flanke glückte.«

König Thalgrim fixierte Gilraen mit unbewegter Miene. Schließlich ließ er sich in seinen Thron sinken und schnaubte.

»Gut. Öffnet seine Ketten und lasst ihn frei. Sobald der andere Elf wieder zu Kräften gekommen ist, sollen die beiden vor die Stadttore gebracht werden. Gebt ihnen, was sie an Waffen und Ausrüstung verlangen, immerhin genießen sie das Vertrauen von Magister Eulertin. Doch es bleibt dabei, ich dulde keine Elfen in meiner Stadt.«

Die Wächter befreiten Gilraen von seinen Ketten, und er erhob sich und rieb sich die Handgelenke.

»Ich danke Euch für Eure Gnade, Bergkönig«, sprach er mit tiefem Zynismus. »Schließlich sollten wir alle nur zu gut wissen, dass das Vertrauen zwischen den Völkern der einzige Halt ist, der uns in diesen schweren Zeiten bleibt.«

»Schwere Zeiten? Treibe es mit meiner Geduld nicht zu weit, Elf!«, brüllte der alte Zwerg. »Dein feiges Volk weiß doch gar nicht, was man darunter überhaupt versteht! Und jetzt raus mit dir.«

Gilraen nickte Eulertin knapp zu und schritt, flankiert von den beiden Zwergenkriegern, stolz erhobenen Hauptes am Spalier der Lords vorbei.

Auch Kai sah ihm skeptisch nach.

Was auch immer Zwerge und Elfen entzweite, zumindest bei Gilraen schien ihm dieses Misstrauen angebracht. Auf gar keinen Fall hatte er sich in den Tunneln verlaufen. Kai war sich sicher, dass er sie schamlos angelogen hatte.

Das Feentor

Nein, nein, nein, Junge! Wo bist du denn bloß mit deinen Gedanken?«

Kai hielt die Rechte griffbereit von sich gestreckt und fixierte seinen Zauberstab, der nur zwei Schritte von ihm entfernt an einem Fichtenstamm lehnte.

»Schau mir zu, ich führe es dir noch einmal vor.« Magister Eulertin sauste auf einem Rindenstückchen zu einem Ast in ihrer Nähe und legte seinen eigenen Zauberstab darauf ab.

Kai seufzte, während er seinen Lehrmeister beobachtete. Ihnen lief die Zeit davon. Das Konzil im Feenkönigreich hatte längst begonnen und es war nun schon zwei Tage her, seit sie in Mondralosch gegen die Drachen gekämpft hatten. Während in der Stadt die Aufräumarbeiten in vollem Gange waren, hatte er sich gemeinsam mit Meister Boram um Nivel und Levin gekümmert. Es hatte eine Weile gedauert, bis es ihm gelungen war, die alte Mondsilberesse mit magischem Feuer wieder zu entfachen. Der Schmiedemeister hatte dann einen Tag und zwei Nächte lang an der Mondsilberscheibe gehämmert, bis sich der feenkönigliche Droschkenlenker endlich wieder gezeigt und sogleich über Kopfschmerzen geklagt hatte. Auch sein Zwilling Levin war wenige Stunden darauf wieder zu sich gekommen.

Mittags hatten sie sich vor die Stadtmauern Mondraloschs begeben, um sich dort mit Gilraen und Fi zu treffen.

Geschwind flog Magister Eulertin wieder zurück zu Kai und verharrte in der Luft neben seiner Schulter.

»Aufpassen!«, rief er. Schwungvoll warf er seinen Arm nach vorn, und das winzige Zauberhölzchen auf dem Ast wirbelte durch die Luft auf den Magister zu. Eulertin ergriff den Zauberstab mit einer geschickten Bewegung und richtete ihn schulmeisterlich auf Kai.

»Konzentration, Junge! Alles eine Sache der Konzentration. Es liegt stets in der Natur seines Trägers, welche magischen Verwandlungen und Kunststücke ihm sein Zauberstab ermöglicht. Der magische Apport gehört zu jenen Fertigkeiten, die sogar ein Schüler meistern sollte. Und jetzt erfreue mich.«

Kai rollte mit den Augen und versuchte sich zu konzentrieren. Dann riss er die Hand nach vorn.

Durch seinen Zauberstab lief ein Zittern … und er fiel um.

»Allerdings macht auch hier Übung den Meister«, kommentierte der Däumling das Geschehen trocken.

Kai eilte zur Fichte, richtete den Zauberstab wieder auf und probierte es zwei weitere Male mit ähnlichem Erfolg. Er würde das nie schaffen!

»Wie lange weißt du das mit Fi bereits?«, fragte Eulertin brüsk. »Ich meine, dass sie ein Mädchen ist und dieses interessante Mondsilberamulett bei sich trägt.«

Kai wurde rot und spähte zwischen den Bäumen hindurch zu dem nahe gelegenen Berghang, auf dem Fi und Gilraen standen und sich um das geflügelte Pferd kümmerten.

»Seit meinem ersten Aufenthalt im Schmugglerviertel«, presste Kai hervor. »Aber ich musste ihr schwören, es niemandem zu erzählen. Wenn Ihr mehr über sie erfahren wollt, dann müsst Ihr sie selbst fragen.«

»Das habe ich bereits. Lass mich zukünftig an solchen Dingen teilhaben, Junge. Du darfst nicht glauben, dass wir in unserem Kampf allein stehen. Vieles, was dir als reiner Zufall oder schicksalhafte Fügung erscheint, kann Teil eines höheren Plans sein.«

Kai nickte ernst. Er ahnte, wovon der Magier sprach. Und er fühlte eine tiefe Erleichterung darüber, dass ihm Eulertin sein langes Stillschweigen nicht übel nahm. Beiläufig streckte er seine Hand wieder nach dem Stab aus, der plötzlich auf ihn zusauste. Kai zuckte zusammen und wurde von dem Eichenholz schmerzhaft am Kopf getroffen.

»Autsch!«, fluchte er und berührte vorsichtig die Beule an seiner Stirn.

»Es soll natürlich einige geben«, sagte Magister Eulertin und bemühte sich nicht einmal darum, sein breites Grinsen zu verbergen, »denen leichte Schläge auf den Kopf dabei helfen, sich an diese simple Tatsache zu erinnern. Und denk dran, bis Sonnenuntergang müssen wir aufbruchsbereit sein.«

Der kleine Zauberer zwinkerte ihm zu und schwebte zum Rand der Lichtung.

»Magister«, rief ihm Kai hastig nach und las seinen Stab wieder vom Boden auf.

»Ja?«

Kai deutete verstohlen in Richtung Berghang, wo das leise Lachen Fis ertönte.

»Was gedenkt Ihr wegen Gilraen zu unternehmen?«, fragte er mit gesenkter Stimme. »Ich habe Euch doch von den Spuren erzählt, die ich vorgestern in Mondralosch hinterlassen hatte. Was auch immer Gilraen in der Festung zu suchen hatte, wir waren es nicht.«

»Ich weiß«, meinte Eulertin. »Doch er hat überaus tapfer gekämpft. Aus diesen beiden Gründen sollten wir uns seiner Gesellschaft noch etwas länger erfreuen.«

»Weil er uns angelogen hat?«, entfuhr es Kai ungläubig. »Was, wenn er noch immer Morgoya dient und uns eines Tages in den Rücken fällt? Was, wenn er uns ausspionieren will? Wir wissen doch gar nicht, welche dunklen Absichten er verfolgt.«

»Nun«, erwiderte Eulertin ernst, »noch ist nichts davon bewiesen. Merke dir, Junge: Im Zweifel behält man seinen Feind im Auge, statt ihn in seinem Rücken zu wähnen. Was auch immer es ist, was Gilraen vor uns verbirgt, wir werden es nicht erfahren, wenn wir ihn zurücklassen. Außerdem sind wir ja zu dritt, um auf ihn aufzupassen.«

»Zu dritt?«, rief Kai entgeistert und senkte sogleich wieder seine Stimme. »Fi könnt Ihr in dieser Hinsicht vergessen. Die beiden sind ein Liebespaar.«

»So, meinst du?«, sagte der Zauberer und strich sich über den Bart. »Trotzdem denke ich, du unterschätzt unsere junge Freundin. Ich halte sie nicht für so vertrauensselig, wie du vielleicht glaubst.«

Kai schüttelte den Kopf. Für seinen Geschmack nahm Eulertin die Angelegenheit mit Gilraen viel zu sehr auf die leichte Schulter. Und so sehr er Fi auch mochte, sogar einem Narren musste doch auffallen, dass sie ganze Wagenladungen Bretter vor dem Kopf hatte, wenn es um Gilraen ging.

Missmutig übte er sich noch ein paarmal daran, seinen Zauberstab auf sich zufliegen zu lassen, doch das vermaledeite Ding kippte lediglich wieder um. Wenn es sich überhaupt vom Fleck rührte.

Entnervt warf sich Kai unter der Fichte ins Gras und reckte sein Gesicht der untergehenden Sonne entgegen. Ihr rotes Licht umschmeichelte die Konturen der Bäume, der Wind flüsterte in den Zweigen.

Erst nach einer Weile fiel ihm auf, dass dies der erste Augenblick der Ruhe war, seit sie in Hammaburg Asmus' Frostgaleere gefunden hatten.

Ob der Krieg gegen Morgoya wirklich kurz bevorstand? Welche Rolle würde er darin spielen? Noch immer wusste er nicht, ob er all die Erwartungen erfüllen konnte, die seine Freunde in ihn setzten. Hoffentlich wusste die Feenkönigin Rat. Vielleicht verstand sie es, ihm einen Weg zu weisen, damit aus ihm ein richtiger Feuermagier wurde! Das zumindest war sein dringlichster Wunsch. Die zurückliegenden Ereignisse hatten ihm seine Grenzen nur allzu deutlich aufgezeigt. In Wirklichkeit war es wohl tatsächlich so, wie Gilraen gesagt hatte. Er hatte bislang einfach nur Glück gehabt.

In diesem Moment kamen ihm wieder die Traumbilder in den Sinn, die in jenem Augenblick an ihm vorübergezogen waren, als er dem Tode näher denn dem Leben gewesen war. Ohne Zweifel handelte es sich bei ihnen um Erinnerungen. Wer nur war diese Frau, die er zuletzt gesehen hatte? Diese Erinnerung musste aus einer Zeit stammen, als er noch sehr klein gewesen war. Kai versuchte, das Bild wieder heraufzubeschwören und fast schien es ihm, als würde sich die rothaarige Frau abermals zu ihm herabbeugen, um ihn zu kussen. An seiner Wange kitzelte es sogar.

War sie seine … Mutter?

Das Kitzeln war immer noch da und diesmal streifte es seine Nasenspitze.

Kai schlug verwirrt die Augen auf und sein Blick fiel auf einen Albenschmetterling. Der hübsche Falter tanzte federleicht vor seinem Gesicht auf und ab, so als wolle er ihn mit seinem Flügelschlag necken.

Kai lächelte und richtete sich langsam auf. Albenschmetterlinge waren überaus selten. Auf Albion gab es sie offenbar nicht, denn Fi hatte noch nie von ihnen gehört. Endlich konnte er ihr einen dieser zarten Frühlingsboten zeigen. Besser noch, er würde ihn ihr zum Geschenk machen.

Vorsichtig streckte er die Hand aus und zu seiner Freude setzte sich der scheue Falter auf die Handfläche nieder und bewegte zart seine Fühler. Mit der freien Hand öffnete Kai den Verschluss seines Rucksacks und wühlte darin hastig nach der Holzdose mit den getrockneten Mistelbeeren, die er früher zur Irrlichtjagd gebraucht hatte und immer bei sich trug.

Da zuckte er zusammen. Seine Hand stieß gegen etwas Heißes. Dieser dreimal verfluchte Sulphurstein! Das Mistding strahlte inzwischen eine derartige Wärme ab, dass sie selbst durch den Federbeutel hindurch unangenehm wirkte. Wenn das so weiterging, dann würde ihm nichts anderes übrig bleiben, als den missratenen Klumpen tatsächlich fortzuwerfen.

Er nestelte nach der Dose mit den Mistelbeeren, kippte sie aus und näherte sie vorsichtig dem Falter, der bereits unruhig mit den Flügeln klappte. Geschwind stülpte er die Dose über die Hand, und der Falter war gefangen. Ein breites Grinsen stahl sich auf Kais Gesicht. Schon in Fychtermoor war er der beste Albenschmetterlingsfänger gewesen. Fi würde Augen machen.

Er griff nach seinem Zauberstab und eilte durch die Bäume hindurch auf den Berghang zu, wo noch immer das geflügelte Pferd graste. Fi und Gilraen standen nicht weit davon entfernt und einen schrecklichen Augenblick lang war Kai, als beugte sich der Elf zu Fi, um sie zu küssen. Kai hielt inne und nahm erst jetzt wahr, dass Gilraen das Mondsilberamulett betrachtete, das um Fis Hals hing.

Er sprach aufgeregt auf Fi ein, doch die schüttelte heftig den Kopf. Leider verstand Kai nicht, was sie sagten, doch sie schienen zu streiten. Schließlich bemerkten ihn die beiden. Sie wandten sich zu ihm um, und Fi verstaute den Glyndlamir schnell wieder unter ihrem Hemd.

Fi war also *nicht* vertrauensselig? Kai schnaubte ungehalten. Andererseits, Gilraen musste natürlich wissen, dass sie das Amulett besaß.

»Und, bist du mit deinen Übungen vorangekommen?«, begrüßte ihn Fi. Gilraen musterte Kai ohne jede sichtbare Gefühlsregung.

»Ja, bin ich«, sagte Kai und entschloss sich, Fis Freund einfach zu ignorieren.

»Schau, was ich gefunden habe.« Kai trat vor die Elfe und lüpfte die Dose. »Einen Albenschmetterling!«

Der Falter saß noch immer auf seiner Handfläche und erhob sich, kaum dass sich ihm eine Gelegenheit bot, in die Freiheit zu entkommen. Mit zartem Flügelschlag tanzte er durch die Luft und war schon bald am Abendhimmel verschwunden.

»Wunderschön!« Fi lächelte. »Aber du bist zu spät gekommen. Ich kenne sie bereits. Komm mit und schau dir an, was Gilraen vorhin gefunden hat.«

Sie nahm Kai bei der Hand und führte ihn den Hang zu einem großen Felsen hinauf, der im Schatten zweier Krüppelbirken lag.

Von dort hatten sie einen guten Blick auf eine moosbewachsene Senke, in der wunderschöne Blumen mit rot-silbernen Blütenköpfen wuchsen, die Kai nicht kannte. Dort unten flatterten gleich zwei Dutzend der hübschen Falter herum. Noch nie in seinem Leben hatte er derart viele Albenschmetterlinge auf einmal gesehen. Vielleicht in einem Käfig, aber noch nie in freier Natur.

»Hast du je etwas Bezaubernderes gesehen?«, schwärmte Fi und schlug verzückt ihre Hände zusammen. »Ich kann gar nicht genug von ihrem Anblick bekommen.«

»Dort unten wächst Sternentau«, sagte Gilraen. Er war ihnen gefolgt und funkelte den verwirrten Zauberlehrling herausfordernd an. »Sternentau ist selten, aber wenn man weiß, wo man ihn suchen muss, findet man ihn auch. Die hübschen Falter lieben seinen Nektar.«

»Ja, ich sehe es«, krächzte Kai und fühlte sich Gilraen wieder einmal hoffnungslos unterlegen. Gab es denn gar nichts, was der Kerl ihm nicht voraushatte.

Fi war die Senke inzwischen hinabgestiegen und streckte fröhlich summend ihre Hand aus, auf der sich jetzt gleich zwei der Falter niederließen.

»Sieh gut hin, Zauberlehrling«, sagte Gilraen leise. »Freiheit ist ein kostbares Gut, man sollte diese Tiere nicht in Gefäße sperren. Es ängstigt sie. Aber vielleicht denkt ihr Zauberer ja anders darüber. Euch ist es doch längst zur Gewohnheit geworden, die Geschöpfe und Wesen dieser Welt einzufangen und in eure Dienste zu pressen. Ob ihr damit gegen ihren Willen handelt, ist euch doch gleichgültig.«

Wütend starrte der Zauberlehrling den Elfen an, doch insgeheim musste er sich eingestehen, dass Gilraen auf unleugbare Weise Recht hatte. Zumindest er hatte sich noch nie Gedanken über sein Tun als Zauberer gemacht. Dabei hätte ihm zumindest der Zwischenfall mit dem Sulphur klarmachen müssen, dass ihnen nicht alle Elementare freiwillig zu Diensten waren.

Und wie stand es um die Irrlichter? Fühlten sie etwas dabei, wenn man sie einsperrte? Kai hasste Gilraen dafür, diese Zweifel in ihm entfacht zu haben. Sicher wollte er ihn vor Fi in Verlegenheit bringen.

Gilraen ließ ihn stehen und schlenderte zurück auf den Hang. Längst war die Sonne am Horizont hinter den Bergkuppen verschwunden und nur ein sanftes Nachglühen zeugte von ihrer Anwesenheit. Sogar der Mond war bereits aufgegangen.

»Ihr habt euch doch hoffentlich nicht schon wieder gestritten?« Fi entließ die beiden Albenschmetterlinge in den Abendhimmel und kletterte wieder zu Kai herauf.

»Nein«, murrte der. »Sieht man davon ab, dass er uns Magiern vorgehalten hat, wir würden unsere Elementare versklaven.«

»Tut ihr das denn nicht?«

Kai blickte sie empört an. »Fi, ich bemühe mich wirklich. Aber Gilraen versucht mich zu provozieren. Dabei ist er es, dessen Loyalität infrage steht. Du musst doch wohl zugeben, dass es so manche Ungereimtheit an ihm gibt, die wir bisher noch nicht geklärt haben. Ich sage dir, ihm ist nicht zu trauen.«

Fi sah ihn bekümmert an. »Ich weiß, dass sich Gilraen mit Rätseln umgibt. Aber ich bin mir sicher, er wird unsere Fragen beantworten, sobald die Zeit reif dazu ist. Die Jahre, die hinter ihm liegen, sind schrecklicher als alles, was du dir vorzustellen vermagst. Morgoya hat ihn dazu gezwungen, ein Leben gegen unsere elfische Natur zu führen. Er leidet. Und es fällt ihm noch schwerer, anderen zu vertrauen, als mir. Wir müssen ihm etwas Zeit geben.«

»Ach, und warum hast du dich dann vorhin mit ihm gestritten?«, entfuhr es Kai patzig.

»Dabei ging es um das Schicksal des Glyndlamir«, antwortete sie zögernd. »Wir sind uns nicht eins, wie wir ihn im Kampf um Albion verwenden sollen. Außerdem gibt es da etwas, von dem Gilraen noch nichts weiß, obwohl er ein Recht darauf hat, es zu erfahren. Es betrifft dich.«

»Und was soll das sein?«

»Es hat etwas damit zu tun, wie der Glyndlamir auf dich reagiert«, antwortete Fi. »Zweimal schon habe ich dich mit seiner Hilfe vor dem Tod bewahren können. Dabei sind Gilraen und ich seine Hüter. Vielleicht hat es etwas damit zu tun, dass *du* die prophezeite Letzte Flamme bist? Ich verstehe es nicht. Noch nicht. Doch ich habe mir vorgenommen, es herauszufinden.«

Kai sah Fi irritiert an und presste die Lippen aufeinander. »Weiß Gilraen, wer ich bin?«

»Nein.« Fi schüttelte den Kopf. »Ebenso wie du mein Geheimnis gewahrt hast, sind auch meine Lippen versiegelt geblieben. Es ist dein Recht, selbst zu entscheiden, ob du es ihm sagst und wann du es ihm sagst. Ich bitte dich bei alledem nur um eines.« Die Elfe wirkte sehr ernst. »Bitte glaube mir, wenn ich dir sage, dass Gilraen Morgoya ebenso hasst wie wir es tun. Ich kann es fühlen. Hier.«

Fi legte die Hand auf ihr Herz, und Kai wagte es nicht, weitere Widerworte zu erheben. Schweigend traten sie den Rückweg an.

»Wo bleibt eigentlich Magister Eulertin?«, rief ihnen Gilraen zu. »Ich denke, unsere dienstbaren Zwillinge sind längst wieder einsatzbereit? Wenn wir noch mehr Zeit hier in den Harzenen Bergen vertrödeln, dann ist Euer Konzil vorbei.«

Davon hatte Fi Gilraen also ebenfalls berichtet? Kai warf ihr einen bösen Blick zu.

»Eine berechtigte Frage, Gilraen«, ertönte die Stimme Eulertins. Über den Baumwipfeln war Kriwa zu erkennen, die auf den Berghang zuflog. »Ich musste lediglich unser Transportproblem klären.«

Kriwa setzte auf einem Stein auf und krächzte laut. Schwach hob sich auf ihrem hellen Gefieder der Däumlingsmagier ab. »Du und Fi, ihr beide nehmt am besten auf dem Flügelpferd Platz. Wie ich selbst zu reisen gedenke, seht ihr ja. Bliebe mein Lehrling, den wir natürlich nicht zurücklassen wollen. Es ist daher an der Zeit, Gilraen, auch dich mit einer geschätzten Freundin bekannt zu machen.«

Ein schwarzer Schatten verdunkelte den Mond und das Rauschen mächtiger Schwingen war zu hören.

Gilraen kreischte entsetzt auf und riss das Schwert aus der Scheide, das er von den Zwergen erhalten hatte. »Fi, pass auf! Eine Gargyle!«

Fi griff nach dem Geschirr des Flügelrosses, das bereits seine Flügel entfaltete und unruhig auf den Hufen tänzelte.

»Gemach, mein elfischer Freund! Kein Grund zur Aufregung«, sagte der Magister zu Gilraen, beobachtete allerdings interessiert seine Reaktion auf die Ankunft Dystariels. Die setzte geräuschvoll auf dem Berghang auf und klappte ihre Fledermausschwingen zusammen, während sich ihre Krallen knirschend in den Untergrund bohrten. Silbern schimmerte die Drachentöterklinge *Sonnenfeuer* auf ihrem Rücken. Nur Fis Elfenmagie war es zu verdanken, dass das geflügelte Ross jetzt nicht endgültig durchging.

»Elfchen. Du wirst doch nicht etwa Angst vor mir haben, oder?«, zischte Dystariel und fletschte raubtierhaft ihre Zähne.

»Hör auf mit deinen Spielchen!«, fuhr Fi die Gargyle an.

»Du bist mit dieser Bestie vertraut?«, fragte Gilraen fassungslos und hielt sich noch immer kampfbereit. »Was soll das alles hier?«

»Dystariel und ich sind seit vielen Jahren befreundet. Sie steht auf unserer Seite«, erklärte Magister Eulertin mit fester Stimme.

»Dystariel?« Die Augen des Elfen verengten sich zu Schlitzen und überrascht ließ er seine Klinge sinken. »Hierher hast du dich also verkrochen. Endlich begreife ich, warum wir bis zum Einbruch der Dunkelheit warten mussten. Kreaturen wie du vertragen bekanntlich das Tageslicht nicht. Morgoya lässt schon seit vielen Jahren nach dir suchen. Und wie sie dich sucht …«

Er steckte die Waffe weg und plötzlich begannen seine Mundwinkel zu zucken. Prustende Laute waren zu hören, die sich nach und nach zu einem schallenden Gelächter steigerten.

»Gilraen«, unterbrach Fi sein Gelächter. »Was soll das?«

»Wenn du wüsstest, wie oft ich nach ihr ausgeschickt wurde«, gluckste er und hielt sich den Bauch vor Lachen. Endlich richtete sich Gilraen wieder auf, und Kai sah, dass ihm in Wahrheit Tränen über die Wangen rannen. Sein Gesicht war zu einer bizarren Maske verzerrt, in der sich zu einem Teil Heiterkeit und zum anderen Teil Verzweiflung mischten. Einen kurzen Augenblick lang machte er den Eindruck, komplett wahnsinnig geworden zu sein.

»Welche Ironie des Schicksals«, japste er und zitterte am ganzen Körper. »Wenn Morgoya wüsste, dass ausgerechnet ich dich gefunden habe, würde Albion von einem zornigen Orkan verschluckt werden.« Sein Reden verwandelte sich nach und nach in ein trockenes Schluchzen. Kai, der noch immer nicht wusste, was er von dem Gefühlsausbruch Gilraens zu halten hatte, durchrieselte es kalt.

»Sechs Mal, du elende Kreatur«, fuhr dieser fort, »wurde ich ausgeschickt, um dich aufzuspüren. Und sechs Mal hat uns Morgoya gezwungen, in den Dörfern, die wir nach dir abgesucht haben, verbrannte Erde zu hinterlassen. Deine Flucht, Dystariel, hat so viele Unschuldige das Leben gekostet. Dafür hasse ich dich.«

»Du hasst dich selbst, Elf«, zischte Dystariel, die seltsam ruhig blieb.

Gilraen starrte sie zornig an, doch schließlich erlosch das Feuer in seinen Augen. »Vermutlich hast du Recht«, flüsterte er und wischte sich die Tränen aus dem Gesicht. Er atmete tief ein. »Das Schlimmste an alledem war, dass ausgerechnet du es warst, die jenen wie mir Hoffnung gegeben haben.«

»Hoffnung?«, rollte die düstere Stimme der Gargyle über den Berghang.

»Ja«, keuchte der Elf. »Denn du bist das lebende Beispiel dafür, dass Morgoya Fehler begeht. Dass man ihr entkommen kann. Dass sie nicht allmächtig ist. Dass man sie vielleicht sogar eines Tages … besiegen kann.«

Fi legte ihrem Gefährten mitfühlend die Hand auf den Arm, doch Gilraen schüttelte sie ab. Stattdessen ging er auf Dystariel zu, blieb vor ihr stehen und blickte ihr furchtlos in die gelben Augen.

»Wissen die anderen, wer du in Wahrheit bist?«

Die Gargyle knurrte gefährlich.

Kai, der dem Ausbruch Gilraens mit zunehmendem Entsetzen gelauscht hatte, starrte die beiden mit aufgerissenen Augen an. Gilraen wusste, wer Dystariel als Mensch gewesen war?

»Es ist genug, Elf!«, rief Eulertin mit schneidender Stimme. »Ich weiß es, und für den Augenblick, soll das genügen. Macht euch aufbruchsbereit. Kai, du wirst mit Dystariel fliegen.«

Empört schaute der Zauberlehrling zu Eulertin. Wann endlich würde der Magister aufhören, ihn wie einen unbedarften Lehrling zu behandeln?

»Ich hole nur noch meine Sachen«, sagte Kai und drehte sich auf dem Absatz um. Ob er dem Elfen Unrecht getan hatte? Nein, unmöglich täuschte er sich in ihm. Er hatte sie belogen. Dennoch tat ihm Gilraen in diesem Augenblick leid. Trotzdem würde er nicht eher Ruhe geben, bis er herausgefunden hatte, was der hochmütige Elf vor ihnen verbarg. Kai stolperte durch die Dunkelheit zu der kleinen Lichtung, schulterte seinen Rucksack, klaubte den Sack mit der Mondsilberscheibe auf und eilte wieder zurück.

Gilraen und Fi hatten bereits auf dem Rücken des geflügelten Pferdes Platz genommen, und Kai hörte, dass Fi leise, aber aufgeregt auf Gilraen einredete. Doch der schüttelte energisch den Kopf.

Der Zauberlehrling kramte die Mondsilberscheibe hervor und klopfte dagegen.

»Nivel?«

»Dreht die Scheibe um, verehrter Adept«, vernahm er die nasale Blechstimme von Levin.

Kai tat, wie ihm geheißen und im Mondlicht waren die vornehmen Züge des Droschkenlenkers zu erkennen.

»Ah, es geht endlich los«, scheppterte Nivel. »Nun, dann bitte ich die Herrschaften, sich ganz meiner kundigen Führung anzuvertrauen.«

Hinter Kai stapfte die Gargyle heran.

»Bist du bereit, Junge?«, dröhnte Dystariels Reibeisenstimme durch die Nacht.

Kai nickte, und insgeheim fragte er sich, was es war, was Gilraen über Dystariel wusste.

»Gut«, antwortete Dystariel. »Dann halte die Zwillinge hübsch fest. Denn wir beide fliegen voran.«

Die Gargyle ergriff ihn, presste ihn an sich und stieg dann unter kräftigen Schwingenschlägen zum Nachthimmel auf.

Kai umklammerte die Mondsilberscheibe fest.

»Gen Süden, bitte!«, rief Nivel gegen den Flugwind an.

Dystariel flog einen Bogen und aus den Augenwinkeln heraus erkannte Kai, dass ihnen die anderen in einigem Abstand folgten.

»Wie lange wird es dauern, Droschkenlenker?«, rasselte Dystariel.

»Unser Ziel ist das Gläserne Gebirge«, antwortete Nivel. »Bei Eurer Geschwindigkeit, Verehrteste, denke ich, werden wir unser Ziel in etwa drei Stunden erreicht haben.«

Kai zerrte mit einer Hand am Kragen seiner Jacke, um sich vor dem kühlen Flugwind zu schützen, und eine ganze Weile starrte er angespannt auf die Berge und Täler herab, die sie überflogen.

Wenn ihn Dystariel nur bloß nicht fallen ließ. Langsam stellte sich bei Kai auch eine gewisse Vorfreude ein, die Feenkönigin zu sehen. Er hatte so viele Fragen. Auch wenn er nicht wusste, was sie bei dem Konvent eigentlich erwartete, würde es guttun, einmal nicht damit rechnen zu müssen, hinterrücks überfallen oder angegriffen zu werden.

Der Zauberlehrling war so in seine Gedanken vertieft, dass er nicht bemerkt hatte, wie viel Zeit inzwischen verstrichen war. Ein neuerlicher Blick in die Tiefe überzeugte ihn davon, dass sie die Harzenen Berge schon lange hinter sich gelassen hatten.

»Nivel, wie lange dauert es jetzt noch?«, rief er zitternd, denn die Temperatur war beträchtlich gefallen.

»Och, so etwa drei Stunden, schätze ich.«

»Wie bitte?«, rief Kai. »Das hast du doch vorhin schon gesagt, und das muss mindestens zwei Stunden her sein.«

»Ja glaubt Ihr, hochverehrter Adept, ich ändere so schnell meine Meinung?«

Der Zauberlehrling rollte mit den Augen. Na, das konnte ja heiter werden. Sie hätten sich lieber einem zwergischen Handelszug anschließen sollen, das wäre bequemer gewesen. Bei dem Gedanken kamen ihm wieder die Äußerungen des Zwergenkönigs in den Sinn.

»Dystariel«, rief er. »Kannst du mir erklären, warum die Zwerge auf die Elfen nicht gut zu sprechen sind?«

Eine Weile lang war nur das Rauschen des Windes und das Schlagen ihrer Schwingen zu hören, und Kai glaubte bereits, sie habe ihn nicht gehört oder wolle ihm nicht antworten, als sie sagte: »Weil sich die Elfen einen Dreck um die Nöte der anderen Völker scheren.«

»Was soll das heißen?«, brüllte Kai.

»Als Murgurak der Rabe die neun Schrecken aus den Schattenklüften rief, baten die Zwerge die Elfen der westlichen Wälder um Hilfe. Zu diesem Zeitpunkt hatten sie bereits einen hohen Blutzoll an Pelagors Drachen entrichtet. Doch die Elfen versagten ihnen die Hilfe. Sie warfen den Zwergen vor, den Krieg selbst verschuldet zu haben, da sie an der Seite von Kaiser Kirion gegen die Trolle zu Felde gezogen waren.«

»Aber die Elfen haben doch geholfen?«, schrie Kai. »Ich denke, ihre Nachfahren sind auf Albion heimisch geworden?«

»Richtig«, grollte es über ihm. »Eine kleine Fraktion der Elfen hatte sich schließlich Sigur Drachenherz angeschlossen. Es war das erste Mal überhaupt, dass sich die Elfen in die Belange der anderen Völker einmischten. Doch zu diesem Zeitpunkt hatten die Zwerge bereits zwei ihrer Königtümer an die Ungeheuer verloren. Dies haben sie den Elfen bis heute nicht verziehen.«

Kai sann noch eine Weile über das Gehörte nach und beschloss, weitere Fragen auf später zu verschieben. Ihm war inzwischen einfach zu kalt für eine Unterhaltung.

Eine endlos erscheinende Zeit später schlotterte er derart vor Kälte, dass er Dystariel schon um eine Rast bitten wollte. Doch da nahm sich Nivel bereits seiner an.

»Haltet noch ein wenig aus, Adept«, ertönte seine blecherne Stimme. »Schon bald haben wir unser Ziel erreicht. Das Gläserne Gebirge liegt bereits unter uns.«

Tatsächlich, unter ihnen, im Mondlicht, erstreckten sich schneebedeckte, zackige Gipfel.

»Ihr werdet vom Feenreich Ihrer Majestät Berchtis begeistert sein«, pries Nivel das Ziel ihrer Reise an. »Dort herrscht ewiger Frühling. Man wird Euch baden, auf Wunsch mit Duftölen und kostbaren Pflanzenextrakten salben und zu einem Mahl führen, das Euch die Strapazen dieser unglücklichen Reise vergessen lässt.«

Vor Kais tränenden Augen tauchten bereits Musikanten, ein warmes Baldachinbett und köstliche Speisen in Hülle und Fülle auf.

»Verehrteste, ich bitte Euch, jene Anhöhe unter uns anzufliegen«, dröhnte Nivels Stimme.

Dystariel ließ sich in die Tiefe fallen und flog eine mondbeschienene Lichtung an, die direkt an eine schroffe Felswand grenzte. Schwer setzte Dystariel auf dem Waldboden auf und stellte Kai auf die Füße, der mittlerweile kaum noch Gefühl in seinen Gliedmaßen hatte.

Torkelnd ging er in die Knie und rieb sich Arme und Beine. Tief atmete Kai die klare Bergluft ein und schaute erleichtert zum Sternenhimmel auf.

Hinter ihnen landeten Gilraen und Fi auf ihrem Flügelross. Auch Kriwas Flügelschlag war nun zu hören. Die Möwe setzte sich auf den knorrigen Ast einer Kiefer, die sich majestätisch am Waldrand erhob.

Seltsam, der Boden war mit Tau bedeckt. Das Sternenlicht spiegelte sich tausendfach in kleinen Tropfen. Es glitzerte und glänzte um sie herum, so als habe jemand einen Beutel mit Mondsilberstaub ausgestreut. Nur dort, wo Dystariel stand, wirkte dieser Glanz irgendwie schal und verdorben.

»Oh ja, dieser Platz ist durch und durch von Magie durchdrungen«, ertönte Fis fröhliche Stimme. »Kai, Gilraen, spürt ihr es auch?«

Der Zauberlehrling sah sich um und nickte. Über Gilraens Gesicht huschte ein wehmütiges Lächeln. Als er Kais Blick bemerkte, erstarrte sein Antlitz wieder zu einer Maske der Gleichmut.

»Oh!« Fi berührte den Stamm einer Kiefer und strich sanft über die Rinde. »Diese Bäume werden geliebt. Ich bin mir sicher, dass …«

»Nivel«, unterbrach sie die Stimme Eulertins, »wir sollten keine weitere Zeit verlieren. Ich vermute, das Feentor befindet sich dort vorn an der Bergflanke, richtig?«

Kai blickte zu der schroff aufragenden Granitwand in seinem Rücken und entdeckte, dass in den Fels ein gigantisches Tor zwischen zwei Wachtürmen gehauen war, das fahl silbern im Mondlicht schimmerte. Um den Torbogen rankten sich steinerne Blüten und Blätter, die seltsam lebendig wirkten.

»Oh ja, Magister«, schepperte Nivel erfreut. »Eurem geneigten Blick entgeht so schnell nichts. Dort befindet sich das Tor. Die Herrschaften müssen nur herantreten. Allerdings, äh …« Das Gesicht auf der Mondsilberscheibe verzog sich. »Ich muss die verehrten Herrschaften sicher nicht an die speziellen Gesetze erinnern, die im Feenreich gelten. Nicht jeder vermag die Grenze zu übertreten. Oder sollte ich besser sagen … nicht *jede*?«

Nivel schenkte Dystariel ein unglückliches Lächeln, so als befürchte er, die Gargyle könne sich dazu entscheiden, die Mondsilberscheibe dafür zu schlagen.

»Ich weiß«, grollte die Gargyle. »Wesen der Finsternis vermögen das Tor nicht zu durchschreiten. Ich warte hier auf euch.«

»Ich bin erleichtert über Euer Verständnis, Teuerste.« Nivels Antlitz entspannte sich merklich.

»Wir beide sind auch nicht eingeladen«, sagte Gilraen plötzlich. Er räusperte sich und wandte sich an Fi. »Es ist wohl besser, wenn wir ebenfalls zurückbleiben.«

»Das geht nicht«, begehrte Fi auf und wandte sich mit flehendem Gesichtsausdruck an Kai und Magister Eulertin. »Ich muss die Feenkönigin sprechen. Es ist wichtig. Für uns, für Albion. Nur Berchtis kann meine Fragen beantworten.«

»Ich denke«, sagte Eulertin, »dass die Feenkönigin sicher nichts gegen euer Erscheinen einzuwenden hat. Ihr müsst selbst entscheiden.«

»Diese Entscheidung ist längst gefallen«, antwortete Fi bestimmt. »Komm doch mit mir, Gilraen.«

»Nein, ich bleibe hier«, antwortete dieser. »Wir sollten die Gastfreundschaft der Feenkönigin nicht überstrapazieren. Geht ihr nur, ich werde mich in der Zwischenzeit ein wenig mit Dystariel unterhalten. Wer weiß, vielleicht verrät sie mir ja, wie es ihr überhaupt gelungen ist, sich Morgoyas Willen zu widersetzen …?«

»Gar nichts werde ich, Elfchen«, fauchte die Gargyle und bleckte ihre Reißzähne. »Aber vielleicht verrätst du mir, warum du so nach Angst stinkst. Ich rieche es bis hierher.«

»Reize mich nicht, Gargyle!«, zischte Gilraen wütend.

»Kommt, das Konzil erwartet uns!«, unterbrach Eulertin die beiden und segelte mit Kriwa auf Kais Arm. Gemeinsam schritten sie auf das Feenportal zu.

Als sie endlich direkt davorstanden, stellten sie mit Verwunderung fest, dass die Torflügel aus einer einzigen, geschlossenen Steinplatte gehauen waren. Kein Schloss, kein Riegel und kein Spalt waren zu erkennen. Sie blickten sich ratlos an.

»Folgt mir ins Sommerland!«, schmetterte Nivel.

»Ja wie denn?«, fragte Kai aufgebracht.

»Na, einfach eintreten, edle Herren!«, sagten die Zwillinge aus dem Zauberspiegel im Chor.

Einfach eintreten. Aber schließlich war dies ein magisches Feentor … Zögernd streckte Kai die Hand aus, um die steinerne Pforte zu berühren – und fasste ins Leere. Das Tor war ein Trugbild, ein magischer Schutzschild! Etwas mutiger machte Kai einen Schritt nach vorne und er fand sich in einem Tunnel wieder, an dessen Ende verheißungsvoll Tageslicht schimmerte.

Aber konnte das sein. Bei ihnen hier draußen war es doch Nacht.

Kai konnte es kaum erwarten, das wundersame Feenreich endlich mit eigenen Augen zu sehen und rannte los.

»Gemach, Junge«, rief ihm Eulertin zu, doch auch er musste lachen.

Aufgeregt eilte Kai auf den Ausgang des Tunnels zu. Ein kühler Luftzug strich ihm über das Gesicht, und Kai blickte sich verwirrt um. Auch der Däumling erhob sich.

Vor ihnen erstreckte sich eine herrliche Auenlandschaft mit Blumen, Gräsern und Bäumen aller Art. Doch wohin sie auch blickten, auf allem lag eine hauchdünne Frostschicht. Es sah aus, als habe sich ein weißes Leichentuch über die Landschaft gesenkt.

Auch Fi und das geflügelte Pferd waren inzwischen am anderen Ende des Gangs angekommen. Das Lächeln auf dem Gesicht der Elfe erstarb. »Hier stimmt etwas nicht«, flüsterte sie.

Berchtis' Schloss

K ai klammerte sich an Fi, während sie auf dem Rücken des Flügelrosses über die vom kalten Hauch erfüllte Feenlandschaft hinwegflogen, die erstarrt und reglos unter ihnen lag. Bis zum fernen Horizont war das Zauberreich mit Frost überzogen und der Himmel, der sich über ihnen aufspannte, schimmerte grau. Bäume, Wiesen und Felder lagen erstarrt unter einer dicken Reifschicht. Selbst vor den Bewohnern dieses Reichs hatte der schreckliche Winterzauber nicht haltgemacht. In einem Waldstück stand ein Rudel Hirsche, das wie eine Statue in der Bewegung eingefroren war. Am Ufer eines zugefrorenen Sees entdeckte Kai drei Lyren. Die prächtigen Riesenschwäne kauerten reglos am Ufer. Ihre geschwungenen Hälse hielten die Vögel unter ihrem Federkleid verborgen und es sah aus, als sei jedes Leben aus ihnen entwichen.

»Ich verstehe das nicht«, stammelte Kai. »Was ist hier denn bloß passiert?« Der Anblick, den all das erweckte ... trostlos.

»Ich weiß es auch nicht«, antwortete Fi verzagt und sie sahen sich hilflos nach Magister Eulertin und Kriwa um, die ihnen folgten.

Sie bemerkten, dass der kleine Magister ebenso bestürzt war wie sie selbst.

»Nivel! Levin!«, fuhr Kai die Mondsilberscheibe an. »Immer noch keine Idee, was hier vor sich gegangen sein könnte?«

»Nein«, wimmerte Nivel. »Wir verstehen das ebenfalls nicht. Hier müsste Frühling herrschen. Und es müsste warm sein. Ich befürchte, die Einzige, die Euch auf diese Frage antworten kann, ist ihre Majestät Berchtis. Sie müsst Ihr fragen.«

»Wie weit ist es denn noch bis zu ihrem Schloss?«, fragte der Zauberlehrling rüder, als er vorgehabt hatte.

»Gleich da vorn, hinter der bewaldeten Anhöhe, auf die wir zuhalten, hochverehrter Adept.«

Endlich entdeckte Kai ihr Ziel.

Das Schloss der Feenkönigin schimmerte in blassen Blau-, Grün-, Weiß-, Silber- und Goldtönen. Wie eine stolze Insel erhob es sich aus dem grau-weißen Meer der Baumkronen. Nie zuvor hatte Kai etwas Schöneres erblickt. Es war ein himmelwärts strebender Bau mit wundersamen Hallen, Säulen und Türmen, die in blütengleichen Dächern aus Koboldgold ausliefen. Die Fassaden des zauberhaften Palastes wurden von verspielten Erkern und Treppen gesäumt. Die Fenster funkelten im fahlen Licht der Sonne.

In diesem Moment schnaubte das Ross unter ihnen schwer und sein Flügelschlag wurde unregelmäßiger und kraftloser.

»Festhalten, Kai!«, stieß Fi gepresst hervor und zerrte an den Zügeln. Doch ihre Versuche, das Tier wieder unter Kontrolle zu bekommen, schlugen fehl. Hilflos trudelte das Pferd immer weiter in die Tiefe, durchbrach das Geäst der Bäume und schlug schwer auf einer mit Raureif bedeckten Lichtung auf.

Kai wurde aus dem Sattel geschleudert und krachte gegen den Stamm einer Eiche. Er rappelte sich auf und rieb sich seine schmerzende Schulter. Fi war natürlich ungleich eleganter aufgekommen.

Sie war längst wieder auf den Beinen und versuchte, nach den Zügeln des verängstigten Rosses zu fassen. Doch es entzog sich ihr unter wildem Prusten und Schnaufen und brach auf einem seiner Hinterbeine fast ein. Unter großer Anstrengung kam es wieder hoch, bäumte sich laut wiehernd und mit weit gespreizten Flügeln vor ihnen auf und erstarrte schlagartig in dieser Haltung.

Erschüttert wich Fi zurück, stolperte über eine Wurzel und stürzte in Kais Arme. Gemeinsam sahen sie dabei zu, wie sich das herrlich schimmernde Fell des Tieres mit einer Eisschicht überzog und sich über die dunklen Augen ein grauer Schleier legte.

»Kai«, wimmerte Fi panisch. Sie hatte Tränen in den Augen. »Ich fühle es. Es ist die Feenkönigin selbst. Die Feenkönigin. Ihre Kraft versiegt. Jetzt gibt es keine Hoffnung mehr. Wir sind verloren. Alle.«

»Was redest du da für einen Unsinn?«, entgegnete Kai aufgebracht. »Weißt du überhaupt, wovon du da sprichst?!«

Ein heftiger Flügelschlag ließ ihn aufblicken, und Kai entdeckte Eulertin, der auf dem Rücken von Kriwa zu ihnen herabglitt.

Kai versuchte Fi zu beruhigen, doch die krallte ihre Finger in seine Jacke und wiederholte immerzu ihre Worte, ganz so, als wäre sie betrunken.

»Bitte Fi, komm zu dir!«

Sie verstummte, doch noch immer bebten ihre Schultern. Kai streichelte ihr besorgt über die blasse Wange. »Ich verspreche dir, alles kommt wieder in Ordnung!«

Fi schüttelte verzweifelt den Kopf.

»An den Worten Fis könnte etwas dran sein«, sagte der Däumlingsmagier mit tonloser Stimme. Er war mit Kriwa neben ihnen auf der Erde gelandet.

»Natürlich habe ich Recht«, schluchzte sie. »Die Feenkönigin ist mit dem Land und allem, was darin lebt, verbunden. Einige von uns Elfen glauben sogar, das Feenreich selbst führe ein magisches Eigenleben. Berchtis sei bloß seine Stimme und Verkörperung. Es ist gleich. Das Land stirbt. Was wir hier sehen ist die Kälte des Todes. Wenn es dafür noch eines Beweises bedurfte, dann war es das, was mit unserem Pferd geschehen ist.«

Eulertin starrte das in bizarrer Pose erstarrte Tier an.

»Ja, zurück in Berchtis' Reich wurde es offenbar von jenem Schrecken eingeholt, der auch alles andere hier verändert hat. Auch ich befürchte das Schlimmste.«

»Dass die Feenkönigin tot ist?«, schrie Kai. »Ihr meint, alles sei umsonst gewesen?«

»Nein. Vielleicht. Es ist nur …« Eulertin zuckte hilflos mit den Schultern.

»Niemals!«, sagte Kai aufgebracht. Er rappelte sich auf und zog auch Fi unsanft auf die Füße. »Ich weigere mich, das zu glauben! Das kann einfach nicht sein. Ein Unglück mag hier geschehen sein, ja. Aber nicht so etwas. Los, kommt!«

Kai packte seinen Zauberstab und eilte in jene Richtung, in der er das Zauberschloss gesehen hatte. Er spürte zwar ebenfalls kaltes Entsetzen, wenn er über Fis Worte nachdachte, doch er würde nicht so schnell aufgeben. Wut kam in ihm hoch. Und nur am Rande nahm er wahr, dass ihm Magister Eulertin, Kriwa und Fi folgten.

Zornig kämpfte sich Kai durch das frostige Walddickicht hindurch, und so dauerte es nicht lange, bis er zwischen den Bäumen die Silhouette des prächtigen Feenschlosses erblickte. Einen Moment lang hielt er inne. Der Wald ging sanft in einen Schlossgarten mit alten, weit ausladenden Bäumen, farbenprächtigen Blumen, blühenden Hecken und glitzernden Wassergräben über, auf denen eingefrorene Seerosen schwammen. An manchen Büschen hingen Früchte, die wie bunte Edelsteine leuchteten, auch wenn ihr herrlicher Glanz jetzt von einer grauen Frostschicht getrübt wurde. Dieser Garten musste sonst ein zauberhafter Ort von magischer Schönheit sein, doch jetzt wirkte er kalt, erstarrt und tot.

Obwohl das Schloss von Frost und Eis bedeckt war, übte es noch immer einen eigentümlichen Zauber auf ihn aus. Das hoch vor ihm aufragende Bauwerk mit seinen verspielten Türmen und Erkern bot einen Anblick, als wäre es einem Traum entsprungen. Es lag auf einem Hügel und besaß weder Burggräben, Wehrgänge noch andere Verteidigungsanlagen. Alles an ihm strahlte Schönheit, Anmut und Harmonie aus. Selbst die Mauern schimmerten zart wie Opale. War dieses Schloss denn überhaupt aus Stein erbaut worden? Nirgendwo auf der himmelwärts strebenden Fassade waren Fugen zu erkennen. Das ganze Feenschloss wirkte vielmehr, als sei es ein ganz von Magie durchdrungenes Wesen; ein Gedanke, der noch von dem Umstand verstärkt wurde, dass die Zinnen, Säulen und Turmspitzen wie Blüten, Bäume und Blätter geformt waren.

Kai ging auf das große Hauptportal des Schlosses zu. Der Torbogen lief oben in Gestalt einer geöffneten Blüte aus, deren Blätter weich wie Rosenquarz schimmerten. Die beiden Portalflügel standen einladend offen.

Fi lief an seine Seite. »Was erwartest du, da drinnen zu finden?«

»Ich weiß nicht«, erwiderte Kai. »Die Feenkönigin ist die Einzige, die mir helfen kann, endlich zu einem richtigen Zauberer zu werden. Und sie ist die Einzige, vor der sich sogar Morgoya fürchtet.« Er blieb stehen und funkelte die Elfe an. »Was auch immer dieses Feenreich in kalte Todesstarre versetzt hat, ich wette mit dir, Morgoya steckt dahinter. Aber ich bin verdammt noch einmal die Letzte Flamme. Irgendeinen Sinn muss das doch haben. Nötigenfalls werde ich all das hier eben wieder auftauen!«

Fi sah ihn an, als habe er den Verstand verloren.

Er wandte sich von ihr ab und ging auf das große Portal zu. Kriwa flatterte auf seinen Arm.

Magister Eulertin glitt von ihrem Federkleid und schwebte hinunter auf Kais Schulter. Kriwa krächzte laut und erhob sich wieder.

»Meine Antwort auf diese Frage steht noch aus, Junge«, brummte der Däumlingsmagier. »Je mehr ich darüber nachdenke, desto fester bin ich davon überzeugt, dass die schreckliche Veränderung, die Berchtis' Reich erfasst hat, zwar mit dem Zustand der Feenkönigin in Verbindung steht, sie aber nicht tot sein kann.«

Kai musterte den Däumling fragend.

»Wenn das so wäre«, fuhr der Magister fort, »wäre das Feenreich wohl überhaupt nicht mehr zu erreichen gewesen. Trotzdem müssen wir vorsichtig sein. Ohne Zweifel ist Berchtis persönlich Ziel eines Angriffs gewesen. Und wir wissen nicht, ob unser unbekannter Gegner noch im Schloss lauert.«

Fi zückte ihren Bogen und legte vorsichtshalber einen Pfeil an. Gemeinsam drangen sie durch das Portal in einen Innenhof vor, dessen Umfassungsmauern von Efeu überrankt waren. Hier stand ein Springbrunnen mit vereister Fontäne. Viel überraschender jedoch waren die beiden riesigen Trolle rechts und links neben dem Eingang, die sich mit ihren muskulösen Armen auf gewaltige Keulen stützten. Ihr langes, zottetiges Haar war von Raureif bedeckt und ihre Lenden wurden von Fellen umhüllt. Die beiden blickten drohend, doch ihre Borkengesichter waren ebenso erstarrt wie alles andere an ihnen.

»Trolle?«, rief Kai entgeistert. »Am Hof der Feenkönigin?«

»Sie sind nicht die einzigen Vertreter fremder Völker, die du hier noch erblicken wirst«, erklärte der Däumlingsmagier. »Nahezu jedes Volk auf dem Kontinent hat Vertreter an den Hof der Feenkönigin entsandt, um Berchtis zu huldigen oder ihr auf irgendeine Weise zu dienen. Krieger, Baumeister, Dichter und Musikanten. Einige von ihnen haben zuvor unglaubliche Heldentaten vollbracht, andere haben seltsame Abenteuer erlebt, bevor sie Zugang zum Feenreich erhielten. Vergessen wir nicht«, schloss der Magister, »was uns die Haltung dieser beiden Wächter verrät. Sie lehnen entspannt auf ihren Keulen. Entweder ist das Unglück von einem Moment zum anderen über die Schlossbewohner hereingebrochen, oder sie haben den Feind selbst eingelassen. Vielleicht beides.«

»Dann seid Ihr ebenfalls davon überzeugt, dass Morgoya hinter alledem steckt?«, fragte Kai.

»Manches spricht dafür, manches dagegen«, antwortete der Windzauberer kryptisch. »Ein Vasall der Schattenmächte kann es nicht gewesen sein. Denn niemand, dessen Seele der Finsternis verschrieben ist, hätte das Feentor passieren können.«

Die Gefährten gingen an den Hünen vorbei und drangen ins Innere des Schlosses vor. Sie erreichten eine prachtvolle, lichtdurchflutete Halle, in der es schwach nach Harz und Rosenholz duftete. Die Wände wurden von alabasternen Säulen gesäumt, die mächtigen Bäumen nachempfunden waren. Ihre Äste reichten hoch hinauf bis unter die Decke, die zu Kais Erstaunen aus einem Meer leuchtender Edelsteine bestand. Unter der silbernen Schicht von Raureif konnte er einen fantastischen Frühlingshimmel aus Tausenden von Rubinen, Zitrinen, Aquamarinen, Diamanten, Saphiren und Granatsteinen erkennen, über den bunte Vögel und Schmetterlinge flogen.

Vier Türen zweigten von der großen Halle ab und auf einer Seite war der Treppenaufgang in einen Turm erkennbar.

»Wohin müssen wir?«, fragte Fi, die ihren Bogen gespannt hielt, jederzeit bereit, einen Pfeil abzuschießen.

»Ich schätze, zum Kristallsaal«, antwortete Eulertin und schaute sich zweifelnd um. »leider war ich erst ein einziges Mal in meinem Leben hier. Hinzu kommt, dass das Schloss ein gewisses Eigenleben besitzt, was es nicht leichter macht, sich hier zu orientieren.«

»Was meint Ihr damit?«, fragte Kai erstaunt.

»Ich will damit sagen«, erklärte Eulertin, »dass sich die Zimmer und Hallen des Feenpalastes ständig verändern. Beim letzten Mal befand sich hier an dieser Stelle eine prachtvolle Spiegelhalle.«

»Wenn Ihr wünscht, helfe ich Euch, hochverehrter Magister«, quäkte gedämpft die nasale Stimme Levins. Kai, der die beiden Zwillinge vor lauter Aufregung fast vergessen hatte, kramte die Mondsilberscheibe wieder hervor. Zaubergegenstände waren von dem merkwürdigen Erstarrungseffekt offenbar nicht betroffen.

»Ja, tu das, Levin. Führe uns!«

Auf Weisung des Zwillings eilten sie auf eine der von der Empfangshalle abzweigenden Türen zu, gelangten über zwei Zimmer in eine prachtvolle Galerie, durchschritten einen Gartensaal mit hohen Scheiben aus Feenkristall, in dessen Regenbogenlicht ein Strauch mit goldenen Nüssen wuchs, und durchquerten einen Saal, in dem eine wundervolle Kristallharfe stand. Allem wohnte trotz des Frostes ein friedvoller Zauber inne, dem sich keiner von ihnen entziehen konnte. Hin und wieder stießen sie auf weitere Bewohner des Schlosses. Wichtel, Gnome, Menschen, Elfen und Zwerge. Wie graue Statuen standen sie in den Gängen. Offenbar hatte sie das Unglück völlig unerwartet getroffen. Kai erinnerte all dies an die Schreckensszenerie auf Asmus' Galeere.

»Ich befürchte, wir sind da«, wisperte Levin unheilvoll. »Dort vorn ist der Kristallsaal.«

Sie hatten eine gewaltige Halle erreicht. Von der Decke hing ein prachtvoller Lüster aus Gold und Kristall, der trotz des grauweißen Kälteschleiers, der auf allem lag, noch immer funkelte, ganz so, als ob die Sterne des Nachthimmels in ihm eingefangen wären.

Kai, Fi und Magister Eulertin blickten auf ein imponierendes Doppelportal, dessen weiß schimmernde Flügel weit geöffnet waren. Als sie eintraten, wurden sie von gleißendem Licht geblendet. Der prächtige Saal bestand durch und durch aus bunt schimmerndem

Feenkristall. Die lichte Bogendecke wurde von kristallinen Arkaden-pfeilern gestützt, die aussahen, als wären gläserne Stalagmiten und Stalaktiten zusammengewachsen.

Inmitten des Saals stand ein ovaler Kristalltisch, durch den sich ein tiefer Riss zog. Um ihn herum saßen, erstarrt unter einem hauchdün-nen Schneeüberzug, Menschen, Wichtel und Gnome. Ihre Zauber-stäbe, Hüte und Gewänder wiesen sie zweifelsfrei als Magier aus. Und noch immer zeugten ihre froststarren Mienen und Gebärden davon, dass das Unglück sie völlig überraschend getroffen hatte. Doch den niederschmetterndsten Anblick bot jene Gestalt an der Stirnseite der Halle. Denn dort schwebte geistergleich die majestätische Gestalt ei-ner wunderschönen Frau mit langen, honiggelben Haaren. Eisblaues Licht umflorte sie und auch sie war wie eingefroren.

Berchtis!

Kai und Fi rannten quer durch den Saal.

»Bei den Träumen meines Volkes!«, klagte Fi. »Ich wusste es.«

Bei näherem Hinsehen entdeckten sie, dass Berchtis' Körper in Abertausende Eis- oder Kristallsplitter zersprungen war, die bläulich schimmerten. Berchtis Augen waren starr auf das Eingangsportal gerichtet und die Überraschung in ihrem Blick war deutlich zu lesen.

»Bei allen Schicksalsmächten!«, murmelte Magister Eulertin be-troffen und schwebte zum Antlitz der Feenkönigin empor. Bang blickten ihm Kai und Fi nach, während der Magier seinen Stab schwang und eine komplizierte Entzauberungsformel murmelte. Ohne Erfolg.

»Ist sie … tot?«, fragte Kai zaghaft.

»Nein«, erklärte der Magister nach einer Weile. »Es ist so, wie ich vermutet habe. Sie ist noch immer um uns und sie versucht, uns zu erreichen. Ich fühle es. Es liegt ein Fluch oder Zauber auf ihr. Aber es handelt sich um eine mir unbekannte, völlig fremde Magie, alt und archaisch. Noch nie habe ich Derartiges erlebt.«

»Ja, ich spüre sie ebenfalls«, flüsterte Fi ergriffen und legte sich die Hand auf die Brust, so als wolle sie sich ihres Gefühls vergewissern. »Sie kämpft. Doch sie vermag sich uns nicht mitzuteilen.«

»Los«, fuhr Eulertin seine beiden Begleiter an. »Schaut nach, ob ihr irgendwelche Spuren findet! Wir müssen herausfinden, was hier geschehen ist.«

Kai und Fi liefen los. Während die beiden den reifbedeckten Kristallboden nach Spuren absuchten, flog Eulertin die Reihen der erstarrten Magier ab.

»Hier auf dem Boden befinden sich seltsame Schrammen und Schleifspuren«, rief Fi vom Eingang her. Sie war in die Hocke gegangen und winkte ihnen zu. »Sie können noch nicht alt sein. Seht!«

Kai und Eulertin eilten zu ihr und betrachteten die seltsamen Kratzspuren. Hier war jemand mit schweren Schritten entlanggegangen.

»Ich ahne, wer diese Spuren hinterlassen hat«, erklärte der Magister mit finsterer Stimme. »Folgt mir!«

Er flog zurück zu dem Tisch mit den erstarrten Magiern und schwebte zu einer dicken Zauberin mit wallendem roten Haar heran, die einen knorrigen Zauberstab aus dem Holz der Silberweide in ihren steifen Fingern hielt.

»Magistra Illudia aus Colona ist die bedeutendste Illusionsmagierin in den freien Königreichen«, führte der Windmagier aus und wies zum Tisch. »Schaut, was sie uns hinterlassen hat.«

Kai und Fi starrten auf die kristallene Tischplatte, die der Däumlingsmagister nun mittels eines kleinen Luftwirbels vom Reif befreite.

Darin schimmerte … ein Bild. Kai wurde blass, als er die Gestalt in dem Mondsilberpanzer wiedererkannte. Er sah den Feuerdrachen in Menschengestalt, gegen den sie in Mondralosch gekämpft hatten.

»Woher kennt diese Magistra den verwandelten Drachen?«, flüsterte Fi.

»Sie kannte ihn nicht«, sagte Kai und knirschte mit den Zähnen. »Sie hat ihn hier gesehen.«

»Das denke ich ebenfalls«, antwortete Eulertin grimmig und schwebte auf die Tischplatte herab. »Ich bin mir sicher, dass die Magistra uns einen Hinweis hinterlassen wollte.«

»Seltsam, der Drache hält etwas in den Händen!«, rief Fi und beugte sich noch näher zu dem dreidimensionalen Bild hinunter, das in die Tischplatte eingeschlossen zu sein schien. »Es ist etwas … Rundes. Leider ist das Bild zu klein. Ich kann nicht erkennen, um was genau es sich dabei handelt.«

Kai und Eulertin beugten sich abermals über die magische Illusion.

»Tatsächlich. Du hast gute Augen, Fiadora«, meinte der Magister.

Kai schenkte Fi einen anerkennenden Blick und schaute sich um. »Magister, wer sind all diese Männer und Frauen?«

Eulertin senkte seinen Zauberstab und atmete tief ein. »Die Zauberer, die hier versammelt sind, sind ebenso wie ich Mitglieder des *Hermetischen Ordens von den vier Elementen.* Vor einhundertneun Jahren gelang es einem der neun Ungeheuer, das damals von Murgurak dem Raben aus den Schattenklüften gerufen wurde, sich aus seinem Kerker zu befreien. Dies geschah am Kaskardoom, den schwarzen Wasserfällen im Riesengebirge.«

Beklommen starrten Fi und Kai den Magister an. Nur zu gut erinnerten sie sich noch an den fürchterlichen Hammar, das Ungeheuer, dem sie in den Gewölben unterhalb der Hammaburg begegnet waren.

»Es handelte sich um *Cimbral,* den *Fluch der Wälder.* Um ihn aufzuhalten, war es notwendig, einen neuen Kerker zu errichten. Die Feenkönigin rief zu diesem Zweck viermal vier Magier zusammen, vier für jedes der Elemente. Feuer, Wasser, Luft und Erde. Wir schlossen damals einen Zauberpakt und riefen mit Berchtis' Hilfe die Elementarfürsten höchstpersönlich an.«

»Die Elementarfürsten?«, fragte Kai.

»Sie sind die mythischen Wächter über die vier elementaren Ebenen, aus denen wir Zauberer unsere Kraft schöpfen«, erklärte der Zauberer. »Sie allein waren stark genug, dem Cimbral Einhalt zu gebieten. Der *Hermetische Orden von den vier Elementen* blieb auch die kommenden Jahrzehnte über in ständigem Kontakt, wussten wir doch nicht, ob sich ein solches Unglück noch einmal wiederholen würde. Wir verstanden uns gewissermaßen als verlängerter Arm der Feenkönigin und haben für sie Augen und Ohren offen gehalten. Doch schon seit einiger Zeit ist der Orden seiner einstigen Macht beraubt. Die Feuermagier, die sich uns damals anschlossen, wurden allesamt von Morgoyas Häschern zur Strecke gebracht. Wir hatten gehofft, dass du dazu beitragen würdest, diese Lücke zu schließen.«

Fi trat an die Illusionszauberin heran und betastete vorsichtig Gesicht und Hals. »Kalt wie Eis«, sprach sie. »Aber es ist wie bei der Feenkönigin. Ich glaube, in ihr ist noch ein Funken Leben.«

Kai blickte sich um und rechnete nach. »Magister, mit Euch müssen zwölf Zauberer dieses geheimen Magierordens übrig geblieben sein. Mit mir macht das dreizehn. Ich zähle allerdings vierzehn Stühle und zehn gefrorene Magier.«

»Richtig!« Magister Eulertin schwebte wieder in die Höhe. »Ein weiteres Rätsel. Der dreizehnte Stuhl war für Haragius Äschengrund bestimmt. Ein berühmter Wassermagier und Drakologe aus Fryburg. Aber ich habe keine Ahnung, wer der Vierzehnte im Bund sein soll.«

»Und das heißt?«, wollte Kai wissen.

»Nun«, sann der Magister laut nach. »Haragius kann ebenso wie wir aufgehalten worden sein oder aber er konnte fliehen. Letzteres ist unwahrscheinlich, nachdem der Frostzauber so überraschend hereingebrochen sein muss. Es gibt natürlich noch eine dritte Erklärung ... Er könnte auf irgendeine Weise in die Geschehnisse hier verstrickt sein.«

Kai und Fi blickten sich alarmiert an.

»Wie kommt Ihr darauf?«, wollte die Elfe wissen.

»Weil er Drakologe ist!«, brauste Eulertin auf. »Seit wir in den Bergwerken von Mondralosch waren, habe ich einen Verdacht, wer hinter den Angriffen auf das Zwergenkönigreich und jetzt auch auf die Feenkönigin stecken könnte. Ein Magier allein hat nicht die Macht, sich mit der Feenkönigin zu messen. Es gibt nur eine Gruppe von Wesen, die zauberkundig genug sind, sich mit einer Fee anzulegen: die alten Drachen! Es muss also Pelagor selbst sein, der hinter all dem steckt! Ich habe den Verdacht, dass er Haragius zu seinem Agenten gemacht und dieser ihm Zutritt zum Feenschloss verschafft hat.«

»Pelagor?!«, riefen Kai und Fi wie aus einem Munde.

»Ja«, stieß Eulertin hervor. »Schon damals in den Schattenkriegen hat Pelagor hinterlistige Ränke geschmiedet. Er war der Einzige, der Sigur Drachenherz und seinen Verbündeten im Kampf gegen Murgurak den Raben und dessen Schattenstreitmacht die Hilfe verweigerte. Im Gegenteil, wie eine Spinne im Netz lauerte er drüben in Albion darauf, welche Partei aus dem Konflikt siegreich hervorgehen würde. Sein Plan war es, als lachender Dritter und mit geballter Drachenmacht über den geschwächten Sieger dieses Konflikts herzufallen. Pelagor hat das Ende des Drachenzeitalters nie verwunden. Vielleicht glaubt er, dass nun die Zeit gekommen sei, sich zu rächen.«

Eulertin verstummte.

»Nach dem, was wir Elfen wissen«, erklärte Fi gefasst, »heißt es, dass Pelagor nur noch ein Schatten seiner selbst sei. Sigur Drachenherz hat ihm damals eine tiefe Wunde geschlagen. Angeblich steckt die Spitze von *Sonnenfeuer* noch immer tief in seinem Fleisch und bereitet dem Drachen bis heute endlose Qualen.«

Überrascht blickte Kai die Elfe an. Das also war der Grund dafür, warum die Spitze der mondsilbernen Drachentöterklinge, die Dystariel im Kampf gegen Mort Eisenhand erbeutet hatte, abgebrochen war.

»Das erklärt vielleicht, warum es in den letzten Jahrhunderten ruhig um ihn geworden ist«, gestand Eulertin ein. »Doch vergessen wir nicht, dass Pelagor fast tausend Jahre Zeit hatte, sich von seiner Niederlage zu erholen!«

»Pelagor also«, sagte Kai und seufzte. »Wie sollen wir den Drachenkönig überwinden, wenn das noch nicht einmal Sigur Drachenherz oder die Feenkönigin fertiggebracht haben?«

»Thadäus«, krächzte Kriwa mit einem Mal. »Komm einmal her. Hier stimmt etwas nicht!«

Unbemerkt von allen hatte auch die Möwe den Saal nach Spuren abgesucht. Sie flatterte an einer der Wände zwischen den mächtigen Kristallsäulen auf und ab.

»Diese Wand besteht nicht aus Kristall«, krächzte Kriwa plötzlich. »Sie besteht aus Eis!«

Magister Eulertin schwebte wieder empor und verwundert betastete sein Zauberlehrling die Wand. Sicher, sie war kalt, doch angesichts des grauen Reifschleiers, der alles im Saal überzogen hatte, war kaum ein Unterschied zur Umgebung festzustellen.

»Vorsicht!«, herrschte Eulertin Kai, Fi und Kriwa an.

Der Magier beschwor einen schneidenden Wind herauf, der die Wand von der dünnen Frostschicht befreite. Tatsächlich, schwach zeichnete sich in der dahinterliegenden Kristallwand ein Torbogen ab.

»Beim Unendlichen Licht«, flüsterte Eulertin bestürzt. »Wie konnte ich das nur vergessen? Die Halle der Stäbe! Pelagor muss den

Zugang zu ihr versperrt haben. Warum? Los, Junge, mach uns den Weg frei!«

Kai trat vor und konzentrierte sich. Mit einem Mal züngelten heiße Flammen an seinem Arm empor. Er drückte die brennende Hand gegen die Eiswand und ein leises Brodeln ertönte. Wasser tropfte herunter, doch das verdammte Eis setzte ihm Widerstand entgegen. Schon flackerten die Flammen auf seinen Händen, und er spürte erschrocken, wie die Kälte auf ihn übergriff. So funktionierte es also nicht.

Verzweifelt warf er einen Blick über die Schulter zur Feenkönigin. Er durfte sie nicht enttäuschen. Plötzlich erinnerte er sich wieder daran, wie er im letzten Jahr den Magister aus dem Schleim des Hammars befreit hatte. Ihm kam ein kühner Gedanke.

»Tretet beiseite!«, sprach er hitzig. Der Zauberlehrling hob seinen Zauberstab an und hielt ihn gegen die Wand. Er konzentrierte sich. Nichts passierte.

Ungezügelt ließ er die Kraft fließen und schrie: »Brenne!«

Ein Geräusch ertönte, und aus dem Stab schlugen grelle Flammen empor.

Fi gab einen überraschten Laut von sich, und Magister Eulertin bedachte Kai mit einem anerkennenden Blick.

»Potzblitz, Junge. So lobe ich mir das. Du lernst rasch!«, sagte sein Meister anerkennend.

Der Zauberstab glich jetzt einer lichterloh brennenden Fackel, und Kai presste die Glut gegen den Eispanzer. Ein lautes Zischen ertönte und Wasserdampf waberte ihnen entgegen. Zunehmend hüllte er den Kristallsaal in dichten Nebel. Kai hielt erst inne, als er ein Loch, so groß wie ein Fassdeckel in die Wand geschmolzen hatte. Lächelnd betrachtete er seinen brennenden Stab.

Sie warteten bis sich der Dunst gelegt hatte und schlüpften durch die Öffnung. Die Halle neben dem Kristallsaal war etwas kleiner, wie ein Kleeblatt geformt und von einer kristallenen Kuppeldecke überdacht, in der ein gewaltiges Loch klaffte. Überall lagen mit Eis und Frost überzogene Trümmer herum, die im Licht der Zauberfackel fahl glitzerten. Kai sah um sich herum Vitrinen, die Zauberstäbe in den unterschiedlichsten Formen und Größen enthielten. Sein Blick schweifte über einen dicken Eichstab mit einer polierten Kugel aus Vulkanglas, einen Stock aus dem Holz der Blutkastanie, der in schwarzen Fledermausflügeln auslief, eine knorrige Zedernholzrute mit Zauberglyphen, einen verkrüppelten Tollkirschenzweig, der aussah wie eine Kralle, und einen gewundenen Schwarzerlenstab, der Ähnlichkeit mit einer Schlange besaß.

»Was ist das hier?«, wisperte er entgeistert.

»Vor euch seht ihr die Zauberstäbe von besiegten Hexenmeistern, Nachtzauberinnen und Schwarzfeen«, erklärte Eulertin und schwebte tiefer in den Raum. Der kleine Saphir am Ende seines Zauberstabes glühte in blauem Licht.

»In ihnen wirken Zauber, die sie unzerstörbar machen. Auch unsere Zauberstäbe sind extrem belastbar, doch nicht so widerstandsfähig wie diejenigen, die du hier siehst. Wir weißen Magier haben bis heute nicht herausgefunden, wie unsere Feinde dies bewerkstelligen. Offenbar handelt es sich dabei um eine geheime Formel, die nur Schwarzmagiern bekannt ist. Wir hielten es für sinnvoll, die erbeuteten Stäbe der Feenkönigin zu übergeben. Wir befürchten, dass von ihnen noch immer großes Unheil ausgeht.«

»Pelagor muss dort oben durch das Dach gebrochen sein«, meinte Fi und deutete hinauf zur zerstörten Kuppeldecke, über welcher der bleierne Himmel des Feenkönigreichs auszumachen war.

»Richtig, aber was wollte er hier?« Eulertin schwebte über die großen Trümmerstücke Richtung Hallenmitte und sah sich aufmerksam um. »Bei allen Schicksalsmächten! Der Rabenstab. Er ist fort!«

Kai und Fi folgten ihm und sahen eine zertrümmerte Vitrine, die halb unter einem großen Deckenteil begraben war.

»Was hat es mit ihm auf sich?«, fragte Kai besorgt.

»Es war der Zauberstab von Murgurak dem Raben«, sagte der Däumlingsmagister und sauste dicht über die Trümmer hinweg. Offenbar hoffte er darauf, ihn doch noch irgendwo am Boden zu entdecken. »Er ist der einzige Stab, der fehlt. Mir schwant nichts Gutes.«

»Seht doch«, rief Fi. Sie bückte sich neben eine Kristallplatte mit gezackten Rändern, die besonders dick mit Eis und Harsch überzogen war und schräg zur Raummitte emporragte.

Kai folgte ihr und erblickte nun ebenfalls jenes runde, von Frost überzogene Gebilde, das Fi ausgemacht hatte. Es war etwa so groß wie ein kleiner Kürbis und die Oberfläche war von Sprüngen und Rissen durchzogen. Ein großes Loch klaffte in der unteren Hälfte der Kugel. Es war ein Ei!

»Los hilf mir!«, rief Fi.

Gemeinsam wuchteten sie das schwere Deckenfragment zur Seite. Darunter kauerte eine etwa katzengroße geflügelte Echse mit rotgoldenem Schuppenkleid und pfeilförmigen Schwanz. Das Geschöpf schien erst vor Kurzem geschlüpft zu sein. Zusammengerollt lag es da und hob zitternd vor Kälte den kleinen Kopf.

»Ein Drachenjunges!« Eulertin schwebte erstaunt heran.

»Und wie klein es ist«, rief die Elfe. »Viel zu klein, wenn ihr mich fragt. Kai, wir müssen ihm unbedingt helfen.«

Das Erbe des Hexenmeisters

Das Lagerfeuer prasselte leise und erfüllte die Lichtung vor dem Feentor mit warmem Licht.

Kai beobachtete niedergeschlagen das Drachenjunge, das sich bibbernd gegen die brennenden Scheite presste. Ganz so, wie Magister Eulertin prophezeit hatte, suchte es die Nähe von Feuer. Und wären da nicht die magischen Flammen seines Zauberstabs gewesen, mit denen Kai ihn zusätzlich wärmte, womöglich hätte sich der Kleine komplett ins Feuer gelegt.

Kai lächelte angespannt. Leider war der Anblick des niedlichen Drachenbabys das Einzige, was ihn etwas aus seinen düsteren Gedanken zu reißen vermochte, seit sie das Feentor durchschritten hatten. Auch wenn sie ihrer Ansicht nach kaum drei Stunden in dem frostigen Zauberreich verweilt hatten, war die Zeit vor dem Feentor doch anders verlaufen. Dystariel und Gilraen versicherten ihnen, dass sie einen ganzen Tag und noch eine halbe Nacht auf ihre Rückkehr gewartet hatten.

Ratlosigkeit machte sich breit. Die drückende Stille auf der Lichtung wurde nur von dem Knacken der Scheite und dem gelegentlichen Schnauben des kleinen Drachen unterbrochen. Er stieß dabei kleine Rauchkringel aus, die sich schnell mit dem Qualm des Lagerfeuers vermischten.

Kai fragte sich, was es mit dem kleinen Drachen auf sich hatte. Doch das war nur eines der vielen Rätsel, auf die sie in Berchtis' Reich gestoßen waren. Das größte war noch immer, wie es Pelagor gelingen konnte, die Feenkönigin derart zu überraschen.

Die Lage war hoffnungslos.

»Wie lange habt ihr noch vor, hier untätig herumzusitzen und euch selbst zu bemitleiden?«, unterbrach Dystariel die Stille. Mit schweren Schritten näherte sich die Gargyle dem Lagerfeuer, spreizte ihre Flügel und fixierte mit ihren gelben Raubtieraugen die Runde. »Eine Schlacht ist verloren, aber noch nicht der Krieg.«

»Ich denke nach«, herrschte der Däumlingsmagister sie an. »Vorwürfe helfen mir dabei nicht.«

»Dann denke schneller, Thadäus«, grollte Dystariel. »Uns läuft die Zeit davon. In sechs Stunden geht die Sonne bereits wieder auf, dann muss ich mich zurückziehen.«

»Ja, verdammt«, antwortete der Däumling und schwebte von dem Ast empor, von dem aus er in die Flammen gestarrt hatte. »Aber all die Puzzleteile, die vor uns liegen, fügen sich einfach nicht zu einem sinnvollen Gesamtbild zusammen. Warum überzieht ein Feuerdrache alles mit Eis? Und was hat es mit diesem Drachenjungen auf sich? Gerade sein Fund bereitet mir Kopfschmerzen. Weshalb lässt ein Drache sein Ei zurück?«

»Mehr noch, Magister«, fügte Fi hinzu. »Warum hat Pelagor es überhaupt mit ins Feenschloss gebracht? Denkt an das Abbild im Kristalltisch. Ich bin mir sicher, dass es dieses Ei war, das Pelagor bei sich trug.«

Der Däumlingsmagier atmete tief ein. »Nicht nur das. Ihr wisst selbst, in welchem Zustand sich die Halle der Stäbe befand. Und bis auf dieses Drachenjunge hier ist jeder Bewohner des Schlosses in kalte Todesstarre gefallen. Absicht oder Zufall? Man kann fast den Eindruck gewinnen, als ob Pelagor wollte, dass dieses Junge einen möglichst grausamen Tod erleidet.«

»Magister, wie könnt Ihr Euch so sicher sein, dass es sich um Pelagor handelt?«, fragte Fi.

»Die Haut der Kreatur war geschuppt!«, sagte Kai. »Ich konnte ihren nackten Arm sehen, als sie sich in Mondralosch den Mondeisenarm überstreifte.«

»Es ist der Drachenkönig«, erklärte Gilraen mit Nachdruck und blickte in die Runde. »Nur die alten Drachen können ihre Gestalt verändern. Abgesehen von Dämonen verfügen nur sie über die Macht, andere Drachen zu kontrollieren. Und über Mondralosch hatten wir es sogar gleich mit zweien von diesen Sturmdrachen zu tun. Die Frage, die wir uns stellen sollten, lautet also vielmehr, welches Ziel Pelagor verfolgt. Erst, wenn wir mehr darüber herausfinden, können wir auch die übrigen Handlungen des Drachenkönigs verstehen.«

»Also gut.« Eulertin nickte Gilraen zu und senkte sich wieder auf den Ast herab. »Deine Gedanken sind schlüssig. Fragen wir uns also nach dem Motiv Pelagors.«

Kai bedachte den Elfen mit einem argwöhnischen Blick und wandte sich dann zu Eulertin um. »Pelagor hat Murguraks Rabenstab entwendet und in Halla ist dieses *Buch der Nacht* gestohlen worden. Ihr sagtet, es stamme ebenfalls aus dem Besitz des Hexenmeisters.«

Gilraen blickte überrascht zu ihm auf.

»Und darf ich daran erinnern«, sagte der Elf, »dass wir nicht wissen, was aus diesem Armreif wurde, den Morgoya ins Reich der

Nordmänner gesandt hat?« Er wandte sich wieder Eulertin zu. »Magister, Ihr habt gemutmaßt, dass es sich dabei um einen weiteren schwarzmagischen Zaubergegenstand aus dem Besitz des alten Hexenmeisters handeln könnte. Den Namen, den ihr genannt habt, lautete *Murguraks Rabenkralle*.«

Dystariel schnaubte unheilvoll. »Das sind gleich drei von Murguraks Hinterlassenschaften, von denen wir in so kurzer Zeit hören. Das kann unmöglich Zufall sein.«

»Nein, daran glaube ich inzwischen auch nicht mehr.« Eulertin strich sich nachdenklich über den Bart. »Gut möglich, dass dieser Armreif den Kontinent längst erreicht hat. Vielleicht eingeschmuggelt von den Nordmännern? Ich hätte die Möglichkeit früher in Erwägung ziehen müssen.«

»Bliebe also die Frage«, rätselte Kai, »was man mit all diesen Dingen anstellen kann.«

»Vielleicht können wir mehr darüber in der Zauberbibliothek von Halla erfahren?«, schlug Fi vor. Alle starrten Eulertin an. Doch der schüttelte den Kopf.

»Um den Bibliotheksflügel mit den Werken aus der Zeit der Schattenkriege zu betreten, braucht man die persönliche Genehmigung des Stadtmagisters. Ihr kennt die bürokratischen Hürden nicht, die man dafür überwinden muss. Ganz davon abgesehen, dass mir so schnell niemand glauben wird, wenn ich berichte, was der Feenkönigin widerfahren ist. Außerdem bezweifle ich, dass jemand anderes als Murgurak selbst Hinweise zur Verwendung dieser Gegenstände hinterlassen hat. Allerdings gibt es da noch diese andere Spur, der wir nachgehen können. Von uns beiden abgesehen fehlte beim Konzil noch ein weiterer Magier. Magister Haragius Äschengrund. Er ist Drakologe und stammt aus Fryburg. Wir wissen nicht, was ihn davon abgehalten hat, zum Konzil zu kommen. Das macht ihn zwar verdächtig, aber wir sollten hoffen, dass er noch lebt. Denn vermutlich ist er der Einzige, der uns gegebenenfalls einen Hinweis geben kann, wo sich Pelagors Drachenhort befindet.«

»Ihr habt vor, Pelagors Drachenhort aufzusuchen?«, flüsterte Fi entgeistert.

»Was bleibt uns anderes übrig?«, antwortete Eulertin. »Was auch immer Pelagor plant, wir müssen ihm zuvorkommen. Ja, ich befürchte sogar, dass wir versuchen müssen, ihn mit vereinten Kräften niederzuringen. Denn mit welchem Todeszauber er die Feenkönigin und ihr Reich auch immer belegt hat, vermutlich wird dieser Fluch erst brechen, wenn wir seinen Urheber ausschalten. Ohne die Feenkönigin sind wir im Kampf gegen Morgoya verloren.«

»Bei allen Geistern«, knurrte Gilraen. »Wie sollen wir das anstellen? Ihr sprecht immerhin von einem alten Drachen.«

Dystariel zog *Sonnenfeuer* aus der Scheide und hielt das Fangschwert so, dass sich die Flammen des Feuers in seiner mondsilbernen Schneide spiegelten.

»Wir besitzen eine Drachentöterklinge!«, schnaubte sie und bleckte ihre Reißzähne.

»Na wunderbar«, erwiderte Gilraen gereizt und deutete auf die abgebrochene Spitze der Waffe. »Dann formuliere ich meine Frage anders: Über welche Mittel verfügen wir, außer einer ramponierten Drachentöterklinge?«

Fi erhob sich. »Missversteht mich nicht, Freunde. Solltet ihr allen Ernstes beschließen, das Werk von Sigur Drachenherz vollenden zu wollen, stehe ich treu an eurer Seite. Doch es erscheint mir, vorsichtig ausgedrückt, ziemlich unvorteilhaft, einem solch mächtigen Gegner zu Leibe zu rücken ohne zu wissen, was er plant. Sicher wird es viel leichter sein, seine Pläne zu durchkreuzen, als gegen ihn selbst anzutreten. Und vielleicht finden wir ja auch noch eine andere Möglichkeit, die Feenkönigin zu retten.«

Der kleine Magister verschränkte seine Arme hinter dem Rücken und ging nachdenklich auf dem Ast hin und her.

»Die Nornen vom Schicksalsberg«, murmelte er. »Sie könnten wir aufsuchen. Doch es ist ungewiss, ob sie sich uns zeigen. Außerdem sind ihre Antworten stets verschlüsselt und voller Rätsel. Nein, diese Möglichkeit fällt aus.«

»Magister?«, mischte sich Kai in die Diskussion ein. »In Sperberlingen erzähltet Ihr mir, dass das *Buch der Nacht*, bevor es in Halla verwahrt wurde, im Besitz Murgurak des Raben gewesen war.«

Eulertin blieb wie angewurzelt stehen.

»Ja«, antwortete er gedehnt. »Es heißt, Murgurak habe das *Liber nocturnus* in seinem Nachtschattenturm verfasst.«

»Existiert dieser Turm noch?«, fragte Kai gespannt.

»Ich weiß es nicht«, antwortete der Däumling. »Orte wie dieser haben zwar die Angewohnheit, der Zeit zu widerstehen. Aber womöglich ist der Nachtschattenturm nicht viel mehr als eine Magierlegende. Immer wieder haben sich in den letzten Jahrhunderten Zauberer auf die Suche nach ihm begeben. Doch ich wüsste nicht, dass je einer von ihnen fündig geworden wäre.«

»Wartet!« Kai griff in seinen Rucksack und holte die Mondsilberscheibe mit den Zwillingen heraus.

»Nivel?«, rief er.

Diesmal hielt er die Scheibe richtig herum, und es wölbten sich die vornehmen Züge des feenköniglichen Droschkenlenkers aus dem magischen Metall.

»Ihr ruft und ich höre«, schepperte seine metallische Stimme.

»Kennst du Murguraks Nachtschattenturm?«, fragte Kai geradeheraus. Er sah, dass auch seine Gefährten Nivel gespannt anstarrten.

»Den … Nachtschattenturm?«, quietschte Nivel entsetzt. »Wie, äh, wäre es, hochverehrter Adept, wenn ich Euch stattdessen zu den

Regenbogenfällen von Schwanengrund führe? Oder in den Einhornwald nahe Erlenheim? Ich könnte Euch auch …«

»Du weißt also, wo dieser verdammte Turm steht?«, unterbrach ihn Kai aufgeregt. Nivel verzog gequält sein Gesicht.

»Ja«, wimmerte er.

Dystariel näherte sich ihnen mit schnellen Schritten und riss Kai die Mondsilberscheibe aus der Hand. Unheilvoll funkelte die Gargyle den Droschkenlenker an.

»Woher kennst du diesen Ort, Bursche?«

»Auch unsereins hat eben eine Vergangenheit, Teuerste«, antwortete Nivel in kläglichem Tonfall. »Levin und ich haben uns das nicht ausgesucht. Wirklich nicht.«

»Woher?«, fauchte die Gargyle misstrauisch und fuhr vor dem Spiegelgesicht ihre Krallen aus.

»Murgurak der Rabe war einer der drei Hofmagier Kaiser Kirions«, plapperte Nivel hastig. »Und wie allen kaiserlichen Magiern stand auch ihm ein magischer Droschkenlenker zu. Kaiser Kirion selbst hat uns in die Dienste des Hexenmeisters gestellt. Murgurak war ein schrecklicher Mann. Ihr müsst uns glauben, dass wir ihm nicht gern gedient haben.«

Wie eine aufgeregte Hornisse sauste der Däumlingsmagister heran.

»Wir machen dir und deinem Bruder keinen Vorwurf, Nivel«, stieß er hervor. »Im Gegenteil. Euer Wissen kann uns noch sehr nützlich sein. Weißt du auch, wo sich Pelagors Hort befindet?«

»Es tut mir leid, Magister«, antwortete Nivel. »Mein Wissen stammt im Wesentlichen noch aus der Zeit des alten Kaiserreichs. Damals hatte der Drachenkönig seinen Hort auf Albion. Doch wo sich seine drachenkönigliche Majestät heute aufzuhalten beliebt, vermag ich nicht zu sagen.«

»Und wo befindet sich der Nachtschattenturm?«

»In den Schwarzen Wäldern«, antwortete Nivel. »An einem schrecklichen Ort. Der Turm steht inmitten eines unheimlichen Sees. Man nennt ihn den Hexenpfuhl. Dort herrscht immerwährender Nebel. Wir setzten den Hexenmeister stets am Ufer des Sees ab, von wo aus er dann den Fährmann rief, der ihn auf die Insel brachte.«

»Was für einen Fährmann?«, fragte Kai.

»Oje«, wimmerte der Droschkenlenker. »Ein unheimlicher Zeitgenosse. Glaubt mir, Ihr wollt ihn nicht kennenlernen.«

»Die Schwarzen Wälder liegen von hier aus verdammt weit im Westen«, meinte Kai zweifelnd und beäugte das Drachenjunge, das ihn aufmerksam beobachtete und beinahe den Eindruck erweckte, als ob es ihrer Unterhaltung folgte. »Wie sollen wir dort ohne Flügelpferd hingelangen?«

»Das lass meine Sorge sein«, erklärte Fi und ein feines Lächeln huschte über ihre Lippen. Sie sah sich zum Waldrand um. »Schon als wir hier angekommen sind, hatte ich das Gefühl, dass an diesem Ort besondere Kräfte wirken. Schaut euch nur den geraden Wuchs der Bäume an. Selbst das Unterholz wirkt irgendwie, nun ja, aufgeräumt.«

»Und das heißt?«, hakte Kai nach.

»Dass hier ein Wesen lebt, das uns helfen kann«, antwortete Fi geheimnisvoll und blickte sich zu Dystariel um. »Das gilt leider nicht für Geschöpfe der Nacht. Ich muss dich sogar bitten zu gehen, bevor ich die Hüterin dieses Waldes um Hilfe ersuche.«

Die Gargyle knurrte. »Ich finde auch allein zu diesem Hexenpfuhl. Allerdings brauche ich jemanden, der mich führt.«

Nivel gab keinen Mucks von sich. Dafür hob Eulertin seinen Zauberstab. »Natürlich werden Kriwa und ich dich begleiten, geschätzte Freundin. Und du, Fi, bist du dir sicher, dass du keine Hilfe benötigst? Zur Not könnte ich auch einige Luftelementare herbeirufen, doch das ist bei so vielen Personen und einer solchen Wegstrecke eine außerordentlich kräftezehrende Angelegenheit. Und wir wissen nicht, was uns am Ziel erwartet.«

»Spart Eure Kräfte, Magister«, sagte Fi und trat an die Seite Gilraens. »Meine Mutter hat mir alles beigebracht, was ich wissen muss. Außerdem wird mir Gilraen helfen. Sicher werden wir eher am Ziel sein als Ihr.«

Eulertin blickte nachdenklich in Richtung Wald, dann lächelte er. »Langsam begreife ich, was du meinst, Fi. Im Namen der Feenkönigin, dann lasst uns keine weitere Zeit verlieren. Kriwa!«

Die Möwe flatterte aus der Dunkelheit heran und Eulertin schwang sich auf ihren Rücken. Dystariel gab Kai unwirsch die Mondsilberscheibe zurück.

»Verirr dich nicht zufällig, Bürschchen«, drohte die Gargyle dem Droschkenlenker.

Kai blickte sich verwirrt um und stellte fest, dass er offenbar der Einzige war, der noch immer nicht verstand, welche Kräfte Fi zu Hilfe rufen wollte. »Könnt ihr mir bitte mal verraten, wovon ihr eigentlich sprecht?«

»Wir drei werden den Weg der Bäume gehen«, erklärte Gilraen kühl und begann, seine Waffen abzulegen.

Wundervolle Erklärung. Kai verstand immer noch kein Wort, doch er hatte nicht vor, Gilraen gegenüber sein Unwissen einzugestehen. Er deutete stattdessen auf das Drachenjunge.

»Und was machen wir mit ihm?«

»Tja«, sagte Magister Eulertin. »Ich denke, *du* wirst dich von nun an um ihn kümmern. Wer sonst? So, wie es aussieht, mag dich der Kleine«, und deutete auf das Drachenbaby, das Kai auf unsicheren Beinen hinterherwatschelte.

»Ich soll mich um einen Drachen kümmern?«, rief Kai entgeistert. »Ich weiß doch gar nicht, was so ein Drache braucht. Geschweige denn, was er frisst.«

»Na, solange er noch so klein ist, reichen sicher Mäuse«, antwortete Eulertin und musterte den Kleinen interessiert. »Komplizierter wird es erst später. Warum betrachtest du das Ganze nicht einfach als großes Privileg, Junge? Es ist viele hundert Jahre her, seit sich ein Drache das letzte Mal einen Magier als Vertrauten ausgewählt hat.«

»Als Vertrauten?« Kai starrte fassungslos auf die kleine Feuerechse herab, die ihn noch immer unverwandt anstarrte und aufgeregt mit den Flügelchen schlug.

»Wie niedlich«, rief Fi. »Schau, der Kleine scheint zu spüren, dass du aufbrechen willst.«

»Tut nicht alle so, als wäre das bereits beschlossene Sache«, brauste der Zauberlehrling auf und deutete abwehrend auf das Drachenbaby, das ihn erwartungsvoll anstarrte. »Und du, Kleiner, bleib schön dort am Feuer liegen.«

Irgendwie schien der Drache die Geste misszuverstehen. Denn kaum hatte Kai den Finger ausgestreckt, entfaltete dieser seine rotgoldenen Schwingen und stieß sich vom Boden ab. Der kleine Drache flatterte auf ihn zu und krallte sich in seinen Arm.

»Aaauutsch«, fluchte Kai und so, als spürte der kleine Drache, dass er ihm wehtat, zog er seine Krallen wieder ein und schmiegte sich an ihn. Zwei warme Rauchkringel wallten vor Kais Gesicht herum und er fächelte sich missmutig frische Luft zu.

»Ich glaube, er hat Hunger, der arme Kleine«, sagte Fi. »Außerdem solltest du herausfinden, wie er heißt.«

Kai stellte überrascht fest, dass auch Fi ihre Waffen abgelegt hatte und nun dabei war, ihre Kleider auszuziehen. Gilraen war bereits bis auf seine Beinkleider nackt und nestelte am Gürtel.

Verwirrt blickte der Zauberlehrling die beiden an. Sie hatten doch nicht etwa vor, sich komplett auszuziehen?

»Na, dann wollen wir mal«, sagte Eulertin, räusperte sich und gab Kriwa und Dystariel das Zeichen loszufliegen. »Wir treffen uns in ein paar Stunden am Hexenpfuhl. Wartet in der Nähe des Ufers. Dystariel wird euch finden.«

»Magister?«, wandte Kai schwach ein, doch Möwe und Gargyle erhoben sich bereits und schwangen sich zum Nachthimmel auf. Er sah ihnen nach, bis sie in der Dunkelheit verschwunden waren.

»Äh, was habt ihr jetzt vor?«, fragte Kai und versuchte Fi nicht zu offensichtlich auf ihre Brüste zu schauen. Gilraen stand längst nackt neben dem Lagerfeuer und zeichnete sich gelassen mit einem rußigen Stück Holz wellenförmige Linien auf Arme und Beine. Betroffen starrte Kai die hässlichen Narben an, die den Körper des Elfen entstellten. Waren das etwa die Spuren, die Morgoyas Folterer hinterlassen hatten?

»Um eine Dryade anzulocken«, erklärte Fi, »muss man sich ganz dem Mondlicht hingeben.«

»Eine Dryade?«

»Ein Baumgeist, Zauberlehrling«, antwortete Gilraen in herablassendem Tonfall. »Dryaden sind außerordentlich freiheitsliebende Geschöpfe. Wir müssen singen und tanzen, um sie für uns einzunehmen. Du solltest jetzt besser gehen, du wirst uns hier nichts nützen. Und ich rate dir, einen gewissen Abstand zur Lichtung zu halten. Eine Dryade kann Männern gefährlich werden. Wir rufen dich, wenn es so weit ist.«

»Aha«, antwortete Kai und hätte dem arroganten Elfen am liebsten eine patzige Antwort gegeben. Sein Mitleid mit ihm schmolz wie Schnee in der Sonne. »Ich werde unterdessen versuchen, etwas zu essen für den Kleinen aufzutreiben.«

Kai nahm den Drachen auf den Arm, packte seinen Zauberstab und sah zu, dass er im Waldesdickicht verschwand. Doch er konnte der Versuchung nicht widerstehen und blickte noch einmal zurück. Fi war wunderschön. Sie wiegte sich splitterfasernackt im Mondlicht, und auch Gilraen stand mit ausgebreiteten Armen da und stimmte eine Elfenmelodie an.

Der Drache auf seinem Arm schnaubte vorwurfsvoll. Kai wandte sich ertappt seinem Begleiter zu, der ihn mit glänzenden Saphiraugen ansah. Ihm fielen wieder Fis Worte ein. Er solle *herausfinden* wie der Drache heiße. Was sollte das nun wieder bedeuten? Diese Elfen waren manchmal wirklich schwer zu verstehen.

Der Kleine starrte ihn weiter unverwandt und durchdringend an, als plötzlich etwas sehr Eigenartiges geschah. Kai spürte, wie sich in seinem Kopf ein ... Wort formte: *Olitrax.* Olitrax? War das etwa ...? Konnte das sein, dass der Kleine ihm durch seine Gedanken seinen Namen mitgeteilt hatte?

»Olitrax«, sagte Kai laut und der Kleine fing an, aufgeregt Rauchkringel durch seine Nüstern zu blasen und schlug heftig mit den Flügeln. »Nicht schlecht für den Anfang«, murmelte der Zauberlehrling. »Was es mit dir auf sich hat, werde ich auch noch herausfinden ... Und nun mach schon, erschrick ein paar Waldmäuse, Olitrax.«

Der kleine Drache fauchte hungrig, entfaltete seine Flügel und trudelte unbeholfen in die Dunkelheit davon.

Dann hatte Eulertin also Recht gehabt. Er besaß jetzt einen magischen Vertrauten. Doch warum musste es ausgerechnet ein Drache sein. Kai seufzte und lauschte wieder dem harmonischen Gesang, bis seine Lider schwer wurden.

Der Weg der Bäume

Böse … dich vernichten … elender Zauberlehrling.«
Kai schreckte aus einem Albtraum hoch und bemerkte zu
seiner Bestürzung, dass er eingeschlafen war. Wie viel Zeit
mochte inzwischen vergangen sein? Olitrax hockte längst wieder
neben ihm und nagte genüsslich an einigen Knochen. Er rieb sich
die Augen. Noch immer saß er unter der Kiefer, von der aus er den
Drachen auf die Jagd geschickt hatte. Und immer noch hallte von
der Lichtung her melodischer Elfengesang durch den Wald.

Kai erhob sich mühsam. Er war sich sicher, dass gerade jemand
zu ihm gesprochen hatte. Und die Worte hatten alles andere als
freundlich geklungen.

Kai entfachte das Ende seines Zauberstabs und sah sich argwöhnisch im Wald um. Die mächtigen Kiefernstämme um ihn herum
wirkten im magischen Feuerschein wie die Säulen einer großen
Halle, deren Dach von den Kronen der Bäume gebildet wurde. Von
irgendwoher ertönte der unheimliche Ruf eines Käuzchens.

Woher war die Stimme gekommen? Kai war sich sicher, dass er sie schon einmal gehört hatte. Doch wann und wo?

Plötzlich nahm er eine Bewegung wahr. Sogar Olitrax ließ von seinen Knochen ab und blickte auf. Kai versuchte die Dunkelheit mit seinen Blicken zu durchdringen. Da war es wieder. Er fuhr herum und glaubte leises Gelächter zu hören.

»Wer ist da?«, rief er.

Herrje, er musste die Elfen warnen. Die beiden sangen noch immer und wussten nichts von der Gefahr, die hier lauerte.

»Hast du immer so viel Angst, Menschenkind?«, wisperte es in seinem Rücken.

Der Zauberlehrling wirbelte herum und glaubte seinen Augen nicht zu trauen. Aus dem Stamm einer Kiefer wölbte sich ein anmutiges Frauengesicht, das ihm zuzwinkerte. Das Antlitz schimmerte grün und besaß sinnliche Lippen. Schon war es wieder verschwunden.

Eine Sinnestäuschung? Keinesfalls.

»Wer bist du?«, fragte er.

»Wer bist du?«, erscholl die Stimme des Baumgeists wie ein Echo und es klang wie Blätterrauschen. Diesmal kam die Stimme von der anderen Seite. Kai starrte in die Richtung und meinte einen Moment lang, eine grazile Gestalt von Baum zu Baum huschen zu sehen.

»Kai«, antwortete er verdattert.

»Und ich bin Meline. Lösche dein Licht, Kai«, forderte ihn die Stimme auf.

Der Zauberlehrling blickte unsicher auf den Drachen herab, der aufgeregt kleine Dampfwölkchen ausschnaufte. Zögernd kam er der Aufforderung nach.

Zu Kais Erstaunen trat aus einem Baumstamm direkt vor ihm eine junge Frau, deren schlanker, wohlgestalteter Leib moosgrün im Mondlicht schimmerte. Weiches Blätterhaar umschmeichelte ihre schmalen Schultern und auf ihren Lippen lag ein verführerisches Lächeln.

»Das Licht brennt hell in dir, wie ich es noch nie bei einem Menschen gesehen habe«, flüsterte die Unbekannte. »Doch dein Feuer macht mir Angst.«

Hilfe suchend blickte sich der Zauberlehrling zu der Lichtung um. Er hatte keine Ahnung, was er jetzt tun sollte. Hatten die beiden ihn nicht vor dieser Dryade gewarnt?

»Tut mir leid, wenn ich dir Angst gemacht habe«, sagte er. »Du bist sicher hier, weil dich meine Freunde Fi und Gilraen gerufen haben?«

»Sind das ihre Namen? Ja, ich bin dem Lied der Elfen gefolgt«, kicherte die Dryade. »Aber da wusste ich noch nicht, wer mich hier außerdem erwartet ...«

Sie drehte sich spielerisch um sich selbst, und unvermittelt stand sie so nah bei ihm, dass ihre Gesichter sich fast berührten. Ein betörender Duft aus Apfelblüten und Kirschen umgab sie.

»Ich bin Meline, der Geist dieses Waldes. Hast du schon einmal geküsst, liebster Kai?«, girrte die Dryade verführerisch und liebkoste mit ihren grünen Fingern sein Haar.

»Ob ich ... was?«, stammelte Kai und trat vorsichtshalber einen Schritt zurück.

»Du musst nichts sagen«, sprach sie mit sanfter Stimme. »Ich spüre es. Aber das können wir beide ändern. Du könntest mich in mein Blätterhaus begleiten, Menschenkind.«

Kai blickte sich abermals zur Lichtung um. Doch die beiden Elfen sangen und tanzten noch immer selbstvergessen. Von ihnen war keine Hilfe zu erwarten.

Längst stand er mit dem Rücken gegen einen Baum, und der Fluchtweg war ihm verwehrt.

»Findest du mich nicht hübsch, Zauberer?«, sagte Meline und kam noch näher.

»Doch«, krächzte er.

»Küss mich!«, flüsterte sie verheißungsvoll und näherte sich mit ihren Lippen seinem Gesicht.

Den Zauberlehrling durchfuhr es heiß und kalt.

»Ich würde Euch ja gern küssen«, keuchte er, während er fieberhaft überlegte. »Doch, äh … dann wird es wieder passieren.«

»Was wird passieren?« Die Dryade sah ihn verwundert an. Ihre Lippen waren inzwischen kaum mehr eine Handbreit von den seinen entfernt.

»Na, dann bricht wieder das Feuer aus«, stammelte er.

»Feuer?!«

Meline löste sich geschwind von ihm und hielt misstrauisch Abstand. Kai atmete tief ein. Er versuchte sich an einem Lächeln. Es fiel kläglich aus.

»Ja«, log er weiter. »Immer wenn ich ein Mädchen küsse, dann bricht plötzlich irgendwo ein Feuer aus. Einmal habe ich eine ganze Scheune in Brand gesteckt und manchmal stehen meine Hände plötzlich in Flammen. Oh nein, sieh nur. Es passiert schon wieder.« Kai ließ eine Flamme auf seiner Hand erscheinen. »Das geschieht nur, wenn es ganz besonders arg um mich steht«, erklärte er, mutiger werdend. »Also nur, wenn jemand so hübsch ist wie du.«

»Ich sehe es«, erwiderte die Dryade leicht enttäuscht, doch schließlich lächelte sie geschmeichelt. »Wie schade.«

»Ja, sehr bedauerlich«, seufzte Kai. »Aber was hältst du davon, wenn wir beide dort hinüber gehen. Fi und Gilraen erwarten dich sicher schon.«

Meline schenkte ihm ein bezauberndes Lächeln und glitt kichernd auf die Lichtung zu. Ja, fast schien es dem Zauberlehrling, als habe sie ihn bereits wieder vergessen. Schmeichelhaft war das nicht gerade. Trotzdem starrte Kai erleichtert auf den kleinen Drachen herab, der ihn und die Dryade die ganze Zeit über interessiert beäugt hatte.

»Wenn ich mich schon um dich kümmern soll, Kleiner«, ermahnte er den Drachen, »dann sieh zu, dass du künftig alles von mir fernhältst, was auch nur entfernt weiblich ist …«

Olitrax schnaubte. Seltsam. Kai hatte fast den Eindruck, als habe der Kleine ihn verstanden.

»Na gut.« Kai sah sich noch einmal zum Wald um. Er hatte die bedrohliche Stimme, die ihn geweckt hatte, noch nicht vergessen. Meline war es mit Sicherheit nicht gewesen.

Er schulterte seinen Rucksack und machte sich gemeinsam mit dem Drachen auf zur Lichtung.

Inzwischen war das Lied der beiden Elfen verstummt. Das Lagerfeuer, das sie vorhin entzündet hatten, war längst heruntergebrannt. Nur hin und wieder leckten kleine Flammen aus der Glut und tauchten die Umgebung in rotes Licht, das sich geheimnisvoll mit dem silbernen Leuchten des Mondes mischte. Kai sah, dass sich Gilraen inzwischen mit der Dryade unterhielt.

Wo war eigentlich Fi?

»Geh nicht näher heran«, hörte er die leise Stimme der Elfe hinter sich.

Er drehte sich überrascht um und sah, dass Fi im Schatten eines Baumes stand und sich anzog.

»Dryaden sind gefährlich für Männer«, flüsterte sie. »Sie versuchen, sie zu verführen und in ihre Baumbehausungen zu locken.«

»Was du nicht sagst«, antwortete Kai mit einem Grinsen. »Meline hat darin offenbar einige Erfahrungen.«

»Meline?« Fi starrte ihn alarmiert an. »Hat sie dir etwa im Wald aufgelauert? Du solltest dich doch fern von der Lichtung halten. Die meisten Männer kehren von einer solchen Begegnung nie zurück. Viele sollen von Dryaden um den Verstand gebracht worden sein.«

Kai schluckte.

»Um ihren Verführungsversuchen zu widerstehen«, fuhr die Elfe aufgeregt fort, »muss man sich wie Gilraen die richtigen Zeichen auf den Körper malen. Oder … man muss wahrhaft lieben.«

Kai zog es vor, nicht weiter auf Fis Worte einzugehen. »Wird es Gilraen gelingen, Meline dazu zu überreden, uns zu helfen?«

»Ganz bestimmt wird es das.« Fi trat dicht an ihn heran. »Kai, hat sie tatsächlich versucht, dich zu verführen?«

»Na, wenn schon«, antwortete er betont gleichgültig.

Die Elfe lächelte still und warf ihm einen unergründlichen Blick zu. Sie wirkte mit einem Mal außerordentlich zufrieden. Kai fragte sich, was das nun schon wieder bedeutete.

Gilraen schritt derweil zu seinem Kleiderbündel und winkte sie heran. Voller Anmut tanzte die Dryade auf eine besonders stattliche Kiefer zu.

»Komm«, sagte Fi. »Es ist so weit.«

Sie nahm ihre Wasserflasche zur Hand und löschte die Glut des Lagerfeuers. Anschließend half sie Gilraen dabei, sich anzuziehen.

Um den beiden Elfen nicht weiter bei dieser vertraulichen Geste zusehen zu müssen, wandte sich Kai missmutig Olitrax zu, der ihm patschend gefolgt war. Kai streckte den Arm aus.

»Na komm schon, Kleiner.«

Der kleine Drache entfaltete seine roten Schwingen und flog empor. Liebevoll tätschelte er ihm die Schuppen. Sie waren heiß, doch es störte ihn nicht.

»Lass dich niemals mit einer Drachendame ein, Kleiner«, flüsterte er.

Ihm fiel auf, dass er gar nicht wusste, welches Geschlecht Olitrax eigentlich hatte. Der Kleine blickte ihn an und spie ihm zwei Rauchkringel ins Gesicht.

»Komm schon, Zauberlehrling«, erscholl der Ruf Gilraens.

Kai blickte sich verärgert um. Der Kerl sollte sich nicht dauernd wie ihr Anführer aufspielen.

Er folgte den beiden Elfen zu jener großen Kiefer, zu der die Dryade vorhin getänzelt war und sah mit an, wie Fi sanft über die Rinde des Baums strich. Von einem Augenblick zum anderen wölbte sich der grün schimmernde Leib der Dryade aus dem Stamm, und Meline bedachte sie mit einem strahlenden Lächeln.

»Fasst euch an den Händen und kommt mit mir«, säuselte sie. Gilraen nahm Fis Hand und Kai blieb nichts anderes übrig, als seine andere Hand zu ergreifen. Plötzlich gab es einen Ruck und sie wurden in den Baumstamm hineingezogen.

Es wurde dunkel um sie herum, und Kai glaubte von irgendwoher ein leises Rauschen und Knarren zu hören. Seine Begleiter liefen und ihm blieb nichts anderes übrig, als ihnen zu folgen. Schnell wurde es wieder hell und sie rannten zu seinem Erstaunen über eine unbekannte Lichtung. Ein großer Ahornbaum. Dunkelheit. Dann wieder Mondlicht. Sie kamen auf einer mondbeschienenen Wiese heraus. Diesmal hetzten sie auf eine stattliche Eiche zu. Abermals Dunkelheit. Wieder Licht. Ein See? Noch ein Baum. Kai nahm nur am Rande wahr, dass sie immer schneller wurden. Dunkelheit. Mondlicht. Dunkelheit. Mondlicht. Der Wechsel von Helligkeit und Dunkelheit steigerte sich zu einem flackernden Licht. Schweiß trat ihm auf die Stirn. Wie lange würde er diese Anstrengung noch aushalten können?

Ohne Vorwarnung blieben seine Gefährten stehen und Kai stürzte aus dem Baumstamm einer mächtigen Birke und prallte unsanft gegen Gilraen.

»Wir sind da«, wisperte die Dryade und sah sich ängstlich um. »Näher wage ich mich nicht heran.«

Über ihren grünen Leib huschten dunkle Schatten.

Kai, der noch immer nicht fassen konnte, was er eben erlebt hatte, versuchte, sich zu orientieren. Hier war es viel düsterer als noch vorhin im Gläsernen Gebirge. Sie standen auf einem morastigen Hügel, um den herum sich finstere Berge drängten. Von ihrem Standpunkt aus konnte man einen guten Blick auf einen lang gestreckten See werfen. Dichte Nebelfetzen waberten über die dunklen Fluten. Ohne Zweifel, das musste der Hexenpfuhl sein. Das Licht des Mondes, das sich fahl durch die Wolkendecke quälte, vermochte den grauen Dunst nicht zu durchdringen, und so blieb ihnen verborgen, ob sich in der Mitte des Gewässers tatsächlich der Nachtschattenturm befand.

Kai lief ein Schauer über den Rücken. Sogar Olitrax gab ein ängstliches Fauchen von sich.

»Noch einmal werde ich Eurem Ruf nicht folgen«, sagte die Dryade. »Dieser Ort ist böse.«

Meline tanzte federleicht auf Kai zu und warf ihr langes Blätterhaar in einer anmutigen Geste zurück. Wehmütig streichelte sie ihm über die Wange.

»Ich hoffe, wir beide sehen uns eines Tages wieder, hübsches Menschenkind«, säuselte sie. »Vielleicht hast du dein kleines Problem bis dahin im Griff …«

Gilraen hob interessiert die Augenbraue, doch glücklicherweise musste Kai nichts erwidern. Fi kam ihm zuvor.

»Wir danken dir, Kind der Wälder«, erklärte sie. »Aber ich bin mir sicher, du wirst schnell einen anderen finden, dem du den Kopf verdrehen kannst. Kai braucht den seinen noch.«

Die Dryade maß Fi mit belustigtem Blick und erwiderte etwas auf Elfisch. Fi antwortete in derselben Sprache und ihr war deutlich ihre Verärgerung anzumerken.

»Du bist eine Heuchlerin, Elfe«, flüsterte die Dryade, sodass auch Kai sie wieder verstehen konnte. Unter perlendem Gelächter verschwand sie im Stamm der Birke. Kai war sich sicher, dass ihm soeben etwas Wichtiges entgangen war. Doch weder Fi noch Gilraen machten Anstalten, ihn darüber aufzuklären. Er kramte daher die Mondsilberscheibe mit den Zwillingen hervor.

»Nivel?«, rief er.

»Mein Bruder, dieser Feigling, traut sich nicht«, ertönte die nasale Stimme Levins. »Dem Guten fehlt es eben an Charakterfestigkeit. Ich werde Euch daher führen, hochverehrter Adept.«

»Ich bin kein Feigling«, schepperte es tief beleidigt von der Rückseite der Mondsilberscheibe her. »Ich bin bloß vorsichtig.«

»Also, Levin, sind wir hier richtig, wenn wir diesen Fährmann finden wollen?«

»Nein, hochverehrter Adept. Geht in westlicher Richtung am Ufer entlang, dann werdet Ihr einen Felsen finden, in dessen Gestein ein Nebelhorn eingelassen ist. Dieses müsst Ihr blasen. Dann wird der Fährmann kommen. So war es jedenfalls damals.«

»Gut, kommt mit.«

Kai und die beiden Elfen machten sich auf den Weg durch den Nebel, und Kai hoffte, dass Magister Eulertin und Dystariel bald zu ihnen stoßen würden. Vorsichtshalber entzündete er die magische Fackel am Ende seines Stabes, sodass die beiden sie aus der Luft besser ausmachen konnten.

Draußen auf dem Wasser gluckste es, während sie die schlammige Böschung entlangschritten. Die dichten Nebelschwaden trieben mehr und mehr ans Ufer heran und streiften kühl und feucht über ihre Gesichter. Kai schauderte. Es fühlte sich so an, als würde dieser unheimliche Dunst … leben.

Endlich tauchte vor ihnen ein großer, fast hüfthoher Felsen aus dem wabernden Nebel auf. Fi zückte ihren Bogen und Gilraen trat vorsichtig näher. Kai leuchtete ihm. Eine schleimige Moosschicht bedeckte den Stein von oben bis unten und ein übler Geruch nach Schlick und Moder stieg auf.

»Seid vorsichtig«, sprach Fi. »Ich spüre, dass dieser Felsen von unheimlicher Macht beseelt ist.«

Gilraen kratzte den glitschigen Bewuchs mit seinem Schwert ab und enthüllte nach und nach das reliefartige Bildnis eines schlichten Signalhorns.

»Verdammt«, fluchte der Elf. »Hier wurde bloß ein Nebelhorn in den Stein geritzt. Das echte muss schon lange fort sein.«

»Nein, nein, werter Herr Elf«, erwiderte der Zwilling mit gesenkter Stimme. »Ihr steht vor dem richtigen Horn. Seine Magnifizenz, äh, ich meine der Hexenmeister, vermochte stets ohne Probleme das Horn aus dem Stein zu ziehen.«

Ratlos sahen sich die drei Gefährten an.

»Ich befürchte, hier wird uns nur Magister Eulertin weiterhelfen können«, meinte Kai und setzte Olitrax endlich auf dem Boden ab. Aus den Nüstern des kleinen Drachen dampfte es und er schlug mit einer Tatze nach irgendetwas, was vor ihm im Schlamm Reißaus nahm.

»Ich hoffe, der Zauberer und die Gargyle beeilen sich«, meinte der Elf. »In wenigen Stunden geht bereits wieder die Sonne auf.«

Schweigend harrten sie neben dem Felsen aus und starrten angestrengt in den Nebel. Hin und wieder meinte Kai dunkle Phantome in ihm ausmachen zu können, doch vielleicht bildete er sich das auch nur ein.

Endlich war über ihnen das Rauschen von Schwingen zu hören.

Kai schwenkte seinen brennenden Zauberstab. Kurz darauf war ein dumpfer Aufschlag zu hören und schon schälte sich die düstere Silhouette der Gargyle aus dem grauen Dunst.

»Ich hoffe, ihr habt euch hübsch ausgeruht«, rollte ihnen Dystariels tiefe Stimme entgegen.

Auch der Flügelschlag Kriwas war jetzt zu vernehmen. Die Möwe landete auf Fis ausgestrecktem Arm.

»Bisher scheint unser Vorhaben unter einem guten Stern zu stehen«, begrüßte Magister Eulertin die Wartenden. »Und habt ihr schon herausgefunden, was wir tun müssen, um zum Nachtschattenturm überzusetzen?«

Fi erklärte ihm leise ihr Problem und trat mit Kriwa und Eulertin an den Fels heran. Kai leuchtete ihnen.

»Hm«, brummte Eulertin. Er erhob sich und murmelte eine Formel. Grüne Funken knisterten über das Gestein und lösten sich ohne sichtbare Wirkung auf. Er probierte es mit zwei weiteren Zaubersprüchen. Ebenfalls erfolglos. Plötzlich hellten sich seine Züge auf.

»Murgurak, Murgurak«, murmelte er. »Nicht schlecht.«

Er wandte sich zu Dystariel um. »Der Hexenmeister hat dieses Horn mit einer hinterhältigen Spielerei belegt, meine Liebe. Ich vermute, nur Geschöpfe der Nacht vermögen es, das Horn an sich zu nehmen. Vielleicht wärst du so gut und hilfst uns bei diesem kleinen Problem.«

Die Gargyle trat schnaubend an den Felsen heran, fixierte das eingeritzte Bild und streckte ihre Krallenhand aus. Kaum berührte sie den Stein, gewannen die Konturen des Reliefs an Tiefe. Mit einem Ruck zog die Gargyle das Horn heraus, und triumphierend fletschte sie die Reißzähne.

»Blas hinein!«, forderte Eulertin sie auf.

Dystariel stampfte zum See, und Kai sah, wie der Nebel vor ihr zurückwich. Sie setzte das Horn an die rissigen Lippen und ein tiefer, klagender Ton war zu hören, der Kai die Nackenhaare aufstellte. Olitrax presste sich zitternd gegen seine Beine, und so bückte er sich, um den Kleinen auf den Arm zu nehmen. Das unheimliche Geräusch rollte weit über den See und die Berge warfen ein düsteres Echo zurück.

Es schien, als würde der Nebel sich noch mehr verdichten. Ein eisiger Windzug kam vom See her auf und trieb nasskalte Schleier heran, die sich klamm auf Kleidung und Ausrüstung legten. Kurz darauf drang ein gespenstisches Knarren aus dem Dunst. Kai blinzelte. Furchtsam peitschte der Schwanz des kleinen Drachen hin und her und aus seinen Nüstern quoll unentwegt Rauch.

Eine dunkle Gestalt näherte sich von der Mitte des Sees her dem Ufer. Sie konnten hören, wie in regelmäßigen Abständen ein Paddel ins Wasser getaucht wurde. Endlich zeichneten sich die Umrisse eines nachtschwarzen Kahns ab, an dessen Bug ein bleicher Totenschädel hing. In den Augen und in der Mundhöhle des Skelettkopfs flackerte rotes Licht.

Bei allen Moorgeistern! Kai packte das Grausen, als er den Fährmann selbst erblickte. Die Gestalt stand hoch aufgerichtet am Heck der Fähre und war in eine graue Kutte mit langer, überhängender Kapuze gehüllt. Doch je näher ihnen das geisterhafte Wesen kam, desto deutlicher war zu erkennen, dass der Stoff in Wahrheit nichts anderes als Nebelfetzen war, die wie zerrissenes Segeltuch in einem unsichtbaren Sturm flatterten.

Knirschend schrammte der Bug des Kahns ans Ufer, und Kai wich entsetzt vor dem rötlich schimmernden Totenschädel zurück. Ein Seitenblick überzeugte ihn davon, dass es Gilraen und Fi nicht anders erging.

Die Einzige, die unerschrocken am Ufer stand und nicht einen Zoll vor dem Fährmann zurückwich, war Dystariel. Die Gargyle entfaltete ihre schwarzen Schwingen und hob das Signalhorn.

»Wir wollen zum Nachtschattenturm!«, zischte sie.

»Dann steigt ein«, raunte der Fährmann mit Grabesstimme und wandte sich ihnen zu. Kai erstarrte. Anstelle eines Gesichts gähnte ihnen ein schwarzes Loch entgegen. »Begrüßt die Nacht und lasst all Eure Hoffnungen fahren.«

Der Nachtschattenturm

Ein Ruck ging durch die Fähre, als das unheimliche Boot auf festen Grund stieß. Kai erschien es mittlerweile mehr als zweifelhaft, ob es wirklich eine so gute Idee gewesen war, ausgerechnet Murguraks altem Nachtschattenturm einen Besuch abzustatten.

Kai folgte dem Beispiel Fis und Gilraens und sprang von Bord. Mit einem platschenden Laut sanken seine Stiefel in den weichen Untergrund und etwas Dunkles zog sich schlängelnd vor ihnen zurück. Er sah zu, dass er trockenen Boden erreichte. Dystariel hängte sich das Signalhorn kurzerhand um den Hals und sprang ihrerseits über die Reling. Der düstere Fährmann stieß das leere Boot lautlos vom Ufer ab und war schon kurz darauf wieder im Nebel verschwunden.

Gebannt starrten die Gefährten auf das schwarze Bollwerk, das sich nach und nach ihren Blicken enthüllte. Vor ihnen ragte die bedrohliche Silhouette eines hohen, quadratischen Granitturms aus dem Dunst. Eng an eine der Außenmauern gepresst strebte ein schmalerer, runder Turm empor, der fast ebenso hoch wie das

Hauptgebäude war. Auf der anderen Seite des Bergfrieds befanden sich zwei kleinere Erkertürme mit spitzen Dächern, die sogar die Zinnen des Hauptturms überragten.

»Ohne Zweifel Muguraks Nachtschattenturm«, stellte Eulertin fest, der auf Dystariels Schulter stand. Kriwa hatte er schweren Herzens zu den Harzenen Bergen zurückgeschickt. Die Möwe sollte Amabilia über das Schicksal der Feenkönigin und ihr weiteres Vorhaben unterrichten.

»Ganz offensichtlich hat der Turm die letzten tausend Jahre unbeschädigt überstanden«, fuhr der Däumling misstrauisch fort.

»Wenn ihr mich fragt, ist das kein gutes Zeichen«, sagte Gilraen und zog sein Schwert.

»Lasst uns keine Zeit verlieren«, grollte Dystariel.

Stampfend setzte sie sich in Bewegung und auch die anderen ließen die befremdliche Nebelwand, die die Insel umgab, zügigen Schrittes hinter sich.

Sie erreichten ein Tor, das in das Mauerwerk des Nachtschattenturms wie ein zahnbewehrtes, dunkles Maul eingelassen war. Das Gitter war heruntergelassen.

Kai folgte dem Blick des kleinen Drachen auf seinem Arm, der an den großen Steinquadern der Turmwand emporstarrte. Vor dem Zwielicht des Nachthimmels war zu erkennen, dass die hoch aufragenden Außenmauern mit düsteren Pfeilern verziert waren, auf denen eine Reihe schauriger Skulpturen standen. Werwölfe mit aufgerissenen Schlünden, hörnerbewehrte Dämonen, menschliche Skelette und immer wieder katzenartige Gestalten mit Fledermausköpfen und spindeldürren Gliedmaßen. Kai wusste, dass es sich bei ihnen um schreckliche Albe handelte. Olitrax fauchte.

»Bevor wir da hineingehen«, sagte Eulertin leise, »will ich, dass sich jeder von uns bewusst ist, dass wir gerade dabei sind, einen der vermutlich gefährlichsten Orte des Kontinents zu betreten. Dieser Turm wurde von niemand Geringerem als Murgurak dem Raben genutzt. Er war der gefährlichste Hexenmeister, den die Welt vor Morgoya kannte. Auf gar keinen Fall hat er den Nachtschattenturm ungesichert zurückgelassen. Dämonen, Fallen, Trugbilder. Da drin kann uns alles Mögliche erwarten. Seid also vorsichtig! Was wir suchen, sind Hinweise, was Pelagor mit Buch, Armreif und Stab des Hexenmeisters Vorhaben könnte. Haltet also vornehmlich nach Schriften Ausschau und versucht möglichst zusammenzubleiben. Haben wir uns verstanden?«

Die anderen nickten.

»Gut. Dystariel, wenn ich dich bitten dürfte.« Der kleine Magier deutete mit seinem Zauberstab auf das Gatter.

Die Gargyle trat vor, umschloss das schwere Gitter mit ihren Krallen und stemmte sich schnaufend dagegen. Ein hässliches Quietschen und Scheppern erfüllte die Nacht. Über ihnen stob ein Schwarm Raben auf, die das Tun der Gargyle mit empörtem Krächzen begleiteten.

Bei allen Moorgeistern! Kai starrte angestrengt in die Dunkelheit. Irrte er sich oder waren die Vögel da oben tatsächlich skelettiert? Bei manchem der flatternden Schemen wies das Gefieder Löcher auf, durch die er bleich die Knochen schimmern glaubte.

Dystariel ächzte. Doch nach und nach hob sich das schwere Gatter, das schließlich einrastete und sich nicht mehr bewegte.

»Kommt!«, befahl der Däumlingsmagister und wartete, bis Fi, Gilraen und Kai unter den eisernen Spitzen hindurchgeschlüpft waren. Gemeinsam mit Dystariel folgte er ihnen.

Sie standen schließlich vor einem schweren Eichenportal, dessen Doppelflügeltüren mit bronzenen Türklopfern ausgestattet waren. Diese hatten die Form dämonischer Fratzen mit gefletschten Zähnen und großen Nüstern, aus deren Löchern Ringe ragten.

»Beiseite!« Dystariel klopfte mit einem der Ringe kurzerhand gegen das Holz. Das laute Pochen hallte laut durch den Turm und von irgendwoher war leises Wehklagen zu hören.

»Dystariel, was machst du da?«, herrschte Eulertin die Gargyle an.

»Du hast doch selbst gesagt, dass wir keine Zeit haben«, erwiderte Dystariel ungeduldig. In diesem Moment klappten die Augen der beiden Dämonenfratzen auf und starrten sie misstrauisch an. Schnarrend sprach sie der rechte Türklopfer an:

»Es eilt und rennt, doch niemand sieht's laufen,
man kann's nicht halten, kann's nicht kaufen,
macht weder Schritte noch Sprünge,
lehrt viele verborgene Dinge.«

»Was ist das?«, knarrte die linke Fratze.

»Wie bitte? Eine Rätseltür?« Eulertin schüttelte ungläubig den Kopf. »So viel Humor hätte ich Murgurak gar nicht zugetraut.«

Fi seufzte. »Gut, überlegen wir. Also, was vermag zu eilen, ohne dass man es laufen sieht? Die Winde des Nordmeeres?«

»Pass mal auf, Grimmzahn! Was hältst du von einer Gegenfrage?« Dystariel baute sich vor dem magischen Türklopfer auf und fuhr ihre Krallen aus. »Was ist hart wie Granit, verfügt über zehn diamantscharfe Krallen und kann dich und deinen vorlauten Kumpel in Windeseile zu kleinen bröseligen Krümeln verarbeiten, wenn du nicht sofort aufmachst?«

Die beiden Fratzen warfen sich entsetzte Blicke zu.

»Na gut, wir machen eine Ausnahme«, sagte der rechte Türklopfer hastig und knarrend schwang die Portaltür einen Spaltbreit auf.

»Das werdet ihr noch bereuen«, zischte sein Nachbar böse.

Zufrieden drückte die Gargyle die Türflügel auf und sie betraten ein düsteres Gewölbe, an dessen Wänden bei ihrem Eintritt Fackeln aufflammten. Ihr Flackerlicht enthüllte zwei schwarze Türen, die von der Eingangshalle abzweigten, sowie eine breite Treppe, die nach oben führte. Zwei Ritterrüstungen flankierten den Aufgang und an den steinernen Wänden zwischen den Fackeln hingen riesige Gemälde, die allesamt einen einzigen Mann darstellten. Er hatte langes schwarzes Haar, eine scharfe Hakennase und eine hohe Stirn. Und von jedem der Gemälde starrte die Gestalt mit Raubvogelblick auf den Betrachter herab.

Kai war sich sicher, dass es sich bei all diesen Porträts um das Abbild Murguraks des Raben handelte.

Vorsichtig näherten sie sich der Treppe, und irgendwie hatte Kai das Gefühl, sie würden beobachtet. Argwöhnisch drehte er sich zu einem der Porträts herum. War es möglich, dass ihn das Bild spöttisch anlächelte?

»Hier stimmt was nicht«, flüsterte der Zauberlehrling und auch Olitrax wedelte unruhig mit seinem Schwanz. »Diese Porträts beobachten uns!«

»Ja, ich fühle es ebenfalls«, stimmte Fi zu und richtete den Pfeil ihres Bogens auf eines der Gemälde.

»Willkommen«, wisperte es um sie herum und wie von Geisterhänden gezogen schwang das Eingangsportal zu. Mit dumpfem Krachen fiel es ins Schloss.

»Sosehr ich auch für meine Gastfreundschaft bekannt bin«, raunte es von den Wänden, »sicher versteht ihr, dass an diesem Ort kein Platz ist für ungebetene Besucher, ganz insbesondere, solange der Hausherr nicht anwesend ist. Ich werde euch in meine Laboratorien bringen. Auf diese Weise werde ich eurer armseligen Existenz zumindest eine gewisse Daseinsberechtigung verschaffen. Legt eure Waffen ab und folgt meinen Dienern. Widerstand ist zwecklos.«

Quietschend setzten sich die beiden Ritterrüstungen in Bewegung. Klirrenden Schrittes und mit gesenkten Hellebarden stampften sie auf sie zu.

»Verbrenne die Bilder, Junge«, sagte Eulertin. Der Saphir am Ende seines winzigen Stabes glühte wieder in blauem Licht. Er schwebte nach oben und deutete beiläufig auf die wandelnden Rüstungen. »Und du, Dystariel, mach das da bitte weg.«

Kai jagte zwei Kugelblitze in Richtung der Gemälde, die sofort in Flammen aufgingen. Dystariel hingegen zog mit einer fließenden Bewegung *Sonnenfeuer*, stapfte den beiden Ritterrüstungen entgegen und zertrümmerte die Angreifer, bevor diese mit den Piken auch nur einen Schlag gegen sie führen konnten. Rüstungsteile polterten zu Boden, während Kai die restlichen Bilder entflammte. Kurz darauf zeugten nur noch verkohlte Rahmen und schwelende Glut von dem Spuk.

»War das alles?«, fauchte die Gargyle.

»Ganz sicher nicht«, antwortete Eulertin, der sich noch immer bereithielt, um nötigenfalls weiteren Überraschungen zu begegnen. »Von Murgurak ist überliefert«, fuhr er fort, »dass er mit seinen Feinden gern Katz und Maus spielte. Das hier ist nichts anderes als ein unbedeutendes Vorgeplänkel, um unsere Kräfte einzuschätzen. Also bleibt wachsam.«

»Und wie gehen wir jetzt vor?«, fragte Kai.

»Wir teilen uns in zwei Gruppen auf«, antwortete der Magister. »Dystariel und ich werden die Treppe raufgehen und unser Glück in den oberen Stockwerken versuchen. Ihr schaut, was ihr hier findet.«

Auf sein Nicken hin setzte sich die Gargyle in Bewegung und marschierte in Begleitung des Magisters die Treppe nach oben. Gilraen winkte Fi und Kai zu und sie öffneten vorsichtig das linke Portal. Im Schein eines unsteten, blutroten Lichts, das von Wandleuchtern ausging, die wie Rabenköpfe geformt waren, enthüllte sich vor ihnen ein regelrechtes Gruselkabinett. An Wänden und in Mauernischen standen Sockel und Schaukästen, auf und in denen die Schädel fremdartiger Kreaturen, fettig schimmernde Stoßhörner, abgeschlagene Krallenhände, die in trüben Flüssigkeiten schwammen, und noch andere Widerwärtigkeiten lagen. Kai starrte angeekelt ein öliges und in einen gusseisernen Rahmen gespanntes Fell an, das in Wahrheit aus Aberdutzenden behaarter Lippen bestand. »Gehen wir lieber«, flüsterte Fi. »Da hinten sind noch zwei weitere Türen.«

Kai nickte und vermochte es doch nicht, sich von dem schauderhaften Anblick loszureißen.

Eine Tür klappte. Er schreckte hoch und stellte fest, dass die beiden Elfen bereits weitergegangen waren.

»Fi! Gilraen!«, rief er erschrocken.

»Wir sind hieeer!«, ertönte die gedämpfte Stimme der Elfe. Eine der beiden Türen stand einen Spaltbreit offen. Hastig wandte er sich ihr zu und erreichte einen weiteren Raum, der von zwei knisternden Kerzen ausgeleuchtet wurde. Sie thronten auf schmucklosen Haltern und beleuchteten einen Wandteppich, der einen mondbeschienenen Hügel mit unzähligen Spinnen darauf darstellte. Wieder war Fis Stimme zu hören.

»Nun komm schon …«

Olitrax schnaubte und kleine Dampfwölkchen kräuselten aus seinen Nüstern.

Kai eilte an dem Wandteppich vorbei und öffnete die Tür an der gegenüberliegenden Seite des Zimmers. Ihm enthüllte sich ein weiteres Schreckenskabinett. Die Wände waren über und über mit Regalen gefüllt, in denen bauchige Gläser und Gefäße aller Größe und Formen standen. Auch sie waren mit einer gelblichen Flüssigkeit gefüllt, nur dass darin menschliche Köpfe, herausgeschnittene Herzen, abgehackte Hände und Klauen schwammen. Kai musste würgen und der modrige Geruch, der den Raum schwängerte, trug nicht gerade dazu bei, seinen Magen zu beruhigen.

Wo, verdammt, waren Gilraen und Fi?

Ein hämisches Kichern hallte von den Wänden und im Gebälk über ihm knarrte es.

Bei allen Moorgeistern, er hatte sich täuschen lassen. Er ging wieder zurück in den Raum mit dem Wandteppich und sah sich um. Hinter ihm raschelte es. Er wirbelte herum und sah entsetzt mit an, wie der seltsame Wandteppich Löcher und Risse bekam und in kleine Stücke zerfiel. Auf acht Beinen breiteten sie sich über Wände und Decke aus und huschten auf ihn zu. Spinnen!

Mit einem lauten Aufschrei beschwor Kai zwei Kugelblitze und jagte sie in die krabbelnde Flut. Es zischte, wo die sprühenden Geschosse aufschlugen, doch die Schar der achtbeinigen Angreifer wogte jetzt nur umso schneller auf ihn zu.

Olitrax breitete ängstlich seine Schwingen aus und schwang sich zu den Regalwänden auf. Auch Kai stolperte zurück und schlug die Tür zu.

»Fi! Gilraen! Wo seid ihr?«, brüllte Kai verzweifelt.

»Tot«, wisperte einer der vielen Köpfe und drehte sich in seinem Gefäß träge in seine Richtung. »Längst tot …«

Da erspähte er Stufen am Ende des Zimmers und hetzte mit großen Schritten eine enge Wendeltreppe hinauf. Sein brennender Zauberstab flackerte, und so übersah er fast die dunkle Tür, die von dem Treppenaufgang abzweigte.

Kai entschied sich dafür, sie auszuprobieren. Sie war verschlossen, doch das Schloss sah nicht sehr solide aus.

Er stemmte sich gegen die Mauer in seinem Rücken und trat dreimal kraftvoll gegen das Holz. Die Tür flog auf. Dahinter lag eine dunkle Kammer, in der ein staubiges Baldachinbett stand. Spinnweben zogen sich schleierartig darüber und auch die Truhen und Schränke, die die Wände säumten, waren von einem grauen Schleier überzogen. Kai zog die Tür hinter sich zu und brannte mit dem Zauberstab große Löcher in die Spinnwebschleier. Sprühend und knisternd sanken sie vor ihm zu Boden.

Forsch eilte er auf eine weitere Tür am anderen Ende des Raums zu und gelangte in einen breiten Flur, in dem die zertrümmerte

Marmorstatue eines Kämpfers mit zerbrochenem Schwert lag. War dieser ein weiterer magischer Wächter gewesen, den Dystariel erledigt hatte? Befanden sie und Eulertin sich in seiner Nähe?

Verdammt, er musste seine Gefährten wiederfinden. Irgendwie konnte er sich des Eindrucks nicht erwehren, als versuchte der verdammte Spukturm, sie voneinander zu trennen.

Geisterhaftes Hufgetrappel hallte von den Wänden.

Was war das? Kai sah sich misstrauisch um. Staub rieselte von der Gangdecke. Das Getrappel verhallte, so wie es gekommen war.

»Na gut«, flüsterte Kai dem kleinen Drachen zu. »Es bringt nichts, hier weiter herumzustehen.«

Vorsichtig umrundete er die Bruchstücke der Statue und lauschte an einer der Türen. Er konnte nichts hören. Er drehte den Knauf und zu seiner Überraschung schwang sie auf. Olitrax blähte erregt seine Nüstern. Kai streckte seinen brennenden Zauberstab in das Zimmer.

Vor ihnen lag ein Raum, an dessen Stirnseite ein stattlicher Kachelofen bis zur Balkendecke des Raums aufragte. Auf den Kacheln des Kamins waren schemenhaft die Abbildungen von Raben zu erkennen.

Vor dem Kamin stand ein lederner Ohrensessel, die Wände wurden von Regalen mit Büchern gesäumt und in einem der Regale stand die Büste eines schlafenden Mannes mit spitzen Ohren.

Kai trat näher und strich sanft über die feinen, zartgrünen Gesichtszüge. Was war das nur für ein seltsames Material? Es fühlte sich so glatt und weich wie Feenkristall an. In diesem Moment öffneten sich die Augenlider und Kai zuckte zurück.

»Das Licht der Sterne sei mit dir, Sultan«, ertönte eine melodische Stimme. »Als dein niedrigster Diener stehe ich vor dir. Deine Weisheit will ich mehren und dein Urteil will ich schärfen. Mein Geist umfasst alle weltlichen Sphären. Dreimal mögest du mich fragen, und dreimal werde ich wahrheitsgemäß antworten. Doch nur Ja und Nein lautet meine Antwort. Und so frage klug, denn erst in sieben Jahren kannst du mich abermals erwecken.«

»Ich fasse es nicht«, keuchte Kai. »Du kannst mir wirklich alle Fragen beantworten, egal, um was es sich dabei handelt?«

»Ja«, antwortete die Büste. »Stell deine zweite Frage.«

Kai hätte sich für seine Unbedachtheit am liebsten auf die Zunge gebissen.

Zwei Fragen also noch. Das grüne Ding war ein Dschinn. Wie hatte er nur so dämlich sein können? Schweißperlen traten auf Kais Stirn. Es kamen ihm so viele Fragen in den Sinn, dass ihm bereits der Kopf schwirrte. Gut, eine Sache gab es, die ihn schon seit Tagen nicht ruhen ließ.

»Ist Gilraen ein Diener Morgoyas?«, fragte er lauernd.

»Nein«, antwortete der Dschinn. »Stell deine letzte Frage.«

Nein!? Kai starrte den grünen Kopf überrumpelt an und konnte nicht fassen, was er da eben gehört hatte. Dieser arrogante Elf verbarg etwas vor ihnen. Das war so sicher wie der Wechsel von Tag und Nacht. Kai seufzte. Er hatte sich womöglich doch in etwas verrannt.

Die bittere Wahrheit war, dass er Gilraen vor allem deswegen nicht mochte, weil er auf ihn eifersüchtig war. Dass er gehofft hatte, zwischen ihn und Fi einen Keil treiben zu können. Kai war wütend auf sich. Er würde noch einmal in Ruhe über alles nachdenken und seine dritte Frage später stellen. Kurzerhand nahm er seinen Rucksack zur Hand, räumte seine überflüssigen Kleidungsstücke aus und stopfte die grüne Büste in den neu gewonnenen Platz neben Mondsilberscheibe, Magistra Wolkendamms Phiole und dem Lederbeutel mit dem Sulphurstein.

Als er Letzteren berührte, bemerkte er, dass der Beutel hart und ausgetrocknet war und sich heiß anfühlte. Beunruhigt öffnete Kai die Verschnürung und sah entsetzt, dass der schwarze Klumpen von haarfeinen Rissen überzogen war.

»Na, kleiner Zauberlehrling«, geisterte eine sphärische Stimme durch seinen Kopf. »Schön, dass du dich meiner wieder besinnst. Merkst du, wie brüchig der Kristall wird? Es dauert nicht mehr lange, dann bin ich FREI ... Und dann werde ich dich VERBREN-NEN!«

Erschrocken fuhr Kai zusammen. Endlich begriff er, wessen Stimme er nahe der Dryadenlichtung vernommen hatte. Er musste diesen Sulphur loswerden, solange er noch eingesperrt war.

»Na, überlegst du dir schon, wie du mich loswirst, du unfähiger Dilettant?«, prasselte die böse Stimme des Sulphurs. »Ja, wirf mich fort. Lass mich einfach irgendwo liegen, vergrabe mich. Aber das wird dich nicht vor meiner Rache bewahren. Im Gegenteil, ich werde dich aufspüren. Und wenn du in die Dschinnenreiche flüchtest ... oh ja!«

Hastig schloss Kai den Beutel und stopfte ihn in den Rucksack zurück. Ihm blieb nichts anderes übrig, als sich Eulertin anzuvertrauen. Er war der Einzige, der ihn vor dem Elementar beschützen konnte. Er schulterte den Rucksack sorgenvoll, als er erneut jenes geisterhafte Hufgetrappel vernahm.

Das Geräusch verebbte und wurde im nächsten Moment von etwas anderem übertönt. Es drang aus dem Kamin und klang so, als würden Hunderte trockener Blätter vom Wind emporgewirbelt werden.

»Weg hier«, zischte er Olitrax zu, doch es war zu spät. Ein ganzer Schwarm untoter Raben brach aus der Kaminöffnung hervor.

Das räudige Gefieder der Vögel hob sich düster von dem bleichen Vogelgebein ab, und Kai schaffte gerade noch einen Schlag mit seinem Zauberstab, der einen der Angreifer gegen die Wand schmetterte. Schreiend schützte Kai seine Augen und wich vor dem

Ansturm zurück. Nur am Rande bekam er mit, wie sich Olitrax auf die Angreifer stürzte, vor der flatternden und um sich beißenden Übermacht zurückwich und schließlich flüchtete. Kai taumelte rückwärts, als plötzlich der Boden unter ihm nachgab.

Eine Falle! Mit diesem Gedanken stürzte er in die Tiefe.

Spiel mit der Angst

Kai schlitterte durch eine enge Röhre, schlug polternd gegen Steinwände, verletzte sich an rissigen Mauervorsprüngen und schlug schwer auf einem harten Untergrund auf.

Er stöhnte und sah für einige Momente nur bunte Sterne. Neben ihm klapperte es. Sein Zauberstab! Er musste mit ihm in die Tiefe gefallen sein.

Kai suchte den Boden ab und ertastete unter seinen Fingern Dreck und altes Stroh. Da war sein Zauberstab! Kai griff erleichtert danach und spürte Widerstand, als er ihn zu sich heranzog. Etwas klapperte. Erst jetzt fiel ihm auf, dass sich der Stab seltsam anfühlte.

Argwöhnisch ließ er los und besann sich auf seine Zauberkräfte. Er entzündete auf seiner Hand eine Flamme und schrie auf, als er das Skelett entdeckte, das er am Unterschenkelknochen gepackt und zu sich herangezogen hatte. Es lag auf den schimmeligen Überresten alten Strohs und war mit einem der knöchernen Arme an die Wand gekettet.

Verflucht, wo war er hier?

Panisch kroch er von dem Knochenmann weg, suchte hektisch nach seinem Stab und fand ihn endlich. Kurz darauf züngelten an seinem Ende wieder Flammen empor. Um ihn herum enthüllten sich die rohen Mauern eines Verlieses. Über ihm, an der Decke des Kerkers, in unerreichbarer Höhe, gähnte die dunkle Öffnung eines Schachts.

Er richtete sich mühsam auf. Sein Körper war über und über mit blutigen Schrammen übersät, die er beim Sturz in die Tiefe abbekommen hatte. Es glich einem Wunder, dass er Rabenattacke und Sturz überlebt hatte. Hoffentlich war Olitrax entkommen.

Schmerzlich spürte Kai, wie alleine er jetzt war.

Ein metallisches Glitzern zu seiner Linken erregte seine Aufmerksamkeit. Eine schmale Gittertür!

Kai humpelte auf den Ausgang zu und rüttelte vergeblich an den rostigen Stäben. Verzweifelt spähte er zwischen den Eisenstreben hindurch und sah, dass dahinter ein niedriger Gang lag, an dessen Ende steinerne Stufen nach oben führten.

»Hilfe!«, brüllte er laut und rüttelte abermals an den Streben. »Hilfe!«

Es war zwecklos. Niemand würde ihn hier unten hören.

Da vernahm er ein Geräusch: Eine Tür schrammte über den Steinboden. Flackernder Lichtschein fiel auf die Treppenstufen. Jemand kam die Treppe herunter!

Kai humpelte von dem Gitter zurück und hielt sich zauberbereit.

»Wer ist da?«, rief eine ihm vertraute Stimme. Es war Gilraen.

»Ich bin es!«, antwortete Kai erleichtert, ausnahmsweise einmal froh, den Elfen zu sehen. »Ich bin gefangen. Hol mich hier raus.«

»Du?«, fragte Gilraen ungläubig. »Bei Morgoyas Schattenmacht, du siehst aus, als habe dich eine Gargyle in die Mangel genommen. Wie kommst du hierher? Wir haben die ganze Zeit nach dir gesucht.«

»Eine verdammte Falle«, rief Kai, während Gilraen einen rostigen Bund Schlüssel von einem Haken an der Wand nahm. Er probierte sie der Reihe nach aus, bis er den passenden fand. Unter knirschenden Lauten zog er die alte Eisentür auf.

»Wo ist Fi?«, wollte Kai wissen.

»Sie ist verschwunden«, erwiderte Gilraen düster. »Wir haben uns nur kurz aus den Augen verloren und plötzlich war sie fort.«

Alarmiert sah Kai den Elfen an. »Hier im Turm lebt irgendetwas. Es lauert in den Wänden um uns herum.«

Ja«, flüsterte Gilraen. »Ich spüre es ebenfalls.« Er deutete mit dem Kinn Richtung Treppe. »Dort oben befindet sich eine Folterkammer. Da liegt etwas, auf das du unbedingt einen Blick werfen solltest.«

Tatsächlich erwartete sie am oberen Ende der Treppe eine düstere Kammer, die mit mannigfachen Folterwerkzeugen angefüllt war. An den Wänden hingen penibel aufgereiht eiserne Zangen, Bohrer und Sägen, in einer Ecke stand ein altes Glutbecken mit Schürhaken und Brandeisen, auf einem Ständer lagen Daumenschrauben und Quetschstiefel, und in einem verstaubten Regal an der Wand standen Käfige, in denen die Überreste von Ratten lagen.

Kai starrte die Käfige verwirrt an.

»Man lässt die Tiere so lange hungern«, erklärte Gilraen mit tonloser Stimme, »bis sie fast rasend werden. Dann stellt man die Käfige auf den Körper des Opfers und zieht den Boden weg. Du kannst dir sicher vorstellen, was dann passiert …«

Schockiert starrte Kai seinen Begleiter an und fragte sich, woher er das wusste. Im selben Moment erinnerte er sich wieder an die grässlichen Narben des Elfen. Langsam begann er zu erahnen, was Gilraen durchlitten haben mochte.

Der Elf durchschritt das Gewölbe mit wenigen Schritten und trat mit erhobener Fackel an einen Stuhl mit hoher Lehne heran, auf dem eingesunken ein mumifizierter Leichnam saß. Seine Arme und

Beine waren mit eisernen Klammern an den Stuhl geschnallt und noch immer zeugte das verzerrte Gesicht des Toten von den Qualen, die er vor seinem Tod erleiden musste. Erstaunt sah Kai, dass der Tote spitz zulaufende Ohrmuscheln besaß.

»Ein Elf?«, flüsterte er bestürzt.

Gilraen nickte finster und deutete zu einer halbrunden Nische an der Wand. Dort stand ein wackeliger Schreibtisch samt ausgetrocknetem Tintenfass. Ausgebreitet auf der Tischfläche lagen mehrere staubige Pergamente, die mit einer krakeligen Schrift beschrieben waren. Zuoberst lag die zittrige Zeichnung eines Objekts, das er nur zu gut kannte.

»Bei allen Moorgeistern, das ist doch der Glyndlamir!«

»Ich schließe aus dieser Bemerkung, dass dir Fi das Mondsilberamulett bereits gezeigt hat?«, sprach der Elf.

Kai nickte. »Ja. Aber wie kommt eine Zeichnung des Amuletts an diesen Ort?«

»Es muss sich hierbei um so etwas wie ein Verhörprotokoll handeln.« Gilraen blickte zu dem mumifizierten Leichnam. »Er dort muss zu den Elfen gehört haben, die sich Sigur Drachenherz angeschlossen hatten, um Murgurak und seine lichtverdammten neun Albtraumungeheuer zu bezwingen. Der Glyndlamir hat bei dem damaligen Konflikt eine wichtige Rolle gespielt.«

Kai sah interessiert auf und stellte sich so, dass er den mumifizierten Elfen nicht weiter anblicken musste. »Ich dachte, die Kräfte des Amuletts seien eher für Albions Gegenwart entscheidend?«

»Ja und nein«, murmelte Gilraen. »Der Glyndlamir ist ein Relikt aus den Schattenkriegen. Fi und ich sind zwar seine Hüter, aber wir besitzen nur wenige Kenntnisse darüber, welche Aufgabe ihm damals zukam. Fiadoras Mutter hatte vor unserer überstürzten Flucht aus den Mondsilberminen nicht genügend Zeit, uns in alle Geheimnisse einzuweihen.«

Kai runzelte die Stirn. »Fi sagte mir, dass das Amulett vom Elfenkönig persönlich gefertigt worden sei.«

»Ja«, Gilraen nickte. »Im Glyndlamir wirkt die Macht des Unendlichen Lichts. Avalaion selbst hat sie hineingebettet.«

»Fi hat mir davon erzählt, dass dieses Amulett dabei helfen könne, die Finsternis über Albion zu besiegen.«

»Ja, davon gehen wir aus«, sprach der Elf zögernd. »Die Prophezeiung lautet, dass einst die Schatten über Albion hereinbrechen werden. Die Macht des Glyndlamir sei dazu bestimmt, den Bund zwischen Menschen und Elfen zu erneuern, auf dass die Finsternis zurückgetrieben werden kann.«

»Und wie?«, fragte Kai gespannt.

»Mittels eines Liedes«, sprach der Elf geheimnisvoll, »und einer Flamme, so heiß wie die Glut der Drachen. Doch die Ewige Flamme Albions ist erloschen und vom alten Sonnenrat zeugen nur noch Ruinen. Fi klammert sich noch immer an die Hoffnung, dass es uns eines Tages gelingen wird, dieses Feuer erneut zu entfachen. Ich hingegen bezweifle, dass wir die Prophezeiung richtig interpretiert haben.«

»Wieso?«

»In der Prophezeiung heißt es nicht ausdrücklich, dass all dies auf Albion selbst geschehen muss.« Der Elf deutete auf die Pergamente. »Kannst du die Schrift entziffern?«

»Ich kann es versuchen.« Der Zauberlehrling beugte sich über die Unterlagen und wollte eines der Pergamente verschieben, doch sofort bröselte der alte Bogen unter seiner Berührung auseinander.

»Mist!« Hastig zog Kai die Hand zurück.

Gut, dann konnte er eben nur das lesen, was offen vor ihm lag. Dummerweise war die Schrift in der alten Gelehrtensprache verfasst und stellenweise bis ins Unleserliche verblasst. Kai konzentrierte sich und kämpfte sich von Zeile zu Zeile.

»Es handelt sich bei den Aufzeichnungen offenbar tatsächlich um ein Verhörprotokoll«, flüsterte er. »Es geht um den Kampf der Verbündeten gegen die Ungeheuer, die Murgurak beschworen hat. Ich lese die Worte *Hammar* und *Cimbral*.«

»Der *Schrecken der Fluten* und der *Fluch der Wälder*«, ergänzte Gilraen aufgeregt. »Lies weiter.«

»Hier sind noch drei weitere Namen aufgelistet«, rätselte Kai. »*Lu … custa*. Die anderen beiden kann ich nicht entziffern.«

»Lucusta war der *Schwarm der Nacht*«, flüsterte der Elf. »Sein Leib soll aus Tausenden dämonischer Heuschrecken bestanden haben. Steht mehr über ihn darin?«

Kai schüttelte den Kopf. Er hätte gern selbst mehr über die neun Albtraumkreaturen erfahren. »Das Ganze liest sich, als ob der Befragte nur am Kampf gegen diese fünf teilgenommen hätte. Herrje … da«, Kai deutete auf eine bestimmte Stelle des Pergamentbogens und fuhr aufgeregt fort, »hier ist der Glyndlamir namentlich erwähnt. Hier steht ebenfalls, dass er vom Elfenkönig Avalaion erschaffen wurde. Er vereint zweierlei Kräfte in sich: die Mächte des Unendlichen Lichts und jene des Traums.«

»Weiter «, forderte ihn Gilraen ungeduldig auf.

Kai verzweifelte fast an der krakeligen Schrift. Immer wieder stieß er auf Worte, deren Bedeutung er nicht kannte oder die er nicht entziffern konnte.

»Wenn ich das richtig verstehe«, murmelte er, »vermochte das Unendliche Licht die Kreaturen zu verletzen. Obwohl, dieses eine Wort hier bedeutet ›zurückdrängen‹ … Dummerweise werden die nachfolgenden Zeilen von dem Blatt mit der Zeichnung verdeckt.« Der Zauberlehrling wandte sich einem dritten Bogen zu, der halb unter dem Pergamentstapel hervorragte. »Offenbar haben sich diese Albtraumkreaturen zur Wehr gesetzt. Wenn ich mich nicht irre, handelt diese Verhörpassage davon, wie der damalige Träger des

Glyndlamir vom Gift des Cimbral heimgesucht wurde. So ähnlich jedenfalls. Hier steht, der Schatten habe seinen Leib befallen, doch da er der Hüter des Amuletts war, habe seine Kraft die Finsternis in ihm wieder vertrieben.«

»Das Licht hat ihn geheilt?« Mit weit aufgerissenen Augen trat Gilraen neben ihn.

»Na ja, hier steht was von ›vertrieben‹«, sagte Kai langsam, »aber ich schätze, das läuft auf das Gleiche hinaus.« Er hatte eine vage Vorstellung, was damit gemeint sein konnte.

Kai überlegte, ob er Gilraen berichten sollte, auf welche Weise ihm Fi mithilfe des Glyndlamir bereits beigestanden hatte. Immerhin wusste er jetzt, dass der Elf kein Handlanger der Nebelkönigin war. Doch dann hätte er ihm auch Fis These unterbreiten müssen, nach der die wundersamen Geschehnisse mit seiner Rolle als Letzte Flamme in Verbindung standen. Solange aber Gilraen Geheimnisse vor ihm hatte, wollte er die seinen ebenfalls bewahren.

»Steht da noch etwas?«, wollte Gilraen wissen.

»Nicht über den Glyndlamir«, antwortete Kai. »In den nachfolgenden Zeilen geht es um die Riesen, mit denen sich Sigur Drachenherz verbündet hatte. Leider enden die Zeilen hier. Wenn du mich fragst, wirkt das Ganze so, als habe sich Murgurak ein Bild machen wollen, auf welche Weise es seinen Gegnern gelang, seine Kreaturen zu besiegen. Wenn wir es allerdings schaffen würden, diese brüchigen Bogen …«

Kais Satz blieb unvollendet, denn schon wieder dröhnte geisterhaftes Hufgetrappel durch das Gemäuer. Aufgeschreckt wirbelten Kai und Gilraen herum und machten sich kampfbereit. Doch das Geräusch verging wieder.

»Dieses Hufgetrappel habe ich oben schon gehört«, wisperte Kai.

Angespannt sahen sich die beiden an.

»Lass uns die anderen suchen«, schlug Kai vor. »Ich hab bei alledem ein ganz schlechtes Gefühl.«

Gilraen nickte, und so ließen sie die wertvollen Aufzeichnungen schweren Herzens zurück. Der Elf führte ihn aus dem düsteren Kellergeschoss wieder nach oben. Sie erreichten einen halbrunden Raum mit Schießscharten an den Außenwänden, zwischen denen Wandteppiche hingen, auf denen düster gerüstete Kämpfer mit Schwingen bewehrten Ritterhelmen abgebildet waren. Doch im Moment interessierte Kai all das nicht. Von dem Raum zweigten zwei Türen sowie eine Mauernische ab, in der eine Treppe spiralförmig hinauf zu den oberen Stockwerken des Baus führte.

»Wohin jetzt?«, rief Kai. »Ich habe längst die Orientierung verloren.«

»Die Tür dort hinten führt zu diesem Schreckenskabinett mit dem Fell aus Lippen, in dem wir dich verloren haben«, erklärte der Elf und deutete auf die Pforte zu ihrer Linken. »In dem Raum dort«, er deutete nach rechts, »befindet sich eine Alchemistenwerkstatt.«

»Und wo hast du Fi verloren?«

»Hier, in diesem Zimmer«, antwortete Gilraen. »Ich war nur mal kurz in dieser Schreckensgalerie, um nach dir zu sehen. Als ich zurückkam, war sie fort.«

»Dieser Turm versucht mit Tricks, uns voneinander zu trennen«, sagte Kai. »Vielleicht glaubte Fi, *du* seist fort und ist dann weiter nach oben geeilt? Ich hätte das getan.«

»Warum?«, wollte der Elf wissen.

»Weil irgendwo in den Stockwerken über uns Magister Eulertin und Dystariel sind.«

»Gut.« Gilraen wies mit seinem Schwert auf eine Wendeltreppe. »Dann lass uns oben nachsehen.«

Die beiden erklommen die steinernen Stufen und vernahmen abermals Getrappel. Diesmal konnten sie die Erschütterungen sogar unter ihren Fußsohlen spüren. Putz rieselte auf sie herab.

»Du hast Recht«, flüsterte Kai. »Was auch immer das ist, es kommt näher.«

»Dann los«, forderte ihn Gilraen auf. »Irgendetwas sagt mir, dass wir ganz nach oben müssen.«

Gilraen und Kai rannten los und ignorierten alle Türen, die von der Wendeltreppe abzweigten. Hin und wieder kamen sie an weiteren Schießscharten vorbei, und Kai konnte einen Blick auf die Nebelwand werfen, die die kleine Insel noch immer umgab. Lange würde er das Tempo nicht durchhalten. Er fiel zunehmend hinter dem Elfen zurück.

»Warte, Gilraen«, keuchte er und blieb kurz stehen, um Atem zu schöpfen. »Ich kann nicht so schnell.«

»Weiter hinauf geht es sowieso nicht«, rief ihm Gilraen zu und machte vor einer Tür halt. »Die bekomme ich schon auf.«

Dumpfe Schläge und das Splittern von Holz waren zu hören.

Kai wollte Gilraen gerade nachsetzen, als das Hufgetrappel abermals durch den Treppenschacht hallte. Diesmal war es so laut, dass Kai die Ohren klangen.

Urplötzlich entflammte in der Luft vor ihm ein glühend rotes Augenpaar, das ihn durchdringend anstarrte. Er taumelte entsetzt gegen die Wand in seinem Rücken und kalte Schauer durchrieselten ihn. Kai hatte das Gefühl, als dringe der teuflische Blick tief in ihn ein und sehe sich in den verborgensten Winkeln seiner Seele um.

Kai wollte schreien, doch seiner Kehle entwich nur ein hilfloses Krächzen. Schlotternd rutschte er an dem Gestein nach unten und schaffte es nur unter großer Willensanstrengung, seinen Zauberstab zu heben. Das flammende Augenpaar löste sich wieder auf.

»Gilraen!«, wimmerte der Zauberlehrling mit schwacher Stimme. »Gilraen!«

Endlich war der Elf bei ihm und half ihm auf. »Was war das eben für ein rotes Licht hier unten?«

»Ein riesiges Augenpaar«, presste Kai verstört hervor. »Es sah aus, als ob es aus lebenden Flammen bestünde. Es hat mich angesehen.«

»Mehr nicht?«, fragte Gilraen und sah sich misstrauisch nach allen Seiten um.

»Ich bin mir nicht sicher …«, sagte Kai und langsam kehrten seine Kräfte wieder zurück.

»Mir nach!«, zischte der Elf.

Sie stolperten die Wendeltreppe wieder hinauf und Kai erblickte im Licht seiner magischen Fackel eine aufgebrochene Tür, hinter der sich ein Korridor mit zwei weiteren Türen erstreckte.

»Wir sollten …«, begann der Zauberlehrling und verstummte, weil aus dem Flur ein gellender Schrei ertönte. »Bei allen Moorgeistern, das war Fi!«, keuchte er.

»Du nimmst dir die Tür am Ende des Ganges vor, ich kümmere mich um den anderen Raum«, befahl Gilraen.

Gemeinsam stürmten sie voran. Während Kai direkt zum Ende des Korridors hastete, warf sich Gilraen mehrmals gegen die Tür, die rechter Hand vom Gang abzweigte.

Kai erreichte nun ebenfalls sein Ziel und rüttelte wild an der Klinke. Doch die Tür war verschlossen. Hinter sich hörte er einen erstickten Laut. Kai wirbelte herum und sah, dass aus dem Raum, in den Gilraen gewaltsam vorgedrungen war, rotes Licht waberte. Die Augen.

»Gilraen?« Seine Schmerzen ignorierend hetzte Kai wieder zurück.

Kai hörte, wie der Elf in Todesangst aufschrie. Der Zauberlehrling beschwor einen Feuerwusel herauf und sprang kampfbereit durch die eingetretene Tür.

Vor ihm lag eine Schlafkammer mit zerschlissenen Möbeln. Im Raum aber standen Gilraen und … eine Gargyle.

»Stell dich deinen Dämonen«, röhrte das Geschöpf unheilvoll. Die Gargyle fletschte ihre Reißzähne und fuhr die Krallen aus. Gilraen taumelte schreiend gegen einen Bettpfosten und riss sein Schwert in die Höhe.

Kai zögerte nicht länger und jagte einen Kugelblitz durch das Zimmer. Und dann gleich noch einen. Die sprühenden Geschosse explodierten und schüttelten das Ungeheuer. Doch es beachtete Kai nicht. Es war allein auf den Elfen fixiert. Unter lautem Gebrüll stapfte die fremde Gargyle auf Gilraen zu, wich geschwind seinem Schwertstreich aus und schleuderte ihn gegen die Decke. Gilraen schlug hart gegen einen Balken und stürzte wie eine leblose Gliederpuppe zurück auf den Boden. Mit einer fließenden Bewegung huschte die Gargyle über ihn. Wieder und wieder schleuderte Kai seine Kugelblitze auf die Schattenkreatur, doch die bleckte bloß höhnisch ihre Reißzähne. Gilraen sackte bewusstlos in sich zusammen und die Schreckenskreatur löste sich in schwarzen Rauch auf.

Was, bei allen Schattenmächten, war das für ein Spuk?

Kai rannte zu Gilraen und schüttelte ihn.

»Gilraen, komm zu dir! Wir müssen hier weg.«

Der Elf stöhnte leise.

Abermals waren vom Flur her Fis verzweifelte Schreie zu hören.

Kai sprang auf und rannte zurück zu der verschlossenen Tür am Ende des Gangs. Ihm war jetzt alles egal. Er nahm Anlauf, schleuderte zwei Kugelblitze gegen das Türschloss und warf sich dann mit aller Macht dagegen. Holzsplitter regneten zu Boden, als die Tür laut krachend aufschwang und der Zauberlehrling in einen düsteren Raum torkelte, der über und über mit Gläsern, Phiolen, Tiegeln und Schachteln gefüllt war. Um ihn herum stank es nach Schwefel, Moder und Salpeter.

Kai hob den brennenden Zauberstab und sah sich argwöhnisch um. Ständig war von irgendwoher ein Schwirren und Flattern zu hören. Etwa diese fürchterlichen Raben?

Zu seiner Überraschung sah er, dass über seinem Kopf mehrere aufgeklappte Bücher von Regal zu Regal flatterten.

»Hilfe«, wimmerte weiter hinten im Raum eine schwache Stimme. Kai stürmte an den Regalen vorbei und entdeckte direkt vor einer schmalen Fensterscharte einen zusammengekrümmten Körper. Es war Fi. Sie lag inmitten einer dunklen Blutlache, die ständig größer wurde. Ihr rechter Arm war zerfleischt und dort, wo ihre Augen sein sollten, gähnten ihm blutige Höhlen entgegen.

»Oh nein«, keuchte der Zauberlehrling. Er sank vor ihr zu Boden und bettete ihren Kopf auf seinen Schoß.

»Kai, bist du das?«, stammelte die Elfe verzweifelt. »Ich sehe nichts. Und es tut so weh.«

»Fi … beim Unendlichen Licht, was …?«

»Versprich mir, dass du …« Fis Stimme erstarb und ihr Körper erschlaffte.

»Fi?« Kai fühlte sich wie paralysiert. Endlich löste sich ein gellender Schrei aus seiner Kehle. »Fiiiiii!«

Tränen schossen ihm in die Augen. Fassungslos rüttelte er die Elfe, während sich seine Kleidung mit ihrem Blut vollsog.

»Nein, du darfst nicht sterben«, schrie er immer wieder. »Du darfst nicht, hörst du!«

Panisch tastete er nach dem Glyndlamir. Doch das Amulett war verschwunden und damit die letzte Hoffnung, Fi vielleicht zu retten.

»Neeeeiiiin!« Schluchzend brach der Zauberlehrling über der Elfe zusammen.

Wie hatte er sie nur alleine lassen können?

Jetzt hatten sie verloren. Alles war verloren.

Erst als er in seinem Rücken schleppende Stiefelschritte hörte, kam Kai wieder zur Besinnung. Mit tränenverschleiertem Blick erkannte er Gilraen, der zu ihm heranhinkte. Der Elf wirkte bleich und angeschlagen und starrte bestürzt auf sie beide herab.

»Das kann nicht sein …«, keuchte er. »Ist sie …?«

Der Zauberlehrling nickte und presste die Lippen zusammen. »Ich werde sie rächen!«, schrie Kai mit einem Mal. »Wer auch immer ihr das angetan hat, ich werde sie rächen! Ich werde ihn verbrennen. Ich werde ihm genauso viel Schmerzen zufügen, wie er ihr zugefügt hat. Ich will, dass er leidet. Leidet!«

»Komm zu dir, Zauberlehrling!«, herrschte ihn der Elf an. »Fi hätte nicht gewollt, dass wir uns so gehen lassen.«

»Wie kannst du so herzlos sein?«, brauste Kai auf. »Gerade du als ihr Geliebter solltest mich verstehen können! Willst du sie etwa nicht rächen, du verdammter Feigling?«

Gilraen beachtete Kais Wutausbruch nicht weiter, sondern hockte sich stirnrunzelnd neben ihn und suchte nach dem Glyndlamir. Schließlich berührte er Fis Kopf, dann ihre Arme.

»Ist dieses Amulett alles, an was du denkst?«, schrie ihn Kai an.

»Halte endlich den Mund, du Dummkopf!«, platzte es aus Gilraen heraus. »Das ist nicht Fi. Sieh doch.«

Er zerdrückte das Fleisch ihres gesunden Arms, als bestände es aus weichem Wachs.

Um sie herum rollte Hufgetrappel von den Wänden und ein hämisches Wiehern geisterte durch den Raum. Fis Körper löste sich von einem Augenblick zum anderen in dunklen Rauch auf.

»Was? Wie kann das …?« Kai sprang auf und sah sich gehetzt um. »Aber sie hat doch zu mir gesprochen? Sie …«

»Das war nicht Fi«, grollte Gilraen. »Das, was hier lebt, spielt mit unseren Ängsten. Es versucht uns in den Wahnsinn zu treiben.«

»Das heißt, Fi lebt?«, stammelte Kai. Ihm fiel eine zentnerschwere Last von seinen Schultern.

»Vermutlich.« Gilraen erhob sich wieder und blickte ihn an. »Wie kommst du eigentlich darauf, dass Fi und ich Geliebte sind?«

Kai wischte sich die Tränen aus dem Gesicht. »Fi hat mir gesagt, dass ihr einander versprochen seid.«

»Das hat sie dir gesagt?«

»Na ja, sie sprach von … lichtverschworen.«

»Lichtverschworen?« Plötzliches Erkennen trat in Gilraens Augen. »Deswegen also all dein Zorn gegen mich?«

Kai schwieg betreten.

»Wir Elfen verloben uns nicht. Wenn wir lieben, dann lieben wir. Meine Gefährtin hieß Aluriel und sie starb durch die Hand Morgoyas. ›Lichtverschworen‹ bedeutet so viel wie … ›Blutsbrüderschaft‹. Verschworen bis in den Tod. Fiadora und ich sind die Hüter des Glyndlamir. Wir sind Kampfgefährten. Und Freunde. Nicht mehr, aber auch nicht weniger.«

Kai sah Gilraen fassungslos an. »Es tut mir leid«, sagte er nach einer Weile. »Ich schätze, ich habe mich eben wie ein ziemlicher Narr aufgeführt.«

»Nur eben?« Gilraen schnaubte ungehalten und sah ihn ernst an. »Fi braucht uns, Kai. Sie glaubt, dass sie allein für das Schicksal unseres Volkes die Verantwortung trägt. Und vielleicht hat sie damit gar nicht mal so unrecht.« Der Elf reichte ihm die Hand. »Freunde?«

Kai nickte zögernd und schlug ein. »Freunde … es sei denn, ich finde heraus, dass uns das, was du vor uns verbirgst, schadet. Denn irgendetwas verschweigst du uns. Das weiß ich.«

»Jeder von uns hat seine Geheimnisse, Zauberlehrling«, erwiderte Gilraen knapp. »Und jetzt lass uns die anderen finden, bevor uns dieses unbekannte Etwas zuvorkommt. Ich spüre, all das hier ist erst der Anfang.«

Dunkles Omen

bermals ertönte donnerndes Hufgetrappel und irgendwo über Kai und Gilraen war ein lautes Röhren zu hören.

»Der Lärm kommt von oben!«, keuchte Kai.

Alarmiert hetzten sie eine schmale Treppe empor. Kai riss eine schwarz lackierte Tür auf und hielt schockiert inne. Vor ihm tobte ein dämonischer Kampf.

Dystariel stand neben einem großen Fernrohr, das hoch zum Dachstuhl aufragte, und schlug mit ihren Krallen auf einen krakengleichen Fangarm ein, der sich aus einem kunstvoll bestickten Teppich schlängelte. Ein Beschwörungsteppich. Er bildete eine Pforte ins Schattenreich.

Der unheimliche Tentakel besaß schwarze Widerhaken und ragte bis zur Raumdecke auf, von wo aus er immer wieder mit Wucht auf die Gargyle einpeitschte.

Und noch etwas enthüllte sich Kais Blicken. Neben dem großen Himmelsteleskop lag der entstellte Leichnam eines jungen Mannes mit schwarzen Haaren, dessen Antlitz ihm nur zu vertraut war.

Bei allen Moorgeistern, das war er selbst!

Was ging in diesem verfluchten Turm vor sich?

Dystariel schien ihre Ankunft erst jetzt zu bemerken, denn völlig überraschend hielt sie in der Bewegung inne und starrte Kai ungläubig an. Der mächtige Fangarm nutzte ihre Unachtsamkeit und schlug zu. In hohem Bogen flog Dystariel gegen eines der Regale, während die dämonischen Widerhaken mit hässlichem Laut über ihren Körper schrammten.

»Wir müssen ihr helfen!«, schrie der Zauberlehrling und jagte dem Fangarm zwei Kugelblitze entgegen. Die sprühenden Geschosse explodierten und hinterließen dunkle Löcher im Fleisch des dämonischen Ungeheuers. Doch die Wunden schlossen sich bereits wieder. Gleich einer bösartigen Schlange schnellte der Tentakel zu ihm herum und wirbelte auf ihn zu. Kai sprang zur Seite. Ein dumpfes Wummern rollte durch das Zimmer, und dort wo er eben noch gestanden hatte, klaffte ein tiefer Riss im Boden.

Dystariel schüttelte sich und richtete sich wieder auf. Einen Regen aus Holzsplittern und Papierfetzen hinter sich herziehend, jagte sie zur Zimmerdecke empor und krallte sich flügelschlagend im Dämonenfleisch ihres Gegners fest. Kai hatte bereits einen neuen Feuerwusel beschworen, als er Gilraen entdeckte. Der Elf hielt zu seiner Überraschung *Sonnenfeuer* in der Hand. Geduckt hetzte er zu dem Beschwörungsteppich und schlug kraftvoll zu. Die magische Klinge durchtrennte den Fangarm mit einem Hieb.

Mit lautem Knall explodierte der widerliche Tentakel und Schleim prasselte wie Froschregen auf sie nieder. Der Zauberlehrling ignorierte die stinkenden Klumpen und zielte mit dem Kugelblitz kurzerhand auf den Stumpf des Ungetüms. Geschwind zog sich der Dämon in den Teppich zurück. Einer plötzlichen Eingebung folgend, sprang der Zauberlehrling auf und rollte den gefährlichen Läufer zusammen.

Ungestüm packten ihn Krallen und hoben ihn empor. Kai schrie überrascht auf. Dystariel schnaubte und beäugte ihn mit ihren gelben Raubtieraugen.

»Du bist nicht tot?«, röhrte sie erleichtert.

»Nein, bin ich nicht«, presste er mit Mühe hervor und spähte zu der Ecke, wo eben noch der Leichnam seines Doppelgängers gelegen hatte. Schwarzer Rauch waberte durch die Luft. »Aber wenn du mich weiter so drückst«, ächzte er, »kann das durchaus noch passieren.«

Die Gargyle nickte, stellte ihn wieder auf dem Boden ab und wandte sich Gilraen zu, der schwer atmend neben ihnen stand und sie aufmerksam ansah. Auffordernd streckte sie ihre Pranke aus. »Gut gekämpft, Elflein. Aber du hast da etwas, was mir gehört.«

Gilraen sah zu Dystariel auf und gab ihr zögernd *Sonnenfeuer* zurück. »Wenn du dich schon als seine Hüterin aufspielst, solltest du es nicht einfach so herumliegen lassen.«

»Wo ist Magister Eulertin?«, fragte Kai. »Und hast du Fi irgendwo gesehen?«

»Thadäus ist hier«, grollte die Gargyle und stampfte auf ein Pult zu, das unter einer schmalen Schießscharte stand. Sie griff hinter ein Tintenfass und hob den Körper des Zauberers fast zartlich empor. Vorsichtig legte sie ihn in die Hände des Zauberlehrlings. Der Däumling hielt die Augen geschlossen und wirkte, als würde er schlafen.

»Beim Unendlichen Licht, er ist doch nicht etwa tot?«, fragte Kai bestürzt.

»Nein, er lebt«, antwortete die Gargyle. »Ich habe ihn so vorgefunden, nachdem ich deine … Leiche entdeckt hatte. Ich konnte leider nicht herausfinden, was ihm widerfahren ist. Denn kurz darauf brach bereits dieser Tentakel aus dem Boden.«

Was auch immer Magister Eulertin zugestoßen war, sie mussten ihn irgendwie wieder aufwecken. Kai hatte eine Idee: Amabilias Feuerwurzelsaft!

Hektisch durchwühlte er seine Jackentaschen, bis er das winzige Gefäß fand. Kai hielt es an die Lippen des Magisters und zerdrückte es.

»Glaubt mir, das Zeug weckt Tote auf.«

Wie erwartet dauerte es nicht lange und Eulertins kleiner Körper krampfte sich zusammen. Unter Spucken und Keuchen riss er die Augen auf.

»Willkommen unter den Lebenden«, begrüßte ihn sein Zauberlehrling.

Zitternd erhob sich der Däumling auf Kais Handfläche und sah sich verwirrt im Turmzimmer um.

»Sind wir vollzählig?«, krächzte er.

»Nein, Fiadora fehlt«, antwortete Gilraen.

»Wir müssen fort von hier. So schnell wie möglich!«, antwortete Eulertin gehetzt und streckte zitternd seine Rechte aus. Herrje, was war mit ihm los? Selbst im Feenreich hatte der Magier nicht so verstört gewirkt.

Ein zierlicher Gegenstand wirbelte aus der Dunkelheit heran und Eulertin hielt wieder seinen Zauberstab in Händen.

»Dem Unendlichen Licht sei Dank«, flüsterte der Windmagier erleichtert. Und dann noch einmal. »Dem Unendlichen Licht sei Dank!«

»Was war mit dir, Thadäus?«, wollte Dystariel wissen.

»Keine Zeit für Erklärungen«, wisperte der Magier. »Ich alter Narr hätte die Zeichen früher erkennen müssen. Hier im Turm hat sich ein Nachtmahr eingenistet. Sagt mir: Hat er euch angesehen?«

Unwohl blickten sich Kai, Dystariel und Gilraen an.

»Verdammt, ich frage euch, ob euch diese elende Kreatur angesehen hat?«, brüllte der Magister erregt.

»Ich glaube … ja«, antwortete Kai leise. Auch seine Begleiter nickten zaghaft.

»Dann ist es zu spät. Dann hat er uns.« Eulertin malte unter großer Anstrengung unsichtbare Zauberzeichen in die Luft, und fünf pausbackige Windgeister materialisierten sich vor ihnen. »Sucht den Turm nach der Elfe ab«, herrschte er die Elementare an. »Und wenn ihr sie gefunden habt, schafft sie raus. Und wenn ihr sie durch eines der Fenster tragen müsst! Und jetzt weg hier. Wir müssen den Nachtschattenturm sofort verlassen. Die Stiegen vor der Zimmertür führen direkt nach unten zur Eingangshalle. Wenn es uns überhaupt noch gelingt, diese zu erreichen.«

Kai setzte sich in Bewegung und die anderen folgten ihm dicht gedrängt. »Magister?«, fragte er atemlos. »Was soll das? Wovor fürchtet Ihr Euch?«

»Du kennst die Albe bereits«, wisperte der Däumling und hielt den Kopf leicht schräg, so als lausche er in die Dunkelheit. »Ein Nachtmahr ist sehr viel stärker. Er ernährt sich von deinen dunkelsten Ängsten. Sie sind so gut wie unbesiegbar.«

»Dieser Nachtmahr soll ruhig versuchen, mich zu fressen«, geiferte die Gargyle, während sie hastig die Treppenstufen nach unten eilten. »Ich werde ihm den Wanst aufschlitzen.«

»Nein, Dystariel«, keuchte der Däumlingsmagier. »Ein Nachtmahr frisst dich nicht. Er wird versuchen, dir seine glühenden Hufe aufzudrücken. Und dann, dann trifft dich sein Fluch! Und der ist fürchterlicher, als alles, was du dir vorstellen kannst. Wir … wir müssen unbedingt einen Spiegel finden. Nachtmahre fürchten ihren eigenen Anblick. Ein Spiegel ist die einzige Waffe, mit der wir uns gegen diese Schattenkreatur zur Wehr setzen können.«

Von irgendwoher war ein sphärisches Wiehern zu hören und schweres Hufgetrappel rollte über die Steinwände. Kai hatte den Eindruck, als würde ihr unsichtbarer Gegner an ihnen vorbeigaloppieren.

»Schnell«, flüsterte Eulertin erschrocken und sein Zauberstab erstrahlte in blauem Licht.

Endlich erreichten sie jenes Geschoss, in dem der Korridor mit der zerbrochenen Statue lag.

»Wir haben es gleich geschafft!«, rief Kai. Er rannte ungestüm zu jener großen Treppe, die hinunter zu der Eingangshalle führte. Doch kaum hatte er sie erreicht, blieb er wie angewurzelt stehen.

»Er hat uns den Weg abgeschnitten«, japste Eulertin und hob zitternd seinen Zauberstab.

Direkt vor dem Ausgangsportal der Halle stand ein gewaltiges nachtschwarzes Ross mit roten Augen. Der Nachtmahr! Wo immer die Hufe des Nachtmahrs den Steinboden berührten, blieben glühende Spuren zurück. Drohend bäumte sich die Kreatur auf.

»Los Elf, mach dich nützlich«, dröhnte hinter Kai Dystariels Reibeisenstimme.

Er sah aus den Augenwinkeln mit an, wie die Gargyle Gilraen die magische Drachentöterklinge zuwarf und ihrerseits die Krallen ausfuhr. Im nächsten Moment hechtete sie mit weit ausgebreiteten Schwingen über die Brüstung und landete unter ihnen zwischen den zerschlagenen Teilen der Ritterrüstungen. Auch Gilraen handelte. Mit schnellen Schritten huschte er zum Treppengeländer und rutschte daran entlang nach unten. Sogleich wich er nach rechts aus. Eulertin erhob sich in die Lüfte und sofort zuckten von der Spitze seines Zauberstabes eisblaue Blitze auf den Nachtmahr herab, die den nachtschwarzen Leib des Dämons in ein knisterndes Lichtgitter hüllten.

Der Nachtmahr schnaubte schmerzerfüllt, schüttelte sich und das magische Lichtgitter zerbrach. Gleich einem Orkan aus Feuer und Dunkelheit jagte er auf Dystariel zu. Der gelang es im letzten Moment auszuweichen und die Albtraumkreatur verschwand wie ein Geist hinter ihr in der Wand.

»Wo ist er?«, rief Gilraen von der anderen Seite der Halle aus. Seine Frage war kaum verhallt, als der gewaltige Leib des Nachtmahrs wie aus dem Nichts hinter ihm hervorbrach und ihn niedertrampelte.

Schreiend schleuderte Kai dem Nachtmahr zwei Kugelblitze entgegen und auch Magister Eulertin deckte die Kreatur wieder mit einem Hagel aus Lichtblitzen ein. Das dämonische Ross bäumte sich brüllend auf und schüttelte die Magie abermals ab.

Wimmernd kam Gilraen wieder auf die Füße und torkelte gegen die Wand. Er wirkte wie durch ein Wunder unverletzt, doch seine Finger krallten sich in den Stoff über seiner Brust, so als ob ihm die Bestie dort eine Wunde geschlagen hätte, die niemand von ihnen sehen konnte.

Abermals jagte das Schattenross auf Dystariel zu. Und wieder gelang es ihr auszuweichen. Doch diesmal ließ der Nachtmahr nicht von ihr ab. Wieder und wieder wirbelten seine Hufe durch die Luft, und die Gargyle verdankte es allein ihrer Reaktionsschnelligkeit, dass sie nicht getroffen wurde.

Kai indes entdeckte *Sonnenfeuer*. Die Waffe lag neben Gilraen am Boden. Er rannte hastig die Treppenstufen nach unten, streckte seine Hand aus und ließ die Klinge durch die Luft auf den Nachtmahr zurasen. Zitternd blieb sie im Leib der Kreatur stecken.

Unter Gebrüll stürmte der Nachtmahr auf eine der Wände zu, und diesmal sah es aus wie eine Flucht. Klirrend fiel die Mondsilberklinge wieder zu Boden. Dystariel ergriff sie, hetzte zum Portal und rüttelte an den beiden Türöffnern.

»Deine Antwort steht noch aus«, kreischten die Bronzefratzen hämisch.

Da brach der Nachtmahr plötzlich direkt über ihnen aus der Hallendecke. Der Däumlingsmagier warf sich zur Seite, doch es war zu spät. Schon erwischten ihn die Hufe des Schattenrosses und Eulertin wirbelte schreiend durch die Luft. Kai riss seinen Zauberstab empor und konzentrierte sich ganz auf den Magister, der wie ein Stein zu Boden sauste. Kurz bevor er auf dem Steinboden aufschlug, wurde er von Kais Kräften gestoppt und schwebte in seine Hand. Kai steckte den bewusstlosen Magister kurzerhand in seine Jackentasche, überprüfte, ob auch sein kleiner Zauberstab dabei war, und hetzte zum Portal.

Dystariel stellte sich dem Nachtmahr mit *Sonnenfeuer* entgegen.

»Komm schon«, brüllte Kai in Richtung Gilraens, der sich torkelnd in Bewegung setzte. Noch immer lag auf dem Gesicht des Elfen der Ausdruck grausigen Entsetzens.

»Los, macht auf«, schrie Kai die beiden Türöffner an.

Die beiden Fratzen grinsten hämisch. »Geht nicht. Die Antwort auf unsere Frage steht noch aus«, höhnten sie.

Kai fuhr panisch herum und sah, wie Dystariel zwei schnelle Hiebe gegen den Nachtmahr führte. Doch schon musste die Unheimliche wieder vor seinen glühenden Hufen zurückweichen.

Verdammt, wie lautete diese verdammte Frage noch einmal. Irgendwas mit eilen und rennen und niemanden, der es laufen sieht.

»Schade, schade«, kicherten die beiden. »Sieht so aus, als ob euch nicht mehr viel Zeit zum Raten bliebe.«

Zeit? Natürlich.

»Die Antwort lautet ›die Zeit‹, ihr hässlichen Blechfratzen!«

Die beiden magischen Türöffner heulten voller Gram und unter lautem Knarren schwang das Portal auf. Kühle Seeluft schlug ihm entgegen.

»Dystariel!«, brüllte der Zauberlehrling. Er zog Gilraen kurzerhand mit sich und stolperte unter den Spitzen des Torgatters hindurch ins Freie.

Die Gargyle hatte den Nachtmahr inzwischen ein weiteres Mal mit der Mondsilberklinge verletzt. Unter dröhnendem Gewieher glitt der böse Geist wieder in die Turmwand zurück. Sofort eilte ihnen die Unheimliche nach.

Über ihnen zersplitterte in diesem Moment ein Turmfenster und Glasscherben regneten in die Tiefe. Die fünf Windsbräute zogen aus einem der oberen Stockwerke einen schmalen Körper mit wehendem Haar und trugen ihn zu ihnen herab. Hinter ihnen flatterte der kleine Drache.

Kai hetzte zu Fi und beugte sich über sie, während sich die Windsgestalten auflösten. Tränenüberströmt hielt sie ihm eine geschmolzene Kette hin.

»Kai«, schluchzte sie. »Der Glyndlamir. Er ist zerstört. Diese Augen, sie haben ihn einfach mit ihrem Feuer verbrannt. Jetzt ist Albion verloren. Ich habe versagt.«

Diese Augen? Kai tastete hastig Fis Hals ab und zerrte die wahre Kette mit dem Mondsilberamulett hervor. Das Trugbild in Fis Händen verwehte zu schwarzem Rauch.

»Sie ist nicht zerstört, Fi!«, beruhigte er sie. »Sieh doch, alles Täuschung!«

Ungläubig blinzelte die Elfe.

»Lasst uns weg von hier«, keuchte Gilraen, der noch immer schwach und zittrig wirkte.

»Zu spät!«, röhrte Dystariel düster. »Da kommt er. Er wird uns nicht von der Insel lassen.«

Kai sprang auf und sah, wie sich über den Zinnen des Nachtschattenturms die Silhouette des Nachtmahrs aus der Dunkelheit schälte. Der Schwarm untoter Raben stob auf und die Geistervögel krähten unheilvoll, als das Dämonenross an die Turmkante trat und mit seinen rot glühenden Augen drohend auf sie herabblickte.

Gilraen wankte neben Dystariel und zog sein Schwert. Auch Fi erhob sich und griff zu Pfeil und Bogen, während über ihren Köpfen Olitrax aufgeregt durch die Nacht jagte und unentwegt Rauch spie.

Kai tastete nach dem Däumlingsmagier, der noch immer reglos in seiner Tasche lag, und schlagartig kam ihm eine Idee.

»Wir haben einen Spiegel! Wir haben einen!«, schrie er aufgeregt. »Verschwindet!«

Gilraen stolperte zum Ufer und zerrte Fi hinter sich her. Auch Dystariel kam Kais Aufforderung zögernd nach.

Hastig warf der Zauberlehrling seinen Rucksack zu Boden und nestelte an den Verschlüssen.

In diesem Moment jagte der Nachtmahr unter irrem Kreischen und Wiehern die steile Turmwand nach unten. Seine Hufe trommelten über den Stein und wo sie den Fels berührten, glühten die hufeisenförmigen Abdrücke wie brandige Wundmale.

Hinter ihm jagten Pfeile auf das Ungeheuer zu, während Kai die Mondsilberscheibe hervorkramte.

»Ihr braucht mich, hochverehrter Adept?«, schepperte Nivels Stimme.

»Zurück mit dir!«, schrie Kai Nivel an, dessen Gesicht sich bereits halb aus dem Mondsilber wölbte.

Plötzlich stand Fi wieder vor ihm, ganz so, als wolle sie ihn beschützen.

Herrje, sie wusste ja nichts von Eulertins Warnung.

»Weg, Fi!«, brüllte er. »Weg! Er darf dich nicht berühren!«

Verwirrt drehte sich die Elfe zu ihm um und sprang beiseite. Vergebens. Mit einem gewaltigen Satz stieß sich das Dämonenross von der Turmwand ab und jagte auf sie zu. Kai rollte sich mit der Mondsilberscheibe in der Hand nach links ab und spürte ein schweres Beben am Boden, dem ein lauter Aufschrei folgte. Als er wieder auf die Füße kam, sah er Fi, die sich wimmernd einen Arm hielt, zum Ufer taumelte und dort zusammenbrach.

Nur wenige Schritte von Kai entfernt bäumte sich der Nachtmahr auf und hieb mit seinen glühenden Hufen wild durch die Luft. Sein triumphierendes Wiehern mischte sich mit Dystariels Wutgebrüll, die schattengleich aus der Luft heranrauschte und *Sonnenfeuer* mit wuchtigem Hieb auf den Nachtmahr niedersausen ließ.

Das Dämonenross schrie schmerzerfüllt auf. Schon war die Gargyle wieder über ihren Köpfen verschwunden. Der Nachtmahr starrte Kai an und blähte seine Nüstern.

»Verrecke, Schattenkreatur!«, flüsterte der Zauberlehrling. Er riss die Mondsilberscheibe empor und hielt sie so, dass sich die glühenden Augen des Nachtmahrs in ihnen widerspiegelten.

Das schwarze Ross stieß ein gequältes Wiehern aus. Mit einem Mal schlugen zwischen den Lefzen des Dämons geisterhafte Flammen empor. Der Nachtmahr scheute vor der spiegelnden Fläche zurück, doch längst hatten die unheimlichen Flammen Nacken und Hals des Dämons erfasst. Geisterhafte Knochen wurden sichtbar, während sich die Glut weiter durch das schwarze Fell fraß. Das Wiehern wurde leiser, schließlich verging der Nachtmahr in einer Rauchwolke, die träge auf den See zutrieb.

»Gut gemacht«, grollte Dystariel.

Auch Kai sah den Überresten der Albtraumkreatur erleichtert hinterher, doch wirkliche Freude wollte sich bei ihm nicht einstellen. Magister Eulertin, Fi und Gilraen waren von dem Nachtmahr verletzt worden. Er spürte, dass die Folgen entsetzlich sein würden.

»Lass uns gehen, Dystariel«, flüsterte Kai. »Ich will einfach nur weg von hier.«

»Bitte, lasst uns eine kurze Pause machen, ich kann nicht mehr.« Kai ließ sich erschöpft auf einem moosbedeckten Felsen nieder und setzte seinen schweren Rucksack ab.

»Reiß dich zusammen, Junge. Wir haben keine Zeit zu verlieren«, erwiderte Magister Eulertin und glitt auf seinem Rindenstückchen bereits wieder auf den Waldrand zu. Fi hielt ihn zurück.

»Nein, Magister Eulertin. Es ist genug«, schimpfte sie. Demonstrativ ließen auch sie und Gilraen sich auf der schmalen Lichtung im Gras nieder. »Seit wir diesen verwünschten Hexenpfuhl hinter uns gelassen haben, hetzt Ihr uns ohne Erklärungen durch den Wald.«

»Ich hab euch doch gesagt, dass Fryburg unser Ziel ist. Wir müssen dort nach Magister Haragius Äschengrund Ausschau halten«, rief der Däumling. »Und Fryburg liegt südlich des Schwarzen Walds. Wenn wir …«

»Wir haben bereits Mittag«, erklärte Gilraen. »Wir sind jetzt seit Sonnenaufgang ohne Pause unterwegs. Fi und ich können sicher noch zwei Tage in diesem Tempo weitermarschieren. Aber darf ich Euch daran erinnern, dass Euer Lehrling nicht geschlafen hat und solche Strapazen nicht gewohnt ist?«

Kai warf dem Elf einen kurzen Blick zu und fragte sich, ob Gilraen nicht mehr für sich selbst sprach. Er wirkte genauso abgespannt. Seit den Erlebnissen im Nachtschattenturm hatte Gilraens Gesicht eine aschgraue Färbung angenommen und wann immer er sich unbeobachtet wähnte, tastete er nach seinem Bein. Kai war sich sogar sicher, dass er leicht humpelte, auch wenn er das vor den anderen zu verbergen suchte. Ob er verletzt war?

Noch viel befremdlicher war das Verhalten Magister Eulertins. Seit er am frühen Morgen aus seiner Bewusstlosigkeit erwacht war, war er kaum wiederzuerkennen. Ihr Marsch durch den Schwarzen Wald ähnelte eher einer Flucht. Nur vermochte Kai nicht zu sagen, wovor sie eigentlich wegliefen.

Der Däumling betrachtete sie mit gehetztem Blick, so als würde er kurz davor stehen, die Beherrschung zu verlieren. »Ich würde ja gern einige Windelementare beschwören«, sagte Eulertin gepresst. »Aber im Moment bin ich zu erschöpft dazu. Ich gönne mir selbst keine Pause und das erwarte ich auch von euch!«

»Dann lasst uns endlich reden, Magister«, sagte Fi und bemühte sich um einen deutlich ruhigeren Tonfall. »Immerhin haben wir dem Nachtschattenturm nicht ohne Grund einen Besuch abgestattet. Wir haben ein Recht darauf zu erfahren, ob Ihr gefunden habt, wonach wir suchten. Seid Ihr auf irgendwelche Hinweise gestoßen?«

Mit hängenden Schultern sank der Zauberer auf den Waldboden. »Die Hinweise, auf die ich im Nachtschattenturm gestoßen bin, sind eindeutig«, sagte er mit spröder Stimme. »Pelagors Ziel sind die Schattenklüfte im Albtraumgebirge. Das *Buch der Nacht*, Murguraks Rabenstab und die magische Rabenkralle werden dazu benötigt, die Dämonenpforten zu öffnen.«

Entsetztes Schweigen legte sich über die Lichtung.

»Tja«, der Däumlingsmagier lachte trocken. »Ihr wolltet es ja wissen. Es sieht ganz so aus, als ob sich der Drachenkönig mit Morgoya verbündet hat und eine zweite Front im Süden bilden möchte. Zugleich hat er die Feenkönigin ausgeschaltet, die Mitglieder des *Hermetischen Ordens von den vier Elementen* aus dem Weg geräumt und niemand auf dem Kontinent ahnt, welches Unglück schon bald über uns alle hereinbrechen wird. Wir haben Morgoya in jeder Hinsicht unterschätzt.«

Kai erhob sich. »Wir haben Euch!«

Eulertin schaute müde zu ihm auf und lächelte gequält. »Ja, noch habt ihr mich …«

Noch? Beunruhigt musterte Kai seinen Lehrmeister. Was meinte er damit? Irgendetwas sagte ihm, dass der Däumling ihnen nicht die ganze Wahrheit erzählt hatte.

»Magister, ich glaube, Ihr vergesst, dass wir unseren größten Trumpf noch nicht ausgespielt haben«, meinte Gilraen überraschend und wandte sich Kai zu. »Ich hab inzwischen genügend Zeit gehabt, dich zu beobachten, Zauberlehrling. Du entzündest auf deinem Stab magisches Feuer und du wirfst sprühende Blitze … Das ist doch kein Zufall, oder? Verzeih mir die kühne Frage, aber wenn ich mich nicht schwer irre, dann bist du die prophezeite Letzte Flamme. Habe ich Recht?«

Kai sah sich unbehaglich zu Eulertin und Fi um, doch die wirkten angesichts Gilraens Schlussfolgerung ebenso überrascht wie er selbst.

»Ja, sieht so aus«, antwortete Kai nach einer Weile.

»Also bist du es tatsächlich?« Gilraen erhob sich und sah ihn durchdringend an. »Ich wusste es.«

»Aber ich werde euch nicht von großem Nutzen sein.« Kai seufzte. »Leider gibt es niemanden mehr, der mich zu einem richtigen Magier ausbilden kann. Der letzte lebende Feuermagier wurde auf Morgoyas Auftrag hin von der Hexe Roxana getötet.«

»Dennoch, du bist die Letzte Flamme«, erklärte Gilraen unbeirrt. »Das ist alles, was zählt. Solange die Letzte Flamme auf unserer Seite steht, ist nichts verloren. Gar nichts.«

Auch Fi stand auf und stellte sich neben ihren Freund. »Ja, ich sehe das ebenso wie Gilraen, Magister. Solange Kai bei uns ist, gibt es noch Hoffnung. Egal wie finster es um uns herum sein mag.«

»Hört auf damit«, schnaubte Kai. »Seht euch lieber an, was ich im Nachtschattenturm gefunden habe. Und jetzt bloß keine Fragen, verstanden?«

Er legte zum Erstaunen seiner Gefährten den Finger auf die Lippen und holte die seltsame Dschinnenbüste aus seinem Rucksack. Als er die neugierigen Gesichter seiner Freunde sah, packte Kai den grünen Kopf schnell wieder ein und erklärte, was es mit ihm auf sich hatte.

»Dummerweise können wir ihm nur noch eine einzige Frage stellen«, endete er und entschloss sich zu einer Notlüge. »Die anderen beiden Fragen habe ich leider gebraucht, um euch im Turm wiederzufinden.«

»Erstaunlich. Wirklich erstaunlich«, murmelte Eulertin fasziniert und für einen Moment wirkte der Magister, als habe er seine Sorgen vergessen. »Ich schlage vor, dass wir uns die letzte Frage für den äußersten Notfall aufsparen«, sagte der Zauberer. »Sie kann uns noch von großem Nutzen sein.« Er blickte Kai auffordernd an. »Und? Genug ausgeruht? Wir müssen jetzt wirklich weiter.«

Er nickte und schulterte sein Gepäck. Fi und Gilraen schickten sich bereits an, die Lichtung zu verlassen, als Kai den Däumlingsmagier noch einmal zurückrief.

»Was gibt es, Junge?«

Kai wartete, bis die beiden Elfen außer Hörweite waren.

»Magister«, sagte er mit leiser Stimme. »Ihr verbergt doch etwas vor uns. Hat das mit diesem Fluch zu tun, vor dem Ihr uns gewarnt habt? Ich habe gesehen, dass Ihr von dem Nachtmahr verletzt worden seid, ebenso wie Fi und Gilraen.«

Magister Eulertin starrte ihn schreckensbleich an.

»Warum vertraut Ihr mir nicht?«, flüsterte der Zauberlehrling erregt. »Euch ängstigt doch etwas.«

Der Däumling sah sich verstohlen zu den Elfen um und presste die Lippen aufeinander. Schließlich gab er seinen Widerstand auf.

»Versprichst du mir, dass das unter uns bleibt?«, bat er ihn eindringlich.

»Ich verspreche es«, antwortete Kai.

»Ein Nachtmahr vermag es, die dunkelsten Ängste seines Opfers ans Licht zu zerren. Sie erscheinen dir zunächst als Trugbild ... Ich schätze, du weißt, wovon ich spreche.«

Kai nickte und dachte beklommen an Fis Tod zurück, der ihm im Turm vorgegaukelt worden war. Tatsächlich, dies war seine größte Angst.

»Ein Nachtmahr vermag noch viel mehr«, sprudelten die Worte aus dem Magister heraus. »Jene seiner Opfer, die er verletzt, sind von diesem Augenblick an gezeichnet. So lange, bis sich der Fluch dieses Monsters erfüllt.«

»Und das heißt?«

»Der Fluch des Nachtmahrs, Junge, besteht darin, dass sich dein schlimmster Albtraum erfüllt. Und es gibt keinen Zauber, der dieses Unheil abwenden kann.«

Kai riss erschrocken die Augen auf. »Magister, wie könnt Ihr Euch dessen so sicher sein? Dagegen muss es doch ein Mittel geben. Immerhin haben wir die Kreatur besiegt. Vielleicht …«

»Nein!« Der Däumlingsmagier schnitt ihm scharf das Wort ab. »Ich habe bereits gegen einen Nachtmahr gekämpft und ihn in die Schatten zurückgeworfen. Es hat mir nichts genützt. Die größte Schreckensvision, die mich damals plagte, erfüllte sich dennoch auf grausame Weise.«

»Und was war das?«

Der Magister zögerte. »Dass meiner Familie ein Unheil widerfährt. Der Fluch erfüllte sich an meinen Brüdern Melber und Florin. Sie wurden von einer unheimlichen Seuche dahingerafft und es gab kein Heilmittel dagegen.«

»Weiß Amabilia davon?«

Der Magister schüttelte den Kopf. »Ich habe es bis heute nicht gewagt, ihr die Wahrheit zu erzählen. Sicher würde sie dann nie wieder etwas mit mir zu tun haben wollen.«

»Sie mag Euch«, meinte Kai mitfühlend. »Sehr sogar.«

»Hat sie dir das gesagt?« Hoffnungsvoll blickte ihn der Magister an und zuckte im gleichen Moment mit den Schultern.

»Wenn sie es erfährt, wird sie mich hassen. So viel ist gewiss. Und jetzt lass uns endlich gehen.«

»Einen Moment!« Kai hielt den Zauberer ein weiteres Mal auf. »Ihr habt mir noch nicht gesagt, welche Eurer Ängste sich jetzt erfüllen könnte?«

»*Könnte*?«, schnaubte der Däumling. »Der Fluch des Nachtmahrs *wird* sich erfüllen. Meine größte Angst ist, dass ich dir in deinem Kampf gegen Morgoya nicht mehr beistehen kann.«

»Und wie … wie soll das geschehen?«, fragte Kai stockend.

»Ich habe miterlebt, wie ich meine Zauberkräfte verloren habe. Ich war nur noch ein schwacher, hilfloser Däumling, den jeder zweitklassige Diener Morgoyas unter seinen Stiefelabsätzen zertreten könnte. Mach dich also darauf gefasst, dass du bald alleine dastehen wirst, Junge.«

Kai wurde flau im Magen.

»Was ist mit euch?«, schallte aus dem Wald der Ruf Fis. »Kommt ihr?«

»Ja, sofort!«, krächzte Kai.

Eulertin schwebte jetzt direkt vor seinem Gesicht. »Kai, erinnere dich daran, was du mir versprochen hast. Auch Fi und Gilraen wird der Fluch des Nachtmahrs ereilen. Unsere Lage ist so hoffnungslos wie noch nie zuvor. Bitte behalte dein Wissen unbedingt für dich. Erzählst du ihnen, wie sich dieser Fluch auswirkt, riskieren wir, dass unsere Gemeinschaft an dieser Wahrheit zerbricht. Verstehst du mich?«

»Ja«, flüsterte der Zauberlehrling. »Ich verstehe.«

»Gut. Dann lass uns weiterziehen.«

Schatten über Fryburg

Kai schreckte hoch und spürte, wie sein Herz in der Brust hämmerte. Wie lange hatte er geschlafen? Es konnten nur wenige Stunden gewesen sein, denn er fühlte sich wie zerschlagen. Der zurückliegende Gewaltmarsch und die durchwachte Nacht hatten ihre Spuren hinterlassen. Kaum erhob er sich von seinem Mooslager, jagten Wellen des Schmerzes durch seinen Körper. Neben ihm lag die schlafende Fi, Gilraen und Eulertin jedoch waren nirgends zu sehen.

Sie hatten in einer verlassenen Köhlerhütte Zuflucht gefunden. Kai fröstelte, denn beständig säuselte der Wind durch Ritzen und Nischen in den Wänden, und durch das weit klaffende Loch im Dach war der Mond auszumachen. Hell und klar leuchtete er am Firmament.

Das alte Häuschen lag am Rande einer Lichtung, in deren Nähe sich ein verkrauteter Hohlweg durch den Wald schlängelte. Ging es nach dem Magister, würden sie noch diese Nacht weiter gen Süden ziehen. Er hatte ihnen klargemacht, dass sie hier nur so lange rasten würden, bis Dystariel sie eingeholt hatte.

Kai erinnerte sich wieder daran, warum er wach geworden war. Ein schrecklicher Albtraum hatte ihn verfolgt. Er hatte von Feuer geträumt. Von lichterloh prasselnden Flammen, die sich schmerzhaft in seinen Leib fraßen. Und von einer hämischen Stimme, die ihn verhöhnte.

Bei allen Moorgeistern, der Sulphur!

Fieberhaft öffnete er seinen Rucksack, aus dem ihm sogleich ein unangenehm warmer Hauch entgegenschlug. Die Hitze ging ohne Zweifel von dem alten Bernsteinbeutel aus, der eingeklemmt zwischen Mondsilberscheibe und Dschinnenbüste lag. Mit spitzen Fingern ergriff er den Beutel und zog ihn hervor. Kai knüpfte die Bänder auf und warf einen ängstlichen Blick auf den schwarzen Feenglasklumpen. Herrje, unter den spröden Rissen auf seiner Oberfläche war bereits ein schwaches, rötliches Glosen zu erkennen.

Na, Kleiner, prasselte die hasserfüllte Stimme des Sulphurs in seinem Kopf auf. *Wirst du langsam unruhig? Zu recht, du Stümper. Schon in wenigen Stunden ist dieser verdammte Kristall so bröselig, dass bereits die kleinste Erschütterung ausreicht, um ihn zu zerbrechen. Und dann*, das Elementar kicherte böse, *dann wird dich die gerechte Strafe ereilen …*

Kai legte den Bernsteinbeutel kurzerhand wieder zurück in den Rucksack, nahm seinen Zauberstab und stand auf. Er schlich zur Tür und öffnete sie. Würzige Waldesluft schlug ihm entgegen, und die Lichtung lag ruhig vor ihm.

Der Zauberlehrling streckte sich, als vom Dach der Hütte ein Schatten herabsegelte. Olitrax ließ sich auf seinem Arm nieder und schnaubte ihn zur Begrüßung an. Im Mondlicht glitzerten die Schuppen des kleinen Drachen, als würden rote Flammen darüber hinweghuschen. Kai musste unwillkürlich lächeln.

»Wir beide sind schon ein seltsames Gespann, was?«, sprach er leise und kraulte dem Kleinen den Rückenkamm. Da kam ihm eine

Idee. »Olitrax, hast du Gilraen oder Magister Eulertin aus der Hütte hinausgehen sehen?«

Der Drache sah ihn aus seinen saphirfarbenen Augen durchdringend an und schwang sich wieder in die Lüfte auf. Es war seltsam, nicht zum ersten Mal hatte Kai den Eindruck, als könne ihn der Drache verstehen. Olitrax drehte flügelschlagend zwei Kreise über der Lichtung, bis er sich sicher war, dass ihm Kai folgte. Er tastete sich durch Farne und Sträucher, die auf dem Waldboden wucherten. Kurz darauf erreichte er eine kleine Anhöhe, auf der nur ein einzelner Baum stand. Seine starken Äste waren weit gefächert, so als wollte er das Mondlicht willkommen heißen.

Wie eigenartig, von irgendwoher glaubte Kai ein leises Rauschen zu hören.

Da bemerkte er, dass im Schatten des Baumes Gilraen hockte. Er saß zusammengekrümmt da und stieß unentwegt ächzende Geräusche aus. Nein, es klang vielmehr wie Zähneknirschen.

Kai entzündete besorgt die Flamme am Ende seines Zauberstabs. »Gilraen, alles in Ordnung mit dir?«

Der Elf hielt schlagartig in seinem Tun inne und richtete sich auf. Wankend lehnte er sich gegen den Stamm, so als ob ihm schwindelig wäre.

»Du bist wach? Ich … habe dich gar nicht gehört.«

»Ist wirklich alles in Ordnung mit dir?« Kai trat näher heran. Im Licht seiner Fackel wirkte das Antlitz des Elfen seltsam grau.

Gilraen lächelte schal und nickte. »Mach dir keine Sorgen. Die Kämpfe in den vergangenen Tagen haben eben auch bei mir ihre Spuren hinterlassen. Ich fühle mich bereits besser. Bist du alleine?«

Kai runzelte die Stirn und nickte.

»Ich wollte dir nur noch einmal sagen, dass es mir eine Ehre ist, an deiner Seite zu streiten.« Gilraen legte seine Hand entschlossen auf den Griff seines Schwertes. »Ich hätte es niemals für möglich gehalten, dass ausgerechnet ich auf die Letzte Flamme treffe. Weißt du, dass Morgoya eine Wagenladung Gold auf deinen Kopf ausgesetzt hat?«

»Wie aufmerksam.« Kai lachte bitter. »Glaube mir, wenn ich könnte, würde ich es gern jemand anderem überlassen, gegen sie anzutreten.«

»Oh, du glaubst nicht, wie gern ich dir diese Aufgabe abnehmen würde«, stieß Gilraen zwischen den Zähnen hervor. »Ich hasse sie … so sehr.«

»Erzähl mir von ihr«, bat ihn der Zauberlehrling. »Sie ist angeblich eine uneheliche Verwandte des letzten Königs von Albion, richtig? Du hast sie doch schon gesehen, oder?«

»Oh ja«, flüsterte Gilraen heiser. »Das habe ich … Sie kleidet sich stets in schwarze Gewänder. Sie war einst eine wunderschöne Frau, deren Liebreiz von Barden besungen wurde. Ihr Haar war so schwarz wie deines und ihre Haut soll wie Alabaster geschimmert haben. Die Männer lagen ihr zu Füßen, doch sie hat sie allesamt um den Finger gewickelt und in ihre Intrigen hineingezogen. Wenn sie sich heute der Öffentlichkeit zeigt, dann stets mit der geraubten Drachenkrone von Albion auf dem Haupt. Doch sind ihre Auftritte in den letzten Jahren selten geworden. Ich ahne auch, warum …« Der Elf lachte freudlos. »Es heißt, ihr Körper verändere sich mit jedem neuen Pakt, den sie mit der Finsternis schließt. Heute, so wird gemunkelt, ähnelte sie mehr und mehr selbst einer Kreatur der Finsternis. Sie tritt nur noch verhüllt auf. Manche sagen, sie müsse in Blut baden, um ihren alten Körper nur für ein paar Stunden wieder zu erhalten, aber das mögen Gerüchte sein. Ich habe nicht weiter nachgefragt. Denn wer in Albion zu viele Fragen stellt, den verbrennt Morgoya mit ihrem schwarzen Feuer … Sie kennt keine Gnade.«

»Sie verbrennt ihre Gegner mit schwarzem Feuer?«, fragte Kai ungläubig. »Was soll das sein?«

»Irgendein Schattenzauber«, antwortete Gilraen mit einem Achselzucken. »Eine finstere, uralte Magie.«

»Du befürchtest insgeheim, dass sie Jagd auf dich macht, habe ich Recht?«, fragte Kai behutsam, der wieder an Gilraens Albtraum im Nachtschattenturm zurückdenken musste, den er miterlebt hatte. Wenn Eulertin Recht hatte, dann würde sich der Fluch des Nachtmahrs an Gilraen erfüllen. »Du hast Angst, dass dich ihre Gargylen eines Tages aufspüren?«

Gilraen zuckte leicht zusammen und sah ihn misstrauisch an. Schließlich spuckte er verächtlich zu Boden. »Es ist mir egal, wie ich mein Leben beende, wenn ich Morgoya zuvor nur so viel Schaden wie möglich zufügen kann.«

Oder hatte Gilraen in Wahrheit Angst vor Dystariel?

»Gilraen, wer ist Dystariel?«

Der Elf lächelte schmal. »Sie ist tiefer in all das hier verstrickt, als du für möglich hältst. Viel tiefer. Aber ich werde es dir nicht verraten. Dystariel muss selbst entscheiden, wem sie sich anvertraut. Ich mag sie nicht, aber sie genießt meinen Respekt.«

»Gut, das muss ich wohl akzeptieren«, erwiderte Kai enttäuscht. »Aber sollte es so weit kommen, dass dich Morgoyas Rache trifft, werde ich dir zur Seite stehen. Das verspreche ich dir.«

»Wenn mich Morgoyas Rache trifft, wirst du mir kaum helfen können«, antwortete der Elf bitter. »Aber ich danke dir. Es sei denn … sag, warum nutzen wir beide die Zeit nicht, um einen Schlachtplan zu schmieden, wie wir Pelagors Plan vereiteln können?«

»Was für einen Schlachtplan?«

»Du warst doch dabei, als wir diese Aufzeichnungen im Nachtschattenturm gefunden haben«, eiferte sich Gilraen. »Ich spreche vom Glyndlamir. Mit dem Mondsilberamulett haben bereits Sigur Drachenherz und meine Vorfahren die Ungeheuer aus den Schattenklüften bekämpft. Mit deiner Hilfe könnten wir es ebenso tun.«

»Mit meiner Hilfe?«, stieß Kai hervor. »Du meinst, wir können die Kraft des Glyndlamir anrufen und sie gegen Pelagor einsetzen? Wie soll das gehen?«

»Indem du uns deine Kräfte zur Verfügung stellst«, erklärte Gilraen kämpferisch. »Allerdings müsstest du mir zunächst dabei helfen, Fi umzustimmen.«

»Wieso ›umstimmen‹?«

»Weil Gilraen sehr genau weiß, dass ich für einen solchen Plan nicht zu haben bin«, ertönte es aus dem Dunkeln.

Die beiden wandten sich überrascht um und sahen, dass Fi zwischen den Bäumen hervortrat.

»Meine Mutter hat uns, bevor sie aus den Minen verschleppt wurde, sehr genaue Anweisungen gegeben, was mit dem Glyndlamir zu geschehen hat. Sie sagte, dass es wichtig sei, den Sonnenrat aufzusuchen, damit sich das Schicksal des Glyndlamir dort erfüllt. Ich bin nicht bereit, von dieser Weisung abzuweichen.«

»Aber Fi«, brach es aus Gilraen fast verzweifelt hervor. »Vom einstigen Sonnenrat sind nur noch Ruinen übrig. Das konnte deine Mutter nicht wissen. Die Ewige Flamme ist erloschen.«

»Ich bin mir sicher«, sagte die Elfe und blickte Kai an, »dass die Letzte Flamme die Ewige Flamme des Sonnenrates eines Tages wieder entzünden wird. Auf diesen Tag warte ich.«

»Und wenn deine Hoffnungen vergebens sind?«, sagte Gilraen verärgert. »Kai wird seinen eigenen Worten gemäß niemals ein richtiger Feuermagier werden. Oder interpretiere ich das falsch, Kai?«

Der Zauberlehrling blickte verwirrt zwischen den beiden Elfen hin und her. »Nein.«

»Doch du lässt eine magische Flamme über deiner Hand schweben und verbrennst dich dabei nicht?«, hakte der Elf nach.

»Äh, ja …«, antwortete der Zauberlehrling verwirrt.

»Dann gelingt es uns vielleicht mit deiner Hilfe, das Licht des Amuletts auf andere Weise zu entzünden!« Gilraen sah Fi herausfordernd an. »Unser Gesang! Und eine Flamme, heiß wie der Atem eines Drachen. Wenn es Kai gelingt, Pelagor mit dem Amulett gegenüberzutreten und seinem Drachenhauch zu widerstehen, dann …«

»Gilraen, dieser Vorschlag ist vollkommen irrsinnig!«

»Beim Traumlicht, Fi, wir beide wollen doch das Gleiche. Wir wollen Albion und unser Volk aus den Klauen Morgoyas befreien. Warum siehst du nicht, wohin uns das Schicksal geführt hat? Von Albion aus in den tiefsten Süden des Kontinents. Dorthin, wo die Macht des Glyndlamir am dringlichsten gebraucht wird. Pelagor versucht nichts Geringeres, als die Schattenklüfte zu öffnen. Der Glyndlamir hat bereits einmal geholfen, die neun Albtraumkreaturen zu bannen.«

Fi schwieg und schüttelte fassungslos ihr Haupt.

»Wo«, eiferte sich Gilraen weiter, »ist in der Prophezeiung davon die Rede, dass sich das Schicksal des Amuletts auf Albion selbst erfüllen muss? Deine Mutter hat das behauptet. Aber die Überlieferung spricht nur davon, dass der Glyndlamir dazu bei tragen wird, Albion zu retten. Ich sage dir, deine Mutter hat sich geirrt. Wir sind jetzt seine Hüter. Wir müssen unserem eigenen Gewissen folgen. Ich bin mir sicher, ein Sieg hier auf dem Kontinent wird der Auslöser für die Befreiung Albions sein. *Das* ist mit der Prophezeiung gemeint.«

»Ich vertraue den Worten meiner Mutter«, erklärte Fi mit gepresster Stimme, »und ich lasse mich nicht davon abbringen. Muss ich dich erst daran erinnern, dass sie uns nachdrücklich davor gewarnt hat, dass sich das Licht des Glyndlamir nur noch einmal entzünden lässt? Ich bin nicht bereit, ein unnötiges Risiko einzugehen.«

»Warum bist du so uneinsichtig?«, herrschte sie der Elf an.

»Und ich verstehe nicht, warum du an eine solche Wahnsinnstat auch nur denkst«, erwiderte Fi bestürzt. »Dein Hass auf Morgoya verzehrt dich, Gilraen.«

»Nein, im Gegenteil!« Der Elf zitterte. »Mein Hass hat mich all die Jahre am Leben gehalten! Statt zu träumen und zu hoffen, sollten wir der Realität endlich ins Auge sehen. Der Krieg hat den Kontinent längst erreicht. Wir müssen uns dem Feind dort stellen, wo er uns begegnet. Er ist bereits hier, Fi!«

Das mächtige Rauschen von Schwingen zerschnitt die Nacht und für einen kurzen Augenblick fiel ein großer Schatten auf die Anhöhe. Alarmiert griffen die beiden Elfen zu ihren Waffen, doch es war glücklicherweise nur Dystariel, die von den Wipfeln der Bäume zu ihnen herabjagte. Wenig später schwebte auch Eulertin heran und winkte Kai, Fi und Gilraen heran.

»Ihr werdet die Reise gen Süden auf dem Wasser fortsetzen, das ist ungefährlicher. Ganz hier in der Nähe fließt ein Fluss. Ich habe den Flusslauf ausgekundschaftet. Dystariel wird uns Geleitschutz geben, und ich persönlich werde euch auf unserem neuen geschuppten Freund begleiten.«

»Ihr wollt auf Olitrax reiten?«, fragte Kai verwundert.

»Ja, genau. So kann ich das dichtbewachsene Ufer im Auge behalten, während ihr auf dem Wasser seid. Wer weiß, ob sich Morgoyas Häscher nicht längst im Schwarzen Wald herumtreiben. Ganz abgesehen davon ist die Luft eben mein Element.«

Verblüfft sahen die Gefährten zu, wie Eulertin den kleinen Drachen zu sich heranwinkte und auf seinen Rücken kletterte. Olitrax schlug begeistert mit den Flügeln und sauste mit dem Magister davon.

Die Gefährten packten ihre Sachen zusammen und folgten Eulertin, der auf Olitrax voranflog, in Richtung Fluss.

Hinter einem sandigen Hügel fanden sie schließlich jenen Waldfluss, dessen Rauschen Kai bereits vernommen hatte. Das Mondlicht malte silberne Reflexe auf die Wasseroberfläche, während das Wasser über Steine und Felsen an ihnen vorbeigurgelte.

Kai folgte einem schmalen Weg am Ufer entlang und entdeckte dort ein altes Fischerboot. Jemand hatte es zwischen zwei dicken Wurzeln ans Ufer gezogen und mit Tannenzweigen abgedeckt. Doch das alles musste schon länger her sein, denn die grünen Nadeln waren längst stumpf und grau geworden.

»Hierher!« Hastig winkte der Zauberlehrling seine elfischen Begleiter zu sich heran.

Gilraen begann, Zweige und vermodertes Pflanzenwerk aus dem Bootsrumpf zu räumen.

Gemeinsam gaben sie dem Boot einen letzten Schub und sprangen hinein. Der Elf stieß sie mit einem Ast vom Ufer ab, doch nur eine knappe Bootslänge später schrammte der Bug gegen einige Steine unterhalb der Wasserlinie und sie blieben hängen.

»Oh nein, das Wasser ist hier viel zu niedrig!«, fluchte Fi.

»Dann müssen wir wohl laufen«, sagte Gilraen. Er wollte bereits ins Wasser springen, als ihn Kai zurückhielt.

»Warte!«, rief er. »Eine Möglichkeit gibt es noch.«

Er öffnete seinen Rucksack und suchte den Flakon von Magistra Wogendamm. Sie hatte ihm ein Wasserelementar geschenkt. Jetzt war die Zeit gekommen, es zu rufen.

Er entstöpselte das Fläschchen mit seinen Zähnen und goss den Inhalt in den Fluss. Plötzlich schäumte und sprudelte es neben ihnen auf und ein hübscher Wassergeist, wie Kai bereits einen in der Wetterwarte Hammaburg gesehen hatte, hob seinen Kopf aus dem Wasser.

»Herr, was wünscht Ihr?«, fragte das Mädchen mit glucksender Murmelstimme.

»Hilf uns hier wegzukommen und schieb uns den Fluss hinunter, bis … bis ich dich aus dem Dienst entlasse«, befahl der Zauberlehrling.

Von einem Moment zum anderen legten sich schäumende Gischt-kronen um das Boot und sie fühlten, wie sie sanft angehoben wurden.

»Festhalten!«, rief Kai.

Ein Ruck ging durch ihr Gefährt, das Holz knarrte und, eine Bug-welle vor sich herschiebend, schossen sie in irrwitziger Geschwin-digkeit unter einem tief hängenden Ast hindurch auf die Mitte des Stromes zu. Feucht und kühl schlug ihnen die Gischt ins Gesicht.

Nach einer Weile verlangsamte sich die Fahrt ein wenig. Kai ent-deckte jetzt auch Olitrax, der heftig mit den Flügeln schlug und etwas aus der Puste schien. Der Däumlingsmagier hockte auf dem Rücken des jungen Drachen und sah ein wenig zerzaust aus. Schon ließ sich der kleine Drache auf Kais Schulter nieder und begrüßte ihn mit ein paar Rauchkringeln. Eulertin schwebte sogleich auf die vorgestreckte Hand seines Lehrlings.

»Bei unserer derzeitigen Geschwindigkeit dürften wir Fryburg kurz vor Morgengrauen erreichen«, begrüßte sie Eulertin. »Ich schlage da-her vor, ihr ruht euch eine Weile aus. Ich werde es ebenso halten.«

Kai und die beiden Elfen versuchten, es sich in dem kleinen Boot bequem zu machen. Seufzend streichelte Kai Olitrax' Panzer, in dessen Nähe es behaglich warm war, und scheu erwiderte er Fis Lä-cheln, die ihm direkt gegenüber Platz genommen hatte. Er dachte über das nach, was Gilraen ihm erzählt hatte und was das für ihn und Fi bedeutete.

Trotz ihrer Erschöpfung war an Schlaf nicht zu denken. Um sie herum gurgelte das Wasser und ein kühler Wind fuhr ihnen durch die Kleidung. Hin und wieder blickte der Zauberlehrling zum Ster-nenzelt auf und fragte sich, welches Schicksal ihnen beschieden sein würde. Die erstarrte Feenkönigin, der Fluch des Nachtmahrs und das Vorhaben Pelagors. Wenn er über die schrecklichen Ereignisse der letzten Tage nachdachte, fühlte er, wie die Angst in ihm hoch-kroch. Wie sollten sie all diesen Gefahren nur entgegentreten?

Stunden vergingen, während sie den Flusswindungen nach Süden folgten. Endlich waren jenseits der Uferböschungen im Silberlicht Auen und Äcker auszumachen, die darauf hindeuteten, dass der Schwarze Wald hinter ihnen lag und sie jetzt bewohntes Gebiet erreichten. Da erhob sich Gilraen von seinem Platz und deutete voraus.

»Ist das dort Fryburg, Magister?«

Vor dem fahlen Nachthimmel zeichnete sich in der Ferne die Silhouette einer Stadt mit hohen Mauern und Türmen ab.

»Ja, das ist Fryburg«, war aus dem Dunkeln die feine Stimme Eulertins zu hören. »Ich hoffe sehr, dass uns Haragius einige Fragen beantworten kann. Ich schlage vor, wir unterbrechen unsere Fahrt bald und nähern uns der Stadt über das Schwalbentor. Am besten, wir geben uns für gewöhnliche Reisende aus. Für euch Elfen finden wir sicher ebenfalls eine Erklärung.«

Plötzlich stieg unvermittelt ein drohender Schatten über den Hügeln auf, der sich ihnen mit mächtigen Schwingenschlägen näherte, doch Kai erkannte erleichtert, dass es Dystariel war. Sie musste sie unterwegs eingeholt haben und vorausgeflogen sein.

»Thadäus«, röhrte sie. »Ich schätze, wir stehen vor einem neuen Problem. Über den Türmen flattern nicht nur die blausilbernen Standarten mit dem Wappen Fryburgs, dort wurde auch noch eine andere Flagge gehisst.«

»Und welche?«, fragte der Magister argwöhnisch.

»Ein schwarzer Drache auf rotem Grund. Das Feldzeichen Morgoyas!«

Kai hörte, wie unter ihm die Krallen Dystariels über Pflastersteine schrammten, und endlich löste sich der feste Griff ihrer Krallen um seinen Brustkorb. Die Gargyle hatte ihn in einem dunklen Hinterhof abgesetzt, in dem es bestialisch nach Schlachtabfällen und Fäkalien stank. Er rümpfte die Nase und starrte auf die ungepflegten Rückseiten alter Fachwerkhäuser, deren Giebel vor dem Nachthimmel wie spitze Zahnreihen wirkten. Wo er auch hinblickte, standen Abfalltonnen herum, so als hätten ihre Besitzer längst vergessen, dass sie diese hier abgestellt hatten.

Von einem der Hausgiebel herab segelte nun auch Olitrax mit Eulertin auf dem Rücken in die Tiefe, der ihnen treu über das Dächermeer Fryburgs gefolgt war. Wie selbstverständlich krallte er sich auf Kais Arm fest, den dieser, ohne weiter nachzudenken, ausgestreckt hatte. Es war schon seltsam, wie vertraut ihm der kleine Drache inzwischen geworden war. Seine Nähe war irgendwie tröstlich.

Aus einem engen Kellereingang tauchten zwei bekannte Gestalten auf: Fi und Gilraen. Dystariel hatte die beiden Elfen als Erste nach Fryburg gebracht. Bislang hatten sie Glück gehabt und waren unentdeckt geblieben.

»Viel Zeit bleibt uns nicht mehr«, rasselte Dystariel.

Sie faltete ihre Schwingen zusammen und sah zum Himmel auf. In der Ferne war bereits ein schwacher roter Schimmer zu erkennen. Die Sonne würde bald aufgehen.

»Beeilen wir uns«, wisperte Eulertin. »Unser Ziel ist das Heim von Haragius Äschengrund. Leider war ich erst einmal in Fryburg. Aber ich denke, vom großen Marktplatz der Stadt aus werde ich schnell wieder dorthin finden. Dystariel, ich schlage vor, du folgst uns über die Dächer.«

»Wie du willst«, röhrte die Gargyle und sprang überraschend lautlos zu einem Mauersims empor, von wo aus sie wie eine riesige Eidechse an einer der Hauswände emporkletterte.

Kai schickte Olitrax hoch auf eines der Dächer. Mit einem Drachen würden sie zu sehr auffallen. Auf einen Wink von Eulertin hin folgten die Gefährten dem Däumling durch einen niedrigen Torbogen hindurch und erreichten eine enge Gasse, die von schäbigen Wohnquartieren gesäumt wurde.

»Passt auf, dass ihr nicht aus Versehen in einen dieser Straßenkanäle stolpert«, ermahnte sie Magister Eulertin leise. »Das passiert selbst den Fryburgern immer mal wieder. Die Stadt ist berühmt für ihre vielen kleinen künstlich angelegten Bäche. Sie durchziehen das gesamte Stadtgebiet und werden von Wassergeistern beschützt, die über seine Reinheit wachen und dafür sorgen, dass Fryburgs Bewohner stets frisches Trinkwasser haben. Diese Einrichtung ist einmalig in den freien Reichen.«

»Sehr nützlich«, meinte Kai, dem auffiel, dass es hier vergleichsweise sauber roch. Ganz im Gegensatz zu den Straßen Hammaburgs, die er in den vergangenen Monaten kennengelernt hatte.

»Seid Ihr Euch sicher, Magister?«, flüsterte Fi.

Die Elfe bückte sich, schöpfte vorsichtig etwas Wasser aus dem Bach und kostete es. Angewidert spuckte sie es wieder aus. »Es schmeckt … bitter. Und es strömt einen seltsamen Geruch aus.«

Gilraen tauchte eine Hand hinein und schnupperte daran. »Fi hat Recht. Wie bekommen die Menschen dieses Zeug nur runter?«

Kai probierte nun ebenfalls davon, doch er schmeckte und roch nichts Ungewöhnliches. »Also, ich finde nichts daran«, sagte er. »Im Gegenteil, so klares Wasser würde ich vielleicht in einem Gebirgsbach vermuten, aber nicht in einer so großen Stadt wie Fryburg.«

»Trotzdem stimmt mich eure Beobachtung nachdenklich«, entgegnete Magister Eulertin. »Euer elfischer Geruchs- und Geschmackssinn ist weit besser ausgeprägt als der unsere. Wir sollten es besser vermeiden, davon zu trinken. Doch darum kümmern wir uns später. Jetzt lasst uns weitergehen.«

Eulertin führte sie in eine schmale, dunkle Seitengasse. Von dort aus überblickten sie einen großen, gepflasterten Platz, in dessen Mitte ein gedrungener Turm mit spitz zulaufendem Dach stand, der wie ein mahnender Finger zum Himmel aufragte. Der Bau wurde von einem der Fryburger Bäche umflossen und er überragte die übrigen Bauten der Stadt um Längen. Auf Pfeilern, die die dunkle Außenmauer des Turms säumten, standen unheimliche Skulpturen. Nirgends an der hohen Fassade war eine Fensteröffnung zu erkennen. Ein Hungerturm? Doch warum war er dann so groß und massiv?

Ohne es zu bemerken, war Kai ein paar Schritte vorgetreten, und Gilraen zog ihn hastig wieder zurück.

»Nicht so unbedacht, Letzte Flamme. Wir sollten es besser vermeiden, zu schnell auf uns aufmerksam zu machen. Zumindest so lange, bis wir wissen, was hier vor sich geht.«

Von ihrem Versteck aus beobachteten sie Handwerksgesellen, die mit hängenden Köpfen am Kanal entlangtrotteten, während sich unweit von ihnen entfernt ein Besenbinder grußlos an zwei Marktfrauen vorbeischleppte, die teilnahmslos einen Gemüsestand aufbauten.

»Sehr lebendig wirkt das alles nicht«, murmelte Fi. »In Hammaburg ist um diese Zeit mehr auf den Straßen los.«

»Ja, seltsam«, sagte Eulertin. Noch immer schwebte er wie ein dicker Käfer über der Straße, ganz darauf vertrauend, dass ihn aufgrund seiner Größe niemand erkannte.

»Was ist das für ein merkwürdiger Turm dort vorne?«, fragte Kai.

»Der Fryburger Schattenzwinger«, erklärte Eulertin leise. »Auch bekannt als ›Fryburger Monster‹ Er steht hier seit der Kaiserzeit. Seine Mauern bestehen aus Titanenerz, und es heißt, in früheren Zeiten habe man darin Kreaturen der Nacht eingesperrt, denen man nicht anders Herr wurde.«

»Da drinnen sind Monster eingesperrt?«, wisperte Kai entgeistert.

»Vermutlich«, erwiderte der Däumlingszauberer. »Wenn sie nach all der Zeit überhaupt noch existieren oder sich nicht gegenseitig aufgefressen haben. Denn das Ganze ist lange her. Seit den Schattenkriegen wird der Turm gemieden. Viel befremdlicher finde ich allerdings das Verhalten der Fryburger. Seht nur.«

Der Däumlingsmagier deutete auf zwei Stadtwächter, die mit Laternen und Hellebarden über den Platz stapften. Ein Bauer mit Handkarren schleppte sich auf sie zu und machte sich nicht einmal die Mühe, ihnen auszuweichen. Die beiden Männer schubsten den Mann wütend aus dem Weg, er fiel hin und erhob sich langsam wieder. Schwerfällig zog er den Karren weiter. Hatte er die Schläge nicht gespürt?

»Hier stimmt doch etwas nicht«, überlegte Gilraen.

»Nein, in der Tat nicht«, murmelte der Magister.

Eulertin wartete, bis die Wächter den Platz überquert hatten, dann wies er sie an, ihm zu folgen. Eilig liefen sie an dem düsteren Schattenzwinger vorbei und gelangten in eine Straße, über die lange Leinen mit Wäsche gespannt waren. Im Dämmerlicht sahen die aufgehängten Kleidungsstücke klamm und schmutzig aus, so als seien sie schon seit Tagen den Launen des Wetters ausgesetzt.

Kai schüttelte verwundert den Kopf und nahm am Ende der Straße, jenseits der Hausgiebel, ein trutziges Bollwerk wahr, das sich schwarz vor dem beginnenden Morgenrot abhob. Eine Burg. Ihre Gründer hatten sie auf einem Hügel direkt vor der Stadt errichtet. Eine große, schwarz-rote Fahne wehte über dem Bergfried. Einzelheiten waren nicht zu erkennen, doch der Zauberlehrling zweifelte nicht daran, dass es sich dabei um die Kriegsstandarte Morgoyas handelte, von der Dystariel gesprochen hatte. Sie erinnerte ihn wieder daran, wie vorsichtig sie sein mussten, solange sie sich auf dem Fryburger Stadtgebiet aufhielten.

»Lebt dort oben der Markgraf Fryburgs?«, fragte er.

»Ja«, antwortete der Magier leise. »Auf Burg Gryffenegg ist auch die markgräfliche Greifenreiterei untergebracht. Es wird höchste Zeit, dass wir Haragius finden. Ich hoffe, er kann uns einige Fragen beantworten. Kommt, weiter!«

Wenig später erreichten sie eine Kreuzung. Eulertin schwebte auf ein weiß gekalktes Gebäude mit angrenzendem Erkerturm zu. Obwohl es mitten im Stadtgebiet lag, verfügte das Haus über einen winzigen Vorgarten mit zwei hohen Apfelbäumen. Ihre Kronen überragten die hohe Backsteinmauer, die das Anwesen von der Straße abgrenzte. Vorsichtig traten sie an ein gusseisernes Tor heran, in dem unübersehbar ein verschlungenes, fünfzackiges Pentagramm eingelassen war. In seinem Zentrum befand sich ein Drachenkopf aus Bronze.

»Hier wohnt Haragius«, erklärte Eulertin überflüssigerweise. »Entweder schläft er noch oder er ist nicht da. Die Fenster sind geschlossen.«

»Die Mauer stellt kein Problem dar«, erklärte Fi, die bereits einen überhängenden Zweig ins Auge fasste.

»Nicht so voreilig, junge Elfe«, hieß sie der Magister innezuhalten. Eulertin sprach einen Zauber und ein sanfter blauer Schimmer legte sich über Mauer und Tor.

»Magie. Seht ihr?«, sprach er. »Lasst mich kurz nachdenken. Haragius hat sein Heim damals immer auf besondere Weise betreten. Er ist Drakologe. Soweit ich mich erinnere, hat er stets eine Drachenschuppe gegen den eisernen Reptilienkopf gedrückt. Kai, wärst du bitte so nett und rufst unseren kleinen Freund herbei?«

Der Zauberlehrling verrenkte seinen Hals, um nach der Feuerechse Ausschau zu halten und streckte seinen freien Arm aus.

Er pfiff leise und der kleine Drache sauste mit ausgebreiteten Schwingen aus dem Dunkeln heran.

Kai deutete auf den Reptilienkopf und der kleine Drache stupste mit der Schnauze dagegen. Ein Riegel schnappte.

»Wunderbar!«, kommentierte Eulertin das Geschehen.

Schnell drückten sie die beiden Torflügel auf und huschten in den Vorgarten.

»Mal sehen, ob dieser Magister tatsächlich nicht zu Hause ist«, meinte die Elfe und schlich auf einen Holzschuppen zu. Sie öffnete die Tür und steckte ihren Kopf hinein.

»Beim Traumlicht!« Fi wich mit zwei schnellen Schritten vor dem Stall zurück, hob kampfbereit ihren Bogen und wies ihre Gefährten an, zu ihr zu kommen.

»Magister«, flüsterte sie. »Da drinnen stimmt etwas nicht. Hört doch, im Stall schnaubt irgendetwas, aber beide Boxen sind leer.«

Das erste Mal seit langer Zeit hörte Kai den Magier lachen.

»Das ist Kristallfell«, erklärte er. »Eigentlich handelt es sich bei dem Pferd um einen stattlichen Schimmel, doch ein Zauberunfall vor einigen Jahren hat dazu geführt, dass der Gaul unsichtbar wurde. Interessant ist, dass sich der Zauber auch auf seinen Reiter überträgt. Haragius nimmt Kristallfell gern auf seine Expeditionen mit, um sich mit seiner Hilfe ungesehen Drachenhorten zu nähern. Das kann nur bedeuten, dass Haragius noch in der Stadt weilt.«

»Ein unsichtbares Pferd?« Gilraen trat leise in den Stall, bis er vor jener Box stand, aus der das Schnauben und Hufstampfen ertönte. Behutsam streckte er seine Hand nach dem Pferd aus und schlagartig wurde auch er unsichtbar.

»Gilraen?«, rief Fi erstaunt.

Der Elf wurde wieder sichtbar und kehrte kopfschüttelnd zurück.

»Ein Zauberross, eines Elfenkönigs würdig«, murmelte er beeindruckt.

»Dystariel!«, rief Magister Eulertin. »Du bleibst hier und bewachst den Eingang.«

»Denk dran, dass ich noch ein Versteck finden muss«, erklärte die Gargyle mit rasselnder Stimme.

»Wir werden uns beeilen«, versprach der Magier und deutete auf den Vorgarten. »Sonst mach es so wie immer in solchen Fällen: Grab dich ein!«

Kai schüttelte sich bei dieser Vorstellung.

Eulertin war bereits beim Hauptgebäude und öffnete mittels eines heftigen Windstoßes das große Eingangsportal. Fi und Gilraen stürmten mit gezückten Waffen an ihm vorbei, während Kai und der Magister ihnen zauberbereit nachfolgten.

Hinter der Tür befand sich eine geräumige Halle, die von mehreren Holzpfeilern gestützt wurde. Kai schloss das Portal, entzündete die magische Fackel am Ende seines Zauberstabes und gab einen Laut des Staunens von sich.

In der Mitte des Raumes schwebte das mächtige Skelett eines Drachen. Seine Beinknochen waren so dick wie Baumstämme, zwischen den Rippenbögen hätten ohne Probleme zwei Weinfässer Platz gefunden, Flügel- und Schwanzknochen reichten bis an die Wände der Halle heran und der bedrohliche Reptilienschädel mit seinen langen Reihen scharfer Reißzähne glotzte aus leeren Augenhöhlen auf sie herab. Kai musste an den Fund zurückdenken, den er und Amabilia in den Harzenen Bergen gemacht hatten. Doch dieses Drachenskelett wirkte ungleich bedrohlicher auf ihn. Ob es sich hierbei um das Gebein eines Sturmdrachen handelte?

Olitrax, der seinen Platz auf dem Dach verlassen hatte und neugierig mit hereingeflattert war, schnaubte laut. Er stieß aufgeregt eine schweflig riechende Dampfwolke aus, umkreiste das Drachenskelett und ließ sich schließlich auf dem mächtigen Schädel nieder. Das Skelett begann unter seinen Bewegungen leicht zu schwanken.

Kai und seine Gefährten sahen sich in der Halle um. Auf großen Schautafeln, die an den Wänden ringsum hingen, waren verschiedene Drachenarten zu sehen. Sie alle waren mit Schildern versehen, auf denen Namen wie *Wolkendrache, Tatzelwurm* und *Albionischer Wyvern* zu lesen waren. Schließlich erreichten sie einen breiten Holzblock, der neben einem Schaukasten mit Drachenschuppen stand, die in unterschiedlichen Farben glitzerten. Der

Fryburger Magister plante offenbar die Errichtung eines weiteren Drachenskeletts, denn drei von Balken gestützte Beine ragten dort bereits empor.

Gilraen besah sich eine Schautafel und nahm eine der Drachenschuppen in die Hand. Als er Kais Blick bemerkte, lächelte er knapp.

»Ich schätze, die stammt von einem Sturmdrachen.«

»Tatsächlich?« Kai suchte nun wieder nach Magister Eulertin und fand den Däumlingsmagier jenseits des Drachenskeletts über einem Schreibpult schwebend, das mit Skizzen und Aufzeichnungen übersät war. Er ging zu ihm.

»Und?«

»Wenn ich das richtig deute«, murmelte Eulertin besorgt, »ist es fast zwei Monate her, dass Haragius hier in seiner Werkhalle gearbeitet hat. Das ist sehr ungewöhnlich für ihn. Wenn er sich nicht gerade auf einer seiner Exkursionen im Albtraumgebirge befindet, ist er fast immer hier.«

»Dieses unsichtbare Ross im Stall ist aber versorgt worden«, erklärte Gilraen, der unbemerkt an sie herangetreten war. »Das heißt, jemand kümmert sich um das Anwesen.«

»Gut, dann sehen wir uns jetzt im Wohnturm meines Kollegen um«, erklärte der winzige Magister forsch und schwebte auf eine schmale Tür am anderen Ende der Halle zu.

Fi lief an ihm vorbei und machte ihm die Tür auf.

Der schmale Erkerturm war im Prinzip nicht viel anders eingerichtet als Eulertins Zunfthaus in Hammaburg. Neben einer Lesestube fanden sie eine Bibliothek mit angeschlossenem Studienzimmer, ein Labor mit unzähligen verschlungenen Glasgeräten und zuletzt eine Schlafkammer, die direkt unter dem Dach lag. Das Bett war benutzt und ein leichter Geruch nach Veilchen lag in der Luft.

»Tja«, meinte Eulertin. »Haragius scheint wohl noch hier zu wohnen. Nur ist die Frage, wo er jetzt steckt!«

»Seht mal«, meinte Fi und trat an eine Spiegelkommode heran. Die Elfe griff nach einer Bürste, zwischen deren Borsten sie lange, schwarze Haare hervorzog. Anschließend schnupperte sie an einem Kristallflakon. »Sehr süßlich. Ist Magister Äschengrund verheiratet?«

»*Haragius*?«, meinte Eulertin und kicherte belustigt, hatte sich aber schnell wieder im Griff. »Äh, nein, nicht dass ich wüsste.«

Fi öffnete einen Kleiderschrank und präsentierte feine Samtkleider mit langen Schleppen. Gilraen kippte kurzerhand eine Schatulle neben dem Bett aus, und Perlenketten, protzige Goldringe und edelsteingeschmückte Broschen fielen heraus. »Verzeiht mir die Bemerkung, aber Euer Kollege scheint einen zweifelhaften Geschmack zu haben.«

Misstrauisch schwebte der Magister an den Nachttisch heran. »Es ist natürlich möglich, dass hier inzwischen jemand anderes lebt. Los, teilt euch auf. Wir suchen das Gebäude noch einmal ab. Ich muss herausfinden, wo Haragius steckt!«

Gemeinsam suchten sie die Stockwerke des Erkerturms ab und irgendwann landete Kai wieder in der großen Werkhalle des Drakologen. Da bemerkte er, dass Olitrax unweit von einem der Arbeitstische am Hallenboden hockte und mit seinen Krallen beständig über eine der Bodenplatten kratzte.

»Was machst du da?«, fragte er ihn.

Olitrax blickte auf und schnaubte. Ein Rauchkringel wallte ihm entgegen. Kai kam näher und bemerkte, dass sich die Bodenplatte seltsam klar vom Rest des Untergrundes abhob. Überhaupt waren die Fugen relativ breit. Verbarg sich darunter etwa der Zugang zu einem Keller?

Aufgeregt ergriff Kai einen Meißel, zwängte ihn zwischen die Fugen und stemmte den Stein empor. Es knirschte. Zu seiner Überraschung fiel es ihm nicht schwer, die Platte beiseite zu wuchten. Er hob seine magische Fackel und leuchtete in die Tiefe. Ausgetretene Stufen führten nach unten.

»Ist da jemand?«, rief er angespannt.

»Hallo?«, krächzte eine heisere Stimme aus dem Dunkeln. »Hilfe!«

»Magister! Fi! Gilraen!«, rief Kai laut durch die Halle. »Ich glaube, ich habe Magister Äschengrund gefunden. Schnell, kommt her!«

Eulertin kam aus dem Erkerturm geschossen. Die beiden Elfen folgten ihm.

»Haragius!?«, rief der kleine Magister.

»Thadäus!«, erscholl es ungläubig zurück. »Dem Unendlichen Licht sei Dank. Dann bin ich doch nicht verloren.«

»Gilraen, hol Meister Äschengrund da unten raus«, bat der Däumling den Elfen.

Der nickte und schlüpfte durch das Loch in die Tiefe. Sie hörten ein Klirren und nur wenig später schleppte sich eine abgezehrte Gestalt mit langen, strähnigen Haaren und eingefallenen Wangen die Stufen nach oben. Das ehedem stattliche, wasserblaue Gewand des alten Magiers strotzte nur so vor Dreck und Äschengrund entströmte ein strenger Geruch nach Schweiß und Urin.

Als er in das Fackellicht blickte, blinzelte er heftig und hob geblendet einen Arm vor die Augen. Kai sah eiserne Handfesseln, von denen zerschlagene Kettenglieder baumelten. Auch Gilraen kletterte wieder aus dem Kellerloch.

»Meine Güte, Thadäus«, wimmerte der Drakologe. »Ich wusste, dass auf dich Verlass ist. Wie immer.«

Fi reichte dem Zauberer ihren Wasserschlauch und der Alte trank gierig.

»Was ist mit dir geschehen?«, fragte der Däumling.

»Man hat mich überrumpelt wie einen dummen Schüler«, schluchzte Haragius.

»Wer?«

»Ein Magister, der vorgab, aus Halla zu stammen«, sprach der Drakologe und seine Nasenflügel bebten erregt. »Er gab vor, an meinen Studien interessiert zu sein. Doch als wir hier ankamen, da ging plötzlich ein Brennen durch meinen Körper. Und als ich wieder zu mir kam, da …« Tränen liefen über das schmutzige Gesicht des Mannes und gruben helle Linien in die Haut. »Da konnte ich nicht mehr zaubern. Verstehst du, Thadäus. Ich weiß nicht, wie er das gemacht hat, aber er hat mich meiner Zauberkräfte beraubt. Ich bin jetzt ein Nichts. Ein Niemand.«

Ungläubig starrte Eulertin den Drakologen an, und nur Kai ahnte, was in seinem Meister vor sich ging. Der Däumling sprach einen Zauber und schüttelte den Kopf.

»Du besitzt ja nicht einmal mehr eine magische Aura …«, stellte er mit spröder Stimme fest. »Sag mir, was ist dann passiert?«

»Er hat mich ausgehorcht. Nach allem Möglichen. Nach meinen Studien, meinen Diensten für den Markgrafen … nach allem eben.«

Äschengrund fuhr sich verzweifelt über die große Nase. »Ich weiß nicht, wie er das angestellt hat, aber ich habe fast die Vermutung, dass er sich auf Burg Gryffenegg für mich ausgeben wollte, schließlich hätte Seine Erlaucht doch schon längst nach mir suchen müssen, oder? Ich bin immerhin sein erster Hofmagus«, rief Äschengrund verzweifelt.

Der Drakologe nahm einen weiteren Zug aus dem Wasserschlauch. »Ich glaube, dieser Mistkerl hat sich sogar hier bei mir einquartiert. Das Schlimmste ist, dass er keinen Hehl daraus gemacht hat, wem er dient. Er ist ein Handlanger der Nebelkönigin. Verstehst du, Thadäus? Morgoya!«

»Ich weiß«, antwortete Eulertin knapp.

»Ist der Rest des *Hermetischen Ordens* mit dir nach Fryburg gekommen?«, fragte Äschengrund hoffnungsvoll.

»Nein, wir stehen alleine.« Der Däumlingsmagier erklärte knapp, was sich im Feenreich zugetragen hatte.

»Dann sind wir verloren, Thadäus. Verloren! Wir …«

»Reiß dich zusammen, Haragius!«, fuhr ihn Eulertin an. »Wenn es stimmt, was du sagst, dann befindet sich dieser Kerl auf Burg Gryffenegg. Ich verwette meinen Zauberstab darauf, dass er den Markgrafen und die Stadtobersten irgendwie beeinflusst. Nur so sind all die seltsamen Geschehnisse hier in Fryburg zu erklären. Sag mir, Haragius, kennst du einen Weg, um unerkannt in die Burg zu gelangen?«

Äschengrunds Blick fiel auf Olitrax und schlagartig veränderte sich der Ausdruck in seinen Augen. »Du meine Güte! Ein Drache! Ein echter, lebender kleiner Drache! Gehört der zu euch?«

»Haragius!«, sagte Eulertin, um Beherrschung bemüht.

»Äh, ja«, antwortete der Drakologe. »Es gibt da einen Fluchttunnel von der Burg hinunter in die Stadt. Ich habe ihn damals eigenhändig mit magischen Fallen ausgestattet. Aber mit denen wirst du fertig. Er endet hier innerhalb der Stadtmauer unter dem Schwalbentor … Ist das wirklich euer Drache?«

»Kannst du uns dorthin bringen?«, kam der Windmagier wieder auf das Thema zurück.

Äschengrund nickte.

»Dann werden wir Burg Gryffenegg jetzt einen Überraschungsbesuch abstatten!«, rief Eulertin. »Wir werden Morgoyas Pläne durchkreuzen. Und wenn dies das Letzte ist, was ich als Zauberer tue …«

Kai warf dem Däumling einen scheelen Blick zu, doch sein Lehrmeister sauste bereits zum Hallenportal und bedeutete dem Rest der Gruppe, ihm nachzukommen. Gilraen half dem Fryburger Magister auf und stützte ihn. Der betrachtete Olitrax noch immer voller Staunen.

Auch Kai wollte den Männern folgen, als ihn Fi am Ärmel zupfte und zurückhielt.

»Siehst du das?«, flüsterte sie entsetzt.

»Was denn?«

»Na, schau dir den Magister doch an.« Sie deutete auf Äschengrunds dürre Gestalt. Kai hob die Fackel und sah endlich, was Fi meinte.

»Bei allen Moorgeistern. Haragius besitzt keinen Schatten.«

Greifenfänge

Die Gefährten folgten der engen Tunnelröhre nun schon eine ganze Weile bergauf, hatten zahlreiche Treppenstufen und Gangwindungen überwunden und es war noch immer kein Ende abzusehen, doch für eine Rast blieb keine Zeit. Allen war klar, dass die Soldaten Fryburgs Alarm schlagen würden, sobald man unten im Schwalbentor die gefesselten und geknebelten Torwachen finden würde. Sicher dauerte das nicht mehr lange.

»Und was ist mit Dystariel?«, fragte Kai Magister Eulertin, während er abermals den Kopf einzog, um nicht schmerzhaft gegen einen der vorstehenden Steine in der niedrigen Decke des Tunnels zu stoßen. Sie war mit Verkrustungen aus Salz und Schimmel überzogen, und der flackernde Schein von Kais magischer Fackel warf unheimliche Schatten an die Wände.

»Ich habe mit ihr verabredet, dass sie versuchen soll, auf dem Luftweg in die Burg zu gelangen«, antwortete der Magister angespannt. »Sie soll sich in den unterirdischen Gewölben Gryffeneggs verstecken. Da unten ist es finster genug, sodass sie uns dort auch jetzt am Tag nützlich sein kann. Sollten wir also gezwungen sein, aus irgendeinem Grund die Flucht anzutreten, versucht tiefer in den Berg unter Burg Gryffenegg zu gelangen.«

Kai ging voran, während Gilraen ganz am Ende ihrer kleinen Kolonne Magister Äschengrund stützte, der es sich trotz seiner Erschöpfung nicht hatte nehmen lassen, sie zu begleiten.

Natürlich hatte Kai Magister Eulertin längst auf den fehlenden Schatten des Drakologen angesprochen, doch sein Lehrmeister hatte diesen Makel längst bemerkt. Eine Erklärung für dieses Phänomen hatte er leider auch nicht anzubieten.

In diesem Moment war vor ihm ein Flattern von Schwingen zu hören. Es war der kleine Drache, der aufgeregt schnaubte, sich kurz nach ihm umdrehte und dann wieder den Gang voranstob.

»Schätze, Olitrax hat etwas entdeckt«, sagte Kai zu den anderen. Ihm war inzwischen fast egal, um was es sich dabei handelte, wenn er nur aus dieser engen Gesteinsröhre herauskam. Noch einmal nahm er alle Kraft zusammen und mühte sich Stufe um Stufe weiter nach oben. Er wollte sich schließlich nicht vor Fi blamieren, die direkt hinter ihm herging, und der der anstrengende Marsch nicht das Geringste auszumachen schien. Er hatte sich eben kurz nach ihr umgesehen und auf ihrem hübschen Gesicht war kaum eine Spur von Erschöpfung zu entdecken gewesen.

Endlich endete ihr Aufstieg und der Gang mündete in einer kleinen Kammer. Kai hob seine magische Fackel und sie sahen auf eine Steintür, vor der Olitrax bereits auf sie wartete.

»Nicht die Tür berühren!«, keuchte Haragius Äschengrund hinter ihm. »Wer die Tür von dieser Seite aus anfasst, löst einen tödlichen Metamorphosis-Fluch aus.«

»Einen was?«, fragte Fi.

»Äh, der Eindringling wird zu Staub verwandelt«, gestand der Drakologe kleinlaut und über seine lange Nase huschte eine feine Röte.

»Der Markgraf wünschte damals etwas Wirksames«, sagte Äschengrund entschuldigend. »Immerhin galt es zu verhindern, dass sich über diesen Fluchttunnel Feinde in die Burg schleichen. Aber der Fluch lässt sich für eine Weile mit jenem Gegenzauber außer Kraft setzen, den uns damals Magistra Illudia beigebracht hat. Erinnerst du dich, Thadäus?«

»Natürlich«, erklärte der Däumlingsmagier. »Wie könnte ich unseren Kampf gegen die Schwarzfeen von Colona vergessen. Ist damals ja denkbar knapp ausgegangen.«

Er schwebte vor die Tür und rezitierte eine lange Zauberformel.

Haragius Äschengrund wandte sich derweil an Kai und deutete mit dem Kinn auf Olitrax.

»Wo habt ihr diesen Drachen gefunden?«, wisperte er aufgeregt. »Ich kann beim besten Willen nicht seine Art bestimmen. Und ich verstehe nicht, warum er so klein ist. Das ist selbst für einen Jungdrachen außergewöhnlich.«

»Wir haben ihn im Feenreich gefunden«, flüsterte Kai. »Er ist dort geschlüpft und war mörderischer Kälte ausgesetzt.«

Jäh glühte der Saphir am Ende von Eulertins Zauberstab auf und der Klang von zerbrechendem Glas hallte durch den Gang.

»Wir können«, sprach der Däumling zufrieden und ließ Fi den Vortritt. Die Tür ließ sich problemlos öffnen.

Sie gelangten in einen Lagerraum, in dem Kisten und Säcke bis unter die Decke gestapelt waren.

Olitrax setzte sich wieder auf Kais Arm und blähte aufgeregt seine Nüstern.

»Haragius«, sprach Eulertin den Drakologen an. »Wir müssen zu den privaten Gemächern des Markgrafen. Gibt es von hier aus einen Weg, über den das möglichst unauffällig zu bewerkstelligen ist?«

»Na ja«, keuchte der Fryburger Magister und kratzte sich umständlich an seiner wirklich enormen Nase. »Wir befinden uns direkt unter dem Bergfried. Um zum Palas zu gelangen, wo Seine Durchlaucht residiert, müssten wir einmal quer über den Burghof. Aber der dürfte gut bewacht sein. Ebenso natürlich der Eingang. Eine zweite Möglichkeit bestünde darin, über einen der Wehrgänge zum Hauptgebäude zu gelangen. Aber auch dort sind mit Sicherheit Wachen. Weitere Wachen finden sich außerdem auf den ...«

»Magister«, mischte sich Gilraen ungeduldig ein. »Uns interessiert vornehmlich ein Weg ohne Wachen!«

»Äh, ja ... Aber ich befürchte, den gibt es leider nicht«, seufzte Äschengrund kummervoll und schniefte. »Es sei denn, ihr zieht die Möglichkeit in Betracht, durch die markgräflichen Greifenställe zu gehen. Der Markgraf liebt diese Bestien. Es gibt von dort einen direkten Zugang zum Palas, der nur wenigen bekannt ist. Früher kommandierte Seine Erlaucht die Greifenreiterschwadron nämlich höchstpersönlich. Aber diese Kreaturen sind außerordentlich tückisch. Wenn ich noch zaubern könnte, ja, dann ...«

Kai fragte sich, was für Biester diese geheimnisvollen Greifen wohl sein mochten. Offensichtlich war er mal wieder der Einzige, der keine Ahnung hatte.

»Dann lasst es uns über die Ställe versuchen, Magister«, sprach Fi mit sanfter Stimme. »Überlasst den Rest mir.«

Der Drakologe musterte die Elfe überrascht.

»Na gut«, sagte er. »Folgt mir.«

Äschengrund humpelte zu einer Treppe, lauschte und führte sie in ein höher liegendes Geschoss, in dem aufgeschichtete Pyramiden aus Schleudersteinen lagen. Er legte einen Finger auf die Lippen und deutete zu einer Treppe, die noch weiter nach oben führte. Von dort waren Gespräche und heiseres Lachen zu hören.

»Vier Männer«, stellte Gilraen sachkundig fest. »Ich schätze, wir müssen sie aus dem Weg räumen.«

Wie der Elf all dies aus dem Stimmengewirr herausgehört hatte, war Kai schleierhaft. Gilraen näherte sich der Treppe und zog sein Schwert. Wieder hatte Kai den Eindruck, dass er ein klein wenig humpelte.

»Wird das nicht zu viel Lärm machen?«, fragte Kai.

»Nicht unbedingt«, widersprach Eulertin. »Mein Element ist schließlich die Luft. Ich könnte dafür sorgen, dass der Kampfeslärm nicht nach draußen dringt. Wie viele Ausgänge hat der Raum da oben?«

»Äh, die Schießscharten mit eingerechnet, vier … nein, fünf!«, flüsterte Äschengrund.

Gilraen und Fi warfen sich entschlossene Blicke zu, und der Elf gab Eulertin ein Zeichen.

Wenig später brausten fünf Windsbräute mit wehenden Haaren die Treppe hinauf und die Elfen stürmten ihnen hinterher. Kai versuchte, seinen beiden Gefährten dicht auf den Fersen zu bleiben, doch als er die über ihnen liegende Wachstube erreichte, waren seine Begleiter schon wie ein Orkan über die Soldaten hergefallen. Einer von ihnen lag bewusstlos am Boden, Gilraen kreuzte mit zweien von ihnen zugleich die Klinge, während Fi den vierten Krieger mit einem gezielten Beinschuss außer Gefecht setzte.

Bevor der Elf dazu kam, einem seiner beiden Gegner das Schwert in den Leib zu stoßen, ergriff Eulertin die Männer mit seinen magischen Kräften und schleuderte sie hoch an die Decke. Erschlafft fielen sie wieder zurück auf den Boden.

»Hast du denn völlig die Achtung vor dem Leben verloren?«, herrschte Fi Gilraen aufgebracht an. »Wir Elfen töten nur im Notfall!«

Gilraen malmte mit den Kiefern und entspannte sich nur langsam. Ohne zu antworten, wandte er sich dem Verletzten zu. Erstaunt blickte der Krieger die spitzen Ohren seines Gegenübers an.

»Wann ist hier Wachwechsel?«, befragte ihn Gilraen mit scharfer Stimme.

»In ungefähr zwei Stunden«, stammelte der Verwundete und deutete zu einem Stundenglas in einer Nische an der Wand.

»Gut.«

Gilraen hämmerte ihm kurzerhand den Knauf seiner Waffe über die Schläfe und auch dieser Mann sackte bewusstlos zusammen.

Während Fi die übrigen Männer fesselte und knebelte, nahm Gilraen ihnen Brustharnische und Helme ab. Eulertin entließ derweil die Windsbräute aus seinem Dienst, die sich dämpfend vor Schießscharten und Türen gelegt hatten.

Kai kam sich bei alledem ziemlich nutzlos vor.

»Lasst uns weitergehen!«, sagte Eulertin und führte sie auf Weisung Äschengrunds zu einer niedrigen Eichenpforte, die hinaus zu einem schmalen Wehrgang samt Treppe zum Burghof führte.

»Einen Moment«, flüsterte Gilraen und deutete auf die Ausrüstung der Soldaten. »Zieht euch das über, dann fallen wir nicht so schnell auf.«

Da ihm der Däumlingsmagister nicht widersprach, halfen sie sich jetzt gegenseitig dabei, die Rüstungen der Wachen überzustreifen. Kai fiel es nicht leicht, sich in der ungewohnten Tracht zu bewegen. Doch die größten Probleme hatte Magister Äschengrund, dem sein Topfhelm immer wieder auf die lange Nase rutschte. Man sah ihm an, wie schwer er an dem Rüstzeug zu tragen hatte.

»Unser Ziel ist das hohe Gebäude schräg gegenüber«, ächzte der Drakologe. »Wir können es über den Säulengang hinter dem Kräutergarten erreichen. Da ist um diese Zeit normalerweise nicht viel los. Einzig der Weg dorthin ist etwas gefährlich, da wir zuvor ein Stück über den Burghof müssen.«

Während Gilraen Äschengrund dabei half, den Helm richtig aufzusetzen, schritt Kai von Schießscharte zu Schießscharte. Am Horizont war längst die Sonne aufgegangen und ihr rotes Morgenlicht ergoss sich über die Mauern, Türme und Verteidigungsanlagen der Festung. Beeindruckt stellte er fest, wie groß Burg Gryffenegg war. Da die Wehranlage auf einer schwer zugänglichen Berghöhe stand, hatte er von hier aus einen prächtigen Blick auf Fryburg, hinter dessen Stadtmauern sich bewaldete Höhenzüge aus dem Morgendunst schälten. Der Schattenzwinger ragte wie ein schwarzer Dorn aus dem Dächermeer hervor.

»Jetzt!« Fi gab ihnen einen Wink, und schon schlüpften ihre Gefährten durch die Pforte auf den dahinterliegenden Wehrgang. Der Zauberlehrling sah gequält zu Olitrax auf. Unmöglich konnte er den kleinen Drachen mitnehmen. »Folge uns, sobald draußen die Luft rein ist, Kleiner!«

Olitrax schnaubte einmal kurz und ließ sich auf einem Dachbalken nieder.

Kai beeilte sich, nicht den Anschluss zu verlieren.

Unter ihnen auf dem Burghof wimmelte es vor Betriebsamkeit. Mägde, Stallburschen, Diener und berittene Krieger gingen ihrem Tagwerk nach, und der Geruch von Pferdemist und Hühnerkot stieg zu ihnen auf, in den sich von irgendwoher der Dunst warmer Kohlsuppe mischte. Von der bedrückenden Apathie, die die Einwohner der Stadt befallen hatte, war in der Burg nichts zu spüren. Insbesondere die Soldaten machten auf Kai einen besorgniserregend lebendigen Eindruck.

Die kleine Gruppe marschierte nun möglichst militärisch die steinernen Stufen zum Burghof hinab.

Fi beeilte sich, sie schnurstracks an einer nahen Zisterne vorbeizuführen, bis sie die Hühnerställe mit dem dahinterliegenden Kräutergarten erreichten. Schließlich erblickten sie den Säulengang, von dem Äschengrund gesprochen hatte.

Ohne irgendwelche Zwischenfälle passierten sie ihn bis zu seinem Ende und kamen zu einem mächtigen Steingebäude mit raubvogelartigen Dachreitern, das zum Bergfried hin in einer halbrunden Plattform auslief.

»Wir sind da!«, raunte der Drakologe und nestelte am Kinnriemen seines Topfhelms. »Ob ich dieses Ding nicht vielleicht doch absetzen kann ...?«

»Nichts da, der Helm bleibt auf!«, bestimmte Eulertin, der hinter einer Säule hervorschwebte. Aus dem Gebäude drang ein ebenso lautes wie schrilles Krächzen.

Eine Tür zum Hof knarrte, und wenig später entdeckten sie einen Knecht, der einen Handkarren hinter sich herziehend den Greifenstall verließ. In dem Wagen türmte sich eine große Menge Dung, der schwach vor sich hin dampfte.

»Der Mann ist ja völlig ungerüstet«, sagte Gilraen. »Ich dachte, diese Greifen sind gefährlich?«

»Nicht für jene, die sie aufgezogen haben«, antwortete Äschengrund, der immer ungeduldiger an dem Topfhelm nestelte. »Dieses Mistding schnürt mir noch den Hals ab ...«

Kai sah überrascht, dass Gilraen Schweißtropfen auf der Stirn standen. War das die Anstrengung, Angst oder hatte der Elf wieder Fieber?

»Falls sich sonst noch jemand im Stall befindet«, fuhr Gilraen fort, »müssen wir ihn ausschalten. Du, Fi, kümmerst dich um die Greifen.«

Die Elfe nickte stumm.

Gilraen lauschte an der Tür, öffnete sie vorsichtig und betrat das Gebäude als Erster. Beißender Raubtiergeruch schlug ihnen entgegen.

Kai blickte sich beeindruckt um. Er hatte in dem hohen Steingebäude Boxen wie in einem Pferdestall erwartet. Stattdessen erhoben sich auf dem Boden und an den Wänden der schummrigen Halle Felsen und lange Steinvorsprünge, auf denen schwere Vogelnester aus dicken Ästen und Zweigen thronten. Sie waren so breit, dass in ihnen jeweils ohne Probleme ein Karren Platz gefunden hätte. Ungläubig starrte der Zauberlehrling auf den zerfetzten Schweinekadaver, der nur wenige Schritte von ihnen entfernt auf dem Weg lag. Um was für teuflische Bestien mochte es sich bloß bei diesen Greifen handeln? Kai sah sich ängstlich um. Doch zu seiner großen Erleichterung waren die Nester allesamt leer.

Bedacht darauf, keine unnötigen Geräusche zu verursachen, schlichen sie an dem Schweinekadaver vorbei zum anderen Ende der Halle.

Kai konnte die Tür zum Palas bereits ausmachen, als er bemerkte, dass in einem der Greifennester drei große gesprenkelte Eier lagen.

War die Halle wirklich leer? Sie hatten doch vorhin ein schrilles Krächzen gehört. Auch Fi und Gilraen schauten sich immer wieder unruhig zu den Nestern um.

Da war plötzlich das Quietschen eines Riegels zu vernehmen und die Tür zum Palas öffnete sich. Geschwind verteilten sich Fi, Kai und Gilraen und sprangen hinter den Felsen in Deckung. Der Einzige, der noch immer Hilfe suchend herumstand, war Magister Äschengrund. Schon im nächsten Augenblick wurde er von einer brausenden Luftgestalt gepackt und ebenfalls hinter einen der Felsen gezogen.

Drei Männer betraten die Halle. Zwei schleppten einen gewaltigen Reitsattel, der dritte war in ein schwarzes Gewand mit militärischen Rangabzeichen gekleidet und anhand seines Stabs leicht als Zauberer zu erkennen. Argwöhnisch blieben die drei Männer stehen und schauten sich um.

»Da war doch was, oder? Da hinten!«, sagte der Zauberer misstrauisch.

»Wer sollte sich denn – von uns abgesehen – hier hereintrauen?«, meinte einer der beiden Greifenreiter.

Trotzdem ließen er und sein Kamerad den Sattel fallen und zogen angriffsbereit ihre Schwerter.

Der Zauberer streckte seine Hand aus und zwei grelle Lichtkugeln sausten durch den Stall und beleuchteten die schummrigen Ecken.

»Angriff!«, befahl Eulertin irgendwo über ihnen.

Ein jäher Wolkenwirbel manifestierte sich über einem der Greifennester und raste auf den fremden Zauberer zu. Der hob mit einer schnellen Bewegung seines Zauberstabes eines der Nester in die Luft und schleuderte es mit Macht in die Bahn des Luftwirbels. Das gewaltige Nest zerbarst und ein Regen aus Ästen ging nieder. Im nächsten Moment knackte es in den Felsen um sie herum und ein Hagel aus Gesteinssplittern raste auf den Däumlingsmagister zu.

Längst hatte Fi einen ihrer Pfeile abgefeuert, und einer der Greifenreiter knickte am Bein getroffen ein. Gilraen fegte wie ein Wirbelwind auf den zweiten Krieger zu, und Stahl verbiss sich in Stahl.

Kai beschwor einen seiner Kugelblitze herauf, der ebenso wie der zweite Pfeil Fis auf den fremden Magier zuraste. Der schützte sich mit einem Wirbel aus Steinen, der ihre Geschosse ablenkte. Der Kugelblitz explodierte, und der Zauberer fluchte aufgebracht.

Gilraen überwand in diesem Moment seinen Gegner und rammte ihm unerbittlich die Klinge in die Brust.

»Weg da, ihr beiden!«, gellte die Stimme Eulertins durch die Halle, dem ein wütendes »Du hast es so gewollt!« folgte. Von seinem Zauberstab lösten sich eisblaue Blitze, die den schützenden Steinwirbel des gegnerischen Magiers durchschlugen und den Mann schreiend in die Knie gehen ließen.

Da ertönte ein schriller Pfiff. Der Zauberlehrling sah, dass der von Fi verletzte Greifenreiter mit dem Finger auf sie deutete.

Ein gellendes Kreischen hallte hinter ihnen von der Decke.

Bei allen Moorgeistern, ein Greif!

Ein Löwenkörper mit Adlerkopf und riesigen Vogelschwingen jagte auf sie herab.

Fi feuerte geistesgegenwärtig einen ihrer Pfeile ab und warf sich zur Seite, doch Kai blieb schreckensstarr stehen.

»Neiiiiin!« Plötzlich fühlte der Zauberlehrling, wie ihn Gilraen im letzten Moment zur Seite stieß. Da stürzte sich der Greif auch schon auf den Elfen. Ein hässliches Geräusch ertönte, das in dem Schlagen von großen Schwingen unterging. Immer wieder hackte die Bestie auf Gilraen ein, schließlich verbiss sie sich in ihn und schleuderte ihn mit einer ruckartigen Bewegung ihres Raubvogelkopfes gegen einen der Felsen.

Eulertin, der den fremden Zauberer inzwischen niedergerungen hatte, beschwor umgehend zwei Luftelementare herauf, die den Greif an den Flügeln packten und zu Boden zerrten.

Auch Fi war aufgesprungen und hatte das Geschehen mit Tränen in den Augen verfolgt, doch als Kai einen weiteren Kugelblitz heraufbeschwor, hieß sie ihn innezuhalten.

»Nicht!«, schluchzte sie mit Blick auf Gilraen, der zusammengekrümmt am Boden lag. »Lass nicht noch einen Unschuldigen sterben. Er beschützt doch bloß sein Nest …«

Die Elfe begann stockend zu singen. Vorsichtig, Schritt für Schritt, trat sie mit ausgebreiteten Armen auf den Greif zu. Die gefährliche Kreatur krächzte und versuchte nach ihr zu schnappen. Doch die brausenden Elementare hielten ihn zurück. Fi ließ sich nicht beirren und sang weiter. Endlich erschlaffte der Greif und ein seltsamer Ausdruck stahl sich in seine Raubvogelaugen. Es war eine Mischung aus Angst, Verwirrung und … Erkennen.

Auf Fis Wink hin gab Eulertin seinen Windelementaren den Befehl, von der Kreatur abzulassen. Ihr liefen noch immer Tränen über das Gesicht. Sie trat dicht an das majestätische Geschöpf heran und streichelte es sanft.

»Flieg wieder zurück zu deinem Nest, stolzer Greif«, flüsterte sie. »Wir tun dir und deiner Brut nichts.«

Der Greif krächzte, schüttelte sich und flog wieder hinauf zu seinem Horst.

In diesem Moment donnerten Schläge gegen die große Tür zum Innenhof.

»Alles in Ordnung, Kameraden?«, ertönte eine Stimme. »Braucht ihr Hilfe?«

»Nein, alles unter Kontrolle!«, rief zu ihrer aller Überraschung Gilraen.

Entgeistert fuhren sie zu ihm herum. Der Elf erhob sich mit schmerzverzerrtem Gesicht und fuhr, ohne zu Stocken, fort. »Bloß ein kleines Fütterungsproblem. Uns sollte jetzt nur besser niemand stören.«

»Alles klar«, folgte hinter der Tür die erleichterte Antwort.

Sofort waren Fi, Eulertin und Kai bei ihm. Auch Magister Äschengrund traute sich jetzt endlich aus seinem Versteck heraus.

»Gilraen, du hast diesen Angriff überlebt? Blutest du? Muss ich dir …?«

Er schüttelte beruhigend den Kopf und wehrte energisch die Hände Fis ab, die ihn ungestüm nach Wunden abtasten wollte.

»Lass mich!«, sagte er mit einem Lächeln, das irgendwie aufgesetzt wirkte. »Das eben sah schlimmer aus, als es war. Ich bin schließlich ein geübter Kämpfer, und ein paar Tricks hat auch meine Familie mir beigebracht.«

Noch immer starrte Fi Gilraen ungläubig an. Kai und Eulertin wechselten einen schnellen Blick, doch auch der Magister konnte sich dieses Wunder offensichtlich nicht erklären. Gilraen hätte eigentlich ebenso zerfleischt am Boden liegen müssen wie diese Schweinehälfte.

»Du hast mir eben das Leben gerettet, Gilraen«, sagte Kai. »Ich danke dir.«

Der Elf winkte ab.

»Wir sollten jetzt besser weitergehen«, ertönte die Stimme des Drakologen.

»Das heißt, der Kerl da war es nicht, der dich deiner Zauberkraft beraubt hat?« Eulertin wies auf den schnauzbärtigen Zauberer, der regungslos am Boden lag.

»Nein, nein.« Der Fryburger Magister schüttelte den Kopf. »Das ist Magister Grimmstein, einer der fünf Feldmagier des Markgrafen. Ich hoffe, du hast ihn am Leben gelassen.«

»Natürlich habe ich das«, antwortete der Däumling.

»Thadäus«, wisperte Äschengrund. »Versprichst du mir, dass du versuchst, diesen Dreckskerl zu schonen? Er ist vielleicht der Einzige, der weiß, wie ich meine Zauberkräfte zurückerhalte.«

Der Däumlingsmagier schwebte ernst vor das Gesicht seines Kollegen.

»Ich werde es versuchen, Haragius. Schon um meiner selbst willen ...«

Der Schattenkelch

Inzwischen hatten sie unbemerkt das obere Geschoss des Palas erreicht.

Kai trat an eines der schmalen Fenster. Von hier aus besaßen sie eine hervorragende Sicht auf die Burgbefestigungen und das umliegende Land.

In diesem Augenblick dröhnte aus der Stadt der Klang von Hörnern zu ihnen herauf. Ein Ruf, den die Türmer Gryffeneggs sofort erwiderten. Kommandos wurden gebrüllt und aus Versorgungsgebäuden und Wachstuben eilte eine Schar von Kriegern, die umgehend die Mauern besetzten.

»Ich schätze, man hat gerade die Wächter unten im Schwalbentor gefunden«, kommentierte Gilraen die Situation.

»Und nicht nur die, seht!«, warf Fi ein und deutete zum Bergfried, in dem sie die vier Wachen zurückgelassen hatten. Auch dort liefen Soldaten hektisch hin und her.

»Gut, dann Beeilung jetzt!«, befahl Magister Eulertin.

Hinter ihnen schepperte es.

»Ja, aber nicht mehr mit diesem verdammten Helm«, fluchte Äschengrund ärgerlich, der den schweren Kopfschutz kurzerhand abgeworfen hatte und wie wild am Verschluss seines Harnischs herumriss. »Und wenn ich nicht bald aus dieser verdammten Rüstung rauskomme, dann …«

Eine der Türen öffnete sich, und eine Magd mit einem Tablett in der Hand betrat den Gang. Ängstlich und überrascht sah sie den Drakologen an.

»Oh, Magister Äschengrund!«, stammelte sie und wurde blass. »Ich … bitte schlagt mich nicht wieder. Ich versichere Euch, ich wollte mit dem Wassereimer gleich zu Euch in den Rittersaal kommen. Ich musste nur zuvor …«

Erst jetzt fiel ihr der bizarre Aufzug des Magisters auf und überrascht starrte sie die anderen an.

»Moment, ich verstehe nicht … Ihr seid keine Wachen!«

Bevor sie schreien konnte, sprang Fi herbei und legte ihr eine Hand auf den Mund. Gilraen fing mit einer schnellen Bewegung geschickt das Tablett auf.

»Pssst!«, zischte Fi. »Wir sind nicht hier, um dir zu schaden. Im Gegenteil!«

Ungläubig traten die Augen der Frau hervor, als sie auch Magister Eulertin entdeckte.

»Elfmm … Dschäumlinge!«, nuschelte sie entgeistert.

»Versprichst du mir, leise zu sein?«, sagte der Windmagier barsch.

Die Magd nickte hektisch und die Elfe löste ihren Griff.

»Wen auch immer du eben gemeint hast, Mädchen, der echte Magister Äschengrund steht hier vor dir«, erklärte der kleine Magier.

»Aber Ihr habt mir doch …«, jammerte die Unbekannte in Richtung des Drakologen, doch der schnitt ihr unwirsch das Wort ab.

»Nichts habe ich«, sprach er gereizt. »Ich war einige Wochen in meinem Haus gefangen. Und ›geschlagen‹ habe ich noch nie jemanden. Wusste ich doch, dass sich dieser elende Schuft für mich ausgeben wird. Ist er wirklich im Rittersaal?«

Die Magd nickte ängstlich und ihr Blick wechselte beständig zwischen Eulertin und den Elfen. »Der Markgraf und die Stadträte sind ebenfalls dort unten. Sie sind schon seit Wochen so … seltsam.«

Kai und Eulertin sahen sich an.

»Wir müssen dich jetzt fesseln«, erklärte Fi und legte der Magd beruhigend die Hand an die Wange. »Ich werde die Knoten nicht allzu stramm ziehen. Versprichst du uns, dass du uns eine halbe Stunde Zeit lässt, bevor du Alarm schlägst?«

»Ich verspreche es«, versicherte die Magd und nickte eifrig.

»Wo ist der Rittersaal?«, wollte Eulertin von Äschengrund wissen.

»Unten. Folgt mir.«

Mit neuer Energie eilte der hagere Mann den Gang entlang und führte sie in ein Treppenhaus. Nachdem sie sich vergewissert hatten, dass dort unten keine Wache auf sie wartete, hetzten sie durch eine hohe Vorhalle mit Schilden und Waffen an den Wänden hindurch auf eine große Doppeltür zu.

»Hier ist der Rittersaal!«, flüsterte der Drakologe.

Eulertin nickte, atmete einmal tief durch und sah sich zu seinen Gefährten um. »Bereit?«

Kai, Fi und Gilraen spannten sich.

Der Däumling erzeugte eine magische Druckwelle, die die Tür krachend aus dem Rahmen fliegen ließ, und sie stürmten kampfbereit in den Saal.

Von einem schweren Deckenbalken hing ein großer Kerzenleuchter über einer langen Tafel, um die ein gutes Dutzend Würdenträger mit unbeweglichen Gesichtern saßen. Nur unmerklich hoben sie ihre Köpfe, als sie den Lärm hörten.

Vor allem ein Mann unter ihnen fiel auf. Er trug einen Vollbart und war in einen prächtigen Brokatmantel gekleidet. Doch auch seine Augen waren stumpf.

Viel mehr als die Männer verwunderten den Zauberlehrling die überall im Raum herumstehenden Waschtröge, Eimer und Vasen. Sie waren bis zum Rand mit Wasser gefüllt. War das Dach hier undicht?

Für weitere Überlegungen blieb ihm keine Zeit, da Eulertin inzwischen drei Luftelementare heraufbeschworen hatte, die zornig auf eine hoch erhobene Gestalt mit Kragenmantel und Zauberstab zujagten, die in einer Ecke stand. Kaum packten die Elementare den Fremden, zerplatzte er zu einem Schwall schwarzen Wassers.

Hämisches Gelächter hallte durch den Saal, das Kai nur zu bekannt vorkam. Endlich begriff er, mit welchem Gegner sie es in Wahrheit zu tun hatten.

»Roxana!«, schrie er alarmiert.

Ein lautes Gurgeln und Rauschen begann, und aus den Zubern, Trögen und Vasen sprang eine Heerschar entsetzlich entstellter Nereiden, Wassergeister und Nixen. Irrsinn flackerte in den Blicken der Wasserelementare und einigen von ihnen troff Schaum von den Mäulern. Die größeren waren mit Dreizack und Harpune bewaffnet, die anderen fletschten lange Reihen von Haifischzähnen. Gleich hohen Wellen an einer Steilküste wogten sie auf sie zu!

Kai jagte zornig seine Kugelblitze in die Reihen ihrer Gegner und wo sie auftrafen, begannen die Leiber der Wasserwesen zu kochen. Die kleineren ihrer Angreifer verdampften unter Wehgeschrei zu Wolken von Wasserdampf. Gilraen zerhackte einen angriffslustigen Wassergeist mit schnellem Hieb und musste sich bereits im nächsten Moment eines Dreizacks erwehren, der auf ihn zuraste. Fi indes jagte Pfeil um Pfeil in den Körper einer monströsen Wassernixe mit schauderhaftem Seegrashaar. Doch die Geschosse sausten durch die schreckliche Gestalt hindurch, so als bestünde sie lediglich aus Schlamm.

Kai stand Fi mit zwei wohl gezielten Kugelblitzen bei, als ein Heulen und Brausen den Rittersaal erfüllte. Von allen Seiten griffen jetzt Windsbräute, Säuselgeister und Luftikusse in den Kampf ein, und die Halle versank innerhalb von Augenblicken in einem Chaos aus Luftwirbeln, Gischtspritzern, Geisterschreien und Nebelschwaden.

Kai wurde von etwas Hartem in die Seite getroffen, rollte sich ab und feuerte abermals einen Kugelblitz auf die gegnerischen Elementare ab, als er hörte, wie eines der Fenster zerbrach. Vage erkannte er einen roten Schatten, der sich durch die Luft auf ihn zuschlängelte und sich fauchend auf eine Nereide mit Haifischmaul stürzte. Olitrax!

Für einen Moment war Kai abgelenkt und so bemerkte er zu spät den Schatten, der hinter ihm aus einem Spalt in der Wandvertäfelung glitt. Er wirbelte herum und feuerte einen weiteren Feuerwusel ab, der sein Ziel jedoch verfehlte.

»Du weißt doch, dass du mir nicht gewachsen bist, kleine Flamme«, säuselte die Stimme Roxanas. Im selben Moment fühlte sich der Zauberlehrling von zwei Nereiden gepackt, die ihn mit Macht in Richtung Wandvertäfelung zerrten.

»Hilfe!«, schrie er verzweifelt und sah noch, wie Fi einen Pfeil auf die Hexe abfeuerte. Doch Roxana duckte sich, und im nächsten Moment wurde er durch einen Spalt in der Wand gezerrt. Die Geheimtür in der Wandtäfelung schloss sich mit dumpfem Laut.

»Runter mit ihm!«, befahl Roxana den beiden Elementaren.

Kai verlor seinen Zauberstab und wehrte sich jetzt mit Händen und Füßen, doch der Griff der Wasserwesen war unerbittlich. Schäumend und gurgelnd schleppten sie ihn über gewundene Treppenstufen hinab in die Tiefe, bis sie eine von Fackeln beleuchtete Grotte erreichten, in der ein kleiner See lag.

Irritiert sah sich der Zauberlehrling um. Der Höhlensee wurde von einem Wasserfall gespeist, der aus einer träge wallenden Gewitterwolke hervorbrach, die unwirklich und finster über ihnen an der Decke wallte. Doch das war nicht das einzig Sonderbare an der Grotte. Am Ufer des Sees befanden sich drei prasselnde Feuerstellen, über denen große Kessel standen, aus denen es dampfte. Lange Überlaufröhren führten von dort geradewegs in den See. Irgendwie schmeckte die Luft hier unten bitter.

Mit einem schmerzhaften Ruck durchtrennte eine der Nereiden die Riemen von Kais Rucksack sowie den Gürtel an seinem Gewand und schleuderte die Gegenstände achtlos auf den Höhlenboden.

»Glaubt ja nicht, dass Ihr ungeschoren davonkommt!«, schrie Kai Roxana wutentbrannt an, die seinen Zauberstab in der Hand hielt.

»Ach nein?« Die Hexe ging mit provozierendem Hüftschwung auf einen Tisch zu, der im Schatten eines Felsvorsprungs stand. Auf ihm ruhten Gerätschaften, wie sie ein Alchemist verwendete: Glaskolben, Brenner, Tiegel und Phiolen. Ruhig lehnte sie Kais Zauberstab gegen die Wand.

»Wirklich hübsch, was dir Wildegrimm da geschaffen hat, als er noch auf der falschen Seite stand«, höhnte sie. »Dein Zauberstab wird das Herzstück meiner Trophäensammlung werden. Angeblich hat die Feenkönigin ebenfalls eine solche Sammlung. Da ist es nur recht und billig, wenn ich es auch so halte, findest du nicht?«

»Meine Freunde werden mich schon bald finden!«, schrie Kai und wand sich abermals ohne Erfolg im Griff der Wasserwesen.

»Na, das hoffe ich doch, Flämmchen. So schwer habe ich es ihnen ja auch nicht gemacht, oder?«

Was redete die Hexe da? Misstrauisch sah sich Kai in der Grotte um und dachte an Dystariel. Eulertin hatte vorhin angedeutet, dass sie sich irgendwo unter der Burg versteckt hielt.

Roxana bemerkte seinen Blick und strich sich durch ihr schwarzes Haar. »Hoffst du etwa darauf, dass diese abtrünnige Gargyle hier auftaucht, Flämmchen?«

Erschrocken blickte Kai sie an.

»Na, dann sind wir ja zu zweit«, fuhr die Hexe belustigt fort und zwinkerte ihm zu. »Ich weiß längst, dass sie hier unten herumschleicht. Sie wurde gesehen, wie sie sich bei Tagesanbruch in einer Zisterne verkroch. Da wusste ich natürlich, dass du ebenfalls nicht weit sein würdest, und konnte einige Vorkehrungen treffen.«

»Sie … sie wird Euch zerfleischen!«, drohte Kai Roxana.

Die verräterische Hexe gab ihm eine schallende Ohrfeige, die Kai taumeln ließ.

»Na, na, na, solche bösen Worte wollen wir doch in Anwesenheit einer schönen Frau nicht in den Mund nehmen, oder? Im Gegenteil, heute werde ich unter Morgoyas Feinden aufräumen. Du hast es vielleicht noch nicht mitbekommen, aber all das hier«, sie breitete die Arme aus und drehte sich lachend im Kreis, »ist eine einzige, große Falle.«

»Eine … Falle?«, wiederholte der Zauberlehrling.

»Aber ja. Was denkst du denn?« Kopfschüttelnd musterte sie ihn. »Glaubst du, ich habe dich ohne Grund hier runtergebracht? Du bist der Köder. Ich gestehe, dass ich natürlich dachte, du würdest hier mit dieser unbelehrbaren Schwesternschaft anrücken. Aber was ich oben im Saal gesehen habe, hat mich noch weitaus mehr entzückt. Dieser Winzling, sag, das ist doch dieser impertinente Windmagier Thadäus Eulertin, der verantwortlich dafür ist, dass Morbus Finsterkrähe umgekommen ist, richtig? Und jene beiden Elfen erst … wirklich herzallerliebst, dass du sie mir sozusagen auf dem Silbertablett präsentierst. Ich schätze, bei der Kleinen handelt es sich um die Tochter der einstigen Regenten von Albion?«

Kai sah Roxana wütend an.

»Du musst nichts sagen, Flämmchen«, säuselte sie. »Sie steht übrigens gleich nach dir auf Morgoyas Wunschzettel. Und ihr elfischer Begleiter, lass mich raten, das wird wohl dieser Gilraen sein. Arme Kröte, ich schätze, dieser Dummkopf hat immer noch nicht bemerkt, dass er wie eine Marionette an Morgoyas Fäden hängt.«

»Was … was meint Ihr?«, stammelte Kai, dem zunehmend mulmiger zumute wurde.

»Ach, kleine Flamme.« Roxana befeuchtete ihre Lippen und hob sein Kinn an. »Du glaubst doch wohl nicht, dass dieser Elf allen Ernstes ohne Morgoyas Wissen fliehen durfte?« Sie schenkte ihm ein perlendes Lachen und Kai bemerkte, dass sie nach Veilchen duftete. »Einmal im Dienst der Nebelkönigin, immer im Dienst der Nebelkönigin …«

»Anderen ist die Flucht ebenfalls geglückt«, antwortete Kai trotzig, wofür er sich sofort die nächste Ohrfeige einhandelte. Seine Wange brannte.

»Widerworte solltest du dir ebenfalls abgewöhnen. So, und jetzt entschuldige mich, ich muss mich auf die Ankunft deiner Freunde vorbereiten. Sicher haben sie meine Diener oben im Rittersaal längst bezwungen und befinden sich bereits auf dem Weg zu uns. Alles andere würde mich jedenfalls verwundern. Immerhin wollen wir ihnen doch einen netten Empfang bereiten, nicht wahr?«

Der Zauberlehrling zerrte und tobte, doch es gelang ihm einfach nicht, sich aus dem Griff der Elementare zu lösen. Roxana seufzte und wies die beiden Nereiden an, Kai neben die Kessel am Höhlensee zu bringen. Dann ging sie zu ihrem Labortisch und öffnete das Schloss einer kleinen Truhe.

»Du hast mich übrigens noch nicht für die Idee mit der Quelle gelobt«, neckte sie ihn.

»Was für eine Quelle?«, krächzte der Zauberlehrling.

»Ach natürlich, das kannst du ja nicht wissen.« Roxana zog aus der Truhe einen Kristallkelch hervor, der im Feuerschein der Kessel bunt wie Feenkristall funkelte. Herrje, das war echtes Feenkristall, nur dass sein Gleißen irgendwie schmutzig wirkte.

»Der Wasserfall über uns«, fuhr sie fort, »entspringt einer der Quellen, die die Kanäle Fryburgs speisen. Sein Wasser sammelt sich hier in der Grotte und fließt durch den Berg zur Stadt hinab. Ich war so frei, das kostbare Trinkwasser der Bürger mit einer kleinen Extragabe zu versetzen, die ich hier eigens für sie zusammenbraue.«

Kai starrte alarmiert die drei Kessel und dann den See an. Er erinnerte sich plötzlich wieder daran, was Fi und Gilraen über den Geschmack des Wassers gesagt hatten.

»Was ist das für ein Zeug, das Ihr da hineinkippt?«

»Eine Art Medizin, verstehst du?« Roxana kam mit wiegenden Hüften näher. Den seltsamen Kristallkelch hielt sie wie einen kostbaren Schatz erhoben. »Diese Medizin sorgt dafür, dass mir die Menschen gehorchen. Der Markgraf hat sie eingenommen, alle seine Berater haben sie gekostet und sämtliche Bürger der Stadt. Sie alle brennen darauf, der Nebelkönigin zu Diensten zu sein.«

Sie schnippte mit den Fingern und die beiden Wasserwesen sprangen platschend in den See. Kai rieb sich die Handgelenke und dachte schon daran, der Hexe einen weiteren Kugelblitz entgegenzuschleudern, doch die hob mahnend einen Finger.

»Na, wir werden doch nicht etwa auf törichte Gedanken kommen, oder?«

Ruckartig riss sie eine Hand in Kais Richtung. »LAPIDEATA!«

Der Zauberlehrling spürte, wie er von Kräften gepackt wurde, denen er nichts entgegenzusetzen hatte. Es war, als würde er mit seinem ganzen Körper in einem Schraubstock stecken. Unfähig, sich zu rühren, blieb er so stehen.

Roxana hob abschätzend eine Augenbraue. »Ja, das sieht gut so aus ...«

Er versuchte etwas zu sagen, doch er konnte die Lippen nicht bewegen.

»Nun pass auf«, erwiderte die Hexe und hob drohend die Arme. »AQUATA IMAGO!«

Schwarzes Wasser floss aus dem See. Ein kleines Rinnsal kroch auf ihn zu, wand sich kalt und feucht an seinem Leib empor und legte sich schließlich auch um seinen Kopf und ließ nur Mund- und Nasenöffnungen frei.

Die Hexe lächelte zufrieden und blickte zu seinem Rucksack, der sich beim Aufprall auf den Boden geöffnet hatte. Halb lugte die Silberscheibe mit Nivel und Levin hervor.

»Ein Spiegel!«, rief sie begeistert. »Na, dann muss ich dir deinen Anblick ja nicht vorenthalten.«

Sie ergriff die Mondsilberscheibe und kurz darauf quäkte Nivels Stimme.

»Ah Herr, Ihr wollt wieder … oh, edle Dame. Entschuldigt, leider hat man uns nicht darüber informiert, dass unser Besitzer gewechselt hat. Mein Bruder und ich stehen Euch freundlichst zu Diensten. Mein Name ist Nivel.«

Verräter!, dachte Kai empört.

»Sieh an«, freute sich die Hexe, »ein magischer Droschkenlenker. Was für Schätze du mit dir führst, Flämmchen, unglaublich.«

Sie trat vor Kai und hielt die Scheibe so, dass sich sein Antlitz darin spiegelte. Entsetzt ächzte er auf. Roxana hatte ein Trugbild über ihn gelegt. Er glich der Hexe nun in jedem winzigen Detail.

»Na, freust du dich über die kleine Verschönerung?«, höhnte sie und warf die Mondsilberscheibe achtlos hinter sich. Grinsend trat sie einige Schritte zurück, und mit jedem Schritt veränderte auch sie sich. Ihre Figur verlor ihre weiblichen Rundungen, ihre Haare wurden kürzer und ihr Gesicht nahm männlichere Konturen an. Kai hätten schreien mögen, denn Roxana hatte seine Gestalt angenommen.

»Wenn ich mich so hinlege«, sie warf sich mit gespieltem Entsetzen zu Boden und riss die Arme schützend über ihren Kopf, »meinst du, deine Freunde werden mir abnehmen, dass ich du bin?«

Kai keuchte verzweifelt auf und versuchte sich wieder zu bewegen, doch Roxanas Magie war einfach zu stark. Er stand da wie festgefroren und konnte nichts anderes tun, als zuzusehen, was weiter geschah.

Sie erhob sich wieder. »Ich befürchte, die erste Angriffswelle deiner Freunde wird dich mit voller Härte treffen, du böse, böse Hexe … und vielleicht wirst du dabei sogar umkommen.« Roxana zuckte gleichgültig mit den Schultern und betrachtete wieder den Kristallkelch. »Aber keine Angst, mein Liebling«, höhnte sie, »ich werde dich rächen.«

Von irgendwoher war plötzlich ein kratzendes Geräusch zu hören, und ein lauernder Zug huschte über das Antlitz der Hexe.

»Ich glaube, sie sind schon da«, flüsterte sie boshaft. »Noch können wir beide eine Wette abschließen: Wer wird zuerst hier eintreffen? Die abtrünnige Gargyle oder diese Rotte dämlicher Idioten, die du Freunde nennst? Du sagst ja gar nichts, Flämmchen. Na gut, also ich tippe auf die Gargyle.«

»Du hast gewonnen!«, grollte es schräg über ihnen von einer der Höhlenwände und Kai konnte aus den Augenwinkeln heraus große Schwingen erkennen, die sich drohend entfalteten. Unter lautem Gebrüll jagte Dystariel heran. Kai schrie innerlich auf und machte sich darauf gefasst, jeden Moment von ihren Klauen zerrissen zu werden, doch die Gargyle musste dem Monolog Roxanas schon eine Weile gelauscht haben. Denn sie stürzte sich nicht auf ihn, sondern auf die echte Roxana.

Die wich mit katzenhafter Gewandtheit aus, und so bohrten sich Dystariels Krallen statt in ihr Fleisch in den steinernen Untergrund. Die Hexe schleuderte einen Zauberfluch und der Boden unter der Gargyle verwandelte sich in Schlamm.

»Spar dir deine Hexentricks«, fauchte Dystariel und zog ohne Anstrengung ihre Beine aus dem Schlick. »Sie wirken bei mir nicht.«

»Aber sie verschaffen mir Zeit für das hier«, zischte Roxana und ballte ihre Fäuste.

Ein dumpfes Grollen lief durch die Gewitterwolke an der Höhlendecke. Kai, der wie damals auf dem Schwarzen Berg bereits Blitze oder einen Regen aus schwarzen Kröten erwartete, sah zu seinem Entsetzen mit an, wie die Wolke aufwallte, an den Rändern zerfaserte und sich innerhalb weniger Augenblicke auflöste.

Bei allen Moorgeistern, dort, wo vorher die Wolke gewesen war, klaffte nun ein gewaltiges Loch in der Decke. Gleißendes Sonnenlicht flutete die Grotte.

Dystariel brüllte verzweifelt. Sie versuchte beiseite zu springen, doch es gelang ihr nicht mehr. Das helle Licht ergoss sich erbarmungslos über ihren Gargylenleib und legte sich um jede Kontur und jede Falte ihres nachtschwarzen Körpers. Ihr Kopf und ihre Schwingen dampften und ein bösartiges Knacken lief über ihren Körper, der von einem Moment zum anderen erstarrte.

Das Brüllen erstarb und die Gargyle stand zu Stein erstarrt vor ihnen.

Kai hätte am liebsten selbst geschrien. Doch seiner Kehle entwich nur ein klägliches Wimmern.

Roxana trat ins Licht, blinzelte beim Anblick der Gargylenstatue und fuhr sich zufrieden über das Kinn.

»Na, wer sagt es denn.«

Abermals waren leise Geräusche aus dem hinteren Ende der Höhle zu vernehmen. Roxana warf Kai eine Kusshand zu und legte sich, die Hand am Kelch, provozierend langsam auf die Erde. Dann schrie sie mit veränderter Stimme. »Nein, bitte. Tut mir nichts! Reicht es Euch nicht, was Ihr der Gargyle angetan habt? Ich bin doch noch so jung, ich will leben!«

Kai kämpfte verzweifelt gegen den Hexenzauber an, doch mehr als einen Finger vermochte er nicht zu rühren.

In diesem Augenblick jagten drei wütende Windelementare auf ihn zu und rissen ihn empor. Kai schrie lautlos auf und hatte im selben Moment das Gefühl, als würde ein schweres Geschoss in seinem Leib einschlagen. Dicht neben ihm war jetzt Eulertin zu sehen, der ihn unerbittlich mit seinen grünen Blitzen angriff, während Fi und Gilraen auf sein falsches Ebenbild zuhetzten.

Kreischend stürzten die beiden Wasserwesen aus dem See und warfen sich auf sie. Kai wimmerte derweil vor Schmerzen und spürte, wie ihn nach und nach die Lebenskraft verließ.

»Er ist es nicht!«, jammerte Levin irgendwo vom Ufer her. »Die Hexe täuscht euch. Sie hat ihre Gestalt mit dem Jungen getauscht.«

Eulertin brach seinen Angriff erschrocken ab und wirbelte herum, doch es war zu spät. Während sich die beiden Elfen im Nahkampf mit den Wasserelementaren befanden, hatte Roxana den Kristallkelch geöffnet und hielt ihn in Richtung Däumlingsmagier.

Eulertin stieß einen Schrei aus. Sein kleiner Schatten, der im grellen Licht klar am Boden zu erkennen war, zog sich auf grässliche Weise in die Länge und wanderte auf die Kelchöffnung zu. Die Laute, die der Däumling von sich gab, ähnelten mehr und mehr einem Gurgeln. Kai konnte sehen, wie der Magister verzweifelt darum bemüht war, Gegenzauber zu weben, doch wann immer er dazu ansetzte, begann sein lang gezogener Schatten zu zittern, und er schien noch mehr Schmerzen zu erleiden. Längst war ihm der kleine Stab entglitten und Eulertin trudelte neben Kai zu Boden. Ein widerwärtiges Reißen ertönte und Eulertins Schatten verschwand endgültig im Kelch. In dem Kristallpokal wirbelte es düster auf, so als wäre er mit Rauch gefüllt. Roxana schloss ihn und wandte sich lächelnd zu den beiden Elfen um, die es gerade geschafft hatten, die Wasserwesen zu überwinden.

Auch Kai fiel zu Boden, da sich von einem Augenblick zum anderen Eulertins Windelementare auflösten. Schmerzhaft prallte er auf dem Rücken auf und eine Weile lang sah er nur bunte Sterne. Ihm war schlecht. Doch zu seiner Überraschung konnte er jetzt wenigstens wieder mit den Augen blinzeln und ein wenig seine Finger bewegen. Panisch richtete er seinen Blick auf das Kampfgeschehen.

Die Lage war hoffnungslos.

Die Oberhexe traktierte die beiden Elfen mit grellen, grünen Strahlen, die aus ihren Fingerkuppen schossen. Sie gingen von den Hexenschüssen getroffen in die Knie, dann kippten sie röchelnd um.

»Bei allen Schattenmächten, bin ich gut!« Roxana lachte triumphierend und wandte sich wieder zu Kai um. »Die Nebelkönigin wird mehr als zufrieden mit mir sein. Ich habe ihre Erwartungen noch übertroffen.«

Der Zauberlehrling verdrehte verzweifelt die Augen in dem Bemühen, irgendwo Äschengrund oder Olitrax zu erblicken. Seine Hoffnung schwand endgültig, als sich Roxana mit dem Kelch in der Hand über ihn beugte.

»Ich frage mich«, sprach sie, »ob es Morgoyas Plänen entspricht, wenn ich deinen Schatten und deine Zauberkraft ebenfalls einfange?«

Sie weidete sich eine Weile am entsetzten Ausdruck in seinen Augen und schenkte ihm wieder ihr gemeines Lächeln. »Sicher fragt sich mein kleines Flämmchen jetzt, was das überhaupt für ein nützliches Artefakt ist, stimmt's?«

Sie hob den kristallenen Pokal, in dem es noch immer dunkel wirbelte.

»Man nennt ihn den *Schattenkelch*. Er gilt schon seit Jahrhunderten als verschollen, doch das Schicksal hat ihn mir in die Hände gespielt. Er wurde von einer Schwarzelfe geschaffen, und er sorgt dafür, dass seine Opfer ihre Zauberkraft verlieren.« Roxana lachte hässlich. »Wenn man ihn öffnet und den Schatten des Opfers trinkt, kann man sein Wissen und auch einen Teil seiner Kräfte in sich aufnehmen. So, jetzt weißt du, wie ich die Feuermagier vor dir erledigt habe. Und das Beste daran ist, ich wurde durch sie immer stärker.« Sie kicherte. »Das muss aber unser Geheimnis bleiben, einverstanden?«

Kai knirschte mit den Zähnen.

»Wolltest du etwas sagen?«, fragte Roxana scheinheilig. »Nein? Schade. Du musst wissen, dass ich Zauberdinge wie diese liebe. Mehr noch als Schmuck und Geschmeide.« Sie musterte neugierig seinen Rucksack. »Und nun zu meiner Belohnung für all die Anstrengungen. Dieser hinterhältige Droschkenlenker wird doch hoffentlich nicht das Einzige gewesen sein, was du mir mitgebracht hast?«

Ungestüm kippte sie den Inhalt des Rucksacks aus und griff zuerst nach dem Dschinnenkopf, den sie von allen Seiten betrachtete.

»Hochinteressant. Ich schätze, wir beide werden uns später noch ein wenig über dieses Ding unterhalten müssen, kleine Flamme.« Interessiert nahm sie den brüchigen Lederbeutel in die Hand, schnürte die Bänder auf und kramte den Sulphurstein hervor. »Ist der heiß! Was ist das denn?«

Kai kam eine irrwitzige Idee. Es war eh alles verloren, da konnte er auch nach dem sprichwörtlichen Strohhalm greifen. Er nuschelte etwas Unverständliches.

Roxana löste ein klein wenig den Zauberbann, der auf ihm lag. »Was meinst du?«

Kai konzentrierte sich, wie er sich noch nie in seinem Leben konzentriert hatte, während er ihr hasserfüllt entgegenschleuderte: »Brenne Hexe!«

Roxanas Gesicht verfinsterte sich, als hinter ihr ein langer Schatten aus dem Dunkeln heranwirbelte. Kais Zauberstab. Bevor die Hexe es verhindern konnte, prellte ihr der Stab den brüchigen Feenglasklumpen aus der Hand, der in hohem Bogen gegen den steinernen Leib Dystariels flog. Er zersprang in einem schwarzen Scherbenregen.

Eine grelle Flamme schoss empor und von einem Augenblick zum anderen wuchs ein Monstrum von Feuerschlange aus dem Boden.

»Ein Sulphur!«, kreischte Roxana entsetzt.

»Aber sicher, du elender Dilettant. Das hatten wir doch schon!«, prasselte das Feuerelementar zornig.

»Welcher …?« Schlagartig wurde Roxana bewusst, dass sie noch immer die Gestalt Kais besaß. Doch bevor sie reagieren konnte, sprang der Sulphur auf die Hexe zu und eine grelle Stichflamme schoss zur Höhlendecke empor. Roxana ähnelte jetzt einer lebenden Fackel. Unter gellenden Todesschreien rannte sie auf den Höhlensee zu, aber noch im Laufen brach sie ein. Es knackste, ihre Schreie erstarben und gleich einem glühenden Scheit brach ihr Leib auseinander. Schwarze Ascheflocken, die durch die Luft wirbelten, waren alles, was von ihr zurückblieb.

Der Angriff des Sulphurs war so schnell vonstatten gegangen, dass der Zauberlehrling nur ein entsetztes Ächzen ausstoßen konnte. Die Feuerkreatur ließ von ihrem Opfer ab und zischelte triumphierend. Da streifte ihr glühender Schlangenblick Kai, der sich plötzlich wieder bewegen konnte. Der Zauberlehrling fühlte, dass mit dem Tod Roxanas auch ihr Trugbild von ihm abgefallen war.

Zornig brüllte das Feuerelementar auf. »Glaubst du, Menschlein, du kannst mich hereinlegen?«

Lautlos jagte ein Schatten aus der Tiefe der Höhle heran. Der Kopf des Sulphurs ruckte herum, und Kai sah voller Entsetzen, wie sich Gilraen gegen das prasselnde Feuerelementar warf. Abermals flammte eine Stichflamme auf, doch diesmal wurde der Sulphur von dem Schwung mit nach hinten in den See gerissen. Ein zweifacher Schrei hallte durch die Grotte und ein lautes Platschen war zu hören, dem ein ohrenbetäubendes Zischen folgte. Der See brodelte und kochte. Heißer Wasserdampf schwängerte die Luft.

Geschwächt sammelte Kai den am Boden liegenden Däumling auf und krabbelte stöhnend hinüber zu Fi, die noch immer bewusstlos auf der Erde lag.

Betäubt blieb er neben ihr sitzen. Gilraen hatte sich für ihn geopfert. Apathisch starrte er hinüber zu seinem Rucksack und seine brennenden Augen blieben an dem Schattenkelch hängen. Der Pokal hatte einen Sprung bekommen und lag mit offenem Deckel am Boden. Rauch kroch aus dem winzigen Spalt hervor. Eulertins Schatten!

Kai richtete sich mühsam auf und legte den Däumlingsmagister behutsam vor die Öffnung des Kelchs – als ein dumpfes Ächzen vom See her erklang.

Durch den Wasserdampf, der die Höhle füllte, sah Kai eine düstere Gestalt aus dem Wasser steigen und auf sich zutorkeln. Das konnte verdammt noch mal nicht sein. Das war …

»Gilraen?«

Entgeistert starrte der Zauberlehrling den Elfen an. Seine Kleider hingen in verbrannten Fetzen von seinem Körper, darunter konnte Kai schwarz verbranntes Fleisch sehen. Doch nein – viel schlimmer noch.

Gilraen war nicht mehr er selbst. Seine Beine, sein rechter Arm und Teile seines Oberkörpers sahen eckig und kantig aus und hatten schroffe Formen angenommen.

Fast so wie bei einer Gargyle!

Entsetzt hob Kai seinen Zauberstab.

»Nun weißt du es«, röhrte Gilraen mit schwerer Stimme. »Das war es, was ich vor euch verborgen gehalten habe. Der verdammte Gargylenkeim steckte die ganze Zeit in mir. Damit hat mich Morgoya all die Jahre erpresst. Ich dachte …« Gilraen biss knirschend die Zähne zusammen und betrachtete verzweifelt seine Hände. Sie hatten bereits klauenartige Formen angenommen. »Ich dachte, dass ich auf dem Kontinent vor ihr sicher wäre. Doch seit unserer Begegnung mit dem Nachtmahr schreitet diese Pest in mir mit rasender Schnelligkeit voran. Wann immer ich verwundet werde, wird es schlimmer. Meine Haut und meine Muskeln werden hart wie Stein.«

Tränen sammelten sich in den Augen des Elfen und endlich fand Kai Antworten auf all die Fragen, die ihn schon so lange plagten. Etwa Gilraens seltsamer Zustand, in dem sie ihn auf Asmus' Schiff vorgefunden hatten. Natürlich. Der Elf war dem Unendlichen Licht von Berchtis' Leuchtturm ausgesetzt gewesen. Doch offenbar hatte sich der Keim des Bösen damals noch nicht weit in seinem Körper ausgebreitet. Statt ihn tödlich zu verletzen, hatte das Licht ihn lediglich in eine todesähnliche Starre versetzt. Und endlich begriff er auch, warum Gilraen nicht mit ihnen zusammen in das Feenreich gereist war. Schattenkreaturen vermochten es nicht zu betreten. Doch ein letztes Rätsel blieb.

»Was hast du damals in der Zwergenfestung wirklich gesucht?«, fragte Kai.

Gilraen starrte ihn irritiert an und schnaubte resigniert. »Dieses Bergauge, das die Däumlingshexe am Tag meines Erwachens erwähnt hat. Amabilia sprach davon, dass die Zwergenheilerinnen mit dieser Zauberkugel alle Krankheiten erkennen können. Ich wollte wissen, ob mich ihr Zaubertrunk wirklich von Morgoyas Fluch erlöst hat. Doch die Zwerge hatten mich entdeckt, bevor ich dieses Bergauge finden konnte.« Gilraen ballte seine Klauenhand. »Heute weiß ich, dass mich Amabilia nicht geheilt hat. Und jetzt … ich kann diese Verwandlung nicht aufhalten. Das Tageslicht brennt bereits wie Säure auf meinem Körper. Bald werde ich wie all die anderen Gargylen sein. Eine Kreatur der Nacht. Gezwungen, Morgoya willenlos zu dienen. Niemals darf das geschehen. Niemals! Für mich gibt es jetzt nur noch eine Hoffnung …«

Gilraen kniete sich mit knackenden Gliedern neben Fi, streichelte traurig ihre Wange – und zog die Kette mit dem Glyndlamir hervor. Mit einem Ruck riss er das Mondsilberamulett von ihrem Hals.

»Nicht!«, schrie Kai. »Gib es ihr zurück!«

»Zwing mich nicht, dir wehzutun, Zauberlehrling«, fuhr ihn der Elf an. »Du weißt, dass ein Kampf gegen mich aussichtslos ist.«

Kai sah entsetzt in die Runde, doch er stand alleine. Er wusste, dass Gilraen Recht hatte. Außerdem fühlte er sich seit Eulertins Angriff unendlich schwach.

»Du hast es im Nachtschattenturm selbst gelesen«, sagte Gilraen hoffnungsvoll und betrachtete das Amulett andächtig. »Schon einmal hat der Glyndlamir einen seiner Hüter geheilt. Ich bin ebenfalls sein Hüter, er kann mich vielleicht retten.«

Der Elf erhob sich mit und schleppte sich zurück zu Dystariel. Ungläubig sah Kai mit an, wie Gilraen auch noch *Sonnenfeuer* an sich nahm.

»Bitte Fi in meinem Namen um Verzeihung«, sprach der Elf. »Sag ihr, dass ich zu den Schattenklüften aufbrechen und kämpfen werde. Ich bin mir sicher, dass sich die Prophezeiung auf diese Weise erfüllt. Und ich warne euch: Versucht nicht, mich aufzuhalten.«

Gilraen kehrte ihm mit einem letzten, drohenden Blick den Rücken und wankte auf den Ausgang der Grotte zu.

»Wir … wir werden eine Lösung für dich finden«, schrie ihm Kai hinterher. »Dystariel hat es doch auch irgendwie geschafft.«

Der Elf drehte sich noch einmal zu ihm um und lachte bitter.

»Nein, Letzte Flamme«, sprach er mit brüchiger Stimme. »Diese Hoffnung hatte ich selbst. Doch inzwischen ahne ich, warum Dystariel nicht so ist wie die anderen Gargylen. Morgoya hat es ganz einfach nicht fertiggebracht, ihr Werk zu vollenden …«

»Wovon, bei allen Schicksalsmächten, sprichst du?«, brüllte Kai.

Gilraen trottete schweigend weiter, bis er den Ausgang der Höhle erreicht hatte. Noch einmal wandte er sich zu ihm um und schüttelte den Kopf. »Ahnst du es noch immer nicht, Letzte Flamme? Dystariel ist Morgoyas Tochter.«

Der Hort des Drachenkönigs

Kai hockte müde auf einem samtbezogenen Eichenstuhl im Audienzzimmer der Burg und sah dabei zu, wie Magister Äschengrund dem Markgrafen einen Krug an die Lippen setzte und ihm ein dampfendes Gebräu einflößte. Er schluckte widerwillig und etwas von dem gräulich schimmernden Elixier besudelte seinen Bart.

»Jetzt wird sich zeigen, ob es sich dabei wirklich um ein Gegenmittel gegen dieses Hexengift handelt«, sagte Äschengrund geschäftig. »Wenn wir die Aufzeichnungen Roxanas richtig gedeutet haben, hat diese Hexe dafür gesorgt, dass zumindest die Soldaten dieses Zeug regelmäßig verabreicht bekamen. Apathische Soldaten kämpfen eben nicht so gut.«

Eine Weile tat sich nichts, und so hatte Kai Zeit, sich nach Eulertin umzusehen.

Der kleine Magier saß still neben ihm auf der Armlehne. Der Zauberlehrling wusste, dass der nachdenkliche Blick seines Lehrmeisters vornehmlich jener Stelle am Fußboden galt, wo sich der Schatten seines Kollegen hätte befinden müssen. Doch Äschengrund hatte kein Glück gehabt. Er würde wohl nie wieder zaubern können.

»Wie geht es Euch, Magister?«, flüsterte Kai, während der Drakologe den Krug auswischte und auf einem Tisch abstellte.

»Mit jeder Stunde besser«, wisperte der Däumling leise. »Dennoch fühlt es sich an, als sei ein Teil von mir zerrissen. Mein Innerstes schmerzt noch immer, wenn ich zaubere. Ganz so, als ob …«, er versuchte die richtigen Worte zu finden, »… ganz so, als ob man dir die Haut vom Leib gerissen hätte und man dich anschließend zwänge, grobes Leinen anzulegen. Verstehst du?«

Kai schauderte bei der Vorstellung.

»Aber es wird wie gesagt besser.« Er seufzte und blickte dankbar zu ihm auf. »Ich weiß noch nicht, ob ich je wieder meine alte Stärke zurückgewinne. Schätze, ich bin mit einem blauen Auge davongekommen. Es hätte mich wahrlich schlimmer treffen können …«

Äschengrund sah zu ihnen herüber und verzog missmutig seine Lippen. »Sprecht Ihr über mich? Ich mag es nicht, bedauert zu werden, verstanden?«

»Wir haben dich nicht bedauert, Haragius«, versicherte Eulertin schnell und erhob sich mit leisem Ächzen. Kai blickte auf den kleinen Schatten, den der Däumling auf die Lehne warf, und fühlte unendliche Erleichterung darüber, das Schlimmste abgewendet zu haben. »Trotzdem tut es mir leid, dass mein Lehrling nichts mehr für dich tun konnte.«

»Unsinn.« Äschengrund winkte unwirsch ab. »Wisst ihr, ich habe inzwischen einiges begriffen. Es bedarf keiner Zauberkräfte, um Großes im Leben zu bewirken. Gut, zugegeben, Magie erleichtert vieles im täglichen Leben. Aber bin ich dadurch ein glücklicherer Mensch geworden? Nein. Die Magie ist doch nur ein Werkzeug. So wie eine Hobelbank, ein Pinsel oder ein Steinmetzhammer. Wirklich glücklich machen einen doch ganz andere Dinge im Leben. Man muss bloß herausfinden, um was es sich dabei handelt. Die meisten Menschen vergeuden ihr Leben damit, neidisch auf andere zu blicken, statt zu entdecken, welche Talente, Interessen und Fähigkeiten in ihnen selbst ruhen. Das ist mir inzwischen klar geworden. Ich bin in erster Linie Drachenkundler. Dieser Tätigkeit kann ich auch in Zukunft nachgehen, ganz ohne Zauberkräfte.« Äschengrund sah sie gespannt an. »Versteht ihr, was ich meine? Wenn ich einmal tot bin, dann wird man mich doch nicht daran messen, ob ich ein Zauberer war. Nein, dann hoffe ich, dass man sich an mein Lebenswerk als Drakologe erinnert. Dann wird man hoffentlich sagen: ›Seht, alles, was wir heute über Drachen wissen, haben wir von Magister Äschengrund gelernt. Er war der Erste, der diese stolzen Wesen der Lüfte nicht bekämpfte, sondern studierte.‹«

Kai schmunzelte. »Meine selige Großmutter würde jetzt sagen: Ihr seid ein Großer! Und das war das größte Kompliment, das sie je einem Menschen gemacht hat.«

»In der Tat, Haragius«, erklärte der Däumling. »Und ich möchte noch etwas hinzufügen: Ich bin stolz, dein Freund zu sein.«

Da ging die Tür auf, und Fi kam in Begleitung zweier Diener herein. Einer der beiden trug Olitrax auf dem Arm. Sein rechter Flügel war verbunden. Er hatte sich auf eine der Wassernixen gestürzt und war von ihr gebissen worden. Als der kleine Drache den Zauberlehrling entdeckte, schnaubte er freudig, flatterte trotz seiner Verletzung empor und setzte sich auf Kais Unterarm. Schnurrend drückte der kleine Drache die Nüstern gegen seine Halsgrube.

»Nicht so stürmisch«, sagte Kai verlegen. »Es geht ihm also offensichtlich besser.«

»Seine Wunden heilen auffallend schnell«, erklärte Fi mit leiser Stimme, während Eulertin den Kleinen interessiert beäugte.

»Ja, das dürfte an der Paste liegen, die ich unserem kleinen Freund verabreicht habe«, erklärte der Drakologe begeistert. »Sie enthält

Goldstaub. Ich habe schon immer vermutet, dass die Affinität der Drachen zu Gold mehr als nur ästhetische Gründe hat. Nur konnte ich meine Theorie bislang nicht in der Praxis ausprobieren ...«

Kai lauschte dem Vortrag des Magisters nur mit halbem Ohr. Seine gute Stimmung verflog beim Anblick der Elfe. Fi wirkte abgespannt und traurig. Wieder einmal musste sich der Zauberlehrling dazu zwingen, nicht zu ihr zu gehen, um den Arm um sie zu legen. »Wir werden Gilraen finden«, sagte er und wusste selbst, wie dürr diese Worte klangen. Gilraen hatte nicht nur *Sonnenfeuer* und den Glyndlamir gestohlen, sondern auch Äschengrunds unsichtbares Pferd. Sicher war er längst auf dem Weg ins Albtraumgebirge. Unsichtbar würde ihn nicht einmal ein Greifenreiter aufspüren können.

Bevor Fi antworten konnte, waren vom Thron her heftige Atemgeräusche zu hören. Ihre Köpfe flogen zu dem Markgrafen herum, der nun mit den Augen blinzelte und sich verwirrt umsah.

»Magister Äschengrund?«, zürnte er mit dunkler Bassstimme. »Was geht hier vor sich? Wie komme ich hierher? Ich war doch gerade eben noch im Speisesaal. Wer sind all die Leute hier?«

»Eure Durchlaucht!«, rief der Drakologe überglücklich und rieb sich die lange Nase. Hektisch schickte er die Diener aus dem Raum und eilte mit großen Schritten zum Thron, um sich um seinen Herrn zu kümmern.

Kai musste wieder daran denken, welches Glück sie hatten, dass Äschengrund als erster Hofmagier Fryburgs ein so wichtiges Amt in der Stadt bekleidete. Allein seiner Autorität – und sicher auch dem seltsamen Benehmen des Markgrafen in den letzten Wochen – hatten sie es zu verdanken gehabt, von der Burgwache nicht sofort verhaftet worden zu sein.

»Lasst Euch erklären!« Die Stimme des Fryburger Magisters überschlug sich fast. »Ein finsterer Zauberbann lag für viele Wochen auf

Euch, aber er ist jetzt von Euch genommen. Doch in der Zwischenzeit sind schlimme Dinge geschehen. Sehr schlimme Dinge ...«

Aufgewühlt berichtete Äschengrund von den Vorkommnissen in der Stadt. Und je länger er sprach, desto finsterer wurde der Blick des Grafen.

»Aus alledem schließen wir«, unterbrach Eulertin den Drakologen nach einer Weile, »dass sich Pelagor und Morgoya verbündet haben. Unter den Aufzeichnungen, die wir in der Hinterlassenschaft dieser Hexe gefunden haben, befanden sich astronomische Berechnungen, die darauf hindeuten, dass Pelagor noch in der folgenden Nacht etwas Großes beschwören will. Jedenfalls deuten wir dies aus einer seltenen Sternenkonstellation, die diese Roxana für heute ermittelt hat. Sie verheißt nichts Gutes.«

»Der Drachenkönig wird versuchen, die Schattenklüfte zu öffnen?«, keuchte der Markgraf ungläubig.

»Haragius«, sagte Magister Eulertin und erhob sich mit schmerzverzerrtem Gesicht in die Lüfte. Hastig reichte ihm Kai seine Hand, auf der sich der Däumling schnell niederließ. »Vielleicht unterrichtest du Seine Durchlaucht von unserem Plan.«

»Ein Plan?« Der Markgraf blickte Eulertin aufmerksam an. Ob ihn die Gestalt des Däumlings überraschte, war ihm nicht anzumerken.

»Ja, wir waren in der Zwischenzeit nicht untätig«, führte Eulertin aus, bevor Äschengrund seine Stimme erheben konnte. »Euer erster Hofmagier ist schließlich der versierteste Drakologe weit und breit. Und zu unserem großen Glück weiß er, wo sich Pelagors Drachenhort befindet.«

»Ja, und?«

»Der Drachenkönig dürfte längst zu den Schattenklüften aufgebrochen sein, um dort sein schändliches Tun vorzubereiten. Daraus ergibt sich für uns eine einmalige Gelegenheit. Sein Hort ist unbewacht, und nach Aussage Eures ersten Hofmagus hat in den Jahrhunderten nach Sigur Drachenherz noch eine weitere Schar hoffnungsvoller Drachentöter versucht, Pelagor zu bezwingen. Vergeblich, sie alle sind umgekommen.«

»Was soll daran gut sein?«

»Nun«, erklärte Eulertin mit feiner Stimme. »Pelagor hat mit den Siegen über sie auch ihre Zauberwaffen aus Mondeisen an sich gerissen. Zwar ist keine der Waffen vergleichbar mit dem legendären Schwert *Sonnenfeuer*, das Sigur Drachenherz einst gegen ihn führte, doch sie sind für Drachen allesamt gefährlich. Wir werden sie rauben und erneut gegen ihn einsetzen. Nur müssen wir schnell handeln. Und dazu benötigen wir Eure Unterstützung.«

»Der Plan gefällt mir«, brummte der Markgraf grimmig. »Erläutert mir die Details.«

»Wir benötigen einen Eurer Greife – und vor allem viel Glück …«

Der kalte Höhenwind zerrte an Kais Kleidung, während sie auf dem Greif über die majestätische Bergwelt des Albtraumgebirges hinwegflogen. Der Sattel, auf dem er und die Elfe saßen, war eigentlich nur für einen Reiter gedacht und dementsprechend unbequem. So blieb ihm nichts anderes übrig, als sich an Fis Rücken festzuklammern, während die Flügel des Greifs im Takt auf und ab schlugen. Unter anderen Umständen hätte er Fis Nähe genossen, doch wenn er nach unten blickte, wurde ihm eher mulmig zumute.

Noch nie zuvor hatte er ein derart hohes und zerklüftetes Gebirge gesehen.

Stolz reckten sich seine Gipfel zum Himmel empor und spannten sich weit über den Horizont. Wind und Wasser, Hitze und Kälte hatten Jahrtausende an ihm gearbeitet, es geformt, ausgefräst, zernagt und abgetragen. Irgendwann jagten sie über eine tiefe Felsspalte hinweg und flogen auf einen kolossalen, schneebedeckten Berggipfel zu, dessen Spitze golden im Abendlicht glühte.

Die beiden waren unterwegs zum Weißen Berg, in dem laut Magister Äschengrund der Hort des Drachenkönigs verborgen lag. Eulertin und Olitrax waren in Fryburg geblieben, weil Eulertin sich um die versteinerte Dystariel kümmern musste.

Die Gefährten wollten zusammen mit Fryburgs Greifenreitern in den Schattenklüften wieder aufeinandertreffen, um sich gemeinsam dem Feind zu stellen.

An Kai und Fi würde es nun liegen, wenigstens einige der Krieger mit den richtigen Waffen auszustatten. Versagten sie, würden die Greifenreiter sich mit ihren Lanzen und den natürlichen Waffen ihrer Flugtiere bescheiden müssen. Dann aber würde es mindestens dreier Greifen benötigen, um es mit einem einzigen Drachen aufzunehmen. Es war auch nicht sicher, wie viele Drachen Pelagor um sich geschart hatte. Er wollte sich lieber nicht vorstellen, was passierte, falls die Greifenreiterei nicht rechtzeitig kam. Es waren so viele Falls, dass ihm wieder einmal klar wurde, wie verzweifelt ihr Vorhaben war.

»Ist das da vorn dieser Weiße Berg, von dem Äschengrund gesprochen hat?«, schrie Kai gegen den Flugwind an.

»Ich hoffe es. Frag Nivel noch mal«, rief Fi zurück. Sie ließ den Greif einen Bogen schlagen und auf einer Felsnadel landen, von der aus sie einen guten Überblick über den Berg und die umgehende Gebirgsregion hatten.

Kai kramte die Mondsilberscheibe hervor und klopfte dagegen. »Nivel?« Vor ihm wölbten sich sogleich die hochmütigen Gesichtszüge des Droschkenlenkers. »Also, wie sieht es aus?«, fragte er. »Ist das der Weiße Berg, in dem Pelagors Hort liegt?«

»Na ja, das Problem, das wir bei alledem haben, ist, dass es hier natürlich viele Berge gibt, auf die die Bezeichnung ›Weißer Berg‹ zutrifft«, schepperte Nivels Mondsilberstimme ausweichend.

»Nein«, quäkte die ungeduldige Stimme seines Zwillings von der Rückseite. »Das einzige Problem, das wir alle haben, bist du.«

Nivel verzog empört sein Gesicht. »Gebt nichts auf das Gerede meines Bruders. Das ist der Berg. Ich bin mir sicher. Er ist die höchste Erhebung hier im Albtraumgebirge. Der einzige Berg, der Seiner drachenköniglichen Majestät Pelagor würdig ist.«

Der Zauberlehrling steckte die Scheibe wieder ein. Der Greif erhob sich wieder in die Luft und vorsichtig näherten sie sich dem Drachenberg.

»Ich sehe die Höhle!«, sagte Fi plötzlich und deutete hinab zu einer Stelle an der Flanke des Weißen Berges. Kai erhob sich im Sattel, folgte ihrem Fingerzeig und entdeckte eine kleine Felsplattform, hinter der sich ein dunkler Höhlenzugang verbarg.

Elende Schattenmacht! Da unten bewegte sich etwas. Im Sonnenlicht funkelte ein blaues Schuppenkleid.

»Verflucht! Das ist doch einer dieser Sturmdrachen, oder?«, rief Kai.

»Ja, sieht so aus, als habe der alte Pelagor seinen Drachenhort nicht unbewacht zurückgelassen«, entgegnete die Elfe tonlos ohne sich umzudrehen.

Kai blickte seine Freundin von der Seite an. Sie war blass, und es war nur zu offensichtlich, dass sie sich von dem Schock, dass Gilraen ihr den Glyndlamir geraubt hatte, noch immer nicht erholt hatte.

»Meinst du, das bekommen wir dennoch hin?«, fragte er vorsichtig.

»Müssen wir ja wohl«, antwortete sie und fügte bitter hinzu. »Wenigstens *Sonnenfeuer* hätte er uns lassen können, dieser ... dieser ...«

»Fi, Gilraen ist verzweifelt. So verzweifelt, wie es sich keiner von uns beiden vorzustellen vermag.«

Die Elfe drehte sich zu ihm um und sah ihn mit versteinertem Gesicht an. »Das ist kein Grund!«, herrschte sie ihn an. »Wenn Gilraen tatsächlich kurz davor steht, sich in eine Gargyle zu verwandeln, muss er sich doch bewusst sein, dass er dadurch alles nur noch schlimmer macht. Sollte er sich in eine Gargyle verwandeln, bevor er seinen wahnwitzigen Einmannkrieg beginnen kann, dann hat er unserer ärgsten Feindin damit gleich zwei unserer wichtigsten Waffen gegen sie in die Hände gespielt. Das muss ihm doch verdammt noch einmal klar sein!«

»Er will uns wirklich helfen. Und er versucht, sich zu retten und sich zu heilen.«

»Zu heilen?« Fi starrte ihn mit weit aufgerissenen Augen an. Kai wurde in diesem Augenblick bewusst, dass die Elfe nichts von den Aufzeichnungen wusste, die er und Gilraen im Nachtschattenturm gefunden hatten. Schnell berichtete er ihr von ihrer Entdeckung.

»Verstehst du jetzt, Fi. Vielleicht ... vielleicht hat Gilraen ja doch Recht. Wie du kennt er dieses Lied, um die Kraft des Glyndlamir anzurufen. Er ist sein Hüter. Und was das Feuer betrifft, du meine Güte, natürlich! Er braucht das Feuer des Drachens, um das Amulett zu entzünden ...«

Fi schüttelte fassungslos den Kopf und eine Träne rann ihr über die Wange. »Meine Schuld.«, murmelte sie. »Ich hätte es ihm früher sagen müssen, doch ich wusste nicht wie. Ich hatte Angst, ihn zu verletzten. Es ist allein meine Schuld, dass es dazu gekommen ist.«

»Wovon sprichst du?«

»Gilraen ist nicht mehr der Hüter des Glyndlamir, Kai«, flüsterte Fi mit stockender Stimme. »Er war es einst, ja, aber ... das Band muss gerissen sein, als Morgoya den Gargylenkeim in ihn legte. Ich wollte es selbst nicht wahrhaben, aber der Glyndlamir hat sich an seiner Stelle längst einen neuen Träger erwählt.«

»Und wen?«, fragte Kai verständnislos.

»Weißt du noch letztes Jahr, im verwilderten Garten jenseits der Elbe?«, fuhr sie fort. »Damals, als sich dir ein Tor im Mondlicht geöffnet hat? Ich habe es damals nicht verstanden, aber jetzt ...«

»Ich?!«, japste Kai entgeistert.

»Ja, Kai. Wir beide sind jetzt die Hüter des Glyndlamir. Er hat Gilraen entlassen.«

Einen Moment lang herrschte betroffenes Schweigen, das nur von dem Heulen des Windes und dem gelegentlichen Schnauben des Greifen unterbrochen wurde. Verwirrt und überwältigt lehnte sich Kai zurück und versuchte seine Gedanken zu ordnen. Er fühlte, dass sich der Fluch des Nachtmahrs auch an Fi zu erfüllen begann. Ihre Lage war nicht nur verzweifelt, sie war inzwischen völlig ausweglos.

»Ich schätze, Morgoya hat gewonnen«, flüsterte die Elfe. »Nicht nur Albion, auch der Kontinent ist verloren.«

»Nein!« Kais lähmende Mutlosigkeit wurde plötzlich von einer Welle heißen Zorns hinfortgespült. »Noch ist nichts vergebens, noch können wir kämpfen! Die Feenkönigin selbst sprach davon, dass sich das Schicksal immer erfüllt. Mein Schicksal, dein Schicksal, ja, selbst das Schicksal des Glyndlamir. Und dieses Schicksal wurde uns bereits prophezeit, Fi. Ich für meinen Teil werde diesen Glauben erst verlieren, wenn ich tot vor Morgoya zu Boden sinke. Komm!« Er umfasste ihre Schulter. »Lass uns das tun, wozu uns das Schicksal bestimmt hat. Lass uns kämpfen!«

Fi schüttelte ungläubig ihren Kopf und lächelte plötzlich.

»Du bist die Letzte Flamme, Kai. Und wenn es dein Wille ist, dass wir beide uns sehenden Auges in die Schattenklüfte stürzen, dann folge ich dir.«

Kai blickte ihr tief in die grünen Katzenaugen.

»Vielleicht komme ich diese Nacht ja noch darauf zurück«, scherzte er matt. »Lass uns jetzt erst einmal Pelagor ein Schnippchen schlagen. Schon eine Idee, wie wir diesen Sturmdrachen da unten überwältigen können?«

Fi fixierte den mächtigen Berg vor ihnen.

»Na ja, ich bin zwar nicht Gilraen, aber wenn dir ›austricksen‹ ebenfalls reicht, hätte ich da tatsächlich eine Idee!«

Mit wenigen Worten erläuterte sie ihm ihren Plan. Kai nickte entschlossen.

Die Elfe drückte die Fersen in die Flanken des Greifen und mit ausgebreiteten Flügeln segelte das stolze Geschöpf auf eine Felsspalte zu, die ihnen Deckung vor dem Sturmdrachen versprach. Im Sturzflug jagten sie hinab in die Tiefe und durchflogen eine felsige Kluft.

Etwa vierzig Schritte unterhalb der Drachenhöhle setzte der Greif kurz auf der schroffen Bergflanke auf. Kai sprang ab und klammerte sich an der Felswand fest, während sich der Greif wieder in die Lüfte erhob und unter gellendem Kreischen auf die Plattform vor der Höhle zujagte.

Kai duckte sich hinter einen Felsen und sah, wie Fi einen Pfeil in Richtung Höhle abschoss.

Ihr Angriff wurde mit ohrenbetäubendem Brüllen beantwortet. Sofort erhob sich der wütende, blau schimmernde Sturmdrache und spie Fi und dem Greif eine gewaltige Flammenlohe entgegen.

Doch die Elfe hatte mit dem Angriff gerechnet. Geistesgegenwärtig kippte sie nach links ab und wich dem tödlichen Drachenatem aus. Sie verschoss einen weiteren Pfeil und jagte dann nach Westen davon. Der Sturmdrache schwang sich empor und nahm mit zornigen Schwingenschlägen die Verfolgung auf.

Kai atmete tief ein. Er musste jetzt schnell sein. Kurz blickte er in die Tiefe und ihm schwindelte. Nicht nach unten schauen! Davor hatte Fi ihn extra noch einmal gewarnt. Warum konnte er nicht einfach ihren Rat befolgen?

Kai kraxelte an der steilen Felswand empor. Zu seiner Erleichterung war das Gestein an dieser Stelle mit Vorsprüngen und Rissen übersät, sodass ihm der Aufstieg überraschend leicht fiel. Endlich hatte er das Plateau erreicht. Ächzend zog er sich über den Rand und rollte sich ab. Weiter!

Er mühte sich wieder hoch und starrte entsetzt auf die Knochen, mit denen die Felsplattform übersät war. Er erkannte die Skelette von Ziegen, Berglöwen und Bären. Kai schluckte und eilte auf den düsteren Höhleneingang zu. Kaum stand er davor, hielt er überrascht inne. Was war das?

Wie die Zähne eines Ungeheuers hingen von der hoch aufragenden Felsdecke lange Eiszapfen in die Tiefe. Ein kalter Hauch schlug ihm entgegen. Um ihn herum glitzerte und funkelte es. Merkwürdig. Kai entzündete seine magische Fackel und drang in ihrem Schein tiefer in die Drachenhöhle ein.

Sie war groß. Flackernde Schatten geisterten über die Felswände, die ebenfalls mit Eis verkrustet waren. Eis und Frost, wo immer er auch hinblickte. Das Gleißen und Glitzern um ihn herum erschien ihm fast so unwirklich wie die Szenerie damals auf Asmus' Galeere.

Irgendetwas stimmte hier nicht.

Die Höhle eines Feuerdrachenkönigs hatte er sich irgendwie anders vorgestellt.

Unversehens blinkte vor ihm etwas Goldenes. Kai ging weiter und erreichte eine hohe, dunkle Felskammer, in der ein Berg von Gold lag. Kais staunender Blick wanderte über geöffnete Kisten, aus denen Goldschmuck und Münzen hervorquollen. Dazwischen türmten sich Goldpokale, edelsteingeschmückte Diademe, funkelnde Rüstungen, sogar einen kompletten goldschimmernden Streitwagen konnte er ausmachen. Das Ganze hatte bloß einen Schönheitsfehler – der Drachenhort lag vollständig unter einem glitzernden Eispanzer begraben.

Kai schlitterte auf den Schatzberg zu und ein seltsames Gefühl der Aufregung bemächtigte sich seiner. Er war sich sicher, dass er vor dem größten Schatz des Kontinents stand. Der Wert all dieser Reichtümer musste unermesslich sein. Bei dem Gedanken wurde ihm ganz anders zumute.

Was er fühlte war der Anflug von … Gier.

Erschrocken rief sich Kai wieder zur Besinnung. Beim Unendlichen Licht, deswegen war er nicht hier. Er sollte die Waffen der einstigen Drachentöter suchen, die ausgezogen waren, um Pelagor und seine Brut zu stellen. Doch sosehr er den Eispanzer mit seinen Blicken auch durchdrang, nirgendwo war auch nur eine Klinge zu erkennen.

Hast du genug gesehen, Menschenjunge?, brandete eine machtvolle Stimme hinter seiner Stirn auf. Kai japste erschrocken, wirbelte herum und schlug auf dem Eis der Länge nach hin.

Ein mächtiges Grollen rollte durch den Berg.

Kai sah sich panisch um und erblickte im Licht seiner Fackel schräg über sich die Silhouette eines gewaltigen Reptilienkopfs mit langen Reißzähnen, böse glitzernden Augen und dampfenden Nüstern.

Schreiend versuchte er zu fliehen, doch erneut rutschte er auf dem kalten Untergrund aus und schlug hart hin. Schwer keuchend blieb er liegen und riss seinen Zauberstab mit der magischen Fackel empor. Was sich ihm dort offenbarte, verschlug ihm vor Grauen den Atem.

Halb an der Wand, halb unter der Höhlendecke hing mit ausgebreiteten Schwingen ein gewaltiger Drache. Sein rot geschuppter Leib war fast doppelt so groß wie jene der Sturmdrachen, mit denen es Kai bereits zu tun bekommen hatte.

Jetzt wusste er, wo die Mondsilberwaffen der einstigen Drachentöter abgeblieben waren. Sie steckten im Körper des Ungetüms. Irgendjemand hatte den gewaltigen Drachen mit den Waffen aufgespießt und förmlich an die Höhlenwand genagelt. Seine Schwingen wurden von einer schweren Axt und einem langen Schwert gehalten, und aus seiner rot geschuppten Bauchunterseite ragte wie ein Pfahl eine mondsilberne Lanze hervor. Heißes grünes Blut tropfte zu Boden, wo es bereits dicke Löcher in die Eisdecke geschmolzen hatte.

»Bei allen Schicksalsmächten!«, keuchte der Zauberlehrling. »Wer bist du?«

Der Drache schnaubte erschöpft, doch in seinen tellergroßen Augen blitzte noch immer namenloser Hass. Schwer drehte sich der monströse Drachenschädel in Kais Richtung und ein lang gezogenes Rasseln entwich seiner Kehle. Dampfschwaden wölkten hervor und einen bangen Moment lang glaubte Kai, im Schlund hinter den gewaltigen Reißzähnen rote Glut aufflammen zu sehen. Doch mehr geschah nicht. Statt eines Feuerballs erreichte ihn nur ein Schwall heißer Luft.

Röchelnd sackte der Drache wieder in sich zusammen und durch die Bewegung klafften seine Wunden noch weiter auf. Neuerliche Ströme seines Blutes tropften zu Boden.

Ich schaffe es nicht einmal mehr, einen Menschen zu verbrennen, grollte hinter Kais Stirn wieder die rasselnde Stimme des Drachen. *Nicht einmal diese Genugtuung ist mir mehr vergönnt ... Ich hoffe, du bist zufrieden, kleiner Dieb ...*

Die Stimme wurde schwächer. Wie lange hing der Drache hier schon? Ohne Zweifel lag er im Sterben.

»Ich bin kein Dieb!«, erhob Kai seine Stimme und stand auf. Diesmal mit mehr Vorsicht. »Ich bin lediglich gekommen, um deinen Herrn aufzuhalten! Er tut das Falsche.«

Meinen ... Herrn? Schwer hob der Drache seinen Kopf und ein Blick aus kalten Reptilienaugen traf ihn, der Kai wanken ließ. *Ich habe nie einen Herrn neben mir geduldet ... ich habe selbst geherrscht.*

Schockiert erkannte Kai die Wahrheit. »Ihr seid der Drachenkönig?«

Der Drache starrte trübe auf ihn herab.

Ja, der war ich, raunte die Stimme in Kais Kopf. *Aber das Zeitalter der Drachenherrschaft ist schon lange vorbei. Ich habe es nur nicht erkennen wollen.* Der Drache schnaubte und es klang wie bitteres

Gelächter. *Ich liege schon länger im Sterben, als du überhaupt denken kannst, Menschenjunge ... Mein Schicksal wurde vor fast tausend Jahren bei meinem Kampf mit Sigur Drachenherz besiegelt. Denn seitdem steckt die abgebrochene Spitze seiner Schwertklinge in meinem Leib und vergiftet mein Blut ...*

Kai war sprachlos. Zögernd suchte er den Blick des Drachen. »Dann seid Ihr gar nicht verantwortlich für den Überfall auf Mondralosch? Und Ihr habt auch nichts mit dem Angriff auf die Feenkönigin zu tun?«

Abermals hob sich der Schädel des Drachenkönigs und zum ersten Mal sah Kai darin einen Ausdruck von Furcht. *Er hat es tatsächlich gewagt, die Feenkönigin anzugreifen. Deswegen also wollte er die Rüstung ... Er hat sich für mich ausgegeben ... Ich hätte es wissen müssen.*

»Bitte, Pelagor, von wem sprecht Ihr?«, fragte Kai verzweifelt und trat näher an den sterbenden Drachen heran. »Wer auch immer es ist, wir müssen ihn aufhalten. Er will die Schattenklüfte öffnen!«

Sein Name ist GLACIAKOR, rollte Pelagors Stimme unheilvoll durch Kais Schädel. *Der einstige Herr der Eisdrachen.*

»Was?« Furchterfüllt riss Kai die Augen auf. »Mir wurde berichtet, Ihr hättet ihn schon vor Jahrtausenden getötet!«

In sein Element gebannt habe ich ihn ... Kein Drache tötet einen anderen Drachen, das ist ein ehernes Gesetz ... Pelagors Brust hob und senkte sich krampfhaft und warmer Drachenatem wehte über Kais Gesicht. *Auch er hat sich daran gehalten. Er hat mich nur gedemütigt ... Für einen Kampf mit ihm war ich längst zu schwach.*

Endlich begriff Kai.

Morgoya hatte diesen Glaciakor aus seinem eisigen Grab befreit. Das also war es, was ihre Gesandtschaft im Frostreich gewollt hatte. Was waren sie nur für Narren gewesen! Er erinnerte sich jetzt auch wieder an den seltsamen Fingerzeig, den ihnen Kapitän Asmus gegeben hatte. Er hatte im Augenblick seines Todes auf die drachenköpfige Galionsfigur seines Schiffes gedeutet und ihnen damit einen Hinweis auf die Natur ihres Gegners geben wollen. Sie hatten es damals nicht begriffen. Und endlich verstand er auch, warum sich im Norden des Kontinents der Frühling nicht einstellen wollte oder warum das Feenreich in winterlichem Frost erstarrt war. All das war dem Wirken Glaciakors zu verdanken.

»Bitte, Drachenkönig, Ihr müsst mir sagen, was dieser Glaciakor plant«, keuchte er. »Die gesamte Schöpfung ist in Gefahr.«

Pelagor schwieg und sein rasselnder Atem ging jetzt stoßweise.

»Verdammt, helft uns, Pelagor!«, brüllte Kai den Drachen an. »Sagt uns, was es ist! Macht nicht den gleichen Fehler wie damals! Hier geht es schon lange nicht mehr um Macht und Vorherrschaft irgendeiner Rasse. Hier geht es um die Schöpfung selbst! Ihr und die anderen Drachen, Ihr seid ebenso wie wir anderen einst aus dem Unendlichen Licht getreten. Wollt Ihr, dass unsere Welt an die Schatten fällt?«

Ich weiß, röhrte die heisere Stimme des Drachenkönigs hinter Kais Stirn. *Und ich bereue mein damaliges Tun schon lange, Menschenjunge. Ich habe selbst mit dazu beigetragen, das Schicksal der Drachen zu besiegeln ... Glaciakor will den EISIGEN SCHATTEN befreien. Das machtvollste und letzte jener neun Urmonster, die Murgurak einst aus den Schatten gezerrt hat ... Drachenherz und seine Verbündeten haben diese letzte Beschwörung damals verhindert. Doch noch immer schlummert der EISIGE SCHATTEN dicht hinter der Dämonenpforte in den Schattenklüften und wartet nur darauf hervorzubrechen ... Rasselnd schöpfte der Drache Atem. Gelingt es ihm, wird die ganze Welt in Eis und Dunkelheit versinken. Sie wird in jenen Urzustand zurückfallen, bevor das erste Lebewesen aus dem Unendlichen Licht trat. Glaciakor glaubt, er werde sich dann zum unumschränkten Herrscher über die Welt aufschwingen können ... doch er begeht einen großen Irrtum. Der EISIGE SCHATTEN wird alles Leben auslöschen, auch seines.*

»Oh nein!« Kai taumelte erschrocken zurück und musste sich an seinem Zauberstab festklammern, um nicht wieder hinzustürzen. »Pelagor ... irgendetwas müssen wir doch dagegen unternehmen können. Bitte. Niemand von uns ist so alt und weise wie Ihr. Wenn einer ein Mittel gegen dieses Unheil kennt, dann Ihr! Ich ... ich bin Adept der Magie. Vielleicht kann ich Euch von diesen Waffen befreien.«

Verzweifelt blickte Kai zu den Mondsilberwaffen auf, mit denen der Drache an den Fels geschlagen war. Doch im selben Moment wusste er, dass er nichts tun konnte. Die Schwerter, Äxte und Lanzen waren so tief in den Fels getrieben worden, dass er sie nie daraus hervorziehen konnte. Die Greifenreiter würden nun mit dem auskommen müssen, was sie besaßen ...

Nein, es ist hoffnungslos, Menschenjunge, vernahm er die Drachenstimme wieder. *Noch bevor mich Glaciakor hier überrascht hat, hatte ich mich dazu entschlossen, meinen einstigen Irrtum wieder gutzumachen. Die Feenkönigin hatte mich um ein Bündnis gebeten. Ich sollte bei ihrem Konzil erscheinen, um jener Schar zu helfen, die sich dem Kampf gegen Morgoya und die Schatten verschworen haben. Und auch Berchtis versprach, im Austausch etwas für mich tun ...*

»Was?«, wollte Kai wissen.

Sie sollte sich um meine Brut kümmern, wenn ich nicht mehr bin ... doch Glaciakor hat sie mir geraubt und wahrscheinlich getötet. Seine Rache ist damit ... vollkommen.

Röchelnd sank der Drache wieder in sich zusammen.

Der Zauberlehrling strich sich fahrig eine Haarsträhne aus dem Gesicht. »Pelagor ... Drachenkönig, sprecht Ihr etwa von einem Drachenei?«

Pelagors Haupt hob sich mühevoll und er schnaubte.

»Euer Junges ist nicht tot«, rief Kai aufgeregt, »Glaciakor hat es mit ins Feenreich gebracht. Vermutlich konnte er damit noch glaubwürdiger Eure Rolle spielen. Er hat es in der tödlichen Kälte zurückgelassen, damit es dort sterben sollte. Euer Junges ist dort geschlüpft und wir haben es gerettet. Es geht ihm gut. Sein Name ist Olitrax.«

Unmöglich!, rasselte Pelagors dröhnende Stimme. *Unsere Brut braucht Wärme, um zu überleben. Drachenfeuer. Magisches Feuer.*

»Ich bin ein Feuermagier!«, rief Kai. »Na gut, kein richtiger. Ich bin bloß Adept, und es gibt keinen Magier mehr, der mir die Weihe abnehmen kann. Aber ich habe mich um ihn gekümmert.«

Pelagor spannte mit neuer Kraft seinen Nacken und hob den gewaltigen Reptilienschädel, um Kai anzusehen. Lange und durchdringend durchbohrte er ihn mit seinen saphirblauen Augen. Er schnaufte unruhig und beständig trat Rauch aus seinen Nüstern.

Du sprichst die Wahrheit, sagte Pelagor schließlich. *Dann bist du ... die Letzte Flamme?*

Kai nickte.

Die Feenkönigin muss es gewusst haben, dröhnte die Stimme des Drachen mit einem Anflug neuer Kraft. Pelagor hob den Kopf, riss die Kiefer weit auseinander und ließ ein lautes Brüllen hören, das in der Höhle seinen Widerhall fand. Sein pfeilförmiger Schwanz schlug gegen den Fels und dort, wo die Mondsilberwaffen in seinem Körper steckten, quollen neuerliche Ströme grünen Drachenbluts hervor.

»Nicht!«, schrie der Zauberlehrling. »Wenn Ihr so weitermacht, dann sterbt Ihr ...«

Schon vergessen, Letzte Flamme?, rasselte Pelagors Stimme. *Das Gift in meinem Körper ... Mein Tod ist überfällig. Glaciakor hat mein Leiden bloß verkürzt ...*

Er schnaubte und sah ihn mit einem Blick an, der Kai durch und durch ging.

Das Unendliche Licht umgibt uns überall, flüsterte die Drachenstimme in seinem Kopf. *Sogar jetzt, an diesem Ort wirkt es. Wir vergessen es nur manchmal ...*

Verständnislos sah Kai den Drachenkönig an. Sein grünes, dick-flüssiges Blut rann nun in wahren Bächen von den Griffen und Schäften der Mondsilberwaffen und wenn er genau hinhörte, meinte er sogar den mächtigen Herzschlag Pelagors zu vernehmen.

Doch dieser Schlag wurde schwächer.

»Bitte, Ihr dürft nicht sterben!«, sagte Kai. »Wir brauchen Euch!«

Kümmerst du dich um mein Junges?, fragte ihn Pelagor und maß ihn mit prüfendem Blick.

Kai schluckte und nickte dann.

Dann werde ich jetzt meinen Teil des Paktes erfüllen. Tu das, wozu ich nie in der Lage war, Letzte Flamme. Pelagor hob schwerfällig eine seiner Klauen und klappte eine große, rotgoldene Schuppe auf Höhe seines Herzens zurück. Darunter prangte eine schwärende Narbe. *Hier hat mich Sigur Drachenherz einst verwundet. Direkt unter dem Herzen ... Zeig mir, was in dir steckt! Ergreife mit deiner Macht den Splitter Sonnenfeuers und reiß ihn heraus!*

»Ich soll was tun?«

Tu es!, donnerte die Stimme des Drachen in seinem Schädel und hätte ihn fast zu Boden geworfen.

Kai wankte zurück und erhob zitternd seinen Zauberstab. Er kon-zentrierte sich. Er spürte den hämmernden Herzschlag des Drachen, als wäre es sein eigener. Der Zauberlehrling bemühte sich mit seinen Kräften den Schuppenleib des Drachen zu durchdringen, versuchte, den Mondeisensplitter ausfindig zu machen und spürte plötzlich Widerstand.

Nicht ablassen!, keuchte die Drachenstimme hinter seiner Stirn. *Nicht ablassen!*

Sein Körper zitterte unter der Anstrengung. Längst schlug sein eigenes Herz im Takt des Drachen. Er spürte die Hitze, die von ihm ausging, und sah wie am Ende eines fernen Tunnels ein rotes Leuchten.

Feuer!

Mit einem Schlag löste sich der Widerstand. Ohne es zu bemerken, hatte Kai die Augen geschlossen. Als er sie wieder öffnete, riss die alte Wunde auf und aus dem Schuppenkleid des Drachen schoss ihm die mondsilberne Spitze Sonnenfeuers entgegen. Pumpend und spritzend ergoss sich das kochend heiße Blut des Drachen über den Körper des Zauberlehrlings. Kai schrie auf vor Schmerzen, glitt aus, fiel hin und wurde nur immer mehr von dem kochenden Drachenblut besudelt. Als er bereits glaubte, ohnmächtig zu werden, verebbten die Qualen. Seine Haut brannte und das grüne Blut des Drachen verdampfte mehr und mehr zu Staub, der von seinem Körper herabrieselte.

Pelagor sackte zusammen und die Mondsilberklingen, an denen er hing, schnitten noch tiefer in seinen Leib. Doch der Drachenkörper war wie ausgedörrt. Der Blutstrom aus seinen Wunden versiegte.

Kai hingegen fühlte sich so wach und frisch wie schon lange nicht mehr. Wie hatte er diesen kochenden Blutstrom nur überleben können?

Hastig rappelte er sich auf und trat vor den Drachen.

»Pelagor?« stammelte er. »Drachenkönig? Warum habt Ihr mich gebeten, Euch das anzutun? Warum?«

Mit gebrochenem Blick sah der sterbende Drachenkönig auf ihn herab und dann an ihm vorbei ... Sein mächtiges Herz schlug nun immer langsamer.

Versprichst du mir, rasselte die Drachenstimme kaum noch wahrnehmbar, *dass du die Macht meines Blutes auf Olitrax überträgst?*

»Was auch immer Ihr damit meint, ich verspreche es, Drachenkönig!« Kai schluckte schwer.

Olitrax ... wahrlich, ein guter Name ... Mir ist kalt. So kalt ... Hab Dank, dass ich nicht alleine sterben muss ...

Der Schlag des Drachenherzens setzte aus und der Blick Pelagors wurde grau und stumpf. Leblos hing sein toter Leib an der Wand.

Kai konnte es nicht fassen.

Pelagor. Er war so alt wie die Welt selbst. Und jetzt … war er tot.

Es stand ihm nicht zu, Pelagor für seine früheren Taten zu verurteilen. Das Einzige, was er fühlte, war Trauer. Er kniete vor dem alten Drachen nieder und blickte ermattet zu ihm auf.

»Lass uns gehen, Kai.«

Überrascht drehte sich der Zauberlehrling herum. Hinter ihm stand Fi.

Er wusste nicht, wann sie gekommen war und wie viel sie von alledem hier mitbekommen hatte, er war einfach nur froh, dass er nicht alleine Zeuge von Pelagors Sterben gewesen war.

»Er ist tot«, flüsterte Kai und erhob sich wieder.

»Ja, ich weiß«, antwortete die Elfe und präsentierte ihm die mondsilberne Spitze *Sonnenfeuers*, die ein Jahrtausend unter dem Herzen Pelagors gesteckt hatte.

Sie hatte den Splitter aufgehoben.

»Wir haben Pelagor fälschlicherweise verdächtigt. Wir haben es in Wahrheit mit Glaciakor zu tun«, erklärte Kai zu Fis Erstaunen. »Der Eisdrache wurde von Morgoya geweckt!«

Fis Blick wanderte hinauf zu den Waffen, die in dem Drachenleib steckten. Sie waren unerreichbar für sie.

Zu seiner Verwunderung zog sie einen ihrer Pfeile aus dem Köcher, löste die Eisenspitze vom Schaft und verankerte stattdessen den Splitter *Sonnenfeuers* an seinem Ende.

»Nur ein Schuss«, sprach sie kalt. »Aber ich verspreche dir, er wird sein Ziel finden! Lass uns zu den Schattenklüften aufbrechen. Hier können wir nichts mehr tun.«

»Was ist mit diesem Sturmdrachen?«, wollte Kai wissen.

»Er war plötzlich verschwunden. Ich befürchtete, er sei zur Höhle zurückgekehrt. Und da habe ich mir Sorgen um dich gemacht und bin ebenfalls zurück. Den Greif habe ich auf Patrouille um den Berg geschickt. Ich kann ihn jederzeit …«

Ein infernalisches Gebrüll hallte von den Wänden und ein großer, blauschwarzer Schatten verdunkelte den Eingang, hinter dem es bereits besorgniserregend düster war.

»Elende Schattenmacht!«, keuchte der Kai. »Dieser verdammte Sturmdrache ist nicht einfach verschwunden, der hat uns eine Falle gestellt!«

Unerbittlich walzte das blaue Drachenungetüm durch die Gesteinsröhre auf sie zu. Fi spannte ihren Bogen. Rasch wichen sie bis vor den toten Leib Pelagors zurück und sahen sich um. Doch die Höhle war hier zu Ende. Es gab keine Fluchtmöglichkeit.

Der Sturmdrache war bereits so nah heran, dass Kai die Mordlust in seinen Augen erkennen konnte. Er starrte sie triumphierend an und neigte seinen Schädel.

Fi zielte weiterhin auf ihn, doch sie zögerte.

»Ich weiß nicht, ob ein Treffer ausreicht«, wisperte sie. »Wenn nicht, sind wir verloren.«

Doch Kai hörte kaum zu. Er spürte beim Anblick des Sturmdrachen, wie sein Herz zu hämmern begann. Schweiß perlte auf seiner Stirn und er fühlte in sich eine große Hitze aufsteigen.

»Nicht.« Gefasst legte er seine Hand auf ihren Bogen. »Ich glaube, ich kann …«

Ohne Vorwarnung riss der Sturmdrache seinen Schlund auf und ein gewaltiger Feuerball rollte auf sie zu. Fi schrie auf und sprang zur Seite, doch Kai handelte instinktiv. Er streckte die Hand mit seinem Zauberstab aus und der Flammenstrahl des Drachen beschrieb einen jähen Bogen und wurde zur Höhlendecke emporgewirbelt.

Der flüssige Feuerstrom verteilte sich hoch über ihnen an der Decke, wo sich nun ein Meer aus Flammen ausbreitete. Eis knackte. Es zischte und heiße Dampfschwaden wallten in der Höhle auf.

Der Zauberlehrling war ebenso überrascht wie Fi und der Sturmdrache. Abermals spie ihnen der Drache seinen Feueratem entgegen und wieder schaffte es Kai, den Drachenhauch zu einer der Wände umzulenken.

Fasziniert bemerkte er, dass sich das Flammenmeer über ihnen allein auf seinen Wunsch hin teilte. Er streckte prüfend die Hand aus, und wie Lavatropfen leckte die Glut von der Decke und sammelte sich in der Luft über seinen Fingern zu einem enormen Glutball.

»Aller guten Dinge sind drei. Jetzt bin ich dran, du hinterhältiges Mistvieh!«

Kai schleuderte dem Sturmdrachen den Feuerball mit Macht entgegen. Eine gewaltige Explosion erschütterte die Höhle und der Drache wurde schwer gegen die Wand geschleudert. Er schüttelte schnaubend sein Haupt, blickte Kai überrascht und hasserfüllt an und zog sich lauernd zurück. Dann hatte er den Höhlenausgang erreicht, breitete seine Schwingen aus und flog davon.

Mit großen Augen trat Fi neben ihn. »Kai! Wie hast du das gemacht?«

Der schluckte und konnte seinen Blick einfach nicht von der brennenden Decke lösen, die die Drachenhöhle in knisternd rotes Licht hüllte.

»Fi, ich habe gerade entdeckt, dass mir Pelagor ein Geschenk gemacht hat. Ich glaube ... ich bin jetzt ein richtiger Feuermagier!«

Die Schattenklüfte

Langsam versank die silberne Mondscheibe hinter den Bergen und die Sterne am schwarzen Himmel funkelten in kaltem Licht, während Kai und Fi durch die Nacht jagten. Mit rauschenden Schwingen näherte sich der Greif einer finsteren Berggruppe.

Während die schneebedeckten Kuppen und Höhenzüge rings um sie herum weiß im Sternenlicht funkelten, schien das schroffe Gestein unter ihnen das Licht förmlich aufzusaugen, so schwarz war es.

Kai hielt bang den Atem an, als eine tiefe Schlucht vor ihnen auftauchte. Die unheimliche Klamm sah aus, als sei sie mit einer gewaltigen Axt in das Gebirge geschlagen worden. Er hatte ein ungutes Gefühl, als er die steil aufragenden Wände der Schlucht beäugte. Sie bewegten sich.

»Du meine Güte, Fi!«, rief er nach vorn. »Siehst du das? Was ist das?«

»Die Nachtkaskaden!«, antwortete die Elfe. »Es heißt, in den Schattenklüften fallen die Schatten wie Wasser die Bergflanken herab.«

Inzwischen hatten sie sich dem unheimlichen Ort so weit angenähert, dass sie erkennen konnten, dass vom Grund der Klamm ein hoher Felspfeiler wie ein monströser Dorn aufragte. Kai stellte schockiert fest, dass er wie ein in die Länge gezogener Totenschädel geformt war.

Der Schädelfelsen gloste auf Höhe der Augen-, Nasen- und Mundöffnungen in tiefem Schwarzblau und mündete oben in einer weitläufigen Plattform. Ganz so, als habe man dem Totenkopf auf Höhe der Stirn die Schädelplatte abgehauen.

Ebenso gespenstisch war der Serpentinenpfad, der in die Riesenfratze hineingemeißelt war. Er schraubte sich vom Grund der Schlucht spiralförmig hinauf bis zu der Plattform, als würde sich eine Schlange um den geisterhaften Steinschädel winden.

Kai schauderte bei dem Anblick.

Etwas funkelte auf dem Dach des Schädelfelsens silberhell auf, wurde im nächsten Moment aber von einer schlangengleichen Bewegung verdeckt. Immer wieder züngelte greller Feuerschein auf.

»Drachen!«, rief Fi alarmiert.

Die meisten der gefährlichen Feuerechsen umkreisten mit mächtigen Schwingenschlägen die unheimliche Felsenplattform, doch drei der Geschöpfe hatten sich dicht gedrängt auf dem Klippenrand der Plattform niedergelassen und zielten mit ihrem Feueratem im raschen Wechsel auf eine bestimmte Stelle im Felsgestein. Immer wieder loderten dort hohe Glutwolken auf, so als versuchten die Drachen etwas aus dem Gestein zu brennen.

Kai suchte hektisch die Schlucht ab und zählte ein gutes Dutzend der gefährlichen Kreaturen. Die meisten ihrer Gegner besaßen blau schimmernde Leiber. Sturmdrachen. Doch er sah auch einige mit grünem und violettem Schuppenkleid.

Der Anblick war niederschmetternd. Mit einer solchen Übermacht hatten sie nicht gerechnet. Glaciakor war kein Risiko eingegangen.

»Was machen wir jetzt bloß?«, schrie er gegen den Flugwind an.

»Warten, bis die Greifenreiter anrücken, oder die Dunkelheit nutzen und heimlich auskundschaften, was diese Biester da unten eigentlich vorhaben«, schlug Fi vor

»Lass uns einen Blick riskieren!«, antwortete Kai.

»Gut«, rief die Elfe. »Festhalten!«

Der Greif drehte ab, und im Schutz der Dunkelheit rasten sie an einer der Steilwände auf die Talsenke zu. Erstmals kamen sie den Schattenkaskaden so nahe, dass Kai sie genauer betrachten konnte.

Es war so, wie Fi gesagt hatte. Wie Wasser wälzten sich dort lichtlose Schwaden in die Tiefe. Die rauchartige Substanz verwirbelte, und hin und wieder zeichneten sich darin die Konturen monströser Krallen und Tentakel ab. Kaum waren sie zu sehen, vergingen sie wieder.

Endlich waren sie dem Felsen so nahe gekommen, dass Einzelheiten deutlich wurden. Kai stellte zu seinem Erstaunen fest, dass auf der Plattform des Schädelpfeilers ein gewaltiges, dreizehnzackiges Tridekagramm aus Mondsilber eingelassen war. Fahl schimmerte es im Sternenlicht. Seine Erschaffer hatten den mondsilbernen Stern um einen tiefen Krater im Zentrum der Plattform gezogen, der ihnen unheilvoll entgegengähnte. Dämonische Schlieren wirbelten und schäumten darin wie in einem Kessel, der unter Feuer stand. War das jene Dämonenpforte, hinter welcher der Eisige Schatten lauerte?

Immerzu spien die drei Drachen ihr Feuer auf eine Stelle des großen Tridekagramms, das bereits in rot-goldenem Licht erstrahlte. Hin und wieder stieg eine der Echsen auf und ein anderer Drache nahm ihren Platz ein.

»Komm, das reicht«, rief Kai. »Weg hier!«

In diesem Moment brandete über ihnen wütendes Drachengebrüll auf und ein zorniger, blau-schwarzer Schatten raste auf sie zu. Ihr

Greif, den Fi so lange unter Kontrolle gehalten hatte, kreischte laut auf und kippte nach links ab. Ein gewaltiger Glutball schlug hinter ihnen in die Nachtkaskaden ein und sphärisches Heulen rollte von den Wänden, das als geisterhaftes Echo in der Schlucht widerhallte.

Das Brüllen wurde von zahlreichen anderen Drachen beantwortet. Ihr machtvolles Röhren ließ Kai die Haare zu Berge stehen. Fi versuchte aufzusteigen, doch zwei weitere Echsenleiber glitten aus dem Dunkeln heran und schnitten ihnen den Rückweg ab. Jäh tauchte vor ihnen eine gewaltige Feuerechse mit kalten Reptilienaugen und purpurfarbenem Schuppenleib auf. Sie verfügte nur über zwei Klauen, dafür aber über einen monströsen Flugschwanz mit einer stachelbewehrten Spitze. Mit weit ausgebreiteten Schwingen versperrte sie ihnen den Weg und öffnete ihren Rachen. Eine prasselnde Feuerwalze raste auf sie zu. Kai streckte den Arm mit dem Zauberstab aus. Der Glutschwall riss vor ihnen entzwei und zerstob wirkungslos in der Luft. Der Greif ließ sich laut fiepend in die Tiefe fallen, und sie schafften es nur unter Mühen, dem wuchtigen Schwanzhieb der Echse auszuweichen.

Immer mehr Drachen jagten jetzt auf sie zu. Fi schlug Haken und flog kühne Ausweichmanöver. Doch wieder und wieder schleuderten die Drachen ihnen ihren Feueratem entgegen. Kai kämpfte um ihr Leben, indem er die Flammenlohen ablenkte und Schutzwände erzeugte, an denen die Glut abprallte, doch irgendwie hatte er das Gefühl, dass die Feuerechsen nur ein böses Spiel mit ihnen trieben. So, als ob sie lediglich versuchten einzuschätzen, über welche Kräfte sie verfügten. Es war nur noch eine Frage der Zeit, wann sie der Übermacht unterliegen würden.

»Kai, ich weiß nicht mehr wohin!«, schrie Fi, der zunehmend die Kontrolle über den panischen Vogellöwen entglitt. Die Drachen waren einfach überall.

Bringt sie zu mir!, dröhnte es frostig hinter Kais Stirn.

Kai erschauerte und er wusste sofort, wer da zu ihnen gesprochen hatte: Glaciakor, der Herr des Eises!

Die Drachen um sie herum stießen ein enttäuschtes Rasseln aus und machten den Weg frei. Die Schneise, die die gewaltigen Leiber bildeten, führte direkt auf die Plattform des Schädelfelsens zu.

Argwöhnisch wandte sich die Elfe zu ihm um und Kai nickte ihr verzagt zu.

»Tu es, wir haben eh keine Wahl.«

Der Greif stieß einen schrillen Schrei aus, stürzte sich auf das mondsilberne Tridekagramm und landete am Rand der Plattform.

Steigt ab!, peitschte Glaciakors gefühllose Stimme auf.

Fi und Kai waren dem Befehl kaum nachgekommen, als ein blauschwarzer Schatten hinter der Felskante hervorbrach. Gewaltige Reißzähne schnappten zu und der Greif stieß ein gellendes Kreischen aus. Der Sturmdrache hatte den Vogellöwen längst emporgerissen. Weitere Drachen glitten zornig heran, Krallen bohrten sich in den geflügelten Löwenkörper und das hässliche Geräusch knackender Knochen hallte von den Steilwänden wider.

In wenigen Augenblicken hatten die Drachen das stolze Tier zerfleischt. Alles, was von ihm übrig blieb, waren Knochenreste und blutige Federn, die in die nachtschwarze Tiefe trudelten.

Fi hob alarmiert ihren Bogen, doch die Drachen griffen nicht an, sondern umkreisten sie nur lauernd.

Den Abgrund im Rücken wandten sich Kai und Fi daher den drei Feuerechsen zu, die unweit von ihnen das mondsilberne Tridekagramm mit ihrem Feueratem bearbeiteten. Die mächtigen Geschöpfe beachteten sie kaum. Ihre gefühllosen Echsenaugen waren ganz auf die heiß glühende Stelle des Mondsilbersterns im Boden vor ihnen gerichtet.

Aus der Nähe erkannte Kai, dass die Linien des Tridekagramms vor ihnen aus Hunderten ineinander verschlungener Zauberrunen und -glyphen bestanden. Erst ihr Zusammenspiel vermittelte den Eindruck, einen gewaltigen, dreizehnzackigen Stern vor sich zu haben.

Der Mondsilberstern war ein magischer Bannkreis, dessen Schenkel sich aus Worten in alter Zauberschrift zusammensetzten. Er musste vor langer Zeit von Sigur Drachenherz und seinen Gefährten in den Fels geschlagen worden sein.

Mit Entsetzen blickte er hinüber zu dem monströsen Dämonentor inmitten des Sterns. In der kraterförmigen Vertiefung waberte es immer heftiger und wie Geisterfinger tasteten sich bereits erste Schattenstränge über den Rand.

Er ahnte, wozu der Stern diente. Eilig riss er sich einen Knopf von seiner Jacke und warf ihn in Richtung der Mondsilberglyphen. Er kam nicht weit. Der Knopf prallte mit einem hellen Blitz gegen eine unsichtbare Wand und fiel zu Boden.

Auch wir können diesen Bannkreis noch nicht überwinden, dröhnte die eiskalte Stimme Glaciakors hinter seiner Stirn. *Aber das wird sich in wenigen Augenblicken ändern.*

Knirschende Schritte waren hinter ihnen zu hören, und Kai und Fi wirbelten kampfbereit herum. Ihnen näherte sich eine monströse Gestalt in schimmernder Rüstung. Es war Glaciakor, der Drache, der ihnen in Mondralosch begegnet war. Hinter dem Visier des drachenköpfigen Helms fixierten sie Augen, deren Ausdruck keinen Zweifel daran ließ, dass der alte Drache jeden aus dem Weg räumen würde, der sich ihm in den Weg stellte.

Meine Untertanen werden dieses lästige Hindernis schon bald eingeschmolzen haben. Doch zuvor möchte ich euch jemandem vorstellen. Glaciakor hob seinen Kopf und sein majestätisches Gebrüll rollte machtvoll von den Wänden … und wurde beantwortet.

Ein Flüstern und Raunen irrlichterten durch das Tal. Die Schattenkaskaden, die wie Nebel herabströmten, wallten unheilvoll auf und linkerhand des Schädelfelsens schob sich ein gigantisches Gesicht aus den Schwaden.

Das Antlitz der Frau schien aus Gestalt gewordener Nacht zu bestehen. Ein grausamer, hochmütiger Zug umspielte ihren schmalen Mund und dunkle, kalte Augen funkelten sie voller Hass an. Fi stöhnte entsetzt auf und wich zurück. »Morgoya!«, flüsterte sie. »Die Letzte Flamme!«, raunte es durch das Tal. »Endlich lernen wir uns kennen. Wer hätte das gedacht ... nur ein kleiner Junge. Und wie man hört, noch nicht einmal ein richtiger Feuermagier!«

Kai blickte schreckensstarr zu dem gewaltigen Schattenbildnis der Nebelkönigin auf. In seinem Kopf rasten die Gedanken. Morgoya wusste also noch nicht, dass er seine Weihe zum Feuermagier erlangt hatte. Das galt es auszunutzen.

Nur wie?

»Wie fühlt man sich, Letzte Flamme«, setzte sich das Raunen um sie herum fort, »wenn sich die Prophezeiung Stück für Stück zu erfüllen beginnt? Wenn man sein Schicksal unausweichlich auf sich zukommen sieht? Noch ist es Zeit, sich auf die richtige Seite zu schlagen. Die Finsternis wird dich mit offenen Armen empfangen.«

»Niemals!«, schrie Kai der Nebelkönigin entgegen. »Glaubt nicht, dass ich alleine stehe«, log er und fragte sich verzweifelt, wo die Verstärkung aus Fryburg blieb. »Die Feenkönigin mögt Ihr mit Eurer Intrige niedergezwungen haben, aber Eure Pläne in Fryburg haben wir vereitelt. Roxana ist tot! Euer Vormarsch wurde gestoppt!«

Ein verärgerter Zug stahl sich auf das Schattengesicht, doch schnell hatte sich Morgoya wieder gefasst.

»Ein Nadelstich, der mich nicht kümmert«, wisperte sie. »Die Drachen werden beenden, was meine Dienerin nicht geschafft hat. Meine Armada hat längst das Nordmeer überquert, um Albion mit dem Kontinent unter meinem Drachenbanner zu vereinen. Wer sich mir widersetzt, wird vernichtet. Es gibt nichts, was mich aufhalten kann.«

Geschockt starrte Kai empor. Was erzählte sie da? Der Angriff hatte begonnen. Wie war das möglich?

»Überrascht, Junge?«, hallte es höhnisch von den Wänden. »Hat dich die Nachricht noch nicht erreicht? Was denkst du, hat der Besuch des Herrn des Eises im Feenreich bezweckt? Berchtis' Licht brennt jetzt nur noch schwach. Schon bald wird sie nur noch eine Legende sein, und wir können unsere Zukunft unbeeinflusst von ihren Ränken gestalten. Denn mit ihrem eigenen Licht sind auch die Leuchtfeuer im Norden erloschen.«

Geisterhaftes Gelächter brandete durch die Schlucht und Kai und Fi sahen sich entsetzt an.

»Und was dich betrifft, Elfenmädchen«, wisperte Morgoya zornig, »mach dich bereit, den Platz deiner Mutter in meinen Mondsilberminen einzunehmen. Deine Flucht ist hier zu Ende!«

Ein sirrender Laut ertönte. Dort wo die Feuerechsen das Tridekagramm eingeschmolzen hatten, klaffte jetzt ein glühender Riss in der Glyphenlinie.

Oh nein! Kai war Magier genug, um zu wissen, was das bedeutete. Der alte Bannkreis war jetzt wirkungslos.

Beim Unendlichen Licht, was sollten sie jetzt nur tun? Selbst mit seinen neuen Kräften war er der Übermacht seiner Feinde keineswegs gewachsen. Er blickte Fi an und sah, dass sie ebenfalls ratlos wirkte. Ihr Mondsilberpfeil würde die mondsilberne Rüstung Glaciakors unmöglich durchdringen können.

»Und nun töte sie, Glaciakor!«, erscholl Morgoyas Ruf.

»Tut es nicht, Glaciakor!«, flehte Fi. »Lasst Euch nicht mit den Schattenmächten ein. Schon einmal fiel ihnen die Welt fast zum Opfer. Ihr habt es nicht miterlebt, weil ihr damals im Schlaf lagt. Aber …«

Dicht hinter ihnen war der Schlag gewaltiger Schwingen zu hören. Bevor sie handeln konnten, packten sie gewaltige Drachenkrallen und rissen sie schmerzhaft in die Höhe. Kai wurde der Zauberstab aus der Hand geprellt, und schreiend ging es aufwärts. Die beiden Sturmdrachen hielten erst inne, als sie turmhoch über der Plattform aufgestiegen waren.

Ich bin kein Mensch, ich bin ein alter Drache, Elfe!, fauchte der Frostdrache kalt. *Meine Macht übersteigt die der Menschenzauberer bei Weitem. Und du, Nebelkönigin, wage es nie wieder, mir etwas zu befehlen. Ich will, dass sich das Elfen- und Menschengewürm ansieht, wie die Herrschaft der Drachen aufs Neue beginnt. Und du siehst besser ebenfalls zu …*

»Unterschätze die beiden nicht«, zürnte die Nebelkönigin. »Sie sind gefährlich!«

Mit einem abfälligen Rasseln, das wie Lachen klang, winkte Glaciakor einen weiteren seiner Drachen heran. Kai konnte aus der Höhe mit ansehen, wie ihm eine kriecherische Raubechse mit grünem Schuppenleib drei Gegenstände überreichte: ein Buch, einen Zauberstab und einen mondsilbernen Armreif. Murguraks alte Beschwörungsutensilien.

Klirrenden Schrittes stapfte der Drache in Menschengestalt über die fahlen Linien des dreizehnzackigen Sterns hinweg und trat an die kraterartige Vertiefung in der Mitte des Plateaus heran. Schnaubend riss er sich den Panzerarm Eisenhands ab und warf ihn zu Boden. Darunter zeigte sich ein Arm mit weiß-silberner Schuppenhaut. Er legte sich stattdessen Murguraks *Rabenkralle* an, blätterte das *Liber nocturnus* auf und hob in einer majestätischen Geste den Rabenstab. Mächtiger Drachengesang brandete auf.

Glaciakor sang Worte in einer kehligen Sprache, wie Kai sie noch nie zuvor gehört hatte.

Der unheilvolle Drachengesang schwoll zu einem Brausen an, das Kais Ohren zum Klingen brachte. Auch die Drachen um sie herum wurden zunehmend unruhig. Einige von ihnen antworteten mit lautem Brüllen, andere jagten mit kräftigen Schwingenschlägen um den Schädelfelsen herum.

Die Krallen des Sturmdrachen schnitten qualvoll in Kais Haut und ihm entwich ein Stöhnen. Tränen des Schmerzes stiegen ihm in die Augen und verschwommen konnte er mit ansehen, dass es Fi im Klammergriff ihres Drachen nicht viel anders erging.

Mit Entsetzen bemerkte Kai, wie lichtlose Schwaden aus dem Krater hervorquollen und sich zu einem monströsen Schattenknäuel aufblähten. Beginnend bei dem Dämonentor breitete sich eine knisternde Frostdecke über der Felsplattform aus.

Der Gesang des alten Frostdrachen brach ab und Glaciakor trat einige Schritte von der Schattenpforte zurück. Er riss sich mit einer ruckartigen Bewegung die *Rabenkralle* vom Armgelenk und warf anschließend auch die übrigen Teile der schimmernden Mondsilberrüstung ab. Schließlich stand eine muskulöse Gestalt mit weißer Schuppenhaut und eisblau leuchtenden Augen auf dem Plateau. Zischelnd wandte sich Glaciakor dem Schattengesicht an der Passwand zu. *Ich hoffe, Nebelkönigin, du hast nicht geglaubt, dass ich das Opfer vergessen hätte?*

Der Drache in Menschengestalt beugte sich nach hinten und stieß ein majestätisches Gebrüll aus. Von einem Moment zum anderen wuchs er in die Höhe. Weiße Schwingen schraubten sich wie Triebe aus seinem Rücken und entfalteten sich, Hände mutierten zu Krallen und sein Rückgrat verlängerte sich zu einem peitschenden Schwanz.

Ohne Hoffnung starrte Kai den geschuppten Koloss unter sich an. Glaciakor war in seiner wahren Gestalt fast so groß wie Pelagor, nur fächerte sich hinter seinem Schädel ein gezackter Knochenkamm auf und seine Schuppen erstrahlten in weißem Glanz. Triumphierend hob der Drachenkönig seinen Reptilienschädel, fixierte die grüne

Echse, die noch immer in seiner Nähe hockte, und spie ihr mitleidlos seinen glitzernd weißen Drachenatem entgegen.

Die Feuerechse brüllte und wollte sich mit ihrem Feuerhauch wehren, als sie bereits von einem zweiten Kältehauch erfasst wurde. Sie wankte und ihre Bewegungen erlahmten unter der eisigen Kälte.

So ergeht es künftig jedem, der sich mir widersetzt!, rasselte Glaciakors Ruf durch ihre Köpfe.

Die Drachen um den mächtigen Felspfeiler fauchten und hielten respektvollen Abstand.

Wie eine Lawine walzte der Herr des Eises auf sein Opfer zu, schlug ihm eine seiner Pranken über den Schädel und packte den grünen Lindwurm sodann mit seinen Reißzähnen. Mit einer gewaltigen Bewegung seines Kopfes schleuderte er ihn auf die Dämonenpforte zu, aus der das Gewirr der Schattenarme bereits suchend über den Fels glitt. Schon schnellten die Schattenfänge wie monströse Vipern nach vorn und bohrten sich in den Leib der sterbenden Echse. Es knackte und ihr Leib gefror zu einem Eisblock, der sich schwarz wie die Nacht färbte.

Und nun die Bindung, dröhnte Glaciakor und griff mit seinen Krallen nochmals nach dem Buch, das auf dem Boden lag. Glaciakor richtete sich auf seinen mächtigen Hinterbeinen auf, als plötzlich ein rot glänzender Leib aus dem Dunkeln heranstob. Pfeilschnell sauste das Wesen auf Glaciakor zu und entriss ihm das Buch.

Bei allen Moorgeistern, das war Olitrax!

Brüllend ruckte Glaciakors Kopf herum und zornig spie er seinen Drachenatem nach dem kleinen Drachen. Der stürzte sich geschwind über den Klippenrand. Keinen Augenblick zu früh, denn der eisige Atem des alten Drachen fauchte bereits über die Steinkante.

Da sah Kai Olitrax auf sich und den Sturmdrachen zufliegen. Das *Liber nocturnus* hatte er offensichtlich in die Schlucht geworfen.

Wieder spie ihm Glaciakor seinen Kältehauch hinterher, doch Kai hatte den Angriff bereits vorausgeahnt. Mit einer schmerzhaften Bewegung beschwor er ein gewaltiges Feuer herauf und jagte es dem jungen Drachen als schützenden Glutstrom entgegen. Kaum hatte das Feuer Olitrax umhüllt, geschah etwas Seltsames. Kai war, als verwandle sich sein Blut in flüssige Lava.

Laut schrie er auf und fühlte, wie eine ungeheure Macht aus ihm herausdrängte, dem Strom des Feuers folgte und mit dem jungen Drachen verschmolz. Olitrax stieß ein ohrenbetäubendes Gebrüll aus, als ihn der Eishauch Glaciakors einhüllte.

Es prasselte und knisterte laut und Feuer und Eis zerstoben in einer gewaltigen Dampfwolke. Der Sturmdrache, der Kai noch immer gepackt hielt, ließ ein wütendes Rasseln hören und seine Krallen schnitten noch tiefer in Kais Fleisch.

»Du Narr, ich habe es dir doch gesagt!«, geisterte Morgoyas Stimme durch das Tal. »Sie sind nicht mehr allein!«

»Nein, sie sind es in der Tat nicht«, erscholl von irgendwoher Magister Eulertins magisch verstärkter Ruf.

Von fern waren Fanfaren und Kriegsposaunen zu hören und über ihnen stiegen die geflügelten Schatten von über einem Dutzend Greifen auf. Auf ihren Rücken saßen Krieger in blinkender Rüstung, die lange Kriegslanzen in den Händen hielten. Ihre mit Mondsilber bezogenen Spitzen funkelten im Mondlicht. Die Greifenreiter formierten sich am Himmel zu einem Keil und senkten ihre Waffen.

Ist das alles, was ihr aufzubieten habt?, dröhnte die eisige Stimme Glaciakors.

»Nein, wir werden uns diese Feier ebenfalls nicht entgehen lassen!«, ertönte es von der anderen Seite der Schlucht her.

Bei allen Moorgeistern, das war Amabilia!

Am Sternenhimmel tauchten nach und nach allerlei seltsame Fluggeräte aus dem Dunkeln auf. Kai erkannte Besen, Fässer,

Waschtröge und Forken, zwischen denen vereinzelt Vögel kreisten. Hexen!

Auf das mächtige Wutgebrüll Glaciakors hin stiegen die Drachen auf.

Vernichtet sie!, befahl der Herr des Eises frostig.

In diesem Augenblick stürzte sich die Formation der Greife mit kraftvollen Schwingenschlägen hinab in die Schlucht. Blitze zuckten vom Himmel und schlugen Funken stiebend in die Leiber zweier Drachen ein, als sich ihnen die Schar der Hexen kreischend anschloss. Wenige Augenblicke später tobte über ihnen ein gewaltiger Kampf. Glühende Feuerlohen wirbelten aus Dutzenden Drachenschlünden in die Höhe und bevor die ungleiche Schar der Gegner aufeinanderprallte, stürzten bereits die ersten Greifen und Hexen brennend in die Tiefe. Doch die Angreifer ließen sich nicht beirren. Glitzernde Wasserfontänen spritzten den Drachen entgegen, Luftwirbel brachten sie ins Trudeln und von irgendwoher sausten schwere Felsbrocken durch die Klamm. Das Splittern von Lanzen, das Aufeinanderkrachen schwerer Kiefer sowie das Brüllen und Kreischen von Drachen und Vogellöwen erfüllte den Himmel über dem Schädelfelsen.

Kai hatte beinahe seine eigene verzweifelte Lage vergessen, als Olitrax überraschend an ihm vorbeisauste. Als das Biest, das Kai in seinen Klauen hielt, den Kleinen bemerkte, war es bereits zu spät. Rasselnd öffnete der kleine Drache seinen Rachen und zu Kais Überraschung schoss ein kleiner Flammenstrahl daraus hervor, der seinem ungleichen Gegner zischend ein Auge ausbrannte. Der Sturmdrache heulte auf, schlug mit den Schwingen nach dem kleinen Angreifer und ließ Kai kurzerhand fallen.

Schreiend stürzte Kai in die Tiefe … und wurde nur wenige Herzschläge später von einem Luftelementar aufgefangen, das unverhofft herangewirbelt kam.

Tötet sie!, dröhnte die Stimme des Eisdrachen in seinem Kopf. *Tötet sie!*

Mit einem mächtigen Kältehauch holte Glaciakor einen der herumsausenden Bottiche vom Himmel, von dem aus zwei Hexen gelbe Lichtkugeln auf die Drachen abschossen.

Die beiden Frauen erstarrten innerhalb nur eines Augenblicks zu frostigen Statuen und zerschellten mitsamt ihrem Fluggerät am Schädelfelsen. Das gleiche Schicksal ereilte eine Wichtelfrau, die mit ihrer Eule soeben erfolgreich einem zuschnappenden Drachenkiefer entkommen war. Glaciakor röhrte triumphierend und schlug schwer mit den Schwingen.

Kai tröstete es nur wenig, dass in einiger Entfernung nun auch einer der Drachen brüllend gegen das Schattengesicht Morgoyas prallte und von dort aus kopfüber in die Tiefe trudelte. Rasch setzte das Luftelementar Kai auf dem Schädelfelsen ab und wirbelte wieder einem der Drachen entgegen.

Immer wieder flammte in der Dunkelheit der heiße Drachenatem der Feuerechsen auf, der mit einem Hagel von Blitzen, grünen Zauberstrahlen und elementaren Verwirbelungen beantwortet wurde.

Wo, verdammt, war der Sturmdrache, der Fi in seinen Klauen hielt?

Kai suchte angestrengt die Schlucht ab, doch er entdeckte die beiden nicht. Dafür spürte er plötzlich eine mörderische Kälte, die an seinem Leib emporkroch. Entsetzt starrte er hinüber zur Dämonenpforte, der ein formloses Wesen entstieg, das alles Licht um sich herum zu schlucken schien.

Kai streckte seine Hand aus, konzentrierte sich und kurz darauf schoss aus dem Dunkeln sein Zauberstab heran. Er packte ihn mit festem Griff und beschwor einen gigantischen Glutball herauf. Zornig feuerte er die monströse Flammenkugel auf den Eisigen Schatten ab. Der glühende Ball drang in ihn ein – doch mehr geschah nicht. Das Urmonster schien den Angriff nicht einmal zu spüren.

Gleich einem nachtschwarzen Geschwür quoll es immer weiter aus dem Krater hervor. Die Kälte, die von ihm ausging, wurde immer beißender.

Sieh an, höhnte Glaciakor. *Die Letzte Flamme verfügt also über mehr Kräfte, als du geahnt hast, Morgoya.*

Unheilvoll fixierte ihn die Nebelkönigin.

»Ich bin jetzt ein Feuermagier, elendes Schattengezücht!«, brüllte Kai wütend. »Pelagor war es, der mir die Kraft geschenkt hat, dich zu vernichten.«

Ach, hat er das?, knisterte es eiseskalt hinter seiner Stirn. *Nun denn, zeig mir, was du kannst …*

Kai konnte gerade noch eine Feuerwand heraufbeschwören, als ihm der alte Drache seinen tödlichen Eishauch entgegenschleuderte. Es knackte und knisterte und die Flammenwand brach zusammen.

Zornig beschwor Kai einen weiteren Glutball herauf und jagte ihn dem Drachen entgegen. Das flammende Geschoss explodierte in einem jäh auftauchenden Schneewirbel. Rasselnd spuckte ihm der Herr des Eises wieder seinen tödlichen Kälteatem entgegen und verzweifelt konterte Kai mit seinen Zauberkräften.

Feuer und Eis, Feuer und Eis.

Eine Weile lang wurde die steinerne Plattform vom Aufprall der Elemente durchgeschüttelt, während auch am Himmel über ihnen der Kampf mit unverminderter Härte weiterging. Dampfschwaden wölkten über das längst mit Raureif überzogene Felsgestein, und Kai fühlte, wie seine Kräfte nachließen.

Soeben hatte er eine weitere Frostattacke des Eisdrachen abgewehrt, als ihn ein mächtiger Schlag jäh von den Füßen riss. Schreiend krachte er mit dem Kopf auf den eisüberzogenen Boden und bunte Sterne zerplatzten vor seinen Augen. Als er sich wieder aufrappeln wollte, fegte eine von Glaciakors Klauen herab, entriss ihm den Stab und schlitzte seine Jacke auf. Ein roter Blutstrom quoll hervor.

Kai schrie schmerzerfüllt auf.

Drohend baute sich der Drache vor ihm auf, und hinter ihm schraubte sich der Eisige Schatten immer weiter dem Sternenhimmel entgegen.

Warum seid ihr kleinen Maden der Ebenen nur so arrogant, fauchte der König der Eisdrachen. *Du hast nicht einmal bemerkt, dass ich nur mit dir gespielt habe. Was nützen dir deine Zauberkräfte, Menschenjunge, wenn du nicht mit ihnen umzugehen weißt?*

Kai presste wimmernd eine Hand gegen die Wunde auf seinem Bauch und machte sich unter Schmerzen bereit, einen weiteren Kältehauch des Drachen abzuwehren. Doch Glaciakor hatte nicht vor, ihn mit seinem Frostatem zu töten. Er richtete sich vielmehr zu seiner vollen Größe auf, um ihn mit seinem schieren Gewicht zu zermalmen.

Nimm jetzt Abschied von dieser Welt!

Da vernahm Kai Hufgetrappel. Rechter Hand, vor dem Aufgang zum Serpentinenpfad, zeichneten sich plötzlich Hufspuren im Schnee ab, die rasend schnell näher kamen. Kai hörte ein Wiehern und spürte einen heftigen Windzug. Im nächsten Moment klaffte eine große Wunde im Schuppenkleid des Frostdrachen, die sich von rechts nach links zog. Blassgrünes Drachenblut sprudelte aus der Wunde und gefror schnell zu Kristallen.

Gilraen!

Glaciakor brüllte.

Kai biss die Zähne zusammen und diesmal züngelte eine spiralförmige Feuerlanze aus seinen Fingern. Krachend schlug sie in der Wunde Glaciakors ein. Der Drachenkönig wurde nach hinten in Richtung des Dämonentors geschleudert.

Dort streckte sich der Eisige Schatten inzwischen wie ein riesiger Pilz dem Nachthimmel entgegen, so als könne er es nicht erwarten, auch das Sternenlicht zu verschlingen. Schattenstränge wallten wie die Äste eines Baums unter der nachtschwarzen Kappe hervor und begannen sich über der Schlucht auszubreiten.

Es wurde noch dunkler. Und kalt. Bitterkalt.

Kai klapperte mit den Zähnen und spürte, wie sich Eiskristalle in seinen Haaren absetzten und sich seine Kleidung mit einer knirschenden Frostdecke überzog. Die Schmerzen in seiner Leibesmitte spürte er vor lauter Kälte kaum noch.

Glaciakor war inzwischen wieder hochgekommen und suchte zornig nach dem unbekannten Gegner.

Abermals war Hufgetrappel zu hören, während irgendwo im Hintergrund ein Greif mit zerfetztem Federkleid vom Himmel trudelte. Gilraen musste Kristallfell gewendet haben, denn diesmal kam das Geräusch von links auf ihn zu.

Doch Glaciakor war gewarnt. Er fixierte die Hufspuren, die sich im Schnee abzeichneten, täuschte einen Biss an und schlug stattdessen mit seinem mächtigen Schwanz zu.

Ein leises »Ho!« war zu hören, als der Schwanz des Drachen kurz oberhalb des Bodens durch die Luft schnitt, und rechts von Kai war der Aufschlag von Hufen zu hören. Gilraen musste mit Kristallfell über den heranwirbelnden Schwanz gesprungen sein. Doch der Untergrund war glatt und rutschig. Ein ängstliches Wiehern ertönte, dem ein schwerer Aufprall folgte. Schlagartig wurde Gilraen sichtbar, der mit *Sonnenfeuer* in der Rechten über den Boden polterte.

Der Elf sah furchtbar aus. Die Hälfte seines Gesichts war inzwischen zu einer raubtierhaften Gargylenmaske mutiert und dort, wo sich Füße befinden sollten, ragten granitfarbene Klauen hervor.

Kai hörte, wie Silberschweif wieder hochkam und zum Serpentinenweg galoppierte. Auch der Elf stand längst wieder auf den Beinen.

Glaciakors kolossaler Drachenkörper zeichnete sich mittlerweile nur noch schwach vor dem wuchernden Leib des Eisigen Schattens ab. Das Reptil spie dem Elfen seinen Kälteodem entgegen, doch Kai bewahrte seinen Gefährten mit einem Feuerball davor, eingefroren zu werden.

In diesem Augenblick sausten zwei Luftelementare heran und stürzten sich auf den Eisdrachen.

Leise war neben Kai Flügelschlagen zu hören. Kriwa! Auf ihrem Rücken saßen Magister Eulertin und Amabilia.

»Weg hier, Kai!«, schrie Eulertin. »Es ist zu spät. Wir schaffen es nicht mehr.«

»Nein!«, schrie Kai zähneklappernd. Er war nicht bereit, aufzugeben. Das durfte einfach nicht sein.

Plötzlich schlidderte etwas auf ihn zu.

Sonnenfeuer!

»Du den Drachen!«, brüllte Gilraen, der die beiden Däumlinge noch nicht gesehen hatte. »Ich dieses Monstrum!«

Der Elf riss Glyndlamir empor, hielt das Amulett mit seinen Klauenhänden hoch über den Kopf erhoben und stimmte ein elfisches Lied an.

Aus den Nachtkaskaden drang das höhnische Gelächter Morgoyas, das sogar den Kampfeslärm übertönte.

Ein eigentümlicher Silberschimmer legte sich über das Amulett, und der Elf blickte mit flehendem Gesichtsausdruck zu ihm herüber. Noch immer sang er.

Kai war inzwischen alles egal. Der Schmerz, der in seinem Körper wütete, all das Sterben um ihn herum vor Augen und die beiden monströsen Gegner vor sich, schien ihm Gilraens Plan die einzige Hoffnung, die sie noch hatten.

»Hör doch, Junge! Wir müssen weg!«, schrie Eulertin abermals.

»Nein!«, brüllte Kai zornig und richtete sich unter Schmerzen auf. Wütend wirbelte er seinen Zauberstab zu sich heran und deutete auf Gilraen.

Lodernde Flammen hüllten den Elfen und das Amulett ein.

Im nächsten Augenblick gab es eine Lichtexplosion.

Ein Lichtring breitete sich wellenförmig von dem Amulett aus, der weich und sanft erstrahlte.

Glaciakor, der soeben das letzte von Eulertins Luftelementaren zermalmt hatte, wandte sich geblendet ab.

Der Lichtring des Glyndlamir breitete sich immer weiter über das Dach des Schädelfelsens aus und erreichte schließlich die Nachtkaskaden. Morgoyas Antlitz verzerrte sich unter dem Lichtansturm zu einer grässlich lächelnden Fratze und zerplatzte wie Rauch. Die Schatten wirbelten davon, lösten sich auf und ein gespenstisches Heulen erfüllte die Kluft vom einen Ende bis zum anderen.

Wie von einer Druckwelle getroffen, wurde jetzt auch der unförmige Pilzleib des Eisigen Schattens zurückgedrängt. Doch das neunte Urmonster pendelte sogleich wieder zurück, und Kai sah entsetzt mit an, wie sich in dem lichtlosen Gebilde Hunderte maulförmige Vertiefungen öffneten und sich förmlich in dem Licht verbissen. Der Lichtstrom des Glyndlamir flackerte und wallte auf den Eisigen Schatten zu

Dann geschah etwas völlig Unerwartetes: Das Urmonster verschlang das Unendliche Licht!

Nein, das durfte nicht wahr sein. Das durfte einfach nicht wahr sein.

Kai liefen Tränen über die Wangen.

Gilraens Gesang war längst verklungen. Stattdessen schrie er vor Schmerzen. Rauch stieg von ihm auf und seine Gargylenhaut warf Blasen. Die Kraft des Unendlichen Lichts vernichtete ihn!

Röchelnd ging er in die Knie. Der Lichtstrom des Amuletts wurde derweil immer blasser.

Das Schnauben Glaciakors ließ Kai herumfahren. Der Drache maß ihn mit eisigem Blick.

Ihr werdet jetzt alle sterben!

»Nein, *du* wirst sterben!«, brüllte Kai blind vor Wut.

Mit seinen magischen Kräften packte er *Sonnenfeuer* und Flammen züngelten über die Klinge.

»Ich bin die Letzte Flamme!«, schrie er und jagte ihm das Schwert mit Macht entgegen. Glaciakor wich im letzten Moment aus und statt in seinem Herzen steckte die Drachentöterklinge nun tief in seiner Flanke.

Brüllend vor Qual wurde der Eisdrache abermals herumgeworfen. Doch trotz seiner schweren Verwundung kam er langsam wieder hoch.

So nicht!, schnaubte er, kalt wie Eis. Seine Pranken legten sich um den Schaft der Klinge und zogen daran. Er röhrte vor Schmerzen.

Das durfte alles nicht wahr sein! Kai stand kurz davor, den Verstand zu verlieren. Völlig egal, was sie anstellten, sie schafften es einfach nicht, ihrer Gegner Herr zu werden.

»Bitte, Kai. Komm zur Vernunft!«, flehte ihn Amabilia an.

Doch Kai hörte gar nicht hin. Etwas anderes hatte seine Aufmerksamkeit auf sich gezogen.

Aus den Augenwinkeln nahm er eine helle Flammenlohe wahr.

Er wandte seinen Blick von Glaciakor und dem Eisigen Schatten ab und entdeckte Olitrax. Der kleine Drache saß an der Stelle, wo die Feuerechsen das Tridekagramm aufgeschmolzen hatten.

Natürlich!

»Seht zu, dass Glaciakor innerhalb des Mondsilbersterns bleibt!«, rief Kai den Däumlingen aufgeregt zu. Er taumelte auf Olitrax zu und bemerkte erst jetzt, dass sich die Wunde in seinem Bauch geschlossen hatte.

Der Glyndlamir? Egal. Er hatte jetzt Wichtigeres zu tun.

Ächzend ging er neben dem kleinen Drachen in die Knie und betrachtete die geschmolzenen Zauberrunen.

Es gab nur zwei Arten von Wesen, die Mondsilber schmelzen und auf diese Weise verformen konnten. Drachen und … Feuermagier!

Er würde die Beschädigung wieder rückgängig machen.

Erschöpft richtete er seine verbliebenen Kräfte auf das magische Metall. Ein höllischer Schmerz durchfuhr ihn, der ihn fast in die Knie gehen ließ.

Ein prasselndes Dröhnen rollte durch seinen Kopf und unvermittelt glühte das Mondeisen vor ihm in goldsilbernem Glanz auf. Die sengende Hitze, die von der erhitzten Silberschlacke ausging, überstrahlte sogar die schneidende Kälte des Eisigen Schattens. Ein leises Zittern lief über die Oberfläche des flüssigen Metalls.

Kraft seines Willens lief das Mondsilber wieder zu einer Linie zusammen – als Kai den Fehler in seinem Plan erkannte.

Er konnte die Runen und Glyphen nicht lesen. Er wusste nicht, welche Worte er aus dem Silber formen musste.

»Magister …«, wimmerte er.

Klirrend schlug *Sonnenfeuer* auf den Felsen. Glaciakor wankte, und in seinen kalten Reptilienaugen schimmerte erstmals so etwas wie Furcht, als er entdeckte, was Kai vorhatte.

Neeiiiiiin, das wagst du nicht!

»Halte aus, Junge!«

Eulertin und Amabilia setzten mit Kriwa auf seiner Schulter auf und der Magister intonierte eine Formel. Luftgeister manifestierten sich um ihn herum in der Luft.

Glaciakor stampfte brüllend heran, riss sein Reptilienmaul auf und stürzte sich auf sie – als schräg über ihnen ein schlanker Schatten durch die Luft jagte. Silbern blitzte er auf, und im nächsten Augenblick bohrte sich ein Pfeilschaft zitternd in den Kiefer der Frostechse.

Der gewaltige Drachenschädel wurde von dem unerwarteten Treffer herumgeworfen und blassgrünes Drachenblut spritzte zu Boden.

Fi!

Doch Kai hatte keine Zeit, sich nach ihr umzusehen.

Längst sausten die Windgeister über das verflüssigte Mondsilber, und Eulertin formte die eingeschmolzene Lache mit ihrer Hilfe zu neuen Runen und Glyphen.

Ein sirrender Laut erfüllte die Klamm und das Tridekagramm erstrahlte wieder in hellem Schein.

Glaciakor mühte sich unter lautem Schnaufen wieder hoch und warf sich diesmal mit aller Macht auf sie. Doch sein gewaltiger Schuppenleib prallte gegen ein unsichtbares Hindernis. Er war innerhalb des magischen Bannkreises gefangen.

Dämonisches Wehgeschrei rollte durch die Schlucht. Ein heftiges Zittern lief durch den turmhohen Leib des Eisigen Schattens und Stück für Stück wurde das Urmonster wieder in die Dämonenpforte gesogen.

Glaciakor heulte wütend auf. Wieder und wieder schmetterte er seinen Drachenleib gegen die magische Barriere – als sich die Schattenarme des Eisigen Schattens um ihn schlangen.

Glaciakor brüllte, doch diesmal schwang nicht Wut, sondern Todesangst in seiner Stimme. Verzweifelt schnappte er nach dem Schatten, doch dessen schwarzen Tentakel bohrten sich unerbittlich in seinen Leib. Der Todeskampf des Eisdrachen dauerte lange. Dann erstarrte sein geschuppter Leib, verfärbte sich tiefschwarz und der Eisige Schatten riss ihn mit in die Tiefe.

Stille senkte sich über den Schädelfelsen, die nur von dem Kampfeslärm am Himmel über ihnen durchbrochen wurde.

Eulertin kippte bewusstlos gegen Amabilia.

»Was ist mit ihm?«, fragte Kai.

»Die Erschöpfung«, wisperte sie. »Ich werde ihn schon wieder gesund pflegen.«

Kai nickte nur, warf Olitrax einen dankbaren Blick zu und richtete sich schwankend auf.

Über ihm braustn sieben der Drachen mit schweren Flügelschlägen davon. Doch auch die Reihen ihrer Kampfgefährten hatten sich gelichtet. Kai zählte nur noch vier Greifenreiter, und auch die Hexen hatten ihr mutiges Eingreifen teuer bezahlt. Von den zwei Dutzend Zauberinnen war vielleicht noch die Hälfte am Nachthimmel zu sehen.

Kai suchte Fi.

Er fand sie über den Körper ihres Freundes gebeugt. Ihre Kleidung war an einigen Stellen zerrissen und blutige Schrammen überzogen ihr schmales Gesicht. Doch dies war kein Vergleich zu dem Zustand, in dem sich Gilraen befand.

Er war am ganzen Körper verbrannt. Brandblasen und verkohltes Fleisch machten es fast unmöglich, seine Gesichtszüge zu erkennen – doch er war wieder er selbst.

Sein Brustkorb hob und senkte sich schwach.

Dass er noch lebte, schien Kai einem Wunder gleichzukommen.

Fi weinte und hielt Gilraens verbrannte Hand, die noch immer den Glyndlamir umklammert hielt.

»Es tut mir ... so leid«, keuchte Gilraen. »Ich bin schuld, dass der Glyndlamir jetzt für immer verloren ist. Ich war ein solcher Narr.«

»Nein, es war meine Schuld«, schluchzte Fi. »Da hast tapfer gekämpft und getan, was du für richtig hieltest. Ich wünschte nur, ich hätte es dir rechtzeitig gesagt, dass du nicht mehr sein Hüter warst.«

»Wenigstens ... ist der Fluch jetzt von mir genommen«, keuchte der Elf und Tränen glitzerten in seinen Augenwinkeln. »Bitte ... ihr dürft nicht aufgeben, hörst du ... ihr dürft nicht aufgeben! Du musst unser Volk ... befreien!«

»Ich werde es, Gilraen!«

Aus trüben Augen blickte der Elf zu Kai empor. »Versprich mir, dass du an meiner Stelle Fiadora zur Seite stehst, Letzte Flamme!«

Kai nickte. Seine Kehle war wie zugeschnürt. »Ich verspreche es!«, flüsterte er heiser.

»Es war mir eine Ehre, an eurer Seite zu streiten …« Gilraen hustete und blutiger Schaum rann aus seinem Mundwinkel. »Wie gern … hätte ich euch auch den Rest eures Weges begleitet. Vor dem Feentor. Unter der Hecke … Ich habe euch dort etwas hinterlassen. Sucht es, ich …« Sein Brustkorb hob und senkte sich krampfartig und sein Blick verlor sich in der Ferne. »Fi, ich sehe Aluriel. Meine geliebte Alu …«

Gilraens Atemzüge setzten aus und er blieb regungslos liegen. Doch seine Augen waren vor Staunen noch immer weit geöffnet. Er sah glücklich aus.

Fi weinte.

Kai hatte keine Tränen mehr. Tröstende Worte wollten ihm ebenfalls nicht einfallen. Alles, was er fühlte, war eine grenzenlose Leere.

Er sank neben Fi zu Boden und schloss die Lider Gilraens.

Nebeldämmerung

Im Kristallsaal des Feenpalastes herrschte erregtes Stimmengewirr. Um den langen Beratungstisch herum saßen die Magier des Ordens von den vier Elementen, die ebenso wie die Feenkönigin mit Glaciakors Tod wieder aus ihrer eisigen Starre erwacht waren. Aufgebracht diskutierten sie mit der Schar Hexen, die ihnen gegenübersaß.

Auf dem Tisch lagen das *Liber nocturnus*, das sie vom Grund der Schattenkluft geborgen hatten, sowie der Schattenkelch, über den hin und wieder blinkende Lichtreflexe huschten.

So wie Morgoya es gesagt hatte, waren im Norden des Kontinents die Heerscharen der Nebelkönigin eingefallen. Sie hatten die Leuchttürme eingerissen, deren magisches Feenlicht den Kontinent bisher vor Morgoyas Schattenmacht beschützt hatte. Dem Vormarsch ihres finsteren Heeres stand nun nichts mehr entgegen. Am Tage ruhten die Truppen Morgoyas, in der Nacht marschierte das Heer weiter nach Süden. Morgoyas Plan lag klar auf der Hand. Sie wollte so schnell wie möglich den Fluss Rhyn erreichen, um an der Grenze zu den Elfenwäldern entlang nach Colona vorzustoßen. Fiel die bedeutende Stadt, standen ihr alle Wege weiter in den Süden offen.

Und Hammaburg? Von dort hatten sie nur wenige Meldungen erreicht. Von heftigen Straßenkämpfen und einem neuen Stadtherrscher war die Rede gewesen. Und sie konnten sich auch schon denken, wer gemeint war: Schinnerkroog, der verräterische Oberste Rat der Stadt, den sie schon so lange verdächtigt hatten, der Nebelkönigin in die Hände zu spielen.

Was aus Koggs und seinen Schmugglern oder Doktorius Gischterweh, Magistra Wogendamm und Magister Chrysopras geworden war, wusste niemand zu sagen. Kai machte sich große Sorgen.

»Ruhe!«, donnerte die Stimme Eulertins durch den Kristallsaal. »Wenn wir hier weiterhin wild durcheinanderreden, kommen wir nie zu einem Ergebnis.«

Magister Eulertin und Amabilia waren die Wortführer der seltsamen Runde. Die beiden saßen dicht nebeneinander auf winzigen Stühlen am Ende des Tisches und schritten jedes Mal scharf ein, sobald sich auch nur der Anflug eines Streits zwischen den beiden so unterschiedlichen Zauberergruppen abzeichnete. Es war das erste Mal seit tausend Jahren, dass Magier und Hexen so einträchtig zusammensaßen.

»Bitte, Magister Äschengrund, lasst uns alle an Euren Gedanken teilhaben«, bat der Däumlingsmagister, als endlich Ruhe eingekehrt war.

»Na ja«, sprach der ehemalige Zauberer und fasste sich an seine riesige Nase. »Ich meinte eben, dass der Krieg gegen Morgoya Unsummen verschlingen wird. Daher war mein Vorschlag, dass einige von uns dem Drachenhort Pelagors einen Besuch abstatten, um das Gold zu bergen und sinnvoll zu verwenden.«

»Und vielleicht«, fügte der Drakologe erfreut hinzu, »finden wir bei der Gelegenheit ja doch eine Lösung, wie wir diese Drachentöterklingen bergen können. Wie wir durch unseren geschätzten Magister Eulertin erfahren haben, kann man mit ihnen nicht nur Drachen, sondern auch Gargylen verletzen.«

Kriwa stob mit einem Mal durch die Saaltür in den Raum und ließ sich auf dem Tisch nieder.

»Die Nachrichten an Colona und Halla sind überbracht«, krächzte sie. »Der Stadtmagister von Halla erwartet von dir, Thadäus, dass du der Universität persönlich einen Besuch abstattest, um die Magierschaft über die neuesten Entwicklungen zu unterrichten. Er lässt aber ausrichten, dass er die Bleikammern mit den alten Zauberartefakten öffnen wird. Der Koboldrat von Colona hingegen bittet uns verzweifelt um Hilfe. Innerhalb der Stadtmauern wütet seit Kurzem eine seltsame Seuche.«

»Sicher kein Zufall«, argwöhnte Amabilia. »Richte den Stadtvätern aus, dass wir die besten Heilerinnen zu ihnen entsenden werden.«

Kriwa krächzte und flog wieder zur Saaltür hinaus.

»Und was ist mit den Zwergen?«, wollte einer der Magier wissen.

»Das Gleiche wie mit allen anderen Städten der freien Königreiche«, meinte Eulertin seufzend. »Wir haben noch keine Nachricht. Doch von König Thalgrim wissen wir, dass das Zwergenvolk zum Kampf bereit ist. Unser Feind ist übermächtig und wir müssen alle Völker des Kontinents vereinigen, denn nur gemeinsam haben wir eine Chance zu bestehen. Aus diesem Grund«, er blickte kurz zu Amabilia und Magister Äschengrund, »möchte ich den hier Versammelten einen Vorschlag unterbreiten. Wir, die wir hier am Tisch sitzen, sollten uns schließlich mehr als alle da draußen bewusst sein, dass wir in dem Krieg, der uns bevorsteht, jede erdenkliche magische Hilfe benötigen werden.«

Eulertin wandte sich an die Hexen. »Jede Schwester, die bei den kommenden Kämpfen auf unserer Seite stehen will, ist uns willkommen. Nur kennt jeder hier im Saal die konservative Haltung der

Universität zu Halla. Ich schlage daher vor, den hier versammelten Schwestern zumindest formell unseren Schutz zu garantieren, indem wir hier und heute entscheiden, den Orden von den vier Elementen zu erweitern.«

Erregtes Raunen machte unter den Magiern die Runde und sofort brachen wieder Diskussionen aus.

Kai war mit seinen Gedanken woanders. Während die Magier lang und breit das Für und Wider von Eulertins Vorschlag erörterten, erhob er sich vorsichtig und schlich hinaus.

Er dachte an Gilraen – und Dystariel. Die Gargyle hatte ihre Starre überwunden und wartete vor dem Feentor auf ihre Gefährten. Kai musste immerzu an ihr unglaubliches Geheimnis denken, das ihm Gilraen enthüllt hatte. Und ihn quälte der Gedanke, wie ungerecht er zu ihm gewesen war.

Von der großen Freitreppe vor dem Hauptportal aus hatte man einen herrlichen Blick über das Feenreich. Am Horizont zeichneten sich prachtvolle Wälder und Seen ab, und er konnte sogar eine der gewaltigen Lyren erkennen, die am Himmel ihre Bahn zog.

Nicht weit von ihm entfernt stand Fi. Irgendwie hatte er gewusst, dass sie hier draußen war. Sie lehnte gegen das Treppengeländer und blickte traurig hinab in den prachtvollen Park vor dem Elfenschloss. Er ahnte, welche Gedanken ihr durch den Kopf gingen. Kai trat neben sie und entdeckte nicht weit von ihnen die Feenkönigin.

Berchtis saß in einem blütenweißen Gewand auf einer Bank und streichelte Olitrax, der zusammengerollt auf ihrem Schoß saß. Dem kleinen Drachen schien das sichtlich zu gefallen, denn er blies der Königin soeben respektlos zwei Rauchkringel ins Gesicht. Berchtis lachte und kitzelte seine Nüstern mit glitzerndem Staub. Olitrax nieste.

»Na, wie geht es dir?«

Fi atmete tief ein. »Ich vermisse ihn. Sehr.«

»Ja, ich vermisse ihn ebenfalls«, antwortete Kai.

Er hätte nicht gedacht, dass er je so von Gilraen sprechen würde, aber es war tatsächlich so. Sein Mut, seine Entschlossenheit und seine Treue imponierten ihm noch immer. Mindestens zweimal hatte ihm Gilraen das Leben gerettet – und ihm war es nicht vergönnt gewesen, sich zu revanchieren. Mehr noch. Er fühlte sich schuldig. Gilraen war in seinem Feuer verbrannt.

Tief atmete er die Frühlingsluft ein und sah dabei zu, wie Fi den Glyndlamir zwischen den Fingern drehte.

»Er hat sein Licht verloren«, seufzte sie. »Dennoch fühle ich mich ihm noch immer verbunden. Und wenn ich mich darauf konzentriere, dann weiß ich stets, wo du bist.«

»Eigenartig«, entgegnete Kai. »Vielleicht solltest du ihn der Feenkönigin zeigen?«

»Das habe ich schon«, erklärte sie. »Sie sagte, ich solle träumen. Nur der Traum könne mich zum Licht führen.«

»Und weiter?«

»Nichts weiter. Sie ist eine Fee. Feen sprechen immer in Rätseln.«

»Ja, das habe ich auch schon bemerkt«, sagte Kai. »Genau das, was wir gerade am dringendsten brauchen ...«

»Sie muss es die ganze Zeit über gewusst haben«, sagte Fi.

»Wer muss was gewusst haben?«

»Morgoya! Ich schätze, sie wusste, dass Gilraen versuchen würde, mich und den Glyndlamir zu finden. Nur dass es ihm so leichtfallen würde, hat sicher auch sie nicht geahnt.«

Fi rann eine Träne über das Gesicht.

Kai ergriff ihre Hand und drückte sie.

»Und, hast du gefunden, was Gilraen vor dem Feentor zurückgelassen hat?«, fragte er, um sie auf andere Gedanken zu bringen.

Fi griff unter ihr Hemd und zog ein Stück Pergament hervor. Sie faltete es auseinander. Es war eine Skizze, die jemand hastig hingeworfen hatte. Kai erkannte Gänge, Zimmer und Gebäudeflügel. Einige von ihnen waren mit verschlungenen Anmerkungen beschriftet, auf anderen prangten elfische Symbole, die er ebenfalls nicht lesen konnte.

»Ein Plan?«, rätselte er. »Von was?«

Fi sah ihm in die Augen. »Von Morgoyas Wolkenfestung, Kai!«

»Bei allen Moorgeistern!« Erstaunt warf Kai der Skizze einen zweiten Blick zu. »Das kann für uns noch von großem Wert sein. Wenn Morgoya wüsste, was Gilraen uns in die Hände gespielt hat, dann würde sie sich vor Wut in ihren verschatteten Hintern beißen … Würde Koggs jedenfalls sagen.«

Fi lächelte wehmütig und wieder schossen ihr die Tränen in die Augen. Sie schluchzte. »Es tut so weh, Gilraen endgültig verloren zu haben. So weh …«

Kai nahm sie in die Arme. Und eine Weile hielt er sie, bis sie sich wieder beruhigt hatte.

Fi hob ihren Kopf und blickte ihm verweint in die Augen.

»Ich bin froh, dass es dich gibt«, flüsterte sie.

»Und ich bin froh, dass es dich gibt«, krächzte er heiser.

Einen Moment lang blickten sie sich an und unmerklich näherten sich ihre Gesichter. Kai schlug das Herz bis zum Hals. Er schloss die Augen und beugte sich vor, als ihn ein lautes Schnauben aufschreckte.

»Wer …?«

Auf der Brüstung saß Olitrax und drängte sich wild mit den Flügeln schlagend zwischen sie.

Der Moment der Nähe verging so schnell, wie er gekommen war.

Kai lief feuerrot an und Fi lächelte scheu.

Olitrax indes blickte Kai Beifall heischend an und für einen kurzen Augenblick flackerte das Bild der Dryade Meline vor seinem inneren Auge auf und eine Stimme war zu hören. *Wenn ich mich schon um dich kümmern soll, Olitrax, dann sieh zu, dass du künftig alles von mir fernhältst, was auch nur entfernt weiblich ist …*

Entgeistert starrte Kai den kleinen Drachen an.

Das waren seine eigenen Worte gewesen, nachdem sie damals der Dryade begegnet waren. Irgendetwas war während der Schlacht passiert. Olitrax konnte nicht nur Feuer spucken, er begann nun auch mit ihm zu kommunizieren. Aber konnte er damit nicht verdammt noch einmal zu einem anderen Zeitpunkt anfangen.

Das Bild der Feenkönigin flackerte in seinem Kopf auf.

Steig auf, mein kleiner Freund und bringe die Letzte Flamme zu mir.

»Ich, äh, ich glaube, die Feenkönigin will mich sehen«, erklärte Kai und räusperte sich.

»Geh ruhig«, meinte Fi. »Ich werde in der Zwischenzeit nachsehen, ob sich die Hexen und Zauberer endlich zusammengerauft haben.« Sie wandte sich ab und ging zurück in den Saal. Kai starrte ihr gedankenverloren nach.

Ein heftiges Schnauben brachte ihn zurück in die Wirklichkeit. Olitrax sauste zu einer kleinen Wendeltreppe, die hinunter in den Park führte. War die eben schon da gewesen?

Kopfschüttelnd eilte Kai hinunter und folgte einem blütenweißen Kiesweg, der in den wundervollen Garten führte.

Dort herrschte eine Stimmung wie kurz nach dem Sonnenaufgang. Die Sonne spiegelte sich tausendfach in kleinen Tautropfen. Es glitzerte und glänzte in vielen bunten Farben auf den Blättern und Zweigen und leise glucksend schlängelte sich wie ein silbernes Band ein Bächlein durch das Gras.

Endlich erreichte er die Laube mit der Feenkönigin.

Sie saß vor ihm auf einer weißen Bank. Zwei Albenschmetterlinge stiegen mit federleichtem Flügelschlag von ihren Händen zum blauen Himmel auf.

»Setz dich zu mir, Kai.«

»Ich wundere mich, Majestät, warum Ihr nicht oben im Kristall-saal seid und die Diskussionen verfolgt?«, begann er vorsichtig das Gespräch.

»Ist das denn nötig?« Berchtis lächelte und strich sich das lange, golden schimmernde Haar aus der Stirn. »Die Dinge sind so gekommen, wie sie kommen sollten, Letzte Flamme. Und Teile wurden zueinandergefügt, die viel zu lange getrennt waren. Dies ist die Art, wie das Unendliche Licht am Rad des Schicksals dreht. All dies ist erst der Anfang.«

»Ihr meint die Magier und die Hexen?« Kai blickte in Berchtis' blaue Augen und fühlte wieder die uralte Weisheit, die darin lag.

»Was meinst du?«, entgegnete sie rätselhaft.

Verwirrt schüttelte er den Kopf und sah hinüber zum Feenpalast, der mit seinen strahlenden Erkern, Spitztürmen und verspielten Blütenornamenten wie ein Hort des Glücks wirkte. Er dachte an Morgoyas Wolkenfestung und dass es sein Schicksal sein würde, ihr dort eines Tages gegenüberzutreten.

»Majestät, seit Monaten quält mich eine Frage. Diese Prophezeiung der Schicksalsweberinnen. Die zentrale Stelle lautet:

Die Flamme wird brennen, die Flamme wird flackern,
im Ringen mit der Dunkelheit.
Doch am Ende wird sie unterliegen.«

Kai atmete tief ein und seine Stimme zitterte. »Werde ich wirklich unterliegen?«

»Eine interessante Frage«, antwortete die Feenkönigin mit einem geheimnisvollen Lächeln. »Wer wird unterliegen? Die Flamme … oder die Dunkelheit?«

Kai starrte die Feenkönigin ungläubig an. Natürlich. Man konnte die Prophezeiung auch auf diese Weise deuten.

»Ist es wirklich so einfach?«

»Nein«, antwortete die Fee mit tiefem Ernst. »Einfach ist es nie.« Mit diesen Worten erhob sie sich und streichelte ihm mitfühlend über das schwarze Haar.

»Selbst in tiefster Dunkelheit erstrahlt stets irgendwo ein Licht und gibt dir Hoffnung. Du musst dazu nur die Augen öffnen. Denn man kann das Licht nicht sehen, wenn man seine Augen geschlossen hält.«

Die Feenkönigin wandte sich von ihm ab und ging anmutig einen der Bachläufe entlang. Albenschmetterlinge kamen herangeflattert und setzten sich in ihr Haar.

Kai starrte ihr nachdenklich hinterher.

Die Feenkönigin hatte Recht. Es war die Hoffnung, die sie alle aufrecht hielt. Kai erhob sich und ging zurück zum Schloss. Seine Freunde brauchten ihn.

Er war die Letzte Flamme.

Und die Dunkelheit zog herauf.

Es geht weiter in ...

Thomas
Finn

Die letzte
Flamme

DIE Chroniken der
NEBELKRIEGE

Wir veredeln die Wirklichkeit!

FEDER
&
SCHWERT

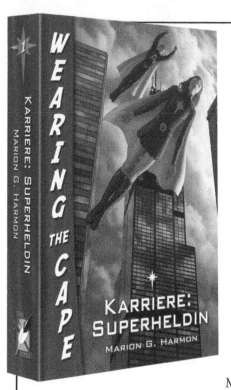